甘肃省优势学科建设经费资助出版

滋兰斋序跋

古代文学与文献卷

赵逵夫 著

商务印书馆
The Commercial Press
创于1897

图书在版编目（CIP）数据

滋兰斋序跋. 古代文学与文献卷 / 赵逵夫著. — 北京：商务印书馆，2020
ISBN 978-7-100-18901-9

Ⅰ.①滋… Ⅱ.①赵… Ⅲ.①序跋－作品集－中国－当代 Ⅳ.①I267

中国版本图书馆CIP数据核字（2020）第146877号

滋兰斋序跋
古代文学与文献卷
赵逵夫　著

商 务 印 书 馆 出 版
（北京王府井大街36号　邮政编码 100710）
商 务 印 书 馆 发 行
北京兰星球彩色印刷有限公司印刷
ISBN 978－7－100－18901－9

2020年11月第1版　　　开本 710×1000　1/16
2020年11月第1次印刷　印张 35　1/2

定价：168.00元

序

春节前夕，赵逵夫先生来到我处，对我说："几个学生多次建议把以前写的序跋整理出版，现在编成的是第一本，关于古代文学与文献的，想请你给这本书写一篇序言。"我听到以后，绝对不是谦虚地说："你现在是古代文学，特别是先秦两汉文学和中国古典文献学的研究大家，全国知名教授。你所涉猎的范围非常广泛，不是我谦虚，我确实没有这种学力给你写序言。"赵先生说："你随便写一写，谈谈对这些序言的看法，或者有什么感想谈谈都行。"

后来，我和几位熟悉的先生谈到这件事，有的先生说："你比赵先生年长，又不是师生关系，因此你可以随便从各个方面谈，比如相互来往、一块共事的情况或对赵先生的学识以及对这些序跋的认识，都可以随便写写。"我认为，这些先生的建议比较符合我的想法，因此我就从以上几个方面随便谈谈我的认识。

一

我和赵逵夫先生相见于1977年冬天，当时，他是武都七中的教师，我参加省委组织的社会主义教育工作队，住在武都县委，负责调查研究和书写有关材料，他可能听说了，于是就到县委来找甘肃师范大学（即今西北师范大学）来参加社会主义教育工作的同志，他敲开我的房间，说："我叫赵逵夫，是1967年甘肃师范大学毕业的学生，1968年来武都地区工作，开始时在武都一中，现在在武都七中，听说武都来了甘肃师范大学参加社会主义教育工作的同志，我特来看望。"我说："我原来不是甘肃师范大学的，是1970年甘肃教育学院合并过来的，原甘肃师范大学的同志，我还不是很了解。"接着我俩相互介绍了基本情况，他问了很多老师们的情况，比如郭晋稀先生、彭铎先生，还有李鼎文、张文熊、杨思仲、尤炳圻、卢世藩等先生，其他有的当时我还不太熟悉。从他的言谈中，可以看出他对母校的热爱和对老师们的想念。他特别问我，学校有没有开始招研究生的消息或者什么情况，我说："我听说很快要恢复招收研究生了，但是具体情况不是很了解，希望你也关注，我知道具体情况后会告诉你。"他谈了很多读书的情况，从小学、中学、大学一直到"文化大革命"都从未间断过。他热爱古代文化，喜爱读书，有强烈的继续深造的愿望。可是那天恰恰是我们工作队要撤回的一天，我一边打装行李，一边跟他谈话，因此也只能草草结束。临走时，他交给我两篇文章让我带回学校，说："这是我最近写的两篇文章，请你带回去，让《甘肃师大学报》的编辑看看，能不能发表。"这两篇文章，我记得一篇是关于文字改革的，一篇是驳"文化大革命"中署名为唐晓文的写作班子的《柳下跖痛骂孔老二》一书。回来后，我交给当时的学报主编支克坚同志，过了不久，支克坚说："赵逵夫的文章写得不错，我准备先给他发表一篇（即《甘肃师范大学学报》1978年第1期发表的《关于汉字教学的笔画问题》）。"另外一篇尚不合时宜，未刊。多年后刊在《甘肃社会科学》上。

　　回校以后，我向好几位老先生介绍过他的情况。恰巧第二年，研究生正式招考的消息出来了。他报考了母校郭晋稀先生的先秦两汉文学专业的研究生，考试在武都。1979年被录来校，当时还有一位同学叫陈戌国（从湖南考来的，现在也是著名教授，研究礼学，著有《中国礼制史》等）。郭晋稀先生是当时著名的学者，早年曾师从著名学者杨树达、曾运乾、钱基博等先生，在诗骚、古代音韵学、训诂学以及古代文论方面都有很高的造诣。逵夫作为他的研究生，可以说是如鱼得水，更加刻苦地学习。后来，我去看望郭先生时，他说："逵夫这个学生很不错，读了很多书，很刻苦，很有悟性。"后来，我也因为教学任务很多，和他接触很少。当时的学校领导王福成告诉我："你们中文系，将来在学术上'二赵'（另外一'赵'指当时中文系另一位女同学）要出成就的。"1982年，经过双方领导同意，山东大学借调我回去，主要是帮助殷孟伦教授筹划国家古籍整理重点科研项目《柳宗元集校注》的准备工作，师大有课我就回来上课，没课就回山大做这个项目的准备。以后与逮夫的接触就更少了。

1982年，逮夫研究生毕业后，因为学习成绩优秀，便留校做教学工作。他在教学工作中兢兢业业，学生反响很好，生活又艰苦朴素。有一次，我到他的住处南单楼去看望，当时他还带着他女儿来上学。他的住处很小，有一个书架，摆满了书籍，上面还放着两个饭碗。他女儿的书桌是在一个装衣服的柜子上铺了张报纸，放了几本课本，其艰苦的情况可想而知。听说他在研究生学习阶段就写了很多质量很好的文章，如《楚屈子赤角考》（《江汉考古》1982年第1期）、《〈天问义释八则〉商榷》（《求索》1982年第2期）等，引起了学术界的注意。他的成名大作《屈氏先世与句亶王熊伯庸——兼论三闾大夫的职掌》（《文史》第25辑，中华书局1985年版）就是他研究生学位论文中的一部分。这篇文章是专门探索和研究屈原的先世和三闾大夫职掌问题的，《世本》上的一段记载引起了他的注意，他就此生发，检索了所有古籍中的有关记载，运用了古代音韵的通假，分析了有关文献中的说法，探幽索隐，前后对比考证出了屈原祖先的存世情况，解决了学术界长期没有解决的屈原世系，驳斥了我国以前和日本当时对屈原的否定，捍卫了中国文化的历史传统和屈原在我国以及世界上的历史地位。当时参加《文史》编辑工作的吴小如先生说："赵逮夫的这篇文章，功力很深，一定会引起学术界的注意，应该是他的成名之作。"

据学生反映，赵先生讲课条理清晰，新见迭出，而且在当时的一些刊物上，不断有他的文章发表，在师生中影响很大。1992年5月开始，他走上了教学领导岗位，担任了中文系的系主任；2000年，学校实行了系改院，将历史系、敦煌学研究所、古籍整理研究所、西北文化研究所与中文系整合到一起，成立文学院，他担任了文学院院长，直到2004年卸任，共12年的时间。同时从1993年开始，他还担任了甘肃省人大常委会的常委，连任三届，先后15年的时间。逮夫先生真的成了大忙人，其他的事务工作也就多了起来，不仅有社会上的学术活动，其他高校也聘请他讲学或答辩。这些事务占据了他的时间和精力，他只好利用节假日、夜晚时间来弥补，读书、写作和学术研究工作，他一刻也不敢放松，因此新的学术研究成果也就不断出现。从1996年下半年开始，文学院的博士点被上级批准了，2003年10月，又批准了博士后流动站，

11月，当时的教育部部长周济亲自来学校揭牌。逮夫除了继续对博士的指导工作外，又成为了博士后流动站的导师，既是当时文学院第一位博士生导师，又是博士后流动站唯一的一位导师，教育和科研任务更加繁重、忙碌。他在师大任教后，先后教的本科生不计其数，研究生也有很多，到现在为止，已经毕业的博士生就有43位，在学的还有6人，出站的博士后已有9人，在站的还有3人，可见他的工作量之巨大和劳动之艰苦。他的学生可以说分布全国各地。他的硕士和博生毕业生，有很多已成为所在单位的教学骨干，有二十多位升任了教授，有十多位担任了博导，还有的担任了系、院的领导或学科带头人。逮夫对西北师范大学（甘肃师范大学）以及全国教育工作的贡献可想而知。

二

1996年，文学院的博士点被批准后，赵逮夫先生为第一批博士生指导教师，1997年开始正式招生。当时他在和我的谈话中说："将来博士生进校后请你给我帮忙，给我支持。"2000年，他的第一届博士毕业时，我因为股骨头置换住院，没有参加博士点的活动。第二年，他的第二届博士生毕业时，他请我参加博士答辩委员会，就是现在的韩高年、伏俊琏、张侃那一届。当时我感到自己对这些博士的学位论文很不熟悉，自我安慰说："逮夫让我参加，我只能备其数而已。"在阅读他们的博士论文时，我发现论文质量相当高。可能因为我当时阅读得认真，第三届时逮夫仍然让我参加答辩委员会。后来，他的博士生入学面试、期中学习检查、论文开题报告以及论文答辩我也都参加，一直到2011年，一共参加了十年。之后，我因为中风便没有再参与。这十年中，开始时逮夫在先秦两汉、魏晋和敦煌文学等专业方向都有学生，后来，其他各段的导师就基本都齐全了，都有毕业生，因此，我看的论文课题也就更广泛了。同时我还参加了很多硕士生的开题、答辩。另外，兰州大学的古代文学和后来的古典文献学专业毕业论文答辩我也年年都参加。同时我还应邀从事本校知行学院的古代文学教学和有关专业自考班、函授班的大学语文教学以及省老年大学教学，因此，我也成了忙人，跟逮夫除了工作以外的接触很少。但是现在时常回忆起和逯夫这一段时间的接触，闲谈时我还对逯夫说过："跟你合作的这十年我是很愉快的。"当时虽然很忙，但是我认为自己的知识增长了，评价论文的水平提高了，读书范围扩大了，看待学术问题的视野也拓宽了，对逯夫及其他指导教师的学术情况了解得也更多了。这一阶段，很多的硕士生、博士生跟我相处也很友好，经常到我这儿来看望、问学、谈家常，也是使我感到十分愉快的。

<h1 style="text-align:center">三</h1>

由于我跟学生接触比较多，所以对老师们教学的情况了解得也比较多，特别是对逯夫先生培养研究生和博士生的情况了解得更多。根据博士生平时的闲谈和我的了解，我认为逯夫在培养博士方面有他的特点。主要有：

逯夫在对研究生的培养中，在进行专业教育的同时，一直比较重视对学生思想品德的教育和引导。他经常教育学生，做学问和做人是不能分开的。他认为我们今天的学人首先要爱国家、爱社会主义制度，要把学习看作是培养自己为国家、为教育、为复兴中华文化传统服务的能力，而不仅仅是为了将来有个更好的工作岗位、优越的生活待遇。现在作为学生，要有较高的思想境界、道德修养，在工作和学习中，要重视做人，比如，尊敬师长、孝顺父母、团结同学、遵纪守法。要加强性格的修养，提高精神境界，要把现在的学习和将来的工作、处世统一起来，做一个合格的教育和文化工作者。

在研究生的培养工作中，他比较重视对学生学习态度与学习方法的培养和引导。每年新生一入学，他就先给学生印发必读书目清单。他非常强调学生对基础知识的积累和基本文献的研读，要求学生对优秀传统文化的基本著作要深入阅读，掌握必要的文献资料和重要的学术观点，理清学科的发展过程，对于历代重要的学术著作、重要学者的论述、有关学术发展的过程和一些重要的学术思想，都要明确、清晰。但是，对于古代的文化遗产和重要的专家学者的论著，既要尊重，又不要迷信、盲从，要认真地经过自己的咀嚼、消化，变成自己知识的有机部分，更要根据时代的需要和学术的发展而不断创新，做到继承和发展的辩证统一，使我们的学术文化不断向更高的层次和阶段发展。在学习过程中，既要有耐心、能吃苦，又要有信心、有决心，要有不取得成功不罢休的态度，如果三天打鱼两天晒网，缺乏坚定的信念，是学不到真正本领的。

在研究生的培养工作中，逯夫始终把专业培养和科学研究结合起来。学生一入学，逯夫就提出学习过程中的科学研究问题，在平时的辅导中他也经常跟学生谈论论文写作的问题，强调学生要多写学术文章。比如现在已经出版的《先秦文学编年史》（商务印书馆 2010 年版），就是学生刚入学时他作为科研任务布置的。在学生的论文写作中，他也多次跟学生一起研究有关课题如何进行，对于开题报告也非常重视。他给学生开设的课程之一"学术规范与学术方法导论"就是对学生学术写作的具体指导。他对于学生的学位论文很重视，从开题到以后的写作，他往往针对每个学生的不同选题进行多次个别指导，并与学生相互交换意见。他还准备编辑出版几种丛书，发表学生及其他学人的著作，鼓励大家进行科学研究。《滋兰斋序跋》所"序"的学术论著大部分是他指导的历届博士生的毕业论文在原有基础上修订的。

他在研究生的专业培养过程中，始终把学科及学位点的建设结合起来。他对学科建设、学位点的设立非常重视。记得 20 世纪 90 年代初期，省教育厅根据教育部的指示，决定对我省学位点进行检查，主要包括教师的配备、教学的现状等。学校决定让我和逯夫一起参加这次检查。兰州大学由吴小美和另一位先生参加。当时的学位点很少，我校中文系有古代文学和古代汉语，兰州大学中文系有现当代文学和古代文学，当时的西北民院（即现在的西北民族大学）有藏语专业。当时西北师范大学的古代文学专业指导教师的力量较强，但是古代汉语专业的指导教师则有些青黄不接。兰州大学现当代文学力量较强，而古代文学力量相对较弱。在这种情况下，逯夫和吴小美先生共同商量了发展措施及以后队伍的发展计划，保证了这两个专业的继续存在和发展。在我校其他硕士点和博士点的建设上，逯夫也做了重要的努力和贡献。根据逯夫具体指导的情况来看，他绝对没有认为培养博士就是以拿到学位、找到工作为终点，而是始终把研究生的培养和学位点的建设密切结合起来，把研究生的培养计划和论文写作的指导都看做是学位发展的一部分，前阶段的培养是后阶段发展的基础。这二十多年来，经过他和他的弟子们的努力，把先秦两汉有关的文献基本都梳理了一遍，取得了较好的成绩，为以后的学术发展建立了学术基础。当然，一个学位点或者专业的发展和整个学校的发展计划、人事安排都有关系，但好在经过逯夫的辛勤工作，现在他指导的后辈都一个个成长起来了，像中国人民大学徐正英，浙江大学贾海生，上海大学邵炳军，西华师范大学伏俊琏，郑州大学罗家湘、刘志伟，南京师范大学王锷，陕西师范大学杨晓斌，以及本校的韩高年等都先后荣任博士生指导教师，相信以后学位点的建设会乘胜前进，会有更好的发展。

改革开放以来，在中央大力发展教育和提倡科研的感召下，特别是我校各个学位点建立以后，我校中文系经过教师们在科研上的不断努力，出现了新迹象，出版了很多优秀的成果，在全国产生了一定的影响，其中逯夫在这方面的贡献更为突出。从他研究生入学以来的四十年间，据初步统计，他现有专著 19 部，主编 10 部，整理与参撰 15 部，发表各种题材、类型的论文四百多篇，等等，可谓著述等身，可见他付出劳动的强度和辛苦。综观他所有的著述，题材广泛，形式多样，足见他的学识之广博与研究能力之突出。除了自身的独立研究以外，他主编的著作也显示了他组织科研、团结编写人员和统筹规划的能力，他培养出了一批又一批年轻学者，对学位点的科研做出了突出的贡献。其中最大的特点还在于他几乎所有的著作都不是抄袭旧说或者是一般的评述，大都显现出他卓越的见解和创新力。如他研究屈原的专著《屈原与他的时代》（人民文学出版社 1996 年第 1 版，2002 年第 2 版）和《屈骚探幽》（甘肃人民出版社 1998 年第 1 版，巴蜀书社 2004 年修订版），对于屈原的生平、家世、游历、师承和职官等方面都有新的见解，一扫先贤旧说，读后倍感新颖。他主编并亲自撰稿的《先秦文学编年史》，从大文化的角度把先秦时代（从上古到秦统一）所有有关的文学作品以"夏商周断代工程"中的《夏商周年表》作为编年框架，进行了细致的考辨和编年。不宜编年的内容采取专章叙写或评说，如夏代部分和寓言等都采取了总述的方式。从文体上说，把先秦时代的神话、传说、歌谣、寓言、史传文学、诸子散文、屈骚著作等都排了座次，连甲骨文、铜器铭文、简帛文字，包括旧说认为是伪书的著述都纳入其中，资料丰富，考辨严谨，次序分明，具有很强的创新性。我自己也是学习并常年讲授先秦文学的，以前的教材一直是按四大块（或六大块）进行编写的，总感到单薄，不像史的样子，更像是先秦文学的分类讲述。《先秦文学编年史》出版后，会引起所有从事古代文学研究者的深入思考，以后再出版新的先秦文学史著作，我想会是另一个体系和新的样式。正因为此书在学术界引起了强烈的共鸣和巨大的影响，国家把它列入"国家社科基金成果文库"。他所主编的《历代赋评注》（巴蜀书社 2010 年版）按时代先后分为七大册出版，前后历时十年，集中了四十多位编写人员，是当前历代赋作选编著作中所选篇目最多的一部书，是学习历代赋作很好的作品选注本，为想步入赋学研究的青年学者提供了一个进一步扩大范围的范本，为他们能顺利进入赋学领域打下坚实基础，是学习历代赋史的重要参证。逯夫既培养训练了编写队伍，又对以后的赋学研究做出了巨大贡献。他主编《先秦文论全编要诠》（人民文学出版社 2010 年版）上下两册，通过选编、节录、注释、说明等方式，比较系统地梳理了先秦文学理论和文学思想的有关文献，在先秦文学理论的收录方面是比较全面的，具有创始性和建设性，被列入"十一五"国家古籍整理重点图书出版规划出版，对研究先秦文学，特别是研究先秦文论的人具有重要的参考价值。他编纂的《体育古文》（华东师范大学出版社 2014 年版）也是一部具有开创性意义的著作。长期以来，学习体育的人偏重于体育技巧的训练和技能水平的竞赛，相对而言，对于体育文化的了解和相关体育文献的阅读比较薄弱。针对这种情况，逯夫编写了这部《体育古文》，意在提高体育工作者和体育爱好者古籍阅读的能力和体育文化的水平，这部著作当然也具有创新性和建设性意义。他新近主编出版的《陇南金石校录》（社会科学文献出版社 2018 年版）收录了从商代至民国现在的甘肃省陇南市行政区域内的金石文献，包括金文和碑刻，按我国各个历史阶段的次序进行收录并加以校读，注明了出土时间、地点、形制、收藏地、著录等信息，为陇南地区文化的发展历史提供了新的研究文献，填补了以前陇南文化研究的不足。另外，他的家乡西和县早年就流行很多关于牛郎织女和乞巧风俗的歌谣、故事和传说，他的父亲赵子贤先生早年也是一位民间文艺的爱好者，留有关于乞巧歌的文字记载。逯夫对牛郎织女故事及乞巧歌谣又进行了整理和校读，并申报国家有关文化部门，最后甘肃省西和县被中国民间文艺家协会命名为"中国乞巧文化之乡"，后被补列入国家第一批非物质文化遗产名录。逯夫提高了家乡西和县的文化名望，报效了生他养他的家乡，得到了家乡人民的赞扬。现在他还以首席专家的身份带领一批学者进行国家社科基金重大招标项目"全先秦两汉魏晋南北朝文"的编纂、整理和研究，预计其规模要大大超过清人严可均的《全上古三代秦汉三国六朝文》。真是"老骥伏枥，志在千里"，"壮心不已"！

从以上学术成果可见，逯夫的治学范围很广，几乎把所有的问题都摸索透了，比如对先秦的神话、歌谣、金文、帛书、考古文献、诗骚、史传、诸子、楚骚以及后代的变文、戏曲等问题都有论文发表，显示出他科学研究的兴趣广泛，文献功力很强，善于分析、考辨，艺术的鉴赏也很在行。在他发表的很多单篇文章中，也有很多卓越、新鲜的见解，限于篇幅就不一一论述了。

四

正因为他有诸多学术论著和新颖见解，在学科发展上具有建设性意义，所以在历次的学术评价中获得了众多的奖励。据初步统计，逯夫的研究成果曾获教育部第二届、第四届人文社会科学研究成果奖，中国屈原学会"屈原研究十年"优秀成果一等奖，甘肃省社会科学优秀成果奖一等奖 3 项、二等奖 2 项，甘肃省高校哲学社会科学优秀成果一等奖 8 项。由于专家和同行们的信任，他还担任诸多学术职务，1983 年被推选为中国屈原学会筹委会委员，1985 年中国屈原学会成立，被推选为常务理事，1998 年被选为副会长，2009 年被选为名誉会长；2004 年被选为中国诗经学会副会长、学术委员会委员。1998 年起担任国家社会科学基金评审委员会学科组成员，2001 年被聘为《光明日报·文学遗产》专栏特邀编委，2002 年 1 月被中国人民大学报刊资料中心聘为《中国古代近代文学研究》学术委员会委员，2002 年 12 月被中国社科院文学所聘为《文学遗产》杂志编委，2006 年被评为国家级教学名师。另外，他还先后担任甘肃省文联副主席、甘肃省古代文学学会会长、甘肃省学位委员会副主任、甘肃省中华文化促进会副主任、中国辞赋学会顾问、北京大学《儒藏》（精华编）编纂委员会委员、山东大学《国学季刊》顾问，等等，至今担任国家重点培育学科西北师范大学中国古代文学学科带头人、中国古代文学省级精品课程负责人、西北师范大学古籍研究所名誉所长、甘肃省先秦文学与文化研究中心主任、甘肃省政府文史研究馆馆员。

由于遽夫在教学、科研和学科建设方面付出的艰苦劳动和取得的重大成果，他还获得一系列政府荣誉：1991、1997 年两次被评为甘肃省优秀教师，获省委省政府颁发的园丁奖；1992 年获得国务院特殊津贴；1993 年获曾宪梓教育基金会教师奖二等奖；1994 年被评为甘肃省优秀专家；1996 年被评为国家有突出贡献的中青年专家；1997 年被评为省级优秀教师标兵；2000 年被评为全国先进工作者。去年年底，还获得"感动甘肃·2017 十大陇人骄子"的荣誉，由省长唐仁健亲自颁奖。学术界一些朋友戏称他是"西北王"，其实这不是戏言，而是同行、朋友们对他衷心的称赞。

五

现在摆在我们面前的这本《滋兰斋序跋》（古代文学与文献卷）就是遽夫给老师、友人和学生们的著作所写的序言和跋语，其中更多的原书作者是他指导过的博士生。取名"滋兰斋序跋"，表明他要像屈原为国家培育人才那样培育学生。事实证明，他所培养的学生都有著作行世，不像屈原那样，在时代大变革、斗争复杂的情况下，培养的好多学生都变质了。全书共选 66 篇序文，分六辑编排，除第一辑表示他在治学上守正和创新的态度，其他五辑都是按学科类型编排，有神话、古史与古文献类；先秦诸子类；先秦两汉文学与文化类；诗赋研究类；汉魏六朝诗文与俗文学类。其中他的学生的著述都是在他的指导下，绝大部分是通过论文答辩后取得博士学位的文稿，又经过改写以后出版的著作。

我以为这些序文和我们一般常见的序文有所不同，不是就求序者的著作进行写作，即以整个书的内容、论述的层次、书的研究观点、论说体系及学术成就等方面加以叙说，而是以所序的原书为引发，引起学术思维，生发出一篇篇相对独立的论述。这些序跋，有的另外介绍一批有关这个问题的文献资料，有的补充了关于这个问题研究的历史过程，有的叙述了历代先贤对这个问题的观点，有的提出新的见解，有的开辟一个新的研究视角。当然，其中也有对所序之书突出成就的肯定。由于是导师对学生论著所作的序言，所以他还像以前师生讨论学术问题时互相交换意见一样，提出自己需要参考的文献，这样可以引起原书作者的思考，丰富原书的文献材料，提炼新的论述层次，发表新的学术观点。原著和序文相辅相成、相得益彰，等于导师又给学生进行了一次辅导或商讨，使学生再进行此类课题的研究时，能够出现更新的论述体系和新的成就，这是此部序言最大的特色。这说明赵逵夫先生在学术研究上掌握的文献资料丰富、熟练，学术视野广阔，论述方法多样，创新的观点层出不穷。我想，原书作者读了他的序言后会引起新的思考，一般读者读了原著后，再读他的序言，也会有所裨益，在原始文献的引用和论证的方法上都会得到新的启示。这也就是赵先生序文的最大特色和成就，从创新的角度来看，这种序言写作的方式也不失为一种创新。

逵夫先生在学术研究上，思路广阔，文献基础丰富坚实，见解新颖突出，行文流畅，出品快当，凡是受他指导的学生、与他相识的朋友们都有这种感受。春节前，他的学生，现在南京师范大学的教授、博士生导师王锷来到我处，说到这点也有深切的感受，他说："有些我们很熟悉的材料经过赵先生的诠释、考辨、引用，往往得出我们想不到的见解，而且有些见解虽然属于推论，你还辩驳不了。"我说："这就是赵先生'画虎点睛'的本领，所有同学包括我们都应该学习他这种本领。"

综上所述，赵逵夫先生通过自己坚定的信念、艰苦的努力和不断的耕耘，取得了突出而重要的成就，赢得了学生的好评、社会的公认，也得到了应有的学术声誉和政治荣誉。由于我平时身体欠佳、行动不便，很少见到逵夫，有时在校内散步时，碰到他的夫人姚美琴女士，说："好久没见到逵夫了，逵夫怎么样？"她说："这个人嘛，就是个工作狂，不是翻那些古书，就是趴在桌子上写，再就是给学生讲这讲那。"后来听说逵夫住了几天医院，过了一段时间我又碰到姚美琴，我问她："听说逵夫最近住了几天医院，现在怎么样？他也七十多岁了，要注意劳逸结合呀。"她说："这个人就那个样子，工作就是他的生命。"说话中不无埋怨情绪，但更有深切的关怀。这使我想到我的老师高亨先生。1985 年前半年，有老同学来信说高先生重病住院了，浑身奇痒，坐卧不宁，我便专程到北京去看望他。师母埋怨地对我说："看你的老师，就是个书虫。我们结婚以来，抗日战争时期生活不安定，南跑北奔。解放后生活安定了，他一天趴到桌子上，不是翻书就是爬格子（'格子'指稿纸），没有和我看过一次电影，逛过一次公园。"高先生起来以后说："你辛苦啦！中国的典籍浩如烟海，文化传统源远流长，你不下功夫，能学到什么呢？能有什么成绩呢？"我想，对于逯夫夫人的话语，假设逯夫在面前的话，也会像高先生那样回答的。

　　逯夫，逯夫！呼您名而释其意，您就是一位在党和国家的感召下，不畏艰苦、困难，认定方向，在广阔通达的道路上，一直向前奔跑的人。祝愿您老当益壮，跑得更健壮，跑得更辉煌。

　　以上仅就所知、所忆，拉杂万言，虽不能说挂一漏万，但挂一漏十漏百可能还是有的。感相邀之盛情，以此权作为"序"吧。

霍旭东

2018.5.12 于西北师范大学十平常斋

时年八十又五

目 录

第一辑　守正、创新与学风

学术慧眼　大家胸怀

——《诗经蠡测》再版跋

先师君重先生于 20 世纪 60 年代初为研究生和青年教师讲授《诗经》《楚辞》，70 年代末、80 年代初又选《诗经》中重要篇章，加以注释、考论，印成讲义近百万字。后应《甘肃师大学报》之约，写出《风诗蠡测》，刊于 1981 年第 4 期。此文发表后被人大复印资料《中国古代近代文学研究》全文复印。赵沛霖先生《诗经研究》将其作为 20 世纪初以来《诗经》研究方面最重要的四十来篇论文之一作了摘要收入书中。文章发凡起例，发现的《诗经》语句、章法上一些规律性问题及提出的"组诗"问题，受到赵沛霖先生的高度评价。其后郭师又先后发表了《风诗蠡测续篇》《风诗蠡测末篇》《雅诗蠡测》（小雅部分）、《雅诗蠡测》（大雅部分）、《颂诗蠡测》。他研究《诗经》的论文多发表在本校学报上。有意思的是这些学报在不同时期名称不同：《争鸣》（1957 年）、《西北师范学院学报》（1957 年）、《甘肃师大学报》（1959 年）、《甘肃师大学报》（复刊 1981 年第 4 期）、《西北师院学报》（1982 年）、《西北师大学报》（1992 年）。学报名称的变化，正反映了西北师大在四十来年中走过的路程。郭先生同西北师大一起走过了近半个世纪的道路，为西北师大的发展洒尽了汗水，费尽了心血。

郭先生关于《诗经》的一些论文，虽然都是应省内工作的学生约稿写成，但其实，都是他认真研究、潜心思考的成果，因为其中的一些观点早就在教学中提了出来。比如重叠字例不作动词用的问题，"周行""周道"在《诗》中通例为"中道""道中"的问题，"莫以""于以"的"以"训"何"的问题，《诗》中一些通名旧皆误以为专名的问题，《诗》中形容词、副词以"有"作词头者相当于该词的重叠的问题,《诗》中"介"字有四义不皆训"大"的问题。郭先生讲课中能发凡起例,度人以金针,使学生举一反三、触类旁通,启发学生思维,提起学生钻研的兴趣。他发表的这些论文大都是在讲义的基础上写成的。

先生文中所论有些问题看来是由小学入手,而实际上是整体研究的结果,是大处着眼,细处下手。比如他讲诗中有时"倒字就韵"和"互换就韵",此前从来没有人提到过。一经先生点破,令人茅塞顿开:《周南·桃夭》第一章结尾为"宜其室家",以与第二句"灼灼其华"叶韵;第二章结尾将末两字倒置作"宜其家室",以与本身的第二句"灼灼其实"叶韵。《齐风·东方未明》第一章前二句为"东方未明,颠倒衣裳","明""裳"为韵;第二章前二句为"东方未晞,颠倒裳衣",将"衣裳"倒字作"裳衣"以就韵。《小雅·斯干》第二章首句为同以下各句的"堵""户""处""语"叶韵,改一般常说的"祖妣"一词为"妣祖"。

以上是句中平列之词为了叶韵而颠倒,郭师还举出一些不平列的词语颠倒的例子:《邶风·式微》第一章末二句"微君之故,胡为乎中露","故""露"为韵;第二章"微君之躬,胡为乎泥中",为了同"躬"字叶韵,置"中"字于"泥"字之后。《曹风·下泉》第一章第四句"念彼周京"与第二句"浸彼苞稂"为韵;第二章第四句则作"念彼京周",颠倒以与第二句"浸彼苞萧"叶韵。

为《诗》作训诂者历代不绝,学者们皓首穷经,钻研于字里行间,然而看到以上词语颠倒的现象皆搜索枯肠、牵强附会以解之,不若先师列举数例,以数百字而破其的:并无其他理由,只是为了叶韵而已。

先生读《诗》不仅善于发现规律,且能以之解决《诗经》中存在的一些前人未能解决的问题。比如《鄘风·蝃蝀》第一章末句"远父母兄弟",与第二句"莫之敢指"叶韵;第二章末句今作"远兄弟父母",将"兄弟"移到了"父母"前,以与第二句"崇朝其雨"句叶韵。但"母""雨"先秦韵部并不相近,而"父"与"雨"可以叶韵,故郭师认为原文本当作"远兄弟母父":既然"兄弟"可置之"父母"前,则"母"置之"父"前也应可以,民歌只求叶韵,并不会如后来之理学家一样想得很多。

《豳风·七月》第七章也一样:"九月筑场圃,十月纳禾稼。黍稷重穋,禾麻菽麦。""麦"（古韵在肍部）与"稼"（古韵在乌部）不叶韵，而"菽"与"稼"为同部之字。看来，原诗是作"麦菽"而不是作"菽麦"，读者因习闻"禾麻菽麦"而不知此处诗人是用了"倒字就韵"之法，故误抄作"禾麻菽麦"。

先生归纳的"倒字就韵"的条例既是理论上的创新，又具有实践意义，可以说是交给了学者一把校正古诗误字的钥匙。

先生还运用"互换就韵"的规律以校正《诗》文本流传中产生的错误。如《陈风·宛丘》第二、三章：

坎坎击鼓，宛丘之下。无冬无夏，值其鹭羽。
坎坎击缶，宛丘之道。无冬无夏，值其鹭翿。[①]

第二章句末四字皆在乌部，是四句皆叶韵。一般说来，第三章也应是四句皆叶韵。但现在却只有"缶""道""翿"三字叶韵（皆在幽部），"夏"字不叶。先师认为第三句本应作"无夏无冬"，"冬"在夆部，与幽部字为阴阳对转，可以叶韵。

通过音韵之学而解决《诗经》研究中的问题，消除了两千多年来学者们猜哑谜一样提出的各种解释，使学者们走出种种烦琐曲说的荆棘之地。先生还提出"专名与通名"的问题，"诗篇各章句式一致，韵脚变字，声近义"等通例，这里就不详细述说了。

先生在《诗经》研究中引起学者们广泛重视的是"组诗说"。他说："我认为民风本来有很多组诗，由于入选，有所删节，加之入选以后，篇次几经改动，所以后人认为各自成篇，中间并无有机联系。如果仔细推敲，有些组诗是依旧保存了下来。"[②]文中举出《陈风》的《衡门》《东门之池》《东门之杨》三篇，《衡门》所咏，娶妻不必齐姜、宋子，但所娶为何等人物、何等姓氏，未尝说明。《东门之池》就是承上篇而明言所娶之妻，是周家姬姓之女。在《东门之池》里，三言"可以"，三言"可与"。"因为《衡门》四说'岂其'，所

① 《十三经注疏》，上海古籍出版社1997年版，第376页。
② 郭晋稀：《诗经蠡测》（修订本），巴蜀书社2006年版，第38页。

以本篇用六言'可以'，互相针顶。"① 先生认为《宛丘》《东门之枌》两篇也可能有关系，但是否属于此一组之内有待考证。文中还举出《郑风》中的《山有扶苏》《狡童》《褰裳》《溱洧》一组，《箨兮》与《丰》一组，《东门》与《出其东门》一组。《风诗蠡测末编》的《〈蜷〉、〈相鼠〉、〈干旄〉三诗新探》也是这方面很有意义的发现。这不仅对于我们理解《诗经》中一些作品的思想内容、主题有所补益，对于理解先秦时诗歌创作的人文环境及构思过程，对于当时诗歌创作时的交互影响及交流情况也有很大意义。

先师受业于曾星笠（运乾）、杨遇夫（树达）、钱子泉（基博）诸大师，精于音韵训诂之学，立言有据，论事切中肯綮，而又能照顾上下文，照顾全篇、全书，不同于清代一些小学家就事论事、有失全局之弊病。如《风诗蠡测续编·释诗应照顾全篇、全章》，举《郑风·缁衣》旧注训"粲"为"餐"云："以粲训餐，单以训诂说，是有根据的。'粲'，与'餐'并以'奴'为声符，故可通假。即从诗之本句说，则每章分为两截：上截言衣，下截言食，上下互异，各不相关。虽亦可通，恐非诗义。"② 这里不是简单地否定旧说，而是肯定围绕旧说可以说得出的一些合理性因素，然后更历史地、客观地对问题加以探讨。他认为"粲"当读为《葛生》"角枕粲兮"、《伐木》"于粲洒扫"的"粲"。《传》云："粲，鲜明貌。"诗原意应是说授以鲜明粲粲的新衣。这样，也同《大东》的"粲粲衣服"，《蜉蝣》的"采采衣服"在词意的理解上一致。例之以《诗经》重章互足之例，各章上下一气，则显然较旧说为长。文中以《唐风·葛生》为例，驳旧注及刘大白先生说，从全诗之诗意及结构分析，也理由充分，更合人情感抒发的实际。

书中还有《释诗亦宜考虑韵脚，固不宜割裂韵脚以释诗》《雅诗多互文见义，行文常节省》《读诗应考全书语例，推求诗意》等，也都能从文艺学和古诗语言表现的通例方面确定释诗的原则，并探索《诗经》文本表现的特征，寻求解决一直找不到妥当答案或被误解的难点的新途径。如论"互文见义，行文常节省"例，文中说："'风'诗多短章，'雅'诗多长篇也。然诗非文比，限

---

① 郭晋稀：《诗经蠡测》（修订本），巴蜀书社 2006 年版，第 39 页。

② 郭晋稀：《诗经蠡测》（修订本），巴蜀书社 2006 年版，第 49 页。

于韵律，故措辞言理，语多节省，此'雅'诗所以特多互文足意。"①文中举《生民》之第四章："蓺之荏菽，荏菽旆旆，禾役穟穟，麻麦幪幪，瓜瓞唪唪。"其叙述之节省文词，比较明显，但前人未能揭示此种行文为《雅》诗中常有之通例，多囫囵带过或以古人行文之有欠严谨搪塞之。郭师揭示其规律，补足文意后，便觉文意畅朗，明明白白。下面是补足后之式样：

　　蓺之荏菽，荏菽旆旆，
　　〔蓺之荏菽〕，禾役穟穟。
　　〔蓺之荏菽〕，麻麦幪幪，
　　〔蓺之荏菽〕，瓜瓞唪唪。②

　　还有些是一时不易看出的，经郭师点破，文意豁然。所举有《大明》第六章，《板》第二章，《桑柔》第十章，《召旻》第三章、第四章、第五章、第七章例。其《风诗蠡测续篇》第九条论《无衣》，其实也是由此入手，揭示了一个长期被误解的诗意。文中说："《无衣·序》云：'刺用兵也，秦人刺其君好攻战，亟用兵而不与民同欲焉。'是《诗·序》以《无衣》为刺诗矣，但是毛《传》并不以为是直刺，而认为是借颂天子以讽刺诸侯。诗的前二句'岂曰无衣，与子同袍'，《传》云：'上与百姓同欲，则百姓乐致其死。'《笺》申之曰：'此责康公之言也。君岂尝曰："女无衣，我与女共袍乎！"言不与民同欲。'"③先师由此入手，纠正了《笺》以"王"为周王之错误，认为此诗语句有所节省，如果补足，便是：

　　〔王未兴师〕，岂曰无衣，与子同袍。王于兴师，〔则曰〕修我戈矛，与子同仇。④

---

① 郭晋稀：《诗经蠡测》（修订本），巴蜀书社2006年版，第107页。
② 郭晋稀：《诗经蠡测》（修订本），巴蜀书社2006年版，第108页。
③ 郭晋稀：《诗经蠡测》（修订本），巴蜀书社2006年版，第61页。
④ 郭晋稀：《诗经蠡测》（修订本），巴蜀书社2006年版，第63页。

其他两章亦是如此。这样一来，意思便十分清楚，《诗序》所说讽刺的意思，也就很显然。郑玄的错误在于他以为春秋时只有周王才能称王，解释中牵强以就此。其实春秋时诸侯在国内也可以称王，这已由出土铜器铭文证明。郭师在论《卫风·伯兮》的创作时曾专门论及此点。后人不明此而循《传》《笺》之说，陈陈相因，不知其非，以谬说为常识，可见《诗经》研究中习惯势力的影响之重。

说到一些作品年代的考证，郭师在这方面能广泛联系有关史料而提出新解，或对前人有说而缺乏有力论证的结论进行严密论证，均能既合于史实，又合于诗本文，在揭示诗的背景，进一步探索诗的内容、主题方面，具有很大的意义。显示出郭师对当时历史的谙熟和善于思考。

关于先生《诗经》研究方面的贡献与特色，白本松先生的《重读〈诗经蠡测〉——代序》一文中有所概括与总结，白先生是先师在 20 世纪 60 年代初的研究生，治学严谨，论著宏富，所概括各点极为精到，读者可以参看，此处不再赘述。

下面就本书整理中的一些问题说明如下。

1992 年秋，西北师大中国古代文学学科被确定为省级重点学科，根据西北师大该学科的传统和当时的研究队伍状况，经学校有关领导、主管部门和省教委研管处同意，我们决定出版《诗赋研究丛书》。先生的《诗经蠡测》即确定为该丛书的第一种。当时古籍所编先师《剪韭轩述学》刚成，我们即将该书第一部分即有关《诗经》的部分的排印本重印。因先师论文本非一时写成，体例颇为不一致，同时有些该收入的文字没有收入，所以此次再版，重新整理编次。整理工作包括以下几个方面：

一、纠正了个别排印错误，填补了原版中的缺字。如原 31 页"有贲其"缺"实"字，45 页"征以中毒"，末字当作"垢"，85 页"蓻之荏叔"，"叔"为"菽"之误，85 页《大明》之第五章"，"五"为"六"之误，85 页论《生民》一诗之省略，引"蓻之荏菽"以下数句，而补出被省略的三句，按先师之意，这补出三句应加方括号以别之，但印本有两句只将所补一句的末一字加方括号，另一句末加括号，等等。此皆显然为排校错误，径加改正。

二、做了一些必要的统一体例与编排格式的工作。先师各文是在不同时期应某些刊物的约稿写成，行文格式和体例时有差异。今凡属于语言方面的一概不变，唯于格式、体例方面的，做技术性处理。大体包括以下几点。

1.关于引诗篇名的标注。《风诗蠡测续篇》引《诗》皆明见于某《风》或《小雅》《大雅》之类，而《初篇》及《末篇》则只出篇名。因《诗经》中同篇名之诗也不少，如《末篇·二》标题中有《甫田》，正文提到也只作《甫田》，但因《齐风》《小雅》都有《甫田》，虽然这里论述的是《风》诗，应指《齐风·甫田》，但不熟悉者查找不便，有时也会造成误解，故我在此段开头第一次出诗题时标出"齐风"二字。其他例此，凡集中论某诗或一段中几次提到某篇，则在第一次出现时在篇名前加上何《风》或何《雅》、何《颂》。如《风诗蠡测初篇·一》主要论述《卷耳》《芣苢》中的"采采"一词，也兼及其他。在《卷耳》《芣苢》篇名第一次出现时加标"周南"二字，作《周南·卷耳》《周南·芣苢》，此部分以后不再加。如集中列举了某《风》中几个篇名，为避免加注过繁，我依《末编·四》开头"两诗皆见于《豳风》"之例，在篇名前加上"某《风》中"或"某《雅》中"的字样。如《初篇·一》列举了《葛覃》《螽斯》《桃夭》《兔罝》《汉广》中的诗句，即在《葛覃》前加"《周南》中"三字。《初篇·一》原文有作"《谷风》（邶）"者，今亦改作《邶风·谷风》，以统一体例。个别地方在开头提到被训解的作品时作"《鸡鸣》诗中的……"（《初篇·六》），亦改作《齐风·鸡鸣》。

篇名交错出现时，视情况而定，以便于检索又尽量保持原文的状态为原则。如《雅诗蠡测（小雅部分）》《雅诗蠡测（大雅部分）》皆分别专论《小雅》或《大雅》中作品，故被论之诗在篇名前一般不再增标"小雅""大雅"之类，只有提到其他部分的作品时，才根据情况标明属于何部。

2.关于引述词语及被释之字、词加引号的问题。原文引及词语，或对某字加以诠释，被引述或被诠释之字、词或加引号，或不加。但有的地方不加引号就可能造成误解。如《雅诗蠡测（小雅部分）·十四》"《汉书》以'能'读'耐'者极多，皆在哈部"①，有可能将"能"读为句中副词，故在"能""耐"上皆加引号。其他例此，除大标题外，小标题及正文中凡被释之字、词、词组

---

① 郭晋稀：《诗经蠡测》（修订本），巴蜀书社2006年版，第102页。

皆加引号，以便阅读，也免发生误解。如《初篇·八》之标题《邂逅本佳偶》，例以《初篇·三》之《释"子都"与"子充"》，今作《"邂逅"本"佳偶"》。

3.关于书名号。原文提到《诗》《南》《风》《雅》《颂》，个别地方加书名号（如《二〈南〉臆测》之一开头云："二《南》之诗，从来纳入《风》诗。"又云："《周礼》'太子教国子以六《诗》'，有《风》《雅》《颂》而无《南》。"），大部分地方不加。今为统一体例和便于阅读，凡属专指书名篇名者，皆加书名号。

三、增补。

1.先师曾应约写过三篇赏析文章，并作了一篇《诗经韵读》，今将前者作为一组收入正文。后者则作为附录，供一般读者了解《诗经》的韵读情况。欲了解先师关于音韵学研究的情况，可参看其《剪韭轩述学》（甘肃人民出版社1993年版）和《声类疏证》（上海古籍出版社1993年版）。他曾整理曾运乾先生的《音韵学讲义》（中华书局1996年版），他关于《诗经》韵部的划分，与以上各书一致。

2.先师在《争鸣》1957年第1期发表了《〈诗·鹊巢〉今说》，于当年第3期又发表了《答陈增宇同学谈〈鹊巢〉诗》，后者前次未收入。此文对有关问题进一步论述，也谈到了治学的态度问题，对青年同志有一定的参考作用，今也作为前一文之附录收入。

3.先师发表于《西北师院学报》1957年第1期之《试从诗骚的创作方法谈中国古典文学中的现实主义与浪漫主义的问题》，发表于《甘肃师范大学学报》1959年第5期的《试论现实主义问题》，都对《诗经》的思想、精神、创作方法等有深入的分析，反映了先生对一些理论问题的思考，其中有些见解也表现出先生学术上的独立精神和勇气。比如在前一文第一部分的开头便说："如果把整部的中国文学史，简单地看为：只是现实主义与反现实主义的斗争，不单是抹煞了整个中国古典文学的丰富的历史，搪塞了深入研究中国文学史的需要；而且，其结果，也将辨不清现实主义与反现实主义的真正界线。"这在当时的政治气氛下，在整个文学研究领域都以是否现实主义来划线的时期能提出这种看法，体现了一种科学的认真精神，而且，这个观点在今天来看，也是十分正确的。先生在理论研究上十分执着，但并不固执，他在不断地思考、深化对有些问题的认识。他的第二篇文章对有关问题作了进一步论述，并且修正了前文中部分的观点，由此都可以看出先生不断探索的精神。尽管文章写成于近五十年以前，但其中很多地方仍具启迪性。所以我们将这两文也作为附录收入。为保持历史原貌，原文未作改动，只是根据新的文字、标点符号规范，请伏俊琏教授做了一些整理工作。

先生印于 1979 年至 1980 年的《诗经讲稿》，陈戍国教授在他的论著《三家诗刍论》等著作中已有引述。原拟请先生哲嗣郭令原博士将其中的精要摘出一些收入书中，因郭令原博士目下尚忙于其他工作，一时不能做到。我们考虑此书以后由令原同志整理另行出版为好，故再未节录。关于本书的再版及整理中的一些问题曾征求了师母张士昉老师和郭令原博士的意见，特此说明。

2006 年 3 月 17 日

郭晋稀：《诗经蠡测》（修订本），巴蜀书社 2006 年版。

郭晋稀（1916—1998），湖南湘潭人，1942 年毕业于湖南大学国文系，曾任教于桂林师范学院，国立师范学院。1951 年在华北革命大学毕业后，分配到兰州西北师范学院任教，直到去世，曾任西北师范大学古籍整理研究所所长。郭先生是我国著名的音韵学家，古代文学研究专家，古代文论研究专家。他的《声类疏证》《等韵驳议》《邪母古读考》等著作在上古声纽研究方面有突破性的成绩。他是建国后较早研究《文心雕龙》并取得突出成就的学者。郭先生还有《诗辨新探》《白话二十四诗品》《剪韭轩述学》等学术著作，对先秦两汉、唐代、明清文学的一些重大问题都做过深入探讨。

目瞭形分　心敏理达
——《诗辨新探》跋

　　《诗辨新探》是先师郭晋稀先生于 20 世纪 80 年代中期精心撰写的一部专著。郭先生在《红旗手》(《甘肃文艺》)1961 年第 1 期开始发表他的《文心雕龙选译》,是国内最早进行《文心雕龙》今译工作的学者。1963 年,他的《文心雕龙译注十八篇》出版,次年在香港建文书局加以翻印,后香港中流出版社有限公司等又加翻印,流布港、台及国外。1982 年郭先生出版了《文心雕龙注译》,90 年代中期又应岳麓书社之约撰《白话文心雕龙》。所以,他以研究《文心雕龙》而知名于海外。意大利汉学家珊德拉教授对郭先生说,她研究《文心雕龙》就是从《文心雕龙译注十八篇》入门的。台湾师范大学教授、著名学者李曰刚先生受业于黄季刚,研治《文心雕龙》二十年,于 1982 年出版了《文心雕龙斠诠》,在台湾影响甚大。据牟世金先生研究,"至郭晋稀《文心雕龙十八篇》,始对《文心雕龙》的下篇有所调整。李书即主要根据郭说改篇而又有新的增益"[1]。牟世金先生的《台湾〈文心雕龙〉鸟瞰》,将郭、李两书的篇次列出进行了比较。台湾另一学者王更生的《文心雕龙导读》,日本学者户田浩晓的《文心雕龙·前言》中,都提到郭晋稀先生的《文心雕龙译注十八篇》;张少康、汪春泓、陈允锋、陶礼天合著的《文心雕龙研究史》,周振甫主编的《文心雕龙词典》中,对郭师的《文心雕龙译注十八篇》和《文心雕龙注译》二书都有专门的评价。但是,在郭先生的著作中,他最满意的并不是关于《文心雕龙》的著作,而是完成于 80 年代末的《诗辨新探》。他说:"这本

---

[1]　牟世金:《台湾〈文心雕龙〉鸟瞰》,山东大学出版社 1985 年版,第 100 页。

书中更多地谈了我自己的一些看法。"

《诗辨新探》出版不久，中国社会科学院文学研究所郑永晓先生即发表了《系统地把握严羽诗论的精神实质 —— 读郭晋稀先生〈诗辨新探〉》一文，对该书做了评价，认为此前众多治学名家对《沧浪诗话》中几个重要问题的阐释聚讼纷纭，令人茫然无所适从，"读郭晋稀先生的《诗辨新探》则有拨云见日之感"。文章指出了该书的三个特色：

> 力辟众说，自出机杼是该书最大的特点。翻开这部仅有十万字的著作，却随处可见著者独到、新颖而又令人信服的观点。在《沧浪诗话》研究史上，著者首次提出，严羽所阐述的"别材说""别趣说""兴趣说""妙悟说"用现代语言来说即是题材论、题旨论、创作论、学习方法论，是一个不可分割的整体。①

文章认为《诗辨新探》的第二个特色是"论证精密，分析透彻"；第三个特色是"高瞻远瞩，从诗史的高度，将《诗辨》置于中国诗论发展的历史长河中予以辩证的考察"。对这三个特色郑先生文章中各有一部分专门加以论证。文章末尾提到，列在附录中的两篇文章也值得注意。第一篇《从中国诗论的发展看严羽"别材、别趣说"的涵义及其贡献》究源竟委，系统考察了"别材、别趣说"与"言志""缘情""风骨"说的关系，俾使读者了解严羽论诗之渊源。尤其对第二篇《严羽论诗与李清照论词》予以很高评价，认为郭晋稀先生"首次揭示了严羽论诗与李清照论词的关系，也显示出其独到的眼光和深入辨析事物的能力"。

一部有价值的书，还要有眼光的人来鉴别评析。郑永晓先生多年来专注于宋代文学与文论的研究，广泛阅读各家的有关论著，所以他能特别注意到《诗辨新探》在《沧浪诗话》研究、中国古代诗学研究和古代文学研究上的价值。这些，有先生的书在，有郑永晓先生文章在，我就不多说了。

---

① 　郑永晓：《系统地把握严羽诗论的精神实质 —— 读郭晋稀先生〈诗辨新探〉》，《西北师大学报》（社会科学版）1992 年第 4 期。

我这里想补充说的是，郭师完成这部篇幅不大的著作，在学术上是有很深厚的积累的。本书《前言》中说，他写关于《沧浪诗话》研究的论文，是听友人告诉他要邀他参加关于严羽的学术研讨会才动的念头。其实，他在唐诗、宋诗方面花过很大功夫。他从青年时代即背诵了全部杜诗，"文革"中被打为牛鬼蛇神，他为国家的灾难忧心如焚。无事时他研读杜诗，作《杜诗系年》，以寄托他对国家、人民的忠爱之心。20世纪80年代，他先后系统重读白居易、韩愈、苏轼、黄庭坚等人的诗集，对中国诗歌尤其是唐宋这一段的发展状况做了全面深入的思考。80年代初，他先后在本校及上海师大、湘潭大学、湖南师大等校为研究生讲授过中国古代文论。《沧浪诗话》是他研读最久的书之一。80年代中期准备写关于《诗辨》的论文，主要是将新近发表的有关论著加以搜集了解，掌握了当时研究的状况。所以，无论是论文还是专书的形成，都比较快。因为是厚积薄发，又经过了研精覃思，故显得举重若轻。实际上他在这方面的看法有些是早就形成了的。他在80年代初写的一首《戏嘲贾岛》云：

> 独行潭底凄凉影，自是羁人有此愁。
> 两句何须三载得，任他归卧故山秋。①

不少人讲到作诗都大讲"推敲"，提倡琢磨，郭先生认为这种无关兴趣的苦吟的方法，并不能写出好诗，这样冥思苦想，是自己折磨自己，已背离了诗歌创作抒情的本旨。他对严羽的诗论评价是很高，正是同他的这个看法相一致的。下面抄三首1985年他参加严羽学术讨论会时的诗作，读者可与其《诗辨新探》合读。《参加严羽学术讨论会》云：

> 武夷形胜地，严羽笔生花。
> 妙语魁天下，评诗独一家。②

---

① 郭晋稀：《剪韭轩诗文存》，甘肃人民出版社2014年版，第16页。
② 郭晋稀：《剪韭轩诗文存》，甘肃人民出版社2014年版，第26页。

后两句可看出先生对严羽及其《沧浪诗话》的评价。又《登沧浪新修阁》云：

> 不傍人篱壁，轩然起大波。
> 评诗其独创，爱国古无多。
> 旧构虽灰尽，新修岂劫磨。
> 他年寻胜梦，和月堕烟萝。①

他对严羽诗论的独创性及爱国之情予以高度评价（有关严羽生平资料存者极少。然戴复古赠严羽诗有云："飘零忧国杜陵老，感遇伤时陈子昂。"则仪卿的思想情怀可知）。

我在这里特别要指出的是，前人之论《沧浪诗话》者，以为严羽的理论只是针对唐宋诗，尤其是宋诗的创作而言，其中一些观点来自近体诗或唐宋诗歌创作的经验，其理论也只能用以诠解分析唐宋以后诗歌，所以，校释者大率只摘引唐宋人诗话、札记之类以较其异同，明其原委。郭晋稀师这本书中则明确指出："'兴趣说'是历史上言'兴'之继承与发展，而又为严羽所独创。""兴"为"比兴"的"兴"，"趣"为"情趣"的"趣"。②既有所承又有发展。而且，我以为用严羽的"兴趣说"和"别材、别趣说"来分析屈原《离骚》等作品的艺术成就、创作特色，也最能说明问题。《沧浪诗话·诗辨》开篇第一节即说："工夫须从上做下，不可从下做上。先须熟读《楚辞》，朝夕讽咏以为本；及读《古诗十九首》、乐府四篇……久之自然悟入。"③尽管后面也指到"苏、李""李、杜""盛唐名家"，但首先是"楚辞"。而且，他同苏轼、黄庭坚、吕居仁等不同的是，先秦只提"楚辞"，不提《诗经》。他在《诗评》部分还说："'楚词'惟屈、宋诸篇当读之。"又说："读《离骚》之久，方识真味，须歌之抑扬，涕泪满巾，然后为识《离骚》。"④可见，他是以屈原的作品，尤其《离骚》为诗歌创作的最高范本的。因此，用严羽《沧浪诗话》的一些理

---

① 郭晋稀：《剪韭轩诗文存》，甘肃人民出版社2014年版，第26页。
② 郭晋稀：《诗辨新探》，巴蜀书社2004年版，第57页。
③ （宋）严羽：《沧浪诗话》，中华书局1985年版，第4—5页。
④ （宋）严羽：《沧浪诗话》，中华书局1985年版，第38页。

论来解读《离骚》，探究其中的艺术奥秘，会取得以他法取不到的效果。这个问题具体说起来还复杂，我只能在这里提一下，读者可自得之。

严羽的《沧浪诗话》确实是《文心雕龙》《诗品》之后最重要的一部诗论著作，但其中很多问题学者们理解上分歧很大。对这部书中一些概念、理论、论述的误解大大地降低了它在文学理论史上的地位。郭先生这部十万字的著作，纠正了前人与时贤的一些误解，从中国诗歌发展的实际揭示了《沧浪诗话》产生的背景，辨析了书中一些特殊词语的含义，显出了《诗辨》的理论体系，郭师实为严羽研究的功臣。但如前所说，郭师写此书并非兴之所至，偶然为之，而是对整个中国诗论和中国文学史研究思考的结果。郭先生在这本书的《简短的结尾》中说：

> 我们对文学史的研究，总是分别朝代，排列作家，然后分家论述。形式上是有组织的，实质上是没有联系的。说它是列朝文苑传可以，或者说它是历代作家传也可以。《宋元学案》虽然是一部思想史，它以师承为系联，其结构的完整，组织的严密，其科学性较之我们的文学史实在是有过之而无不及。因而如何写一部文学史，应该早日提到我们的日程上来了。[1]

又说：

> 严羽把诗之构成分别为"词、理、意兴"，然后从词、理、意兴在诗中的运用，来谈诗的发生、发展、壮大和变化，还是比较合于客观事实的。一个事物都有它的规定性，诗的材料、诗的旨意、诗的创作方法，就是决定诗的规定性的。三者结合的形成、发展、壮大和变化，应该与诗之发展过程相一致。我们认为这些，是严羽在理论上最大的贡献。我们之写这部书，首先是想阐释清楚《沧浪诗话》，其次是想把它作为突破口，谈谈应该如何写一部诗史，发表一点个人意见，用此以求教于大方。[2]

---

[1]　郭晋稀：《诗辨新探》，巴蜀书社 2004 年版，第 102 页。
[2]　郭晋稀：《诗辨新探》，巴蜀书社 2004 年版，第 102—103 页。

首先，他认为文学史应该从文学自身的发展去描述其轨迹，而不应去套框框，成为一种教条。其次，在学术上他提倡创新，不喜欢因循守旧，认为不能照搬别人的东西以代替自己的研究与创造。20 世纪 80 年代以来，章培恒、骆玉明先生主编的《中国文学史》力图从人的社会心理的变化去审视文学的发展演变，就是一次十分有益的探索。所有开拓者的工作都不会有尽善尽美的，发展、完善是后一步的工作。再次，可以看出，郭先生是将《沧浪诗话·诗辨》放到中国诗学发展的总的进程中去观察的，他认为《沧浪诗话》是中国文学史研究的一个突破口。我认为他的意见将会得到越来越多的人的认同。遗憾的是 90 年代中郭先生一直身体不好，心情也欠佳，没有能持续进行他的这项研究。

郭先生在学术上对自己要求很严。他的《音韵学讲义》《文字学讲义》《等韵驳议》《先秦诸子思想史》《先秦文学讲义》《元明文学讲义》《清代文学讲义》（与人合编）、《晚清文学讲义》《诗经讲义》等，有的写于 40 年代，有的写于五六十年代，都只有油印稿；《中国语言文字学概论》《杜诗系年》《中国文学批评史讲义》《新编说文通训定声》（未完稿）都只有手稿（仅末一种誊清稿就有数百万字）。这些，他或认为受时代影响，为讲义性质，一般的论述多了些，或没有定稿，都不愿正式出版。完成于 1942 年的《等韵驳议》，1984 年 6 月刻印后曾在中国声韵学会上交流，后来因为还想补充和修改，90 年代初我说过几次，他都不同意交付出版。50 年代后期发表的《试从诗骚的创作方法谈中国古典文学中现实主义与浪漫主义问题》《论杜甫〈秦州杂诗二十首〉》，在编《剪韭轩述学》时，他都不同意收入，说是在今天看来意义不大。这种严肃的科学态度，严谨的治学方法，在学风浮躁、泡沫性"创新"盛行的今天，更显得可贵。

《诗辨新探》初版由甘肃教育出版社 1991 年 1 月出版，印数很少。现在将它收入《诗赋研究丛书》予以再版。此次再版，原文除改正了排印中的几个错字，其他无任何改动。另将他的两篇论文《白居易论》与《韩愈诗论》附录于后，以便于读者更全面地了解郭先生对唐宋诗歌发展的认识及对《诗辨新探》中有些问题的论述。郑永晓先生是唐宋诗学与诗学研究的专家，郭先生在《西北师院学报》上读了郑先生的文章后曾说："这篇文章也不是轻易写得出来的。作者的学养很深。"为了便于读者把握全书的内容，今征得郑永晓先生的同意，将他的大作置于书前，作为再版的《序》。郑永晓先生说，他在上大学时即读过郭先生的《文心雕龙译注十八篇》，印象很深。但直至郭先生去世，他们没有见过面。江淹《伤友人赋》序中说："仆之神交者，尝有陈郡之袁炳焉。"赋中又说："余幼好于斯人，乃神交于一顾。"他们二人也可以说是忘年神交。我对郑永晓先生在这里表示深深的感谢。

2003 年 6 月 29 日

郭晋稀：《诗辨新探》，巴蜀书社 2004 年版。

睿哲惟宰　精理为文

——《陇上学人文存·郭晋稀卷》序

一

　　郭晋稀先生是蜚声海内外的《文心雕龙》专家，在中国古代文论、古代文学及音韵、文字研究方面都取得引人瞩目的成就。他严谨的学风、扎实的国学基础及学术上追求不断创新的精神在省内外学术界留下了深刻的印象。

　　郭晋稀，字君重，1916 年 10 月 22 日生于湖南湘潭株洲镇（今株洲市）·袁家湾一个书香之家。先生自幼好学，1936 年毕业于湖南省立第一师范，回湘潭后在新群学校任教。两年后考入国立师范学院（湖南省安化县蓝田镇）中文系，抗战爆发后学校迁至溆浦县（1946 年又迁至衡山县南岳大庙）。因读书扎实、好学深思，受到骆鸿凯（字绍宾）、钱基博（字子泉）、钟泰（字钟山）等先生的器重。后因先生耿直，与学校管理人员发生冲突，立意转学，钟泰先生特请彭一湖专函去给国立湖南大学校长说项。1940 年 9 月转学到国立湖南大学以后，钟、钱二位先生也是长短书信不断，或论学问，或谈做人，虽是师生，而情同父子和挚友。如钱子泉先生给先生信中说："贤论《易》以阴阳、动静、消息、世变，而不在象数图书，最是通人之论。"[1]"顷阅湖大期刊，说《庄》数则，极见心思。""所寄校《庄》数十则，当为不易。"[2]（按："不易"指不可移易，确为定论）郭先生由国立师范学院转入国立湖南大学不久，骆鸿凯先生由

---

① 摘自 1942 年钱基博先生来函。

② 摘自 1941 年钱基博先生来函。

湖南大学移砚国立师范学院，钱基博先生在给郭先生的一封信中说："骆先生
来院一谈，道及贤学问精进，为诸师所重。闻之欢喜。"①骆先生也仍然关心他
的学业。他给郭先生的一封信中说："顷奉手札，并大著《邪母古读考》，均
悉，甚佩！喻、邪、定三母相通，乃凯研求语根积十余年所悟者，惟以圉以方
音，疑邪、从两母古读亦通，是以牵制未能写定。今得足下是篇，以为邪与从
无预，论自不刊。"②

　　在湖南大学（当时迁至湘西辰溪）在读期间又得杨树达（字遇夫）、曾运
乾（字星笠）、马宗霍（名承堃，以字行）等先生的赏识。诸位先生当国家危
亡之时随校迁徙，颠沛流离，然而克服种种苦难维持教学工作、谆谆教诲学
生的精神，对先生产生了很大的影响。以后先生每提及当时的老师，总是说：
"教我治学，教我做人。"十分感激。尤其在湖南大学期间，得杨树达、曾运乾
先生耳提面命，对他一生做学问及在学风和研究方法方面打下了一个很好的基
础。当时中文系总共不到二十人，学生在老师那里，比今日的研究生接触导师
的机会还要多。先生每次去拜见杨先生，杨先生总命其坐书案旁，然后出示自
己的研究文稿，告以有关问题前修之未密及自己的解决思路。曾先生也常常叫
他至自己住处讲论治学之法，探讨一些具体问题。先生也常直陈自己对某些问
题的看法。杨树达先生《积微居小学述林》卷三《释鬲》篇：

　　　　湘潭郭晋稀学于湖南大学，从余治文字之业。于余说颇能有所领悟。
　　一日走告余曰……③

下引其语数百字。然后杨先生说："善哉，君之说字也！"并就先生之说加以
增订，而得"鬲"字的确解。文末曰："余以事赴邵阳桃花坪，路过芷江榆树
湾候车，客馆无事，因记余与晋稀所讨论者如此。"又附文字一小段：

　　　　晋稀又尝说"疌"字。谓许说"止"在"舟"上，"舟"非舟船之

① 由于年代久远，时间不能确定。
② 摘自1945年骆鸿凯先生来函。
③ 杨树达：《积微居小学述林》，中华书局1983年版，第88页。

"舟"。《说文》"履"下谓:"舟"象履形,"耇"字谓"止"在"履"上耳。古人入室则脱履,"止"在履上,故为前也。此说以许说纠许,亦深具妙悟,因附记之。[①]

由此可以看出其师生间讨论学问的情形及相互情感。曾运乾先生对先生耳提面命,悉心指导,以后郭先生在相当长时间中从事音韵学的研究,同曾运乾先生关系很大。他在曾先生的指导下,于 1942 年春完成了七万多字的《等韵驳议》(原题"等韵发微",杨树达先生改为今名)。7 月先生毕业,任教于湖南第七师范。此年底曾先生家燬于大火,家人函电交驰之下,在所不顾,而两次驰书给郭先生,招其回湖南大学任教。但因当抗战最艰苦的阶段,交通阻隔,邮政不畅,郭先生未收到此信。由此可见曾运乾先生实视君重先生为托命之人。1945 年 1 月曾先生去世。在此期间,郭先生任国立师范学院附中教员,1944 年 3 月任国立师范学院(当时迁至溆浦,是屈原被放江南之野后南行最南端之地)助教,1945 年经杨树达先生推荐,到贵州平越(今福泉县)国立桂林师范学院任教。先生在国立师范学院,曾先生也常有书信,关心其学业。曾先生在一封署为四月六日的信中说:"月末在校情形如何,所读何书,有何新发见,乞于日内写信告我为盼。"另一封信中是接到郭先生提出希望假期到曾先生家读书的要求,虽然家中困难不小,也欣然答应。其他几位先生也一样,常予以具体指导,生活上也如同父子一样。

1942 年先生在湖南大学毕业时,当抗战之际,国家艰难,人民没有一个安定的生活,常受到日本飞机的轰炸骚扰,学校时时搬迁。有的教师即自愿组织从事抗战宣传工作,其从事教育者,将教学生看作传播中国文化命脉、鼓舞爱国思想的历史使命,亦甚为艰苦。马宗霍、骆绍宾先生几封信中除讨论学术,为先生的工作事提建议外,还委托他人以先容,表现出极大的关心。

新中国成立后,经徐特立同志介绍,到北京,入华北革命大学政治部研究班学习,1950 年冬学习期满,1951 年春到西北师范学院(今西北师范大学)任教。以后学校校名几经变更,但先生再未离开这个学校,直至 1998 年 7 月

---

①　杨树达:《积微居小学述林》,中华书局 1983 年版,第 89 页。

29 日去世。先任副教授，后任教授之职；先后担任中国古代文学教研室主任、古籍整理研究所所长。在社会兼职中，曾任中国《文心雕龙》学会理事、中国诗经学会顾问等。郭先生在高校任教五十多年，兢兢业业，教学深得学生欢迎。当时西北师范学院在全国招生，很多学生来自外省，南至广东、广西、福建，有些同学生活上不习惯，他都给予关心、帮助，所以不少同学毕业数十年后，仍同他有联系，对他抱有感激之情。1959 年他加入了中国共产党。此后虽然一个一个的政治运动耽误了他不少精力，但还是抽时间读了大量的书，进行了几个课题的研究，如《杜诗系年》（未出版）、《文心雕龙》研究（有多部专著出版）。他作《徐文长年谱》，翻阅各种文献，抄录的卡片有十来斤重。同时，在历次政治运动中，他一方面抱着相信党、相信群众的态度，一方面坚持实事求是，既不随大流无端地伤害他人，也不会为了表现自己而说过头话。"文革"中他受到冲击，但能坦然对待。被关在牛棚的时间，他除了劳动、接受批判，就读《毛泽东选集》。"文革"后期，"四人帮"倒行逆施的行为越来越明显，"评法批儒"中校工宣队要他到各处去讲"法家人物"武则天，他婉言推辞。他认为作为一个共产党员不能随口乱说，作为一个学者也不能人云亦云。先生性情耿直，而处人随和，与同事相处融洽。他初到西北师院时讲授音韵文字训诂，这是他在中年以前最为用力之处。1952 年介绍湘潭的彭铎（字炅乾）先生来西北师院。彭先生是教古代汉语的，当时学生教师人数都较少，首先要考虑各种课程都有专人讲授，故郭先生主动改教古代文学前半段。后来又因元明清一段没有人上，他改教元明清文学。

先生从 1959 年开始留研究生，后来教育部规定有变化，所留学生改为"留校"。1961 年又开始招研究生。他也常常指导青年教师的读书、教学、科研活动。几十年中郭晋稀先生培养了大量人才，也为西北师大中国古代文学的学科建设做出了杰出的贡献。

二

郭晋稀先生知识面很宽，又因其深厚的根底，所以在学术上有多方面的建树。他在学术界影响最大的是《文心雕龙》研究。1961 年，在《高校六十条》颁布之后，全国开始了高校教材建设，中宣部负责人指示要重视对中国传统理论的研究，并明确提出对《文心雕龙》要进行研究，以继承、发扬其理论精华。于是郭先生开始翻译《文心雕龙》，在《红旗手》（不久又恢复旧名《甘肃文艺》）上连载。1963 年 8 月，他的《文心雕龙译注十八篇》由甘肃人民出版社出版。这本书一年后被香港建文书局翻印，传播至港台学术界和日本、韩国等国际汉学界。这本书同刘永济先生的《文心雕龙校释》（中华书局 1962 年版），陆侃如、牟世金先生的《文心雕龙选译》（山东人民出版社 1962 年版），是 1949 年之后《文心雕龙》最早的新注本。这本书每篇前对全文有概括而精当的评论，注释准确而简要，译文流畅，又具有古文的典雅与节奏感，顺着译文读，就像是他在论述，而对照原文，又都扣得很紧。尤其反映了先生对《文心雕龙》结构的看法（见该书《养气》《序志》二篇题解、注释及相关篇的题解），首次对《文心雕龙》的篇次做了调整。日本学者户田浩晓的《文心雕龙》一书（昭和四十七年东京明德出版社出版）列中国内地学者的著作三种，范文澜的《文心雕龙注》、杨明照的《文心雕龙校注》之外，即郭先生的《文心雕龙译注十八篇》。户田浩晓在昭和五十一年（1976）撰写的《文心雕龙小史》中认为，关于《文心雕龙》，"现代中国语的译本有特色者当推郭晋稀氏的《文心雕龙译注十八篇》（1964 年）和李景濚氏的《文心雕龙新解》（1968 年）"①。日本九州大学文学部教授林田慎之助的《文心雕龙文学原理论的若干问题》一文，肯定了郭先生关于刘勰世界观是唯心主义的观点（见《日本中国学会报》1967 年第 19 号）。意大利汉学家珊德拉教授曾对郭先生说，她研究《文心雕龙》就是从这本书入门的。

　　"文革"结束后，郭先生又发表了《〈文心雕龙〉的卷数与篇次》（《甘肃师大学报》1979 年第 1 期）、《试谈刘勰论创作思维的特点》（1982 年中国《文心雕龙》学会成立大会交流论文）、《从刘勰的世界观看他的美学观、经学观和文学观》（《文学遗产》1985 年第 1 期）等，对在《文心雕龙译注十八篇》前

---

　　①　王元化编：《日本研究〈文心雕龙〉论文集》，齐鲁书社 1983 年版，第 25 页。

言和题解、注释中的一些观点作进一步论述，并同日本学者安东谅就一些问题
展开讨论①。郭先生认为《文心雕龙》全书的结构与《序志》所说完全一致，每
篇的内容结构，也在《序志》中已点明。全书原分上、下两篇，即上、下两大
部分，每部分有文二十五篇。《序志》中说：

> 盖《文心》之作也，本乎道，师乎圣，体乎经，酌乎纬，变乎骚，文
> 之枢纽，亦云极矣。若乃论文叙笔，则囿别区分，原始以表时，释名以章
> 义，选文以定篇，敷理以举统，上篇以上，纲领明矣。②

按照郭先生研究所得，上篇依次与《序志》所说相对应：

《原道》："本乎道。"

《征圣》："师乎圣。"

《宗经》："体乎经。"

《正纬》："酌乎纬。"

《辨骚》："变乎骚。"

以上五篇为文之枢纽，故云"文之枢纽，亦云尽矣"。

《明诗》《乐府》《诠赋》《颂赞》《祝盟》《铭箴》《诔碑》《哀吊》八篇为
"论文"；《杂文》《谐隐》两篇间乎文笔；《史传》《诸子》《论说》《诏策》《檄
移》《封禅》《章表》《奏启》《议对》《书记》十篇为"叙笔"。以上二十篇论文
叙笔，囿别分明。

这二十篇各篇如何论文、叙笔，也有一定体例，这便是"原始以表末，释
名以章义，选文以定篇，敷理以举统"。郭先生举例分析，皆合若符契。

下篇二十五篇同样结构严谨，有其章法。《序志》接着上面所引论上篇一
段文字云：

> 至于剖情析采，笼圈条贯，摛《神》《性》，图《风》《气》，苞《会》

---

① 郭晋稀：《关于〈文心雕龙〉下篇篇次 —— 和安东谅君商讨》，《中华文史论丛》1986 年第 3 期。

② 郭晋稀：《文心雕龙注译》，甘肃人民出版社 1982 年版，第 582 页。

《通》，阅《声》《字》，崇替于《时序》，褒贬于《才略》，怊怅于《知音》，耿介于《程器》，长怀《序志》，以驭群篇，下篇以下，毛目显矣。①

郭先生认为下篇二十五篇应与《序志》完全一致，因而作了五点校正：（一）将现行各本都列在《指瑕》后的《养气》《附会》移于《风骨》之后、《变通》之前。（二）校《序志》中"图《风》《势》"的"势"为"气"，因为在《风骨》篇中是以"风""气"并论，故《风骨》之后应为《养气》而不应是《定势》。又《序志》中言"苞《会》《通》"，则《附会》应在《变通》之前。（三）移原列在《夸饰》后的《事类》于《通变》之后。《事类》是"据事类义"，属于文骨。《风骨》兼论"风""骨"。以下两两相配，《通变》主风，《事类》主骨，故《事类》当在《通变》之后。（四）移原列在《夸饰》《事类》之后、《隐秀》之前的《练字》于《声律》之后，因《序志》中明言"阅《声》《字》"，《声律》《练字》不当分在两处。（五）移原列在《时序》与《才略》之间的《物色》于《夸饰》之后、《隐秀》之前，因为《物色》属于析采的范围，不当在《时序》与《才略》之间。

经郭先生的校理，则下篇二十五篇同样次序井然：

《神思》《体性》："摘《神》《性》。"

《风骨》《养气》："图《风》《气》。"

《附会》《变通》："苞《会》《通》。"

加上《事类》《定势》，以上共八篇，属于剖情。

《情采》《熔裁》，郭先生以为"情"与"熔"属于情，"采"与"裁"属于采。两篇情、采兼论，故置于两部分之间。

以下《声律》《练字》《章句》《丽辞》《比兴》《夸饰》《物色》《隐秀》《指瑕》《总术》共十篇属于"析采"。

结尾五篇：

《时序》："崇替于《时序》。"

《才略》："褒贬于《才略》。"

① 郭晋稀：《文心雕龙注译》，甘肃人民出版社1982年版，第582—583页。

《知音》："怊怅于《知音》。"

《程器》："耿介于《程器》。"

《序志》："长怀《序志》，以驭群篇。"

经郭先生这样一整理，才真正显示出《文心雕龙》这部书是一部构思缜密、结构谨严的理论巨制，其《序志》也真正体现着"以驭群篇"的作用。

历来研究《文心雕龙》者不少，都未能发现《序志》在概括全书构思上这样的作用，所以一般标点《文心雕龙·序志》，也都将"摛神性，图风势（"势"应作"气"），苞会通，阅声字"中的"神性""风势（气）""会通""声字"当作一个词或词组看，未看出是分别指书中的两个篇目。

郭先生在《文心雕龙》篇次方面的研究引起海内外学者的关注。据牟世金先生《台湾〈文心雕龙〉研究鸟瞰》一书说："台湾出版的多种《文心雕龙》论著，都列范文澜、杨明照、刘永济、陆侃如、牟世金、郭晋稀的著作为'重要参考书'。"[1]并特别指出，台湾学者李曰刚的《文心雕龙斠诠》关于其篇次的看法，取了郭先生的见解。李曰刚先生为台湾师范大学教授，早年毕业于南京中央大学，曾受业于黄侃。李氏此书被学者称作"博大精深之巨著"，《文心雕龙导读》一书中评论此书说："他这部巨著实有黄札、范注、刘释、杨校的优点。"[2]这里只提到黄侃的《文心雕龙札记》、范文澜的《文心雕龙注》、刘永济的《文心雕龙校释》、杨明照的《文心雕龙校注拾遗》，而没有提到郭先生的《文心雕龙译注十八篇》，但牟世金在他那本书中将李书与郭书的篇目对照列出，证明基本上采用了郭书的次序，只是个别地方不同，并将改动之处扩大到了上篇。牟世金说：

　　至郭晋稀《文心雕龙十八篇》，始对《文心雕龙》的下篇有所调整。李书即主要据郭说改篇而又有新的增益。查郭书只改下篇（一九八二年出版《文心雕龙注》也是如此），李著则扩大到上篇之《杂文》《谐隐》二篇。[3]

---

①　牟世金：《台湾〈文心雕龙〉鸟瞰》，山东大学出版社1985年版，第3页。

②　王更生：《文心雕龙导读》，《王更生先生全集》（第一辑第四册），台湾文史哲出版社2010年版，第119页。

③　牟世金：《台湾〈文心雕龙〉鸟瞰》，山东大学出版社1985年版，第100页。

牟世金书中在将两书篇次做了对照后又说：

> 李曰刚的改篇，有的是根据郭晋稀的理由，有的与郭改不同，又提出许多自己的理由。[①]

对此，牟氏在引述了《导读》中的一段话后说：

> 这说明著者的治学精神是极为严谨的，却不幸而将和唐写本的篇次一样的上篇也作了个别更易。这是否为智者一失，窃有疑焉。[②]

郭先生是调整了看来确有窜乱的部分，而后代传本与唐写本一致的，没有更改，说明了郭先生在处理这个问题上的谨慎态度。李曰刚书中未提到郭先生的《文心雕龙译注十八篇》，可能因为这只是一个选注本、选译本，甘肃人民出版社在外面也影响不大，而且这是郭先生的第一本书，他的名字在港台还比较陌生。但李曰刚《文心雕龙斠诠》在 1982 年正式出版之前，李曰刚的学生、台湾师范大学王更生博士于 1979 年初版、1983 年增订再版的《文心雕龙研究》一书对《文心雕龙译注十八篇》有较详细的介绍，行文中也几次提到或引述《文心雕龙译注十八篇》，但也没有提到该书在篇次上的创获，似乎也不是无意的。

在李曰刚教授的《文心雕龙斠诠》出版的这一年 3 月，作为全面总结了郭先生《文心雕龙》研究成果的《文心雕龙注译》，也由甘肃人民出版社出版了。此书 1980 年在出版征订中，有二万多册，但出版社未能及时出版，到第二版征订时，只有一万来册，因而第一次只印了 11961 册，1984 年重印，到 27760 册。以后再未印过。后郭先生又应岳麓书社的约稿，修改为《白话文心雕龙》，1997 年第一次印 6000 册，后又列入该社《国学基本丛书》，2004 年第一次印了 5000 册，两书都有重印。书出之后，香港《文汇报》和内地报刊上都有评论，指出其特色与贡献。北京大学张少康、汪春泓等先生合著《文心雕龙研究

---

① 牟世金：《台湾〈文心雕龙〉鸟瞰》，山东大学出版社 1985 年版，第 101 页。

② 牟世金：《台湾〈文心雕龙〉鸟瞰》，山东大学出版社 1985 年版，第 103 页。

史》和周振甫先生主编的《文心雕龙辞典》，对郭先生的《文心雕龙译注十八篇》和《文心雕龙注译》也都有所评介。

郭先生在《文心雕龙》研究方面的其他一些论文中，对刘勰的世界观、美学观、经学观和文学观及刘勰的创作思维特点等方面提出了一些具有创新性的看法，这里就不一一介绍了。

郭先生认为自己在古代文论研究上意义最大的是在严羽《沧浪诗话》研究方面。先生对这部书的《诗辨》部分进行深入探讨，写成《诗辨新探》。此书出版不久，从事唐宋词与诗学研究的中国社科院文学研究所郑永晓先生发表了《系统地把握严羽诗论的精神实质——读郭晋稀先生〈诗辨新探〉》一文，对该书作了全面评价。文章有四部分，其第一部分末尾说：

> 笔者早年阅读《沧浪诗话》，虽时有所得，而面对众多治学名家的阐释，茫然无所适从。今读郭晋稀先生的《诗辨新探》（以下简称《新探》）则有拨云见日之感。著者覃思精虑，对《沧浪诗话》总纲与精义所在的《诗辨》作了系统、透彻的考察，对"别材""别趣""兴趣""妙悟"诸说的阐述与分析，可以说深得严羽论诗之旨，也最能体现《沧浪诗话》论诗体系的严谨性。此书体例之严谨、论证之精密、观点之新颖，在近几年古代文论研究著作中尚不多见，它基本廓清了数百年来围绕严羽《沧浪诗话》引发的一系列学术争议。

以下三部分各论述了本书的三个特色。第二部分论本书的最大特点是"力辟众说，自出机杼"。文章归纳明代以来至当代古代文论研究大家的看法，并加以比较，认为均未能揭出严羽诗论的真谛。从而指出：

> 针对围绕"别材说"的一系列争议，《新探》从考察严羽之前及其同时讨论"以书为诗材"的大量事实出发，判定"材"为诗中之材而非诗人之才。进而指出，严羽所谓"诗有别材，非关书也"是批判苏、黄"资书以为诗"的，"非多读书，无以极其至"是批判晚唐诗派"捐书以为诗"的。"别材说"的提出，是诗材问题讨论的总结与提高，是从诗材的个性

来探讨"什么叫诗"。与此相类似，严羽"别趣说"是针对苏、黄作诗尚理而言的，是从诗趣的个性说明"什么叫诗"。

然后对《诗辨新探》关于"兴趣说"与"妙悟说"的令人信服的论述，也同样与此前各家之说加以比较，指出其在学术上之创新与贡献。

郑永晓先生文章的第三部分论证《诗辨新探》的第二个特色："论证精密，分析透彻。"第四部分论述《诗辨新探》的第三个特色："高瞻远瞩，从诗史的高度，将《诗辨》置于中国诗论发展的历史长河中予以辨证地考核。"都就《诗辨新探》从版本、校勘入手，从分析各家短长利弊入手，从中国诗歌创作历史与诗论发展史的大背景入手等方面加以分析论述，认为"该书证据确凿，令人信服，基本廓清了有关'诗材'问题的种种误解"。

郑永晓先生的论文在第四部分后半还提到郭先生的另外两篇论文：《从中国诗论的发展看严羽"别材、别趣说"的涵义及其贡献》和《严羽论诗与李清照论词》。他认为前一文系统考察了"别材、别趣说"与"言志""言情""风骨"诸说的关系，使读者理解严羽的诗论之渊源。"李清照认为词不同诗，故曰'别是一家'，严羽认为诗不同于文，故曰'诗有别材''诗有别趣'。""著者进而从时间上论证了严羽诗论借鉴《词论》的可能性。"最后说：

> 这种追本溯源，通过深入比较得出的结论显然颇具说服力。著者首次揭示了严羽论诗与李清照论词的关系，也显示出其独到的眼光和深入辨析事物本质的能力。[1]

关于郭先生在诗论研究方面的贡献，郑永晓先生的这篇文章已谈得很全面，不需我再多说。

在文学理论方面，郭先生还有几篇论文，另外还有《中国文学批评史讲义》，就不缕述了。

---

[1]　以上所引均出自郑永晓：《系统地把握严羽诗论的精神实质——读郭晋稀先生〈诗辨新探〉》，《西北师大学报》（社会科学版）1992 年第 4 期。

<h1 style="text-align:center">三</h1>

　　郭先生在中国古代文学方面,从《诗经》到清代文学,都有论著。早年在先秦典籍研究方面的论文,即为老一辈学者所称许。先秦典籍研究方面在学术界影响最大的是《诗经》研究。

　　郭先生 1957 年发表《〈诗·鹊巢〉今说》等有关《诗经》论文三篇,1959年所发表的《试论现实主义问题》也对《诗经》的创作方法与评价提出了独到的看法。在当时学术界一片声音将作为民歌的《国风》看作《诗经》中的精华,而将《雅》《颂》看作为统治阶级歌功颂德或统治阶级内部斗争中失败者抒发哀伤之情而加以贬低的情况下,论文说:

　　　　《诗三百篇》中变"雅"的部分,即中原板荡后的讽刺诗,它的成就
　　不在《国风》之下。它写出了幽、厉以后社会的动荡和民生的疾苦,是面
　　对现实作家的好榜样。它"正确地、不加修饰地"描绘了现实生活,它面
　　对着广阔的社会现实,不再是以男女恋情为中心而是以时代政治为中心,
　　思想感情比《国风》更复杂了,所以它是现实主义必须继承的优秀传统。①

　　文中加引号的"正确地、不加修饰地"是摘引高尔基在论及现实主义方法时所用定语。郭先生此文引及古今中外学者之语,而主要针对涅多希文的《艺术概论》、蔡仪的《论现实主义问题》和茅盾的《夜读偶记》展开讨论,由之可以看出他在文艺理论方面的深厚修养和对马克思主义文艺理论的深入理解,对马列经典著作的熟稔。论文在对从先秦到唐代的一些代表作家、代表作品进行分析以后得出结论:

　　　　中国现实主义的发展分为三个阶段:唐后期是现实主义的形成期,明
　　末清初是现实主义的发展时期,晚清到五四是批判现实主义时期。企图把

---

　　① 郭晋稀:《剪韭轩述学》,甘肃人民出版社 2019 年版,第 163—164 页。

中国文学史分为现实主义与反现实主义的公式来贯穿全部文学史,是庸俗化了的;企图缩小现实主义的含义,硬套艾里斯别克的公式,认为现实主义起源资本主义萌芽的明后期,也是削足适履的。①

在苏联文艺理论一统天下的 20 世纪 50 年代末期,能这样明确果断地提出自己的看法,可以看出郭先生在学术上不盲从,不随大流的独立精神和作为一个正直学者不畏强权的胆略。

20 世纪 60 年代,郭先生曾给研究生和青年教师讲《诗经》《楚辞》。70年代末又为研究生讲《诗经》,重新整理讲义,油印五大册。1981 年他发表了《风诗蠡测》一文,引起学术界的极大关注。天津教育出版社的《学术研究指南丛书》中,天津社科院赵沛霖先生的《诗经研究反思》一书(1989 年出版),全书近四十万字,对从先秦至 20 世纪 80 年代的《诗经》研究进行总结性评述,其第三部分为论著提要,专著部分古代列了《毛诗故训传》等八种,现代部分列闻一多《诗经通义》等四种,论文部分从 1905 年至 1989 年的一千多篇论文中选出 42 篇写了提要加以介绍,郭先生《风诗蠡测》为第 27 篇。摘录原文如下:

> 本文包括十则札记,前九则多为训诂、音韵、解释章句,惟第十则不同,专门研究《国风》篇次和某些诗篇的相互关系问题,现摘要如下:《国风》中本有很多组诗,由于入选,有所删节,几经改动,后人认为各自成篇,之间并无有机联系。实际上还有组诗保存下来。《陈风》中的《衡门》《东门之池》《东门之杨》原为一组诗,是写王室已衰,姬姓诸侯微弱,所以当时娶妻都愿娶齐姜宋子,附婚大族,而诗中的男主人公却甘于衰败之族,热爱姬姓之子。三篇组织绵密,一气呵成。此外《宛丘》《东门之枌》也可能属于这一组诗之内。《郑风》中有很多组诗,《山有扶苏》《狡童》《褰裳》《溱洧》通过狡童或狂童串组织起来,连成一气,构成一组诗。《蒋兮》与《丰》是一组诗。《东门之墠》与《出其东门》是一

---

① 郭晋稀:《剪韭轩述学》,甘肃人民出版社 2019 年版,第 166 页。

组诗，前者是女子所唱，怨恨男子漠然寡情；后者是男子所答，说明已有妻室。落花有意，流水无情，二诗共咏一事。①

　　这一组论文的前五篇分别是刘师培、王国维、廖平、顾颉刚、胡适之作。这 42 篇论文大体上反映八十年间《诗经》研究的重要创获。由此即可以看出郭先生在《诗经》研究方面的贡献，也可以看出他《诗经》研究达到怎样的水平及在学术界的地位。

　　其后郭先生陆续发表了《风诗蠡测续篇》《风诗蠡测末篇》《雅诗蠡测（小雅）》《雅诗蠡测（大雅）》《颂诗蠡测》等。1993 年，郭先生的《诗经蠡测》作为西北师大《诗赋研究丛书》的第一种由甘肃人民出版社出版。2006 年由巴蜀书社再版，受到学界的极大关注。关于郭先生在《诗经》研究中其他方面的创获，先生的研究生、河南大学白本松教授为《诗经蠡测》修订本写的序和我写的跋中都有论述，读者可以参看。

　　先秦诸子与诗赋研究方面，关于楚辞、《庄子》，郭先生也都发表有论文；关于杜甫的《秦州杂诗》二十首，1961 年和 1962 年先后发表过两篇论文；明清戏剧方面，关于关汉卿、高则诚的《琵琶记》和洪昇的《长生殿》，他发表过论文；新时期他发表了《白居易论》和《韩愈诗论》。这些论文的共同点是具有创见、不随大流，而且论证严密，反映出作者深厚的学术根底。如《白居易论》和《韩愈诗论》，其学术视野之开阔，引据之广博，分析之细致透彻，论证之严密有力，令人不能不信服；同时使人开启灵窍，也胜过读一些方法论之类的书。

　　如《白居易论》，读此文可知以前有些研究白居易、研究唐代文学和古代文论的论著，在评论白居易的诗作、盛唐至中唐文学的发展及白居易的文学思想方面，并未弄清白居易创作的整体情况及他在《与元九书》等文论著作中所说一些话的实质，也未能在宏观上弄清从盛唐至中唐诗歌发展的实际；无论是褒白还是贬白，有些话并未能切中肯綮。白居易在《与元九书》中提出："感人心者，莫先乎情，莫始乎言，莫切乎声，莫深乎义。诗者，根情、苗言、华

---

　　①　赵沛霖：《诗经研究反思》，天津教育出版社 1989 年版，第 433—434 页。

声、实义。"① 这是很卓越的见解，是合于诗歌创作的理论。但他的创作并未切实地从这个方面十分着力。他在《与元九书》中评唐兴以来诗歌创作，说：

> 唐兴二百年，其间诗人不可胜数。所可举者，陈子昂有《感遇》诗二十首，鲍鲂《感兴》诗十五篇。又诗之豪者，世称李、杜。李之作才矣，奇矣，人不逮矣；索其风雅比兴，十无一焉。杜诗最多，可传者千余首。至于贯穿今古，铺缕格律，尽工尽善，又过于李。然撮其《新安》《石壕》《潼关吏》《芦子》《花门》之章，"朱门酒肉臭，路有冻死骨"之句，亦不过三四十。杜尚如此，况不逮杜者乎？②

评中唐以前诗歌，只从"义"也即他所谓"时与事"的方面说，情、言、声（情感、文辞、声律）方面的标准全不见了，以此而打下去了李白，然后又以自己所特长的"讽喻诗"一类作品的多少来评杜甫，将杜甫也贬下去了。所以他说："始知文章合为时而著，歌诗合为事而作。"郭先生揭示出这一点，得出结论：

> 他既揭橥以情为根的四端，是兼顾了政治与艺术，所以终不愧为历史上的伟大诗人；但是他又偏重实义，强调时事，实质上提出了以政治取代艺术的标准，这就使他的讽喻诗有的事义有余而感染力不足。这也就是白居易力图超越杜甫而终不能不屈居其后的主要根由。③

郭先生这篇论文中还揭示出白居易的一些讽喻诗模仿杜甫某些诗作的事实，揭示出白居易的讽喻诗只是元和三年后八年间作品，尤其集中在任拾遗之职的三年，在其三千余首诗作中，占不到百分之一的比例。郭先生说：

> 这便说明了他的创作实践前后不同的主要症结所在：并不完全由于

① 顾学颉校点：《白居易集》，中华书局 1979 年版，第 960 页。
② 顾学颉校点：《白居易集》，中华书局 1979 年版，第 961—962 页。
③ 郭晋稀著，赵逵夫编选：《陇上学人文存·郭晋稀卷》，甘肃人民出版社 2012 年版，第 181 页。

穷与达、进与退，而是由于做不同的官，任不同的职。他作讽喻诗，主要是为了拾遗补缺，尽言责，做好谏官……这样为了拾遗的职责以诗歌当谏章，虽然也苦心孤诣写出了一些好篇章，但究竟不是与人民共苦难的心声……自然感情厚薄不同、浅深各异。[①]

这是何等敏锐的眼光！对一个历史人物作正确的评价，一方面要看其言行的社会效果，一方面要看其动机。明白了后一点，才可能在前一点的认识上更确切一点。只摘引一词半句加以发挥引申，如瞎子摸象，难得其真。

白居易给元稹写信谈对诗歌创作的认识，实则二人的创作倾向、诗学思想十分接近。白居易《与元九书》中说："杜诗最多，可传者千余首。至于贯穿古今，觑缕格律，尽工尽善，又过于李焉。"元稹《唐故工部员外郎杜君墓志铭并序》云：

是时山东人李白，亦以奇文取称，时人谓之李杜。……至若铺陈终始，排比声韵，大或千言，次犹数百，辞气豪迈，而风调清深，属对律切，而脱弃凡近，则李尚不能历其藩翰，况堂奥乎！[②]

郭先生由这两段文字，注意到两人都以体裁兼备、属对律切方面说明李不如杜，都着眼于排律。这里也隐含着另一个评价标准或曰评价角度。按照这个评价标准，其实不仅杜超过李，而且白超过杜。杜甫之五言排律只《秋日夔府咏怀》一首，白居易之作四倍于杜甫；七言排律，杜甫更无法与白居易相比。

论文中还从韩愈和元好问对元、白的评价中揭示出前代卓越诗人是如何看待这段未被学人所观察到的事实的。因为韩愈、元好问都是用诗来表达他们对这个问题的看法的，比较含蓄，有时也用指东道西的手法，后来学者未从唐代诗歌发展的总体来看问题，因而也未能识破其机关。经郭先生点破，则洞若观火。

但论文不是贬低了白居易在唐诗上的贡献和在中国诗歌史上的地位。他对

---

① 郭晋稀著，赵逵夫编选：《陇上学人文存·郭晋稀卷》，甘肃人民出版社 2012 年版，第 186 页。
② （唐）元稹撰，冀勤点校：《元稹集》，中华书局 1982 年版，第 601 页。

白居易的特殊贡献作了恰如其分的评价。他说，传奇文学出现于初盛唐，而兴盛于中唐时代，"同时的作家是把传奇故事作散文；白居易却用传奇故事入诗歌。这是个创举，是种创造"①。他说：

> 对比杜甫的创作来看，《长恨歌》《琵琶行》是新时期的新发展，是杜诗中所没有的。《长恨歌》《琵琶行》在当时即争相传诵，到后代还改为戏曲，这不是偶然的，它代表了一个历史时期的成就。②

这不是一般地作讲义式的评说，而是站在整个中国诗歌发展的历史来观察的。事实上论文中还涉及中国诗歌在宋代及以后的发展状况，其论断也不是只熟悉唐代文学的人所能做到的。论文中在论及对白居易的评价问题时，也提到当时在学界有很高地位的学者，予以商讨。可以说，他对一些问题的思考是相当深刻的。

郭先生还有一篇《韩愈诗论》，同样是高瞻远瞩，从整个中国古代诗歌发展的历史来看韩愈的诗学理论、创作方法与其创新方面的得失和贡献。文中说："古今评价韩文，也未能站在整部文学史的高度，把韩愈摆在整部文学史中作为其中的一员来研究，最多只是割取八代到唐一段文学史，把他摆在其中来评价，认为他文起八代之衰。"③论文的第一部分关于一般人都笼统称说的"文起八代之衰"，首先提出了自己的看法：

> 八代以来，只是那些追求形式、内容空乏、萎靡无力的作品才是八代文章之衰。把韩愈对比这些作品来看，说他"文起八代之衰"，才是合理的。如果以韩文来否定八代佳品，那不过是站在散体立场反对骈体，站在儒家立场反对非儒家思想，其文学史观又在刘勰之下了。④

---

① 郭晋稀著，赵逵夫编选：《陇上学人文存·郭晋稀卷》，甘肃人民出版社 2012 年版，第 194 页。
② 郭晋稀著，赵逵夫编选：《陇上学人文存·郭晋稀卷》，甘肃人民出版社 2012 年版，第 195 页。
③ 郭晋稀著，赵逵夫编选：《陇上学人文存·郭晋稀卷》，甘肃人民出版社 2012 年版，第 199 页。
④ 郭晋稀著，赵逵夫编选：《陇上学人文存·郭晋稀卷》，甘肃人民出版社 2012 年版，第 199—200 页。

对韩愈文与诗在思想与体式种类方面的评价，也是上窥先秦，下瞰宋元，非仅就韩诗中所见而发挥之。文中说：

> 韩文由于思想内容远绍孔孟，故局限于儒学，其形式又力求上追秦汉，所以其成就不能如诸子之越世高谈，自开户牖。韩诗的内容，虽然与散文相同，而其形式多为五七言，未尝力追周诗。他对于李杜也不是亦步亦趋，则是有取有舍，那就是沈德潜所说的："欲以学问才力跨越李、杜之上。"①

论韩愈诗文的局限与对韩诗创作的评价，较一些洋洋数十万言的著作为明确切当。以下五部分通过对韩愈诗作、诗论的分析，提出"养气说是韩愈创作的根本理论，是指导变的思想武器"，"务去陈言是韩诗创作的基本手段，首先是改变惯用的语言"，"以新代陈，以异代常"。同时指出"韩诗多用险韵，颠倒文辞以求和叶，于是改变了前人韵脚稳重、铸辞熟练的习惯，别出途径，遂成独造"；"'务去陈言'，又是韩诗的审美观，是要改变旧的审美观"；"推拓雕琢手段，扩大诗歌时空，则是韩诗的独有成就"。论文得出结论：

> 从诗歌发展史上看，不能不说他是继李杜之后的又一块丰碑。这块丰碑实质上标志着结束了唐诗所独霸的地位，开创了欧、苏、王、黄的宋代诗坛。②

最后将韩愈与白居易加以比较：

> 白居易主张坦易，务言人之所共欲言，既不过是摭取杜甫之一偏，固不能攀杜甫之峰而越之。韩愈之主张雄奇伟异，只想说人之所不及说，也不过发展了杜甫之一偏，又何尝驾杜甫之颠而上之。当然，白氏坦易虽成

---

① 郭晋稀著，赵逵夫编选：《陇上学人文存·郭晋稀卷》，甘肃人民出版社2012年版，第200页。
② 郭晋稀著，赵逵夫编选：《陇上学人文存·郭晋稀卷》，甘肃人民出版社2012年版，第210—211页。

一家，但还是唐诗范围内的一种风格；韩公则能于唐风之外，开创宋体。从文学发展史上来看，韩之影响却比白大。①

实事求是、恰如其分地将所研究人物置于其适当的历史地位上，既没有很多学者研究谁就拔高谁的通病，也非只是折衷于前人之说，在前人议论中寻找立足点，或牵强附会、猎奇求异，而是一立足于韩愈诗文本身，二着眼于整个中国诗歌发展的历史，用历史唯物主义观点，以开阔的视野、恢弘的气度加以分析，充分体现了郭先生对韩愈作品、有关文献以及唐诗和整个古代文学史的熟悉程度。

以上举例性地介绍了郭先生的两篇论文，已完全可以看出郭先生在古代文学研究上的成就。可以说，郭晋稀先生在中国古代文学研究上的成果是一流的。尽管他地处西北一隅，历史会证明他是卓越的古代文学研究学者。

四

郭先生从青年时代至老年孜孜不倦、用力甚勤者是传统的小学，即音韵文字之学，这同他在中国古代文学、古代文论和马克思主义文艺理论方面的修养共同形成了他学术研究的坚实基础。

郭先生上大学期间即得曾运乾先生和杨树达先生在音韵、文字学方面的指点，钻研甚深。1942 年春他在曾先生指导下写成《等韵驳议》一书，共十章七万余言，对等韵学中一些理论进行商讨。此书 1984 年 4 月据手稿胶印数百册，用于在中国声韵学会上交流，又当中国唐代文学会第二届年会在兰州召开，也分发与会学者。20 世纪 40 年代在《国立湖南大学期刊》上曾刊《读〈切韵指掌图〉》一文，扼要地谈了他的看法。《切韵指掌图》是按照《切韵》的反切体系制作的韵图，钱玄同、高本汉等学者都将它看作最古最可靠的韵图。而实际上此图未能谨守《广韵》体例、正确展现其分韵列部，在合 206 韵

---

① 郭晋稀著，赵逵夫编选：《陇上学人文存·郭晋稀卷》，甘肃人民出版社 2012 年版，第 213 页。

于二十图时，出现了几种杂乱现象。等韵学中一些"门法"，本为弥补韵图的不够严密而设，结果如"音和""类隔""窠切""交互""振救""侷狭""互用""内外""正音凭切"等门法，反而造成对韵书的失实和自身的庞杂。郭先生对历来音韵学家十分遵从的等韵理论提出非议，这虽然是在音韵学大家的指导下所完成，也可以看出当时他所钻研的深度与学术气魄。20 世纪 40 年代在高校任教，郭先生就是教音韵文字。1945 年在桂林师范学院时油印有《音韵学讲义》，在蓝田的国立师范学院又有油印的《文字学讲义》，初到西北师范学院又编有《中国语言文字学概论》。

　　郭先生所作《邪母古读考》刊于他在 1945 年印的《音韵学讲义》中，在当时即得几位博学大家的称赏。该文重刊于《甘肃师大学报》1964 年第 2 期。关于先秦时音韵的研究，其韵部方面因为有《诗经》《楚辞》和一些歌谣、韵语以为依据，在《切韵》的基础上，参之以汉魏六朝时押韵的实际，总结其规律而加以分部，虽然看法上也会有分歧，但毕竟比较容易确定。唯声母的归类，主要依据反切上字用系联法加以分析，和根据谐声字的谐声音符来推断其读音上的关系。因为用反切反映的汉字读音既有迟早之别，也难免有方音造成的歧义；形声字的形成也并不是在同一时间中，其中既有正例，也有变例，情况复杂，难以划一成类。另外，在没有齐备工具书的情况下，研究者对具体字例的归纳分析也未必做到穷尽性，各举其所见，所以难度大，分歧亦大。《广韵》中的邪母字在先秦时应归何声纽，学者们的看法不一，有的学者所论大体是，但不够准确，论证也不充分，故不被公认。郭先生通过自己的研究指出："谐声字的音符有正例也有变例。凡谐声字与其音符韵组全同或者只是小异的，是正例。"[1] 变例则或只存叠韵关系，或只存双声关系。另外，谐声字又有从变例发展为正例的。如"茸"从"耳"声，但只存双声关系，此为变例，但"揖""鞠"都从"茸"声，声韵全同，转为正例了。这实际上是原始音符和再生音符的区别。如果不分正例、变例，都从基本谐声字音符来分析而定其声、定其韵，就难免会出错。由此，郭先生得出结论：钱大昕以为邪母字绝大多数应该归定母是对的，但以为少数应该归群母却是错的。于是他以数百条证

---

① 　郭晋稀著，赵逵夫编选：《陇上学人文存·郭晋稀卷》，甘肃人民出版社 2012 年版，第 368 页。

据，归类加以分析，纠正其误，澄清了误解，补充了证据，使邪母归定之说得以坚实成立。音韵学不似一般理论，可以随意发挥，其每一立论，都是在大量例证基础上归纳而产生。郭先生能在这个问题上有所推进从而推倒误说，就反映了他在这方面的功力。郭先生的"邪母归定说"同钱大昕的"古无轻唇音"、章太炎的"娘日二纽归泥说"、曾运乾先生的《喻母古读考》，都是古声研究方面的重要创获。

郭先生的《〈说文解字〉谐声声母考证与质疑》对《邪母古读考》研究中方法方面的问题作独立论述，反映了他在汉字造字规律与形音关系方面的深刻认识。论文分两部分。第一部分将谐声字的声母分为原始声母与再生声母，如上文所举例中，"耳"为原始声母，"茸"为再生声母。再生声母有离开原始声母自成韵系的，有离开原始声母自成声系的。每类都举了大量例证。然后得出结论：

> 谐声之字，与所从得声的声母，无不同音。其间有仅取双声或叠韵者，必为再生声母。以此例推求，可以考证古韵分部，亦可以考证古声分组，更可以考证今传许书之疏略。[①]

在方法上的发现，其于学术，意义更大。论文的第二部分由此而指出许慎《说文解字》在说解字的形、音及造字方式上的六种错误。《说文解字》产生近两千年来深研之者代不乏人，有的学者以毕生精力研究它，有关论著汗牛充栋，然而能科学地分析并指出其解说上的错误的，毕竟不多。

郭先生的《最早分出非敷奉微四纽与制定三十六字母时代的考证》《从〈广韵〉韵母推考陆法言〈切韵〉韵目与古韵分部之关系》《古声变考》等都是较专的论文，不再详述。

郭先生在音韵学方面除整理了曾运乾先生的《音韵学讲义》由中华书局出版外，还完成了近五十万字的《声类疏证》，1993 年由上海古籍出版社出版。

关于古声韵的研究，韵部的研究从清代顾炎武至戴震、段玉裁，已至极

---

① 郭晋稀：《剪韭轩述学》，甘肃人民出版社 1993 年版，第 361 页。

为细密的程度。如郭先生所说："关于古声的考证，前人未曾着手，至钱大昕为创始。声转的研究是钱大昕和戴震共同开拓的道路。"①戴震有《声类表》九卷，郭先生以为此即戴氏《〈转语〉二十章序》所说《转语》。戴氏此书中"声""转"皆就反切上字言之，已涉及古音声母及声转问题。同时之钱大昕《声类》是看到音韵学上的"对转"不能说明所有的通转现象，论通转者也多有附会难合之处，所以着力于声转研究。全书四卷，前部分大体仿《尔雅》之例（卷一、卷二），分"释诂""释言"等十一类。后部分据读音、字形等方面现象分为"读之异者""文之异者""方言""名号之异"等十二类（卷二末至卷四）。然只列出相关之字及来源，并无说解，也无义例说明及序跋之类。古声韵之学精者本少，而声转的探讨又才由钱氏开始着力加以探讨，故如和氏未凿之璧，连其弟子汪恩在钱氏身后刊刻此书所写跋语中，也只说"采缀极富，而出见以正前人之讹误者，仅十之一二"。"时止辑以备用，故其说散见于所著《廿二史考异》《金石跋尾》《养新录》诸书。"②并未看出此书之开创意义，而只从音韵的方面以资料汇编之类视之。王力先生在20世纪40年代出版之《汉语音韵学》一书第五章一条注文中也说，钱大昕此书"但只搜集材料，颇像类书，里头没有音韵理论"③，而对钱氏转语和双声假借之说采取不认同的态度。王力先生1992年出版的《清代古音学》一书仍持此观点。其两书中都举的例子，后一书中就原书中第1101条说道："他说《诗·小雅·小旻》'谋夫孔多，是用不集'，'集'字和'犹、咎、道'为韵，是由'集'训为'就'，就读'就'音；他不知道韩诗正作'就'，用不着'声随义转'。"④由此而否定钱大昕在其他书中提到的"声随义转"之说。古代语言的发展变化，有韵变而声不变者，有声变而韵不变者，也有声、韵皆变者，当然，更多的是同一系统之字音依规律而整体变化，音值变而类、部不变，后人视之如同没有变化。王氏举个别字例本不能说明问题，而其所举"集、就"二字之例，也并不能否定钱氏声转之说。郭先生《声类疏证》一书在此条下于钱大昕所举例证之外，又

---

① 郭晋稀：《声类疏证》，上海古籍出版社1993年版，第8页。
② 汪恩跋语见《声类疏证·附录一》，上海古籍出版社1993年版。
③ 王力：《汉语音韵学》，中华书局1956年版，第340页。
④ 王力：《清代古音学》，中华书局1992年版，第161页。

补充数条，说明并非字本作"就"而误为"集"，文献中以"集""就"相转甚多，而两字韵部相距甚远，只能是声转之故。全书共 1711 条，其中一条之疏证文字有数千字者。非精于声韵又富于学，不能至此。郭先生在该书《前言》中说：

> 我认为钱氏之所以是学者中的巨人，就在于他不再走前人已经开辟的道路，对古韵的分部，苴补弥缝；而在于他筚路蓝缕，专研声学，独拓蹊径。他之自开户牖，虽然写下了历史丰碑，但他先是以转音之说代替韵转，而后以声转来董理故训的。[1]

钱大昕于古声韵学方面的开拓性贡献是不待言的。但如果没有郭先生的疏证工作，这部书的价值还将被淹没。无论在古音还是训诂学方面，都会遇到一些窒碍难通之处，无法解决。而且，郭先生在疏证中也补出原书无视韵转的偏失，增强了该书的科学性，此书获国家教委社会科学研究优秀成果二等奖。

五

郭晋稀先生从青年时得杨遇夫、曾星笠等大师的耳提面命，受其熏染，一生治学严谨，对自己要求很高。虽然他也应刊物和报纸之约写一点小文章，但在研究上一直注重学术创新，并坚持实事求是的精神，不猎奇求异，也不跟风，不会根据社会风气的变化而改变观点，投人之所好。可以说他在研究工作中，一点不马虎。

郭晋稀先生还有大量论著未能正式出版，如《先秦文学讲义》《先秦诸子思想史》《元明文学讲义》《清代文学讲义》《晚清文学讲义》《诗经讲义》《庄子要极》《杜诗系年》等。那些讲义他觉得在今天看来新意不多，不愿意出。还有些是虽然花了很大精力，但还想做进一步加工，如《杜诗系年》《诗经讲

---

① 郭晋稀：《声类疏证》，上海古籍出版社 1993 年版，第 8 页。

义》《等韵驳议》等。1992年我在系上负责以后提出将《等韵驳议》出版，他说还要再做次修改，补充些材料。我请他修改补充，他说有些书兰州不好找。我问湖南师大是否找这些书方便些，他说"是"。于是我建议他去湖南，一方面趁便回家，再会会老朋友，另一方面住湖南师大，修改此书。当时他觉得身体欠安，未能去，所以此书一直未能做最后的补充加工。还有《新编说文通训定声》，从20世纪70年代末就在做，我每次去，他都在桌前铺着八开大的竖行稿纸，忙碌翻阅资料，进行编纂。80年代初八开白纸似已有一尺来高，我问几时可以完成，先生说："还早着呢，完成一小部分。"我曾建议请其他人协助完成，他说："还得自己来，别人没法搞。"此稿至其去世也未及一半。他从60年代作《徐文长年谱》，抄录的卡片有几十斤重，但写成初稿，由于有的书未见到，改稿只完成了一部分。我觉得，他的一些著作虽然未能定稿出版，但他留下来的这种严谨的治学态度，这种追求创新而又实事求是、不欺人又不自欺的精神，更为宝贵。我认为这是他留给我们的更宝贵的遗产。

2011年11月

郭晋稀著，赵逵夫编选：《陇上学人文存·郭晋稀卷》，甘肃人民出版社2012年版。

《陇上学人文存》是甘肃省自2009年以来推出的大型学术文献丛书，计划每年十卷，自2009年至2019年出版10辑，达100卷规模。《文存》精选中华人民共和国成立以来，甘肃人文社会科学领域成就卓著的专家学者的代表性著作，每人辑为一卷，"或标时代之识，或为学问之精，或开风气之先，或补学科之白，均编者以为足以存当代而传后世之作"。

《剪韭轩述学》前言

　　《剪韭轩述学》收录了郭晋稀先生各种专著之外的所有学术论文。因为《郭晋稀文集》包括先生现存所有已完成的专著，所以其中有些专书单独出版前以单篇论文发表过的篇章不收，郭先生为自己的书写的"前言"即使曾作为论文发表过的也不收。郭先生给一些亲友、学生著作写的序跋主要是谈学术问题，可以收入本书，后来考虑到《剪韭轩诗文存》篇幅较小，而序跋也往往谈到和作者的关系，故除《曾运乾先生〈音韵学讲义〉前言》专业性较强收入本书外，其他皆收入《剪韭轩诗文存》。本书收文五十篇。

　　郭先生学问广博，又继承了杨树达、曾运乾、钱基博等先生立足文献实证、重视理论归纳的学风，对很多问题进行深入思考，数十年中，在相关的几个领域都取得了突出的成就。本书所收论文，大体上分为三辑：古代文论、音韵文字、古代文学。先生的研究持续时间最长的是音韵文字学，花的精力最多的是中国古代文学，而在海内外影响最大的是属于古代文论范围的《文心雕龙》研究。

　　为方便读者了解，下面对本书中所收先生这三方面的论文做一概括论述。

一、中国古代文论研究

　　郭先生对古代文论的研究是起于用马克思主义的理论研究中国古代文学的。1957年《西北师院学报》第1期上郭先生发表了《试从诗骚的创作方法谈中国现实主义与浪漫主义问题》，他在1959年《甘肃师大学报》（即原《西北师院学报》，1958年改校名）第3期上又发表了《试论现实主义问题》。所论在当时都是热点问题，因为当时对于大多数知识分子、文艺理论工作者来说，对马克思主义文艺理论体系和一些概念上的内涵、外延的了解还都不是十分清楚，要用以解决中国古代文学研究中的具体问题有一定困难。郭先生较早地学习马克思主义文艺理论，并同中国古代重要文学典籍《诗经》《楚辞》等作品的研究联系起来，进行深入地思考。

较此稍迟，郭先生开始致力于《文心雕龙》的研究。《文心雕龙》是我国完整存留至今，时代最早的、具有完整理论体系的文论著作。从这部书对文学创作、评论、鉴赏有关理论考虑之全面，对很多问题论述之深刻和系统完整方面来说，在我国古代是空前绝后的，直至清代，没有一部书超过它。它是我国传统文学理论建设的重要基石。郭先生在《光明日报》1962年3月发表了《试谈"文骨"和"树骨"在〈文心雕龙〉中的重要意义》。此前，他在《红旗手》（《甘肃文艺》的前身）1961年第1期、第2期、第10期、第11期连载了对《文心雕龙》中《神思》《体性》《风骨》《通变》的简论与翻译。可见他至迟从1960年即开始研究《文心雕龙》。1961年中央总结此前三年中教育革命的经验教训，也反省了自50年代初社会科学理论上全面苏化的弊端，于当年9月颁布《高教六十条》，推动了高校科研工作和教材建设，中宣部领导明确提出在传统文艺理论方面要重视对《文心雕龙》等重要理论著作的研究。他在1962年发表的《试谈"文骨"和"树骨"在〈文心雕龙〉中的重要意义》，对于什么叫"文骨"和怎样"树骨"这些出之《文心雕龙》，在后代的文论著作、有关论文中常常见到而理解上有较大分歧的概念加以探讨，认为"骨""应该是指作品的中心题材和中心思想"。联系他篇，指出"'事'是题材，'义'是指思想。刘勰是把题材和思想视为作品的骨鲠的"。引了《文心雕龙》中多处论述，证明"刘勰说的'文骨'，还不是泛指作品的题材和思想，而是指文意一贯到底成为作品主干的中心题材和中心思想"。如何突现中心题材或中心思想的问题，"就是'树骨'或者'练骨'的问题"。论证了《镕裁》篇实质上就是探讨"树骨"的，"规范本体谓之镕，剪裁浮辞谓之裁。裁则芜秽不生，镕则纲领昭畅"。最后指出"《文心雕龙》是把树骨的理论和方法贯彻在全书的各个方面"，因为"树骨"是为中心题材和中心思想服务的。这样，论文把一个比较模糊的概念论述得清清楚楚。

1963 年先生的《文心雕龙译注十八篇》出版。"文革"后，他又连续发表几篇研究《文心雕龙》的论文。1979 年在《甘肃师大学报》第 1 期上刊出了《〈文心雕龙〉卷数和篇次》。这篇论文是立足于文献推求其本意、归纳其思想，从而纠正《文心雕龙》流传中所造成的失误，扫除本义说解中的迷雾，解开历史所遗留的各种疑难。郭先生依据《文心雕龙》的《序志》所述证明刘勰之书当时只是分为上篇二十五，下篇二十四，并《序志》为五十篇。历来被分为十类，是误会了《序志》中综论开头五篇与结尾五篇之文字，以为全书均为五篇一卷。从而对原书本来的篇目顺序做了探讨，指出了范文澜、刘永济等人在对原书篇目顺序上一些值得关注的看法及具体调整意见之不可取。郭先生以为上篇二十五篇与《序志》所述相合，前五篇为"枢纽"，从《明诗》至《哀吊》八篇为"论文"，《杂文》《谐隐》间于"论文"与"叙笔"之间，《史传》至《书记》十篇为"叙笔"。

下篇的二十五篇，流传中形成窜乱或被后人妄为改变次序，郭先生依据《序志》中论述，将原第四十二《养气》、原第四十三《附会》前移于《体性》之下，原第三十八《事类》移于《通变》之下，从《神思》至《定势》共八篇为"剖情"者；《情采》《镕裁》二篇为间于"剖情"与"析采"之间者；将原第三十九《练字》前移于《声律》之下，原第四十六《物色》前移于《夸饰》之下，从《声律》至《总术》十篇为"析采"。从《时序》至《序志》为末尾五篇，即总结全书和以驳群篇者。

因为郭先生是紧扣《序志》对全书内容的述说来探讨下篇的次序，故从各篇内容来看，调整之后结构上更为清楚严整。这一成果不仅仅是恢复了原书的面貌问题，而且使《文心雕龙》一书的理论体系显得更为清晰。

郭先生在 1983 年 8 月的《文心雕龙》学会成立大会上提供了《试论刘勰创作思维的特点》，1985 年在《文学遗产》第 1 期上刊出《从刘勰的世界观看他的美学观、经学观和文学观》，同年在《中华文史论丛》第 3 期上刊出《关于〈文心雕龙〉下篇篇次 —— 和安东谅君商讨》。安东谅为日本德岛大学教授，他虽然曾写文章同郭先生讨论，但对郭先生十分钦佩，三年后在广州召开的《文心雕龙》国际研讨会上，请郭先生在他的纪念册上题字，郭先生为之书五律一首。此后郭先生还发表过两三篇有关《文心雕龙》研究的论文，对以往研究中含混不清的问题加以探索界定，都有明显的理论意义，这里就不一一述说了。郭先生在《文心雕龙》研究上的一些看法在 20 世纪 70 年代、80 年代被台湾、香港一些学者所接受，并引起国外一些关注中国古代文论的汉学家的重视和肯定。

郭先生在中国古代文论研究上引起学界关注的第二个方面是关于严羽《沧浪诗话》中《诗辨》的研究。1985 年，他发表了《从中国诗论的发展看严羽"别材、别趣说"的涵义及其贡献》，1987 年《西北师院学报》第 1 期、第 2 期又连载了他的《〈沧浪诗话·诗辨〉新探》。后来郭先生将他关于《沧浪诗话·诗辨》的论文汇为《诗辨新探》一书出版。中国社会科学院文学所郑永晓研究员曾有《系统地把握严羽诗论的精神实质 —— 读郭晋稀先生〈诗辨新探〉》一文评论之，认为郭先生的研究"对《沧浪诗话》总纲及精义所在的《诗辨》作了系统透彻的考察，对'别材''别趣''兴趣''妙悟'诸说的阐述与分析，可以说深得严羽论诗之旨，也最能体现《沧浪诗话》论诗体系的严谨性"。认为"它基本上廓清了数百年来围绕严羽《沧浪诗话》引发的一系列学术争议"。

郭先生在古代文论研究上的特点，一是重视古代文论中具有理论建设作用和具有广泛影响的问题，虽然涉及的范围不是很宽，但对于古代文学理论传统的建设、提升具有重要意义。二是用马克思主义思想为指导，摒弃一些陈旧的，违反辩证唯物主义、历史唯物主义的观点。三是立足于文本，联系作者的其他论著和有关当时创作实际的材料，每一推论都脚踏实地，言而有据，不架空立说。这种作风是当下研究古代传统文化的学者都应该有的。郭先生在古代文论研究方面能取得经得起长时间考验，越来越引起学者们重视的观点，也正是由于他一直遵循着这样的精神而进行研究的。

二、音韵文字学研究

郭先生上大学正当抗战之时，班上学生只有几个，所以老师对学生的指导实同今日指导研究生的情形差不多。先生师从杨树达、曾运乾最久，得两位先生亲自指点，上大学之时在这方面初露锋芒。杨树达先生的《积微居小学述林》中收有写于 1941 年 8 月 25 日的一条《释矞》，开头说：

> 湘潭郭晋稀学于湖南大学，从余治文字之业，于余说颇能有所领悟。一日走告余曰：《说文》矞训治训理，解其形则谓幺子相乱，受治之，于从Η无说。徐锴补释之云："Η，同也，界也。"段氏复以彼此分界则争生申成徐说。按幺子相乱受治之，说殊牵强。徐段以Η为同界，亦与治理之训不相符合。[1]

以下即引述了郭先生当时所论观点。杨先生说："善哉，君之说字也！矞鬻同字，说无可疑者。"进而对有关问题加以申述和补充。文末引述了郭先生关于"蒋"字的解说，并评价说："此说以许说纠许，亦深具妙悟。"[2] 就在此年郭先生在《国立湖南大学期刊》新二号上发表了《读〈切韵指掌图〉》一文。当时郭先生 25 岁。大体在此前后，郭先生有给杨树达先生的一封信，其中论文字形义关系同声音变迁、假借转注的关系，也考虑得很深入，于文字音韵之学钻研不深，不能及此。1942 年先生完成《等韵发微》，有七万多字，杨树达先生为之改名为《等韵驳议》。

郭先生继承曾、杨两位先生的系统理论和方法，吸收历代学者语言文字研究的优秀成果，对汉语声韵及汉字构形系统做了深入研究，并运用音韵文字研究的科学结论解决了训诂学中的诸多疑难问题，取得了一系列重要成果，其中有专著《声类疏证》（上海古籍出版社 1993 年版）、《文字学讲义》（未出版）、《说文古韵三十部疏证》（未出版）及论文《等韵驳议》《邪母古读考》《〈说文解字〉谐声声母考证与质疑》等。此外，先生还整理出版了曾运乾先生的《音韵学讲义》（中华书局 1996 年版）、杨树达先生的《淮南子证闻》《盐铁论要释》（上海古籍出版社 2006 年版）等音韵训诂著作。

---

① 杨树达：《积微居小学述林》，中华书局 1983 年版，第 88 页。
② 杨树达：《积微居小学述林》，中华书局 1983 年版，第 89 页。

《〈音韵学讲义〉前言》主要总结了曾先生的四大学术贡献：一、揭示《广韵》切语条例及正变韵声韵配合规律，由此考证出其五声五十一组，学界共知，为不刊之论；二、发明喻三古读匣、喻四古读定之说，亦成定论；三、据《广韵》声韵配合条例，结合考据方法，得古韵三十部，此学界共识；四、发明声韵通转之说，建立了完整的声韵理论体系。这篇前言揭示曾先生音韵研究的贡献，总是将其放在音韵学史的历史长河中，先述前贤成就，再述曾先生之继承与创新，不仅彰显了曾先生的学术成就，将这部《讲义》的学术价值全面展现出来，而且勾勒出这门学科发展的历史轨迹，具有学术史的意义。

《邪母古读考》一文发表于《甘肃师大学报》1964 年第 1 期，文章首段云：

> 1945 年，我写了一篇《邪母古读考》，把草稿印在桂林师范学院我所编写的《声韵学讲义》里，骆先生绍宾（名鸿凯）在湖南蓝田师范学院所编的《声韵学讲义》里曾提到了，杨先生遇夫（名树达）索阅旧稿，也许为定论。但是先生又说：钱玄同有《古音无邪纽证》，没有看到他的原文，不知他的结论怎样。最近我因为整理曾先生的声韵学遗著，借到了钱氏的原作。钱氏也认为邪母古读定，我的结论与他不谋而合。但是钱氏原著，尚未完密，而且有些讹错，结论也没有得到世人公认，所以裴学海先生在去年又发表了一篇《古声纽船禅为一从邪非二考》。我虽然没有看到裴先生的原文，但他仍旧认为邪母归从，是十分明显的。因此，我将旧稿加以整理，供研究声韵的同志们商榷。①

郭先生从谐声声系、经传异文异读、历代声训、联绵字的衍化等方面，详细考察了见于《说文解字》并且在《广韵》中切音均为邪纽的九十二字，证明它们上古时都必须读定纽，论证严密，信而有征。郭先生认为，邪母古读定母，其演变分化为邪母的过程是先变为喻母，再变为邪母。郭先生之论证，以曾先生"喻四古读定"说为基础，再推论邪纽古读，显现继承与创新之关系。这篇论文的材料极为丰富，论证过程中将《切韵》收录而见于《说文》的所有

---

① 郭晋稀著，赵逵夫编选：《陇上学人文存·郭晋稀卷》，甘肃人民出版社 2012 年版，第 368 页。

邪纽字与其他各纽的种种纠葛都予以关注并做了细致分析，有很强说服力。

　　就目前音韵学界的主流声音而言，古声十九组已为共识，但有两点分歧：第一，十九组为周秦声母系统与商代声母系统之别；第二，十九组中邪母归从与归定之别。以前的学者立论，多以传世文献为主要材料，自然是论周秦古音；近几十年来，有学者将出土先秦文献（主要是甲骨文及西周金文）中的相关材料，与传世文献相比较，认为十九组代表的是殷商时代的声母系统，而多以邪母归于齿音（从母），如郭锡良先生认为："殷商时代的声母是十九个：影、晓（喉音）；见、溪、群、疑（牙音）；端、透、定、泥（舌音）；精、清、从、心（齿音）；帮、滂、并、明（唇音）；来（半舌音）。"[1] 他认为黄侃古声十九纽，以余母（喻四）归影母，以邪母归心母；曾运乾以余归定；高本汉并余于邪；在周秦古音中都是难以成立的。但"曾运乾在论证余归定时，却列举了大量谐声、异文资料，这不能不说明一定问题；但是由于在周秦时代余母和定母重迭的有十五组，计四百多字（限于我们所考察的八千多字），曾运乾的论证只能说明周秦时代余母与定母读音很近似，而不是相同。也可以设想，余母和定母在更古的时代本是一母，在分化的过程中难免呈现出纷繁交错的现象"。"至于邪母，来源可能比较复杂，它同从母有关，又同余母有关；在殷商时代，不妨并入从母。在周秦古音中，邪母和从母重迭的有十三组，共一百多字（只限于所考察的八千多字）；在殷商时代两母重迭的少得多，只有六组十八字。"（郭锡良《殷商时代音系初探》）黄德宽先生主编的《古文字谱系疏证》，声系亦从十九组说，而邪母归于齿音（从母）。此外，持复辅音说的学者也大有人在，所以没有定论。但郭先生近三万字的《邪母古读考》中所列举的语言事实是无可辩驳的，而且，郭先生论文对后世音变中从母、心母与邪母混淆的情况也做了剖析，剔除混淆材料，恰可与郭锡良先生所云"同余母有关"者照应。这里举"辞""旋""彗"三例说明：

**　　辞（辞），似慈切，今读邪母。**

　　按：《说文》此外没有从辞得声的字，但是辞籀文作辝，辝从台得

---

　　①　郭锡良：《殷商时代音系初探》，《北京大学学报》（哲学社会科学版）1988 年第 2 期。

声，台读舌头。枱籀文作辝，从木辝声；枲，籀文作𣓂，从林辝声。枲虽读入心母（此字心母实邪母之误读），枱字古声却读定母，可证辞古音本读定母。

《仪礼·大射仪》“不异侯”注：“古文异作辞。”（按导即辞的借字，辞也是邪母，详下条）异，羊史切，喻母，古读定母。①

旋、淀（漩）、嫙、旋，似宣、辞恋切；㳬，辞恋切，今读邪母。

按：从旋得声别无它字可证。旋得声于㫃，㫃，于幰切，影母，与匣声相近。从㫃得声的字，也都在喉牙两类。从谐声正例说可证从旋得声古读匣母；如从变例说，古音读定读匣，尚难断定。《韩诗》“子之嫙兮”，《毛诗》作还，还古音入匣音，已见上文还字条。《说文》：“淀，回泉也。”“嫙，好也。”“旋，圜炉也。”回，户恢切；圜，户关切，匣母。圜，又王权切，于母，古读匣母。好，呼皓、呼号切，晓母，匣的清声。可证淀、嫙、娥、旋古音读匣母。②

㶳、賮、璶、荩，徐刃切，今读邪母；又疾刃切，今读从母。

按：此四字应以疾刃切为准，徐刃切是后世的讹音，《切韵》中本以此四字入从母，疑陈彭年撰《广韵》才依六朝唐讹音移入邪母。证据是：

（一）真轸震质四韵，真轸质三韵都无邪母字，可证震韵不应独有此邪母四字。真轸质三韵从母都有字，独震韵从母无字，可证震韵邪母四字应依疾刃切移入从母。

（二）轸韵从母有尽、浕两字都从㶳声，可证从㶳得声的字，都入从母，震韵邪母四字移入从母，便与轸韵从母的字相呼应。③

上条“辞”字条从异体字和通假字说明其古音归定；“旋”字条则说明其本音读匣母，后世匣母变心母，心邪二母相混，故致“旋”及从旋之字有邪母读音；“㶳”字条郭先生立论独具慧眼，发现《切韵》真轸震质四韵收字的规律，从而指出质韵有邪纽无从纽乃后世讹音。这三条是邪纽与他纽演变过程中

① 郭晋稀著，赵逵夫编选：《陇上学人文存·郭晋稀卷》，甘肃人民出版社 2012 年版，第 382 页。
② 郭晋稀著，赵逵夫编选：《陇上学人文存·郭晋稀卷》，甘肃人民出版社 2012 年版，第 400 页。
③ 郭晋稀著，赵逵夫编选：《陇上学人文存·郭晋稀卷》，甘肃人民出版社 2012 年版，第 402 页。

产生的文字变异或语音讹混现象，郭先生做了细致的辨析，厘清了"邪母来源复杂"的问题，使"邪母古读定"之说更加有据可信。

因此，我们认为后学研究邪母古读问题，关注的重点应放在邪母从定母分化的时代及其方言变体的复杂性上，而不应简单否定或以复辅音说替代。另外，古声母的分化，是在一定的语音条件下，在一定的方言区域，以词汇扩散的形式逐渐演变的，不是一蹴而就的，邪母与其他各母的纠葛，正反映了周秦时期不同地域方言中演变的不平衡性，这种现象正是历史语言学需要关注的重要问题。

《古声变考》一文长达两万余字，是郭先生 1980 年在"中国音韵学研究会成立大会"上交流的论文，文章研究了上古声纽变化的规律，提出"明纽变晓""来纽变见""匣纽变心"说：

> 明纽属于唇音，自与牙音晓纽不同，不能混淆，这是通例。但是，明纽有时读作晓纽，这是变例。来纽属于半舌音，自与牙声不同，不能混淆，这是通例。但是，来纽字有时读入见纽，也是变例。匣（包括于母）纽属于牙音，心纽属于齿音，牙齿不应混淆，这是通例。但是匣纽字有时转入心纽，这是变例。[①]

郭先生总结的这几条规律，不仅符合汉字谐声及古文献中异文通假、方音异读等书面语言事实，而且在现代汉语方言中都有活的证据，它们反映的是古今汉语方言变异的普遍规律。利用这些规律，可以解决上古汉语语音研究中的一些重大问题，对深入探讨上古汉语方言分布类型与音变情况都是极有价值的，对构建科学的汉语历史语言学也有很大启发意义。

《〈说文解字〉谐声声母考证与质疑》一文，针对《说文》所收谐声字之谐声声母与谐声字的语音关系，提出了"再生声母说"，并纠正了许慎《说文》的不少错误。郭先生说：

---

① 郭晋稀著，赵逵夫编选：《陇上学人文存·郭晋稀卷》，甘肃人民出版社 2012 年版，第 404 页。

什么叫再生声母？就是由原始声母所构成的谐声字，又可以离开原始声母，与另一系列字自成韵系，或自成声系，这种声母就叫再生声母。由于不知道离开原始声母，自成韵系的再生声母，据原始声母来划韵部，所划的韵部自然乖近，如东冬合一是也。由于不知道离开原始声母，自成声系的再生声母，据原始声母以定声纽，所定的声纽自然差错，如合邪于齿音是也。[①]

这里所说的自成韵系的再生声母，指以之为谐声符的字造字时只取双声而不取叠韵者，如"茸"字，《说文》："艸茸茸貌。从艸，聪省声。"段玉裁改为从艸耳声。郭先生论文中从段氏之说，认为"茸"是自成韵系的再生声母，揖、鞣、醲、髼等字从之得声。自成声系的再生声母指以之为谐声符的字造字时只取叠韵而不取双声者，如"岑"从"今"声，而"岑"从纽字，"今"见纽字，故"岑"为离开"今"而自成声系的再生声母。"再生声母说"的学术价值主要在于：（一）揭示了《说文》谐声系统的层次性，"同谐声者必同部"的原则有一定局限。从汉字创造初期到《说文》，有几千年的历史，汉字经历过复杂的变化，同一谐声符在不同时期或同一方言中读音不一定完全相同，有原始的，也有再生的，不能一概而论，此已成学界共识。（二）启发后学更深入地认识汉字的记词功能。汉语的历史与汉民族的历史是一样悠久的，而汉字的创造相对要晚得多，初期创造的文字，在记录语言的功能上比后世成熟成系统的文字要广泛得多。最初，同一个字符在不同方言中可能会有不同读音，这不仅是语音历史分化造成的，更是因为最初的象形字是以记录意义为主要任务的。方言中的同实异名情形是普遍存在的，同一事物，命名不同，最初用同一个字形记录，这个字形就会有不同读音，不同方言区的人根据其不同的读音造形声字或作诗押韵，就形成不同的谐声和叶韵系统。章太炎《文始·序列》曰："形声既定，字有常声。独体象形，或有逾律。……何者？独体所规，但有形魄，象物既同，异方等视，各从其语以呼其形，譬之画火，诸夏视之则称以火，身毒视之则称以阿揭尼，能呼之言不同，所呼之象不异，斯其义也。"

---

①　郭晋稀：《剪韭轩述学》，甘肃人民出版社 1993 年版，第 343—344 页。

揭示的正是一字记录多词的道理。值得注意的是，随着地下古文字材料的不断发现，由于字形讹变等因素而造成的《说文》分析汉字形体结构的一些错误也得以纠正，一些不合正例的谐声符有了新的更科学的解释，这对我们更深入地研究"再生声母"无疑大有裨益。

以上两篇论文，讨论的是异象而同质的问题：汉字谐声系统的多层级复杂性，实际就是上古汉语声韵复杂性的影射。就声母而言，郭先生用声变理论进行阐释，比以复辅音简单处理这些现象要科学得多。尽管有些现象还不能解释透彻，比如来纽与见纽之互谐，可能与古代方言及谐声声符的异源性有关，还有待于深入探讨。值得注意的是，敦煌残卷《守温韵学残卷》所载守温三十字母将来母归入牙音，与"见溪群疑"为同类，这与宋人"三十六字母"归来于半舌音不同。归来母于牙音，也可能反映了它人发音近似牙音的语言事实。郭先生论"来纽变见"之音理曰：

　　盖声纽之分，有发、送、收之别，来见两纽，同为发声，声位相同。音自喉出，经过口腔，由于舌尖翘卷，抵及齿本，阻住气流，遂成来纽。如果舌尖未及齿本，气流阻于上颚，发为牙声，遂成与来纽声位相同之见母。①

这是很有见地的理论，对解释守温字母归位之疑惑颇有启迪，值得深入研究。

《最早分出非敷奉微四纽与制定三十六字母时代的考实》，是郭先生在1982年7月中国音韵学会第二次年会上交流的论文。文章在梳理《切韵》切语分重唇、轻唇，唐末守温创制三十字母，宋代重修《玉篇》《广韵》"更类隔为音和切"的基础上，将丁度等人修《集韵》时所改唇音字与陈彭年等人重修《广韵》中"新添类隔更音和切"做了细致对比，得出结论"非等四母是丁度等刊定《礼部韵略》时提出的，修定《集韵》才用以进行审音的"：

　　《广韵》是宋大中祥符元年（公元一〇〇八年）重修的。丁度等刊定

---

① 郭晋稀著，赵逵夫编选：《陇上学人文存·郭晋稀卷》，甘肃人民出版社2012年版，第413页。

《礼部韵略》是景祐四年（一〇三七年）颁行的，两书中间相距仅二十九年。《韵会》卷首旧有《礼部韵略》三十六字母，唐末守温既祗造三十字母，陈彭年在其后，研究《广韵》新添类隔更音和切，陈彭年亦未尝以非等四母详审《广韵》中齿唇音，而三十六字母独载于《礼部韵略》，可知其必为丁度等所初创了。

丁度既刊定《礼部韵略》，于景祐四年颁行，越二年，即宝元二年（一〇三九年），又撰成《集韵》一书。书中所有唇音字，无不辨正了双唇与唇齿的分别。大抵丁度等人于刊定《礼部韵略》之时，创造三十六字母，于撰述《集韵》时即用三十六字母以审查反切，改正反切也。所以丁度等创为三十六字虽未见旧文记载，然从以上各方面考查，其蛛丝马迹则灼然可知。或者丁度等人创为三十六字母，本受守温三十字母之启发，故丁度等不以创始人自居，故丁度或以后人仍以三十六字母之说归于守温耳。

再考非敷奉微四母，非敷二母本无异读，所以必分非敷为两母者，非母是从帮母分化而来，敷母是从滂母分化而来，其发声虽同，其来源则异。因而我认为定齿唇音为四母，是钻研文字构造，反切源流而来的。所以也可以证明制定三十六字母，分辨双唇与齿唇为八组，是撰定韵书的学者丁度等人所为，不是徒凭口舌验音的缁流守温所作的。①

虽然郭先生自己非常谦虚地说："本篇撰述仓猝，未能详考宋人所修各种韵书，谬误必多。"但文中材料丰富，推论严审，结论令人信服。而先生以追求真理为务，淡泊名利，未以投刊发表，学界所知者盖寡。

自清初顾炎武离析《唐韵》而求古韵以来，清代学者皆据《广韵》（即《切韵》）上推古韵，多有发明。如段玉裁古韵支、脂、之三分之说，孔广森东、冬分立之说，无不受《切韵》三部、二部分立之启发。至陈澧作《切韵考》，则发明系联《切韵》反切上下字的科学方法，研究出《切韵》之声类四十纽，韵类三百一十一个。此后黄侃继承其法，而以微母当从明母分出，定《切韵》四十一声纽，影响甚大。曾运乾先生进一步研究，得《切韵》声韵配

①　郭晋稀：《剪韭轩述学》，甘肃人民出版社 1993 年版，第 383 页。

合之大例，考证《切韵》反切上字当分五十一类，为学界公认，黄侃后来亦改从其说。据《广韵》声韵配合条例求古韵，黄、曾二位先生识见亦大同。黄侃据《切韵》定二十八部，与古声十九纽相配，此说完全符合陆法言当日作《切韵》时所定古音之大纲。曾运乾则结合清人考据成果，进一步证明"齐韵分为两部"，半与支佳同，半与脂皆同；又分出铎药之半与豪韵阴入相配，适成古韵三十部，是为古韵研究之定论。

曾先生研究从陆法言《切韵序》"支（章移切）脂（旨夷切）、鱼（语居切）虞（遇俱切），共为一（《切韵》残卷作不）韵。先（苏前切）仙（相然切）、尤（于求切）侯（胡沟切），俱论是切"入手，认为"上四字移夷、居俱明韵（即切语下一字，音学也）之易于淆惑者。下四字苏相、于胡（古声及《切韵》匣于为类隔，余别有考证四十条），明切（即切语声学上一字也）之易于淆惑者，故支脂、鱼虞，皆举音和双声，以明分别韵部之意；先仙、尤侯，皆举类隔双声，以明分别纽类之意"。郭先生《从〈广韵〉韵目推考陆法言〈切韵〉韵目与古韵之关系》一文，正是对曾先生理论的成功实践，将《广韵》中切语音和双声之韵全部详加考证，得出《切韵序》四语与古韵分部的关系，亦得二十八部，与黄侃结论相合。先生又以问答形式，回答声调问题之惑，妙悟千载，令人解颐：

> 或问曰：上去入韵目亦标反切，例犹平韵，可以推求古韵之分部否乎？曰：平上去入韵目有同纽相贯者，如登等嶝德是也；亦有异纽不相贯者，如东董送屋是也。同纽相贯以其本纽皆有字；异纽不贯以其本纽上去入不必皆有字，或虽有字而又隐僻难识故耳。然其用字虽改纽，亦力求按自序之例，示古韵之分部。其上去或一二违例，入声则无一违例。盖古韵本祇平入，无上去耳。①

先生依《切韵》本例，以入声韵配阳声韵，又以阴声韵配入相应位置，下标音和双声之纽名，列出表格，极其明畅，学者自可亲睹为快。

---

① 郭晋稀：《剪韭轩述学》，甘肃人民出版社 1993 年版，第 393 页。

三、中国古代文学研究

郭先生在古代文论和音韵学方面有《文心雕龙注译》《诗辨新探》《白话二十四诗品》《等韵驳议》《声类疏证》《新编说文通训定声》等专著，而古代文学方面，主要是论文，已经出版的《诗经蠡测》，实际上也是由系列论文所构成。只是已作为专著出版过，故亦以专著列入《文集》，这里不论。其他古代文学研究的论文，约占本书的一半篇幅。下面对郭先生在古代文学方面的研究加以概括论述。

《癸未杂记》是写于 1953 年的一组学术短文，共五篇，长短不一，但都有很精辟的见解。如第一篇论韩愈《师说》的义旨，以为韩愈"师者，传道授业解惑者也"中"解惑"，并不是一般人所理解的"授之书，习其句读"，而是指《论语》中《颜渊》等篇说的"辨惑"，是说要在个人修养、为人处世方面给学生以点拨，使能依道持正。论述中以《论语》有关论说为证，言简义赅，很有说服力。第二篇，由《镜花缘》中论《论语·公冶长》中"愿车马衣轻裘"文句的理解，"愿"字贯全句，"轻"为唐以涉《雍也》中"乘肥焉，衣轻裘"之句而误加，以证阮元校记之正确。第三篇对《桃花源记》中"欣然规往"一句中形成的异文加以驳正，言简意明。第四篇关于朱熹《大学章句》中引程颐校三处，为宋代以来学者皆遵之无疑者，而先生以为非是，所论也理由充分，可以纠历来学者之误。末一篇论《前赤壁赋》末尾作者的"逝者如斯，而未尝往也，愿虚者如彼，而卒莫消长也"以下一段感慨乃是受《楞严经》的影响。这个看法与苏轼思想一致。因为苏轼虽以儒家辅君治国、经世致用观念为主，但也深受佛教思想之影响（当然也受到老子思想的影响）。郭先生提示出这一点对《赤壁赋》主旨的理解和对苏轼思想的认识便要更深一层。

《读〈庄〉劄记》虽名为"劄记"，实为关于《庄子》全书内容、文句理解的系列论文。文末附言曰："公元一九四一年，予尝从曾运乾先生受业，读庄生书，凡所讲授，一一录之。一九四六年作《庄子要极》。今取读书稿，已经糜烂。予今已老惫，于《要极》既不能不敝帚自珍，尤惧曾氏遗稿由我散失。乃发箧重读旧书，今为札记。既录《要极》中所引曾氏遗说，若一管之见，亦掇拾二三。"① 文中有关看法以《庄子》篇题为类，归于其下。如《逍遥游》劄记第一则说："庄子以为道无是非，而养有深浅，故道宜冥儒、墨、名、法之争，而养不能无天人、神人、至人、圣人之别。"② 以《逍遥游》"在语养之深浅"，《齐物论》"在冥道之是非"。对《庄子》一书所隐含深邃思想的认识，而引有关篇章，论证严密可信。其第二则引曾先生说，以为各种标点本上的"而后乃今培风，背负青天"，当作"而后乃今培风背，负青天"。引原文中"风之积也不厚，则其负大翼也无力"为证，郭先生更以下文"绝云气，负青天"为对文以证。以下十余则大体同此二则。每篇劄记大体皆先论本篇主旨，再论篇中具体文句之句读、理解方面旧注误解或不深不透者。每篇少者数则，多者四十多则，可以说每篇都显示出曾、郭二位先生的博学深思，突破旧说的束缚而探索真义，闪耀着思辨与理论的光辉；辨析文字之误，驳旧说之非，亦简明扼要，一针见血。本文对我们研读先秦典籍有很大的启发意义。另外，这篇《劄记》也反映出郭先生对他老师学术观点的珍视，以及在老师观点基础上的补证、推进与弘扬。学术研究如采矿，只要确定了目标，就要一批接一批的人不停地开掘下去。可以不断地改进方法，调整角度，但不能这里挖一阵，那里挖一阵。各种成熟的理论、有效的方法都要在实践中发展与推进。不同的学术思想、不同的研究方法会取得不同的成果，从不同的方面揭示了事物的本质，但要取得成果，就要持续地开掘下去，并不断地完善、调整、提高这种思路与手段。当然，每一个专业、每个研究方向的每一个学术派别间应相互吸收，以提高自己的研究能力，但必须有所坚守，必须按照一定目标不断探索。这是可以避免学术研究中浮躁风气必备的素养。

　　本书中的《文章圣手，历史丰碑——论屈原》一文，谈了一般学者很少关注的问题：屈原和他的《离骚》为什么出现在两千多年以前，能够笼罩两千多年以后？先生从两方面论述之：一方面，西周王朝的瓦解和春秋战国几百年的战乱，是由奴隶社会向封建社会的过渡，而至战国后期，"够得上荣迁统一宝座的诸侯，历史的使命已经落到了秦、楚两个大国的肩上"③。所以，从屈原

---

① 郭晋稀：《剪韭轩述学》，甘肃人民出版社 1993 年版，第 164 页。
② 郭晋稀：《剪韭轩述学》，甘肃人民出版社 1993 年版，第 119 页。
③ 郭晋稀：《剪韭轩述学》，甘肃人民出版社 1993 年版，第 170 页。

作品表现的因为主张变法改良而造成政治悲剧的主题反映了时代特征。另一方面，到春秋之时四言诗已达到其顶峰。战国之时有的散文语言生动灵活，有的也充满抒情味。散文的空前繁荣为诗歌形式的发展提供了启发与经验。"如果借鉴诗人的长篇创作，融会当时散文美化的优点，解散四言创造新的形式，客观条件是具备了。"① 屈原明于治乱，娴于辞令，有同时诸子散文家的才能，"所以他创作了以《离骚》为代表的新诗，自然也是划时代的作品"②。这种高瞻远瞩的论述，把屈原真正放到整个社会发展和文学发展的历史中去认识，给我们以极大启发。

《读〈骚〉劄记》是关于《离骚》中一些字句校正解说方面的看法。如第一则关于"长太息以掩涕兮，哀民生之多艰"二句，其下与"余虽好修姱以鞿羁兮，謇朝谇而夕替"为一节。郭先生曰："因'艰'在安部，'替'在壹部，不相叶，当作'哀民生之多艰兮，长太息以掩涕'，替、涕同叶衣部。"③ 并举《远游》中相近的两句，其中"长太息而掩涕"是作下句为旁证。学者们也有主张为借韵、合韵者，恐难成立。王力先生《楚辞韵读》中以为"艰""替"是"文质合韵"。然而整个《楚辞韵读》中除此再无文质合韵之例，而且"文质合韵"也不见于王先生在《诗韵总论》所列"合韵""通韵"之例。可见"文质合韵"之说比较勉强。两句误倒之说，是其不合韵之真正原因。只是因为目前的组合形式句子讲得通，意思也无变化，加上这种状况在王逸之前已形成，而且这两句话因为最突出地反映了屈原的思想，古今论屈原、言楚辞之书、文中都会出现，人们已习以为常，故均采取保留原样的态度。即如王之涣《凉州词》第一句"黄河远上白云间"，"河"字是"沙"字之误无疑。"河"字右边的"可"草书同"沙"字右边"少"草书极相近，也极易误识。因诗人想象凉州周围为沙漠，大风一起，则黄沙直冲起，因而才有下句的"一片孤城"云云。黄河距凉州尚远，其意境上也同下句无关。但现在所有唐诗选本均作"黄河直上"，即使已知"河"为"沙"之误者也不改，即是由于原句流布太广，难以回转之故。《离骚》中这两句诗以"艰"字在下句及《凉州词》中

---

① 郭晋稀：《剪韭轩述学》，甘肃人民出版社 1993 年版，第 178 页。
② 郭晋稀：《剪韭轩述学》，甘肃人民出版社 1993 年版，第 178 页。
③ 郭晋稀：《剪韭轩述学》，甘肃人民出版社 1993 年版，第 165 页。

"沙"误为"河"文本的流传,今日又有"结构主义理论"和"新批评理论"的支持,以为也同样给一般读者以诗意的传达,但作为学术问题指出,才能对这首诗的意境有一个正确的说解。郭先生这篇文章其他几条也都能就《离骚》文本中一些问题提出精见,给人以启发,对探索《离骚》本来的文本面貌很有意义。

《论杜甫〈秦州杂诗二十首〉》是纪念杜甫诞生1250周年而写的,论述了这一组诗题材的广泛和具有统一主题的看法。文中说:"不管《秦州杂诗二十首》所采用的题材是怎样的'杂',在艺术技巧上却表现了杜甫的一个特点:组织严密,是一个统一体。"①文中引述了前代治杜诗学者的一些论说,也就作品本身做了精到的分析。《再论杜甫〈秦州杂诗二十首〉》则是在论文刊出三个多月以后所发表,因为别人的一篇《也谈杜甫的〈秦州杂诗二十首〉》而作,谈了五个问题,对诗的创作过程、当时的思想打算等问题做了进一步的论述,认为这组诗"是作者快要离开秦州的时候,把平日在秦州写的一些杂感诗,加以润色,结集成篇,又写上最末一首,构成一个有机整体,寄给远方的朋友们"②。文中关于杜甫由秦州走往同谷的时间的看法也是完全合于杜诗的。

《韩愈诗论》和《白居易新论》是分别重读韩白的诗集以后所写,都可以抵得上一部诗人专论的著作。《韩愈诗论》是论从诗歌在盛唐李、杜的创作将唐诗成就推至顶峰之后,韩愈在其主观愿望上和创作实践上如何做到超越李、杜这一点上论述的,认为"养气说"是韩愈创作的根本理论,是指导变的思想武器,"务去陈言"是韩愈创作的基本手段,也是韩诗的审美观,"推拓雕凿手段,扩大诗歌时空,则是韩诗的独有成就"③。但韩愈因其没有杜甫那样深入广大人民的苦难生活中,所以在感人之深的方面不如杜甫。

《白居易新论》指出白居易的创作理论是兼顾政治与艺术,但实际上是偏重实义,强调时事,其创作实践中,很多诗是"为了拾遗的职责以诗歌当谏草"④,其感人程度不及杜诗。论文揭示出韩愈在评论白居易上的灼见,但白居

---

① 郭晋稀著,赵逵夫编选:《陇上学人文存·郭晋稀卷》,甘肃人民出版社2012年版,第165页。
② 郭晋稀著,赵逵夫编选:《陇上学人文存·郭晋稀卷》,甘肃人民出版社2012年版,第173页。
③ 郭晋稀著,赵逵夫编选:《陇上学人文存·郭晋稀卷》,甘肃人民出版社2012年版,第208页。
④ 郭晋稀著,赵逵夫编选:《陇上学人文存·郭晋稀卷》,甘肃人民出版社2012年版,第186页。

易与韩愈各发挥杜甫之一偏，在通俗与反映现实方面的努力，还是取得了超越时人的成就的。所以都不愧为历史上伟大的诗人。

　　郭先生的科学研究工作总是和教学联系在一起的。20 世纪五六十年代他长时间教元明清文学，所以有相当一些时间从事元明清文学的研究。他作《徐文长年谱》所积数据卡片有一箱，但后来因 60 年代前期形势的变化，这个工作再未往下进行。元明清文学方面写的文章也不多，本书只收有论关汉卿和《长生殿》中杨玉环形象塑造的各一文，都是就此前学者所未能关注或认识上偏浅的问题提出了自己的看法，1958 年全世界纪念的十大文化名人中，中国有关汉卿。关汉卿是中国古代伟大戏剧作家，但如何发扬关汉卿创作的传统，郭先生指出重点在塑造人民形象、歌颂人民智慧上。文章联系当时元代的社会状况论之，见解深刻。如认为"洪升结合自己的时代身世，在《长恨歌》等作品的基础上，更重点地歌颂杨玉环，把爱情的形象更加丰富和发展起来，把儿女之情和对祖国之爱乳水交融地渗透在杨玉环形象的性格中，是勇敢地翻案，是大胆地创造"。一扫此前"祸水说"之类旧说，使《长生殿》的思想内容与艺术价值得到突显，也更附合作品的情节安排与唱词中所体现的感情。这在当时确实令人耳目一新。

　　20 世纪 50 年代中期中央开始抓理论界与知识分子问题。1956 年 7 月《学习译丛》发表了苏联雅·爱尔斯布克的《现实主义和所谓反现实主义》一文，引起中国古典文学界关于现实主义问题的讨论。郭晋稀先生在新中国成立后的教学、科研工作中一直都是严格要求自己，努力学习马克思主义，注意在理论上不断提升自己。郭先生写成《试从诗骚的创作方法谈中国古典文学中的现实主义与浪漫主义问题》，在《西北师院学报》1957 年创刊号上刊出，次年写了《发扬关汉卿塑造人物形象、歌颂人民智慧的传统》，1959 年又完成《继承与发扬文学遗产的典范 —— 学习毛主席革命的现实主义与革命的浪漫主义的高度结合》《试论现实主义问题》两文，刊于《甘肃师大学报》当年第 3 期、第 5 期。可以看出郭先生在学习马克思主义文学理论方面下的功夫。1957 年、1958 年两篇是联系《诗经》《楚辞》和元代伟大剧作家关汉卿的创作中所体现的现实与浪漫主义来谈的，反映出他在教学、科研上用马克思主义文学理论分析作品的深入思考，所论皆中国文学史上标志性的作家与作品。而且，在论述中也关注到新中国成立以来古代文学研究与文艺理论研究中的学术争论，说明他并非就自己所想谈一点心得，而是有深入的思考。如联系《诗经》《楚辞》的研究谈中国古典文学中的现实主义与浪漫主义一文在开头说："如果把整部的中国文学史，简单地看为：只是现实主义与反现实主义的斗争史，不单是抹杀了整个中国古典文学的丰富的历史，搪塞了深入研究中国文学史的需要；而且其结果，也将辨不清现实主义与反现实主义的真正界限，把中国文学史简单化。"① 先生这个看法，在六十多年后之今日，仍然是正确的。我们回顾近六十多年中中国意识形态领域的一次次争论和斗争，回顾一些理论家，包括在相当长时间中居于意识形成领域主管领导地位的学者、权威随时而变、前后不一的情况，就可知道先生在学习马克思主义基本理论和文艺思想方面的深入，以及他坚持真理、实事求是的精神。在这篇文章第一部分《先从理论上提出一些意见》的开头即对于跟风呼应、片面套"现实主义""反现实主义"标签的作风提出批评：

　　而持这种议论的人，似乎是强调文学的政治意义和现实主义形成的斗争史，其实是僵化文学的政治意义，看不清现实主义如何吸取其他进步流派的成果，以及它在与反现实主义斗争中而形成一种先进的创作方法的历史。②

这是多么深刻的见解！

尤其论文对雅·爱尔斯布克文章引用恩格斯的话认为现实主义作为一种创作方法"只能说从文艺复兴时代开始"，把现实主义和时代的经济基础完全结合起来的观点，提出了自己的看法。因为这样看问题就很有理由认为中国文学中的现实主义最早不能超过南宋以后的市民文学。郭先生认为，从小说、戏剧讲，可以这样说，到清代的《儒林外史》《红楼梦》才达到现实主义的高峰，元代的杂剧、明清时代部分传奇，才是现实主义的。但从诗歌来说，"唐宋伟

①　郭晋稀著，赵逵夫编选：《陇上学人文存·郭晋稀卷》，甘肃人民出版社 2012 年版，第 87 页。
②　郭晋稀著，赵逵夫编选：《陇上学人文存·郭晋稀卷》，甘肃人民出版社 2012 年版，第 87 页。

大诗人的作品，有许多是现实主义的"。因此提出应该考虑的两个问题：

> 第一个问题，文学固然有一般的发展规律，而中国文学也有其特殊的发展规律；第二个问题，现实主义的形成，作为一种创作方法的正式提出，在欧洲自然是文艺复兴的时代，但这一创作方法的初步形成，是否在文艺复兴的时代之前呢？我以为中国文学的发展，是有其特征的，中国文学的现实主义的出现是很早的，我不想单纯从理论上来探讨这一问题，我想先从具体的作品来分析它，然后再从理论上进行探讨。①

这无论从基本理论上来说，还是从思想方法上来说，都是合乎马克思主义的。下面通过"二、略谈屈原作品的创作方法""三、回转来看《三百篇》的创作方法""四、回归到我的论断"这三部分来论述，每部分都十分精彩，至今读来都叫人感受到先生对理论的纯熟，感受到其分析的深透。这里不能详细介绍。

《试论现实主义问题》比前一篇篇幅更长，约两万五千字。论文是在前一篇的基础对有关问题做更深入地探讨，对当时一些学者认为文学艺术范畴内的两条道路的斗争就是现实主义同反现实主义的斗争提出不同看法。文中对涅多希文的《艺术概论》、蔡仪的《论现实主义问题》、茅盾的《夜读偶记》中的一些看法，都有所讨论。论文分六部分："一、认识论和文化范畴内两条道路斗争学说""二、现实主义与反现实主义公式""三、对现实主义与反现实主义公式的商榷""四、现实主义创作基本原则""五、不能简单地套用欧洲的公式""六、中国现实主义的形成与发展"。全文紧密联系中国文学史的实际，引述从上古之时至唐宋时代卓越诗人的作品及元明各体文学作品，而处处体现着他的理论思维。如其中一些地方引述了古代有关文学理论方面的论述，说明中国古代文学的发展有自己的规律，将马克思文学理论同传统文学理论、文学批评的优秀成果有机地结合起来，这在当时是十分难得的。尤其文中还论述到一些古代思想史领域的问题，给人以很大启发。如第五部分谈到中国古代的无神论。其中说：

---

① 郭晋稀著，赵逵夫编选：《陇上学人文存·郭晋稀卷》，甘肃人民出版社2012年版，第92页。

在中国的社会里，神是没有占到统治地位的，是在孔子就不语怪、力、乱、神，所以在早期的文学作品中神的色彩并不浓厚，出现了现实性很强的《诗经》。

又说：

佛教东来，更产生了轮回因果之说，如果与传统的神结合起来，是可以成为宗教统治者的。可是从东汉到南北朝，在唯物论不断地发展下，有着对谶纬之学的强烈的反抗，出现了彻底的无鬼论；有着对轮回说的尖锐驳斥，写出了光辉的《神灭论》；也用天道的自然规律反对了因果报应，写出了《辩命论》。这些便奠定了唯物论的认识论基础，也出现了进步的美学思想。[①]

下面列出了东汉初年反谶纬的健将郑兴、尹敏、桓谭，引述了他们的一些言论，也重点介绍了王充的无神论思想，说到梁代范缜的《神灭论》"达到了理论的高峰"。文章将这些中国古代思想史上放彩生辉的明珠举得高高的，使人们看到它们的存在。文中对一些连专门研究思想史、哲学史的人都含混不清的问题加以细致辨析，可以看出先生对辩证唯物主义、历史唯物主义理论学得透彻，理解得深刻及联系中国古代意识形态论述的灵活与恰切。其中说：

当然，命运的干涉是存在的。班彪有《王命论》，李康有《命运论》刘骏有《辩命论》。但这里的命运，尤其是《辩命论》中的天命，是与佛家的因果论相对立而提出来的。只是机械论所认为的必然律，与命运的干涉是不同的。……可见这里的天命是自然的同义语，是机械论者认为人们在自然面前无能为力，不知道人们可以运用自然法则的缘故。[②]

[①] 郭晋稀：《剪韭轩述学》，甘肃人民出版社 2019 年版，第 160 页。
[②] 郭晋稀：《剪韭轩述学》，甘肃人民出版社 2019 年版，第 160—161 页。

这些论述，至今闪耀着思想的光辉。因为此后几十年中，很多学者仍认为孔子、孟子的思想是唯心主义的。近年中央重视对传统文化中优秀成分的挖掘弘扬。习近平总书记《在哲学社会科学工作座谈会上的讲话》中说：

> 要加强对中华优秀传统文化的挖掘和阐发，使中华民族最基本的文化基因与当代文化相适应，与现代社会相协调，把跨越时空、跨越国界、富有永恒魅力、具有当代价值的文化精神弘扬起来。[①]

我在上述郭先生看法的启发下，写了《用马克思主义观点审视先秦文化元典》《论马克思主义同中国传统文化的融合》两文（分别刊于《西北师大学报》2017年第1期、《甘肃社会科学》2017年第2期），并几次在省委宣传部、省委党校办的甘肃省社会科学骨干培训班上做相关内容的报告，引述了《论语》中"赐（子贡之名）不受命，而货殖焉，亿（肊）则屡中""季路问事鬼神，子曰：'未能事人，安能事鬼？'曰'敢问死。'曰：'未知生，安知死？'""子不语怪、力、乱、神""务民之义，敬鬼神而远之，可谓知矣"等几段文字，说明孔子的思想是复杂的，说他完全相信天命，属唯心主义，这是简单化贴标签，不是科学研究的态度。孔子说"敬鬼神"，因为儒家强调"慎终追远"（认真谨慎办父母丧事，追忆先人恩德，重视对祖先的祭祀）；主张"敬鬼神"而又"远之"，是说不要什么事情也依靠鬼神，不能靠敬鬼神来解决自己的现实问题。这是将感恩同不陷入迷信鬼神区别开来。这在两千多年以前是很了不起的一种思想意识。因为当时对很多自然现象还无法做出科学的解释，所以孔子不谈鬼神之事。孔子的思想倾向由这些可以看出。《孟子》中说："知命者不立于岩墙之下。"很多人据此说孟子是讲天命、信天命的。但如果孟子这里说的"命"是指"天命"的话，那就应该是：按天命不当死者立于垂岩危墙之下也不会死，当死者立于何处也会死。可见孟子这里说的"命"是指自身所负的责任（家庭责任、社会责任）。因此，对孟子的思想也应按马克思主义思想实事求是认真研究，避免教条主义和简单化认定。

---

① 习近平2016年5月17日《在哲学社会科学工作座谈会上的讲话》，摘自中国社会科学网。

　　本书所收论文中还有很多精彩的论述，这里不能一一列举复述。1959 年郭先生还在《西北师大学报》上还发表了《继承与发扬文学遗产的典范》一文，是论毛泽东诗词的，一则论述了传统文学形式同新的革命内容的结合，二则对于革命的浪漫主义同革命的现实主义的结合问题联系毛泽东诗词的成就做了论述。文章指出："我国的文学有着积极浪漫主义的传统，出现过不少浪漫主义伟大诗人的名字 —— 屈原、李白、汤显祖，写出来不少浪漫主义的不朽作品 ——《离骚》《招魂》《天问》《牡丹亭》，以及李白的许多短篇。"文章同时指出古代作家作品所具有的历史局限与个人局限，指出这些只有在新的历史环境下的伟大诗人、作家来克服，达到革命现实主义与革命浪漫主义的完美结合。毛泽东的一系列反映革命过程鼓舞人民意志的作品便是光辉的典范。文中对当时已公开发表的毛泽东的十九首诗词做了精彩的分析。

　　《剪韭轩述学》收了郭晋稀先生十多种学术专著之外的单篇学术论文。上面简单概括地作一评述，只是为了读者同志能有一个初步的了解，由这些述评看不出原文论证的严密与思想之深刻。要了解这些论文在今天仍有之价值，读者可以读书中相关论文。相信郭先生在半个世纪中先后完成的这些论文，其的学术观点及思想方法，在以后很长时间中仍然具有参考的价值。

及门
赵逵夫

郭晋稀：《剪韭轩述学》，甘肃人民出版社 2019 年版。

《郭晋稀文集》编辑出版说明

　　郭晋稀先生（1916年10月—1998年7月）是著名的《文心雕龙》专家、音韵学家和中国古代文学、古代文论研究专家。他的多种论著得到国内一些治学严谨的学者的高度评价，在港台和日本、欧洲也有一定的影响。

　　郭先生字君重，晚年号剪韭轩主。生于湖南省湘潭县株洲镇（今株洲市）一个书香之家。1936年考入国立湖南师范学院，后转入湖南大学。在读期间曾得杨树达、曾运乾、钱基博、骆鸿凯、钟泰、马宗霍诸先生的指点，读书中提出的一些新见，得几位先生的激赏。如他转学到湖南大学之后钱基博先生给他的信中说："贤论《易》以阴阳、动静、消息、世变，而不在象数图书，最是通人之论。"[①] "顷阅湖大期刊，说《庄》数则，极见心思。""所寄校《庄》数十则，当为不易。"[②] 杨树达先生《积微居小学述林》卷三《说阁》篇特别说到"湘潭郭晋稀学于湖南大学，从余治文字之业。于余说颇能有所领悟"，引述其说，并说："善哉，君之说字也。"[③] 可见对青年时代郭晋稀先生之器重。郭先生1940年湖南大学毕业，所撰《读〈切韵指掌图〉》在1941年出版之《国立湖南大学期刊》新二号刊出。1942年完成七万多字的《等韵驳议》，时年26岁；1945年完成《邪母古读考》。后一篇写成后寄骆鸿凯先生，骆鸿凯先生给他的信中说："顷奉手札，并大著《邪母古读考》，均悉，甚佩！喻、邪、定三母相通，乃凯研求语根积十余年所悟者，惟以囿以方音，疑邪、从两母古读亦通，

---

① 摘自1942年钱基博先生来函。
② 摘自1941年钱基博先生来函。
③ 杨树达：《积微居小学述林》，中华书局1983年版，第88页。

是以牵制未能写定。今得足下是篇，以为邪与从无预，论自不刊。"① 则郭先生在学术上着眼于推进学术发展、善于攻艰的特点，在当时已得一些学术大家的赞赏。

新中国成立之后，郭先生经徐特立同志介绍入华北革命政治部研究班学习，1950 年冬学习期满，1951 年春被分配至西北师范学院（今西北师范大学）任教，根据工作的需要先后带古代汉语、先秦文学、元明清文学等课。郭先生长时间任古代文学教研室主任之职，指导青年教师颇费心力。1959 年开始指导研究生（后来根据教育部规定取消此次所留学生的研究生身份，改为留校），1961 年招研究生两名。1979 年，他也是"文革"后甘肃师大（今西北师大）第一批招中国古代文学研究生的老师。1981 年西北师院中国古代文学专业取得硕士学位授予权。1985 年春起任西北师大古籍整理研究所所长之职，在他的领导下，古籍所在整理陇右文献方面做出了突出的成绩。直至 1989 年退休方辞去其职。

1963 年郭晋稀先生出版了《文心雕龙译注十八篇》，一年后被香港建文书局翻印，传至港台学术界和日、韩等国际汉学界，以注释的确切简要、译文的顺畅而有韵味、篇前说明的精当概括而受到学界的好评，该书对《文心雕龙》篇次的调整受到国内外有关专家的关注，其观点被海外有的同类著作所吸收。日本《文心雕龙》专家户田浩晓在 20 世纪 70 年代撰写的《文心雕龙小史》中说："现代中国语的译本有特色者当推郭晋稀氏的《文心雕龙译注十八篇》（1964 年）和李景溁氏的《文心雕龙新解》（1968 年）。"② 日本九州大学文学部林田慎之助教授和意大利汉学家珊德拉教授都给此书以好评。

郭先生于 1982 年出版了《文心雕龙注译》，至 1984 年两次共印 27760 册。岳麓书社 1997 年出版了郭先生的《白话文心雕龙》，第一次印 6000 册；2004年又出版《国学基本从书·文心雕龙》，第一次印 5000 册。由此可以看出郭先生在《文心雕龙》研究上的影响。

在古代文论研究方面，郭晋稀先生对他的《诗辨新探》一书（甘肃教育出

---

① 摘自 1945 年骆鸿凯先生来函。

② 王元化编：《日本研究〈文心雕龙〉论文集》，齐鲁书社 1983 年版，第 25 页。

版社 1991 年版，巴蜀书社 2004 年重版）中的创获，更为满意。中国社科院文学研究所郑永晓研究员有《系统地把握严羽诗论的精神实质 —— 读郭晋稀先生〈诗辨新探〉》，谓读此书"有拨云见日之感"，言"著者覃思精虑，对《沧浪诗话》总纲与精义所在的《诗辨》作了系统、透彻的考察，对'别材''别趣''兴趣''妙悟'考说的阐述与分析，可以说深得严羽诗论之旨，也最能体现《沧浪诗话》论诗体系的严谨性。此书体例之严谨、论证之精密、观点之新颖，在近几年古代文论研究著作中尚不多见，它基本廓清了数百年来围绕严羽《沧浪诗话》引发的一系列学术争议"。①

　　郭先生在中国古代文学研究领域涉及面也极广，从先秦到明清，诸子、诗歌、戏剧方面都有论述。1993 年由甘肃人民出版社出版《剪韭轩述学》，收入部分论文。同年出版《诗经蠡测》（巴蜀书社 2006 年重版）。其中的《国风蠡测》单独发表后，天津社科院赵沛霖先生的《诗经研究反思》，从 1905 年至 1989 年研究《诗经》的 1000 多篇论文中选出最富于创见、学术价值最高的 42 篇，写提要介绍其要点，郭先生此文为其中之一。

　　1993 年上海古籍出版社还出版了郭先生的《声类疏证》。全书一千三百多页。这部书是对钱大昕的《声类》加以疏证，发明其意，在古声韵研究上具有重大意义。钱大昕《声类》四卷，前半部分仿《尔雅》之例分"释诂""释言"等十一类，后半部分据读音、字形等分为"读之异者""文之异者""方言""名号之异""姓之异者""古读""音讹""同音通用""近音通用""形声俱远""字形相涉之讹"等十二类，然只列出相关字词，其下简注其义，列出原字词之出处，然而对其注并无音韵训诂上之说解，全书也无义例说明，故后人不识其学术上之意义，连其弟子汪恩在钱氏身后刊刻此书时也只说"采缀极富，而出所见以正前人之讹误者，仅十之一二。盖当时止辑以备用"②。直至 20 世纪 90 年代国内有很大影响的音韵学著作，仍以为其只是搜集材料，其中看不出音韵理论。郭先生认为这是一部以声转规律揭示古代通假现象，以解决古籍中一些疑难的著作，在声韵学上具有开创之功。郭先生的疏证文字常数倍、

　　① 郑永晓：《系统地把握严羽诗论的精神实质 —— 读郭晋稀先生〈诗辨新探〉》，《西北师大学报》（社会科学版）1992 年第 4 期。
　　② 汪恩跋语见《声类疏证·附录一》，上海古籍出版社 1993 年版。

数十倍于原文，对原书 1711 条文字一一加以疏证，使原书宗旨大明，不仅有功于钱氏，实有功于古音与训诂学研究，为近数十年中古音研究的重大成果。

郭晋稀先生的成就是多方面的。为了继承这份遗产，我们决定出版《郭晋稀文集》。

这个想法我们在郭先生去世之后即已产生，曾同师母张士昉老师计议此事，并且重新整理出版《诗辨新探》《诗经蠡测》，整理出版先生生前未曾出版的《剪韭轩诗文存》，由周玉秀承担的百万字的《新编说文通训定声》的整理工作也从 2012 年即开始。2013 年 10 月张士昉老师去世。关于编辑出版"文集"之事赵逵夫曾多次同先生的哲嗣郭令原教授商议，考虑到先生早年的学生和指导过的青年教师有的已年逾八十或近八十，难以承担，有的人也已去世；在外地者材料来去递送多有不便，最后决定由甘肃省先秦文学与文化研究中心、西北师大文学院、西北师大古籍整理研究所负责编辑整理，另集美大学文学院王人恩教授因 1982 年春毕业于西北师大中文系，曾聆听先生讲课，并私下向先生多有请益，愿意承担《杜诗系年》的整理。于是由所有承担"文集"整理工作的人员组织成郭晋稀文集编委会。但郭先生的所有学生、亲友都很关心，西北师大校领导也给于支持，十分重视。由于近年中各校各单位都承担科研任务，所以难以一时完成，我们拟采取分卷出版的办法。今年是郭先生诞辰一百周年，我们准备从今年开始出版，在近两三年中全部出齐。全书拟分九卷，有的一卷一部书，有的一卷包括三部书，有的一卷一部书，但要分上下两册或上中下三册；初计全书十四册。

过去由于种种原因，郭先生的一些论著一直未能出版，有的现在连原稿也无从搜求，如《徐文长年谱》《先秦诸子思想史》《音韵学讲义》（1945 年桂林师范学院油印稿）。还有些讲义，如《先秦文学讲义》《元明文学讲义》《清代文学讲义》（与尚继征合编）和《晚清文学讲义》（以上有 50 年代西北师范学院油印稿），以及《中国语言文字学讲义》（手稿），先生生前以为其中有些作品由于时代的局限等原因，无论内容还是行文需作大的修改补充才行，因而不同意重印。故亦不收入《文集》之中。

特此说明。

怀念彭铎先生
——《文言文校读》后记（附重印后记）

　　彭铎先生字炅乾，湖南湘潭人，生于 1913 年 9 月 25 日（农历八月二十五日）。1934 年入南京国立中央大学中文系，受到黄侃、王瀣、吴梅、汪东、汪辟疆诸先生的教诲。1938 年毕业后曾在自流井蜀光中学、北碚升学补习班任教，后任重庆中央大学中文系助教，旋至湖南蓝田国立师范学院，任国文系讲师、副教授。1952 年经郭晋稀先生介绍来西北师范学院（今西北师大）中文系任教，先后任副教授、教授，担任中文系副主任、主任之职。彭先生学问好，课也讲得很好，深受同学们的欢迎。20 世纪 60 年代前期我上本科时，他是系主任。有几次他在我们的教室给青年教师讲《昭明文选》，我们在大教室上完课，他们还没有结束，隔着门上的玻璃往里看，青年教师人人面前一函线装的《文选》，彭先生在讲台上坐着讲，黑板上的粉笔字十分潇洒。我们上课时，他也来听过课，课间休息中向同学们问学习的情况，也谈谈学习的方法，对青年教师板书中不规范的字及不正确的笔顺，也加以纠正。有一次在我们教室听课，课间休息时看我们办的墙报《红路》，对几首诗加以评说。看到我写的一首诗，标着"七律"，他莞尔一笑。一个同学说："彭先生你看写得怎么样？"他说："是写得不错，只是有一处失粘。"于是讲了近体诗形式上的严格要求。彭先生的诗和对联都作得很好，也时时在《甘肃日报》或校报上刊出，我的本子上抄有一些，一直保存。先生去世后三四年，我听说有人张罗编甘肃教授诗选，为不使漏收先生之作，我专门到《甘肃日报》社去，通过老同学吴辰旭找到在报社工作的彭先生的二公子仲杰，请他收集先生之诗，同主事者联系。书出来之后，我发现其中《偕吴组缃游五泉山》一首本为七律，却只有前四句，显然是抄者误记。西北师大百年校庆前我编《世纪之音 —— 西北师大教师诗词选》时，即补出了后四句，对其他几首的文字，也做了校订。

　　"文革"后我回到母校攻读硕士学位，真是过"而立"而未立，应"不惑"而多惑。我算是母校"文革"后的第一届研究生。因为音韵、文字、训诂之学在 1964、1965 年以后的十多年中，已经被看作完全无用的东西，能此者甚少，所以第一年彭先生的古汉语专业没有能够选上学生，到第二年才招上了冯浩菲同学。彭先生给我们讲训诂学，布置我们读《尔雅义疏》，要求根据自己读过的书，对《尔雅》中词义的解释补充例句。当时尚无新出的古籍，我是借图书馆的一套清刻本，着重研读了《释诂》《释言》《释训》，也从其他书中找了一些例句。在做这个工作的当中，我深感《尔雅》一书并非根据预定的体例，由归纳语言实例而编成，而是辑录旧注和文献中有关词语解说的文字，陆续增辑而成。后记朱熹以为"取传注而作《尔雅》"的看法，《四库全书总目》"大抵小学家缀辑旧文，递相增益，周公、孔子，皆依托之词"的说法，是正确的。而黄季刚先生的《尔雅略说》中说"且谓尔雅之名，起于中古，而成书则自孔徒。故毛公释《诗》，依傍诂训；《小雅》之作，比拟旧文"，似不合书的实际。但至 20 世纪 70 年代末，仍有人将它看作一部"始创于周公，完成于孔门弟子"的辞书专著，只是认为后人对它有所补充。尽管《四库全书总目》已举出不少例证，但有些人总是承袭旧说，不肯实事求是地看待这个问题。黄季刚引宋代林光朝《艾轩诗说》之语，认为"最能得《尔雅》释六艺之旨，即《汉志》列《尔雅》于《孝经》之理，亦明矣"。显然受旧的经学思想的影响太大。所以，我又从《尔雅》中摘出一些实例来，分为四类，从四个方面揭示《尔雅》这部书的性质及成书的实际情况。

　　一、《尔雅》中将字的假借义看作本义，一例诠释，显然是从旧的传注中不加分析照抄下来的。《尔雅》中也有释假借字的条例，郭璞已给予正确的解说，郝懿行也对其中一些给予正确的诠释。如《释言》"务，侮也"，"葵，揆也"，"粲，餐也"等。也有郝氏误解者，如"畛，珍也"，"康，苛也"，郝氏竭力从意义的相通方面疏说之，颇牵强附会；若以假借字释之，则更简捷明了。

　　二、《尔雅》中有的被释之字为本字，而用来解释的字为假借字。如"冥，幼也"，"幼"为"窈"的假借；"振，讯也"，"讯"为"迅"的假借等。这都有乖于辞书说解本义之旨；如果是有计划地编写辞书，当不致如此。因为平时书写中可以随便一些，但作为工具书，解释词义，无论如何不会用假借字。只有在据各种解说文字抄录，而传注在传抄中用了假借字，或抄纂《尔雅》文字者无意将被释的与用来诠释的文字颠倒，才会形成这种状况。

三、动词的使动用法，只有在句子中才能显示出来，离开句子，就只有本义。但《尔雅》中有的条目被释字的字义是只有在使动用法下才有的。如："观，指，示也。"以"示"释"指"，虽有含义广狭上的区别，但义相通。"观，示也"，就有问题了。《说文》："观，谛视也。"其本义是审视；"示"用于同"视"有关的方面，意义是"使人观"。这也是《尔雅》中训释意义来自对具体文献中有关文句的解释的证明。

四、《尔雅》中不少被训释的词语和词义来自于《诗经》和先秦史书、先秦诸子之书，尤其来自《诗》的较多，甚至就一首诗中的词语依次加以训释。这一点《四库全书总目》已列出一些证据，我也找出一些。

我的作业交去后，有一个同学说："彭先生是黄季刚先生的学生，你的这同黄侃季刚先生的说法相反，恐怕不妙。"但结果彭先生并未批评，并且给了比较高的成绩。由这点看，先生治学并非死守门户，而且也鼓励年轻人的独立思考。此后我也多次向彭先生请教过。我的学位论文也请他看了，他对我运用文字、音韵、训诂的知识解决一些问题，表示很赞赏。1982 年我们论文答辩，请了华中师大的石声淮先生来主持，湘潭大学羊春秋先生也专门来参加答辩。彭先生没有参加答辩委员会，却从头到尾听完了我同陈成国的答辩。

先生对学生要求的严格和对后学的关爱，"文革"前毕业的历届学生都知道，何来、黄英等老校友也写过文章，这里就不多说了。

先生 1984 年卧床后，我曾多次去看望，坐在他的病床旁，听他讲学问。有一次说得时间太长，期间他的长媳段菊英大夫进来几次，看到彭先生兴致高，没有说话出去了。最后一次进来说："爸，您今天谈话时间长了，休息一会儿吧。"彭先生说："我们谈学问，你不要吵。"让我再坐下。我只好又陪了一会儿，然后说："今天确实时间长了，您得休息休息。"站起身来。他说："好吧，哪一天再说。"后来病势不断加重，家里人为了让他静养，门上挂了一块牌子，写明谢绝探视，同时在信箱中放了一个本子，请探视、问候者在上面写明问候的话或要谈的事。

1985 年 2 月 15 日，为农历腊月二十六日，系上正在开春节团拜会，期间大家还谈到彭先生的病情。活动快结束时，办公室同志进来说："彭先生逝世了！"大家都感到震惊，一起去家中，算是集体向遗体告别。那一天夜晚，前半夜由我和先生的妻妹（在四川工作，专程来看望）守护，她向我讲了很多先生勤奋治学和关爱青年同志的事情。彭先生逝世后，我曾看望师母向老师（她曾在校办工作），每次都谈得很久。她说，即使是农村中小学教师来信向他请教，他都认真答复，而且写好之后都是自己送到邮局去，不托他人。这段话对我印象很深。

彭先生和郭晋稀先生 1959 年在应届生中选留过研究生，后来根据教育部决定取消，1961 年又开始招研究生，郭先生招中国古代文学专业的，彭先生招汉语史专业的。西北师院从 20 世纪 50 年代初，古代文学和古汉语方面力量就很强。彭先生之外，在这里从事古汉语教学的先后有赵荫棠先生（有《中原音韵研究》《等韵源流》）、杨伯峻先生（有《孟子译注》《论语译注》《古汉语虚词》等）、郭晋稀先生（有《声类疏证》《等韵驳议》，整理出版曾运乾先生的《音韵学讲义》）、吴福熙先生（有《古代汉语》《文言词语工具书介绍》《敦煌残卷古文尚书校注》）、叶萌先生（有《古代汉语貌词通释》）等。由彭铎先生、吴福熙先生、张纯鉴先生、甄继祥先生等编的《汉语成语词典》1978 年由上海教育出版社出版，至 1982 年修订本《前言》说，当时已印一千二百多万册，此后又一印再印，香港中华书局也租印，流布海外，总印至数千万册。2000 年经吴福熙、张纯鉴、甄继祥先生再次增订后，由中央党校出版社出版。蔡尚思《中国文化史要论》第一部分《工具书与语言文字学史上的代表人物和主要图书》将此书列入。由于西北师大在古代汉语研究方面有比较好的基础和良好的学术传统，所以在"文革"后第一批获得硕士学位授予权。

彭先生在"文革"前带了两名研究生，一为周有明，任教于新疆大学汉语系，为发展新疆的教育事业做出了贡献。2003 年 3 月我应邀到新疆参加自治区首届重点学科的评审，会议期间专门去看他，他谈起母校和当年的老师一往情深。另一位为姚冠群，任教于甘肃教育学院，已退休数年。1980 年只招了一名研究生，即冯浩菲，后来到华中师大张舜徽先生门下攻读博士学位，现为山东大学文学院教授、博士生导师。冯毕业后招了朱庆之，后因先生病体难支，转到张舜徽先生门下。朱庆之后到四川大学张永言先生处攻读博士学位，现为北京大学中文系教授、博士生导师，他们在学术上都取得了很突出的成就。因为他们都不在兰州，所以整理先生遗著的这个工作由我来承担。

先生在"文革"中虽受到冲击，但不怨天尤人，待条件稍一许可即从事著述，完成了《潜夫论笺》（中华书局1979年版，后收入《新编诸子集成》，改名《潜夫论笺校正》）。所著《群书序跋举要》（山东教育出版社1985年版）、《唐诗三百首词典》（陕西人民出版社1986年版）和《彭铎文选》（甘肃人民出版社1994年版），在他逝世以后才问世。"四人帮"垮台后，他先后任西北师院中文系主任、古籍整理研究所所长；在学术团体中任中国历史文献学会副会长、中国训诂学会常务理事兼学术委员会委员、中国语言学会理事、甘肃省语言学会会长等。

《文言文校读》是1979年先生亲手赠我的，校印刷厂1978年铅印本。我觉得这是他关于古籍校读法理论的示范，对初步接触古代文献研究和初学古汉语的青年同志也是很好的读本，只是字排得太小、太密，错误也不少。1992年我任中文系主任之后即想将它正式出版，因故迁延至今。去年彭先生逝世二十周年，我同先生哲嗣伯异、仲杰两兄商及此事，承二位赞同，我即着手整理，今即将出版，算是完成了一个夙愿。

此次整理，我们做了以下工作：

一、改正了排印本中的一些错字和标点上的错误。如《竖榖阳进酒》（《说苑》）篇，作为人名和作为君主自称"不榖"的"榖"字，皆误为"穀"（一种木名）；《晋文公赦里凫须》（《韩诗外传》）中一篇"晋国大宁"的"宁"误作"寧"；《新序》中一篇"凫须里"误为"吾凫须"；"犹有面目而见我邪？""邪"误作"耶"；《海大鱼》（《新序》）"谒"误作"遏"；《邹穆公食凫雁以秕》注12"斛"误作"？"；《晏子赎越石父》（《史记》）"夫子既以感寤而赎我"，"已"误作"以"，注6"以财抵罪""抵"误作"拔"等。此皆排印之误，径加改正。标点上的错误，如《邹穆公食凫雁以秕》，注及引《说文》中一段文字本见于两处："斛也，所以盛米也"是释"斛"（在宁部）字的，"幅，载米斛也"是释"幅"（巾部）字的。原引为一段，今其间加引号分开。又原"盛"字前有"载"字，据《广韵》及段玉裁说删。另外对个别难字注了音。如"菹""蛭"等字。个别地方为避免误解，根据原意增减几字，如《魏武侯戒骄》(《荀子》)注9："《吕氏春秋》有'其'字，是表示拟议的副词。"现在"拟议"的意思稍有转移，一般人不能准确把握，故在"拟议"之后加"不定"二字，以便于理解。

二、当年此书排印之时，正当《第二次汉字简化方案（草案）》公布之后，废除之前，排印本有些用字在今日看来有欠规范。如《背水阵》中"嘸然"的"嘸"字，《魏武侯戒骄》中"蘬"字本为古汉语用字，印本将二字右边分别简化为"无""归"，凭空增加了不常用的新字，反倒造成古籍的混乱，今皆改为本字。其他也据《汉字简化总表》和有关异体字及字形整理的规定，在同注文校语不冲突的情况下对用字加以规范。如"厄"改为"厄"，"餽"改为"馈"，"飤"改为"饲"，"鉤"改为"钩"等。繁体字"閒"也读作 jiàn，即今日之"间"。为避免造成混乱，今皆改作"间"。书中作为介词的"于"与"於"、"迺"与"乃"交错出现，今统一用"于""乃"。当然，从古籍校注的角度说，这些改动未必都对。因为彭先生此书原印本为简体字，又未留下其他可供校勘的文本，我们以为先照原书印出简化字本为宜。如将来有机会出版繁体字本，则再据文献原文恢复异体字。应该予以说明的是：文中同校语有关，或个别表示人名及古代特殊意义的异体字，我们也适当予以保留，一则不使校语无着，二则不使造成误解。

三、对所录文献，核对了原文。彭先生所留印本无前言、后记之类，对所用底本并无交代。我们原打算核对版本一律用1977年以前的版本，以体现"整理旧作，保持旧作面貌"的精神。《新序》《说苑》原拟用《汉魏丛书》本，但进行中发现彭先生所录文字并非据此版本，个别文字有所校改。如《烛之武退秦师》"秦伯说，引兵而还"一句，"秦伯"《汉魏丛书》本《新序》作"秦兵"，而明嘉靖丁未何良骏刊本作"秦君"。卢文弨《新序拾补》据宋本主张作"伯"。然而篇中上文称作"秦君"，郑伯也称作"郑君"，则此处亦应作"秦君"。对全书各篇要确定原用哪一种为底本是十分困难的事，因此，我们核对原文，《左传》据《十三经注疏》本，《国语》用上海古籍出版社1978年3月出版校点本，《战国策》用上海古籍出版社汇校本，《庄子》据郭庆藩《集释》本，《荀子》用王先谦《集解》本，《韩非子》用梁启雄《浅解》本，《晏子春秋》用吴则虞《集释》本，《新书》用《汉魏丛书》本，《淮南子》用刘文典《淮南鸿烈集解》本，《史记》《汉书》据中华书局校点本，此皆彭先生印此书前可见到者。其他据今天通行的校点本，如《列子》据杨伯峻《集释》本（中华书局 1979 年版），《新序》据赵仲邑《评注》本（中华书局 1997 年版），《说苑》据向宗鲁《校证》本（中华书局 1987 年版），《韩诗外传》据许维遹《集释》本（中华书局 1980 年版），《吕氏春秋》用陈奇猷《校释》本（学林出版社 1984 年版）。另有几种书所录皆各一篇，也用通行本，不再一一说明。

在核对原文中，发现有的地方有脱误，如《齐桓公伐楚》（《史记》）"王祭不共"，当作"王祭不具"，其作"共"者，涉《左传》文字而误；《子产不毁乡校》（《左传》）"所恶者吾则改之"，"所"字前脱"其"字；《海大鱼》（《韩非子》）"亦君之水也"，"水"当为"海"；《背水阵》（《史记》）"未敢击前行"，"敢"应为"肯"；《背水阵》（《汉纪》）"韩信、张良及曹参等破代"，"良"应为"耳"（直接参与破代为张耳，非张良）；《田横烹郦生》（《汉书》）"齐使华无伤"，"无"当作"毋"，作"无"者涉《史记》文而误；《曹参守职》（《史记》）"择郡国吏木讷讪诎于文辞"，"讪"字衍（所据旧本当是旁批文字阑入）；《竖毅阳进酒》（《说苑》）在毅阳曰"非酒也"之后脱"子反又曰：'退，酒也。'毅又曰：'非酒也。'"13 字，据文意亦当有，今补足之；《秦西巴纵麑》（《韩非子》）"孟孙归，至而求麑"，当作"孟孙适至而求麑"；《寺人披对晋文公》（《韩非子》）"及文公返国"，"返"当作"反"；同篇《国语》文本"而遂弑之"，"弑"当作"杀"；"公惧，遂出而见之"，"惧"字衍；等等，皆据原书加以订正。

总之，我们在整理中尽量保持原文面貌，只是做了一些必要的订正和技术性的处理。

彭先生原书只有校读实例，无"前言"之类说明宗旨、义例及有关看法的文字。我将先生的《古籍校读法》与《古籍校读与语法学习》两文作为附录收入书中。同时就彭先生关于古籍校读法的理论，写了一篇心得，题作"校读法的概念、范围与条件"刊于书前，作为导读。2006 年 11 月，我将此文寄东北师大古籍整理研究所李思乐先生请教，李先生予以充分肯定，认为文章"有利于未来确定'校读古籍'为一专门学科"，将推荐在《古籍整理与研究》上刊出，并认为高校古籍整理专业研究生应开设"古籍校读法"的课程。我觉得李先生关于开设"古籍校读法"课程的看法很有见地，因而在那篇文章的末尾又加了一小段文字。我想，这样也更能体现出彭先生这一部书的意义。

周玉秀、李华两位同志协助整理，承担校对之劳，特此表示感谢。整理工作不妥之处，请各学友和学界同仁指正。

2006 年 12 月 27 日

重印后记

彭先生此书整理出版不到一年，责编马海亮同志来电话说书已全部发售完，准备重印。看来这本书对不同层次的读者都是一本好书：既可做大学本科生、研究生"古籍校读法"课程的教材或参考，也可做中学生学习文言文的读物，也可为一般读者阅读古文、学习古汉语的读物。今借重印的机会改正了一些排印上的错误，又请李华同志按我们确定的版本核对了一遍原文。出版社为此书之装帧、校对等颇为尽心，老校友田应龙先生为本书题签，李华同志核对原文花去了不少时间，在此一并表示感谢！

2008 年 10 月 5 日

彭铎编著，赵逵夫整理：《文言文校读》，甘肃人民出版社 2007 年版。

彭铎（1913—1985），字炅乾，湖南湘潭人。1938 年毕业于中央大学中文系。曾任湖南蓝田师范学院讲师、副教授。新中国成立后，历任西北师范学院（今西北师范大学）副教授、教授，中文系副主任、主任，古籍整理研究所所长。兼任中国历史文献学会第二届副会长，中国训诂学会第一届常务理事，甘肃省语言学会第一届会长。中国民主同盟盟员。1985 年加入中国共产党。主要著述有《潜夫论笺》（中华书局 1979 年版，后收入《新编诸子集成》，改名《潜夫论笺校正》）、《群书序跋举要》（山东教育出版社 1985 年版）、《唐诗三百首词典》（陕西人民出版社 1986 年版）等。

《诗赋研究丛书》序

　　文学的领域中，什么最能体现中国文化的特质？诗赋。人们常说，中国是诗的国度。这是因为，虽然世界各个国家文学的百花园中都有诗，但是，诗是语言的艺术，而中国的诗歌产生于中国文化的土壤，是汉语的艺术。

　　汉语最大的特征，就是单音节，无词尾变化。古汉语则一字一音，一音一义，无附加成分。双音词一般由单音词组合而成，伸缩分合甚便。汉语又是以汉字为记录符号的。汉字象形、指事、会意、形声的结构特征，一定程度上减少了书面语交际中误解的机会，又在表情达意和读音上有一定的提示、暗示性。所以，所谓的"文言"，其词语的组合搭配，词序的变化，用词中的借代等，都十分灵活，在体现语意的缓急轻重及此轻彼重、此重彼轻以及与其他事物的关系等方面，不必加附属句，即可通过词语句法的变化含蓄地表现出来。抒情言志、通幽达隐，以有限的文字，表无穷的含义，实非其他语种可以比拟。

　　又由于一字一音的方块汉字的特征，中国诗在语言布置方面可以做到形式上的完全整齐同节奏音律上的错综变化的统一。对仗、骈俪的艺术美因素也因而形成。

　　诗在本质上是抒情的，小说在本质上是叙事的。中国传统的诗歌根植于中国文化的土壤，而长于抒情。黑格尔在其《美学》的《抒情诗》一节中说：

　　　　在对东方抒情诗方面有卓越成就的个别民族之中，首先应该提到中国人，其次是印度人，第三是希伯来人、阿拉伯人和波斯人。①

---

① 〔德〕黑格尔：《美学》第三卷，朱光潜译，商务印书馆1981年版，第231页。

尽管黑格尔对中国的诗了解不是太多，但也道出了部分的真理。

中国诗歌抒情特征的形成，自然有多方面的原因[①]，但同汉语汉字的特征应不无关系。

但是，诗毕竟是世界各民族所共有的文学式样。真正由汉语汉字的独特性而形成的我国所特有的文学式样，是赋。骈文亦以骈辞俪句为特征，但骈文中有些不属于文学的范畴，故这里只说赋。

所以说，在文学的领域中最能体现我国文化之特质的，是诗赋。

自《诗经》最早地集结了我们民族抒发喜怒哀乐的歌唱和反映着当时政治礼仪、社会风俗的诗篇之后，屈原融合南北文学，写出了千古绝唱《离骚》，从而登上了世界文学的高峰。此后贾、枚先后承风，开汉赋先河，马、扬以巨丽为美，润色鸿业；班、张赋京都，赵、蔡疾世邪，摹物抒情，俱有佳构。及至六朝，则诗人迭起，赋家如云。说到唐朝，则无论诗，无论赋，都是美不胜收，如初唐四杰，李、杜、韩、柳，及樊川、玉溪，岂止是诗坛神笔，实亦是赋苑圣手。宋代以后，诗、词、曲、赋，俱有发展变化，其切今轹古者，代不乏人。

春秋战国，百家争鸣，为我国民族精神的确立时期，而《风》《骚》辉映，也奠定了我国文学的优良传统。汉唐盛世，一以赋睥睨八荒，一以诗雄视百代。则《风》《骚》、诗、赋，不仅是中国文学文化的宝藏，也是我们民族精神的体现和中华民族统一团结的纽带。

为此，我们在文学的领域中选择了诗赋，决定出一套《诗赋研究丛书》。

这套丛书中既有老一辈学者几十年研究心血的结晶，也有中青年学者在新的社会环境中所做的新的探索；既有研究专著，也有对作品的整理、诠解和评注。后者主要是想在目前被忽略了的方面做些工作。当然，某些热门课题中，我们也有一些自己的心得，将提出来与学术界朋友们共商。

---

　　①　如黑格尔认为，哪些民族的诗较发达和成熟，同民族特性、时代观感和世界观有关。他说："在民族特性、时代观感和世界观之中又有某一些比另一些更适宜于诗。例如东方的意识比西方的（希腊的是例外）就较适宜于诗。在东方，未经分裂的，固定的，统一的，有实体性的东西总是起着主导作用，这样一种观照方式本来就是真纯的，尽管它还不具有理想的自由。"〔德〕黑格尔：《美学》第三卷，朱光潜译，商务印书馆1981年版，第27页。

　　希望得到学界朋友的支持与批评指正。

1993 年 5 月

　　《诗赋研究丛书》是西北师范大学文学院自 1993 年以来陆续出版的系列诗赋研究论著，前期出版的系列著作有：《诗经蠡测》（郭晋稀）、《楚辞我见》（郑文）、《屈骚探幽》（赵逵夫）、《汉诗研究》（郑文）、《建安诗论》（郑文）、《曹植诗新探》（裴登峰）、《李杜论集》（郑文）、《诗赋论集》（赵逵夫主编）、《张祜诗集校注》（尹占华）、《唐代诗禅关系探赜》（卢燕平），以上由甘肃人民出版社、甘肃文化出版社、甘肃民族出版社出版；《扬雄文集笺注》（郑文）、《律赋论稿》（尹占华）、《屈骚探幽（修订本）》（赵逵夫）、《诗辨新探》（郭晋稀）、《诗赋文体源流新探》（韩高年）、《南宋江湖词派研究》（郭锋）、《王建诗集校注》（尹占华）、《诗经蠡测（修订本）》（郭晋稀）、《两汉三家〈诗〉研究》（赵茂林），以上由巴蜀书社出版。

《诗赋论集》弁言

一

就文学各种形式的发展而言，既有纵向的继承与因袭，也有横向的相互吸收和影响。就继承因袭而言，有直接的，有间接的；就相互吸收与影响而言，有文学各种形式之间的吸收与影响，也有文学的某种体裁同其他有关艺术形式之间的相互吸收与影响。总的说来，这也是一种艺术形式自求发展与生存的"本能"，是文学生机之所在。从作者方面言之，这是文学创造性之表现。在一种文学式样的产生、完备的阶段和转变时期，这一点表现得最为突出。文学上成功的创造与变革都不是凭空产生的，都是继承、吸收的结果，创造性就表现在传统的因素同新的因素的有机结合上。

文学发展中又表现出一种惰性：当它发展至成熟阶段或比较成熟阶段时，人们又想把它作为一种模式或图谱固定下来，使作者不费吹灰之力，即臻"顶峰"。于是依样画葫芦，陈陈相因，变得了无生气，以至于若有人作出创造的努力，便被视为外行，视为失格。王国维《人间词话》未刊稿中有一条说："社会上之习惯，杀许多之善人。文学上之习惯，杀许多之天才。"一部文学发展史，确实包含着许多平常而又深刻的哲理，可以给我们很多借鉴和启发。当然，不仅在文学的形式上，在风格上，表现方法上和题材上也是这样。

由于这样，每一种文学体裁，大体上也都有自己的形成期、发展期、高峰期。在高峰期的后面，可能是衰微期，也可能是转变期。有所继承、有所吸收，能够从另一个方面充分发挥民族语文表现功能的转变，可以给将要僵死的文学创作带来生机，使它有新的发展，使它变得更为丰富多彩。

　　根据这样的认识，以纵观我国两千多年文学发展的历史，就有可能对一些作家、作品、文学运动、文学思潮做出比较合理的评价，而不至于见石不见山，见木不见林，就有可能正确地把握中国文学发展的规律，较准确地划分中国文学或某一种文体的发展阶段。

　　然而，要真正揭示出文学发展的规律，也不是容易的事。欲明其继承、因袭的关系，必得自己对整个的文学情况，主要是作品的情况有比较具体的认识。不读作品而只凭着别人的评论介绍，只根据对个别作品的了解而论断整个文学或某一体裁因革流变的关系，如果不抄他人之说，就必然会出错。同时，人们在分析文学发展的规律和作家作品的时候，总习惯于以论述作家作品同当时社会经济与政治的关系，来代替对文学内部各种体裁继承因袭及相互间影响、吸收情况的分析。当然，文学作为社会意识形态的一部分，是同当时的政治法律有着一定的关系的，而且，它们的相互作用归根结底都受到经济基础的制约。这是无可置疑的。但是，只看到这些，还不能揭示出文学发展的规律。

　　我们想就诗赋的发展做一研究，并想着重探索一下诗与赋的关系。就作品的整理、简拔而言，学者们对于历代的诗歌已经作了大量的工作，就近几十年，特别是近十多年来说，校注精良的本子不少，主要作家几成系列（包括清以前优秀注本的校点在内）。这给了我们很多的方便。赋的方面，我们准备在已完成的《汉赋评注》《魏晋南北朝赋评注》《唐赋评注》的基础上，完成《宋元赋评注》和《明清赋评注》，一方面来填补历代赋注本方面的不足，另一方面我们自己也想借此再进行一番思考。

　　对于艺术的其他几个领域，我们都只能说是浅尝初涉，没有太深的了解，但我们争取尽可能将视野放得开一些，以期能提出一些中肯的看法。

二

　　西北师大古代文学研究方面，有重视诗赋的传统。首先，一些老学者辛勤耕耘几十年，在这方面取得了突出的成就。如郭晋稀教授研究《诗经》，积稿盈尺，其《风诗蠡测》及其《续篇》发表后，人大复印资料予以转载，赵沛霖同志的《诗经研究反思》一书之《论文提要》介绍"五四"以来的重要论文 42篇，《风诗蠡测》即为其中之一。他的《诗经蠡测》出版后，在首届国际《诗经》研讨会上受到国内外专家的好评，郭先生被推选为中国诗经学会顾问。他的《白居易论》《韩愈诗论》也都是高屋建瓴、超迈前人之作。郑文教授的论文《论枚乘诗》《汉诗管窥》《汉郊祀歌浅论》，专著《汉诗研究》《建安诗论》以及《汉诗选笺》，都是近几十年来汉诗研究的重要收获。郑先生的《杜诗檠诂》《李杜论集》，则是李杜研究上的扛鼎之作。李鼎文教授在 1959 年曾以《〈胡笳十八拍〉是蔡文姬作的吗》引起学术界的重视，其新的观点、新的论据和严密的论证获得到不少学者的赞同。他的《敦煌文学作品选注》是国内印行最早的敦煌文学作品选注本。他在敦煌诗、词、变文和甘肃古代诗人研究上的开拓性工作，为敦煌文学和西北地区古代文学的研究做出了贡献。匡扶教授的《两宋诗词选》《唐宋诗论文集》在苏、黄研究等方面提出了不少有价值的见解，在国内有一定的影响。此外，《中原音韵研究》《等韵研究》的作者、音韵学家赵荫棠教授也曾从事《诗经》的研究，《潜夫论笺校正》的作者、训诂学家彭铎教授也曾从事陶诗的研究。西北师大中文系研究音韵学的力量强，是古代文学研究方面重视诗赋研究的原因之一。从事古代文学研究的学者，在音韵学方面，也多有较深的根柢。郭晋稀先生作为一个古代文学研究专家，不仅在从先秦到明清的文学研究和《文心雕龙》研究方面有突出的成就，并有七十万字的音韵学专著《声类疏证》，由上海古籍出版社列为国家重点项目出版。

在老一辈学者的带动下，有一批学者很早便开始在诗赋研究的领域中寻找自己的位置，辛勤耕作，十多年来也取得了突出的成就。如胡大浚教授的《唐代边塞诗选注》及一系列关于边塞诗研究的论文，在唐代边塞诗研究方面可谓独树一帜，在海内外有一定的影响。汤斌教授在汉魏六朝文学等方面，发表了一些富于创见的论文，受到学术界的好评。霍旭东教授主编的《历代辞赋鉴赏辞典》选赋 276 篇，计 200 家，可以说是此前最完备的辞赋评注本。他校点出版《权德舆诗集》，发表关于柳宗元研究的系列论文，也都是精心之作。塞长春教授的白居易研究，也取得令人瞩目的成就。由于屈原在中国和世界诗歌史上的地位，西北师大中文系先后从事楚辞研究的人较多。郭晋稀、郑文二位先生之外，蓝开祥先生、钮国平先生也都在楚辞方面下过功夫。蓝开祥先生主要从事先秦寓言和《战国策》的研究，钮国平先生、王福成先生主要从事《庄子》《孙子兵法》的研究，其《孙子释义附韵读》出版后，在台湾又予重版。在楚辞方面用力较多的是赵逵夫，先后在《文史》《中国社会科学》《文学评论》《文学遗产》、中国屈原学会各辑《楚辞研究》（于 2002 年改名为《中国楚辞学》）等上面发表关于楚辞研究的论文 40 来篇，受到国内外学者的赞许；专著《屈原与他的时代》由人民文学出版社出版。

一些青年同志，在近年中也都英姿勃发，表现出长久的潜力。如尹占华副教授，发表了一些很有分量的论文，并同杨晓霭同志、郭锋同志、蹇长春教授一起参加《中华大典·文学典》的工作，完成了"中唐诗"部分的编纂任务。卢燕平副教授的《唐诗审美学》以其新颖的角度，轻盈流畅的文字而受到读者的好评。伏俊琏副研究员在楚辞和敦煌赋方面都成绩斐然，他的《敦煌赋校注》是这方面最早、最完备的一个注本。龚喜平副教授在近代诗歌方面的深入研究，已受到近代文学界的广泛注意，他关于"歌体诗"的创见为很多权威性的《年鉴》和报刊所介绍。李占鹏同志、孙京荣同志在元、明、清词曲的研究上，张兵同志在顾炎武等清代诗人的研究上发表了一系列论文，也受到学术界的重视。刘志伟同志在魏晋南北朝诗歌研究方面，表现出他深刻的思考。其他不一一列举。

西北师大中文系 1992 年被省教委确定为甘肃省重点学科。中文系古代文学教研室承担国家教委"八五"规划项目"唐前诗与赋的关系研究"和"陇右多民族文化融汇与唐代文学之发展"两个项目，承担省教委重点学科项目"诗赋研究"，老中青结合，以老带新，发扬"勤奋、扎实、严谨、创新"的学风，正在努力地工作。

三

收在本书中的 18 篇论文，是我们在诗赋研究过程中产生的部分成果。大体上以时为序，加以编排，献出来与学术界朋友们共商。其中郭晋稀先生的《试论道统与文统》，对文学发展中道统与文统、特别是与诗统的关系，以及研究中国文学发展的规律问题，进行了深入的探讨。以下各篇，或对诗、赋的表现特征加以探索，或对某一历史阶段诗赋或某一类作品的发展演变情况加以阐述，或对某一作家的作品进行研究，都提出了自己的见解，有一定的学术价值。读者披书一读，即可知之，此不缕述。

《诗》云：“嘤其鸣矣，求其友声。”我们恳切希望得到学术界朋友们的批评指正，在共同商讨中，推进我们对诗赋的研究。

1994 年 2 月 8 日

赵逵夫主编：《诗赋论集》，甘肃人民出版社 1995 年版。

《先秦文学与文化》发刊词

胡锦涛总书记 2004 年 9 月在邓小平诞辰百年纪念大会上的讲话中说："我们伟大的祖国是一个有着五千年灿烂文明历史的国家。"当年 11 月，他在巴西国会的演讲中又说："中国是有着五千多年悠久历史的文明古国。"其后，又多次在国际国内会议上讲到这一点。胡总书记一再地提到这一点，一是为了增强我们的民族自信心，以"实现中华民族的伟大复兴，为人类作出更大贡献"（在纪念孙中山先生诞辰 140 周年纪念大会上的讲话）。二是在国际上展示中华民族的伟大形象：一贯以自己的勤劳与智慧文明发展自己，走向富强；一贯同世界其他各民族自由交往、和平共处。

以往，我们对这五千多年文明史的前两千多年虽然进行了大量的研究工作，但很不够。因为这一段可作为分析依据的材料少而从古至今研究它的论著多，因而存在的问题多，学者们的分歧也很大。百年来学者们不断努力，取得了成绩，也走了一些弯路。当然，总体上是不断地在向科学的思想和方法靠近。即如 20 世纪 20 年代兴起的疑古思潮，粉碎了一些人盲目信古的思想体系，摧毁了旧的古史观，使史学研究向现代科学方法靠近，这一点应该肯定。但疑古派也否定了一些不应否定的东西。当年王国维曾提出"二重证据法"，学界也有些学者在"考古"与"释古"思想的指导下做了很多工作，但不成气候。近几十年中由于大量地下文献的出土，人们对一些过去几乎成为定论的结论进行反思，以地下出土材料为依据，联系历史文献，有些方面还以民俗材料为参照，对包括远古、上古时期在内的整个先秦时期文学、历史、哲学、艺术等都给予新的探索，取得了很大成绩。应该说，这个"否定之否定"是又一次向科学研究方法的靠近，是思想方法方面的一次大的改进与提高。百年来的上古史与先秦文化的研究虽然存在很多分歧看法，但总体上是由虚到实、由不明晰到渐渐明晰、由不确定到渐渐确定的。疑古学派的否定旧说，相当程度上仍借了传统文献，在加以"去伪存真"的辨别之后，对旧学有所继承；近几十年主要依据新出土文献及历史唯物主义观点纠正在疑古思潮中形成的一些错误论断，也是在了解疑古学派成绩的基础上进行的。只要秉持科学的态度，争论是好事，只有在争论中才能推动学术的发展，使我们的认识逐步地靠近真理。

甘肃是周民族的发祥地与秦人的兴起之地。[1]包括《周易》在内的周代典籍与文化影响中国文化三千年，秦代政体影响中国政治两千多年。我们如果不是从其产生、形成的根源上去认识理解周秦文化，终究会在很多方面隔着一层，不能恰切地进行解读。

前些年人们常说：中华民族是"龙的传人"。文献言"庖牺氏、女娲氏，……蛇身人面"[2]，东汉王延寿《鲁灵光殿赋》和晋人《玄中记》等都说到"伏羲鳞身"或"伏羲龙身"[3]，汉魏之际的《遁甲开山图》云："仇夷山，四绝孤立，太昊之治，伏羲生处。"又云："伏羲生成纪，徙治陈仓。"[4]陇山之"陇"实得名于"龙"（双耳旁在左为"阜"，表示为山名），陇城也得名于陇山。飞将军李广为西汉成纪人（今秦安县西北），王昌龄诗云："但使龙城飞将在，不教胡马度阴山。"注唐诗者于"龙城"皆引了些不相干的材料，以为在漠北，可谓南辕北辙。其实"龙城"犹"陇城"（在秦安县城东北）。秦安大地湾一期文化距今 7800 年至 7350 年，相当于传说中伏羲氏的时代。在母系氏族社会的繁荣期，在家庭、氏族的结构和组织领导上，是以女性为主，但部落的领导为男性[5]。伏羲氏应该是当时生产和文化较发达的部落的名称，后人实际上也借以

---

① 李学勤主编：《中国古代文明与国家形成研究》之第 3 编第 1 章之一"寻找先周文化"，云南人民出版社 1997 年第 11 版；祝中熹：《早期秦史》之二《西迁篇》、三《都邑篇》，敦煌文艺出版社 2004 年版。

② 《列子·黄帝篇》。郑良树在严灵峰、许抗生二位研究的基础上进一步做细致的比较分析，认为《黄帝篇》成于《庄子》之前，在《庄子》之前已以单篇形式流传开来，为士林所共见。见其《诸子著作年代考·从重文的关系论列子·黄帝的流传》，北京图书馆出版社 2001 年版。

③ 《文选·鲁灵光殿赋》注引《玄中记》。《玄中记》，晋人著，或言作者即郭璞。

④ 仇夷山即今陇南西和县仇池山，古音"夷""池"声，皆舌头音，近于"黄"（tí）、"他"故得相近。仇夷山即在古成纪之范围之内，故可统言为"成纪"，以其治地析言之则二。

⑤ 李衡眉：《太史传说中帝王的性别问题》，《历史研究》1994 年第 4 期；李衡眉：《先秦史论集》，齐鲁出版社 1999 年第 1 版。

指称那个时代，同时，也成了当时伏羲氏部落杰出领袖的代称。那么，我们要追溯中国文化的根，也不能不更多地关注西北。

甘肃自古就是一个多民族区域。隋唐以前最大的两个少数民族氐、羌都主要活动于今甘肃一带。据刘起釪先生之说，周氏族为氐人的一个分支，由氐人发展而来；羌民族由羌人发展而来。同时，由于战争和自然灾害等原因，东部沿海地区有的民族也西迁至陇右。对西部民族演变、交融、消长情况的深入考察，成了解开中国文化方面很多奥秘的钥匙。在先秦历史、文化、文学各方面的研究中不考虑这些因素，必然会造成一些误解。

甘肃是丝绸之路的中段，是中国同西亚及欧洲最早开始交流的通道。意大利学者安东尼奥·阿马萨里认为：丝绸之路远在公元前 2000 年就已经存在[①]。但要弄清具体情况，揭示这部分完全隐埋在历史烟尘中的历史，首先要从西北，尤其从丝绸之路上的历史、地理、地名、民族关系、语言、文献等入手。

所以，2006 年西北师范大学成立了"先秦文学与文化研究中心"，2008 年在省委、省政府主要领导的关心下将中心提升为省属科研单位，改名"甘肃省先秦文学与文化研究中心"，仍附设于西北师范大学。西北师范大学的中国古代文学学科 2007 年被教育部评为国家级重点（培育）学科，2009 年学校根据我校中国古代文学学科研究的特色，建立了"先秦文学与文化研究基地平台"，作为西北师大三个科技创新平台之一。为了及时展示我们的研究成果，同时也为了加强校内外的学术交流，今创办《先秦文学与文化》。但凡同先秦（包括秦）时代的文学、历史、哲学、艺术等有关的论文，都在欢迎之列。

我们提倡创新，因为创新是学术发展的动力；同时也坚持一种严谨的学风，因为严谨的学风是取得真正科学创新的保证。除此之外，不限研究范围，不限研究角度，也不限篇幅。

欢迎省内外各位同行、朋友投稿。

愿我们在中华民族五千年文明中前两千多年文明史的研究中，在先秦文学与文化的研究中共同努力，做出成绩。

赵逵夫主编：《先秦文学与文化》第一辑，上海远东出版社 2011 年版。

---

① 〔意〕安东尼奥·阿马萨里：《中国古代文明——从商朝甲骨刻辞看中国上古史》卷首《致中国读者》，社会科学文献出版社 1997 年版，第 162 页。

展开五千年文学与文化史的前半段

——《先秦文学与文化研究丛书》序

在今日的社会环境与学术条件下，应该对先秦文学与文化进行集中的、系统的、更深入的研究。中华民族有五千年的文明史。一般说来，距当今社会越近者，与当今社会的共同性越多，对当今社会的影响便越大，借鉴意义也越大。但是，先秦时期既是中华民族的形成时期，也是中华民族精神的确立时期，它对后代在文学和文化各方面的影响，此后任何一个时代不能与之相比。

在学术领域的情形是，从古到今，有关这一段的研究最多（包括经学范围内的论著），但近代以来学者同古代人们的看法之差距最大，而且近代以来学者之间争论亦最多，分歧也最大。读读《古史辨》以来的有关论著，便可以明白。至于文学史著作，先秦一段似乎只是同汉、魏、晋、南北朝、唐、宋、元、明、清并列的一个时段，同各朝分体论述的情形一样，大多分为《诗经》、"历史散文""诸子散文"、《楚辞》四大部分，有的在前面加上"概述"或"原始歌谣与神话"，后面带上"秦代文学"。而事实上，就中国文明史言之，秦以前的一段同汉以后一段时间大体相等①。先秦时代没有摄影、录音、录像设备，我们对先秦时二千年社会的认识，除了有关史书、诸子著作之外，一靠地下出土的材料，二靠当时留下来的文学作品。文学作品不仅是当时社会的反映，也是当时人们心灵的反映。一部文学史，便是一部心灵史。至今存在一个比较普遍的错误观念，认为先秦时代没有纯文学。《诗经》中的三百多首诗难道不是

---

① 秦朝从统一全国至亡，前后十六年，秦统一之前同之后的历史，无论人物、事件都很难截然分开，故虽然严格的"先秦"指秦统一六国以前的两千多年，但很多学术著作将秦代也附于战国之后。研究政治思想史者，则多将"秦汉"连接论述之。大体上根据研究的内容，各取其便。

纯文学？世界各个民族中，文学不同体裁的发展是不平衡的。但一般说来，诗歌都是产生最早的。我国西周末年宣王时代即产生了以召伯虎、尹吉甫、南仲、张仲为代表的中兴诗人，成为中国文学史上最早的文学群体，这也是很多学者未能想到的[①]。

我们要展现中华民族五千年的文明史，必须对先秦时代的文学与文化各方面有一个科学、明晰的认识，既消除种种盲目信古的谬说，也克服一味疑古的心理与思想，从而对它们作科学的、更为细致的研究。

百年来地下出土的大量文物资料及一些学者们的研究，已为我们奠定了一个好的基础，即使是"疑古派"学者所提出的种种问题，也对我们彻底地清理理论场地、对不少问题的考察与研究抛开各种旧说的束缚而从头做起，起到了积极的作用。而近几十年出土的大量文字资料，更使我们有可能弄清前人无法弄清的问题，纠正前人的某些错误，解决一些历史的悬案，补出某些历史的缺环。

我们的先民大约从公元前 3500 年左右进入铜石并用的时代（在距今六七千年的陕西临潼姜寨文化遗址中已发现铜片）。在仰韶文化中期已出现中心聚落，表现出明显的阶段、阶层的差异，有的大墓葬中还有象征着权威、武力、生杀大权的玉钺。到仰韶文化晚期，社会分化更为明显。如秦安大地湾中心聚落出现了建筑规格甚高的原始殿堂[②]。可见，当时已确立了强制性权力系统。而阶段或阶层的存在，强制性权力系统的确立，是国家形成的标志[③]。炎帝族、黄帝族争战于阪泉，黄帝族、蚩尤族争战于涿鹿，以及颛顼、共工之战，实际上就反映了在一定王权之下，各部族间为扩大势力，争得更多生活、生产资源而进行的战争。当时的帝（部族集团的首领）或由各部族首领协商确定，或由上一任的部族集团首领提名确定。与由选举产生的制度相比，逐渐带有强制确定的性质，已为以后的世袭王权奠定了基础。《山海经·海外南经》郭璞注："昔尧以天下让舜，三苗之君非之，帝杀之。"《韩非子·外储说右上》和

---

① 赵逵夫：《周宣王中兴功臣诗考论》，《中华文史论丛》第 55 辑，上海古籍出版社 1996 年版。学术界普遍以"屈宋"为最早的作家群体，其实屈原、宋玉并不完全同时。

② 李学勤主编：《中国古代文明与国家形成研究》，云南人民出版社 1997 年版，第 197 页。

③ 李学勤主编：《中国古代文明与国家形成研究》，云南人民出版社 1997 年版，第 7 页。

《吕氏春秋·行论》有类似的记载。①《韩非子》中言鲧因反对传于舜,尧"举兵而诛杀鲧于羽山之郊",并说舜为"匹夫",说明舜此前在部落集团中并无高的地位。尧为什么不顾其他首领的反对而一意传位于一个并无地位的人呢?因为这样就可以使继位者完全听他的话,维护他的利益,包括他的声誉。而《史记正义·五帝本纪》引《竹书》,又说"舜囚尧,复偃塞丹朱,使不与父相见也"。这或者是尧初言传于舜只是一个姿态,本意是要传于儿子丹朱,后来舜在培植了自己的势力之后强取之;或者尧虽打算百年之后传于舜,舜等不及,因而抢班夺权。总之,"尧舜禅让"乃是儒家为了宣传自己的政治理想而改造了的历史,其实当时已开始了家天下的前奏。禹宣言传位于益,而实欲传于子,表现得更为明显。《韩非子·饰邪》说:"禹朝诸侯之君会稽之上,防风之君后至,而禹斩之。"(《国语·鲁语下》载孔子语)一个部落的首领或曰酋长因朝会迟到而被杀,帝(君主)的地位如此之威严,其法令如此之峻急,则其个人与家族的势力到了怎样的程度,便可想而知。古代文献中说禹年老之后在部落集团会议上提出继承人的问题,大家推举皋陶,但皋陶早死。后又推举了益。其实这时推举帝的继承人在禹来说,只是因袭旧制度与习俗进行的一种形式而已,因为他将天下传于自己儿子启已经是水到渠成,只需交接的过程了。《晋书·束皙传》引《竹书纪年》说:"益干启位,启杀之。"《淮南子·齐俗》说:"昔有扈氏为义而亡。"高诱注:"有扈……以尧、舜举贤,禹独与子,故伐启,启亡之。"("启亡之"言启灭了有扈氏)《尚书·虞夏书》中有《甘誓》,即记启灭有扈氏之事。

扫除儒家所散迷雾,由古代文献即可以看出,中华民族从炎黄时代已经开始进入文明社会。而近几十年地下挖掘的资料,也充分地证明了这一点。对中国远古时代历史、文化的正确认识,也有利于对"轴心时期"我国文化的繁荣及各种思想的来源、形成与发展进行更为深入的研究。

远古时代由于人类无力治理河道,洪水暴发会淹没平原地带居民的房屋

---

① 《韩非子·外储说右上》:"尧欲传天下于舜,鲧谏曰:'不祥哉!孰以天下而传之于匹夫乎?'尧不听,而举兵诛杀鲧于羽山之郊。"《吕氏春秋·行论》:"尧以天下让舜。鲧为诸侯,怒于尧曰:'得天之道者为帝,得地之道者为三公,今我得地之道,而不以我为三公。'以尧为失论,欲得三公。怒甚猛兽,欲以为乱。"

等生活资源，故先民多居于丘陵地带。西北的黄土高原是中华民族远祖生存栖息地之一。随着人类对自然规律（如一年四季的变化，洪水的发作、消退，果实谷物的生长、成熟等）的逐渐掌握，防止河患能力的增强（局部的围堵、疏通等），人类慢慢向平原地带发展。古代传说伏羲"生于仇夷，长于成纪"，"徙治陈仓"（《路史》。其说本荣氏《遁甲开山图》，见《路史·后纪一》罗苹注引），正说明了远古氏族生存、迁徙的一般状况。甘肃秦安大地湾一期文化距今 7800 年，已发现绳纹，则作为八卦前身的结绳纪事，具有了产生的基础。那么，作为远古时先民记数、记事、判断吉凶的"八索"，也应该已经形成。这就是八卦的前身。[1] 周人使用八进位制，这就同"八索"有关。全世界大部分地区用十进位制，因为人的两手共十个指头，是人类最早的、与生俱来的计算工具；有的民族用十二进位，因为一年十二个月，这种进制起源于对一年十二个月事件的记载。周人最早用八进位制，涉及度、量、衡、历算等社会生活各个方面，文献中有大量证据，只是学者们熟视无睹、懵然不知而已。如："八尺曰寻，倍寻曰常"（《考工记·庐人》郑玄注，《左传·成公十二年》杜预注），"八寸曰咫"（《国语·鲁语下》韦昭注）。《说文》："中妇人手长八寸谓之咫，周尺也。"明言"咫"为周尺，则"八尺曰寻，倍寻曰常"，也是周人度制。

《国语·周语中》韦昭注："十六斗曰庾。"又出土战国金文中有"料"字，学者们多释为"半"，实误。此乃是半庾之义，即八斗，为周人衡制之单位。八斗曰料，倍八曰庾，略同于长度单位之"八尺曰寻，倍寻曰常"。又据《仪礼·丧服》注，二十四铢为一升。二十四也是八的倍数。则八进位制在量制中也自成系统。

《汉书·律历志上》："二十四铢为两，十六两为斤。"又据《孟子·公孙丑下》："一镒是为二十四两也。"

周人的八进位制在历算中也留下了深远的影响。湖北云梦出土秦简《日书》中的《日夕表》，便是将一天分为十六等分。一年中日、夕的变化，从

---

① 《左传·昭公十二年》载楚灵王言左史倚相"能读《三坟》《五典》《八索》《九丘》"。"索"即绳索之"索"。"八索"为远古时记数、记事之工具，后也因奇偶之数以示吉凶，为八卦的前身。参拙文《八进位制孑遗与八卦的起源及演变》，载《伏羲文化》，中国社会出版社 1994 年版。

"日六夕十"到白天最短、夜晚最长的"日五夕十一",再恢复到"日六夕十",按月变化,直至白天最长、夜晚最短的"日十一夕五",再又一月月向日短夜长变化。秦人发祥于今甘肃礼县东部、西和县北部、天水西南之地,周人最早发祥于陇东马莲河流域。[①] 后来周人东迁,秦人有周岐以西之地,"收周余民而有之"(《史记·周本纪》),形成周秦文化的交融,则秦人在某些方面也采用了周人八进位制。

"八节二十四气"民间至今十分重视[②],十六两为一斤,这种衡制一直使用到 20 世纪 50 年代,"半斤八两"这句俗语至今活在语言中,则可见周人八进位制影响之深远。"八卦"的变化规则、卦爻辞及对这些进行解说的《易传》,组成《周易》。不仅八卦,整个《周易》的理论框架也同周人的八进位制有着密切的关系。八八六十四,为重卦,在远古周人应是整数。《周易·系辞上》:"是故《易》有太极,是生两仪,两仪生四象,四象生八卦,八卦定吉凶。"这是《周易》哲学体系中有关阴阳学说的基本概念。《周易》的很多理论基于此。

八卦固然是用来占卜的,但它起于记事,而且影响了我国上古时代的度、量、衡、历算等同生产、生活、科学研究密不可分的各个方面,又影响到中华民族的思维方式和哲学思想。充满了辩证思想的阴阳学说虽然其产生同我国先民从远古即主要以农业生产(由采集农业到种植农业)有关,但其系统化为一种思想方法,也应同起于"八索"的"八卦"从一开始即以奇偶示吉凶有关。中华民族美学思想中的"对称美"以及"和而不同"等重要思想,也无不与《周易》及其前身有关。与传说的伏羲时代相当的秦安大地湾一期文化中,已发现刻画符号,这既是文字的滥觞,也是后代八卦形成的基础。今天我们看到的八卦卦画,是产生较迟的。由八索到今日之卦画之间,是数字卦,作连山形,用"一""五""六""七""八"这五个数字组成。为什么没有"二""三""四"?因为这几个数在上古分别用两个、三个、四个"一"重叠来表示。恐相互间不易识别,故奇数有三个,而偶数只有二个。当时五作"×",六作"∧",七作"十",八作"∧",竖写如连山形。这其实就是古代

---

① 李学勤主编:《中国古代文明与国家形成研究》,中国社会科学出版社 2007 年版,第 486—487 页。
② 《周髀算经》下二:"凡为八节二十四气。"注:"二'至'者,寒暑之极;二'分'者,阴阳之和;四'立'者,生长收藏之始。是为八节。""二十四气"即二十四节气,农历中是物候变化的重要坐标。

文献中说的"连山易"。至今有不少学者对八卦的形成、八种卦画的来源以及"连山易"做出种种完全出于猜想的解释，其实都是向壁虚说。

在 20 世纪的数十年之中，研究中国古代文学与文化，学者们多能上溯至先秦时《易》《书》《诗》《礼》《春秋》，而能更上求其形成之基础与根源者并不多。研究儒家上至孔子为止，研究道家上至老子为止，研究墨家上至墨子而止，研究兵家上至孙武为止。其实，这些学术祖师的思想也不是凭空产生的，老子上承容成，孔丘上承周公旦（当今学者多改为"姬旦"，误。先秦时男子称氏不称姓。秦始皇亦当称"赵政"，而不当称"嬴政"，新出土文献已证明之）。这样看来似乎中国文化发轫于春秋时期，此前似乎是一片空白。这与中国五千年的文明史是不适应的。近若干年中，李学勤等先生进行的"夏商周断代工程"与"中华文明与国家的形成"的研究，张光直、余英时、陈来等对"前轴心时代"的探讨，使人们对我国春秋中期以前的历史有了较明晰的认识，在《周易》《尚书》《诗经》及《逸周书》《国语》《左氏春秋》《楚辞》、三《礼》等文化元典的研究方面，在先秦诸子的研究方面也都取得了突出的成绩；关于先秦时代文学、史学、哲学、教育、艺术以至科技史、逻辑学等方面，一百多年来产生了大量具有开拓性、具有创见的论著。总的说来，成绩是巨大的。但应该重新研究、重新审视的问题尚多。在上下贯通、溯源辨流，打破旧有的藩篱，更准确地恢复历史真相方面，还有些工作可作；在消除经学、旧史学的束缚，同时又打通学科的界线，对先秦一些文学、文化现象作新的审视方面，也有些工作可做。因此，我们准备出一套《先秦文学与文化研究丛书》。

如前所言，甘肃是伏羲氏发祥地。伏羲氏是远古的一个氏族，有氏族就有氏族首领，所以在长久的传说中伏羲是指一个具体的人。关于这个氏族的延续迁徙情况，我们先不说，但文献中说的伏羲时代，确实代表了我国史前社会种植农业繁荣以前，以渔猎为主要生产方式的一个时代。甘肃秦安大地湾文化、天水西山坪一期文化、天水师赵村一期文化，都早于仰韶文化早期的半坡类型。包括天水师赵村、秦安王家阴洼、秦安大地湾等遗址在内的不少文化遗址中，保存着丰富的仰韶早、中、晚各期文化，20 世纪 20 年代以前首先发现于甘肃临洮马家窑的马家窑文化（年代为公元前 3300—前 2050 年），以及首先发现于甘肃广河县齐家坪、大体相当于夏商时期的齐家文化，为弄清中华民族早期阶段的情况提供了重要的依据。庆阳县董志塬、韩滩庙嘴等处的商代遗存，陇东灵台、泾川、崇信、合水、正宁、宁县、庆阳等县及天水、陇南一些县的大量西周文化遗址，以及布于甘肃很多地方的春秋战国文化遗址，如辛店文化（因 1924 年在临洮县辛店村首先发现而得名）、寺洼文化（因 1923 年在临洮县寺洼山首先发现而得名）、沙井文化（因 1924 年在民勤县沙井村首先发现而得名）、四坝文化（因 1948 年在山丹县四坝首先发现而得名）等，显示了中华民族的发展进程和民族交融过程。尤其礼县大堡子山、圆顶山秦早期先公先王及贵族墓葬群，使我们对秦国从西周末年到春秋时代状况有了清楚的认识。周人、秦人都发祥于甘肃，都先后达到不同程度的统一局面，从而形成周王朝与秦王朝。周代的礼制、文化影响中国文化二千多年，秦王朝通过实行郡县制及"一法度衡石丈尺，车同轨，书同文字"（《史记·秦始皇本纪》），达到完全意义上的统一，其政体亦影响以后二千余年。而周秦文化的交融，形成了中国四大民间传说中孕育最久、流传时间最长、传播最广的"牛郎织女"传说，并形成一个"七夕"节[1]。这都是以前学者们未能注意到的。

近几年来在甘肃和全国很多地方出土大量刻画符号、陶文、文字资料及实物资料，不只是解决了一些学术上的历史疑案，使我们在有关先秦历史、文学、艺术、哲学等方面所持的观念大大转变。在今天新的条件下，以一种新的观念来解读先秦时文学、文献，可能会发现以往不曾注意到的问题。

赵逵夫主编：《先秦文学与文化研究丛书》，李华《〈左传〉修辞研究》等书"序"，上海古籍出版社 2010 年版。

---

[1] 赵逵夫：《先周历史与牵牛传说》，《人文杂志》2009 年第 1 期；《汉水与西、礼两县的乞巧风俗》，《西北师大学报》2005 年第 6 期。

十六载筚路蓝缕，四十人精诚协作
——《历代赋评注》编后絮语

　　1949 年以后的二十多年中，中国大陆基本上把赋看作为统治阶级歌功颂德和表现文人个人情怀的文体，除"楚辞"之外，很少有人研究，也很少有注本出版。只是由于 1959 年毛泽东同志在庐山会议上提到宋玉的《风赋》，在给张闻天的信中提到《七发》，因而有人对此两篇做过注解，也发表过几篇赏析性文章。关于作品的注本，除出版过李善注的《文选》、许梿的《六朝文絜笺注》和《鲍参军集注》《庾信诗赋选》及几种高校中文学科的教材外，专门赋的注本，只有 1964 年中华书局上海编辑所出版的瞿蜕园先生的《汉魏六朝赋选》一种，收赋 20 篇。这本书第一次印了 5500 册，还未来得及重印，便是"山雨欲来风满楼"，意识形态一步步向扫荡传统文化的"文革"推进。至 1979 年 3 月新版重印，一次就印了十万册。可见人们对赋的注本的需求与渴望。十一届三中全会以后，意识形态领域一片春光，生意盎然，以致枯木逢春。赋受到越来越多的学者的重视，研究论文逐渐多起来。最早的研究性专著，应数龚克昌先生的《汉赋研究》，1984 年由山东文艺出版社出版。作品注本，1983 年以后出版过几种，篇幅都不大，大体在瞿蜕园先生选注的基础上稍做调整，个别的将作品的选录范围延伸至南北朝以后。

　　在大陆赋的研究方面起到了大的推动作用的，是 1987 年上海古籍出版社出版马积高先生的《赋史》。同年 8 月在南岳召开了全国第一次赋学研讨会，学者们联系马先生的《赋史》一书，对赋学研究中的有关问题进行了深入的探讨。马先生的《赋史》是一部对中国古代辞赋的发展进行全面而深入探讨的开拓性著作，对古代各个时期的重要作品，代表作家的成就、得失、特色都做了概括而精到的评述。霍旭东先生在此基础上，主编《历代辞赋鉴赏辞典》（安徽文艺出版社 1992 年版），从先秦至近代，收作品 276 篇，计 200 家。这应是第一部收作品比较多的历代辞赋的注析本，对赋的普及起到了良好的作用。在马积高先生《赋史》出版之后，大陆对赋的研究领域也大大拓展了。

在 1987 年南岳的第一次全国赋学研讨会上，1989 年江油召开的全国第二届赋学研讨会上，和 1990 年在济南召开的首届国际赋学研讨会上，我见到在赋学方面有很深造诣的前辈学者和在赋的研究上已取得相当大成绩的朋友，聆听了一些学者的高论，也一起讨论过一些问题，受益很大。我也向香港大学何沛雄教授、香港中文大学邝健行教授等了解了港台研究的状况，见到美国华盛顿大学的康达维教授，了解欧美国家研究的状况，向日本福冈大学甲斐胜二副教授了解了日本研究的状况。同这些学者日后也时有联系，给我在了解赋学研究发展情况的方面以相当的帮助。但我当时对赋学研究的总体感觉是，学者们对赋的文学价值，或某些作家、某些作品的思想内容、艺术特色探讨得多，而对其中一些作家、作品的文献学方面的研究关注不够。大多数学者研究所涉及的作家、作品的范围还不够宽，很多作家、作品很少有人提及。另外，历代赋的数量是《诗经》或《楚辞》的数百倍，但研究《诗经》《楚辞》的人多，而对赋感兴趣的人少。这同赋的注本少，作品不够普及，人们熟知的赋的篇目很少有关。所以，我产生搞一个篇幅较大的赋的选注本的想法：第一，将历代有代表性、有思想意义和较高文学价值的赋作选出来，一则具体显示历代赋创作的成就，二则给好此者提供一个入门的基础；第二，加以注解，使这种过去只有读《昭明文选》《文苑英华》和正史、作家别集，甚至读《历代赋汇》之类才能读到的赋，成为一般文学爱好者的读物；第三，在前人研究的基础上对作品做一简要评析，让它们的艺术光华初步得以显示，以引起学者们对其思想内容与艺术的进一步研究；第四，对赋作者加以简要介绍，使历史上一些赋坛高手也成为人们所熟知的作家，认识到他们的创作同中国文学发展的关系。

济南召开的那次国际赋学学术研讨会结束的当天，因为济南交通方便，距北京又近，不少学者晚饭后即离会。晚上先后同龚克昌先生、曹道衡先生交谈，颇受教益。曹先生对于学术研究中架空立说，一味追求什么理论创新，而生造词语、说话绕弯子的做法很反感，对某些刊物追求新奇，一味刊发"空对空"的文章也很有意见。说到对赋的研究，曹先生也认为，关键要研读作品，要把好作品介绍给大家。他说："不要注解，真正能懂得赋的人也不多。"同曹先生的一席谈，更增强了我搞一部大型赋选注本的想法。我便开始在这方面做一些准备工作，较系统地读了《汉魏六朝百三家集》中的赋作，翻阅了清胡维烈辑《历代赋钞》，沈德潜的《历代赋选笺释》，陈书同辑、吴光昭注《赋汇录要笺略》，雷琳、张杏滨撰《赋钞笺略》等书，也大体翻阅了《历代赋汇》，联系《赋史》一书所论，颇有收益。

1992年5月，我同本系几位教师商议作《历代赋评注》之事，并提出初步想法，得到大家的同意。当时确定由我做主编，分段选编。因工程较大，各分册设分册主编。经初步的选篇与试注，我写成《编写凡例》，工作即全面展开。当时确定编六部，除《先秦赋评注》考虑到还有些基础的研究工作需要进行，暂缓一步外，其他五部即开始定篇目并进入注评阶段。当时确定具体分册及各分册主编是：《汉赋评注》，赵逵夫；《魏晋南北朝赋评注》，汤斌教授；《唐赋评注》，尹占华教授；《宋金元赋评注》，霍旭东教授；《明清赋评注》，乔先之教授、龚喜平副教授。每部40万至45万字。当时已出版的赋学研究的重要著作，除前面所提到马积高先生和龚克昌先生的两种外，1985年浙江古籍出版社重版陶秋英先生的《汉赋之史的研究》（改名为《汉赋研究》），还有高光复先生的《赋史述略》（东北师大出版社1987年版）、《汉魏六朝四十家赋论》（黑龙江教育出版社1988年版），刘斯翰先生的《汉赋：唯美文学之潮》（广州文化出版社1989年版），曹道衡先生的《汉魏六朝辞赋》（上海古籍出版社1989年版），姜书阁先生的《汉赋通义》（齐鲁书社1989年版），万光治先生的《汉赋通论》（巴蜀书社1989年版），叶幼明先生的《辞赋通论》（湖南教育出版社1991年版），程章灿先生的《魏晋南北朝赋史》（江苏古籍出版社1992年版）等。这些著作对于我们参加各卷评注工作的同志在把握该时期赋的发展状况和有关作家的创作成就、特色，以及对一些具体作品的评注方面，都提供了有价值的参考，这是我们应该表示衷心感谢的。1992年10月28日至31日，第二届国际赋学研讨会在香港中文大学召开，我给会议提供了《由唐勒〈论义御〉看楚辞向汉赋的过渡》以向各位专家请教，本来还想把《汉赋评注》的选目带去征求一些专家、朋友的意见，但在北京等到28日签证尚未批下来，未能去成。会议上交流论文的情况后来看到了。这些都给我们的工作以帮助。

1992年秋，我校古代文学学科被评为甘肃省重点学科，当时同教育厅科研处交换意见后，决定出一套丛书，以反映我们这个学科的实力与特点，这便是我主编的《诗赋研究丛书》的起因。1993年5月出版的这套丛书的第一本《诗经蠡测》，1994年出版的《楚辞我见》《汉诗研究》《建安诗论》《李杜诗论》和此年交稿的《诗赋论集》，都在勒口上列上了即出的《汉赋评注》《魏晋南北朝赋评注》《唐赋评注》。原来打算是将这套书纳入《诗赋研究丛书》之中，分册出版，先交稿的先出。但1994年冬在同出版社谈到具体协议的时候，出版社提出这五部书要23万元。当年炎黄文化书社一个姓林的人说由他负责联系人民出版社，作为一套书出版。1994年底《汉赋评注》《唐赋评注》先交出版社。另外三部的进度较慢，1995年《汉赋评注》和《唐赋评注》校样看过时间不长，《宋金元赋评注》和《明清赋评注》也先后交稿，只是《魏晋南北朝赋评注》工作因故中途停顿，交稿时间一推再推，后来同汤斌教授商量后，由我接过这一部分的主编工作，进行统稿，并撰写了《魏晋南北朝赋概述》。但因这一部分的工作拖得太久，姓林的钻空子，中止了合同。为此，我曾几次请武汉大学文学院叶小文同志和在武汉大学读博的刘进宝教授联系，追问和疏通此事，终无结果。1997年8月在桂林召开的第三届诗经国际学术研讨会上见到这位姓林的人，他当着几个人的面答应10月份到兰州来，保证履行合同。但以后再没有见面。从2000年3月起，我承担主持西北师范大学知识与科技创新工程项目"先秦文学基础文本研究"的工作。该项目包括"全先秦文""全先秦诗""先秦文论全编要诠"三个子项目，分头进行，工作比较忙，但一面也在联系《历代赋评注》的出版事宜。2002年在西安开会的时候见到三秦出版社的淡懿诚先生，他对这个项目感兴趣，但后来出版社有关会议上未能通过。因此，此事又搁置了。

2004年10月在成都召开的第六届国际辞赋学学术研讨会上，不少学者要求在兰州召开第七届年会。学会副会长、我校伏俊琏教授电话上征求我的意见，我欣然表示同意。此前中国诗经学会、中国楚辞学会曾几次提出在兰州召开会议，我都未敢答应，因为办会议很麻烦，1984年我参与中国唐代文学学会第二届年会筹备及承担会议中一些具体工作，已十分领教。这次是具体事情由俊琏负责，能办一次国际赋学会自然是大好事。由此，我又想到《历代赋评注》的事，当时我主编的《先秦文论全编要诠》刚完稿，因而一方面考虑修订《历代赋评注》，一方面联系出版单位。2006年，我同巴蜀书社周田青先生商议《历代赋评注》出版事宜，周田青先生同巴蜀书社领导均表示愿意承担。于是，我们马上铺开增订工作。在《历代赋评注》书稿被搁置的这十多年中已经出了几种篇幅较大的赋的注本，主要有毕万忱、罗忼烈、何沛雄、洪顺隆、胡楚生、李炳海、毕庶春、史实等先生合作完成的《中国历代赋选》（共四册：先秦两汉卷、魏晋南北朝卷、唐宋卷［附金元部分］、明清卷），当时见到这套书的明清卷，35万字，则四卷大约180万字。所选大都是名篇，作者介绍很详尽，注释也多很精到，每篇之末有《主旨与批评》，分析细致，论述颇有自己的心得。但所收篇目较我们的少得多。此外还见到两种篇幅较大的选注本，但首先是篇目选定上缺点较多。有新注别集可参考的作家，作品选得多，而无新注可参考之作家则选得很少，或竟往往付之阙如。所选时代比例也失衡。我们这套书虽然放了十多年，开创意义大大地打了折扣，但无论在选目上还是注评方面都有我们自己的特色，还是有它的学术价值。这十多年中赋学研究也有较大发展，大陆方面又出版了不少赋学研究的著作，同时，也见到了一些台湾学者的有关论著。1996年到台湾去参加第三届国际赋学学术研讨会，台湾著名赋学家简宗梧先生赠送了他的《汉赋史论》（东大图书公司1993年版）、《赋与骈文》（台湾书店1998年版），老朋友台湾文化大学洪顺隆先生此前赠送《谢宣城集校注》，台湾相见，又多所题赠。韩国学者李国文博士也以他的《庾信后期文学中乡关之思研究》（文津出版社1994年版）一书相赠。港台学者有关论著，还有简宗梧先生的《汉赋源流与价值之商榷》（台湾文史哲出版社1980年版），何沛雄先生的《汉魏六朝赋家论略》（台湾学生书局1986年版）。我们也还收集到一些其他研究论著。所以，我决定在对旧稿做进一步加工的同时，也做较大的增订。

这次修改与增订大体包括以下三个方面的工作：

（一）增加先秦卷。十多年来我对先秦时代赋形成发展中的一些问题做了点研究，1998年我院伏俊琏同志在我处攻读博士学位，其学位论文即是《唐前俗赋研究》，我们也曾就一些问题进行讨论。关于先秦赋的形成发展与大体状况，我们基本上形成了比较明确的看法。1998 年入学的硕士生延娟芹，我让她作《〈晏子春秋〉艺术研究》，也是考虑到俳优同俗赋的关系。

（二）调整已成各卷的篇目。魏晋以后各卷中，删去不以"赋"为题的篇目。这样，删去约十分之一，一般新增约十分之二。"魏晋南北朝卷"增加篇幅较多，分为"魏晋卷"与"南北朝卷"。这样，大约每卷 40 万—60 万字，根据各个时期的创作情况不等。

（三）对旧稿进行修订。

先秦卷由我同马世年副教授承担。唐五代卷仍由尹占华、杨晓霭教授承担。其他五卷参与人数稍多。因为以前参与主编或参与编写工作的老师，有的已经退休，甚至也常不在学校，有的已调出，当时不在国内。而书稿的修改、按新定体例进行处理的工作量也很大，还要一一输入电脑，制出电子版（这是同出版社协商中做出的承诺）。仅校对的工作量就很大，而旧稿和新稿都有一个审阅的问题。所以，又请了韩高年、杨晓斌、李占鹏三位同志参加主编的工作。

汉代、魏晋、南北朝卷几位已经退休、身体状况欠佳或不在学校的同志的书稿的技术性处理和输入、校对及新注篇目的初步统稿工作，汉代卷由韩高年同志承担，魏晋卷和南北朝卷都由杨晓斌同志承担。然后由我审阅，对部分书稿进行必要的增、删、修改，一些较普遍的问题再由韩高年、杨晓斌同志处理，由我负责定稿。

宋金元卷由于霍旭东教授身体方面的原因，对原稿修改后的统稿和新增篇目评注的统稿工作主要由李占鹏同志承担，霍旭东先生翻阅书稿，提出一些意见，具体工作由李占鹏同志完成。

明清卷原由乔先之、龚喜平二位主编，主要由乔先之教授同我协商定篇目，乔先之教授负责排除注评工作中的难点，龚喜平同志协助组织与统稿。此次增订中的统稿工作全部由龚喜平教授承担。乔先之先生提携后进，提出主编只署龚喜平教授一人之名。今尊重乔先生意见，并对他在 20 世纪 90 年代原编书稿主编工作中付出的劳动表示感谢。

前后十多年中，参加全书编纂工作的老、中、青学者共 40 人，名单如下（按所完成字数的多少为序，二人合署者，各记一半。全书及各卷主编统稿工作不计在内）：

赵逵夫、尹占华、杜志强、杨晓霭、杨晓斌、孙京荣、马世年、刘志伟、赵红岩、周玉秀、霍旭东、贾海生、郭令原、龚喜平、延娟芹、范三畏、郭锋、汤斌、李占鹏、张兵、杨玲、漆子扬、赵茂林、韩高年、乔先之、邱林山、李润强、姜朝晖、张克锋、李华、冉耀斌、王忠禄、单芳、张桂莲、党万生、雷恩海、王富鹏、查紫阳、康宁、吴永萍。

全书参加评注的学者，除四位是本校中国古代文学专业博士生，两名为本校古代文学专业毕业硕士生（一名为本校教辅人员，一名在外校工作），三名已调出外，其余全为西北师大中国古代文学和古典文献学专业教师。此书的完成，既体现了我校古代文学学科的实力，也体现了我们学科的特色，同时也体现了可贵的协作精神。书稿从拟定体例正式铺开干，到此次出书写此后记之时，前后十六年时间，时间不可谓短，但总算是完成了。希望得到学界朋友的指正。从全国首届赋学研讨会至今，已整二十年时间。二十年来，我对辞赋研究一直抱着较大的热情。《楚辞》中所包括作品总共不多的几十篇，而从古到今的注本很多，所以我着重进行一些基础性的研究，解决一些比较关键的问题；相关论文，有的已收入《屈原与他的时代》（人民文学出版社 1996 年 8 月第 1 版，2002 年 10 月第 2 版）、《屈骚探幽》（甘肃人民出版社 1998 年 5 月第 1 版，巴蜀书社 2004 年 4 月修订本），还有些拟收入《楚辞锥指》，将由上海古籍出版社出版。关于赋的作品很多，前人所编《历代赋汇》《赋海大观》等，远不是全部。而二十多年中，扎实而有相当学术价值的论著产生了不少，但篇幅较大、选录精当的注本太少，所以我将精力放在作品的评注方面。当然，我也进行过一些文献学或者史的方面的研究，在《文学遗产》《文学评论》等刊物发过几篇论文。但更多地是希望能通过评注反映近二十年赋学研究所取得的成绩，并推动赋的普及与研究。在我们于 1995 年编定了《汉赋评注》等五部"赋评注"之后赋学界出版的著作，如毕庶春先生的《辞赋新探》（东北大学出版社 1995 年版），郭维森、许结先生的《中国辞赋发展史》（江苏教育出版社 1996 年版），郭建勋先生的《汉魏六朝辞赋文学研究》（湖南教育出版社 1997 年版）、《先唐辞赋研究》（人民出版社 2004 年版），王琳先生的《六朝辞赋史》（黑龙江教育出版社 1998 年版），曹明纲先生的《赋学概论》（上海古籍出版社 1998 年版），于浴贤先生的《六朝赋述论》（河北大学出版社 1999 年版)，詹杭伦先生的《清代律赋新论》(北京燕山出版社 2002 年版)、《唐宋赋学研究》(中国社会科学出版社 2004 年版)，程章灿先生的《赋学论丛》，许结先生的《赋体文学的文化阐释》(中华书局 2005 年版)并孙晶先生的《汉代辞赋研究》(齐鲁书社 2007 年版)等，都给我们的评注工作以帮助。此外还有池万兴同志的《魏晋南北朝小赋概论》和伏俊琏同志的有关论著。可能还有的书我未见到，但参加评注工作的其他同志参阅了。尤其郭维森先生和许结先生的《中国辞赋发展史》，同马积高先生的《赋史》都是赋的通史性著作，在对赋发展的总体把握和对一些重要作家、重要作品的评述上，都既带有总结性，又显出独到的眼光，对我们在篇目的增删修订方面很大的帮助。这些，我们都表示真诚的感谢！

今年 8 月，第七届国际辞赋学学术研讨会由西北师大文学院举办，在兰州召开。全国辞赋学会会长龚克昌先生，副会长万光治、许结、郭建勋、高光复、于浴贤先生，及一些著名学者与赋的专家光临大会，发表论文。大陆方面如曹明纲、程章灿、曹虹、鲁洪生、何新文、赵辉、曲冠杰、戴伟华、刘培、徐宗文、张新科、张树国、罗时进、冷卫国、高华平、王晓卫、王德华、莫道才、汤漳平、宗明华、毕庶春、孙继纲、吴广平等先生，还有中国台湾、香港以及日本、韩国的一些学者，我校校友张廷银、池万兴、罗家湘、张侃、葛刚岩等及一些出版界朋友也参加了这次盛会。参加本项目的同志除个别不在兰州者外，全部参加了会议。有不少学者关心我们这部书的出版。在这次会上，我和费振刚先生被选为学会顾问。在此也对赋学界朋友对我们这部书编注、出版的关心，表示衷心的感谢！希望学界朋友们和广大读者对本书的选目、注释、评析提出宝贵意见，使我们有机会对它进行修订，使之成为一部比较理想的辞赋阅读选本。

赵逵夫主编：《历代赋评注》(明清卷)，巴蜀书社 2010 年版。

甘肃省中国古代文学学会第四届年会
论文集弁言

  甘肃省古代文学学会第四届年会于 2016 年 9 月 23 日至 25 日在陇东学院召开。学会理事会在 2010 年 5 月成立时决定，以后的年会在兰州开一次，兰州之外的市区开一次，交替举行。第一次、第三次是分别由西北师范大学和西北民族大学承办，第二次、第四次是分别由天水师范学院和陇东学院承办。我们这样做增加了省内各高校、各学术研究单位之间的了解，使在省会的高校和有关科研单位的同仁有机会到兰州外各高校走一走，借以做一些学术考察，更深地了解省情；也使在地市的高校和有关单位参加学会活动有困难的同志有机会参加古代文学学会的学术讨论，相互交流；通过学会成员研究成果的发布，带动全省古代文学的研究，也带动地方学者对本地有成就的古代作家作品及同本地市有关作家创作活动的研究。我们成立甘肃省古代文学学会就是为了通过相互交流、讨论，整体上提高全省从事中国古代文学研究与教学的水平；为本省从事中国古代文学研究与教学的同志造成一个交流、切磋、沟通、联系的平台，利于形成合作的团队。同时能使我们的学术活动接地气，同地方文化建设连接起来。

  这次年会上提供的论文上自先秦时代的《诗经》、神话与有关典籍，下至近代，或侧重于理论与文化研究，或侧重于作家作品分析，内容丰富，牵扯面很广。而其中有一半是关于甘肃古代作家研究的，这当中大部分又是关于陇东古代作家的。从文学研究的方面取得了很大的成绩，从弘扬甘肃古代作家创作的方面说，也达到了预期的目的。

  中国从上古直至近代是一个农业国家。虽然周边自古有畜牧和渔猎经济较长时间的存在，但总体上一直以农业经济为主。而三千多年前兴起于陇东马莲河流域的周人，是当时华夏大地上农业最发达的民族。周人以农业起家。农耕文化中的重天时、重地利、安土重迁、重视家庭伦理和亲属关系、重礼义的传统，在周代商之后数百年中成了整个中原与周边一些地区人们的共同观念，又由于以孔子为代表的儒家学派一直尊崇周公以来的礼治传统，根植于农耕文化的"仁""义""礼""智""信"等成了整个中华民族的道德传统。仁，就是要关爱他人，形成社会上人之间的互相关爱。义，就是要承担包括社会的、国家的责任在内的各种责任，要有自己的担当。礼，就是要遵守社会运行中长时间中形成的各种规程，包括社会礼俗、法制在内，法律规定是行为的下线。智，指处理好各种事情的能力与智慧，从生产到生活的各方面；也包括对过去人们经验、教训的了解和积累，所以包含着读书和生活实践中的思考这两层含义在内。信，就是诚信，就是对自己所说的话、所做的事负责，言行一致。这是做一名社会的人能与社会各方面正常交往的必备条件，为做人的根本。没有诚信，以上几条都说不上。以上这些在今天仍然是有意义的。我们研究古代文学的目的就是要继承和弘扬伟大的民族精神，增强民族自信心，为实现中国梦而努力奋斗。

这次会上一些人去拜谒了周祖陵，一些人参观了庆城区博物馆。尤其大家对哺育了周人、周文化的马莲河流域的地理状况有了具体真切的了解。因为所有从事中国古代文学研究的人从上大学本科就读过《诗经·大雅·公刘》中说的"陟则在巘，复降在原"、《大雅·绵》中说的"陶复陶穴"和《生民》《绵》中所写的生产、生活的地理环境，这些虽已经过三千多年，但在这里还可以看到。这次会议实质上也是我省古代文学界同仁一次中国古代文化的考察与学习会。就从这一点来说，收获也是很大的。

参加这次会议的，有省内十多所高校的 43 位从事中国古代文学教学与研究的同志，西北师大几位中国古代文学专业的博士生也参加了会议。大家对陇东学院的校园建设赞不绝口，对其教学、科研的良好条件也十分赞叹。陇东学院的发展是我省高等教育发展的写照。大家都说，甘肃地处西北，受经济大潮的冲击较小，这三十多年中科研的条件不断提升，但仍保持着坐下来认真读书的良好学风，我们的研究工作一定能扎扎实实稳步前进。

　　和前三次会议一样，会上的会风也特别好。上午的会本来是八点半到十二点，但大家讨论热烈，有的组是过了十二点，有一个组快到一点四十才结束。会上发言的讲完后，都会有人提出问题，形成互动。我以为，只有这样，才会开拓我们的思路，提高我们的研究水平；使论文的论证更严密，更合于学术规范。这样，就不止听者受益，讲者也受益。一次学术会能给大家留下深刻的印象，能使参会者受益，这个会就是成功的。

　　这次会上还有两点值得特别提出说一说：一、开幕式上安排了给陇东学院图书馆赠书的环节。其实在天水师院、西北民大召开第二次、第三次年会时也有参会人员向该校图书馆赠书的事，但都是在会下赠，未能安排为开幕式上的一个环节，所以未能引起广大会员的重视。这次会上不少人给该校图书馆赠书，今后各次年会都应这样做，形成一个传统。我们本省学者的论著，在本省各高校的图书馆都没有，很多学生、老师看不到，甚至很多同行学者都不知道，这是十分遗憾的事。我们学会成员的研究成果应在本省各高校图书馆都有收藏，使它在以后的很长时间中都起到学术交流、推动发展的作用。二、城市学院几位从事中国古代文学研究的同志因事未能参加，但寄来了贺信，还寄来60册《中国古代小说戏剧研究》给与会相关专家。前三次会上给会员的赠书，一是与会者相互赠书，只是在个别相熟的学者间进行，面不够宽；二是主办方将本单位同志的书陈列在会议室门口，由入会者选取，参与广泛赠阅的人和单位还不够多。这次城市学院中国古代小说戏剧研究所的做法很值得提倡。我们希望以后年会，使与会者能有多方面的收获。

　　第四次年会是成功的。在这里，我要感谢陇东学院领导对这次学术会议的重视。陇东学院院长郭维俊教授在开幕式上致词，对与会代表提出希望，并参加了座谈；陇东学院副院长马悦宁教授作为学会副会长同文学院负责同志一起在几个月前就着手准备工作，很早就发出了会议邀请函，说明了讨论的中心议题。这些都是这次会议成功的基本条件。

　　会后，陇东学院文学院编好论文集，根据内容分为两辑，并附会议综述于后。喜其成事之速，写以上看法以为前言。

2016 年 12 月 8 日

第二辑　神话、古史与古文献

《中外神话与文明研究》序

古希腊哲学家欧伊迈逻斯认为，神话中的一些神原本是伟人，他们之所以受到崇拜，是因为曾造福于人类。这个看法是相当深刻的。我以为也可以这么说：神话是口传的历史，其中加上了各个时期集体意识的烙印。

18世纪意大利哲学家维柯提出人类童年时代突出的想象力对神话故事的形成起了重要的作用。但是，我们也应看到，人们的想象力，包括创造性想象力，也都受到当时社会意识的制约。每一个时代想象上的创造性，正体现出社会的发展与人们在新的社会条件下产生的新愿望。当然，在人类社会的早期，先民们由于各方面经验的不足和理性思维不够发达，"想象"便是他们进一步认识世界、解释自然和社会现象的一种方式。但这些想象仍然受到当时生产发展水平、社会形态、语言词汇的制约。有的学者将神话完全看作自由想象的产物，似乎只是古人的艺术创作，因而只从文学的角度来分析；如果有的人从探索史前史的角度引述到有关神话，便说是"将神话作为历史"，而严格区分神话与历史传说的界线。这其实是对神话的性质了解还不够全面。自然，清代以前一些"信古"的学者将神话看作历史，也是错误的。我们该怎样认识文字产生之前口传阶段的历史？固然，地下出土的文物为我们提供了最真实可靠的东西，可以使我们了解那漫长的历史时期中经济、社会的大体状况；但这些坛坛、罐罐、石刀、石斧之类并不会说话，不能告诉我们它们的主人是谁，属于什么部族，当时发生过什么重大的事件。我们仍然要依据经过长期口传，后来才被著诸竹帛的这些口传材料。这些材料中有相当一些便是上古神话；还有些虽然是以历史传说的形式被记载下来的，但也带有神话的色彩。前者如女娲补天、后羿射日、黄帝擒蚩尤、形天舞干戚、共工与颛顼争为帝等，后者如炎黄阪泉之战、鲧禹治水等，二者的界线有时也很难分。那么我们研究神话就不能只着眼于情节、结构，把它看作纯文学作品。中国的古代神话多只存梗概，且为片断，要把它作为文学作品来欣赏，并没有多少"艺术性"可言。有的人因此而任意牵合、加工，甚至于自己在那里创作"古代神话"，这是成问题的。比如袁珂先生的《中国古代神话》，有些部分就像写小说一样任意添加情节，作者自己在《前言》中也说是"突破了无谓的拘谨，能够较充分地发挥想象和推想了"。但这样搞出来的东西恐怕不能算是"上古神话"。

还有，袁珂先生曾将中国神话的消亡归为"历史化"的结果。他举例说：

> 如像黄帝，传说中他本来有四张脸，却被孔子巧妙地解释做黄帝派四个人去治理四方。又如"夔"，在《山海经》里本是一只足的怪兽，到《书·尧典》里，却变做了舜的乐官。鲁哀公对关于夔的传说还有点不明白，便问孔子道："听说'夔一足'，夔果然只有一只足吗？"孔子马上回答道："所谓'夔一足'，并不是说夔只有一只足，意思是说：'象夔这样的人，一个也就够了。'"孔子的解释虽然不一定真有其事，但从这里也就可以看到儒家把神话来历史化的高妙。历史固然是拉长了，神话却因此而遭到了厄运，经这么一改变转化，委实恐怕要丧失不少宝贵的东西，从神话转化出来的历史也不能算是历史的幸事。①

袁先生所讲有其正确的一面，这就是孔子等对神话的性质尚不似今天我们有科学的认识，因而按他当时的理解和理论水平，从历史的方面做解释，使有些神话的情节被曲解。但是，袁先生也并未考虑这些神话是怎么产生的。如果认为"四面"的黄帝、一足的"夔"，完全是先民们凭空想出来的，那也是不正确的。汤炳正先生曾指出：

> 神话的演化，有极复杂的社会根源，但在语言因素的触发和诱导下，曾使古人想象力由此到彼，浮想联翩，则是不可否认的客观事实。虽然这

---

① 袁珂：《中国古代神话·序》，中华书局1960年版，第17—18页。

在逻辑思维上是不可思议的，但跟形象思维却是一脉相通的。[①]

这种现象既存在于神话的演变、分化、融合过程中，也存在于历史的神话化与神话的历史化这两个过程中。焉知孔子的解释不是对这两个神话所包含历史内核的揭示？由于孔子当时还不可能科学地认识神话，及其所持"不语怪力乱神"、反对"索隐行怪"的态度，他对一些神话的解读，也很难做到正确，但孔子的解释也不失为一种探索。

总之，我以为对于古代神话，可以从各方面进行研究。我们可以研究它的丰富内涵，揭示它反映的精神。中国古代神话如女娲补天、精卫填海、夸父逐日、后羿射日、大禹治水等表现出的与困难、与自然灾害进行顽强斗争的伟大精神和磅礴气势，为了替广大民众清除灾害，自觉担负责任、永不停息、奉献自身的高尚品质，永远是中华民族的精神源泉；它所表现出的能给人以正义冲动、无限力量的丰富瑰丽的想象，所体现的崇高和美善合一的美学思想，也都决定了我们民族文学艺术的性格。这些，都有值得进一步发掘之处；同时，我们也还可以研究古代神话的丰富想象所体现的叙述美，及其对后代文学艺术的影响，等等。这些工作都应该做。但古代神话研究上还有两个方面，我觉得更应该下些功夫去做。

第一个方面，古代神话的文献学研究。这包括两项工作：一是发掘有关神话的材料，包括新出土的地下文献中有关神话的材料，并加以整理，使尽可能恢复某些神话的原貌；二是对古代神话进行正确的阐释。

这方面我曾经想做一些努力，但多年来忙于其他工作，未能很好进行，只是做了一点试探。我深感中国古代神话还有很多工作需要我们去做。比如形天神话，有的情节过去就一直被丢弃、湮没。人们常引的《山海经》中关于形天神话的文字开头是"形天与帝至此争神，帝断其首，葬之常羊之山"云云，都忽略这个"此"字，有的引述时甚至省去"此"一字。原来，《山海经·海外西经》中，这段文字是接在下面这样一段后的：

---

① 汤炳正：《从屈赋看古代神话的演化》，《屈赋新探》，齐鲁书社 1984 年版，第 259—260 页。

奇股（原误作肱，作"奇肱"则与"一臂国"混，今正）之国在其（指一臂国）北，其人一股（原承上误作"臂"，今正），三目，有阴有阳，乘文马。有鸟焉，两头赤黄色，在其旁。[①]

也就是说，形天与帝争神，是在奇股国。形天实即"奇股国"之首领。"三目"正是形天的本意：在额上刻一目。《易·睽卦》"其人天且劓。"虞翻曰："黥额为'天'，割鼻为劓。""形天"正是言额上有黥刑之象。由此可知，学者们将"形天"的"形"改为"刑"，是弄错了。（《说文》："形，象也。""天，额也。"）"形天"在传说中和文献记载中又分化为"开题"（《说文》："题，额也。"）、"契题"，又误作"猰貐""窫窳""雕题"。《山海经·海内西经》云：

> 贰负之臣曰危，危与贰负杀窫窳。帝乃梏之疏属之山，桎其右足，反缚两手与发，系之山上木。在开题西北。[②]

未想到形天神话尚有如此丰富的内容和生动的情节，相关的人物、地点也有了。[③] 我们以往讲中国古代神话没有不讲形天者，却都漏谈了其中的一点情节。这是十分遗憾的事。

又如《山海经·大荒西经》中说：

> 有人名曰吴回，奇左，是无右臂。
> 大荒之中，有山名曰大荒之山，日月所入。有人焉三面，是颛顼之子。三面一臂。三面之人不死。是谓大荒之野。[④]

这两条显然说的是同一个神话人物，即吴回。这其实也即《海内经》中说

---

① 袁珂：《山海经校注》，巴蜀书社 1993 年版，第 257 页。
② 袁珂：《山海经校注》，巴蜀书社 1993 年版，第 335 页。
③ 赵逵夫：《形天神话钩沉与研究》，《民间文学论坛》1988 年第 5、6 期。
④ 袁珂：《山海经校注》，巴蜀书社 1993 年版，第 471 页。

的吴权（"炎帝之孙伯陵。伯陵同［通］吴权之妻阿女缘妇。缘妇孕，三年，是生鼓延、殳。［殳］始为侯。鼓延是始为钟，为乐风"）。《天问》中的"吴获"，也是指吴回（"吴获迄古，南岳是止；孰斯去斯，得两男子？"）。《史记·楚世家》说，重黎为帝喾高辛火正，有功，能光融天下，帝喾任命为祝融。"共工氏作乱，帝喾使重黎诛之而不尽，帝乃以庚寅日诛重黎，而以其弟吴回为重黎后，复居火正，为祝融。"此祝融吴回，正是楚人的祖先。今南岳主峰名"祝融峰"，由《天问》看也同吴回的神话有关。我们将《大荒西经》《海内经》及《天问》中有关的片断联系起来，便可以看出关于吴回神话丰富而生动有趣的情节。①

　　但古代神话的挖掘、整理应该是一件很细致的工作，也应遵循有关的科学原则。正由于距今日太久远，就更要细心分辨，清除其尘垢，缀合其残片，考求其结构，而不能随意牵合归并，或编造原来不曾有的情节。这就如同修补出土的陶器，不能将属于两个陶器上的残片并为一个陶器，也不能将本来并未连接的残片连在一起；要考察其质地、薄厚、印痕、纹饰，比较其断痕，细心拼凑。所缺者宁可用石膏加以弥补，而不能拿别的残片来填补。这样看起来留下了空白，但实际上可以让观者自己去想象其全貌。

　　关于中国古代神话的研究还有一个方面的工作，我以为也是比较重要的，这就是探索其所包含的历史的、文化的内核。这个方面的工作同样做得很不够。如前所说，过去有的学者把古代神话看作纯粹的文学作品。实际上，上古神话是原始社会中意识形态的综合体，先民们是将它们作为历史来看待的；同时，其中也反映了古人对历史、社会现象和各种自然现象的理解，反映了他们朴素的宇宙观、人生观和认知方法。此外，先民们向青少年讲述这些神话，也有传授知识和教育后代的意思在里面；不用说，在听者也从中获得一种精神上的愉悦。因而，上古神话是原始社会历史、哲学、教育和文学的综合体。比如氐人发祥于甘肃西和县仇池山、骆谷（汉代之"武都"）一带，氐杨曾在陇南建仇池国，氐人（白马氐）的祖先神如马王爷、杨二郎等俱为三目。《山海经·海内南经》言"开题之国""在西北"。《礼记·王制》郑玄注言："雕题，刻其肌，以

---

①　赵逵夫：《吴回·南岳·不死之乡》，《民间文艺季刊》1987年第1期。

丹青涅之。"也正是反映了氏先民在额上刻一纵目的风俗。[①] 看来,上古的形天氏即雕题氏,也即氏先民。这在地域上、习俗上完全相合。这样,便揭示出了氏人发祥于西北,以后逐渐南迁的事实,反驳了有的学者认为氏人来自里海一带、彩陶即氏人由中亚带来的说法,从而彻底否定了"中国文化西来"说。

再如关于共工、鲧、禹的神话,也反映了我们祖先在治水和建筑工程方面的不断探索和伟大贡献。《天问》中说:"鲧何所营?禹何所成?康回冯怒,地何故以东南倾?"诗人将共工的事同鲧禹治水联系起来,正反映了"共工与颛顼争为帝,不得,怒而触不周之山"同治水故事的关系。《国语·周语下》太子晋曰:"古之长民者,不堕山,不崇薮,不防川,不窦泽。……昔者共工弃此道也……欲防百川,堕高堙庳,以害天下。"《管子·揆度》中说:"共工之王,水处什之七,陆处什之三,乘天势以隘制天下。"《左传·昭公十七年》记郯子语云:"共工以水纪,故为水师而水名。"看来所谓"不周山",乃是指四围为山,中间为峡(《山海经·大荒西经》"有山而不合,名曰不周"),共工氏堵峡成湖,以利渔稻。共工氏是口传历史时代生活于中原之地的"水上居民"。共工同颛顼氏争夺部落联盟首领,因未能获胜,掘开堤闸,造成下游的灾难。所以《淮南子·本经》中说"共工振滔洪水,以薄空桑"(《吕氏春秋·古乐》言帝颛顼"实出空桑")。但后来鲧从中受到启发,筑堤闸以防水,在受水冲力大之处加以筑闸墩,形成《天问》所说"鸱(蚩)龟曳衔"[②] 的堤防形制。应该说,共工的堵水成湖和鲧的筑堤加墩(堤如蛇,墩如龟),都是了不起的创造,共工和鲧都是我国远古时代伟大的水利专家和工程学家。然而,如果不是认真地研究神话,我们怎能知道这些事实?

但这方面的研究工作量很大,要真正解决一个问题,十分不易;而且,如果弄得不好,也会产生孔子解释"夔一足"那样的错误。

但无论怎样,中国古代神话是一个伟大的文化宝藏,其中有很多有意义的

---

① 赵逵夫:《三目神与氏族渊源》,《文史知识》1997 年第 6 期;《形天神话源于仇池山考释——兼论奇股国、氏族地望及武都地名的由来》,《河北师范大学学报》2002 年第 4 期。

② 孙作云《天问研究》认为"鸱"为"蚩"字音误。"蚩"字从"虫",之声,古无舌上音,"出"即读"它",而"它"的本义是蛇。参拙文《从〈天问〉看共工、鲧、禹治水及其对中华文明的贡献》,《社会科学战线》2001 年第 1 期。

东西待我们去挖掘。

　　近来读了张启成先生的《中外神话与文明研究》一书的部分书稿，十分高兴，真如空谷闻足音，荒山见故人。我在本文的开头拉拉杂杂谈了很多，也是由于读此书稿后的兴奋劲引出，一时不可收拾。几个月前，张先生函告正在整理他研究神话的论文，旧著新作，将合为一书。今年8月我们在承德参加第六届中国诗经国际学术研讨会，又论及此，言基本完成。9月底收到寄来的全书目录及部分书稿。我一看目录，就无比兴奋，因为其中有些题目也是我一直在思考的，如关于西王母的传说、颛顼神话的系统、炎帝神话的系统等；有的则是觉得有钻研的价值，只是自己无能为力，如关于红山文化与古代文献、古代神话中有关情节的关系，三星堆与有关巴蜀各种神话的关系，《山海经》中一些主神与历史传说的关系等。这部书在研究范围、方法上，也正是着力于文献学的挖掘和从神话认识史前历史这两个方面。当时，我正在市里参加省人大十届十二次常委会，我利用晚上的时间研读这些论文。张启成先生在完成了一次学术探险之后领我从头走起，指点我观赏古代的文化奇观。我既为我国古代神话的丰富蕴含而高兴，也对张先生的学识智慧与学术上的创造精神深为钦佩。书中有很多耀眼的亮点，吸引你不断地读下去。

　　就寄来的八篇主要论文看，有不少创新之处。仅作者提出的一些问题，本身就是对我国神话研究领域的一个开拓。这些，读者一翻目录即可看出：全书的充实创新之处，读者也自有体会，这些都不需要我一一列举。我在这里想谈一下这部书的四个特点，以与读者同志共商。

　　一、全书主要是由个案研究组成，而不主要用概述的方法。因此，既没有架空立说，也非因循旧说，泛泛而论。我觉得作者对一些问题的研究相当深入。如《蚩尤与黄帝新探》一文对蚩尤族别、所处地域问题的探讨。文章首先据《尚书·吕刑》中"若古有训，蚩尤惟始作乱……皇帝哀矜庶戮之不幸，报虐以威，遏绝苗民，无世在下"的记载，确定蚩尤为苗民之祖先，且特别指出："'若古有训'的提法，这说明该传闻当来自更古的年代。"然后据有关考古成果和民族学研究的成果指出，这个结论与五千多年前长江中下游和黄河下游一带社会发展的状况相合；然后从四个方面论证蚩尤与炎帝族的关系。这四个方面都是将传世文献、民俗学材料联系起来。《国语·晋语》

云："炎帝以姜水成。"《归藏·启筮》云："蚩尤出身羊水。"秦汉以后将神农氏与炎帝混同为一，传说中神农氏为"人身牛首"（以牛为图腾，正是以种植农业为基本经济形态），而任昉《述异记》亦言蚩尤"人身牛蹄"，并言"秦汉间说：蚩尤耳鬓如剑戟，头有角"。"蚩尤兵头有角，与轩辕斗，以角抵人，人不能向。今冀中有乐名'蚩尤戏'，其民两两三三，头戴角相抵。汉造角抵戏，盖其遗存也。"我以为这一点很有意义。徐旭生先生认为蚩尤在今山东之地，与苗人无关，结论尚可商榷。张先生论文中先引《尚书·吕刑》文，这是关于蚩尤传说的最早的材料，从文献学的角度说，也是比较可靠的。

　　我以为，无论从单纯的神话本身的研究说，还是从由之探究口传历史的角度说，我们都应对古代神话中的神话人物、重要情节一个一个进行认真研究，在这个基础上再做综合研究和理论探讨，不然是没有多大意义的。当然，由于神话产生的时间距今久远，流传中又有分化、融合，记载中歧异之处甚多，各家看法不尽一致，会形成争论。这是正常的，因为只有通过争论，才能推动学术的发展，从而统一于正确的意见；学术也是在不断研究中一步步走向真理的，我们也不可能一下就达到终极目标。同时，在不同的历史时代，人们的着眼点不同，思想观点也会有所变化，因而结论也不会完全一致。但是，通过认真的探索，其基本材料、大体轮廓和基本线索总会弄清楚。所以，我以为本书具有突出的学术价值，不同于一般的概述之作。

　　二、特别注意相关时代地下出土的材料及考古学研究成果。《红山文化的特征及其兴衰初探》一文论颛顼族文化因《山海经·海内经》言及"司彘之国"韩流"娶淖子曰阿女，生帝颛顼"，韩流是"豕喙、麟身、渠股、豚止（趾）"，引述兴隆洼文化遗址发现猪骨与鹿骨，以及红山文化遗址发现的"大猪首玉饰"及"玉猪龙"，从而断定："就图腾崇拜而言，三者是一致的。""红山文化当渊源兴隆洼文化，亦即源于司彘之国的颛顼族文化。"这样，不但将原来人们认为毫无关系的"司彘之国"同颛顼氏联系起来，从神话的方面说增强了完整性和系统性，而从研究口传历史的方面说，揭示了我国父系氏族社会阶段一个重要部族颛顼氏的文化特征，并找到了实物依据。在论述《大荒东经》中"在十日北，为人黑身人面，各操一龟"时，引述红山文化遗址中"死者双手各握一玉龟"的材料；在论及颛顼氏与历法的关系时，引述6500年前河南濮阳（古"颛顼之墟"所在）西水坡的 45 号墓中，已发现有二十八宿三环图等较为完整的天文体系，在男性尸骨两旁发现有蚌壳堆塑而成的青龙、白虎的星象图案等材料，以与文献记载相印证；在《大禹与巴蜀》一文中论述巴人的活动，引 1997 年 4 月 15 日《光明时报》刊《三峡考古可望解开巴人之谜》一文；等等。这对于这些神话故事时代、地点、背景的确定和情节的诠解、推断，都有很大的意义。存至今日的上古神话，如碎金残玉，只靠传世文献，很难弄清它的本来面目及其与相关神话故事间的关系。虽然神话与历史是两回事，探索神话的本来结构与研究历史也是两回事，但神话总是一定自然现象和社会形态的曲折反映，神话的演变、分化、融合，也与一定的社会意识或历史事件联系在一起，打上当时文化的烙印。舍此而随意地解读神话，去谈它的形成、演变等，看起来是注重神话本体的研究，实质上可能是郢书燕说。从当时历史发展的实际中去考察神话，与从神话来窥探当时历史的影子，这是神话研究的两个方面，只是观察的角度不同而已。张启成先生的这本书在这两个方面都做了很有意义的工作。

三、引述民族调查材料和民俗学研究成果相当丰富。这不仅可以作为推想某些神话情节的缺环、阐释上古神话的内涵的依据，也还可以提供一个新的观察角度。固然，后来少数民族中的神话传说，不等于传世文献中记载的上古神话，不能完全用来补缺释疑，但总是提供了一个理解的参考和提示。我认为我国民族的迁徙，总体上说，是由西北和中部地带向南的。2001 年 8 月初，北京大学同西北民院联合举办中国第六届社会学与人类学高级研讨班，费孝通先生亲临主持会议。我在会上做了一个讲演，我谈到《淮南子·本经》所载后羿射日神话中说的"凿齿"即僚人（今仡佬族）的祖先，当时居于今山东一带；"九婴"即句婴，为九方、鬼方的祖先，当时居于今河北磁县一带；"大风"即防风氏，为今崩龙、布朗、佤族的远祖，当时居于山东青丘，即蓬莱岛一带；"风豨"即殷氏之方，为周代韦氏之祖先，当时居三峡之中；"修蛇"即巴人之祖先，当时居于洞庭巴陵，后由三峡入川，居于川东，其中一部分逐渐迁徙到海边，为近代之蛋人。[①] 看来，今南方很多少数民族的先民本生活于北

---

① 赵逵夫：《古代神话与民族史研究》，《西北民族研究》2002 年第 1 期。

方，后来逐渐南迁，与当地的土人融合。当然，口传历史演变为神话，又长期相传，会有很多模糊、失真之处。早期的记载由于正统观念的影响，也有被歪曲之处。尽管前者失真之处会更多一些，但也不无参考的价值。张启成先生此书吸取大量民族学、民俗学方面的材料，无论怎样，这都会给学术界带来新的信息。

四、本书有相当一些篇幅是论述外国神话的，并对中、印、希腊的神话与文明进行比较。作者驾轻就熟，清理的线索分明，也扼要地指出了它们的特征。比方《埃及的神话与文明》在讲述了太阳城之九神的关系后指出："可知埃及神话都属于同胞通婚的模式。天上的神话实际上是人间君主生活模式的反映，埃及的君王也世世代代以同胞通婚的方式延续后代。"[①] 中国神话中，除伏羲女娲的创世神话（可能羼入了一些后来产生的东西）外，再没有同胞通婚的例子。比较起来，中国的神话也更体现出中国古代婚姻制度上科学与文明的程度。文中指出："埃及的神话与世界各国古老的神话一样，都有一些模糊与重叠的现象。"[②] 这对于我们正确认识和评价中国神话也是有意义的。

《中、印、希三国神话与文明之比较》一文中，作者指出宗教对神话的巨大影响。经比较可知，中国古代神话更多地体现着人本的思想和英雄主义气概。在这篇论文中，作者也指出了希腊神话中作为"至尊之神"的宙斯赤裸裸的篡弑手段和打击、报复等行为，以及说不完的风流韵事。这可以看出东西文化的差异。作者说"中国的神话其主神大都是圣贤的影子，而唯独希腊神话的叙事者以'活着的王'来看待万般神殿中的众神"[③]，可谓一语中的。

这里我还要特别提到《美洲古文明与中华古文明之关系 —— 兼述美洲远古时期的亚洲移民》一文，因为这也是我最感兴趣的问题。二十年来，我也一直留心这方面的材料和研究进展。读了这篇文章，我觉得作者的一些论断是严肃的，也很有启发性。文章引证广博，内容也很丰富，限于篇幅不能详加评述，读者可以自看。

总之，我以为张启成先生这本书在中国古代神话和中外神话的比较研究方

---

① 张启成：《中外神话与文明研究》，学苑出版社 2004 年版，第 306 页。
② 张启成：《中外神话与文明研究》，学苑出版社 2004 年版，第 307 页。
③ 张启成：《中外神话与文明研究》，学苑出版社 2004 年版，第 355 页。

面是一部很有学术价值的著作，不仅其研究深入，而且在神话研究方面具有开
拓范围的意义；不仅材料充实，尤其是注意到了一些以往研究者不够注意的方
面，比如与考古材料、少数民族史诗和传说的对比、联系等。由于作者对中外
神话都有深入的了解和研究，所以在即使不是专门进行比较的篇章中，也可以
看出作者开阔的思路和中肯的态度。我相信，本书的出版对于我国古代神话的
研究会起到带动的作用。

2004 年 10 月 7 日

张启成：《中外神话与文明研究》，学苑出版社 2004 年版。

张启成，1936 年生，上海市人。1960 年 7 月复旦大学中文系毕业。历任
黔南民族师范专科学校副校长，《贵州大学学报》编辑部主任，贵州大学中文
系主任、教授、古代文学硕士生导师；贵州省出版基金会文史评审组副组长；
贵州省古典文学学会名誉会长，贵州历史文献研究会副理事长。1991 年兼任
贵州省文史研究馆副馆长，1994 年兼《贵州文史丛刊》主编。1979、1980 年
在香港出版《中国文学发展史》《古代文学名作分析》等。其后有《诗经入门》
《诗经研究史论稿》《诗经风雅颂研究论稿》《五十载自选文集》等著作，出版
《东周列国志校注》，并主编《文选全译》。在《光明日报》《文学评论》《复旦
学报》《文史哲》等刊物发表论文 180 余篇。

《〈尚书〉诠释与传承研究》序

《尚书》是我国最早的政史资料汇编，作为华夏文化的元典，"经惟《尚书》最尊"，无论是先秦时期的"六经"，还是"五经""九经""十一经"，以迄宋代的"十三经"，《尚书》在群经中的地位都极为尊崇。治经先治《书》，自汉至清，历朝历代几乎所有的著名学者都研读过《尚书》。清代以来，江苏和湖南一直是研究《尚书》的重镇。在《尚书》学史上，苏、湘二省的学者和著作灿若繁星。略举清代其荦荦大者：江苏王鸣盛《尚书后案》，段玉裁《古文尚书撰异》，孙星衍《尚书今古文注疏》；湖南王夫之《尚书引义》，王闿运《尚书笺》《尚书大传补注》，王先谦《尚书孔传参正》。近现代《尚书》研究湖南仍领风气之先，著名学者与著作诸如曾运乾《尚书正读》、杨树达《尚书说》、杨筠如《尚书覈诂》、刘起釪《尚书学史》《尚书校释译论》、周秉钧《尚书易解》。

钱宗武教授于 20 世纪 80 年代，负笈湖南，入周秉钧先生门下研治《尚书》。三十多年来，焚膏继晷，孜孜兀兀，笔耕不辍，业已成就斐然，著述等身。今又成《〈尚书〉诠释与传承研究》①，为其第十五部《尚书》学研究专著，可喜可贺。有幸阅读书稿，兹述数端如下。

《〈尚书〉诠释与传承研究》主要研究《尚书》诠释和传承过程中的理论问题和实践问题，分"诠释研究"和"传承研究"两部分。

"诠释研究"部分主要讨论今文《尚书》复合词类型特点以及界定标准，借代修辞和借代引申的区别和联系，《尔雅·释诂》与《尚书》单音词的词义

---

① 现书名为《〈尚书〉诠释研究》，请参阅本文"补记"。

比较分析，同源词音义关系的类型及其形成机制，今文《尚书》的虚词通假兼论汉语通假的成因，重言词的形义特点修辞功能及其界定，今文《尚书》副词的类型兼论汉语实词虚化的两个平面，《周书》中特殊的被动语法标记"在"、《禹贡》罕见的特殊语序与汉语语序观的反思，古文《尚书》与清华简叹词的语用功能及语音联系，古文《尚书》虚词的语法特点以及《古文尚书撰异》解经的语言哲学观考论。

"传承研究"部分主要讨论《孔传古文尚书》的成书年代以及传承过程中文本的变异，通过唐写本《经典释文》的《尧典》考论王肃注古文《尚书》经过唐人宋人的人为删改，分析敦煌写本《尚书》的异文类型及其特点，通过个案研究解析《书》学传承至南宋时的学派思想论争，研究大明王朝《尚书》学的域外传播以及朝鲜半岛李朝茶山《尚书》学，综论朝鲜朝《书》学文献的文本状态及其校勘原则。特别注意运用历代《尚书》诠释的成就总结文献考辨的语言学方法，特别强调研究《书》学文献的当下价值和意义，论证《尚书》等经典回归具有永恒的生命张力，提倡服务于华夏文化域外传播的国家战略，必须深度利用《书》学文献等域外古代汉文献，确立华夏文化的话语权，寻找华夏文化域外传播的正确途径和有效方法。

《〈尚书〉诠释与传承研究》的主要特色是具有针对性和专题性，研究成果多具理论意义和实践价值。

"诠释研究"部分首次提出今文《尚书》复合词界定的五个标准，在操作层面则提出以意义标准为主，结构标准、语法标准、修辞标准、文化标准为辅，同时还要考虑到复合词出现的频率、语境等因素，综合使用各种标准。首次分析今文《尚书》同源词音义关系类型和形成机制，指出音同音近是同源词构词的外在理据，词源意义相同是同源词构词的内在理据；指出联想在同源词产生的过程中发挥了重要作用。联想的形成遵循两条原则：一是相似律，反映的是人们思维的一维性特征，即以词源意义为射点，向一个方向发展，将相似的同源词串联；一是联系律，反映的是人们思维的多维性特征，即以词源词为轴心，向多个方向发散辐射联结起若干意义相关的同源词。研究有力证明了有些外国学者认为汉语是最缺乏理据性的语言是不符合汉语语言实际的。汉语是比较典型的以理据性原则对文化现实进行语言编码的语言。书中提出不仅《尚书》实词有通假，虚词也有通假；提出文献语言中的虚词意义抽象，无形可依，不易造字，多为假借字，仅仅有很少一部分形义相应。因而，文献语言中的虚词通假和实词通假虽然方法相同，然本字多不同。寻求其本字，有两个标准：一是形义相应的标准，二是词频标准。这个标准适用于寻找大部分形义不相应的本字。

"传承研究"部分首次在《尚书》学史上提出《孔传古文尚书》的成书年代在东汉末年或西晋初年说。提出王肃注古文《尚书》经过唐人、宋人的人为删改。唐人的删改在天宝年间，主要是针对字体而言；宋人陈鄂的删改在开宝年间，不仅音切弥省，还表现为释义的简省，最终导致王肃古文《尚书》注本的面目全非。书中论证了华夏文化由汉唐到明清，一直保持着强劲的正输出态势，辐射区域广，影响力度大，深度利用《书》学等古代域外汉文献的前提是其曾为汉文化强势话语权的历史存在。强调深度利用的基础，一是通过研究华夏经典，强势回归汉文化的经典文化精神；二是通过研究域外汉文献凸显对方文化中的汉文化痕迹，强烈启动历史记忆，在文化对话中保持自信与优势。指明深度利用的效能取决于传统学术的转型与新传播形式的运用。

钱宗武教授是《尚书》学和语言学研究的专门家。《〈尚书〉诠释与传承研究》具有强烈的创新意识，所有讨论的专题都是《尚书》学与语言学长期需要解决的理论问题和实践问题，当然这些问题有些还关涉古典文献学、辨伪学、辑佚学、哲学、思想史研究等领域。作者皆能以广阔的学术视野、扎实的文献功底、深厚的理论素养，探隐索微，反复论证。全书分析透彻，逻辑严密，例证丰富，其结论或正前人之失，或对有关问题的论证有所推进，或给我们以新的启迪。总之，它是一部值得推荐的学术著作。因谈以上浅见，学界同仁正之。

2015 年 12 月

钱宗武：《〈尚书〉诠释研究》，社会科学文献出版社 2017 年版。

钱宗武，1952 年生。扬州大学文学院教授，博士生导师，扬州大学重点学科汉语言文字学学科带头人。《尚书》研究专家。中国汉语文化研究会学术委员会主席、江苏省语言学会副会长、扬州市语言学会会长,江苏、浙江、湖南等多所高校客座教授,语言学核心期刊《古汉语研究》编委,《语言科学》等学术期刊特约审稿。出版《今文〈尚书〉语法研究》等著作18部,发表学术论文200余篇。

被不断阐释与重写的先秦文献

——《〈逸周书〉研究》序

中国古代文化源远流长。其间虽然有不少的曲折迂回，也不断地加进一些新的文化因素，但作为华夏文化主流的部分，却从来没有间断过。尤其是在古代文化发展早期所形成的一些思想概念和文化制度，不仅成了华夏文化的主流，而且在当时和后世都产生了巨大的影响。夏商时代"天帝"的观念，是作为自然的"天"同传说中的远古部族首领合一的产物，既是华夏民族归于同一宗祖的根源，也是后来道教设定最高尊神的依据[①]。周建国之前文王整理自远古相传的易卦，将六十四卦的卦辞基本确定了下来，成中国古代哲学的最重要的思想资源。武王完成了统一大业，而武王弟周公旦改造商代的天命观，变"生则有命在天"为"天命靡常""骏命不易"[②]，"天命不僭"[③]，提出"民之所欲，天必从之"[④]，"皇天无亲，唯德是辅"[⑤]。这成了几千年中很多不能完全摆脱天命思想，或不得不借天命以言人事的政治家一直所尊奉的圭臬。周公又制礼作乐，一方面规范上自天子、公卿，下至庶人、奴隶的行为，以谋求社会长期稳定的发展；另一方面也通过采诗、献诗、诵诗活动，达到一定程度上的下情上达，

[①] 先秦时代的原始道教有太一神，乃由"道"的观念而来。而道教的原始天尊是由盘古天王而来，因而具体落实为开辟天地的尊神，是代表了大自然（天）的自我创造的功能，同夏商时代抽象的主宰自然界和人类的"天""天帝"有同有异。秦汉以后，由于中央集权帝国的形成，由"天帝"又分化出同人间政治上最高主宰相对应的"玉皇大帝"。

[②] 《诗经·大雅·文王》。

[③] 《尚书·大诰》。

[④] 《左传·襄公三十一年》引《泰誓》。

[⑤] 《左传·僖公五年》引《周书》。

上下沟通。周代又建立了完善的史官制度，朝廷大事和国君的重要言行皆由史官加以记录。由于史官受命于上天和先君先王之灵，在一定程度上具有独立执事的权力，连国君也不能干预他对事实的记录，所以史官制度便在一定程度上具有了对国君和大臣言行进行监督的因素。周王朝不计战国一段，只西周、春秋就有六百来年①，不是偶然的。

周王朝在当时作为华夏各族共同的统领，能延续数百年之久，靠的什么？难道只有天子巡狩、诸侯朝贡、诸侯间聘问典礼这些吗？而这些礼仪之类的活动又是凭什么能被遵循、延续而不间断的呢？

我以为，从西周初年至春秋时期，以至战国，是有不少文献的。这些文献有的是记述文王、武王、周公的教诲训导，有的是记载周公及成王、康王、昭王、穆王等各王的政令、善政、大事的，有的是记载历代贤臣的嘉言善举的。它们既是对过去的记忆，也是对将来的引导、规范和启迪。正是这些文献，在当时的历史发展中起着维护周初所建宗法制度、礼乐制度和一系列亲民政策的作用的（当然，其根本是为了维护其奴隶主统治）。它们是这些制度和政策的载体，也是这些制度和政策被遵循和延续的依据，当然也成为周王朝之所以历祀绵长的重要原因。

西周、春秋六百来年中，从周王朝到各诸侯国，今天留下来的历史文献，可靠的便是见于《尚书·周书》中属于今文《尚书》的19篇②（其最长者《洪范》1000余字，最短者《文侯之命》200余字），和《逸周书》中的60篇。《周易》为卜筮之书；《诗经》为文学作品；《春秋》主要记东周时代鲁国的历史；《国语》中一部分记周、鲁、楚等国一些圣君贤臣的嘉言善语，一部分（《晋语》《齐语》《郑语》《吴语》《越语》）同《左氏春秋》一样是瞽史以史书所记事件为梗概，根据一些传说演绎而成，属讲史性质；《老子》《论语》为诸子之书。也就是说，若只就历史文献而言，《尚书·周书》中各篇而外，最重

---

① 如以公元前403年为战国之始，则西周、春秋共643年，如以公元前475年为战国之始，则西周、春秋共571年。周赧王向秦献邑为公元前256年，如以此为周祀之绝，则周朝延祀790年。

② 《尚书·周书》中包括晚出的所谓《古文尚书》中的12篇。这些篇章为后人掇拾有关文献而造作，非西汉时的《古文尚书》，但保存了一些早期文献，也辑录一些《尚书》的佚文，所以，仍有一定史料价值。

要的便是《逸周书》。

不仅这样，从研究周代历史的方面说，《逸周书》中的一些篇章使我们看到，在《尚书》所显示的文、武、周公的仁政、仁德、诚信、礼仪之外思想与作为的另外一面：文王、武王夺取天下，既用了诡诈，也显示了凶残，并不如孔子以来儒家学者所粉饰的那样。所以，从某一方面说，《逸周书》有比《尚书·周书》更可珍贵的地方。

孔子是伟大的思想家，他所追求的是社会的安定和向前发展。所以，他并未完全以历史家的态度去保留殷周易代之际这一段历史的真相。而且商代末年确实是政治十分腐败，纣王也极度残暴。孔子纵观此前一千多年的历史，认为只有周公的思想最为完善、成熟，是最好的治国的思想。所以他继承了周公的思想，并加以发展。孔子不做某一王朝、某一家族的代言人。他是商人的后代，如果站在狭隘的氏族利益方面，他会尽可能保留周人灭商之时的残暴行为。但他并没有这样做。他为他的弟子、门人确定必读经典之时，删去了有损于他尊为圣人的周公的形象，同周公所宣扬君臣父子、礼乐征伐一套理论不一致的文字。在这里，他将社会的发展、国家的将来看得比保留历史文献的全貌更重一些。他在通过整理文献来建立一种用来稳定社会、有利于社会发展的思想体系。

儒家思想统治中国两千多年，同孔子思想的博大精深是有关的。但从另外一面说，也使很多的历史文献、历史事实被淹没。《尚书》虽然为历史文献的汇编，但已经经过了选择去取。而其他的大量周代文献，便失传了。《尚书》之外的原始文献，最重要的便是《逸周书》。儒家思想作为中国古代重要的文化遗产，自然是要进行深入的研究；但从历史学的角度说，我们更需要尽可能全面、真实、具体地了解我国两三千年以前的这段历史。从这一点来说，《逸周书》中的很多篇章同《尚书》的价值完全一样，而且有的显得更为重要。历代流传的"六经""五经"以至后来增编的"十三经"，完全体现着儒家的思想，不但"经"是如此，还辅以"传"（"《春秋》三传"）、"记"（《礼记》），一方面丰富其内容，加深其内涵，另一方面也规范和确定世人对它们的理解。"十三经"中收入由训释先秦经典（主要是儒家经典）的故训汇集而成的《尔雅》，是限制学者们在研究中对其内容做过于自由的阐发（给以发挥探讨的余地，又避免有大的分歧）。所以，"十三经"只能说是儒家的经典，还不能说是完全意义上的先秦文化典籍的汇编。不要说如果完全按在中国古代文化史上的意义，《老子》《庄子》《荀子》《韩非子》应该列入，就是从儒家思想的方面说，如果不是严格坚持孔子、孟子的思想，至少《逸周书》《国语》《荀子》应该补入。《尔雅》和《公羊传》《谷梁传》恐应予刊落。

无论怎样说，《逸周书》是我国先秦历史典籍中十分重要的一部书。

然而，在过去的两千多年中，这部书一直得不到重视。晚清以前，自然是由于它被排除在儒家经典之外。颜师古于《汉书·艺文志》的"《周书》七十一篇"下引刘向说云："周时诰誓号令也。盖孔子所论百篇之余也。"既然孔子编《尚书》而刊落了这七十一篇文献，那说明这些文献不合儒家思想，不可用，这等于给它定了性，因此它也就难以在儒家思想一统天下的时代取得应有的地位。但可悲的是，在20世纪初现代科学思想被引入之后的大半个世纪中，这部书同样受到冷落，甚至被更严格的手段证明为不可靠。这是为什么呢？这要从先秦时代一般文献流传和训解的方式说起。

我国从远古至于近代数千年中文献传播的历史，我以为大体上可以分为四个阶段。

第一阶段是传说时期或口传历史时期。从远古至简单的记事符号产生为止。《说文》："古，故也，从十口，识前言者也。""识"即记、记忆。此即"十口相传为古"之意。如传说的燧人氏、有巢氏等。这段历史虽然是口耳相传，但在当时也有很早留下来的遗物、遗迹以及较落后氏族的风俗为辅助与证明。其中很多内容如童年的记忆，十分模糊，也会有混淆先后、混淆活动空间及混淆氏族、部族名称的情况。但我们也不能完全斥之为无稽之谈。

第二阶段是口传与记事符号相结合的时代。从产生简单的记事符号至较完善的文字产生时代止。学者们一般将这一段历史也笼统称作"口传历史时期"或"传说时代"。我以为这段时间的历史不完全等同于口传时代。口传时代对过去历史的述说虽然有些遗迹、遗物作为传说的辅助，但毕竟主要靠口耳相传，人们对遗迹、遗物的解说也会在流传过程中发生变化、歧异。而产生简单的记事符号之后，传说事件中的一些重要因素如部族图腾、某些事物的数量等会通过符号确定下来。比如河南临汝阎村仰韶文化遗址出土陶罐上的鹳鱼石斧图，浙江余杭反山 12 号墓出土玉琮上的神人兽面纹，都不能只看作是图案，它应是图腾和部落中杰出人物的图像。这些东西的产生，使史前历史的流传有了更可靠的凭借。山东莒县陵阳河大汶口文化遗址出土陶尊上的文字符号，则记载性更为明确，它应是图腾符号向文字转变过程中的东西。尽管今天我们搞不清楚它们的确切含义（因为自文字产生之后，人们只依据文字的记载而了解过去，远古留下来的一些符号人们就不一定去记忆、识读），但当时的人是清楚的，它的内容、它的含义在文字产生之后已经被文字记载下来了，这些我们还可以继续研究。而由之可知，今存先秦以至汉代文献中关于伏羲氏、炎帝、黄帝、颛顼、共工、帝喾、尧、舜的记载应是有所依据的，并非后人凭空编造。

第三个阶段是文字记载，随时训说的时代。从较完备的文字产生至较明确的文献学观念产生初期。大体从公元前 21 世纪至春秋战国之际，为什么说从公元前 21 世纪开始呢？近几十年以来已发现大量仰韶文化时期的刻画符号，20 世纪 70 年代初，郭沫若、于省吾据此认为我国文字产生于 6000 年以前。其后在山东莒县陵阳河和诸城前寨两个大汶口文化遗址，又发现了 16 件陶器上的 18 个图像文字，唐兰曾加以释读，为早期文字，可以肯定。则汉字应产生在公元前 2400 年以前的千年中。山东邹平县丁公出土一陶片，上面有 11 字，排成 5 行，李学勤先生曾加以释读，可以成句。[①] 则在龙山文化晚期文字已用于记述较复杂的内容。那么，虽然目前还没有发现夏王朝的文字资料，但从这个事实及商代甲骨文发展的水平看，夏代之时我们的祖先应已有较完备的文字。为什么说止于春秋战国之际，而不明确定在某一时期呢？因为我国文化发展的不平衡，不仅表现在地域的分布上，也表现在社会阶层和文化思想的类型上。儒家自孔子整理《尚书》《春秋》等经典，建立起文献学的基本理论，已经形成经（文献本身）、序（对文献背景的说明）、传（对文献的解说）、记（对文献的补充、发挥或有关内容的记述）的体系与明确概念。文献一经写定，便再不能随意修改。至秦火之后，伏生述之以今文，乃是客观现实造成了字体

---

① 王玉哲：《中华远古史》第三章第四节之一"文字的产生"；李学勤：《中国文字与书法的孪生》，《中国书法》2002 年第 11 期。

的一次性变化。字体的变化同语言的变化自非一事，但由于今文同古文的字、词在意义上并不一定完全对应，所以从文献学的方面说，也仍然是一次"转写"。受到儒家的影响，道家等学派的著作中也已体现出不轻易改动原文的情况。但大部分人受到前两段文献传播方式的影响，在经历若干时日要重新抄写之时，仍将一些已经过时的词语替换为当时流行的词语，因为在古人看来，向后代流传的应该是事和理，而不是语言形式。这在史书、历史文献（儒家确定为经书的除外）方面更为突出。

　　同前两个阶段比较，这已经是一个很大的进步，尽管语言形式在变化，词语被不断地替换，但总还保留着原来的意思、原来文献的规模和表述方式。这就如同一个自行车，在用了一个时期之后，铃子坏了，换了一个新的铃子；链子坏了，换一个新链子；轮胎坏了换轮胎，轮子坏了换轮子。尽管差不多重要部件全换了，但它仍然保留着自行车的基本特征，而且由之仍然可以看出原自行车的型号、大小等。当然，文献在流传中难免被加进一些当时人认为应该加进的东西，比如收集到的不见于原文献的内容或认为原文不够明确、不够完满，应该加某些补充说明，或认为有错误而对某些地方径加改动，这就难免改变了原文献的面貌。因此先秦时的很多文献并不是每一点记载都很可靠，它们的产生或写定时代很难确定，原因也在这里。

　　一直到战国时代，甚至直至西汉时代，据原文献之意改变叙述语言的现象仍然存在。伟大的史学家司马迁写《史记·五帝本纪》就用了训诂转写的方法。我们将《史记》所引《尚书》中的文字同《尚书》原文去对一对便知。《史记·五帝本纪》有很多文字基本上照搬《尚书·尧典》，《夏本纪》中有很多文字照搬《尚书》的《禹贡》《皋陶谟》《甘誓》，《殷本纪》《周本纪》《秦本纪》《鲁世家》《晋世家》也多取材于《尚书》中有关篇章。时代较迟的材料，便多照录原文，而时代早、文字难懂者，往往保持文意，而改易文字。但司马迁不是翻译或重写，一般是只将难以理解的字或词语置换为西汉时代人们易于理解的字或词（二者为古今字、古今词的关系）。不仅叙述文字如此，其中一些人物所说的话，也采用了古今词置换的方法。如尧的几段话：

　　"畴咨若时登庸？"《史记》作"谁可顺此事？"（段玉载《古文尚书

撰异》云，"咨"应在句首，为语助词。畴，《尔雅·释诂》："谁也。"若，《伪孔传》："顺也。"）

　　"静言，庸违，象恭，滔天。"《史记》作"共工善言，其用僻，似恭，漫天，不可"（承上文补出"共工"，依文意归纳出"不可"以便明了。静，《说文解字》段注"靖"下云："谓小人巧言。"靖、静通。庸违，今文作"庸回"。《诗·大明》传："回，违也。"）。

　　"下民其咨，有能俾乂？"《史记》作"下民其忧，有能使治者？"（咨，《伪孔传》："嗟也。"引申为"忧"。乂，《伪孔传》："治也。"）

不再多举。应该注意的是，司马迁尽管将原文中一些难于理解的词语换为古今同义词（我也称之为训诂语），但并不改变其句式，一般也不增减其虚词。所以一定程度上仍然保留着原来的语言风貌；有时为明了也增加字词，但不改变文意。这种情况大量存在于先秦文献中。《老子》的简本、帛书本同今本文字的差异，多属此类。这种情况过去学者们一概视之为"异文"。我以为，我们如果纯粹以后代校勘学上的"异文"概念去看待这种现象，便掩盖了先秦文献流传中的一种普遍规律。

　　第四个阶段是不但保持文献的内容与基本规模、大体结构、文体特征，而且注意保存文献叙述语言的原始面貌。在这个阶段，后人对文献的解释、阐发、补充、说明是通过训故、传、记的方式另成篇章。这些故训、传、记开始是单行，后来或附于原文献之后（故训、章句、传）；对原文背景的说明，则用写序的办法。春秋时孔子整理《诗》《书》《易》《礼》《春秋》等经典已确立此法，但尚不通行。战国之时诸子书的传播因为弟子、后学对其师著作的尊崇，皆用此法（如《论语》《孟子》《荀子》《韩非子》《孙子》等）。有的书中也收有弟子、后学的文章，但附于书后（如《庄子》），或有关部分之后（《商君书》大体如此）。到了西汉，这种观念便普遍确立，有些人对先秦文献有关事件重加叙述、编集，便另外成书（如《说苑》《新序》，它们同《战国策》《韩非子》等书便有所不同）；其取先秦一些论著中观点而自成文字者，一般也看作个人的新著。

　　但第四阶段中的论著有的是原文同序、传、故训（注疏）的界线很清楚，有的则序同原文相连为一体，所附弟子、门人、后学的著作，也不加区分，统为一书，无法区别，这种情况在唐以后基本上没有了，但在唐以前文献的甄别中，也同样造成了一些困难，留下了一些疑窦。在此阶段之前期，也还有个别人仍承上一阶段之风气，只求传圣贤之道而不求显名，但已是个别现象（如《孔丛子》《孔子家语》）。

汉代以来直至 20 世纪中晚期的学者，在文献流传方面的观念基本上是第四个阶段的，所以也常常以第四个阶段文献形成与流传的状况，来衡量第三个阶段、第二个阶段上形成的文献，基本上不承认有第一个阶段的存在；有的甚至对第四个阶段早期情况复杂些的文献也仍以唐宋以后文献流传的情况忖度之。所以，20 世纪中尽管运用了现代科学的思想来研究古代文献，主观上尽量做到方法的先进，论证的严密，材料的收集上，也确实做到了竭泽而渔，但结果却难免出现错误。当时的很多学者都是学问渊博、根底扎实、学风正派、治学十分严谨的，我们读顾颉刚先生所编《古史辨》中所收论文，对他们的学问、为人不能不由衷地产生尊敬之情。一些学者个人关系很好，讨论学问上却并不吹捧、掩饰，谈批评意见也不吐吐吞吞、欲说又止，而往往是开门见山，一针见血；同时也没有恶意攻击、乱泼污水的情况；直接了当显示出学者的真诚与执着。这种良好的风气在今天是很少见到的了。他们只是由于对远古、上古之时文献流传的方式、特征缺乏足够的认识，而导致了结论上的某些失误。

《逸周书》中的一些篇章是在我国古代文献传播史的第三个阶段中形成和流传下来的，又经过第四个阶段上的重编、增编，不但内容、文字有所变化，连书名也十分杂乱。其中的文字，不仅后代文献所引同今本书中有所不同，而且今本《逸周书》中有的文字也同《左传》等较早典籍中所引有差异。这就说明，《逸周书》基本编定之后，后人在引述中文字上时有改变，今本《逸周书》编定之时，为了使文献易于理解、不发生误会，或者因为对原文的理解问题等原因，对文献的某些文字也有所改动。比如《常训》篇"慎微以始而敬，终乃不困"，《左传·襄公二十五年》引《书》作"慎始而敬终，终以不困"。意思一样，文字却有较大差异。《大匡》（三十七）"勇知害上，则不登于明堂"，《左传·文公二年》引《周志》作"勇则害上，不登于明堂"，上下句各有一字不同，而意思相近。《常训》《大匡》（三十七）同《左氏春秋》大体形成于同一时代，而有此差异，可见《逸周书》流传中同样存在上面所说《尚书》流传中的那些问题。

　　那么，我们以我国古代文献流传第四个阶段上较完备的文献整理与传播规则来考察、衡量第三个阶段和第四个阶段中不够完备的整理传播规则所形成的《逸周书》，就不会不出现偏差。

　　但一些有眼光的、严谨的史学家还是从《逸周书》某些篇同甲骨文、金文、《尚书》中时代确定的早期文献的对比研究中认识到了《逸周书》的价值。梁启超于其1921年写成、1922年出版之《中国历史研究法》第二章中说："尚有《逸周书》若干篇，真赝参半，然其真之部分，吾侪应认为与《尚书》有同等之价值也。"[1] 在注中又说："然此书中一大部分为古代极有价值之史料，可断也。"郭沫若1930年2月在《中国古代社会研究》的《附录》第七则引《逸周书·世俘解》中两处文字以与卜辞中用牲数相比，并说："《逸周书》中可信为周初文字者仅三二篇，《世俘解》即其一，最为可信。《克殷解》及《商誓解》次之。"[2] 在第九则、第十则也引《世俘》中文字，加以考释。顾颉刚、李学勤也对其进行具体、翔实的校注和深入的研究。

　　李学勤先生结合地下出土资料对《祭公》《商誓》《尝麦》等篇也进行了深入的研究，认为《世俘》《商誓》《皇门》《尝麦》《祭公》《芮良夫》等篇，均可信为西周作品[3]。其他如《克殷》《度邑》《作雒》也应出于西周时代，只是有的可能经过春秋时人增改。此外的大部分形成于春秋时代，有的形成于春秋早期，同《尚书》的《文侯之命》《秦誓》有着同样重要的史料价值。

　　《逸周书》有如此重要的文献价值，但由于不在儒家经典之内，历代治之者少，而治先秦文、史、哲者，引述此书的也少。20世纪中期有台湾学者黄沛荣的博士论文《周书研究》和李周龙、朱廷献的两篇论文。大陆则在新时期才有较多成果出现。李学勤、赵光贤、赵伯雄、杨宽、沈延国、谭家健等先生的论文之外，黄怀信有《〈逸周书〉源流考辨》（西北大学出版社1992年版）、《逸周书汇校集注》（上海古籍出版社1995年版）、《逸周书校补注译》（西北大

---

①　梁启超：《中国历史研究法》，上海人民出版社2014年版，第16页。
②　郭沫若：《中国古代社会研究》，《郭沫若全集·历史编1》，人民出版社1982年版，第299页。
③　李学勤：《逸周书汇校集注序》，上海古籍出版社1995年版。

学出版社 1996 年版）。黄先生集中精力治《逸周书》，总结前人成果，进行全面研究，多有创获。但因为这部书流传过程中曾经同《汲冢周书》相搅缠，情况复杂，所以需要进一步探索的地方仍然不少。以此之故，1999 年罗家湘同志到我处来问学，我建议他研读《逸周书》，以之为博士学位论文。我们也常常就其中一些问题进行讨论，家湘同志搜寻有关论著认真研究，既汲取今人的研究成果，而有些工作又从头做起，很下功夫，有几个假期没有回家，以两年多的时间完成了《〈逸周书〉研究》这篇博士论文。论文在评审和答辩中，得到专家的一致好评。

我认为家湘同志的《〈逸周书〉研究》在以下三个方面表现出他的新的探索与研究领域的开拓：

一、联系西周以后千年的历史和文献流传的实际情况，从目录学的角度对《逸周书》进行考察，探索其形成与流传过程中书名和内容的变化。如《左传·文公二年》引《周志》语，见于今本《逸周书》第三十七篇《大匡》。本书根据"志"作为一种文献体裁的流行时代，以及春秋时周王室贵族、史官借编集故籍、造作文章以颂美过去、收拾人心、重振王室的用心，以及在《逸周书》中占主要内容的西周文献，而确定《周志》为春秋早期编成，是《逸周书》的最早的传本。家湘同志将先秦时代所有引述《周书》文字的文献，文献所载引述《周书》文的人物及其国别，引文在今本《逸周书》中的篇名，统列为一表，说明《周志》在春秋时代主要流行于晋、卫，即后来的三晋之地；联系《史记·太史公自序》中所载"惠、襄之间，司马氏去周适晋"，《左传·昭公十五年》载"辛有之二子董之晋，于是乎有董史"的史实，提出"辛氏及董史实际上担负了《周志》的传承工作"的看法；将《周志》在早期阶段的流传地和流传线索揭示出来，为探索由《周志》到《周书》的转变奠定了基础。书中指出《尚书》也不是一次定型的，孔子之前有《书》的写定本，孔子时有整理本，孔子的弟子、再传弟子也会有《书》的修订本。《周书》（《逸周书》）的编辑在《尚书》第一次编辑之后，与古《书》篇没有重合的，但与战国时代的《尚书》有重合的篇章。并认为这只能是战国时代的《尚书》录入了《逸周书》中的篇章。书中论定"周书"成为专名不会早于公元前 5 世纪末，论定子夏在魏国编成《周书》，引了《史记·魏世家》《汉书·艺文志》、闵因《公羊序》及《左传》等，并信而有征，也合于情理，论证十分精彩。书中对于《汲冢书》与《逸周书》的关系的探讨，更是条分缕析，多有创获。第二章第三节之结尾云："可以肯定，今本有 60 篇不是妄人割裂 45 篇而成，也不是所谓唐时 71 篇完本与孔晁注残本的合一，而是孔晁注 42 篇残本同汲冢竹书有关内容的结合。"[①] 可谓豁清迷雾，解决了一个长期无定谳的疑案。

二、充分利用考古材料和民族学、民俗学的材料与研究成果。文中涉及的地下出土文献有十多种，也多次引用李学勤、朱德熙、裘锡圭、唐兰、夏鼐、廖名春、汪宁生、胡平生、马承源、陈汉平等人的研究成果。近几十年来各地出土了大量有关先秦文史的文献，不少学者也在各种刊物、丛刊上发表了为数不少的研究论文。有些材料可以直接同《逸周书》中有关篇章相对照，有的问题大家看法不完全一致，但无论怎样，这些材料会对解决《逸周书》中的问题有很大好处。家湘同志对这一点有充分的认识，所以，他收罗、利用这方面所有可以利用的材料。李学勤等先生的一系列论著直接解决了《逸周书》中的一些悬案和疑难，也为这方面的研究提供了范例，书中引述较多。对一些大家看法上有分歧的，家湘同志进行认真研究，谨慎选择，尽可能给读者一个比较清晰而简捷的答案。在文中各种引述文字的背后体现着他自己的深入研究。第一章第二节中利用 1963 年陕西宝鸡出土的何尊铭文论定建都雒邑确为武王所命，《度邑》篇的真实性可以确认，从而否定了崔述以来一些人对此篇的怀疑，是作者善于利用地下出土文字资料之一例。而第一章第五节论其中礼书的写定时间，引用了长沙五里牌、信阳长台关、长沙仰天湖、江陵望山、包山、马王堆等地楚墓、汉墓出土遣册例，证明《器服》篇为汲郡出土遣册混入《逸周书》者，为研究《器服》这篇难读的篇章及《逸周书》的改编、流传情况提供了可靠的证据。

文中也利用了一些民族学、民俗学材料。如《逸周书》政治思想一章第三节论"因俗设治"，在说明籍礼的形成与作用时，引了云南少数民族的祭树魂驱鬼、祭祀谷魂等事例，将学者们看法不一、一个无法证明的纯理论问题，置于可以对比论定的基础之上。

---

① 罗家湘：《〈逸周书〉研究》，上海古籍出版社 2006 年版，第 84 页。

　　总之，家湘同志在《逸周书》研究中运用了多方面材料、多种手段，在研究方法上也有改进和新的探索，所以也取得了比较满意的效果。

　　三、在对《逸周书》进行文献学研究和思想开掘的当中，不但表现出对研究对象的精熟，而且表现出很好的理论水平和较强的现代意识。由于这部书中收的文献既有周初的，也有战国末年的；有周王朝的史料，也有诸侯王朝的史料；要从中提出一些有价值的、对今天的社会发展有益的东西，必须有一种高屋建瓴的思想把握，要将揭示历史真实与提供现实的借鉴启示相结合，站在今天，总结过去。家湘在这里归纳出了一些很有益的东西，对我们今天建设社会主义精神文明、政治文明，建设和谐社会和树立强烈的改善生态环境的观念，都是有益的。第六章第三节论《逸周书》中反映的周代"因俗设治"思想，归纳出"以族治民"和"以天财养民"两点。前者同我国从史前时代即开始形成的社会基本组织方式有关，又由于自周初形成的宗法制度而得到强化，在历史上形成十分深远的影响。关于以天财养民的思想，作者从《逸周书》中钩稽出一些论述，分为"天财与物质生产""天财观与物质分配"两大类。其中"天财观与物质生产"一类，又分为六个方面，其中很有些发人深思的议论。如（1）满足人民的物质需要是统治者的第一要务，引述"利维生痛（同），痛（同）维生乐，乐维生礼，礼维生义，义维生仁"；"民物多变，民何向非利？"（《文儆》）等。（2）以德致物，引述"立义治律，万物皆作"（《太子晋》）等。（3）识地利，引述"湿润不谷，树之竹、苇、莞、蒲；砾石不可谷，树之葛、木，以为絺绤，以为材用。故凡土地之闲者，圣人裁之，并为民利"（《文传》）；"陂沟道路，蔽苴丘坟，不可树谷者，树之材木。春发枯槁，夏发叶荣，秋发实蔬，冬发薪烝，以匡穷困；揖其民力，相更为师；因其土宜，以为民资。则生无乏用，使无传尸"（《大聚》）。（4）人和，引述"山林泽薮，以因其□；工匠役工，以攻其材；商贾趣市，以合其用。外商资贵而来，贵物益贱；资贱物，出贵物，以通其器。夫然，则关夷市平，财无郁废，商不管资，百工不失甚时，无愚不教"（《大聚》）。（5）顺从物性，引述"山林非时不升斧斤，以成草木之长；川泽非时不入网罟，以成鱼鳖之长；不麛不卵，以成鸟兽之长。畋渔以时，童不夭胎，马不驰骛，土不失宜，万物不失其性，天下不失其时"；"无杀夭胎，无伐不成材；无堕四时"（《文传》）；"津不行火，薮林不伐。牛羊不尽齿不屠"(《程典》)。《大聚》篇述周公所闻《禹之禁》，内容与此相近。[①] 这类论述，有的也见于先秦时其他文献，但《逸周书》可以使我们看到周初统治者在这方面形成的系统思想，有的还记载了更早的来源，反映出中华民族在处理统治阶级同人民的关系，人同自然的关系方面所表现出的成熟和思想的深刻。应该说，这是全人类的宝贵的思想资源。

　　《逸周书》一书尽管由于未列入儒家经典在古代不太受重视，但还是有些学者对它进行了较深入的研究，近代以来更有些学养深厚的学者、专家对它进行了深入的探讨。罗家湘同志在诸家之后重研此书，广泛涉猎先秦典籍，运用多种研究方法，对此书做进一步探索，常常找到一些新的突破口，以解决悬而未决的问题，多所创获。相信此书的出版对于先秦历史、先秦哲学、先秦政治思想、经济思想、军事思想、文学思想的研究等，都会大有裨益。家湘同志的书即将出版，请我写序，今写出以上一些心得，同学界朋友共商，同时向朋友们推荐此书。

2006 年 6 月 17 日

　　罗家湘：《〈逸周书〉研究》，上海古籍出版社 2006 年版。

　　罗家湘，1966 年生，四川苍溪人。现为郑州大学教授，博士生导师，文学院副院长。1987 年毕业于西华师范大学（原南充师范学院）中文系，获文学学士学位。1990 年毕业于云南民族学院中文系古代文学专业，获文学硕士学位，同年留校担任中国古代文学教学工作。2002 年毕业于西北师范大学，获文学博士学位。2003 年调到郑州大学文学院工作。出版《先秦文学制度研究》，主编《中原文化专题十四讲》《中原文化与文学》。

---

　　①　罗家湘：《〈逸周书〉研究》，上海古籍出版社 2006 年版，第 241—247 页。

用历史语言学于古文献断代的一个成功例证

——《〈逸周书〉的语言特点及其文献价值》序

人类最伟大的创造是语言。有了语言，人类才有可能表达比较复杂的思想，进行有效的社会交际，才有可能进行比较复杂、比较抽象的思维。人类的劳动和社会生活创造了语言，推动了语言的发展，而语言的发展又为人类文化的创造、为人的精神世界的丰富与开拓不断地奠定新的基础。由于语言的社会性，它既有约定俗成和相对稳定的一面，又处于不断演变的过程之中。

虽然很多民族有语言的历史经历了若干万年，但是关于文字产生以前的历史，只能是由古人根据传闻所追记的模糊印象了解到一个大概，然后与考古发现及有关遗迹相参证的。所以正确地解读古代文献，正确地判定古代文献形成的时代与过程，对于认识古代历史、文化的各个方面，至关重要。

由地下出土的大量材料证明，中华民族发达很早。但是留至今日的先秦时代的文献十分有限。我们对于先秦时代存留下来的文献，要认真地对待，一定不能主观地摘出个别词语，找出某些"破绽"，随便地判为"伪作""拟托"，或将其时代任意拉后。当然，我们也不能将后人的东西或后人附加在早期文献上的东西一并认定为早期的。回顾 20 世纪中期以前数十年中的辨伪工作，首先应该肯定，是具有积极意义的，而且也取得了突出的成绩；经验论和实验主义的思想引入文献学和历史研究，是以现代科学思想研究中国古代文献的开始。其次，将一些文献中存在的问题统统揭示了出来，为以后的研究提出了课题，推动了中国古代史、古代文献的研究。但也应该看到，由于时代的和思想的局限，方法过于简单，态度过于偏激，对待古代文献（主要是先秦文献）就如酷吏断案，只问是否可以证明其有罪，不论可以证明其无罪的事实，因而也造成不少"冤假错案"。

正如判断疑案难度很大，易产生"悬案"和"冤案"一样，有些文献的时代和真伪确实很难断定，多少年来学者的广搜旁求、劳神覃思，仍然是言人人殊。关键的问题是拿不出来可靠的证据。

当然，我们可以将希望寄托在将来地下的发掘，或者某一学者意外地发现了人们一直未能发现的材料上，但这不是积极地解决问题的态度。我以为转变思想方法，转换观察角度，改进研究手段，也是重要的方面，事实上要发现前人未能发现的材料，也有一个方法的问题。

学术研究整体上说来是向前发展的，一般说来也是后面的高于前面的。但就具体一段时间或具体问题而言，也不尽然。比如对先秦古书编纂机制和流传情况的认识，我们一些当代学者的认识水平不仅赶不上余嘉锡，甚至赶不上宋代的郑樵。郑樵《通志·校雠略》有《书有名亡实不亡论》《阙书备于后世论》《亡书出于后世论》《亡书出于民间论》等，皆信而有据，近代以来已为敦煌佚书、各地出土简帛及新发现传抄纸质文献等所证明。余嘉锡《古书通例》有《诸史经籍志皆有不著录之书》《古书不题撰人》《古书单篇别行之例》《古书之分内外篇》及《辨附益·古书不皆手著》等，论先秦时书籍的成书及流传情况，十分明了。而有的学者只就是否见于《汉书·艺文志》及其中是否有被认为秦汉以后产生的词语或文风是否与作者其他著作相类而判真伪，看来还是对古书，尤其是先秦文献编著传播的情况欠明了。一个没有犯罪的人有公民权利，即公民的身份；一种文献（可以是一部书或一部书中的若干部分）有代表和反映它那个时代的权利，即"时代权利"。有的文献学论著谈"辨伪"之法列出数十条，而于辨别伪书应注意之点一字不提，这如同审判中只准讲有罪的证据，不准做无罪的辩护，只做有罪的推论，不做无罪的推论一样，是不重视文献的"时代身份"。《尹文子》《公孙龙子》《慎子》《晏子春秋》《尉缭子》《鹖冠子》《吴子》《列子》《六韬》《司马法》等，过去皆曾被列入伪书，今天看来并不伪或不全伪，这已有地下出土的文献和一些学者的考证可以证明，不必多说。即关于秦汉以后文献的考究，也颇有强行定罪的情况。比如《银海精微》一书，旧题孙思邈撰。《四库全书总目·子部·医家类》云："唐宋《艺文志》皆不录，思邈本传亦不言有是书。其曰银海者，盖取目为银海之义。考苏轼《雪诗》有'冻合玉楼塞起粟，光摇银海眩生花'句。《瀛奎律髓》引王安石之说，谓'道书以肩为玉楼，目为银海'。银海为目，仅见于此，然迄今无人能举安石所引出何道书者，则安石以前绝无此说，其为宋以后书明矣。"《银海精微》是否孙思邈所著，暂且不论，《四库全书总目》很成问题。首先，王安石明言道书以目为银海，则不仅可以肯定王安石见过此书（史言其于书无所不读），而且这是道书中通用之语，其产生应在此前。其次，后人举不出王安石所言道书为何书，不等于王安石未见过此书，更不等于一定就无此书。而《总目》十分肯定地说"安石以前绝无此说"，过于武断。再次，即使王安石以前道书中无此说，孙思邈作为一位著述丰厚的医学家，给自己的书取一个带有比喻性的书名，也不是不可以的。由他书中无此说而断孙思邈一定无此意，一定不会取如此的书名，也有些牵强。最后，孙思邈有些眼科学之书，流传中后人为神其书而改易为今名的可能性也有，由书名之不可能产生在唐代而断书亦不会产生在唐代仍然是一种"有罪推论"。所以我以为在辨伪之时还应该注意到那些可以证明其不伪造的证据，一个严谨的古文献学者，应同时兼有法官和辩护律师的双重身份。

同时我认为应该在文献学考定中废除"株连法"。一部书中有一篇是后人附益或伪造，整部书便被定为伪书；一篇文章中有几部分或几段是整理者误将其他文献编入，或传抄中误将注文、评语抄入其中（自然也不排除个别好事之徒自我作古、添加文字的可能），便将全书、全文判为伪书、拟托，这实际上是一种"株连"。我国封建社会中长期存在的株连之法，从法律上说是一种很不人道的很残忍的做法，而从文献整理方面说，同秦始皇的焚书坑儒无本质的区别，抹杀了这些文献在那个时代的存在，否定了这些作者在那个时代的存在或者剥夺了这些作者在那个时代的学术生命。我们对一部书的真伪应做细致的分析，不能将多篇捆在一起，因古书多单篇流传，秦火之后汉人收集佚籍、残篇编辑成书，难免产生谬误。不仅如此，我以为有时文献的甄别还应深入到篇、段中去，看各个部分、各个段落，具体分析是否有附益或窜乱的痕迹，分别做出结论。当然，这并不排除宏观上的把握。要着眼于宏观，由微观处入手。

《逸周书》是一部很重要的史书，因为留到今天的先秦时代的文献，尤其是西周以前的文献，实在太少，我们既不能不负责任地、很轻易地将它们全部归于战国甚至秦汉时代，也不能不顾很多学者从中发现的问题把它们统统归于春秋中期以前，认为全是"孔子所论百篇之余"[①]。而且，如按刘向所说，《逸周书》为孔子论《尚书》百篇之余，这在古代也就无形中贬低了它们的文献价值：或思想非儒家之正，或史料踳驳不可信据。这也是自汉代以来言三代者只引《尚书》，而很少注意于《逸周书》（或曰《周书》）的原因之一。所以，今天我们研究《逸周书》，既不是维持疑古派所做的判决，也不是完全回到刘向的看法上去，我们要做出自己深入细致的分析。

2002 年毕业博士生罗家湘曾以《〈逸周书〉研究》为学位论文，对《逸周书》中各篇按内容与性质进行分类研究，以确定各类的写定时间，揭示其编辑的过程，并由之洞察在此背后所反映的政治思想与意识转变中的一些问题，多有创获。周玉秀同志长期从事古代汉语的教学与研究工作，在音韵、文字、训诂方面下过很大的功夫，也发表过一些很有见解的论文，得学界好评。2001 年至我处论学，攻读古典文献学博士学位。因为《逸周书》在先秦文献中的重要作用，而由于学者们对它的信任程度低大大影响到它的作用的发挥，我建议她从语言的角度对这部书再做研究。因为每一个时代的语言必定有它的特点，而人们不太意识到的方面，则最难做假。从夏初至秦末两千年时间，相当于从秦末至清初的时间。从秦末至清初的语言，无论语音、词汇、语法还是表现方法都有很大的变化，音韵学家、文字学家、训诂学家把它们分作几个时段来研究，而独先秦时代混沌作为一段看，显然是划分太粗。25 年前我从先师郭晋稀先生学音韵学，曾打算将先秦古韵分作几段来研究。只是苦于材料太少，且有些文献的断代不甚清楚而作罢。如果一部书或一篇文章采用统计、比较的方法进行研究（只指其中的韵文），是可以得到一个大体的认识的，毕竟有《诗经》《周易》和《楚辞》作为不同时代音韵的坐标可供参照。语法、词汇方面也是一样。我想只要能够最终地解决问题，像《逸周书》这样重要的文献出两三部、三四部有分量的研究著作，也是应该的。

周玉秀同志通过两年多的悉心研究，完成了学位论文《〈逸周书〉的语言特点及其文献学价值》，果然取得了可喜的成果。论文主要是从语法、韵语、

[①] 《汉书·艺文志》颜师古注引刘向语。

修辞三个大的方面进行研究的。

语法方面，她从人称代词的形态、句尾语气词的语法功能和句子的语序特点入手，吸收前人在先秦语法研究上已经取得的成果，揭示了《逸周书》各篇的时代特征，比如《克殷》《商誓》《世俘》《度邑》《皇门》《祭公》等篇，语气词"哉"的出现频率高，不用第二人称代词"而"，不用句末语气词"也""焉""乎"，没有疑问代词"孰""安""奚""恶"，没有"××者，××也"的判断句式，没有明显形态标志的反问句式。联系近20年来学者们对今文《尚书》和先秦有关出土文献的研究成果，认定为西周时代文献。以上几篇中如《克殷》《世俘》《祭公》，李学勤等先生已有专文从其他方面论证，确定为西周时文献。周玉秀同志从另外的角度重新证成此说。对一些尚无确定看法者，则提出了新的断代依据。

音韵方面，论文对韵语的分布、押韵的特点等做了细致的分析，特别通过对通韵、合韵的分析和对平、上、去、入四声中去声相对不独立的状况的分析，为其中一些作品的断代提供了新的、可靠的依据。如一些篇章中从语法方面说大量运用语气词"也""乎"，用疑问代词"恶"和人称代词"而"；音韵方面的特征是鱼侯、职铎、支歌、冬东、幽之、之侯、职质、耕阳东合韵，从而确定是战国末乃至汉代人根据传说或原有文献所改写。

这里特别要指出的是：论文通过通韵、合韵和语言形式（是否整齐的韵文、修辞手法等）几个方面的考察，揭示出《逸周书》中个别作品有汉代人增改或者在先秦所传文献基础上重写的现象。如《时训》篇共24节，依立春至大寒的二十四节气排序，每节前半说该节气的物候，后半写物候所预示的灾异。前半用散文形式，内容与《吕氏春秋·十二纪》每纪首篇及《礼记·月令》所纪物候大致相同，文字也相似。后半则多为韵语，内容近于汉代谶纬，而且合韵情况最多。因此断定，《时训》每节的前半为先秦所传，后半为汉代所增。这同论文中的语法、音韵、修辞的研究用于古代文献的断代一样，其价值不只是弄清了一些文献的年代和形成过程，更在于发现了先秦文献流传中的某些规律，为先秦文献的断代和弄清其形成过程提供了新的参照，也提供了新的可行的手段。

修辞方面，论文指出《逸周书》中的政书和兵书普遍使用顶真格和以数为纪的表达方法。通过"以数为纪"的表达方式，很小心地探讨了《逸周书》同《尚书·洪范》《六韬》《管子》的关系。其中分析可谓细致入微。通过细致的解剖分析，论文中说："《逸周书》普遍运用以数为纪之法，是继承了《洪范》的。但这些篇章的作者巧妙地将《洪范》中箕子所述大法改造成周代文武周公的思想，而又加以发挥补充，发挥补充的过程中难免掺进了作者所处时代的意识，那就是战国以后的思想。""《洪范》的改定时间在秦末战国初，则《逸周书》中相关各篇的改定时间不会早于《洪范》，当在战国时代。"① 其中关于《逸周书》同《六韬》关系的探讨更为精彩。《逸周书》中部分篇章的内容也见于《六韬》，在《六韬》中为姜太公与文王、武王的对话，到《逸周书》中成了周公与文王、武王的对话。论文中说："《六韬》既托为太公之辞，则必与齐人传播有关。故我们推测，《逸周书》中的相应篇章也应与齐士有关，但编辑此书的人，为突出文、武、周公功业，皆加小序，改成了文王、武王和周公的言辞，我们推测此编者当在田氏代齐之后。因为田齐要尽可能淡化姜齐的王统和姜齐祖先的影响。这也同战国中期以后孟轲等儒家学者大讲文、武、周公之业的状况相一致。"② 由此她重申了罗家湘论文中论证过的一个观点："根据《逸周书》此类文献的情况，可以确定其前身为《周志》的观点是正确的。"③

周玉秀同志用历史语言学于古代文献的断代，又将语言研究的统计法、分布理论与对一些典型例证的分析结合起来，不仅为《逸周书》一些篇目的断代提供了新的依据，而且发现了古汉语本身的三个特点，从古文献研究方面也提出了一些很有借鉴意义的结论。她的论文在评审中受到国内古汉语和古典文献学界一些知名学者的高度评价。我希望这只是她的新起点，在以后的研究中能取得更多、更突出的成就。

2004 年 12 月 18 日

周玉秀：《〈逸周书〉的语言特点及其文献学价值》，中华书局 2005 年版。

---

① 周玉秀：《〈逸周书〉的语言特点及其文献学价值》，中华书局 2005 年版，第 243 页。
② 周玉秀：《〈逸周书〉的语言特点及其文献学价值》，中华书局 2005 年版，第 248 页。
③ 周玉秀：《〈逸周书〉的语言特点及其文献学价值》，中华书局 2005 年版，第 248 页。

　　周玉秀，1964 年生，女，甘肃庄浪人。2004 年毕业于西北师范大学，获文学博士学位。现为西北师范大学文学院教授、汉语言文字学专业硕士生导师。主要从事汉语史和中国古代文献学的教学与研究工作，发表有关学术论文 20 多篇。2008 年任中国音韵学会理事，2010 年获甘肃省领军人才第二层次人选。

腴辞美句，婉而成章
——《〈左传〉修辞研究》序

《左传》成公十四年引"君子曰"："《春秋》之称，微而显，志而晦，婉而成章，尽而不污，惩恶而劝善。"末一句是说的内容与主旨，其他四句都是就其表现手法言之，可以说，是对《春秋》修辞水平与方式的高度概括与评价。但这里所引"君子"说的话，用在《左氏春秋》上更恰当，被王安石称为"断烂朝报"的鲁史《春秋》尚难说"婉而成章，尽而不污"。唐代史学家刘知幾在其《史通·杂说上·左氏传》部分说：

> 左氏之叙事也，述行师则簿领盈视，哤聒沸腾；论备火则区分在目，修饰峻整；言胜捷则收获都尽，记奔败则披靡横前，申盟誓则慷慨有余，称谲诈则欺诬可见，谈恩惠则熙如春日，纪严切则凛若秋霜，叙兴邦则滋味无量，陈亡国则凄凉可悯。或腴辞润简牍，或美句入咏歌。跌宕而不群，纵横而自得。若斯才者，殆将工侔造化，思涉鬼神，著述罕闻，古今卓绝。[1]

这里全是说《左传》一书语言的表现力。前面十多句是说它的形象性和感染性，侧重于对其描写、夸张手法的评论，要做到刘知幾所说那样的效果，必然要调动各种修辞手法，自不待言。"或腴辞润简牍，或美句入咏歌。跌宕而不群，纵横而自得"，则是对其风格特征的评论，侧重于对布置修饰和引用特

---

[1] （唐）刘知幾撰，（清）浦起龙释：《史通通释》，上海古籍出版社1978年版，第451页。

征的强调。当然，刘知幾作为一位史学理论家是从史书书法的角度附带论及，并不是专门探讨《左传》的修辞成就，但其评论却是很确当的。遗憾的是南朝刘勰《文心雕龙》以来，尤其宋代以来论文章写作及明代以来评《左传》文章者，多论及《左传》在修辞方面取得的成就，或点出其修辞的某些具体表现，却还没有一部书对该书的修辞艺术做全面的研究。

事实上，《左传》中不仅存在大量的比喻、夸张、排比、顶真等常见的修辞方法，还有一些魏晋南北朝语言骈俪化以后才常见的修辞手法，在《左传》中也很普遍。比如对偶句就很丰富：

"出因其资，入用其宠。"（僖公十五年）[1]

"武夫力而拘诸原，妇人暂而免诸国。"（僖公三十三年）[2]

"文足昭也，武可畏也。"（僖公三十年）[3]

"深思而浅谋，迩身而远志。"（昭公十二年）[4]

"叛而不讨，何以示威？服而不柔，何以示怀？"（文公七年）[5]

"若知不能，则如无出。"（成公二年）[6]

"龙奇无常，金玦不复。"（闵公二年繇夷语）[7]

"置善则固，事长则顺；立爱则孝，结旧则安。"（文公六年）[8]

末一条可归入排比，但也可以看作两组对偶句。昭公十四年言："楚子使然丹简上国之兵于宗丘，且抚其民。"其下云：

分贫，振穷；长孤幼，养老疾；收介特，救灾患；宥孤寡，赦罪戾；

---

① 杨伯峻：《春秋左传注》（修订本），中华书局 2016 年版，第 388 页。
② 杨伯峻：《春秋左传注》（修订本），中华书局 2016 年版，第 545 页。
③ 杨伯峻：《春秋左传注》（修订本），中华书局 2016 年版，第 528 页。
④ 杨伯峻：《春秋左传注》（修订本），中华书局 2016 年版，第 1482 页。
⑤ 杨伯峻：《春秋左传注》（修订本），中华书局 2016 年版，第 615 页。
⑥ 杨伯峻：《春秋左传注》（修订本），中华书局 2016 年版，第 859—860 页。
⑦ 杨伯峻：《春秋左传注》（修订本），中华书局 2016 年版，第 297 页。
⑧ 杨伯峻：《春秋左传注》（修订本），中华书局 2016 年版，第 601 页。

　　诘奸慝，举淹滞；礼新，叙旧；禄勋，合亲；任良，物官。①

　　这实际上是八组对偶句，而且每一组在今日看来，也是很工整的对句，其铸词炼句，俱可品味。因整段文字形成排比关系，实际上从"长孤幼"至"举淹滞"四组对句，以上两个对句为一句，以下两个对句为一句，又可以形成两组较长的对句：

　　　　长孤幼，养老疾；
　　　　收介特，救灾患。
　　　　宥孤寡，赦罪戾；
　　　　诘奸慝，举淹滞。

如再加归并，以四句 12 言为一句，又可以形成一组句子更长的对偶句。
　　与之相近的如宣公十四年申舟语：

　　　　郑昭，
　　　　宋聋。
　　　　晋使不害，
　　　　我则必死。②

这两组对句，上下虚词无一重，即使以唐以后对偶句的要求来说也是很严整的（平仄关系，为另一事）。
　　与对偶手法相关的是避复互文的问题。宣公十二年随武子语：

　　　　民不疲劳，
　　　　君无怨讟（读言）。

---

① 杨伯峻：《春秋左传注》（修订本），中华书局 2016 年版，第 1514 页。
② 杨伯峻：《春秋左传注》（修订本），中华书局 2016 年版，第 824 页。

贵有常尊，

贱有等威。①

孔颖达《正义》云："'贵有常尊'，当云'贱有常卑'，而云'贱有等威'者，威仪、等差，文兼贵贱，既属长尊于贵，遂属等威于贱，使互相发明耳。"以"等威"与"常尊"相对，皆为偏正结构，义可互补，而避免了简单对比，文可玩味。同篇知庄子语：

盈而以竭，夭且不整。②

也是避免上下相重，又严格相对。由此可以看出《左传》语言在词组合、语言布置上灵活运用各种修辞手法的水平，并不亚于魏晋南北朝以后文人的辞赋骈文。反过来说，也可以看出魏晋南北朝以后辞赋骈文之兴，也是有所继承，可上溯至《诗》《骚》《国》《左》《易传》（甚至更早的《尚书》中某些篇章）。只是以往之论文学史者，以骈文、骈句兴于魏晋以后，甚至以此为不易之法，用以判断某些篇章产生的时代，显然是有问题的。③

还有些修辞手段，学者们一般认为是产生比较迟的，比如"通感"，古代诗词中以"红杏枝头春意闹"一句最为人所称赏。这个修辞手法被概括、命名而确定为一辞格也较迟。钱钟书先生有《通感》一文论之，曾举出《左传》襄公二十九年中季札观乐评《大雅》云"曲而有直体"言"真是'以耳为目'"。因为杜预注这一句云："论其声。"声而有曲有直，则是以形容目所见物形，以写耳所闻音乐。《汉书·艺文志·诗赋略》著录《河南周歌声曲折》《周谣歌诗声曲折》，此"声曲折"，即上古之乐谱，何以叫"声曲折"？实际上也是以对物形之感觉形容声音之变化。但直接的证据还是《左传》中的例子。

---

① 杨伯峻：《春秋左传注》（修订本），中华书局 2016 年版，第 788—789 页。

② 杨伯峻：《春秋左传注》（修订本），中华书局 2016 年版，第 794 页。

③ 如旧以为见于《昭明文选》的李陵《答苏武书》，刘知幾、苏轼以来时有人指为非李陵之作，其中一个主要原因是多有骈俪之句。章培恒、刘骏《关于李陵〈与苏武诗〉及〈答苏武书〉的真伪问题》（《复旦学报》1988 年第 2 期）对此有讨论，可以参看。关于骈俪句形成的时代问题，参拙文《论先秦赋与散文的成就》，《新疆大学学报》2005 年第 3 期，此不赘论。

　　以上只是就辞格运用方面略举数例言之，另外在铸词炼字、变换句式以传达微妙的感情或形成语言变化之美，增加文章的气势上，在篇章布局上的照应、藏露、伏显等方面，都有很多独到之处，前代评点《左传》文者，也多言之。

　　总之，《左传》的修辞艺术很值得一番探究。"文革"前上大学本科时读陈望道先生的《修辞学发凡》，笔者即对修辞产生了兴趣；"文革"中在武都认真读了张弓先生的《现代汉语修辞学》，并做了详细摘录。1980年以来研读先秦典籍，打算对《诗经》《尚书》《周易》《左传》《国语》《战国策》《楚辞》和一些诸子之书的修辞手段作一番探究，积累了一些资料，并对近些年出版的修辞学著作如杨树达《汉文文言修辞学》，郑子瑜《中国修辞学史稿》，郑奠、谭全基编《古汉语修辞学资料汇编》，宗廷虎《中国现代修辞学史》，张文治《尚书修辞例》，周振甫《中国修辞学史》，郑子瑜、宗廷虎主编《中国修辞学通史》（五卷本）和一些探讨汉语修辞的著作都留意收集。但二十多年中忙于《楚辞》《诗经》、辞赋等方面的研究，又因为古典文献学的学科建设等原因，做了一些文献学范围内的工作，于修辞学，同关于音韵学方面的设想一样，一直只是一个愿望。十年前曾指导艾宏明同志以《诗经的修辞研究》为硕士学位论文，后来他忙于对外汉语教学，也未能将此课题深入研究下去。2004年李华同志考为我的博士生。李华同志多年来一直在我校中文系从事古汉语的教学工作，硕士学位攻读汉语史专业，所以，我建议她学位论文作"《左传》修辞研究"。她很乐意，将《左传》认真读了两遍，同时读了古今关于古汉语修辞学和汉语修辞学史的著作，并就《左传》中关于修辞的材料分类做了卡片，也从与《左传》比较的角度读了《公羊传》《穀梁传》《国语》《韩非子》《吕氏春秋》《晏子春秋》《史记》《新序》《说苑》《淮南子》等书，其间我们就一些问题多次进行过讨论。论文完成后，我看过两遍，提出些意见。因为李华同志承担着一些教学任务，学位读了四年，这样一来也使她有较长的时间对有关问题进行细细的品味和思考。在她修改博士论文的当中，我着手整理系老主任、我的老师彭铎先生的《文言文校读》，李华同志协助我核对引文、阅读校样，做了很多具体工作。同时，她用校读的方法研究《左传》中的修辞，收获不少。相信李华同志这本书的出版一定会引起学术界的重视。

　　首先，李华同志这本书第一次对《左传》的修辞现象和所表现的修辞理论、修辞思想进行了全面研究。我认为如果对先秦时几部文学性强、语言表现力强的重要的专书进行分别研究，对于汉语修辞学和先秦时代文学的研究都是有意义的。散文作品中，史书一类者首推《左氏春秋》，诸子中首推《庄子》。李华同志这本书是目前唯一一部研究《诗经》《楚辞》之外先秦专书的修辞学著作。①

其次，对《左传》中的一些特殊语言表达方式，从修辞学的角度予以解释，而不仅仅是以当时社会风气或交际习惯交代之。无论是外交活动，还是上下尊卑之间的思想交流，固然受到当时礼俗制度和风气的影响，这些都有其深刻的社会根源和历史根源，但如何体现交际中的特殊身份、特殊关系，表达交际中那一层言外之意，则是用了修辞手段。本书对这些从修辞角度的分析，不仅可以看出当时修辞手段的丰富，语言发展的水平，也更能深刻地剖析当时各诸侯国之间对外交际中各方的心态和周天子同诸侯王及卿大夫之间、诸侯王同卿大夫之间及上层贵族同下层之间交际中的身份认定与交际中的心态，也更有利于认识相关礼俗制度的历史根源。如果说，一般的从宗教制度、封建礼俗方面的解说是结构或部件的剖析，此则进入细胞和基因的分析，因为语言既是表达的工具，也是思维的工具；一个民族语言的形成同这个民族的发展及思维特征息息相关，而一个民族在特定时代中语言的特征，又深刻地反映着这个时代中社会政治、文化的状况及各种因素在这个时代的交融与相互影响。

再次，本书对《左传》中出现的辞格做了合理的归纳。固然，古今主要修辞手段大体相同，但每个时代却不完全一样，即使前后都存在的辞格，在表现方式和使用的侧重点上也会有所不同。本书结合先秦时修辞辞格的整体情况，溯源探流，考虑到春秋战国间诗歌、散文作品的状况及发展，确定属意境上的辞格四种：夸张、避讳、婉转、反语；布置上的辞格五种：排比、对偶、顶真、互文、对比；其他十一种，共二十种。如对《诗经》《楚辞》及《国语》《庄子》等书中所用修辞辞格同样加以全面研究，在此基础上对先秦时代修辞辞格的发展状况有一个更全面确切的认识。

复次，对《左传》的词语锤炼、句式选择、篇章布局和文体风格从修辞

---

① 《诗经》方面，20世纪20年代有唐圭璋先生的《三百篇修词之研究》，见许啸天《分类诗经》（上海群学社1928年版）卷首附，《楚辞》方面重要者有汤炳正先生的《屈赋修辞举隅》（见其《屈赋新探》一书，齐鲁书社1984年版），新近有台湾成功大学陈怡良的《屈骚审美与修辞》（台北文津出版社2008年版）。

的角度进行探索。有的问题是李华同志首次尝试，作为一种探索是有意义的。其中关于文体风格的一章（第六章），既注意到《左传》作为一部独立著作的文体，也注意到它其中包含的一些具有独立文体意义的小文章、辞令的文体。刘知幾说："寻《左氏》载诸大夫词令、行人应答，其文典而美，其语博而奥。述远古则委曲如存，征近代则循环可覆。谅非经营草创，出自一时，琢磨润色，独成一手。"①（《史通·申左》）认为《左氏春秋》中辞令、行人应答本是原作者的文章，因此表现出种种不同风格，而又都各有其美，各有其深厚的蕴含。可惜他这精辟的看法，一千多年来学者们并未注意。当然，《左氏春秋》作为一部书来研究，编者面对过去的很多材料用什么、不用什么、如何剪裁，都体现着作者的艺术匠心；但如论述到春秋时文章的风格，研究者往往只从整体方面去论述，其实那些具有独立文体意义的散文还是应该单独论述。本书举出诏令体、颂赞体、盟誓体、铭箴体、祝祷辞、哀诔体、书记体、辞赋体八类。这与董芬芬同志的《春秋辞令文体研究》大体对应，而又不完全相同，因董芬芬同志限于春秋时期，同时也只限于辞令，不及诗歌、辞赋及颂赞、铭箴，而本书则兼及韵文及辞令以外各体，但只限于《左传》一书。两书在这一点上可谓"和而不同"。

另外，本书对《左传》中所反映的修辞观和《左传》在修辞学史上的地位和影响也做了论述，俱有些个人心得在其中。

希望本书的出版对中国古代修辞学尤其是它的发轫阶段的研究起到推动作用。是为序。

2009 年 2 月 2 日

李华：《〈左传〉修辞研究》，上海古籍出版社 2010 年版。

李华，1970 年生，女，甘肃天水人。2008 年毕业于西北师范大学，获文学博士学位。现为西北师范大学国际文化交流学院副教授、硕士生导师。主要研究方向为训诂学，发表相关学术论文十余篇。

---

① （唐）刘知幾撰，（清）浦起龙释：《史通通释》，上海古籍出版社 1978 年版，第 419—420 页。

论秦史研究与秦人西迁问题

——读祝中熹先生《秦史求知录》

战国末年思想家荀况曾去齐至秦，见到秦昭王与秦相范雎。[1]《荀子·强国》中载应侯范雎问荀况："入秦何见？"荀况回答说：

> 其固塞险，形势便，山林川谷美，天材之利多，是形胜也。入境，观其风俗，其百姓朴，其声乐不流污，其服不挑（通"佻"。言不为奇异之服），甚畏有司而顺，古之民也。及都邑官府，其百吏肃然莫不恭俭、敦敬、忠信而不楛（音"苦"，滥恶也），古之吏也。入其国，观其士大夫，出于其门，入于公门，出于公门，归于其家，无有私事也，不比周，不朋党，偶然莫不明通而公也，古之士大夫也。观其朝廷，其闲听决百事不留（清闲，因其百事随时处理，不积压）、恬然如无治者，古之朝也。故四世有胜，非幸（侥幸）也，数（必然的道理）也。是所见也。故曰：佚而治，约而详，不烦而功，治之至也（按：为便阅读，摘王先谦、卢文弨等人注于相关文句之后）。[2]

这是荀况述亲眼所见当时秦国政治、社会、吏治、民风方面的情况，及他的评价。荀况是战国末年集大成的思想家，他既继承了儒家以礼义治国的思想，又具法家思想，又兼采道、名、墨诸家之说，从认识社会的眼光和理论水

---

[1] 据钱穆《先秦诸子系年·荀卿赴秦见昭王应侯考》，荀况之去齐至秦在齐王建元年（前264）。

[2] （清）王先谦撰，沈啸寰、王星贤点校：《荀子集解》，中华书局1988年版，第303页。

平来说，在当时无以过之。荀况对当时秦国社会的看法，同后代很多史书中的评价不同。古今的很多著作说到秦多称之为"暴秦"，只看到它在统一六国之中的刀光剑影，及六国志士反抗中的悲剧。屈原的事迹和他的《离骚》等作品是十分感人的，而楚国朝廷中亲秦的郑袖、靳尚、上官大夫，及代表秦国几次到楚国玩弄挑拨离间之计的张仪也是为人所痛恨的。从人的品德及社会公德方面说，应该这样看：郑袖、靳尚、上官大夫作为楚国人而为个人或家族的利益不顾国家前途，应该受到谴责；屈原悲剧的造成也同张仪有关。从屈原和楚国的立场来看，郑袖及张仪等都应受到谴责。屈原是主张由楚国来统一全国的。在春秋战国数百年战乱之后，人心希望统一。战国中期之后统一全国可能的只有三个国家：齐、秦、楚。因为这三国的背后都有较大的发展空间：齐国东面是海，东南沿海而下可通吴越之地，唯远而难以制约；秦国以西有很宽广的地域，分布着数十个小部族；楚国以南发展的余地也不比秦小。拥有广阔的国土，就有了统一全国的物力、人力上的准备。相较而言，秦国、楚国的条件最好。很多学者论述当时形势都引述"横成则秦帝，纵成则楚王"这两句话，却不知其根本上的原因。秦楚两国都希望由自己统一全国，秦在商鞅变法之后发展迅速，又用"连横"之策对六国采取各个击破的办法，所以楚国要同齐国等山东五国联合以遏制秦国向东发展。屈原主张对外联齐抗秦，秦国自然要设法打破山东六国的联盟，使楚国的计划落空。站在客观的立场来说，秦国、楚国都有承担统一全国这个历史使命的资格和可能，只在于哪一个采用的方式上更有利于社会的发展，哪一个的可能更大而已。

说起这两点，屈原主张进行政治改革，实行美政，先统一南方，待条件成熟，再统一北方。这自然是有利于社会发展的。问题是楚国的旧贵族不会轻易地让步，屈原的设想难以实现。秦国则以迅马利剑开路，将一些国家腐朽的贵族制度连同他们的国家一起灭掉了。无论怎样，人们对仁政还是希望的，在广大人民群众对治理国家毫无发言权的封建社会中，仁政也成了人们永久的梦想。就像孔子一生主张仁政，却找不到一个愿意实行的国家，但人们仍以他为圣人加以膜拜一样，人们也永远思念、敬仰屈原，纪念这位为了美政、为了国家牺牲了自己生命的诗人。

很多人对战国时秦国的看法同此有关。但这是两回事，应分开来看。实质上，在战国时的政治改革中，最彻底的是秦国。商鞅虽然被迫害而死，但商鞅变法的成绩保留下来了，所以才会有《荀子·强国》中说的那种吏治状况与社会风气。至于楚国，随着吴起的被杀，旧制度全被恢复了。其后莫敖子华（沈尹章）、屈原都做过改革的设想或进行了一些改革，但都未能最后成功。为什么秦国的政治改革能够成功？这同儒家思想在秦国的影响较小，"事皆决于法"（《史记·秦始皇本纪》）的法制状况有关。

从思想潮流来说，战国各国大体分三大片：三晋与齐鲁一带，受商周文化影响较深，子夏又讲学于西河，儒学的承传不断，讲仁义，重礼乐；陈、楚及其以南重巫觋、好祭祀，以道家思想为主；秦地民性质直，而高上气力，虽然儒、道思想均曾有所传播，但总体来说法家一套容易推行，墨家的影响也较儒、道为大。《汉书·地理志》中说：天水、陇西、安定、北地、上郡、西河之地，"皆迫近戎狄，修习战备，高上气力，以射猎为先"。同时，由于人民以射猎为先，刚强勇武，也必须有严格的法纪管理才成。清末湖南学者孙楷，湘潭人，遍搜群籍，综覈史册，著《秦会要》一书，其《序》论及秦法，言：

　　自汉以来，递相沿袭，群以为治天下之具，无外于此；即或更张，而其大者，卒无以相易。[1]

"文革"中毛泽东有《读〈封建论〉——呈郭老》七律一首，中云"百代都承秦政体"[2]，或即本于此。只是，毛泽东未能注意到周文化从思想方面影响中国三千多年，从意识形态、思想基础方面统一了全国，也是一个不容忽视的事实。秦在统一全国之后能突破此前数千年氏族分封制的传统，抛弃周代数百年传统的宗法制而实行郡县制，是有很深的文化渊源的。所以，秦国政治体制之影响中国两千多年，应该认真研究。但秦国统一全国前的历史，秦早期的历史、嬴秦的来源，活动情况、文化传统等，也都应该认真研究。但事实上，自古至今，对秦国政治、经济、文化的研究比起对三晋、齐鲁及楚文化的研究来

---

① 徐復：《秦会要订补》，群联出版社 1955 年版，第 5 页。
② 毛泽东：《建国以来毛泽东文稿》第 13 册，中央文献出版社 1998 年版。

薄弱得多。

关于秦的早期历史，过去学术界虽然也提出过一些看法，但看法很不一致。即如关于秦人族源，虽然《史记·秦本纪》中有些记载，但在战国秦汉时代大一统思想的影响下，远古史中很多部族被简单地归到五帝之下，好像华夏各族全出于黄帝，如《史记·三代世表》所记那样，所以也引起学者们的怀疑。

王国维《秦都邑考》说："秦之祖先，起于戎狄。当殷之末，有中潏者，已居西垂。"① 又说："然则有周一代，秦之都邑分三处，与宗周、春秋、战国三期相当。曰'西垂'，曰'犬丘'，曰'秦'，其地皆在陇坻以西，此宗周之世秦之本国也；曰'汧渭之会'，曰'平阳'，曰'雍'，皆在汉右扶风境，此周室东迁，秦得岐西地后之都邑也；曰'泾阳'，曰'栎阳'，曰'咸阳'，皆在泾渭下游，此战国以后秦东略时之都邑也。观其都邑，而其国势从可知矣。"② 王国维这篇文章虽未具体论证秦人之来源，但其论都邑所得结论坚实不可移易，由其对都邑变化的方面看，自然会得出"起于戎狄"的结论。后来之学者如蒙文通等从王国维之说，又找出一些证据。从文献方面说，《史记·秦本纪》中载，申侯对周孝王说："昔我先，郦山之女，为戎胥轩妻，生中潏。"中潏为嬴秦的正宗近祖。《史记》所谓"郦山"即郦戎，则似中潏为戎人。《秦本纪》又明言中潏之父"戎胥轩"。《秦本纪》言"中潏在西戎，保西垂"，则从传世文献看秦人由西戎而来。而从文化遗存方面看，学者们认为嬴秦墓葬的洞室墓、屈肢葬式、葬品中多铲脚袋足鬲，皆与中原文化不同而多见于甘、青地区的羌戎文化；似由此也说明嬴秦来自西戎。

但也有学者主张秦人来自东夷。卫聚贤的《中国民族的来源》（《古史研究》第三集，商务印书馆 1937 年版）一文以为穀、黄、梁、葛、徐、江、奄等嬴姓之国原蔓延于山东、江苏及河南、湖北，而秦亦嬴姓，故谓秦民族发源于山东，后至山西、陕西、甘肃，然后再向东发展。黄文弼《秦为东方民族考》（刊《史学杂志》创刊号 1929 年）、徐旭生《中国古史的传说时代》（广

---

① 洪治纲主编：《王国维经典文存》，上海大学出版社 2003 年版，第 195 页。

② 洪治纲主编：《王国维经典文存》，上海大学出版社 2003 年版，第 197 页。

论秦史研究与秦人西迁问题　155

西师范大学出版社 2003 年版）等主此说。黄氏并举鲁有"秦"地，及《楚辞·九歌》有"东皇太一"，前者名同于秦，后者与李斯所云"泰皇最贵"之说相合，为秦东来之证。徐先生在其书第二章《我国古代部族三集团考》之二"东夷集团"一节中说：秦、赵"为殷末蜚廉的子孙西行以后所建立的国家"。第五章之"东西方的两种五帝说"一节也说到这个意思。但都是从华夏民族总的划分上笼统言之，未涉及对文献中一些具体论述的解释。此后学术界或主"西方戎狄说"，或主"东来说"，均有理由，难以遽定。

"文革"后林剑鸣先生有《秦人早期历史探索》（《西北大学学报》1978 年第 1 期）、《秦起源于东方和西迁情况初探》（《求索》1981 年第 4 期）等。林剑鸣《秦史稿》（上海人民出版社 1981 年版）、马非百《秦集史》（中华书局 1982 年版）也先后出版，两书均主"东来说"。段连勤有《关于夷族的西迁和秦嬴的起源地、族属问题》（《人文杂志专刊·先秦史论文集》1982 年第 5 期），后有韩伟《关于秦人族属及文化渊源管见》（《文物》1986 年第 4 期），并重申东来说，对一些问题加以梳理，以期解决一些疑问。如以为嬴秦墓葬的三大特征是秦人征服西北戎族后戎族文化融入秦文化形成等。

20 世纪 90 年代初以来，在今甘肃南部礼县大堡子山出土大量秦早期铜器等，发现了大型墓葬和车马坑，时间当西周晚期，于是，又引起关于秦人始源的讨论。虽然在一些看法上仍然不一致，但这是在新的材料基础上的探究。可以说，此前各说都包含有部分的真理，而自 20 世纪 90 年代以后，在一些问题上学者们的看法更为明确，尽管结论完全不同，但都更接近于真理。先是王子今先生有《从玄鸟到凤凰——试探东夷族文化的历史地位》一文（《中国文化研究集刊》1987 年第 5 辑），后祝中熹先生发表《阳鸟崇拜与"西"邑的历史地位》（《丝绸之路》1996 年 10 月"学术专辑"），结合历史文献、礼县大堡子山一带出土的大量文物及相关文物上的图案等，对有关问题做了进一步的深入探索。接着，祝中熹先生的《秦人远祖考》《秦人与西周王朝的关系》《秦人早期都邑考》《地域名"秦"说略》《再论西垂地望》《南岈北岈与西垂地望》《大堡子山秦西陵墓主及其他》《试论礼县圆顶山秦墓的时代与性质》等文，先后问世。

说来十分凑巧，祝中熹先生是山东人，毕业于山东大学历史系，而到了甘肃，曾长期在礼县工作，他的夫人便是距发现了秦先公陵墓的大堡子山不远的盐官镇人，祝先生于 90 年代初到甘肃省博物馆工作。他对山东、对甘肃有关文献和地理状况、民俗、文化的了解都极深，尤其对礼县一带大堡子山秦早期陵园、圆顶山秦贵族墓地出土器物及遗址形制都了如指掌，对礼县、天水、甘谷、张川、清水一带有关遗址的情况及出土先秦时器物也都了然于心。别的且不说，只这种人生经历，似乎便是"上天"专派他来揭早期秦史一系列谜底的。

祝中熹先生在专业上也十分痴心于历史文献的搜寻与研究，对前哲时贤之说极为重视。应该说，他的研究是在前人研究基础上进行的，但当中不少具体问题的解决，一些细节的说明，仍反映出祝中熹先生对史实的深入了解及他个人独特的学术见解。在许多问题上，他提出了一些与前人、今人不同的创见。比如，他也主赢秦东来说，但他认为其由东至西的时间远在尧舜之时。《尚书·尧典》中载帝尧"乃命羲、和，钦若昊天，历象日月星辰，敬授人时"，尧所命羲仲、羲叔、和仲、和叔分别去东南西北方测定节气，而羲和部族是少昊与颛顼的后代，是属于崇奉阳鸟的部族。《左传·昭公十七年》郯子言，少昊氏的"凤鸟氏"即为"历正"，玄鸟氏为"司分"，伯赵氏为"司至"，青鸟氏为"司启"，丹鸟氏为"司闭"。"分"指春分、秋分，"至"指夏至、冬至，"启"指立春、立夏，"闭"指立秋、立冬。《大戴礼·五帝德》载孔子语，言高阳氏的功业，也说到"履时以象天"等作为。《尧典》所言"分命和仲，宅西，曰昧谷，寅饯纳日，平秩西成"，祝先生认为这个"西"即指汉代之西县地，自远古即名西。祝先生从古代文献、神话传说、历史地理等方面进行考证，可谓左右逢源，合若符契。

《史前研究》2000 年辑发表了顾颉刚先生的《鸟夷族的图腾崇拜及其氏族集团的兴亡——周公东征史事考证四之七》，提出"'秦'本是东方的地名，随着移民而迁到西方"。"从东方驱走的飞廉一族，秦的一系长期住在今陕西和甘肃，所以得占周畿；赵的一系始终在今山西，所以得秉晋政。"顾先生以为《史记·秦本纪》所载"中潏在西戎，保西垂"的说法是秦人为掩盖从东方向西方被迫迁徙的讳饰，认为"非子住的'犬丘'于汉为右扶风槐里县，今在陕西兴平县东南十里；其后所封的'秦'，于汉为天水郡清水县，今在甘肃天水县西 50 里故城"。非子当西周晚期周孝王（前 891—前 886）时。此文写成于

20世纪60年代，而发表在四十多年之后。顾先生是史学泰斗，又是在对整个西周以前历史文化进行全面研究基础上提出，自然可以为东来说一方之中流砥柱。

但尽管这样，学界看法仍不能完全一致。因为"西戎说"与"东夷说"（即东来说）对古代文献都有所依赖，也都有所否定，虽然对妨碍其说成立之文献之"不可信"各有所解释，但毕竟没有一个可以证明其绝对正确的史料可以依靠。

李学勤先生曾结合礼县出土的文物，礼县大堡子山发现秦先公墓葬情况，先后有《最新出现的秦公壶》（与艾兰合写）、《秦国发祥地》等文问世，肯定了王国维《秦都邑考》《秦公敦跋》关于西垂、西犬丘地望的看法，指出"秦已有西县之名，见《史记·周勃世家》。秦公簋出土于天水西南乡，证明了西县位置，也和最近的发现相呼应"①。2011年李学勤先生又发表《清华简关于秦人始源的重要发现》②一文，言据清华简中《系年》，秦国先人"商奄之民"原在东方，周成王时西迁到"朱圉"。"朱圉"其地，即今甘肃甘谷县西南靠近礼县方向的朱圉山（或作朱圄山，俗名白岩山、大山）。这样，秦本东夷而迁于西北的结论得以被学界普遍接受。

那么，祝中熹先生所提出赢秦远祖和仲一族在夏代以前因肩负"寅饯纳日"的使命而西迁至西汉水上游的结论还能不能成立？我以为这两个结论并不存在互相排斥的性质，不能因为"商奄之民"在周成王之时迁至朱圉山，就认定秦人在西周初年才西迁到天水一带。我们还可以进一步问：为什么没有迁至别处，而迁之于朱圉？我以为这同秦人在这一带已有部分氏族生活有关。如果看到这一点，祝先生论文中，以及他的《早期秦史》一书中从《尚书》《山海经》《淮南子》等文籍钩稽出的一些传说事实，便全有着落了，不至于被一笔抹杀。

"西县"的"西"字，《说文》言其是"鸟在巢上，象形"。我以为在巢中者不是鸟，而是乌，古人以为日中有神乌。所以，"西"就是日落之处。《太平

①　分别见《中国文物报》1994年2月19日、10月30日。
②　见《光明日报》2011年9月8日。

御览》卷三引《淮南子》，言曰：

> 爰上羲和，爰息六螭，是谓悬车。薄于虞泉，是谓黄昏；沦于蒙谷，是谓定昏；日入崦嵫，经细柳，入虞泉之池，曙于蒙谷之浦。日西垂，景在树端，谓之桑榆。①

这段话见于《淮南子·天文》，唯于"日入"下夺"崦嵫，经细柳，入"六字。而两书中"曙于蒙谷之浦"一句中"蒙"当是"旸"字之误，与本段开头"日出于旸谷"相照应。此处涉上而误。此各家所未言。这段文字虽带有神话的色彩，但其中提到的一些地名，也应同先民对太阳运行的认识，同部族测日的活动有关。《淮南子》言"日入崦嵫"；屈原《离骚》中说"吾令羲和弭节兮，望崦嵫而勿迫。"王逸注："崦嵫，日所入山也。下有蒙水，水中有虞泉。"《山海经·西山经》言鸟鼠同穴山之南（原作"西南"。"西"当为衍文或"东"字之误）三百六十里"曰崦嵫之山"。新编《辞源》说："崦嵫，山名，在甘肃省天水县西，古代神话说是日入之处。"又说："兑山，嶓冢山，在今甘肃成县东北。《书·尧典》'分命和仲宅西。'郑玄注：'西者，陇西之西，今人谓之兑山。'"《后汉书·郡国志》汉阳郡"西县"下引郑玄此注作"今谓之八充山"，盖"八充"为"嶓冢"音之转。又《尧典》原文作"分命和仲宅西，曰昧谷"，伪《孔传》："昧，冥也。日入于谷而天下冥，故曰昧谷。"《十道志》言："昧谷，在秦州西南，亦谓之兑山，亦曰崦嵫。"崦嵫并不在华夏最西部，据《山海经》《穆天子传》等，昆仑、敦煌一带以至更西之地已在春秋以前人的知识范围之内，怎么反倒以在今甘肃南部天水、礼县一带之山为"日所入山"？我以为这是秦文化的反映。秦人长期居于西垂（后之西邑、西县）地，而以其以西之山为日落之山，传于口耳之间，书于史籍、文献，以后遂融入中原文化，成神话之一部分。所谓"昧谷""蒙谷"，我以为即礼县东部的峁水（今作"冒水河"，"昧""蒙""峁""冒"一音之转）。其水发源于朱圉山东南，秦人正是沿着这条水到了西汉水上游众水交汇之地的"西垂"的。据《说文》，"垂"为

---

① （宋）李昉等撰：《太平御览》，中华书局 1960 年版，第 16 页。

"边陲"之义。"垂"字从"≪≪"从"土",是本义为下垂,用以指为地名,才从"土"。如此,则似《说文》将本义与后起义恰恰颠倒,"西垂"本指太阳落山之地,即上文引《淮南子》中"日入崦嵫,经细柳,入虞泉之池,日西垂"云云中"西垂"义同,"西垂""西"之地名本起于嬴秦。

也就是说:很可能是嬴秦远祖和仲一支在尧舜之时先受命至朱圉山以南西汉水上游之地,西周初年成王之时,又将在今山东的商奄之民迁之于朱圉山。"崦嵫"之名,也同商奄之民纪念其所经历有关("奄"应即"商奄"之"奄","兹",通"滋"。"山"字旁为表明是山名而后加)。

谈以上这些个人看法,希望能消除祝先生一系列论文同清华简《系年》间的冲突,并对文献中有关山名、谷名、邑名等的原始之义加以探索,以对有关问题做进一步的论证。

前面说了祝中熹先生由近于古旸谷之地的山东西行至于古昧谷之地的陇南礼县。他据《山海经·中山经》中说"夸父之山,……其北有林焉,名曰桃林,是广员三百里,其中多马",及郝懿行注言夸父山"一名秦山",以为夸父逐日的神话故事其原型正是秦人西迁的经历,反映了秦人模糊的记忆,将长期迁徙中的艰难困苦和嬴秦先民坚忍不拔的精神具象地表现在一个神话故事中。祝先生则为了揭开这段被淹没几千年的历史也扮演了一个夸父的角色。他近二十年来潜心研究早期秦史,争分夺秒,与时间赛跑,潜心于历史文献与各种考古资料的"河渭"之中,并从神话资料中去发现历史的内核,在实地考察中发现古史的遗迹,取得了很大的成绩。现在他近二十年中的论文汇为一集,名曰《秦史求知录》,收入甘肃省先秦文学与文化研究中心之《先秦文学与文化研究丛书》,命我作序,因而顺便谈了自己在这方面的一些看法。

祝中熹先生此书:第一辑考辨嬴秦的族源及先祖,并评述在嬴秦发展史上发挥过关键作用的六位秦君。作者立意发扬自司马迁以来我国史学以人为纲的传统,通过对重要人物的论析,大致勾勒了嬴秦从西迁至崛起、至强盛的全过程。族源部分秉持现代文化人类学的新观念,对古文献记载做了细密的考释;人物部分注意联系当时的时代背景,揭示人物的思想观念,从而突显其所发挥的历史影响。第二辑集中探究秦国的制度与社会面貌,内容包括生产力水平、政治结构、经济状况及文化传统。其中着力剖析了以土地制度为核心的生产形态。因为这是决定社会性质及发展程度的基本因素。此外也论述了秦国的农业、畜牧业、手工业和商业，兼及政务、爵制、赋役、婚俗及宗教，内容涵盖了秦国社会生活的各个领域。第三辑辨析嬴秦早期活动地域及都邑变迁。诸文运用古籍记载、方志碑刻、文化遗存等多渠道提供的信息，再结合实地考察山水形势及古老风俗，对嬴秦早期生活区域和城邑地望，进行了较全面的探寻，进一步明确了不同历史时期族体中心邑地的演变、迁移。第四辑专论嬴秦的考古文化遗存，包括对各类墓葬、遗址的绍述及墓主的考辨，对出土及传世器物线索的追寻和梳理研究。作者在对礼县大堡子山公陵墓主及祭者的追索，和对秦国青铜器发展演进的探求方面，耗费精力最多。本辑文章具有更强的专业性，但论述主旨却与其他部分内容紧相关联，贯彻了以物证史、述史的原则。

综观全书，我以为有以下三大特色：

一、内容系统，涵域面广。除对战国后期秦的军事、外交斗争较少论及外，关注到秦史、秦文化的各个方面，其设题谋篇立足于对秦史的整体认知。这是由作者的治学态度所决定的。作者从一开始进入这个学术领域，即着眼于秦史全局，抱定一个环节一个环节逐步深入，以求全面掌握的宗旨。

二、文献资料与考古信息结合紧密。论证中不仅有对经籍史志乃至甲、金、简、碑文字的大量征引，还包含着对田野考古及实物遗存的内涵揭示。作者在本书《前言》里业已谈到，已被确认为嬴秦早期活动中心区域的礼县，正是他多年工作、生活过的第二故乡，后又调到甘肃省博物馆历史考古部从事研究工作，这些经历无形中使他具备了一些其他人难以具备的条件。

三、敢于发前人所未发，提出了许多新的见解和思路，包括对某些误说的澄清。有些看法，如嬴秦族缘及图腾的考述、非子封邑及襄公迁汧说的纠误、秦国田制及其变革的阐明、大堡子山公陵墓主及圆顶山墓群时代的判定、秦国青铜器演进轨迹的探讨、秦战国木板地图的辨识、西汉水及嘉陵江的正本清源等，都论证充分，坚实可信。有些看法，如嬴族西迁动因和时间的判断，嬴秦为和仲一族后裔的推论，犬戎族与寺洼文化关系的析述，秦都西邑和"西新邑"地望的考定等，则因论据不足或论证存在缺环，也曾引发争议。

无论如何，祝中熹先生此书的出版，对于早期秦史、秦文化的研究会起到推动的作用。有些问题还会有争议。但学术研究只有在讨论中才会得到发展。

我这篇小序中所谈的一些看法也未必妥当，并请各位方家指正。

2012 年 4 月 16 日

祝中熹：《秦史求知录》，上海古籍出版社 2012 年版。

祝中熹，1938 年生，山东诸城人。甘肃省博物馆研究员、甘肃省先秦文学与文化研究中心研究员、甘肃省秦文化研究会会长。长期从事先秦史、秦文化及相关文物的研究工作，发表过近三百篇、约百余万字的文章，出版《早期秦史》《秦西垂陵区》《物华史影》《甘肃通史·先秦卷》《青铜器》（与李永平合著）等学术著作。

《秦公簋铭文考释》序

丁楠先生是我省教育界有声望的老教师，出版教育学方面著作三部，发表学术论文数十篇，曾先后应邀参加国际师范教育学会 36 届年会和香港举行的中国教育发展论坛。但丁先生在学术方面的贡献不仅在教育学方面，他由中国教育史、古代有关教育的文献而扩展至对古代文史的研究，因之在退休之后，虽然还承担着天水师范学院教学督导委员会委员的职责，同时也因他德高望重，常常参加天水市一些社会活动，但还是将主要精力放在地方文史的研究方面。

王国维《观堂集林》卷十八有《秦公敦跋》云："右秦公敦，出甘肃秦州，今藏合肥张氏，器盖完具。铭辞分刻器盖，语相衔接，与编钟之铭分刻数钟者同，为敦中所仅见。其辞亦与刘原父所藏秦盄和钟大半相同，盖一时所铸。字迹雅近石鼓文。"又云："此敦器盖又各有秦汉间凿字一行，器云：'卤元器，一斗七升八奉。'敦盖云：'卤一斗七升太半升。'盖'卤'者，汉陇西县名，即《史记·秦本纪》之西垂及西犬丘。秦自非子至文公，陵庙皆在西垂。此敦之作，虽在徙雍以后，然实以奉西垂陵庙，直至秦汉犹为西县官物，乃凿款于其上。"[①] 文中注云："汉西县故址在今秦州东南（东南有误，应为西南）百二十里。"在礼县大堡子山秦先祖陵墓发现七十来年前，王静安先生实已指出此器作于秦德公徙雍以后（因其铭文中叙秦之先世曰"十有二公"），而应出土于秦先祖先公所居故地西县。这真是超人的卓见。"簋"字在《诗经》《周易》《仪礼》《礼记》等典籍中常见，如《隶书·汉太山都尉孔宙碑》也是形体相去不

---

① 王国维：《观堂集林》（外二种），河北教育出版社 2003 年版，第 446—447 页。

远。但金文中全写作"毁"，旧金石学家误识为"敦"，王氏论铜器，故因之。据甘肃学者冯仲翔先生说，此簋于民国八年（1919）出土于天水西南方，与王静安先生的推断相合。冯先生并言当时该处"出土铜器较多"，可见并不是一个孤立的古代遗物出土，而是一处陵墓陪葬被发现；由簋的铭文可知它不是一般墓葬，而是秦国君墓葬。天水与西和、礼县等地域相连，我以为"天水"之名，也是因为地当汉水上游之故，天河上古名"汉"或"天汉"，"天水""天河"意相近。而且最早的天水，也在今秦州区西南（至今秦州区西南有天水郡、天水镇，而且在今天水镇以东古有天水军，在礼县境内）。《水经注·渭水注》云："旧天水郡治，北城中有湖水。有白龙出是湖，风雨随之。故汉元鼎三年改为天水郡。"元鼎为汉武帝年号，元鼎三年为公元前114年。这个有湖的天水郡究竟在何处，过去说法不一。1990年在礼县东部冒水河中游草坝村出土了一通"南山妙胜廨院碑"，碑文言"秦州南山妙胜院，敕额古迹，唐贞观二十三年额昭玄院天水湖"。看来天水所以得名之湖即在礼县东北部冒水河中游。西和、礼县在20世纪80年代尚属同一地区，不是没有原因的。当然，过去说的天水地区和武都地区，70年代以前统称为"陇南"，民国时的陇南镇守使就驻于天水。武都地区如不改称"陇南地区"，"陇南"就同"陇东""河西"一样是一个较大地域的泛称（当时改名可能同曾准备将地区驻地迁往成县有关）。总之天水、陇南两市在历史文化方面有千丝万缕的关系。所以研究古代文化，天水与陇南要打通来研究。

秦先王陵墓群的发现，为研究早期秦史，为弄清天水、陇南一带的历史文化都有十分重大的意义；新发现的很多铜器铭文也为准确地释读此前发现有关铭文提供了有利条件。《秦公簋》铭文因为涉及秦的早期历史以至秦人远古史，所以具有极高的史学价值。虽然自罗振玉以来很多一流学者对簋的时代加以研究，对铭文加以考释，但仍有不少问题，各家意见并不一致。丁楠先生在百年来学者研究的基础上，又依据新的材料，做了深入的研究，取得了可喜的成绩，使一些疑惑的问题得以解决。如铭文中说的"十有二公"，历来有三说，多主张从襄公始，郭沫若先生也是先主从秦仲始，后主从庄公始，最后主从襄公始。丁先生在前人基础上补充了新的证据，以1978年出土于宝鸡太公庙的《秦公镈钟铭》中的一段"我先且（祖）受天命，商（赏）宅受或（国），剌

（烈）邵（绍）文公、静公、宪公，不坠于上……"断定"文公以上的先祖就是秦十二公起始之秦襄公"。又如"十有二公"中，静公和出子谁当列入，学者的看法也有分歧，丁先生同样据《秦公镈钟铭》定为静公，清除了纷争。对于谁作秦公簋的问题，虽然上面两个问题解决后，这个问题也就解决，但丁先生又据秦景公墓（凤翔一号大墓）出土残磬上缀合的一段铭文，引王辉等人考释与研究成果，并对秦公簋与秦公磬上的文字列表加以对照，说明两器为同一时期之物，确定它们都是秦景公时所制。在论证中，丁先生广引当前学界研究成果，体现出在学术研究基础上的推进，论证严密，令人钦佩。全书都体现出这种严谨、认真的治学态度。

丁楠先生是清末天水学者丁秉乾先生（1855—1903）的族侄。丁秉乾，字健堂，秦州马跑泉人。他二十岁为优贡，二十三岁中举，二十九岁中进士，次年入翰林院，光绪十二年任礼部主事，因双亲老病，奉请任于距家乡较近之地，因而被补四川双流县知事，但吏部索银300两始发任令，健堂先生未给予，因而搁置，两年后方改授陕西保安县知县。保安为最穷之县，老百姓生活极苦。他顺时劝耕，又引进桑苗蚕子，先令士卒植桑养蚕，逐步推广。又办书院，倡义学，外流之人多回归。光绪二十三年因母逝回家守孝三年。其后主讲于西和漾源书院，任训导（犹今校长）。在西和期间，他与同样任教于漾源书院的清末西和县教育家赵元鹤（字鸣九）有深交，有《步鸣九道兄〈七夕一首示子女〉》诗，诗中言"群姝乞巧慧"，"歌声韵断魂"，又言"一看髻髻舞，山城古礼存"，给西和乞巧风俗以很高评价，同一些浅学守旧文人的鄙薄态度大不相同。尤其他指出这是一种古代礼俗的遗存，真是通达学者的慧眼。我根据《史记·秦本纪》和礼县大堡子山秦先王陵墓的发现及礼县盐官镇历史悠久的骡马市场存留至今等事实，考定西和、礼县以及天水市秦州区、张川、清水一带的乞巧风俗都是秦早期文化的遗存，只是因为秦州区属东西南北交通枢纽，此习俗已淡化趋于消失。今天只存留有一些数十年前的乞巧歌的西和、礼县，因为闭塞，使这个古老习俗存留了下来。健堂先生是近代以来对西和乞巧风俗明确给以积极评价的第一人。

先父子贤先生在20世纪30年代搜集当时西和境内（包括今归礼县的祁山、盐官两乡镇）流传的乞巧歌编为一书，县上出资，2010年以《西和乞巧歌》的书名出版，丁楠先生曾写《〈西和乞巧歌〉——陇右文化奇葩》一文刊出，可谓承祖上之风，表示了对这个问题的关心。我对西和、礼县一带的乞巧节俗的研究，与丁先生对《秦公簋铭》的研究，都是对秦早期文化遗存的研究。我因近年中也一直在为编《陇南金石录》，对金石方面资料注意收集阅读，所以读了丁先生的《秦公簋铭文考释》，对丁先生以八十来岁高龄而持续进行这个课题的研究，十分钦佩。前些时丁先生来电话言此书将再版重印，做了一些校补，并增补一内容，要我作序。原版已有长期从事陇右早期古史、古文化研究的雍际春教授的序，所论十分精到。丁先生之命难违，写出一点心得，与读者同志共商。

2014 年 9 月 11 日

丁楠：《秦公簋铭文考释》（增订本），中国时代出版社 2014 年版。

丁楠，1924 年生，甘肃天水市人。毕业于西北师范学院教育系，长期从事师范教育工作。中国民主同盟盟员，全国教育学研究会会员。天水师范学院副教授、天水师范学院老教授协会名誉会长。发表论文数十篇，出版教育学著作三部。

秦文学文献挖掘与研究领域的开拓
——《地域文化背景下的秦文学研究》序

秦朝是短暂的，但秦国、秦民族历史悠久。所以，秦的郡县制和法治观念影响中国历史文化两千多年，不是没有原因的。由于秦人在统一全国的过程中对内实行法治，对外采用武力与分化政策，统一之后的十多年中完全致力于政治、经济、礼仪制度等各方面的统一，注意消除影响深度统一的各种因素，在文学方面没有留下多少值得称说的作品。但从其发展历史来看，也有一些值得重视的东西。尤其近些年大量秦简等地下文献的发现，更引起人们对秦文学的关注。

当年王国维在其《古史新证》中提出"二重证据法"，强调将"地下发现之新材料"与"纸上之材料"互相释证。梁启超的视野则更为开阔，他在《中国历史研究法》中说："得史料之途径，不外两种，一曰在文字记录以外者，二曰在文字记录者。"无论是传世文献还是新出土文献，其文字记载者归为一类，而将学人的眼光也引向对历史文化遗址、遗风、遗物及口传历史的关注。近些年一些学者在"二重证据法"基础上又相继提出多种形式的"三重证据法"或"多重证据法"，大体也不出梁启超所言范围。

到目前为止，全国已经发现了多批秦简，有关秦人的考古遗存、文物也多有发现，这些新材料对我们重新认识秦人历史、解决秦文化研究中长期悬而未决的问题提供了最直接的证据。

秦人发祥于今甘肃南部。20世纪80年代，在甘肃礼县的大堡子山发现了秦先公先王陵墓群，出土了大量精美的礼器，其规模相当宏大。《史记·封禅书》中载："秦襄公既侯，居西垂，自以为主少暤之神，作西畤，祀白帝。"

《史记集解》引晋灼曰："《汉注》在陇西西县人先祠山下。""陇西"指陇山以西，犹言"陇右"。西垂在今甘肃礼县、西和县北部，天水西南之地。西垂是秦人早期生活的重要都邑，在秦人发展史上起了重要作用，与后来的雍城、咸阳具有同样意义。

甘肃省对文化建设工作非常重视，于 2012 年提出建设"华夏文明传承创新区"的战略方针，其中大力推进早期秦文化的研究是这一战略的要素之一，这是符合事实的。

中国著名的民间故事 —— 牛郎织女故事的产生，与秦人早期的生活经历以及他们对先祖的美好记忆有关。《史记·秦本纪》一开头就说："秦之先，帝颛顼之苗裔孙曰女修。女修织，玄鸟陨卵，女修吞之，生子大业。"女修是秦人最早的女性始祖，以善"织"而彪炳史册，织女星即由女修而来；在《山海经》中两处写到周人的先祖叔均发明了牛耕，且被尊为"田祖"，牵牛星即由叔均而来。女修解决了农耕人的穿衣问题，带动了农业社会中最重要的工艺副业和社会文明各方面的发展。由织女星和牵牛星演化而成的"牛郎织女传说"，是我国孕育时间最长、产生最早的民间传说，其题材反映了我国几千年"男耕女织"农业社会的特征，也体现了古代劳动人民追求婚姻自主、勤俭持家、忠贞爱情和反对门阀制度的主题；它也是我国四大民间传说中流传最广，影响最大的一个，一直传到日本、朝鲜和东南亚一带，而且由之形成"七夕节"。相关传说中的银河，就是秦人生活区域的汉水[①]。银河在先秦时也叫"汉"，或"云汉""天汉"，汉代以后才开始叫"银汉""河汉""天河"，后来又叫"银河"。天上的"汉"是秦人根据自己所居之地的汉水命名的。秦先民最早居于汉水上游，因而将晴天夜晚天空呈现的银白色光带命之为"汉"，又将天汉边上最亮的一颗星命之为"织女"以纪念其始祖。天水之名也由此而来。周人早期生活于今甘肃东部庆阳一带，周人、秦人生活地域距离不远，秦人后来所居之地岐一带本为西周故地，形成周秦文化交融的契机。至今在甘肃、陕西一带有许多牛郎织女传说遗存与风俗，如织女庙、牵牛墓、卧牛山等。陇东至今保

---

① 西汉以前西汉水、东汉水是一条水，东汉水（沔水）是汉水的一条重要支流，后由于汉水上游流至今略阳后水道淤塞，折而向南流入嘉陵江，遂成两条水，名沔水为东汉水。

存有一些十分看重牛的风俗，以及同牛有关的活动，如在正月初一有"出新牛"的风俗等，在我的老家甘肃西和县以及礼县一带，每年农历七月开头的七天都要举行隆重的乞巧活动。乞巧风俗随着"牛郎织女传说"由汉水流域传向全国，甚至传向国外，成了世界文化发展史上具有特殊意义的女儿节。目前，甘肃省已举办十届乞巧女儿节。2006 年西和县被中国民间文艺家协会命名为"中国乞巧文化之乡"；2008 年西和七夕节被国务院公布补收入第一批国家级非物质文化遗产保护名录；2014 年西和县被文化部命名为"中国民间文化艺术之乡"。2016 年，甘肃省乞巧文化研究会成立。

牛郎织女传说主要流传于民间，其早期如何演变，因史料较少，学界以前认识较为模糊。有的学者以为最早的文献记载是《诗经·小雅·大东》，因为该诗借牵牛星、织女星以讽刺周王室对东部诸侯国的剥削，把牵牛星、织女星看作有生命的人，并且同天汉联系起来。但《大东》一诗中毕竟未涉及与二者相联系的故事情节。一般认为关于牵牛织女的文献最早是《古诗十九首》中的《迢迢牵牛星》，该诗描写牵牛织女隔着河汉流泪悲伤的情景，确已反映了牛郎织女故事的基本情节。但从《诗经·大东》到《迢迢牵牛星》时间相隔将近一千年，这期间牛郎织女故事是如何演变的，不得而知，因而产生了种种错误的观点。

20 世纪 70 年代在湖北云梦睡虎地出土的秦简中，有两简明确提到牵牛织女。其一简文为："牵牛以取织女，不果，三弃。"另一简文为："牵牛以取织女，而不果。不出三岁，弃若亡。"显然，前一条中的"三弃"是"不出三岁，弃若亡（无）"的缩减或残缺，是言不到三年，织女弃家而去，家中如同没有她。可见，牵牛织女的传说故事在战国末年已基本形成。[①] 但还不能说这就是"牛郎织女传说"产生的时间上限。《诗经·秦风》中的《蒹葭》，诗中的抒情主人公想接近河对岸的另一个人，却总是无法接近。这首诗在解说上，两千多年来一直有分歧，但此诗成于秦襄公时的看法自《诗序》以来，没有分歧，而当时秦人尚居于今天水西南，礼县、西和北部之地。《蒹葭》应是牵牛织女传说在秦地早期传说的反映。在西周末年、春秋初期，牛郎织女传说在民间传播

---

① 赵逵夫：《由秦简〈日书〉看牛女传说在先秦时代的面貌》，《清华大学学报》2012 年第 4 期。

的突出例证便是《诗经·周南》中的《汉广》一诗。这首诗虽然也产生于汉水流域，但产生于汉水中游地带。诗中的"汉之游女"，与《迢迢牵牛星》中的"河汉女"一样，也是指织女。由此可以看出早期秦国文学的传播情况。《汉广》和《蒹葭》这两首诗都是"牛郎织女传说"的早期反映。可以说，这也就是秦文学的源头。

秦文化在其他方面的成就也不容忽视。

石刻文献是我国古代最重要的文献内容，它可以弥补正史和各种史学著作的缺漏，而且其中也有一些有价值的文学作品：人物传记、散文、诗歌。而石刻碑铭最早是产生于秦地的。《穆天子传》中载周穆王"天子遂驱升于弇山，乃纪其迹于弇山之石"。郭璞注："弇山，弇兹之山，日入所也。"弇兹之山一般写作崦嵫之山，古今各种史地之书和工具书都说在天水西南，正是指礼县、西和北部之地。这是古代文献中关于石刻的最早记载。史书所载可靠的最早石刻文献也是产于秦地的。秦地著名的石鼓文，十个鼓形圆石，每一个上面刻有四言诗一首，内容是歌颂秦国国君狩猎的盛况。较早的石刻文献是战国时秦人的《诅楚文》，反映了秦楚对抗中秦人采取的宗教神灵手段。到了秦代，秦人的石刻文数量更多，秦始皇时的《封泰山碑》《峄山颂德碑》《琅邪台刻石》《之罘刻石》《碣石石刻》《之罘东观大篆》《稽山颂德碑》及秦二世的《二世诏文》等碑刻，不但成为后代碑铭的典范，更将石刻风气推向全国。

在发现的大量秦人器物中，有一件乐府钟，上铸"乐府"二字，说明秦代已经设有乐府机构，证明《汉书·艺文志》中言"自孝武立乐府而采歌谣"，是说的汉代建乐府的情况，历来学者误认为此为设乐府之始，形成延续两千多年的误说。实际上是秦代乐府机构的设置为汉乐府的繁荣奠定了基础。

以上仅举几例，说明秦文学与文化在中国文学文化史上的重要意义。

学者们常说"汉承秦制"，其实秦人的一些制度甚至影响了整个封建社会。战国时期东方国家慑于秦国迅猛的东扩势头，以及兼并战争中多次使用权谋权诈，对秦产生痛恨而贬斥之；汉王朝代秦而治，为凸显以汉代秦的合理性，对秦王朝及秦国多抨击而少称许。这应是特定历史条件下的必然现象。但这种评价却使得后人多认为秦人精神文化落后，秦文学艺术不足谈论。战国时期的大儒荀子曾经去齐至秦，见到秦昭王和秦相范雎，就他亲眼所见秦国的政治、吏治、民风等方面的情况做了评价，总结它是"佚而治，约而详，不烦而功，治之至也"（《荀子·强国》）。荀子曾三次担任当时最大的学术中心齐国稷下学宫的祭酒，培养了法家的两个重要人物韩非子和李斯，从认识社会的眼光和理论水平来说，在当时无以过之。荀子对当时秦国的肯定性评价值得我们重视。从出土的大量秦人器物看，秦文化并不落后于东方国家。因此，需要对包括秦文学艺术在内的秦文化重新进行客观的认识和评价。

公元前770年，周平王东迁，西周故地为秦所有，大量的西周民众以及文化也为秦所接受。秦文学上承西周文学，下启两汉文学，是中国文学史上的关键环节。研究秦文学，有助于认识中国文学由地域文学逐步走向统一文学过程中的规律，有助于梳理中国早期文学的发展流变过程。出土的秦人文献虽然不是很多，但一些具体作品如志怪故事、成相辞、祝祷辞、木牍家书等为重新认识各文体的发展流变提供了珍贵资料，在文体研究中具有追溯源流或补充缺环的重要意义。

目前学术界对秦文化的研究已经取得了一定的成果，但从文学的角度研究秦人文献，则显得较为薄弱。将大量的出土文献与传世文献相结合，对秦文学做全面系统的梳理研究，既有可能，也有必要。

延娟芹同志于2006年来我处攻读博士学位。入学不久，她就将秦文学研究作为博士论文内容，2009年顺利通过答辩。2010年，延娟芹在原博士论文基础上结合答辩老师的建议，拓宽思路，以"地域文化背景下的秦文学研究"为题申报了国家社科基金项目并获准立项。在项目研究期间，她又进入华东师范大学中国语言文学博士后流动站，在方勇先生指导下进行合作研究，以《秦汉时期〈吕氏春秋〉接受研究》为博士后出站报告题目。《吕氏春秋》是一部对战国时各家思想、理念进行总结的著作，它是为秦王朝建立大一统意识形态局面服务的。其中也有些很有文学性的篇章和有关文学艺术产生、传播、批评的材料。延娟芹在研究《吕氏春秋》的接受情况时，对《吕氏春秋》以及秦文学有了进一步的认识。

文学是在特定时空背景下产生的，研究文学作品，既要从时间维度梳理其在文学史上的传承流变轨迹，也要从空间维度，探讨特定的地理环境、人文氛围对文学的影响。传统的文学史，比较重视作家、作品在时间轴上的发展演变，对于空间角度的阐述，相对来说不够深入。时间与空间，是文学产生的重要条件，缺一不可。有些文学现象，单纯从时间的角度很难得到令人信服的解释，如《诗经》和楚辞，同产生于先秦时期，但风格迥异，这除了二者产生时间不同所致外，南北地域差异的影响更为突出。我们需要以史证诗，同样也要以地证诗。

在中国古代，人们很早就有了空间意识，《诗经·国风》就是按照不同的地域进行编集，《尚书·禹贡》《汉书·地理志》都是有关地理环境的重要史料，刘勰、钟嵘也都提及气候与文学的关系。

20 世纪 80 年代，一门新的学科——文学地理学出现，有的学校开设了相关课程，近年又成立了文学地理学学会，研究队伍不断壮大，这是可喜的变化。目前学会已经召开多次年会，甚至得到日本学者的支持，在日本举办了一次年会。但是，从地理环境的角度研究文学，从古及今，实证研究成果丰硕，理论探讨明显不足，如古代的"江西诗派""桐城派""常州派"等都着眼于地域的不同。而理论方面的研究，如地理环境如何影响作家的思想、性格并进而影响作品风格，文学与地理环境之间如何互动，地理环境中诸要素如地貌、水文、生物、气候等如何具体影响文学，文学地理学的具体研究方法等问题，都需要细致地加以总结提炼。作为一门独立学科，除了实证研究外，还必须有自己的理论体系；而理论体系的提出，又需要建立在扎实可靠的实证研究基础之上。文学地理学，应与文学史具有同样的体系与地位。

延娟芹从地域文化视角研究秦文学，符合文学发展的客观规律。全书从泛文学的视角出发，对秦文学史料进行了全面彻底的梳理钩稽，做了认真的考证辨析，并进行了编年，尤其是对文学研究者关注较少的大量秦出土文献，如铭文、石鼓文、秦简等，考辨更为细致，对一些史料提出了自己的看法。这是本书的基础工作，也是延娟芹用力最多的部分。站在秦国的立场，从秦人的角度对一些传世文献重新进行研究，如《商君书》与《吕氏春秋》不再单纯作为诸子著作，而是将其放到秦文学发展的链条中考察其成就地位。参照秦人的音乐、雕塑、书法、绘画等其他艺术门类史料，以及其他周边文学文化，通过横向比较，进一步认识秦文学的特点；不但在先秦地域文化的广阔背景下审视秦文学，同时将秦文学置于中国文学的发展链条中，探讨秦文学的发展阶段、特点、成就、地位以及影响，全面立体地展现了秦文学的全貌。

《地域文化背景下的秦文学研究》的结项报告，得到评审专家的一致肯定，鉴定结果为良好。本书的出版，补充了学界对秦文学研究的不足，丰富了先秦地域文学研究。我希望延娟芹能以本书为新起点，在以后的研究中能取得更多、更突出的成就。

延娟芹：《地域文化背景下的秦文学研究》，上海古籍出版社 2018 年版。

延娟芹，女，1973 年生，山西中阳人。2009 年毕业于西北师范大学，获文学博士学位。2013 年华东师范大学中国语言文学博士后流动站出站。现为西北民族大学文学院教授、古代文学教研室主任、硕士生导师。出版《秦汉时期〈吕氏春秋〉接受研究》。

《阮元山左金石志研究》序

　　阮元因为主持校刻《十三经注疏》，为人所熟知。《十三经》中包括古代历史、文学、哲学、礼学以及历史地理等很多学科领域知识，要解决其中文字是正上的问题，没有关于古代礼仪制度、上古历史及文字学、音韵学、训诂学方面的深厚修养，确实也难以承担。张之洞的《书目答问》所附《国朝著述诸家姓名略总目》中，阮元先被列入"经学家"一类的"汉学专门经学家"之中，特别说明其中"诸家皆笃守汉人家法，实事求是，义据通深者"。后面又被分别列入"小学家""算学家""校勘学家""金石学家"四类。之所列入"算学家"之中，因为他在天文、历算方面的学养也很深。事实上，他在舆地方面同样学养深厚。他一生勤于学问，很多方面都取得突出的成就。

　　阮元在金石学方面，著有《山左金石志》《皇清碑版录》《积古斋钟鼎彝器款识》《两浙金石志》《汉延熹西岳华山碑考》等。由于他在经学、小学、校勘学等方面名声太高，学界对其金石学方面的成就关注不多，研究也很少。其实，他虽然不是一生全力从事金石学研究，但因为知识全面、扎实，在金石方面的研究有很值得重视的地方。惜自清以来关注者不多。最近，很高兴地看到孟凡港同志的《阮元山左金石志研究》一书完成，并被列入国家社科基金后期资助项目，即将交付出版。本书实可弥补以往在这一方面研究的不足。

　　《山左金石志》二十四卷，署"毕沅、阮元同撰"，因毕沅于乾隆五十九年巡抚山东，闻阮元有编纂《山左金石志》之想，与之共同商订编修凡例及搜访事宜，又以自己的丰富收藏支持之。当时阮元提督山东学政，对山东的金石碑刻首次做了较为系统的搜集、著录与研究。阮元以官场旧例和朋友之情，列毕沅之名于其前，其实全部的编纂工作是由阮元负责完成，其幕友朱文藻、何元

锡、武亿、段松苓、赵魏等人协助搜集、编校，钱大昭、钱东垣、顾述等人给
以支持协助。该书体例整饬，内容丰富，考证详审，学术价值突出，是编录、
研究山东古代金石文献的一部划时代巨著。孟凡港同志此书对《山左金石志》
的编修者、编修背景、金石资料来源、编修始末、体例、内容、版本、价值、
学术影响等众多问题做了深入的探讨。以往学界对《山左金石志》是利用者多，
研究者少，只有数篇文章探讨《山左金石志》的编纂者是毕沅还是阮元，一直
无人对它进行全面的、专门的研究。这部《阮元山左金石志研究》，可以说是第
一本全面研究《山左金石志》的专著。我觉得该书有以下几点值得肯定：

一、揭示了《山左金石志》的编纂经过及学术价值。《山左金石志》是
谁主持编纂的？如何编修而成？以前学术界有不同看法。作者经过仔细考察，
认为主要是阮元与其幕僚朱文藻等人纂修，毕沅支持了这项工作，在编辑体
例等方面提供了个人的意见，也提供了个人所收藏的有关文献，但并未主编
和参与定稿工作。阮元本人发挥了主编与定稿人的作用。《山左金石志》是阮
元金石学研究的奠基之作。全著录先秦至元代金石 1700 多种，收录范围遍
及今山东省，其著录体例之完备，对清代金石学研究，影响深远。这些结论，
皆言之有据。

二、探讨了《山左金石志》部头大、成书时间短，而质量仍能保证的原
因，肯定了集体编纂和分工合作模式在这种大型学术工程的中的作用。

三、运用统计的方法，对《山左金石志》所载金石的时空分布进行统计分
析，从而揭示了山东古代金石碑刻的分布及兴衰变迁规律：从时间分布上看，
山东于三代有金无石，秦汉以后石盛金衰；从空间分布上看，山东古代石刻主
要分布于长清、临朐、泰安、益都、曲阜、济宁、嘉祥、邹县、历城、掖县等
地，石刻数量、类型及特色因地域不同而不同，这既与自然地理因素相关，又
与地域文化密切相联。

四、利用地利之便，多次做实地考察，获得大量详实的碑刻资料。因为这
些丰富的资料，使此书考论精审，持之有故，对一些模糊不清或前人看法分歧
的问题提出己见，且言而有据。

总体来说，该书是微观研究与宏观研究相结合，既解决了一些具体的学术问
题，也从纵、横的发展变化中总结出一些带有规律性的现象，是一部有较高水平

的学术专著。本成果的问世必将有助于推动金石文献和山东地方历史的研究。

金石学研究一直是学术研究的薄弱区域，清代以来大多数金石学著作，基本是以省或地区为单位撰写的，如果对该地区的历史文化不熟悉，是很难做进一步研究的，诸如《陇右金石录》《关中金石志》《两浙金石志》等。《山左金石志》是专门记载山东省金石文献的著作，所以，该书稿的出版问世也一定会推动对齐鲁大地历史文化的研究。又由于该书用较大篇幅总结阮元的金石学贡献及其思想，也有助于对清代学术史研究的深入。

如果说本书还有什么不足的话，我觉得还可以与同类著作比较，进一步做一些深度分析，以凸显《山左金石志》的特点及价值。对阮元金石学思想论述也还可以联系阮元其他著作加以总结提炼，对其金石考据方法的评价也会更为具体切当。作者必能以此书为契机，不断拓宽研究视野，加强理论素养，在以后的研究工作中做出更大的贡献。

我也深知金石文献搜集研究之不易。在九十七八年前，先父子贤公（讳殿举）受命为他的老师王少箕（访卿）先生各处跑着拓碑刻、抄碑文，我小的时候常听他说起一些事，引起我对石刻文献的兴趣。我自己最早搜集的碑文是1963 年 8 月在西和、礼县之间的香山所抄几通碑刻。其中一通因相约的同学来了一起去山顶的寺院，未抄完。五六年前托西和县志办主任袁智慧同志去补抄，结果那一通碑已不见了。近些年前后用了十多年时间主持整理的《陇南金石校录》已交出版，校样都看过之后，听人说宕昌有我们未见到的金石文献，由院上一年轻教师和我的一个博士生开车去跑了一周，也只找到三通碑文和几段残文。有一单位所藏有铭铜器，费了不少周折未能见到，后来我搬动上级领导才得到照片。至于校点，缺文校补、背景的探索等方面问题更多，常有意想不到的困难。该书（今年）元月才由社会科学出版社出版。还有所主持校点的《陇右金石录》，尚未最后完成。故深知此类工作之艰难。

学海无涯，只要努力，总会取得成绩。我真心希望孟凡港同志继续努力，拓展研究领域，完成阮元金石学的系统研究。这不仅对于阮元研究，而且对于扬州学派乃至整个清代学术史研究都有意义。

是为序。

2018 年 8 月 10 日

　　孟凡港:《阮元山左金石志研究》,中华书局 2019 年版。

　　孟凡港,1979 年生,河北平乡人。北京师范大学历史学博士,山东大学博士后,早稻田大学东洋史研究中心访问学者,现为曲阜师范大学历史文化学院副教授,研究领域为石刻文献学、中国古代史。主持国家社科基金后期资助项目、全国高校古籍整理项目、中国博士后面上资助项目及山东省社科规划项目等四项课题,在《光明日报》《历史文献研究》《世界宗教文化》《齐鲁学刊》《东岳论丛》等学术期刊发表论文近三十篇。

《〈朱圉山人集〉校注》序

　　《朱圉山人集》是清代初叶甘肃著名的理学家和杰出的诗人巩建丰的著作总集。从诗歌创作来说，甘肃有成就者，此前有生于明清之际的巩昌的王予望、兰州的郝璧、狄道的张晋，下来就要数巩建丰；而从做学问尤其在理学上的功夫、体会与著述来说，伏羌（今甘谷）巩建丰为清代甘肃第一人。

　　巩建丰（1673—1748），字文在，号渭川，别号介亭，康熙五十二年进士，其门生通渭李南晖《巩介亭先生传略》云："累官翰林院学士侍讲，直起居馆。挟一匦肩舆中，朝暮自随，其所记录，虽子弟及门秘不以示也。乡会试屡同考官，甲辰主四川乡试，又出为云南学使，所取每多知名士。迁侍读学士。致仕归。"其一生，一是侍候皇帝读书，讲其疑难，备问疑与讨论；二是负责一省办学教育行政、考试等事以及参与乡试阅卷。古代承担这两类职责者大体上是两种态度：一种是看风使舵，逢迎皇帝、长官，趁机交接权贵，从中得利；一种是守正洁身，恭谨从事，也不违法背礼以就人。巩建丰属于后一类。他生于西北，性耿直，在职期间，又进一步研读了些理学论著，四十一岁进入仕途即侍君讲读，常以儒学宗师自视，不会因眼前利益而改变初衷。所以，尽管他受到雍正皇帝的重视，有机会与当时的权贵与名流接触，但他既没有因此而谋肥缺，也没有交接学界高明，走向深研文史、潜心考究的路子，最终是潜心理学研究。

　　巩建丰走向理学研究，也同他一生大部分的生活环境有关。据其门生黄元铎所撰《介亭巩公墓志铭》言，巩建丰于雍正壬子夏四月"请假归里后以官征，不复出"。是年六十岁。则其在京、外任首尾二十年。归家十六年后卒，享年七十六岁。则其在家乡的时间五十六年。甘陇之地在唐五代之后渐为偏僻之地，社会风气、学术上较京畿一带、中原与东南迟滞守旧。由于清初文字狱的严厉，学者们转向古籍整理诠解与音韵、文字、训诂之学。东南一带及晋冀之地商业活跃，小说、戏剧、曲词创作空前繁荣。甘陇一带文人作词、曲、小说者极少，做学问者或从事文化典籍的考究校释，或承宋代以来传统，由经学而转入理学。巩建丰之成就于理学，即是如此。

北宋著名的唯物主义哲学家张载（1020—1078）为凤翔郿县人，清初之时今定西、天水一带属陕西省，故巩建丰从地方传统上将张载作为前辈贤达宗师。张载为嘉祐进士，官至同知太常礼院，曾在关中讲学，其学以《易》为宗，以《中庸》为体，以孔孟为法，吕大忠、吕大钧、吕大临、李复、张舜民等高张其帜，形成关学，影响甚巨。关学主张"学贵有用"，重视研究井田、宗法、封建、军事，崇尚三代之治，躬行礼教而排斥佛老，以"气"为万物本源，认为万物的运动是由于其对立的"两端"或"两体"相互感应，主张"穷神知化"，"穷理尽性"。巩建丰自受学以来慕明代著名理学家薛瑄（1389—1464）之为人，基本上接受了关学的基本精神与理论，同张载理学在实质上一脉相承。故其门人李因培在其《朱圉山人集序》中说："自横渠先生倡道学于关西，后如先生之比，罕有其伦。"

巩建丰作为当时大儒，除自幼勤于读书，从各种历史事件、各家学说中归纳出基本"理"，同时也同他能着力于联系实际，并体现于自身修养有关。李因培《序》中曾引其师巩公所说：

　　　　体忠达信守礼奉法，修体之本也；父慈子孝兄友弟恭，齐家之本也；兴利除害礼士爱民，作官之本也。得其本而推广之，则节目可次第行矣。①

这实际就是巩建丰一生所遵循。此《序》中还引了巩公的一段话：

　　　　尝爱诸葛武侯"非淡泊无以明志，非宁静无以致远"二语，讽诵不

---

① （清）巩建丰著，巩维祥、巩亮、巩芳编译：《巩建丰文选》，兰州大学出版社 2011 年版，第 41 页。

休。及自入庠登朝以迄归田五十余年中，目睹声色货利纷华靡丽之物，只常守"淡泊宁静"四字，幸不为其所染而庶几免大咎者，以此试与诸生剀切言之。①

这些在今日之从政者，甚有借鉴意义。以此观之，理学未必空谈无用之学，而真正是关乎人生、关乎现实、关乎社会安定的学问，在任何时候都会有打着各种招牌、披着各种外衣自我标榜，干伤天害理、借"理"杀人的人，在封建社会末期，当民主思想兴起之时，更有不少人借君臣父子之义打压青年人，抵制民主运动。那是借着理学的工具保护各种反动的封建制度。在今天封建制度已被彻底砸烂的新时代，人们的识别能力已大大增强，我们应当挖掘传统理学中有利于提高国民素养、促进社会发展的因素，联系当下的现实加以阐释，予以继承张扬。

《朱圉山人集》第一卷为《就正编》，为作者七十四岁时集平时所记心得，由李南晖编次而成，应为巩公的最后一部著作，前有《自序》。其下为《研经》，共二十一条，前十四条为论《易》理者，皆联系社会人生言之，与谈象数者不同，句句切于义理。如第十条云：

> 为学莫大于好古积学。《易·大畜》之《象》曰："君子多识前言往行，以畜其德。"夫德散见于言行。古人已成之迹，其最可法也。故必多识以畜之，则德进于日新，而不自知其光大。彼以致虚寂为德者，适见其陋而已矣。②

现在很多人说到加强个人修养，改变工作作风，只是口上说说，在下面干了很多违背党纪国法之事。有的领导怕犯错误，什么事也不干，推卸责任，没有担当，当一天和尚撞一天钟。这些难道能算是有高的道德修养吗？如果能多

---

① （清）巩建丰著，巩维祥、巩亮、巩芳编译：《巩建丰文选》，兰州大学出版社2011年版，第52页。

② 巩建丰：《朱圉山人集》，《清代诗文集汇编》，上海古籍出版社2010年版，第327—495页。本文所引《朱圉山人集》均出自此版本，以下随文注明相关卷数，不再单独出注。

读书，知道历史上很多很多巨贪都没有好下场，在古代或被满门抄斩，或主要成员被杀、其他流放于边远之地者甚多，知道这些，自然就会知道什么事可做，什么事不可做，有所畏惧，有所警诫。这样，国家事业也少受损失。就犯罪者来说，有不少也是国家花很多钱多年培养出来的，一旦受到法律制裁，从人才方面来说也是一个损失。无论从事行政工作、事业管理，还是负责企业，都应在思想上、个人品德修养上严格要求自己，绝对不能踩法律的红线。干具体工作也有一个方法问题。人与人的交往，单位与单位之间协调沟通，也有一个正常的互助互利原则。所以，巩建丰论《易》联系现实而谈理，正是将传统文化中的光辉之点挖掘出来，使人人皆知，体现在人的行为中，以利社会正常发展。这在今天仍然是有意义的。

《研经》的后七条分别论《诗》《书》《礼》《春秋》，也能从切近现实的方面言之。当然，其中也有些从学术方面论述个人看法，如言《礼记》中《檀弓》本是解"经"之"传"，因汉儒于秦火之后采辑补缀，将其与《大学》《中庸》等本为经者并列编为一书，"殊失孔子定《礼》之意"。还有对其中一些记叙不可靠的评点，也都可以看出巩建丰读书除从理学的角度加以发挥引申外，也从文献的角度对其中一些学术性问题进行深入思考，提出自己的看法。

第二章为《考史》，虽皆就历史上之大事宏观论之，而往往有真知灼见，令人眼前一亮。如云："赵宋开国，家法严，伦理明，所以后来无女主之祸，而有曹、高、向、孟之贤，异于汉唐远矣。"历来论古史者，都着眼于汉唐开疆拓土及同西域等周边之交流，成一时强盛帝国一点，称作"汉唐盛世"，而巩公则着眼于朝政制度。则汉唐两代都是开国之君谢世后出现女主专权，在女后取得君主大权和后面的重新归于正宗过程中，都要经历一番折腾，对国家政治、经济、社会安定都造成很大影响。而北宋之时社会稳定、经济繁荣，文化教育得到空前发展，在中国古代史上是空前绝后的。我国科学技术的发展也以北宋之时最为突出。由此也可以看出巩公史识之不凡。其下《讲学》《立教》《论古》《感时》《崇正》《辨邪》《居官》《涖民》《燕居便抄》等章所论，皆有精辟之见，不一一列举。

《朱圉山人集》的第二卷为《奏疏》，第三卷为《书柬》，第四卷为《序》，第五卷包括《论》《考》《说》等体文字，第六卷为《传》《墓表》《墓志铭》

等。其前五卷，也多有发人深省之处。如第五卷之《风俗论》云：

> 风之行也自上，而俗之靡也不尽关于上。其始也，一二人倡之，既而
> 千百人和之，如水溃堤，狂澜肆溢，而莫可防遏。虽有勇者，卒莫可施其
> 力，无他，势使之然也。

下面举了伏羌县朝山的风俗，"不过愚夫愚妇，祈福邀神，并不害于俗。
其后国家休养生息，民间渐富，有的人聚会矢盟，假敬神之美号，造淫佚之恶
习"。最后弄到"奸棍诱赌，荡破家中之产"。所以，俗有人使之坏，必要有人
倡之使其归于正。读书、受教育多者应该主动承担这个责任，使地方保持良好
的风气。这当中所揭示的道理，至今仍值得人们关注。卷五之《程淡远传》写
了乾州程淡远的事迹，如当战乱之后，"分田田人，人有未遽受者，先生曰：
'苟可以利若俯仰，我奚爱此数块土也'"。还写到其支持一些家境困难的学生
能继续攻读等事迹，之后说："太史公曰：'谚曰：里有君子，而风俗化。'淡
远先生，其化俗者耶？"说地方上有学问之人应以救贫济困、助学倡善、转变
风俗为己任，不能让一些吃喝嫖赌、招摇撞骗之徒把地方的风气弄坏。其他各
卷也多有联系现实论事给人以启发、激励、引导之作。故巩公虽理学名家，并
不是空谈礼义廉耻，而是充满人情味和带有强烈的现实感。这些论述中也同样
表现不凡的史识。《程淡远传》开头说："家传与史传异，其人可史，每每取信
家传、行状、志铭，皆其具也。读昌黎诸家传，窃怪志状太夥，或过其实。唐
宋以还，史家资焉。大抵文益显，其真益衰；始以翼史，卒以乱之。可胜叹
哉！"他对韩愈的墓志铭之类的失真和一些史书的失真表示极大的不满。这是
很多文人甚至治史者所不具备的眼光。

第七卷至第十二卷为诗，以体分类而列，其中词只有二首，这也同西北尤
其秦陇之地自宋以后商业欠发达，人口稠密的都市少，舞榭歌楼极稀少有关。
甘陇诗人能作词曲者极少。

巩建丰存诗三百多首，同其文一样，极有情，而情依于理，理见于事，既
表现出甘陇一代儒宗深厚的情怀、高尚的品质，也可以看出他确实是关心国计
民生，关心教育，关心对社会风气扶持引导之用心。如五言古诗《乞妇答》写

因遭灾,很多人吃草根树皮。一个穷苦妇人乞讨中听说有京官来,想上陈百姓之疾苦以为可以解脱困境,结果呢?"无奈虎狼役,鞭扑扼其吭。四路如张网,何处喊冤鸣?"《老农叹》《观稼》等诗反映了大体相近的社会现实。再如七律《不寐》,其前四句云:

> 市粮腾贵价难均,眼见饥民颠沛身。一岁叠荒糠作面,十家九空灶生尘。

诗人并不因为这些内容有损于当时"盛世"而装聋作哑、熟视无睹。诗人不寐非因个人家庭之事,而是因社会民众之事。他作为一位杰出的理学家,不是事事循规蹈矩,以封建统治阶级法规为准,不敢越雷池一步,而能凭心反映社会的矛盾,揭示社会的阴暗面。

巩建丰诗中也有些访古抒情之作,很可以看出诗人的胸怀情趣。上文已谈到他对诸葛亮的崇拜。卷九有七律《澜沧江谒武侯祠》,卷十又有七言绝句《过沔县吊诸葛武侯墓》,都可以由之看出诗人的情怀。

诗集中关于天水一带的名胜之诗也比较多。如七律《初秋登秦州城楼观修罗玉桥》:

> 爽气高迎百尺楼,旷观景物望中收。西通雪岭清沙塞,东走黄河顺曲流。万户烟攒云欲合,千村树立翠还浮。新桥此日安隆栋,老友欢声颂都侯。

视野开阔,很有气势。其他如五律《玉泉观抒怀》《登台望南山诗》等也都很有诗意。其《二月中旬往秦州道上遇雨之作》:

> 春半老身怯雨寒,使君揖我就征鞍。四周草树生机畅,一带园田播种安。民瘼已知通郁气,士风直欲障狂澜。主人无限绸缪意,喜共阳和布教宽。

　　这是应州官之请赴秦州书院任教途中所作，写途中所见风景甚美，但由"民瘼"一句可看出他对民间困苦的关心，只是言做官者以能了解民情，上达而下抚救之。"士风"一句即表现出其《风俗》一文中所表达的士人当障恶风而畅良俗的思想。诗中既有写景，也表现出其思想情怀。其七律《秦州书院勉诸生力学》中"桃李浸浇须畅幹，矿沙锻炼待成金"等语，也表现出他在培养人才上注重德教。

　　《朱圉山人集》中各体诗歌都不追求奇崛警句，语平实而引人深思，多可玩味。他是清代甘肃杰出的诗人之一。

　　霍志军教授从事中国古代文学研究，对地方作家作品特别关注。十多年前同聂大受教授一起编写了《陇右文学概论》一书，虽成书出版于甘肃省社科院《甘肃文学概论》之后，篇幅也较前书小，但内容上有前书未及者，突出的一点便是增列了巩建丰。此次搜集《朱圉山人集》的各种印本、抄本，几次到甘谷的图书馆、档案馆、博物馆查访，并到民间了解，尽量求其完整，补其模糊不清之字，以求成最完整的本子，以便流传于后，不使有憾。除校勘之外，还对其中一些人、地、事件和较生僻词语作了注，以便更多的人阅读、了解。

　　中国可谓诗之国，从古至今，历代著名诗人不少，名篇不计其数，作为一个文明古国，历代从事学术著述的也不少。作为一种普遍的社会教育，各地都应张扬优秀的文化遗产，使这些有成就的诗人、作家、学者的心声、呼喊、告诚为广大群众所闻知。因为这些诗人学者的著作所反映的人、事、山川、景致跟当地人民最为贴近，其内容更易被理解。所以，在着力改变甘肃面貌的当中，也应把前代贤达的著作整理出来，剔除其封建性糟粕而弘扬其民主性精华，作为今天改善民风民俗，提高国民素质的一种教材。《朱圉山人集》中在今日读来仍具教育意义、启发意义的东西不少。本书的出版是甘肃古代文化整理研究的一项大成绩。

2019 年 1 月 14 日

杜松奇、霍志军校注：《〈朱圉山人集〉校注》，甘肃人民出版社 2019 年版。

　　杜松奇：1953 年生，甘肃成县人。曾任甘肃省政协科教文卫委员会副主任。

　　霍志军，1969 年生，甘肃天水人。文学博士，天水师范学院教授、硕士生导师，中国语言文学一级学科硕士点中国古典文献学学科带头人，甘肃省"飞天学者"特聘教授，甘肃省古代文学学会常务理事。在《文艺研究》等刊物发表论文 80 余篇，出版专著《唐代御史与文学》《陇右地方文献与中国文学地图的重绘》等 12 部。

《刘瑞明文史述林》序

刘瑞明教授是我校老校友，是我的学长。他毕业后几十年来默默耕耘，不仅教出了大量的学生，在学术上也做出了令人瞩目的贡献。他所在的学校庆阳师专（今陇东学院）距甘肃省会兰州较远，又不通火车，距西安较近，但又隔省，所以无论查找资料、学术交流，都不太方便。但这些都并未影响到他成为一位有影响的学者。他的文章在《中国社会科学》《文学遗产》《文献》《辞书研究》等刊物上刊出，也被同行专家所引用。在兰外高校从事敦煌学研究的学者，天水的张鸿勋，庆阳的刘瑞明，该领域无人不知。刘瑞明先生在古汉语的其他方面和古代文学及民俗学方面也有所建树。一方面是校友，再者 20 世纪 80 年代我也搞过一阵敦煌文学作品的校释，他到兰州开会或查阅资料、或看望老师时，我们也常一起讨论些问题。我觉得，刘瑞明先生学术上涉猎广泛，读书扎实，也常想到一些别人想不到的问题，而且，这些也并未随着他年龄的增大而改变。所以，他退休之后仍时有论文刊布。

今年刘瑞明教授把数十年发表与未发表的近 300 万字、300 多篇文章分为《谐音造词法论集》《词义论集》《泛义动词论集》《词缀论集》《汉语人名文化》《敦煌学论集》《文学论集》《说神道鬼话民俗》八卷，总名《刘瑞明文史述林》结集出版。

2004 年刘先生以集 14 篇论文的《汉语谐音造词法研究》申请甘肃省高校 2002—2004 年度优秀社会科学成果奖，获得一等奖。我是推荐人之一，我的推荐书说："刘瑞明教授近年来从事汉语词汇学研究，在造词法方面取得了突出的成就。其《汉语谐音造词法研究》是其在长期积累资料，认真分析研究基础上于近两年中集中发表的一组系列论文。分而言之，每一篇都有创见，都作了古今贯通，南北联系，从实际生活中考察语言的演变和一些词汇的产生。合而观之，深入探索了汉语方言、口语的造词法，揭示出隐实示虚、趣难等规律，在理论上是一个发现，方法上也有创新性。作者知识面极宽，引述材料丰富，采用'小题目，大文章'的写法，通过对典型例证的集中分析、论证，揭示真理，将很多材料通过对某一或几个例证的分析集中起来，便避免了一般语言学论文的单调与枯燥，也颇值得注意。总之，我以为这是近年中我省语言学研究方面的重要成果，故特予推荐。"

现在《谐音造词法论集》中居然有覆盖面极其宽广的 91 篇论文。从历时来说，上自《诗经》，下至今天仍存在于口头或书面的词语。如《豳风·七月》"六月莎鸡振羽"的"莎鸡"，后来许多方言的趣名（疑是"取名"之误）是纺织娘。刘先生认为是"妨·吱·嚷"的谐音：吱吱的鸣声嚷得妨碍人。"莎鸡"是"绩纱"的谐音而倒序：纺纱。这说明《诗经》已经有谐音趣难词。

古今语言学家都只着眼于书面语言，由于对群众口语不屑一顾，因而往往麻木无知。刘瑞明教授则独垂青睐而从中深掘出语言学学问。例如对耳熟能详的"单眼龙"一词，他说不是用"龙"来比喻，而是谐音"窿"：窟窿。窟窿是空的，可以透光，从而指有视力。单眼窿：一只眼睛是通明的。对比出有一只眼睛是不通明即是瞎的。俗语把眼、耳、鼻不灵敏或无感觉，都说成"实着呢"，即堵塞着。龙—窿—空—通明，四曲折。可对比的是其他方言"姊妹篇"的说法，如湖南吉首叫"一只虎"，柳州话叫"单铎"，武汉话叫"半边街"，海口话叫"单排目"。方言词典都避难没有理据解释。刘先生解释，"虎"是"糊"谐音；"铎"是"毅"的谐音，柳州话"毅：戳，杵"。单毅，犹如说：只戳了一个窟窿，此指有视力的那只好眼睛。"街"是"盖"的同音异调谐音。"排"是"败"同音异调的谐音，犹如说：坏。而且又举出最早的例句，《五代唐史平话》卷上："李克用出马答道：'咱是沙陀□□射的儿子独眼龙。'"

《对蜥蜴 100 个称名的语言学研究》首次论证：蜥蜴有断尾逃生的奇异本能，当由"析尾"的理据称名。"析"的意思是分离，"尾"字古音当读如"易"。《孟子·离娄下》："蚤起，施从良人之所至。"此"施"字音 yì，其实就应是"尾"字口语音的别写。杨伯峻《孟子译注》正把此句翻译成"尾随在他丈夫后面行走"，完全正确。《左传·文公十七年》："古人有言曰：'畏首畏尾，身其余几？'"汉代缩合成"首尾"，见字明义，又作"首施（yì）"，就是"尾"音"施 yì"的直接证明（至今陇南方言中仍说"尾巴"作"yì 巴"，西和方言四声中为第三声）。《后汉书·邓训传》《乌桓鲜卑传赞》也有"首施"词。又有"首鼠"的同义词。《后汉书·西羌传》两见"首施两端"，注："谓'首鼠'也。"宋代陆佃《埤雅》："鼠性疑，出穴多不果，故持两端者谓之首鼠。"王念孙《读书杂志·余编上·后汉书·首施两端》："今案施读如'施于中谷'之施。'首施'犹'首尾'也。首尾两端即今人所云进退无据也。《春秋》鲁公子尾字施父，是施与尾同意。服虔注《汉书》曰：'首鼠，一前一却也。'则'首鼠'亦即'首尾'之义。"朱起凤《辞通》对"首尾""首施""首鼠"并言："施读如《周南》'施（yì）于中谷'之施。音与尾近，其义亦互通。"但"施"与"尾"仅是同音，而不同义。刘大白《辞通序》批评《埤雅》与《读书杂志》的解释都是望文生义，而另解释成"双声謰语"："由鼠转施，也是双声相转。"古代语言学家对特殊的词义理据不知时，往往用含混无准的"声转"来解释，往往也是错误的。具体而正确的解释应是："首尾"按口语音别写成"首施"。"首鼠"则是"首擋"的谐音：头缩回去。

　　"蛇医"之名，《方言》已有。"医"字风马牛不相及而相及，无巧不成书，总得有个附会成趣的原因，正是"尾"的口语音的谐音。"蛇医"的理据即"折尾"或"舍尾"。而成都叫蛇太医："太"是"泰"的谐音，指平安。"蛇太医"的理据：折（舍）尾而泰。《本草纲目》有蛇医母、蛇舅母的趣名。蛇医母，由"折尾谋"谐音：折尾是脱险的计谋。蛇舅母，由"折救谋"趣成：折尾是自救的计谋。广东汕头叫舅母蛇，即自救之谋是舍尾。山西万荣叫蛇儿子。当地"儿、二、耳、扔"等字同音，略如普通话"日"字音。名字的理据便是"折、扔、孳"：折掉的尾巴仍然孳生，趣说成此虫是蛇的儿子。西安叫蛇夫子、蛇腹子，都是"折复孳"的谐音。蛇夫子，字面意思是：蛇老先生或者以蛇为丈夫。"蛇老先生"与"蛇儿子"成为老少配。蛇腹子，趣味在于说蜥蜴是蛇胎生的，而对比真正的蛇是卵生的，都是很有文心的趣名。

　　《螳螂古今趣难系列名称辨证通释》也多有精彩内容。螳螂的许多名字，居然都是从它勇而无谋来警世的。名称虽然各不相同，而理据却是殊途同归的。说明群众对谐音趣难制名的熟能生巧、得心应手，实在是既有哲理也很有文心的。也说明《庄子》寓言广泛而深远的影响。

这一研究也结合着古文献的校勘。《广雅·释虫》："芈芈、虴疣：螳螂也。"刘先生说，"芈芈"必然就是《方言》"蝉蝉"的别写，而"蝉"却应该是"蛘"的形近误字。"蛘"（原文作"蝉"，疑为"芈"）音 mǐ，与螳螂各种名称的音或义都无瓜葛。《经籍纂诂》《康熙字典》"蝉"词条，《词源》"蝉蝉"词条，都解释为螳螂，注音是 mǐ。《汉语大词典》有"蝉蝉：螳螂"的词条，而注音是：yǎng。引据都是《方言》。反正就是不知道《方言》的"蝉"是"蛘"的误字，因而注音却误以为是以"羊"为声旁。

"食眈：螳螂。"这是《汉语方言大词典》据《艺文类聚》引文对"食疣"的错字而误立的词条。

"食庞：螳螂。"这是《汉语方言大词典》误立的词条。引据是《礼记·月令》"小暑至，螳螂生"句孔疏引郑注："燕赵之际谓之食庞。"其实《十三经注疏》的《校勘记》已经指出："卢文弨校云：食庞疑食疣。"《广雅疏证》也说："或作'庞'者，'疣'之讹也。"

《艺文类聚》卷九十七引《礼记》郑注答王瓒问云："螳娘，齐济以东谓之马敨。""马敨"：这是《艺文类聚》引文的误字，《太平御览》卷九四六引作"马敷"，应确。"敷"应该是"斧"的记音别写字。"马"的意思是大。马斧，就是大斧，即螳臂当车的臂，即螳螂那镰刀状的前足，螳螂的很多名称都是用"刀"或"斧"的比喻来说的。《汉语方言大词典》据《艺文类聚》立条"马敨：螳螂"是错误的。

"马縠"：《月令》正义引《方言》："齐杞以东谓之马縠。"《尔雅》疏作："马谷。"清厉荃《事物异名录》也有此名。按，这也应当是"马敷"的误写。朱骏声《说文通训定声》"髦"字条对螳螂异名说："马敨、马縠、马谷，即髦、蛘之合音也。"把误名当做确名，则解释没有丝毫道理，含糊其辞而已。

当代口语"滚蛋"，刘先生说，"蛋"是"圆"的，而谐音"远"，让其人滚得远远的。而"混蛋"，"蛋"就是"卵"，而谐音"乱"，是说其人糊涂混乱。于是群众刻意趣难而又妙手天成的巧智，便彰显出来，而在此前我们都是"久入芝兰之室而不闻其臭"。

从共地来说，武汉、长沙、贵阳、西安、银川、固原、西宁、忻州、太原、南京、娄底、海口、温州、山丹、南宁、香港、南昌、苏州、洛阳、梅县、厦门、徐州、宁波，四面八方都有大量的例证。

一般的语言学研究只停留在语言学层次，刘先生的研究往往是深入到文学中的准确理解。综观《词义论集》90 篇文章，刘先生阐发的词义理论要点是：对不能见字明义的词语，要从探求理据来研究准确的词义。词的多义是有机的系统，其间若有杂乱而游离的所谓义项，必定是错误的。在遇到不容易理解的例句时，首先要坚持从词的常义理解，而许多研究者却是相反的轻易地立新义。多见的"随文释义"只能帮助理解文意，但不是词的高度概括性的义项。许多辞书与论著都把"随文释义"错误地当作词的义项，需要细致认真地清理否定。王力先生在 1983 年为向熹先生《诗经词典》作的序中说："解释古书要注意语言的社会性。如果某字只在《诗经》这一句有这个意义，在《诗经》别的地方没有这个意义，在春秋时代（乃至战国时代）各书中也没有这个意义，那么这个意义就是不可靠的。个人不能创造语言，创造了说出来人家听不懂，所以要注意语言的社会性。同一时代，同一个词有五个以上义项是可疑的（通假意义不在此例），有十个以上的义项几乎是不可能的。"[1] 我以为王力先生讲得十分正确。现在不少大中型辞书，一个词往往有七八个甚至十几个平列的义项。不但将引申义另列，将随文释义产生的说法也单独立为义项，甚至将由字误及误释形成的说法也列为义项，叫人不能知其所以然，而且感到不可捉摸。我国目前几种大型的词典、字典，应该以更科学的方法加以修订。

"周章"词，以屈原《九歌·云中君》"龙驾兮帝服，聊翱翔兮周章"句中为初见。王逸注为"周流"，言云神行迹遍及各处。这是正确的，因"周"为周遍；《说文》言"乐一竟为一章"，"章"也可为全义。"周章"为联合式复词，与"周匝""周遭"等构词及词义同，这本是极明白的，但后来将此简明的"遍及"或"四向行走"义，歧说出迅疾、恐惧、惊视、舒缓、不决、周遍张设、强梁、驰逐、困惑、偶傥、周游浏览、回旋、仓皇、周折等义。本书《从"周章""章皇"的训释论及词义研究方法》对此详做了梳理辨析。

王引之《经传释词》卷十《不、丕、否》用六十三条例证来说明"不""丕"

---

[1]　向熹：《诗经词典》（修订本），商务印书馆 2014 年版，第 1 页。

是无词汇意义的"助词"。《〈经传释词〉"不""丕"助词说辨误》论证这些例句实际分属四种不同情况，都是有词汇意义的。第一类，"丕"的意思是大。"不"是"丕"的通假。第二类例句实际是反问句，"不"字是否定副词的常义。反问句的实际意思是强调肯定，语气是上扬的，现代以问号传示。"不好？＝好。"古代没有标点符号，反问句容易误解成否定句，所以古注特有"不好，好也"之类的表述。这是疏通句意，排除误解，而不是训诂词义。王氏按照"不好＝好"，于是误说"不"与通假的"丕"都是发声，把反问句当成肯定性叙述句。第三类，句子是单纯否定，"不"字也是表示否定。第四类，五个杂例。

辛弃疾《清平乐》："大儿锄豆溪东，中儿正织鸡笼。最喜小儿无赖，溪头卧剥莲蓬。"俞平伯《唐宋词选释》注言："'无赖'……本不是什么好话，这里却只作小孩顽皮讲，所以说'最喜'，反语传神，更觉有力。这类词汇语意的转化，后来小说戏曲中常有，如'冤家''可憎'等等。"但是"无赖"的撒泼放刁指恶行为的一义，古今从不用于称说小孩的顽皮，这并不是语言习惯，实是词义的基础不事生产与小孩不相关。而且此句根本用不着迂曲解为反语，它应一读到底如："最喜小儿无赖——溪头卧剥莲蓬。"最喜的是剥莲蓬。"无赖"即"无聊"，是小儿剥莲蓬的原因，而非人们喜小儿的原因。《唐宋词鉴赏词典》（江苏古籍出版社 1986 年版）中顾复生撰文释句说："调皮的、不老实的小儿，什么活也不干，偷偷转到溪头，躺在那里尝新莲子去了。"对"剥莲蓬"做了误解，原因正在于对"无赖"只知指恶行而要曲说以坐实，却越说越离谱。王锳以此为例子，作可爱义，一则泯失了"无聊"的转机一层，成为小儿也是真正在做农活，诗意大为平淡了；二则"最喜小儿可爱"的措句也笨拙了。隋炀帝《嘲罗罗》："个侬无赖是横波。"可爱的是横波，此固可通句意，但太平淡。句实言那横波是无限净莹的。杜甫《奉陪郑驸马韦曲》："韦曲花无赖，家家恼杀人。"王锳、郭在贻都说"无赖"是美丽义，但"无赖"绝不可能有美丽义。《"无赖"词义辨误及梳理》新说这些都是"无限"义。比如一个处所空间很大，相对来说也就是四面无可间断、界隔。这就是由"无靠"而引申为"无限"义的道理。此义尤其大量见于叙人的某种情怀或某种自然景观的风韵，并以从隋朝到清代数十例来证明。

如有一个人把"随文释义"错误地当作词的义项，就有许多人仿说，积累而多得惊人。《"所"字词义误增的否定清理》否定的有 20 项之多。"自"字的误增新义，从清代点滴性开始，竟然陆续增加出共 27 个义项，因而有《"自"字连续误增新义的清理否定》文。学术上这种调整清理性研究是很必要的，却是很少有人做的，因为这需要战略全局性眼光。

刘瑞明先生以深厚的语言学功力也从事敦煌学研究，同样发人之所未发。在经过风起云涌的敦煌文学作品校勘归于冷寂时，他的《〈王昭君变文〉再校议》等多篇文章，有许多胜义，对前人旧说，有重要纠误。《王昭君变文》"直为作处，伽陀人多出来掘强"是敦煌变文中最难校勘的一处。刘先生议言，此段叙突厥各种习俗的文句应是从《史记·匈奴列传》而化用的，与议句有关的太史公话是："逐水草迁徙，毋城郭常处耕田之业。""利则进，不利则退，不羞遁走。苟利所在，不知礼仪。""急则人习战攻以侵伐，其天性也。"据此，议句似可恢复为："□□（唯利）是竟（竞），□直□□（不羞遁走），□□□□（逐水草徙），为作处伽（在处为家），□人多（人习侵伐），出来掘强。"这样，从文意上与下文相承。这至少为解决这个疑难提出来一个新的思路。

《孔子项托相问书》："妇坐使姑，初来花下也。"刘瑞明议"花下"当校勘为"他下"，意思是他家。"花"字下部的"化"是"他"字成误，又误加草字头。并列举敦煌变文多例"××下"就是"××家"的意思为例证。

《韩擒虎话本》："有北番大下单于遂差突厥首领为使，直到长安，遂索隋文皇帝交战。"项楚《敦煌变文选注》把"大下"校为"大夏"，特为设注："原文'下'当做'夏'。大夏是东晋时赫连勃勃建立的政权（407—431），与韩擒虎时代不相值。又北宋党项族李元昊所建政权也称大夏。"这等于说，此变文的作者、讲说者发生了历史年代的极大错误。《敦煌变文校注》也作"大下（夏）"之校。注［一五三］言："大下，应即大夏。疑指北宋时党项族李元昊所建政权，于 1032 年称号大夏，史书称为西夏。当时西夏对宋频频寇略，故话本塑造出韩擒虎这一英雄形象来作为抗敌宣传。但敦煌写本的时间下限今所知不到 1032 年，故仍有待于校证。"刘先生校议：敦煌写卷时代下限不及西夏立国的 1032 年，便是"大夏"之校的大碍。"北藩（原文如此）大下单于"宜校为"北蕃下大单于"，"北蕃下"即"北蕃家"之意。此变文中有"蕃家弓箭为上""便到蕃家界首"句。"蕃家"自可繁说成"北蕃下（家）"。如此，既不存在误为东晋时赫连勃勃政权之名，也不存在话本创作在西夏政权之后的大疑。还有几处也被视为变文作者常识性错误，刘瑞明都予以排除而论证为校勘问题。

伯二六一〇《攘女子婚人述秘法》等卷有用头发、柳枝、黄土等求女性之爱的众多奇术，研究者或赞叹奇异性，或哗众取宠地说头发等有什么巫术魔力作用。刘先生《敦煌求爱奇术源流研究》则对此作了具体针对性的文化源流研究。

用头发是因为头发代表人的心。古代有以头发为载体的人伦即人性文化，尚未被揭明，刘先生有简叙。《荀子·非相》："人之所以为人者，非特以二足而无毛也，以其有辨也。"人与动物的区别在于有智辩，不在于四肢及全身无毛。但人仅头长毛发，这也与禽兽全身长毛不同。《列子·黄帝》："有七尺之骸，手足之异，戴发含齿，倚而趣者，谓之人；而人未必无兽心。……而禽兽未必无人心。"这是从人与兽形态的不同（手足分工，直立，仅头有发），说人与兽也应有不同之心，即"含齿"所谐音的"含耻"。但有的人无羞耻之心即仅披了一张人皮，也就是借头发趣言恶人心如兽，义兽却心如人。由仅头有发言与兽形之别，进而言与兽心之别，所以头发代表人心。丈夫服了妻子头发灰等于收服了她的心，获得她的爱。还可以有另一种分析法，殊道同归。女性头发的文雅说法叫"青丝"。而在古代爱情文化，"丝"谐音"私""思"，例证甚多。则"青丝"谐音"情私""情思"，指爱心。

用柳枝是渊承《易经·大过》"枯杨生稊，老夫得其女妻。……枯杨生华，老妇得其士夫"。而用指甲、黄土等则是上承长沙马王堆出土的西汉竹书《杂禁方》："夫妻相恶，垒（涂）户口方五尺。欲微贵人，垒（涂）门左右方五尺。多恶薨（梦），垒（涂）床下方七尺。姑妇善（斗），垒（涂）户方五尺。婴儿善泣，涂上方五尺。……夫妻相去，取雄佳左蚤（爪）四，小女子左蚤（爪）四，以鍪熬，并冶，傅，人得矣。取其左麋（眉）直（置）酒中，饮之，必得之。"

类似的方法也见于《金瓶梅》《聊斋志异·孙生》中，而且竟然与鲁迅《祝福》中捐门槛一说相似。近代民间流传一本伪托李淳风著、袁天罡补著的

《增补万法归宗》，是符咒、巫术的汇辑，卷五《底杂集人事秘旨》中有许多求爱术正就是敦煌求爱奇术的再传。

《变文艺术影响后世一例》与《敦煌文学艺术性先驱作用例说》也是细致研究文学艺术性的。

《说神道鬼话民俗》分鬼神、预测、婚丧、一般民俗四编，是全方位地深入研究民俗机制的专著。鬼神编对纷繁的鬼神民俗揭示"神由人造""编造鬼神实际是特殊的文学创作""张公吃酒李公醉"的规律。比如灵魂观念是世界各民族共有的，中华文化特殊的说"三魂七魄"，则是源于"九宫图"，即把系列性的事物与"一"至"九"的自然数搭配。肝＝木＝魂＝三；肺＝金＝魄＝七。将二者的后半部分截取，各是：三＝魂；七＝魄。把二者联合起来，又去掉等号，便成为：三魂七魄。其实它的内部关系用现在的标点符号表达，本应标点为"三（魂）七（魄）"，即"三"代表魂，"七"代表魄。但古代没有这样严密、细致的标点符号，道教理论家便钻空子有意歧解成：三种魂、七种魄。

《史记·龟策列传》："或以为昆虫之所长，圣人不能与争。其处吉凶，别然否，多中于人。"有的昆虫有人所不能比的特长，它们判断环境的有利或不利的变化，往往比人正确。这种认识就是一种特殊、独到的思考。刘先生说：这就是设计用龟占卜最初的"合理性"。民间盛传《推背图》是预知改朝换代的名著，刘先生具体分析，说它实际是"事后诸葛亮"的编造。今日已婚妇女仍然常常说的从孕妇起步左右判断婴儿性别，这是对古代所谓"男三十而娶"的理论的牵强附会。《淮南子·氾论训》："礼三十而娶。"高诱有一段详注文字："三十而娶者，阴阳未分时，俱生于子。男从子数，左行三十年，立于巳。女从子数，右行二十年，亦立于巳，合夫妇。故圣人因是制礼，使男子三十而娶，女子二十而嫁。其男子自巳数，左行十，得寅，故人十月而生于寅。故男子数从寅起。女自巳数，右行得申，亦十月而生于申。故女子数从申起。"把与婚龄相关的"男从子数左行""女从子数右行""男从巳数左行""女从巳数右行"等四句话，再改变成"男从左行""女从右行"，从而说孕妇先抬左足必孕男。

我国许多地方民间流传着这样的所谓"年忌"俗谚："七十三，八十四，阎王叫你商量事。"这一俗谚往往成为跨入这两个年龄的老人或亲人心理上的暗影。我一直认为，这是因为孔子卒于七十三岁、孟子卒于八十四岁，人们拿圣人不能跨过的两个坎作为高龄人的两个"坎坎"。本书从许多相关的情况对比出的结论：这实际本是好事者的文字游戏。"十"谐音"失"，相当于"减"。七个减去三个，八个减去四个，余数都是四，而"四"又谐音"死"。如此，"到七十三岁了"便是"到死的时候了"，因而成为所谓的年忌。这就为这一民俗年忌提供了一个新的解说。

总的说来，刘瑞明先生的论文中多有新说、创说，不同于一些人的陈陈相因、综合他人之说以成文。当然，学术研究是无止境的，有很多问题要不断从各个方面探索，以期得到最佳答案。古代社会既已成为过去，留下了一些著述的古人既已死去，不能复活，我们无从执书而问之，我们对一些疑惑的解决，也就只有联系其他文献、联系社会文化知识来破解。仁者见仁，智者见智，看问题的角度不同，所依据的知识与社会经验不同，答案也会有不同，学者们也只能在相互比较中，以材料充分、论证严密、各方面无所抵触挂碍为是。收入集子中的刘先生的论文，反映了他几十年中努力不懈的探索、思考，新见迭出，无论怎样，总是对一些问题的解决提出新的材料或新的思路，提供新的答案，这是可贵的。同时，其中不少论文的结论引据可靠的材料，逻辑推理严密，显然胜于前说，使人茅塞顿开。无论怎样，这套书的结集出版，是甘肃社会科学界的一件喜事，也会对全国学术界提供新的材料与讨论的话题，以进一步推动有关领域的研究和发展。以上所谈不妥之处，请刘瑞明先生与读者朋友批评指正。

2010 年 10 月 29 日

刘瑞明：《刘瑞明文史述林》，甘肃人民出版社 2012 年版。

刘瑞明（1934—2017），甘肃平凉人。1958 年毕业于西北师院中文系。曾从事中学语文教学十余年，后为陇东学院中文系教授。主要从事古汉语词义、汉语词缀和助词、敦煌文学、俗文学等方面的研究工作，在《文史》《文学遗产》《中国语文》《敦煌研究》等刊物发表论文近百篇，提出了许多独特新颖的见解。

第三辑　先秦诸子

《〈管子〉研究》序

　　管仲是春秋时代杰出的政治家，也是一位卓越的思想家。他在齐国进行了一系列的改革，包括政治、经济、军事、外交诸方面，使齐国很快拥有霸主的地位。在先秦政治史上，罕有其匹。管仲提出的"仓廪实而知礼节，衣食足而知荣辱"，已隐含对经济基础决定意识形态的初步的认识；"设轻重渔盐之利，以赡贫穷，禄贤能"是从政者永远应遵循的圭臬。这些最简要的语言揭示了最深刻的道理。管仲在世之时及死后不久，即得到一些著名人物如晏婴、孔丘等的高度评价（只是孔丘不赞成管仲同儒家礼仪制度不一致的作法）。

　　但是，保存到今天的《管子》一书，情况十分复杂。《史记·管晏列传》司马迁言曾"读管氏《牧民》《山高》《乘马》《轻重》《九府》"，并言"至其书，世多有之"。看来，今所见《管子》中一些篇章在司马迁以前是以单篇的形式流传的。同时，至少司马迁以为他提到的那几篇都是管仲的著作。《牧民》为今本《管子》的首篇。《山高》即今本《形势》（篇首曰："山高而不崩，则祈羊至矣。"是本取首二字为题，与今本不同）。《乘马》篇言制度，述建都、设官、分职、务市，及均地、立制、定赋之法，与史书所记管仲言论及所主持齐国政治经济改革的举措相合，唯其中阑入道家鼓吹无为思想的评语一段（"无为者帝……则臣之道也"为第二小段）。《轻重》今存十九篇篇名，而亡其三，存十六篇。其中以《轻重》名者七篇，而《轻重丙》《轻重庚》亡。所余五篇中，《轻重乙》为阴阳家言，《轻重甲》称"梁赵"，《轻重戊》称"赵氏"，显然为战国时人语。体味司马迁之语，《轻重》本其中一篇，不可能包括今日之一大类近二十篇文字；今之以《轻重》名者，亦未必皆其所见《轻重》篇中文字。另司马迁提到的《九府》篇名，不见于今本，则西汉中期以前所传管仲文字，亦有散佚或窜乱。就司马迁提到的五篇而言，有篇名不同于今本者，有阑入他家思想言论者，有几次被人同他篇混同编集失其原貌者，有散佚不存者。而且先秦时弟子、后学传其师之学，为了当时之人容易理解，往往传其意而易其言，当中也难免杂入后世的一些词语、观念。那么，今本全书中存在的问题及此书之难治，可想而知。当然，《管子》一书中有的问题，从西汉末年已经存在。刘向在整理先秦典籍之时已谈道："所校雠中《管子书》三百八十九篇，……凡中外书五百六十四，以校除重复四百八十四篇，定著八十六篇。"其所据各本中是否有窜入的他书简册，已难以肯定；各书合并去其重，所取是否是比较原始的传本，去其重之后是否即没有缺失，这些都很难说。据张岱年先生的看法，《牧民》《形势》《权修》《乘马》等为管仲思想的记录，《大匡》《中匡》《小匡》记载了管仲的遗事，其他则大部分为战国时人所著，其中也有汉代人的附益。

有的学者认为司马迁所举这几篇也同管仲无关。以往旧说不必提了。1995年首次出版的胡家聪先生的力作《管子新探》，关于《牧民》举出四条证据，证明其非管仲遗著。其第一条为原文中"言室满室，言堂满堂，是谓圣王"数句，这几句《韩非子·难三》引作"言于室，满于室，言于堂，满于堂，是谓天下王"。胡先生以为这"圣王"或"天下王"不可能指齐桓公，因为齐桓公霸业以"尊王攘夷"为号召，"当时中原各国诸侯均不称王，齐国称'齐侯'，有姜齐时遗存的铜器铭文为证；《春秋》《左传》亦是这样记载，称'齐侯'"。[①]胡先生所谈均是事实。但春秋时诸侯国在其国内也是称王的。王国维有《古诸侯称王说》，详引金文，以为"古诸侯于境内称王，与称君称公无异"。管仲辅佐桓公成霸业，他心目中的君王，实只齐桓公。且《牧民》其文讲一般道理，天子、诸侯俱可用，并非的指，不妨其为管仲遗说。胡先生所举第二条理由为原文"天下不患无臣，患无君以使之；天下不患无财，患无人以分之。故知时者可立以为长，无私者可致以为政，审于时而察于用而能备官者，可奉以为君也"。胡先生以为管仲忠心耿耿辅佐齐桓公成其霸业，因而不会提出这样的条件。但原文之意也可理解为是让齐桓公能西望中原，称霸天下；并不是说

---

①　胡家聪：《管子新探》，中国社会科学出版社 2003 年版，第 220 页。

自己"奉以为君",而是说天下人可奉以为君。胡先生所举第三、第四条理由是《牧民》中有"顺民心""备患于未形"的话,分别同《老子》第四十九章、第六十四章意思相近,以为《牧民》《形势》的作者"承袭老子道家思想",其文应在《老子》之后。这个问题谈起来很复杂,这里只能大概说说。老子的思想,同孔子的思想都不是完全由老子、孔子一人造出,而是有所承袭和归纳、综合。饶宗颐先生有《〈传老子师〉容成遗说钩沉 —— 先老学初探》,引马王堆出土帛书《十问》中容成与老子的问答,多可与《老子》互证,其中即有"生于无征,长于无刑(形)"之语。饶先生在该文"小结"中说:"老子书原由若干记录前代'重言'简策缀合成编。""如果不从书本形式去作表面比较,而从思想脉络来上下探索,对道家思想来历的了解,似乎更有意义。"① 也因此,饶先生提出"先老学"这个名词。这么看来,我们以其中有的地方与《老子》的思想相近而定在《老子》之后,也未必可靠。关于《形势》《权修》等篇的论证中,也存在这个问题。当然,《管子》中大部分的作品产生在战国田齐时代。

　　无论怎样,《管子》一书中关于政治、经济、军事等都有一些很重要的论述,不仅在中国古代历史上的政治改革、经济发展和法制建设中起到了积极的作用,在今天仍是进行社会主义文化建设的重要思想资源。半个世纪以前,郭沫若在许维遹、闻一多集校的基础上,囊括诸家研究之作,斟酌去取,下以己意,在很多方面做出创造性的贡献,成《管子集校》,使《管子》一书文本方面存在的问题,得到最大限度的解决。关于此书思想内容方面的研究,近年也出现了几部很有分量的专著,胡家聪先生的《管子新探》在很多方面做了开拓性的、极其深入的研究,很多结论坚实可信。即使某些可以商榷的部分,也是思路开阔,颇能给人以启发。戴瑑先生的《管子学案》也是一部对《管子》进行全面、系统研究的力作。但是,究竟如何把握《管子》中包含的思想,如何看待这部书形成的全过程及在今天的价值,也还有不少问题需要探讨。

　　池万兴同志以前对《史记》做过全面深入的研究,我觉得这是他研究先

---

① 饶宗颐:《〈传老子师〉容成遗说钩沉 —— 先老学初探》,《北京大学学报》(哲学社会科学版) 1998 年第 3 期。又收入其《中国宗教思想史新页》,北京大学出版社 2000 年版。

秦诸子，尤其像《管子》这样一部复杂子书的有利条件。司马迁写《史记》中先秦时期各本纪、世家、列传、表及书中有关部分，参阅了大量史料，当时他读到的很多书，今天已不可能见得到了。自然，他在行文之时是考虑到当时所见到的文献中的记载，斟酌虚实长短，加以论述，同我们今日据有限的材料进行推测、发挥的情形不同。同时，司马迁游历了大半个中国，多所阅闻。他在《五帝本纪》的论赞中说："书缺有间矣，其轶乃时时见于他说。非好学深思，心知其意，固难为浅见寡闻道也。"可见，他对先秦文史的记述，在当时是持着一种极为严肃认真的态度，颇费了一些探求考证的功夫的。《史记》中是记载了一些民间传说，司马迁有时候联想及自己的遭遇，也发一些感慨，在材料的剪裁、篇章的安排上，也难免体现着个人的思想及情绪。但是，这些并不妨碍他记载史实的可靠性。因此，我以为在对《史记》有了深入、细致的研究后，再上溯而治诸子，具备一种较为客观的眼光，是有其长处的。万兴同志在辞赋等方面也下过一些功夫，由此上溯，考察我国先秦时文体形成与发展的状况，也会取得他山之石的功效。所以，我建议他在前修时贤的基础上进一步研究《管子》，希望能在这部书的研究上取得成绩。我以为《管子》一书确是先秦思想的宝藏。万兴同志以一年多的时间研读《管子》一书，做了一些深入细致的工作。郭沫若当年写《管子集校》，对前人及时贤研究成果，采用了"一网打尽"的办法，此读该书所附《〈管子集校〉所据〈管子〉宋明版本》及《〈管子集校〉引用校释书目提要》即可知道。尤其后一种附录，虽对有的书评其"犹承明人习气，任意删节"，或"说颇滋蔓""立说偏僻，不求联贯"，或以为"于义训均少发明"，但都一一过目。王先谦《管子集解》一书他是从杨树达先生《积微居小学述林》中看到，曾托杨先生查询，结果"原稿已由王氏家人售出，不知去向"。据其1955年9月补记：此部稿本最终打听到下落，并通过杨树达先生由中国科学院历史研究第一所收购。由此可以看出郭沫若先生努力做到完全意义上的"集大成"的决心。万兴同志一面细致研读原书，一面广泛浏览前修时贤的论著。淄博文学院齐文化研究院办《管子学刊》，我曾几次写信邮购创刊以来各期，都因人事变化、刊物分散不好找等原因未能办到，后来万兴请朋友从北京全部复印寄来，一一加以浏览。于此也可以看出他希望在《管子》研究方面，能在前人及今人研究的基础上有所推进。

　　万兴同志在《〈管子〉研究》的撰写中，就有些问题和全书的结构等也曾与我讨论过。我原希望能在《管子》各篇的断代方面做一些工作，但进行中感到困难很大，所以，他先避开直接面对断代的问题，而对《管子》的版本与流传、《管子》中反映的各种思想进行了研究。他采用了数据统计与对比相结合的方法，将《管子》中与道家、法家、儒家等各家思想相同的学术术语进行统计，由其出现频率，考察与各家的关系，然后将《管子》中反映的思想分别与各家代表性著作进行对比。在此基础上，他对《管子》中一些作品的产生时代也提出了一些自己的看法。有些看法此前有人提出过，但他从新的角度，采用某些新的研究手段进行论证，其结论无论与前人同者、异者，自有其不可忽视的价值。

　　这部书较之以往研究《管子》的论著不同的一点，是作者还从文学、文体与文学性的方面对《管子》一书做了全面的探索。此前关于《管子》中文艺美学思想探索的论著，仅见到叶朗先生《中国美学史大纲》中《〈管子〉四篇与中国美学》一章；关于《管子》中文学性和散文艺术的论述，虽也有几篇论文论及，但并未引起学术界的广泛注意，故近二十年来出版的几种篇幅较长的先秦文学史著作，如中国社科院文学所总纂"中国文学通史系列"的《先秦文学史》、赵明先生主编的《先秦大文学史》都未论及。其他文学史著作更不用说。万兴这部作为对《管子》进行综合研究的著作，在其文艺思想、文学性和散文的特征方面进行了更为深入全面的探讨，我以为这无论在认识《管子》这部书，还是在认识先秦文学史、文体发展史、文学理论史上，都是有一定意义的。

　　《〈管子〉研究》即将出版，万兴同志要我写序，今略述确定此选题的原委，谈一些个人看法，或有未妥，与学界朋友共商。

池万兴：《〈管子〉研究》，高等教育出版社 2004 年版。

　　池万兴，1962 年生，陕西彬县人。2003 年毕业于西北师范大学，获文学博士学位。现为西藏民族学院副院长，教授、博士生导师。兼任西藏自治区人民政府学位委员会委员，国家社科基金评议组成员，中国《史记》学会理事，中国屈原学会、全国赋学会、中国《诗经》学会会员，陕西省司马迁研究会理事。出版《司马迁民族思想阐释》《六朝抒情小赋概论》《大家精要·管子》等著作。

《先秦文化和〈管子〉研究》序

先秦文史哲的文化渊源是一致的。无论是三代的文化典籍还是春秋战国的文献，无不充分显示出文史哲浑然为一的本真状态，它们是互为根本的人文存在，也是尚未发生"道术将为天下裂"之前的文化共同体。譬如，孔子、老子，既是中华儒道文化的始祖，又是影响中国几千年思想的哲学大师和历史巨人，以他们的名义流传的著作（学生、后学编订）被奉为最重要的经典，开启了一代代学人的智慧，也影响了一代代学人的意识、作风与文风。无论是《论语》，还是《老子》《春秋》，它们不仅是哲学名著、史学典范，也是文学范本。即使《春秋》这一史学著作，也深深地融入了孔子的思想，表达了儒家平治天下的意识。其"微言大义"的表现技巧与"春秋笔法"的褒贬色彩，既是哲学思想的巧妙表达，又是历史意识的体现，对后代有很大影响。《庄子》《管子》《孟子》《荀子》《韩非子》等，无不是文史哲浑然一体的典范。尤其《管子》一书，可能有管仲的遗文，也有其后学的著作及有关管仲言行事迹传说的记述，但大部分是战国田齐时代自称为"管子学派"的稷下学士的论著，均统统归于"管子"名下，用今天的话来说，"管子"似乎成了当时"齐学"的一个符号。

管仲不仅是思想家，也是政治家，是治国的能人。他不可能如后世的儒家只讲仁义礼智，更不会像儒家那样支持、维护宗法制；他不可能如道家那样倡导"无为而治"，更不会否定国家机构的功能和完全否定礼仪制度；他不可能如后期法家那般严刑酷法、刻薄寡恩。他不主一家，他不是一个纯粹的学者，不是坐而论道，而是一位对历史上的治乱成败有深入思考又视野开阔、无所拘束的人。从他辅佐齐桓公强齐称霸即可看出这一点。齐稷下学者正是从这一点上，根据自己的学术特长与基础，从各个方面探索社会发展的规律，提出有关理论，设计相关方案，以用于强齐富国和统一天下，但都以"管子学说""管子学派"名义冠之。所以，《管子》一书实际上是中国历史上第一部带有综合性的诸子著作。秦统一前夕，吕不韦组织文人编了一部《吕氏春秋》，本意是想作为七国一统之后用以统一意识形态的著作，但秦始皇"以吏为师"的办法比他更干脆利落。大汉帝国建立，休养生息，在消除了数百年战乱和暴秦造成的社会创伤之后，淮南王刘安组织人编著《淮南鸿烈》（即《淮南子》），也希望在意识形态领域有"一统天下"的典籍，但汉武帝却用了董仲舒"罢黜百家，独尊儒术"的建议，比刘安的设想更彻底，标准也更明确。《管子》一书同后来两部融合百家之书的《吕氏春秋》《淮南子》的命运一样，对齐国的治理未能发挥作用。这是因为统治阶级根本不考虑总结继承前代文化，而是怎么便于统治怎么来。但《管子》作为包含先秦各家思想的重要典籍，为研究先秦政治、经济、文化留下了大量珍贵的资料，而且其中有些内容是其他诸子典籍不曾涉及的领域。

　　笔者以为从事三代秦汉学术研究的人，应具有文史哲兼通的素养和功底。研究文学的人不仅要有哲学的思辨精神和深邃内涵，也需要历史意识与历史眼光。要以文史哲的相互会通，救当今学术研究的壁垒偏弊。学术研究需要大处着眼，固本培元，率然一体。同分种分类的细化研究比起来，这样会取得过细的专门之学不能获得的成果。

　　万兴同志的《先秦文化和〈管子〉研究》一书收录了二十多年来的有关论文 22 篇，分为五辑。第一辑 4 篇文章探讨中华远古文化的特点及精神实质。《论旧石器时代中华远古文化的创造精神》一文，从氏族的萌芽、墓葬出现的意义与原始审美观念的产生三个方面探讨中华远古文化的创造精神。文章认为，人类经过上百万年的艰难探索之后，思维能力、探索精神与创造精神都获得了极大的发展。中华民族正是在这种探索与创造精神的鼓舞与推动下不断进步与发展的。《从考古资料看新石器晚期社会的巨大变革精神》一文，从占卜、巫术和贪欲的出现等三个方面探讨新石器晚期社会与文化的特征。作者认为，新石器晚期随着贪欲与权力欲的出现，早期人类那种和谐、淳朴、安宁、静穆的社会氛围被彻底打破了，贪欲与权势欲逐渐成为社会的主宰，社会的文化心态则表现出对于粗狂、狞厉之美的赞颂，对力量与威武的讴歌，对权力与财富的崇拜。而这些正是人类不断探索、社会不断发展进步和日益接近文明的标志。《论新石器时代原始崇拜所体现的先民创造精神》一文，深入探讨了原始先民的自然崇拜、鬼神崇拜、祖先崇拜与生殖崇拜出现的意义。这些原始崇拜的出现，表明原始先民的思维能力和思维水平有了极大的提高，他们的认识水平和探索精神获得了极大的发展。《新石器时代艺术的和谐乐观精神》一文，从原始先民对于动植物形象的塑造、人与自然的和谐相处以及原始乐舞所表现的和谐乐观精神，深入探讨了新石器时代人们审美观念的产生与演进。文章均以传世文献与考古资料相互印证，有说服力，从中可以看出作者较宽阔的学术视野与较为深厚的文史功底。

第二辑5篇关于先秦文学的论文，以文学研究为主，主要论述了《诗经》中周族史诗的价值；孔子的贫富道德观及其对中华民族性格的塑造；庄子的人格结构以及屈原和宋玉辞赋的特点。从中可以看出，作者不是就文学简单地分析论述文学，而是将文学作品与作家置于更为宏观的历史长河中，用历史的眼光和哲学思辨的维度去把握、观照文学现象与文学作品，从而得出了比较客观的结论。

第三辑到第五辑，集中于《管子》的研究，但侧重点各有不同。第三辑4篇文章主要研究《管子》的文学价值与美学价值。《管子》的文学价值向来被学术界忽视，现行的几乎所有文学史、美学史著作中很少涉及《管子》。在先秦诸子中《管子》的文体是最为丰富多样的。万兴同志将其分为论文体、问答体、经解体、记叙体、格言体等八类。这八类文体对后世的各种文体都程度不同地产生过影响。《论〈管子〉中桓管遗闻轶事的传记文学价值》一文，通过对记载桓、管遗闻轶事一组文章的深入分析，认为这组文章不仅具有传记文学的性质与价值，而且对后来的史传文学有直接的影响。《论〈管子〉的经解体及其特征》一文认为，《管子》的经解体排比句多，对偶工整，音节性强，铺叙性突出。这种文体对韩非子的"储说"体，尤其是对韩非子的"解老"体产生了深远的影响。这些观点无疑都是值得重视的。

第四辑主要探讨《管子》的学术思想。对于《管子》的学派归属向来有不同的观点与看法。《汉书》将其列入道家，《隋书》则列为法家，今人则有杂家、道法家、齐法家、稷下道家等说法。万兴同志认为，《管子》是记录与发扬管仲言行与思想的，"管仲作为功业显赫的政治家，开创了春秋五霸迭兴的一个新时期。作为一个新时期的开创者和著名的政治家，其建树是全方位的，其思想和功业自然不拘限于某一家"。因此，《管子》具有学术综合性。其中既具有法家思想、道家思想、儒家思想、兵家思想，更具有稷下黄老之学的特点。尤其是《〈管子〉中的〈兵法〉〈幼官〉等篇关系考》通过对《管子》中的《兵法》《幼官》《七法》《参患》《地图》等篇的比较以及其和银雀山汉墓出土的《王兵》篇的比较，认为《幼官》等6篇，可能是《兵法》篇的错简窜入他篇，或错简之后误加篇名所致。先有《管子·兵法》，然后才有据《管子·兵法》以及其错简《参患》《七法》等摘抄而成的竹简本《王兵》篇。这些观点无疑都是值得重视的。这一辑对于《管子》学术思想的挖掘与论述是深刻的。

第五辑探讨《管子》的社会思想及其现实意义。这一组文章也有不少独到之处，例如，对于管仲的成功原因突破了传统的观点，做了较为全面深入的分析，提出了自己的解释。

总之，这部书从文史哲的宏观角度来把握与观照先秦文学与文化，具有一定的学术创新与开拓意义。略谈以上看法，与读者同志共商。

2014 年 7 月 25 日

池万兴：《先秦文化和〈管子〉研究》，人民出版社 2015 年版。

纵横家的历史地位与《鬼谷子》的思想价值

——《〈鬼谷子〉研究》序

《韩非子·五蠹》云："故群臣之言外事者，非有分于从衡之党，则有仇雠之忠，而借力于国也。从者合众弱以攻一强也，而衡者事一强以攻众弱也。皆非所以持国也。"以下对言从（纵）者、言衡（横）者的立场加以驳斥。韩非将纵横家归入"言谈"一类。同篇云："今人主之于言也，说其辩而不求其当焉，其用于行也，美其声而不责其功焉。是以天下之众，其谈言者务为辩而不周于用。……今修文学，习言谈，则无耕之劳而有富之实，无战之危而有贵之尊，则人孰不为也？"以上是当时人对纵横家的评论。但韩非作为法家的一个集大成人物，虽然对游说的理论也很有研究，有的论著（如《说难》）同纵横家很接近，但这里他是站在统治阶级立场上来评论纵横家的，所以基本上持否定态度，对纵横思想的概括也不全面。但是，从韩非的话中也可以看出纵横家思想的一些特征。

一、或主张纵（合众弱以攻一强），或主张横（事一强以攻众弱），作为学派而言并无一定的政治主张，甚至有的人先持这种主张，不成，则改行另一主张。他们的共同点实际是在游说方法的研究上面。

二、他们不是为了宣传什么哲学思想或者达到什么社会理想而游说人主，他们的目的很明确，就是希望参与国家的管理，争取在国家事务中发挥自己的能力。韩非说他们"借力于国也"，说他们以言谈而"有贵之尊"，其实都是就此而言。

三、他们言"务为辩"，声求其美，讲究表达方式与言辞之动人。

所以说，韩非的评论虽然持否定态度，也并不全面和准确，但也还大体合于事实。

《汉书·艺文志·诸子略》列儒、道、阴阳、法、名、墨、纵横、杂、农、小说十家，兵、医、天文、历谱、五行、杂占、神仙之类另列而不在其中，而纵横家居第七，应该说，对纵横家还是比较重视的。其评论云：

> 从横家者流，盖出于行人之官。孔子曰："诵《诗》三百，使于四方，不能专对，虽多，亦奚以为？"又曰："使乎，使乎！"言其当权事制宜，受命而不受辞。此其所长也。及邪人为之，则上诈谖而弃其信。[①]

这里指出了纵横家的文化渊源和孔子对行人之官的重视，以及行人之官受命之后采取有效的办法完成使命，具体言辞出于己而不受当权者制约的特征。所以，这里也算是揭示了部分的真理。尤其指出"及邪人为之，则上诈谖而弃其信"，将纵横家分为正、邪两类，具有辩证的思想，也符合事实，比后来很多学者对纵横家一概加以否定或一概加以肯定（极少）的做法要高明得多。

但是，无论是战国时人还是汉代学者，对纵横家的认识，对他们的界定，对他们思想与理论的特征，都未能很好地把握。实际上，直至近代，学术界对纵横家的认识仍然存在很多模糊甚至错误的看法，至于对其在中国历史上的地位、意义的认识，那就更是很不到位。

首先，《汉书·艺文志》以为纵横家出于春秋时行人之官即外交使臣，从文化渊源方面说这是对的，但两者有一个很大的区别，这就是春秋时行人多由贵族阶层的卿大夫担任，或成为固定职务。如《左传·襄公二十六年》载，秦伯之弟鍼如晋修成，"叔向命召行人子员，行人子朱曰：'朱也当御。'"叔向之意要行人子员来承担同秦国使臣的交涉工作，子朱认为按其轮流值日的情况，那一天应该是由他来承担，并且说："班爵同，何以黜朱于朝？"可见子员、子朱是固定的行人职务，而且二人的班爵相同。这大约就与《周礼·秋官》中说的大行人、小行人一样。而秦国派景公之弟鍼，则显然是根据此次所交涉事情的具体情况，临时所委派。但纵横家多是并无贵族身份和世袭官爵的人，他

[①] 张舜徽：《汉书艺文志通释》，湖北教育出版社 1990 年版，第 174 页。

们只是凭着自己的言谈，凭自己所讲政治主张、策略取得人主的信任，而被委以重任，如江乙、苏秦、张仪、公孙衍、陈轸、苏代、苏厉、冯谖、鲁仲连、范雎、蔡泽等皆如此。也就是说，春秋时行人生下来就有地位，战国时纵横家多是靠自己的口才、能力而赢得人主的赏识与信任，获得官爵、地位。苏秦穷困潦倒，下苦功钻研《太公阴符》之书，"简练以为揣摩"，最后见赵王，"抵掌而谈，赵王大悦，封为武安君，受相印，革车百乘，锦绣千纯，白璧百双，黄金万镒以随其后，约从散横以抑强秦"。这同唐代以后科举制度下一些寒士由于一朝高中而显耀的情形相似。从这一点说，纵横家大大地冲击了延续一千多年的贵族世袭制度，作为士人走上了政治舞台，参与国家事务的管理。春秋礼崩乐坏，私学兴起，虽然部分士子凭借学问、能力成为卿大夫家臣或诸侯国佐吏，但并无决策权，只能为卿大夫服务，而纵横家的活动却可能获得人主之下的最高职务。这种情况在世界古代史上是再没有第二例的。所以，其意义是重大的。对此，不但班固不可能看到（他的思想比司马迁还要传统、守旧，不可能对此稍有认识），后代很多学者也未能看到，至今有些学者一提起纵横家就说他们"朝秦暮楚""反复无常"。其实，战国时的诸侯国，除了南方的楚国、越国，其他不是姬姓诸侯国，便是周天子所封（如齐、秦），即使吴国，其统治者也是太伯之后（民众是当地土人，而统治者是姬周血统），这一点无论当权者还是士人们，也都是清楚的。王应麟《汉书艺文志考证》曰"故言权变辩智之士，必曰三晋两周"，正是看到了这一点。所以说，除楚、越之外，其他诸侯国的士人，尤其三晋两周之地的士人，并不将由此国至彼国为卿为官看作叛国事仇的行为。孟子等人"一天下"的主张也正是在这种思想背景下提出来的。所以，我们今天要在对当时的政治、文化背景有一个正确认识的情况下，对战国纵横家在中国历史上的地位有一个正确的评价。我以为，汉代的征辟与察举制（如贤良方正、孝廉、贤良文学、秀才异等、明经等）是在它的基础上提出来的，是对它的一种继承和改进；唐代以后一反魏晋南北朝时期"上品无寒门，下品无势族"的九品中正制而实行的科举制度，在一定程度上也是对它的精神的恢复。纵横家的活动，及通过考试而录用官吏，这在世界历史上都是光辉的篇章，不能小看。

其次，《汉书·艺文志·诸子略》于先秦时纵横家著作，只列《苏子》

三十一篇（原注："名秦，有列传。"），《张子》十篇（原注："名仪，有列传。"），《庞煖》二篇（原注："为燕将。"），《阙子》一篇，《国筮子》十七篇，共五家。其中《阙子》马国翰有辑本，但也只六条；《国筮子》在所有文献中不见踪影。这大约是据刘向父子的《七略》而成。看来，从刘向至班固，对纵横家的范围、特征等，都还缺乏准确的把握。先秦时纵横家绝不止这么几个人；他们既以言辞见长，又奔走于各诸侯国之间，也不可能没有留下著作。应该说，《战国策》一书所收绝大部分是纵横家的东西。其中有的作者并不能称之为纵横家（如见于《楚策一》的莫敖子华，《张仪相秦谓昭雎（滑）章》中那篇文章的作者屈原），但编者将它们收集于其中，是以为可以作为学习纵横之策的人的参考，其理论也同纵横家的主张并无冲突处。过去很多的专著、文学史教材都把《战国策》同《国语》《左传》一起列为历史散文一类，给人的印象：它们是"左史记言，右史记事"的产物。这个看法至今未能改变。当然，《战国策》虽大多出于纵横家之手，却不是谈他们的理论的，而是他们在具体的社会活动中所写的上书、书信、游说辞底稿或追记稿的汇集，其中也收入一些他们认为有参考价值的其他作品。刘向以为"战国时游士辅所用之国，为之策谋，宜为《战国策》"，已说得很清楚，把它纯粹看作一部历史著作，是不妥当的，虽然其中的文章和开头结尾说明背景与结果的文字也确实反映了春秋至楚汉之间二百四十五年间的事。又刘向《战国策书录》言，当时国家图书馆所藏此类书籍，或曰《国策》，或曰《国事》，或曰《短长》，或曰《事语》，或曰《长书》，或曰《修书》。可见战国之时，此类书很多，且名目不一。看来，这些都是那些学习纵横家游说技巧与言辞艺术的范本，原本只有上书、书信、游说辞之原文，流传中有的人为了让读者明白事情原委，在开头、结尾加上了有关背景和事情结果的说明，做了"穿靴戴帽"的工作，这一点将1973年在马王堆三号汉墓出土的《战国纵横家书》同《战国策》中相同篇章加以比较就可以知道。甚至有的文章并未标主名，传抄中加上主名以致有加错者。郑杰文先生《战国策文新论》之第三章专门有一节《〈战国策〉主名误考辨》可以参看。[①] 因当时除儒、道、墨等师徒相传的经典之外，尚未形成严格、明确

---

① 郑杰文：《战国策文新论》，山东人民出版社1998年版。

的注释体例，将说明文字同原文分开（直至汉代，有的人编辑诗文集，尚将说明文字置于作品之前，成"小序"，给人的印象，似为作者原有，如《文选》所收贾谊《鹏鸟赋》、《玉台新咏》所收《孔雀东南飞》）。后代学者考《战国策》各篇之真伪及时间，往往据开头、结尾处说明原委的文字或据开头结尾同正文中文字是否矛盾立论，本来不伪者，亦往往定为伪作、拟托，殊不知那"穿靴戴帽"的工作为他人所作。断《战国策》各篇之真伪应将后人所附加的文字剥离。同时，这些文辞在流传中有的好事者觉得某些地方还不够满意，还不能耸人听闻，往往凭自己的臆想加以增改。关于这一点，我在《庄辛〈谏楚襄王〉考校兼论〈新序〉的史料价值》[①]一文中有所论述，此处不多谈。总而言之，《战国策》基本上是一部纵横家的著作集，《汉书·艺文志》却未列入其中，不能不说是一种失误。

虽然《战国策》基本上是纵横家文章的汇集，但其中确实也反映了很多历史事实，而且基本上是纵横家活动与言辞的记载，并非反映纵横家思想特征的理论著作，所以，我很同意郑杰文先生对这部书部类和文体的三点看法："形式上看是史书"，"有较多子书因素"，"是一部以记叙文和论辩文为主体的散文集"。[②] 那么，纵横家的标志性著作是什么？它在理论上究竟有什么建树？

我以为，要认识纵横家在思想上、理论上的成就与贡献，就不能不对《鬼谷子》这部书做一认真的研究。

《鬼谷子》是我国历史上第一部在充分探索人的心理特征和心理活动规律的基础上，论述劝谏、建议、协商、谈判和一般交际技巧的一部书。自人类历史进入奴隶社会之后，形成了上自国君、三公、卿大夫以至基层佐吏组成的宝塔形的国家机构。在这个机构中，皇帝、国王的权力是至高无上的，以下三公、宰相之类，则在一人之下，千万人之上。依次类推，统治阶层的每一个成员在他所管辖的范围中，就是真理的象征，他说的话就是"国法"，让谁死，谁就死，让谁活，谁就活；下级或一般老百姓说话、做事不合心意或犯了忌讳，无论其动机如何，本意如何，都有可能遭殃，甚至掉脑袋。从最高层言

---

① 载中国屈原学会、贵州省古典文学学会编：《楚辞研究》，文津出版社 1992 年版；又载《甘肃社会科学》1993 年第 6 期、1994 年第 1 期；又收入拙著《屈原与他的时代》，人民文学出版社 1996 年版。

② 郑杰文：《战国策文新论》第二章第三节《战国策的部类和文体》，山东人民出版社 1998 年版。

之，遇上一个昏君，即使弄得国家到了败亡之地，大臣也不敢说，说了就可能死。《史记·殷本纪》中说："纣愈淫乱不止。微子数谏不听，乃与大师、少师谋，遂去。比干曰：'为人臣者，不得不以死争。'乃强谏纣。纣怒曰：'吾闻圣人心有七窍。'剖比干，观其心。"微子等遁去，是知其谏也无益，虽然知道造成的结果是国家灭亡，也只好甩手不管；比干觉得责任重大，不忍心不管，结果被杀，连心也被挖出。比干自然赢得了后人的崇敬，孔子过其墓也要两手扶轼，表示出无比的敬意。但他的命丢了，而且丢得毫无效果，纣的态度没有一丝一毫的改变，殷朝也终究亡国了。儒家讲"杀身以成仁""见危致命"，很多正直刚毅之人犯颜直谏，或抗命上疏，其高风亮节，令人钦佩，而他们大多落得不是被杀头，便是被贬谪，令人痛心。多少年中，没有人研究过既不甩手不管，也不白白送死的办法。春秋末年产生了《孙子兵法》，战国时代又产生了《吴子兵法》《司马法》《孙膑兵法》等兵书，相传的《太公兵法》也被整理而得到流传，打仗的方面，一定程度上避免了不讲策略、不讲效果的送死，但文臣谏说国君、上级时怎样才能取得成功而不至于白白送命，与邻国协商事情不致劳而无功，儒家、道家都基本上不懂。孟轲以雄辩著称，往往使听他辩驳的国君无言以对，但却也只是战役上赢了，在战略上是每论必输。墨家稍好一些，但也并无专门的研究。至于名家，只是逻辑上的推理，有时流于狡辩，并不能入于人心，使其心悦诚服。纵横家并不争于儒、道、墨、法的思想观点之间，它着重探究、窥测人心的方法，探究论说的技巧，总结研究游说中如何能达到预期的效果，这在封建社会中不能不说是独树一帜，开辟了人文社会科学研究的一个重要领域。

很有意思，纵横家的基本理论，是在兵家思想的启发下产生的，或者可以说，是在兵家思想中生发、发展起来的。《战国策·秦策一·苏秦始将连横章》写苏秦"说秦王书十上而说不行"，穷困潦倒而归：

乃夜发书，陈箧数十，得《太公阴符》之谋，伏而诵之，简练以为揣摩。①

---

① （汉）高诱注：《战国策》，商务印书馆1958年版，第17页。

高诱注："《阴符》中奇异之谋，以为揣摩。揣，定也。摩，合也。"《史记·苏秦列传》中写到苏秦听到兄弟、嫂、妹、妻、妾的嘲笑后云：

> 苏秦闻之而惭，自伤，乃闭室不出，出其书遍观之。曰："夫士业已屈首受书，而不能以取尊荣，虽多亦奚以为！"于是得周书《阴符》，伏而读之。

《史记》索隐云：

> 《战国策》云"得太公《阴符》之谋"，则阴符是太公之兵符也。……王劭云："《揣情》《摩意》是《鬼谷》之二章名，非为一篇也。"……江邃曰："揣人主之情，摩而近之。"其意当矣。[1]

联系《战国策》《史记》之文及诸家注解看，苏秦在受到极大刺激下抱定必成的决心而最后下功夫读的书，是《太公阴符》。《史记》言"周书《阴符》"，因姜太公吕尚是西周时人，同书而异称。《汉书·艺文志·诸子略》道家："《太公》二百七十三篇：《谋》八十一篇，《言》七十一篇，《兵》八十五篇。"原注："吕望为周师尚父，本有道者。或有近世以为太公术者所增加也。"《史记·齐太公世家》云：

> 后世之言兵，及周之阴权，皆宗太公为本谋。[2]

钱大昭《汉书辨疑》曰："《谋》《言》《兵》就二百三十七篇而言，《太公》其总名也。"沈钦韩《汉书疏证》曰："《谋》者，即太公之《阴谋》；《言》者，即太公之《金匮》，凡善言书诸金版。……《兵》者，即《太公兵法》。《说苑·指武篇》引《太公兵法》。"《太公》之书，今不见流传，其实已被后人删

---

① （汉）司马迁：《史记》，中华书局2014年版，第2724页。
② （汉）司马迁：《史记》，中华书局2014年版，第1791页。

并为《六韬》一书。依我的看法，《太公言》删并为《武韬》五篇；《太公谋》
删改为《文韬》十二篇；《太公兵》删并为《龙韬》《虎韬》《豹韬》《犬韬》。
此由《六韬》各篇内容之侧重可以明白，此处不能详论。人类从原始社会末期
即发生战争，因为其间有死人、流血之事，势必会不断总结经验教训，代代相
传，但这些还不能说是理论。至商周之际，《周易》哲学也已产生，人们的理
论意识增强，注意对事物发展规律的探索与总结。故传统认为兵权谋之类的理
论起于姜太公，并非向壁虚造；以往人们普遍采取不相信态度，乃是受疑古思
潮的影响。姜太公理论在流传中不断有所增附，也是自然之事。后来的《太公
阴谋》《太公金匮》《太公兵法》之类，应是吕尚以来这一派军事家战争经验的
总结。

　　儒家在与人来往方面讲求"诚信"。自然，与亲戚朋友、一般交往者及明
智的国君、上司结交，应以诚信为准则，但如对十分昏昧、不明事理甚至失去
理智的人也讲诚信，就不一定有益于事。于是，聪明的士人为了获得人主的信
任，就不能不研究策略，做到知己知彼，并研究语言表达的方式方法。这知
彼，就已包含了对对方的心理、有关想法的推度。当然，游说、劝谏毕竟还是
人际交往范围的事，一般人总还是不能完全摆脱社会伦理和道德的约束。但那
些只求成功、不计其他的人，就将游说、劝谏看得同作战一样，任何手段都可
以用。因此我以为苏秦所读的《太公阴符》乃是就学于鬼谷先生时，鬼谷先生
所定学习他这个学说应读的根柢之书，鬼谷子思想中有一些理论即来于此，或
受其启发而产生。苏秦当年对鬼谷子的用意尚理解不深，对《太公阴符》同游
说等的关系也缺乏认识，至其按一般的做法连连碰壁之后，才认识到了《太公
阴符》在游说理论上的意义，从而茅塞顿开。应该说，是鬼谷先生完成了由兵
家权谋理论向纵横家权谋理论的转变，并总结春秋以来行人在外交活动及辞令
撰述上的经验，而创建了纵横家的理论体系的。《鬼谷子》一书中有《本经阴
符七术》及《权篇》《谋篇》《决篇》等，正可以看出其同《太公阴符》之类军
事权谋的关系；其中又有《捭阖》《反应》《内揵》《抵巇》《飞箝》《忤合》《转
丸》等，可以看出鬼谷子的学术独创性和作为一门独立的交际、游说、管理理
论体系的确立。

　　历代统治阶级驾驭臣下，统治老百姓，都是用权谋甚至用阴谋的。但这

些只能是他们用，并不说出来，不希望一般士人和广大老百姓懂得这一套，以识破他们的手段和行径，所以口上仍然是冠冕堂皇、光明正大的一套理论。而《鬼谷子》一书却由兵书及行人的经验两方面，不但将此一一点破，并总结成理论，用于对付掌权者、用事者。高似孙《子略》论战国时纵横家云：

> 士有挟俊异豪伟之气求聘乎用，其应对酬酢、变诈激昂以自放于文章，见于顿挫险怪离合揣摩者，其辞又极矣。[1]

他是采取了赞赏的态度，尤其对其充满激情和富于变化的文章风格，评价颇高。其论《鬼谷子》一书云：

> 《鬼谷子》书，其智谋，其数术，其变谲，其辞谈，盖出于战国诸人之表。夫一阖一阖，《易》之神也；一翕一张，老氏之几也。鬼谷之术，往往有得于阖辟张翕之外，神而明之，益至于自放溃裂而不可御。予尝观诸《阴符》矣，穷天之用，贼人之私，而阴谋诡秘，有《金匮》韬略之所不可该者，而《鬼谷》尽得而泄之，其亦一代之雄乎！[2]

其评价之高，实超越前贤，而慧眼独具；其点到之处，正是《鬼谷子》一书的不凡处，也是历代统治者贬它的原因。当然，其间也确实有些道德学问都很高的人批评它，怕它坏了人心。其实，这也只是出于一种良好的愿望。在封建专制之下，他们那样的主张是"只许州官放火，不许百姓点灯"，是并不公平的。可以说，《鬼谷子》在一定程度上打破了统治者对"权术"的使用特权，有力地帮助士人走上政治舞台，进入国家各级管理部门，甚至进入重要决策层，加速了氏族血缘统治结构和贵族政治的瓦解，大大推动了民主政治的进程，在我国历史上占有重要的地位，也产生了深远的影响。高似孙称作者为"一代雄才"，是不为过的。战国纵横家留下的作品虽然不少，但真正的理论著

---

① （宋）高似孙：《子略》，辽宁教育出版社 1998 年版，第 56—57 页。
② （宋）高似孙：《子略》，辽宁教育出版社 1998 年版，第 57 页。

作，真正代表了纵横家思想成果的，也只有《鬼谷子》这一部书。

　　《鬼谷子》一书，《汉书·艺文志》未著录，而《隋书·经籍志》著录之，曰："《鬼谷子》三卷，皇甫谧注。鬼谷子，周世隐于鬼谷。"晋秘书监荀勖因魏秘书郎郑默《晋中经》所作的《晋中经新簿》，东晋著作郎李充在荀勖的基础上所著书目，宋秘书殷淳所撰《大四部目》，宋秘书丞王俭的《七志》，宋秘书监谢灵运、齐秘书丞王亮、秘书监谢朏等所撰目录，梁阮孝绪《七录》，并皆散佚不存，无法知道《隋书·经籍志》之前对此书著录的情况。而可以肯定的是，皇甫谧对它作了注，且有《序》（胡应麟《四部正讹》言"皇甫谧序传之"），怎见得荀勖以来目录之书都无著录？所以，如肯定是到《隋书》中才被著录，也并不一定就反映了事实。至于不见于《汉书·艺文志》及西汉以前之书，则不止《鬼谷子》一种。王应麟作考证，补出二十六部，除去有著录而后代传其别名、有自古书中裁篇单行者等可以做出解释的之外，可以肯定应著录而未著录的也有数种，而近人章太炎、顾实又指出若干缺漏。所以，以《汉书·艺文志》未著录而定为伪书，也难免会有误判。余嘉锡《古书通例》一书就班固《汉书》中有关文字，对形成缺漏的原因有所推论，第一条原因即是民间所有，秘府未收。举《汉书·楚元王传》云："元王亦次之《诗传》，号曰《元王诗》，世或有之。"余先生说："云'世或有之'，明非秘府所有；'或有'者，如今人言版本学者所谓少见云耳。以其传本少见，秘府无其书，故不著于录。"① 《鬼谷子》一书所讲，不仅和儒家思想相违背，同汉武帝"独尊儒术"以后朝廷所倡导的也大为不合，相当程度上是讲臣下对付君主、无权者对付有权者、布衣之士对付各级长官的办法，教人如何窥测对方的心理，掌握其"人性的弱点"而玩之于掌上，朝廷对此焚烧唯恐不及，怎能存之中书！所以《七略》和《汉书·艺文志》均未著录，不为无因。然而这种书对于广大非世族大家出身的文人来说，却是上天的阶梯，猎取官爵的利器，自然秘相传抄，因而在民间相传。可以证明刘向之时有此书的是，由刘向据旧籍编成的《说苑·善说》中就引了《鬼谷子》中的话，并明确标出了书名：

① 余嘉锡：《古书通例》，上海古籍出版社1985年版，第4页。

《鬼谷子》曰:"人之不善而能矫之者,难矣。说之不行,言之不从者,其辩之不明也;既明而不行者,持之不固也;既固而不行者,未中其心之所善也。辩之,明之,持之,固之,又中其人之所善,其言神而珍,白而分,能入于人之心,如此而说不行者,天下未尝闻也。此之谓善说。"①

为什么未著录于《七略》却又见于《说苑》呢?《汉书·刘向传》云:"及采传记行事,著《新序》《说苑》凡五十篇奏之。"乃是在采各书可取之说,非专门张扬某一家学说。刘向本人在其《说苑·序奏》中说:

所校中书《说苑杂事》及臣向书、民间书、诬校雠,其事类众多,章句相溷,或上下谬乱,难分别次序。除去与《新序》重复者,其余者浅薄,不中义理,别集以为百家,后令以类相从,一一条别篇目,更以造新事十万言以上,凡二十篇,七百八十四章。②

那么,《说苑》一书所收,在刘向看来也多"浅薄,不中义理",并不能同专门校录之书相比。那么,他对待《鬼谷子》一书的态度便可以知道,他不著录于《七略》的原因,也就大略可知。

至隋唐之际,因为经过长期战乱,世所存先秦之书已十分稀少,《鬼谷子》便作为古籍浮出了水面,被《隋书·经籍志》加以著录,才像一个长期的黑户,有了"户口"。

但遗憾的是这部书由于长期缺乏身份证明及其内容与统治阶级所宣扬的一套不合,自唐柳宗元以来,一直被认为是伪作,否定之词不断,而如刘泾、高似孙那样看到其不凡处者,寥若晨星。20世纪出版《诸子集成》《新编诸子集成》皆将其排除在外。这不仅是先秦思想与文化研究的一件大憾事,也是中国古代思想与文化研究的一件大憾事。20世纪末,台湾学者萧登福先生出版了

---

① (汉)刘向撰,向宗鲁校证:《说苑校证》,中华书局1987年版,第266页。
② (汉)刘向撰,向宗鲁校证:《说苑校证》,中华书局1987年版,第1页。

《鬼谷子研究》（文津出版社 1984 年版），山东大学郑杰文先生作《鬼谷子天机妙意》（南海出版公司 1993 年版）、《鬼谷子奥义解说》（山东人民出版社 1993 年版），郑杰文、台湾梁嘉彬、赵铁寒等先生并有论文发表。也有好几种注本见之于市场上（其中方向东注评《鬼谷子》一种较好）。但就被人们以怀疑的眼光看了一千多年，从各个方面提出很多疑难和指责的一部书来说，要解决、澄清的问题还很多，尤其在思想史、学术史的方面应如何看待这部书，还不是很容易可以解决，更不是一般地注释一下就可以解决的。

所以 2001 年许富宏同志由江苏来我处问学，我建议他以《鬼谷子》研究为博士论文，希望能尽可能彻底地弄清有关问题，给《鬼谷子》这部书以应有的历史地位。许富宏同志以近三年的时间完成了学位论文，在专家评阅和组织答辩中获得好评。在他就读期间，我就曾建议他将来对《鬼谷子》这部书做一集校、集注的工作，为以后出比较完善的普及本打一个坚实的基础，也对以往研究《鬼谷子》的成果加以总结，在文献学方面为学者从各个方面去研究这一部在先秦诸子中独树一帜的著作提供一个好的文本。因此，他在完成学位论文之时就注意收集该书的不同版本和有关资料，毕业后，他以两年之力完成了《鬼谷子集校集注》，2006 年中华书局已接受出版。他在完成对《鬼谷子》这部书的集校集注工作之后，又回过头来对学位论文加以修改，可见他希望能对有关问题做出比较满意的解决，及在这部书上下的功夫。许富宏十分勤奋，在读期间和毕业后还同时参加了我所主持的《先秦文论全编要诠》的工作，承担了其中道家、纵横家著作中有关文学理论、文学思想篇章与片断的初选和注解工作。这似乎对他在学位论文的撰写与修改中收集资料、开拓视野也起到了好的作用。今许富宏同志的《〈鬼谷子〉研究》即将由上海古籍出版社出版，要我作序，因谈以上看法，实际上是向读者说说许富宏同志花数年之力写这样一篇论文意义何在。有不当之处，请学界朋友指正。

2007 年 7 月 5 日

许富宏：《〈鬼谷子〉研究》，上海古籍出版社 2008 年版。

许富宏，1972 年生，安徽全椒人。2004 年毕业于西北师范大学，获文学博士学位。现为南通大学文学院教授、硕士生导师，江苏省中青年科学技术带头人，南通市学术领军人才。出版《鬼谷子集校集注》《慎子集校集注》（两书均列入《新编诸子集成续编》）、《吕氏春秋四季的演讲》《吕氏春秋先秦史料考订编年》等八种。

《鬼谷子》的历史地位与当代价值
——《鬼谷子集校集注》序

  《鬼谷子》一书是先秦纵横家的理论著作，也是对春秋以来行人游说、谏说的经验技巧和此类文章写作经验与技巧的总结。它不仅在我国论说文发展史上占有重要的地位，在我国古代心理学和人际关系、组织管理与策划等学科的研究上，也具有重要的意义。

  自然，中国古代并没有心理学、人际关系学、管理与策划学这些学科，谈到人际关系，也是"君君、臣臣、父父、子子"等来自儒家伦理学说和"礼"学的一套理论，对君对父，都讲"死谏"；对兄弟、亲朋，只讲诚信。但君、父中也有凶暴不听正确的劝谏者，师友、弟兄、亲戚中也有固执不接受有益的建议甚至心胸狭隘、多疑好忌者；儒家重视识人与择友，但人在社会上也难免要和修养较差甚至品格低劣的人打交道。对这些问题，儒家经典中找不到答案。西汉以来的两千多年中，一直是儒家思想占统治地位；作为其补充的，在朝者以法家为用，在野者以道家为旨趣，读书人少有知经世致用之理者。唐代士人"求知己"和"温卷"所奉，诗歌之外，便是传奇小说（参《文献通考·选举考》），均不关乎世事。儒生只习经书诗赋，不一定能处好社会各方面的关系。不要说一般士子，就是儒家的大圣人孔子，虽然也说："志有之：'言以足志，文以足言。'不言，谁知其志？"（《春秋经传集解》第十七）也说："名不正则言不顺，言不顺则事不成。"（《论语·子路》）也讲"不知言，无以知人也"（《论语·尧曰》），"小不忍，则乱大谋"（《论语·卫灵公》），但他奔忙于诸侯间数十年，先后罢官于鲁，冷遇于卫，拘畏于匡，斥逐于蒲，困厄于陈、蔡，危难于宋、郑，受阻于晋、楚，真如《庄子·盗跖》所说"不容于天下"，谋求仕进以企推行仁政，而其愿望终究未能实现。子路是孔门中以政事而著称的，也是孔子最忠实的弟子，当他听到孔子说为政"必先正名"，竟脱口而出地说道："子之迂也。"（《论语·子路》）孔子的另一个以政事出名的弟子冉求则说："非不说子之道，力不足也。"（《论语·雍也》）由于冉求在任季氏家臣时的一些做法与孔子的意见不合，孔子曾说："非吾徒也，小子鸣鼓而攻之可也。"（《论语·先进》）反映出孔子的理论同当时的社会实践存在一定的差距。儒家的亚圣孟轲说："岂好辩哉！予不得已也。"（《孟子·滕文公下》）他奔走于邹、齐、鲁、宋、薛、滕、魏等国，高谈阔论，意气风发，力驳雄辩，横扫千军。然而将近二十年的游说，一无成功，所遇君主不是"勃然乎变色"，便是"顾左右而言他"，或者以"吾惛，不能进于是矣"之类的客气话委婉加以拒绝，甚者，竟毫不遮掩地说："寡人有疾，寡人好货。""寡人有疾，寡人好色。"使他无法再说下去。孟子说："当今之世，舍我其谁。"（《孟子·公孙丑下》）他和孔子一样有着消除社会战乱、维护社会正常秩序、拯救贫苦百姓于水火的历史责任感和社会使命感，因而抱着积极的入世态度，但也同样未能取得成功。这是因为孔子、孟子都只从社会的政治、道德方面考虑问题，而没有考虑在当时的社会制度下，一个国家的君主和掌权的卿大夫的意愿便是这个国家政治行为的唯一准则，无民主可言，此后两千多年的封建专制社会一直如此。要达到参与政治的目的，首先要专权者能听信你，任用你，接受你的建议或意见。人们在这样的社会环境之中求生存、谋发展，必然会有一些经验与教训产生，即使没有人把它写成书，这些经验也总会流传下来，逐步积累，慢慢形成一些理论。《鬼谷子》这部书就正是这方面经验与理论的总结，也是先秦时代在这方面进行深入探讨的唯一理论著作。

《鬼谷子》对过去学者们所忽略了的很多现象进行总结、概括，悟出一些道理，总结出一套理论。《捭阖》《反应》《内揵》《抵巇》《飞箝》《忤合》《符言》等都是以前诸子之书未见的概念（《虞氏春秋》中有《揣摩》等篇，《韩非子》中有《揣情》之语，但都是战国末年人的著作），为战国中期以前士人闻所未闻。当然，这部书只能产生在礼崩乐坏、诸侯攻伐、士人奔波于各国之间以言谈、计谋取官爵地位的战国时代，因而其中也留下了深刻的时代烙印。

应该说，《鬼谷子》中的一些理论，是在春秋以来从政士人的实践活动中

不断积累形成的。春秋时代的行人在诸侯国之间进行交结、盟会，为了本国
的利益，总要千方百计说动或压服对方，不讲究写文章（书信、上书、陈辞、
外交辞令等）和说话应对的技巧不行，也不能不了解对方国家的基本情况及
国君和主政卿大夫的地位、经历、能力、学问、嗜好、性格等。《左传·襄公
三十一年》说郑国著名的行人子羽（公孙挥）"能知四国之为，而辨于其大夫
之族姓、班位、贵贱、能否，而又善为辞令"，这就同孔子、孟子只考虑自己
的政治理想、伦理道德理论等，自说自话，不考虑了解游说国家及其有关人员
的具体情况，不考虑其国君、主政卿大夫的真实想法的情形大不相同。当然，
这也正是孔子之所以为孔子，孟子之所以为孟子的原因。他们的历史地位是由
于他们在思想史和教育史上的卓越贡献，由于他们不凡的人格力量形成的。从
社会政治的实践方面说，他们是失败者。孔子的学生也有出仕者，如冉求、子
贡等，但有的为卿大夫的家臣，有的也仅仅是一般的行人，还未能进入到政治
决策的机构中去，只能是在既成的政治主张和运行框架下发挥一些作用。墨子
的时代已经表现出士人在某些诸侯国政治军事活动中的重要作用，但基本状况
没有变。虽然这样，从孔子的某些弟子（如上举冉求）和墨子来看，一些士人
已经意识到在一方面是礼崩乐坏，诸侯、卿大夫专权，另一方面基本上还维持
着诸侯、卿大夫世袭地位的社会中，说话的技巧和办事的方式是很重要的，它
往往决定着事情的成败。《荀子·子道》中有一段文字：

> 子路问于孔子曰："鲁大夫练而床，礼邪？"孔子曰："吾不知也。"
> 子路出，谓子贡曰："吾以夫子为无所不知，夫子徒有所不知。"子贡曰：
> "女何问哉？"子路曰："由问'鲁大夫练而床，礼邪？'夫子曰：'吾不
> 知也。'"子贡曰："吾将为女问之。"子贡问曰："练而床，礼邪？"孔子
> 曰："非礼也。"子贡出，谓子路曰："女谓夫子为有所不知乎？夫子徒无
> 所不知。女问非也。礼，居是邑，不非其大夫。"①

这里表现出子贡不仅会提问题，而且对孔子的思想、为人有着深刻的了

---

① （清）王先谦撰，沈啸寰、王星贤点校：《荀子集解》，中华书局 1988 年版，第 531 页。

解，对孔子心理状况也有所掌握。因为他们居于鲁国，从礼的方面说，不能非议鲁大夫。《论语·述而》中还记了一件事：冉求想了解孔子对卫出公与其父蒯聩争夺王位一事的态度。他没有直接去问孔子，而对子贡说，由子贡去问。子贡不直接问此事，而问："伯夷、叔齐何人也？"孔子回答说："古之贤人也。"子贡又问："怨乎？"孔子曰："求仁而得仁，又何怨！"子贡出来后对冉求说：夫子是不赞成卫出公的做法的。子贡为什么会做出这样的判断呢？因为伯夷、叔齐二人互让君位，从孔子赞扬伯夷、叔齐的语气中就可以知道孔子是不赞成儿子同老子争王位的。由这些事例可以看出，子贡以言语著称，而其实他不仅善于言辞，还在于对各方面情况包括对方的思想、作风、性格以至于心理的了解。孔子说："辞达而已矣。"（《论语·卫灵公》）但要做到这个"达"，只靠能说会道是不行的。正如《仪礼·聘礼》所说："辞苟足以达，义之至也。"孔子曾经说："博而不要，非所察也；繁辞富说，非所听也。"（《孔丛子·嘉言》）他对巧言令色的人评价很低。可见，在孔子的思想中，要提高言语的表达水平，也包括其他相关素质的培养。孔子曾说："可与言而不与之言，失人；不可与言而与之言，失言。"（《论语·卫灵公》）可见，孔子也是注意观察人，了解与之交际者的有关情况，甚至推度对方的思想、心理的。

尽管孔子的思想与其在教育学生的实践中注重对人的了解、识别和对一些人言行用意的推度，但孔子在交际中更注重对人的选择，所谓"道不同，不相为谋"（《论语·卫灵公》），而后来之士人考虑的则是如何同各种人打交道。墨子说，时当"世乱"，"今求善者寡。不强说人，人莫之知也"，故主张"虽不扣必鸣"（《墨子·公孟》）。墨子也专门研究论辩、游说的方法和技巧，至墨家后学，更总结概括出"或""假""效""辟""侔""援""推"诸理论（参《墨子·小取》）。这不仅在古代论说文发展史上具有重要意义，在我国语法学、修辞学、逻辑学史上也具有重要意义。应该说，这是由老子、孔子时代，即私学初创时期的圣人作风，向私学发展、士人势力扩大、士人普遍争取走上政治舞台的战国时代过渡中，社会精英思想作风转变的表现。战国时期，诸侯们不再是在承认周天子存在的情况下搞"尊王攘夷"的把戏，争当霸主，而是都希望统一全国。"一天下"成了当时有远见的政治家的共识，也成了各个诸侯国都希望达到的目标。道家看透了那些诸侯、卿大夫相互争夺的实质，也看透了儒家末流借着仁义道德做统治阶级帮凶的本质，所以对当时的社会失去了信心。儒家的思孟学派将孔子的思想向心性方面发展，在如何实现其政治理想方面，并没有拿出有效的办法。战国之末的荀况，曾两至齐国的稷下，接受了法家的某些思想，也受了一些纵横家的影响，在楚国春申君时代的政治上也还发挥了一点作用。真正认真总结春秋以来行人活动的实践经验和战国初期以来士人参与政治活动的经验与教训，对于士人在封建专制制度下如何才能走上政治舞台，在君主专权的情况下如何才能发挥政治作用，如何在事业上取得成功进行认真探讨的著作，是《鬼谷子》这部书。

《鬼谷子》实际上是继承了部分老子、庄子的思想，又总结了包括孔子、子贡、墨子在内的一些知识分子游说从政的经验教训，以及孔子之前叔孙豹、晏婴、子产、叔向、子大叔等人进行外交活动、外事交涉、陈述辞令、劝谏君主等的经验。比如它说的"欲高反下，欲取反与"的理论，就同《老子》第三十六章说的"将与夺之，必固与之"一致。明杨慎《鬼谷子序》引《鬼谷子》中"神之为长"数句，"心气一则神不徨"数句，"无为而求"数句，又引《庄子》"无听之以耳，而听之以心；无听之以心，而听之以气"等语加以比较，以为"《鬼谷子》其有得于是说"。上文所举子贡向孔子问对卫出公的态度，却不直接提出卫出公，而问他对伯夷、叔齐的看法，正是用了《鬼谷子》中所说的"捭阖""飞箝"之法，只是当时未提出这些名称而已。其《摩篇》云："古之善摩者，如操钩而临深渊，饵而投之，必得鱼焉。"其《揣篇》云："古之善用天下者，必量天下之权而揣诸侯之情。"均明言有取于古人之经验。《权篇》云："古人有言曰：'口可以食，不可以言。'言者有忌讳也。'众口铄金'，言有曲故也。"《谋篇》云："故先王之道阴，言之有曰：……"均引述古人之语立论。至于其中化用《老子》《易传》之处，亦复不少。这些都反映出这部书是在总结此前长期积累的社会经验的基础上完成的。

《鬼谷子》一书前人多评价不高，如柳宗元言其"险盭峭薄，恐其妄言乱世，难信，学者宜其不道"（《鬼谷子辨》）。宋濂云："是皆小夫蛇鼠之智，家用之则家亡，国用之则国偾，天下用之则失天下，学士大夫宜唾去不道。"（《诸子辨》）胡应麟则评其"浅而陋"（《四部正讹》）。所以正统文人都对其不屑一顾。其实，这部书除了上面所谈社会交际方面的应用价值和政治心理学等方面的开拓性研究之外，从哲学的层面上看也有值得称道之处。可以说，这部书中充满了辩证法思想。

首先，它认为世界上的事物都存在对立统一的两个方面。仅第一篇《捭阖》提到对立概念的句子就有"或阴或阳、或柔或刚、或开或闭、或弛或张"，"贤不肖、智愚、勇怯"，"乃可捭、乃可阖、乃可进、乃可退、乃可贱、乃可贵"，等等。书中似乎还体现了这样一种思想：在任何国家、任何群体、任何地方，矛盾总是存在的。《抵巇》篇说："自天地之合离、终始，必有巇隙，不可不察也。"这实际上也是这本书立论的基础之一。

其次，它认为事物是变化的，不是一成不变的。《捭阖》篇说："变化无穷，各有所归。""阳动而行，阴止而藏。阳动而出，阴隐而入。阳还终阴，阴极反阳。"《忤合》篇说："世无常贵，事无常师。"等等，都反映出这种思想。

再次，它认为事物之间是相互联系的，不是孤立的。《鬼谷子》一书的很多理论都是建立在这个认识之上的，不烦举例。

同时，《鬼谷子》书中的思想也表现出一定程度上的唯物主义因素。固然，总体上说来，此书以道为"天地之始"，属于客观唯心主义，但在具体论述中，特别强调对现实的了解，要求人的思想要合乎实际，要求注重事物发展的客观规律。比如《飞箝》中说："将欲用之于天下，必度权量能，见天时之盛衰，制地形之广狭、岨崄之难易，人民货财之多少，诸侯之交孰亲孰疏、孰爱孰憎。心意之虑怀，审其意，知其所好恶，乃就说其所重。"《揣篇》等都反复讲这个道理。

《鬼谷子》书中有很多篇属于交际和处世方面的理论，基于该书的著述目的，以论如何处理君臣关系的内容为多。如《权篇》云："故与智者言，依于博；与博者言，依于辨；与辨言，依于要；与贵者言，依于势；与富者言，依于高；与贫者言，依于利；与贱者言，依于谦；与勇者言，依于敢；与愚者言，依于锐。此其术也，而人常反之。"这比卡耐基《人性的弱点》中的相关理论早两千多年，在生活中，尤其在专制的封建社会中，不是毫无意义的。再如《谋篇》云："其身内，其言外者疏；其身外，其言深者危。"《韩非子·说难》等篇关于这个道理论之甚详。这同人们平时所说的"交深言浅""交浅言深"利害关系是同一个道理。

公正地来说，《鬼谷子》一书并非完全是讲阴谋诡计、教人坏良心的，其实有些地方与儒、道、法等家的著作相通，如高似孙《子略》所摘引"知性则寡累，知命则不忧"等同儒家思想一致，只是儒、法等注重讲目的、讲理想、讲理论，而《鬼谷子》一书则重视主客观的条件，更多地着眼于达到某一目的的方法和途径。比方孔子说："君子疾没世而名不称焉。"（《论语·卫灵公》）《鬼谷子》也讲成名，它说："是以圣人居天地之间，立身、御世、施教、扬声、明名也，必因事物之会，观天时之宜，因知所多所少，以此先知之，与之转化。""不悉心见情，不能成名。"（《忤合》）这就是说，关键要对客观实际有全面、准确的把握，根据不同情况，采取不同的办法。这就同孔子所称赞的"邦有道则知，邦无道则愚"（《论语·公冶长》）的做法大不一样。按照孔子所称赞的那个办法，碰到昏暴愚昧之君，便毫无办法，只有装傻。《鬼谷子·抵巇》云：

> 天下纷错，士无明主，公侯无道德，则小人谗贼；贤人不用，圣人窜匿，贪利诈伪者作；君臣相惑，土崩瓦解而相伐射；父子离散，乖乱反目，是谓萌芽巇罅。圣人见萌芽巇罅，则抵之以法。世可以治则抵而塞之，不可治则抵而得之。[①]

这种积极入世的思想，似乎更有利于社会的发展。"世可以治则抵而塞之，不可治则抵而得之"，真是惊世骇俗的反传统之论。在先秦诸子中，只有孟子的"闻诛一夫纣矣，未闻弑君也"，"取之而燕民悦，则取之。古之人有行之者，武王是也"（《孟子·梁惠王下》），与之相近，多少体现了一种同封建正统思想相对立的民主精神。在《鬼谷子》中找不到传统的"忠君爱国"思想的影子。这也是人们评价纵横家时常说到的思想缺陷之一。固然，像春秋时楚国的莫敖大心、申包胥，郑国的弦高，战国时屈原那样的爱国精神，我们应该弘扬，但当时的国家毕竟不同于近代国家之概念，他们"爱国"的思想内涵同林则徐、贝青乔等人的毕竟大不相同，所以才有"楚材晋用"的事实。战国末年

---

① 许富宏：《鬼谷子集校集注》，中华书局 2008 年版，第 69—70 页。

的楚国屈原投汨罗而死，屈景则远走燕国。我们固然特别地称赞屈原的爱国精神，但也不能对屈景过分苛求，各人的认识不同而已。至于忠君思想，是中国封建文化中最大的糟粕，是应该彻底批判的，古代有的思想家如孟子、黄宗羲等都对它进行批判。所以，我们也不能因此而鄙视《鬼谷子》一书。

《鬼谷子》一书中也讲德，讲善，讲美，也并不排斥"道德、仁义、礼乐、忠信"（《内揵》），只是它将这些同法、术、势等同等看待，并不特别地倾向哪一个方面；也同等地利用，不以哪一家为敌而加以摒弃。也就是说，它只是探索在当时的社会条件下达到一种目的的方法与途径。

《鬼谷子》一书，既是历史的必然产物，也是应运而生的。刘勰《文心雕龙·论说》云：

> 伊尹以论味隆殷，太公以辨钓兴周；及烛武行而纾郑，端木出而存鲁，亦其美也。暨战国争雄，辨士云踊，纵横参谋，长短角势；《转丸》骋其巧辞，《飞箝》伏其精术；一人之辨，重于九鼎之宝，三寸之舌，强于百万之师；六印磊落以佩，五都隐赈而封。[1]

既列举了历史上几个著名的因论说技巧之独特与高超而成功的案例，也指出了战国时游说之风的普遍及游说成功对个人荣枯和当时形势所产生的巨大影响。刘知幾《史通·言语》亦云：

> 战国虎争，驰说云涌，人持《弄丸》之辩，家挟《飞钳》之术，剧谈者以谲诳为宗，利口者以寓言为主；若《史记》载苏秦合纵、张仪连横、范雎反间以相秦、鲁连解纷而全赵是也。[2]

这是对当时社会风气和士人心态的准确概括。当时，一方面由于士人普遍积极参与各国的政治活动，尤其是参与各国的决策活动，产生了不少成功的经

---

[1] 郭晋稀：《文心雕龙注译》，甘肃人民出版社 1982 年版，第 222 页。
[2] （唐）刘知幾撰，（清）浦起龙释：《史通通释》，上海古籍出版社 1978 年版，第 149 页。

验，需要总结；另一方面，从历史的发展趋势上说，将有更多的士人争取登上政治舞台，也需要一部全面介绍纵横家的经验，对它们进行理论概括的著作。

在先秦诸学中，《鬼谷子》是一部十分独特的书。它的特殊之处，除了和先秦儒、道、法、名等各家著作一样，表现了与他家不同的思想、主张之外，主要在于它探讨了各家都不涉及的一些方法问题，也涉及对接受者心理的揣摩和利用。从这一点说，它与战国中期的墨辩及名家相近。《鬼谷子》同墨辩、名家在同一时期产生，这是值得思考和研究的。战国之末产生的《韩非子》中的《难言》《扬权》《孤愤》《说难》《和氏》《解老》《功名》等篇，则不仅主旨、内容与《鬼谷子》相近，思想上也有相通处。都体现了"贵制人，而不贵见制于人"（《鬼谷子·中经》）的思想。但从总体上来说，《韩非子》多论君主如何重势立法以御臣下，而《鬼谷子》专论士人如何对付各种各样的君主，专论如何取得君主的信任而成其事。

《鬼谷子》同先秦的兵家、农家、方技、阴阳一样，在古代是具有应用价值的著作。抛开历代儒家学者造成的偏见，在先秦诸子中，它也是独树一帜的。纵横家是先秦诸子中重要的一家，研究先秦诸子而将《鬼谷子》排除在外，是不应该的。

从鬼谷子同张仪的关系来看，鬼谷子其人应是战国中期人物。《史记·张仪列传》云："始尝与苏秦俱事鬼谷先生学术，苏秦自以为不及张仪。"张仪卒于秦武王二年，即前 309 年，较苏秦年长（《史记》记载以二人年相若，有误。20 世纪 70 年代出土的《战国纵横家书》已证明这一点），苏秦学业初成之时以为不及张仪，也是自然的。以孔子弟子例之，年龄相差大而同时学于一个老师门下的情况是有的，先后同门而传说中误为同时就学的可能性也存在。总之，张仪、苏秦都曾学习于鬼谷子，这点似不应有所怀疑。那么，鬼谷子应生活于战国中期。

我以为《鬼谷子》这部书不是一时写成的，应该是在一个较长时间中完成的，其中概括有包括张仪等早期弟子的经验和理论，也将苏秦之类较晚的弟子或后学的论著编入其中。刘向《战国策叙录》中说："中书本号，或曰国策，或曰国事，或曰短长，或曰事语，或曰长书，或曰修书。"结合出土的《战国纵横家书》来看，战国后期有很多这类汇编的纵横家书信、上书、谏说稿流传。有的可能是原件传抄出来，有的应是所存底稿或追记稿。追记的现象在先秦时代是存在的，《孟子》一书中的很多篇章就是追记稿。有很多开始原件上并无主名，也无为什么写这篇东西及其效果的说明，传抄中为了便于了解文意，明白其中有些话的针对性，才在开头标出主名，加上了有关背景的材料，在其末尾说明事情的结果。这种"穿靴戴帽"的工作有的甚至是到刘向编《战国策》的时候才完成的，这一点，将《战国纵横家书》与《战国策》相同的篇章进行对照，即可明白。各种说辞、书信等的汇编本，就似明清时代的"墨卷"，在士人中广泛流传。由这就可以看出当时的士人对于游说理论需要的迫切性。《鬼谷子》一书既是对春秋以来行人实践活动与辞令写作经验的总结，也是对当时士人中流传的各种做法、经验、理论和不同形式的辞令、书启、游说辞写作经验的总结、概括与提炼。对士人游说、谏说、成事的经验进行理论总结和深入探索的，鬼谷子不是唯一的人。苏秦、张仪就不说了，韩非的《说难》等篇也是这方面的杰作。只是《鬼谷子》一书为纯方法性论著，从中看不出有什么政治主张或政治理想，而《韩非子》则突出地表现了法家的思想，多是从实现法家的政治主张方面来论述的。韩非由韩至秦，其思想、主张不变；张仪、苏秦则时而在此，时而在彼，谁用则为谁奔走，反映了二者思想作风的不同。

《鬼谷子》一书中有些地方确实是讲阴谋、权术，主张利用对方的弱点以达到自己的目的。无疑，这种用心是应该批判和摒弃的。但是，如果采用批判地继承的态度，我以为其中也有不少先秦其他各家著作中没有的思想资源。即从心理学方面来说，读《韩非子》一书的《说难》等篇，韩非堪称心理学大师，但他不是着眼于心理研究的方面；他认识到游说和劝谏君主时掌握对方心理状况的重要性，并用之于实践，却未能对它们进行理论的总结。从实践上来说，他虽为韩之诸公子，见韩之削弱，"数以书谏韩王，韩王不能用"，秦王求之至秦国，似乎是找到了明主和知音，结果很快因受李斯与姚贾的陷害不能自明而死；张仪、苏秦却佩相印，玩诸侯于掌上。可见韩非在这方面还是缺乏自觉的思考与深刻的认识的。

《鬼谷子》更多地分析人的心理，研究人的感觉、知觉、情感、志意、思维等同行为的关系问题，提出一些观察、试探人的心理的方法，指出人们在交际中在心理学的方面应该注意什么。此书开头便说:"筹策万类之终始,达人心之理,见变化之朕焉。"这大约是我国古代文献中最早提出"心理"这个概念的。书中还提出"探心""摄心"这些名目,作为探测、掌握心理的手段。书中说:

> 口者,心之门户也;心者,神之主也。志意、喜欲、思虑、智谋,皆由门户出入。(《捭阖》)[1]
>
> 故口者,机关也,所以关闭情意也;耳目者,心之佐助也,所以窥瞷奸邪。(《权篇》)[2]
>
> 无为而求安静五脏,和通六腑,精神魂魄固守不动,乃能内视,反听,定志。虑之太虚,待神往来。(《本经阴符七术实意法腾蛇》)[3]

由这种形神观和心物观入手,来推断人的意志,使自己在各种情况下都处于良好的心理状态。书中所提出的"知类在窍""见微知类""以类知之"以及"反以观往,覆以验来;反以知古,覆以知今;反以知彼,覆以知己"(《反应》)的知虑心理思想;所提出的"志者,欲之使也,欲多则心散,心散则志衰,志衰则思不达","心气一,则欲不徨;欲不徨,则志意不衰;志意不衰,则思理达"(《养志法灵龟》),"志不养,则心气不固;心气不固,则思虑不达;思虑不达,则志意不实;志意不实,则应对不猛;应对不猛,则志失而心气虚。志失而心气虚,则丧其神矣。神丧则髣髴,髣髴则参会不一"(《养志法灵龟》)的志意心理思想;都有很强的理论性,表现出作者的深入思考和在心理学方面的系统探索。《鬼谷子》是我国心理学的开山著作。但目前见到的几部中国古代心理学史著作,在论述先秦心理学史时都没有提到《鬼谷子》,这是很遗憾的。

在先秦诸子中,我并不特别推崇纵横家。我认为儒家、墨家、道家、法家在中国古代思想史上的意义更大,而纵横家中一些策士朝秦暮楚、出尔反尔、

---

[1]　许富宏:《鬼谷子集校集注》,中华书局 2008 年版,第 15 页。
[2]　许富宏:《鬼谷子集校集注》,中华书局 2008 年版,第 134 页。
[3]　许富宏:《鬼谷子集校集注》,中华书局 2008 年版,第 213 页。

翻手为云、覆手为雨的做法，我也最为反感。但是，如荀子《非十二子》，不仅对墨、名、道、法进行批判，且矛头直指作为儒家正宗的思孟学派，将它们一例看作"其持之有故，其言之成理，足以欺惑愚众"者；对"子张氏之贱儒""子夏氏之贱儒""子游氏之贱儒"，大加伐挞。《汉书·艺文志》对儒家推崇备至，然而也指出"惑者既失精微，而辟者又随时抑扬，违离道本"，成"辟儒之患"；对道家、阴阳家、法家、名家、墨家也都予以充分肯定，但对于偏执者所造成的过失，也一针见血地指出。关于纵横家，《汉书·艺文志》中说：

> 纵横家者流，盖出于行人之官。孔子曰："诵诗三百，使于四方，不能专对，虽多，亦奚以为？"又曰："使乎！使乎！"言其当权事制宜，受命而不受辞，此其所长也。及邪人为之，则上诈谖而弃其信。[1]

班固所取态度是比较正确的。今天我们对各家也都应持批判继承的态度。纵横家中一些人潜心利用他人的缺点以达到自己的目的，确实卑鄙，但这并不是纵横家的全部，更不能完全归罪于《鬼谷子》这部书。纵横家的文章对后代的议论文产生了巨大的影响。汉初的陆贾、贾谊、晁错、贾山，稍迟之邹阳、枚乘、严安、主父偃、司马迁等散文大家之文章都带有纵横家铺张扬厉之风格。后代长于议论者直至宋代三苏，莫不如此。我们将《鬼谷子》所论视为穿窬之术，但卡耐基的《人性的弱点》却成了世界上最畅销的书之一，也是值得思考的一个问题。曾子见到饴以为可以养老，盗跖见到饴以为可以开门锁。关键在如何用而已。

由于这样的原因，许富宏同志到我处问学，我劝他研究《鬼谷子》一书。富宏同志欣然接受我的建议，并在研究原书和搜集有关材料方面，下了很大功夫。他的博士论文《〈鬼谷子〉研究》在评议和答辩中获专家的好评，毕业后，他根据我的建议继续收集有关资料，进行《鬼谷子》一书的集校集注工作。为了看《鬼谷子》一书较早的版本，他专程赴北京到国家图书馆等处查阅、过录；为了搜集台湾学者的有关研究成果，几次辗转托人复印邮寄，基本上做到

---

① 张舜徽：《汉书艺文志通释》，湖北教育出版社1990年版，第178页。

了对此前研究成果"一网打尽"。当然限于认真严肃的研究之作,一些出于商业目的的哗众急就之作不在范围之内。工作开始之初,我同他多次交谈,向他提出了方法和体例上的一些要求;将中华书局总编室请赵守俨等先生集体讨论确定的《古籍校点释例》给他,让他依此处理校勘、标点中的一些问题。他做了一部分样稿后寄我,我提出修改意见和应注意之点。进行中,我们也经常联系,打过很多次电话。这样经过一年多的努力,终于完成了《鬼谷子集校集注》一书,寄我审阅。根据我的意见,又做了两次修改。新时期中,山东大学的郑杰文先生在《鬼谷子》和纵横家的研究方面既做了拓荒的工作,也取得了突出的成绩,提出了一些有价值的观点。本书中引用了郑杰文先生的《鬼谷子奥义解说》一书中的不少观点,对台湾学者萧登福先生的《鬼谷子研究》也是一样。

　　《鬼谷子》一书,由于历来治之者少,所以存在的问题很多。属于外部的有产生时代问题、作者问题、成书过程、流传情况等;属于文本方面的有文字的是正、概念的界说、句意的诠释,一些篇、段蕴意的归纳与阐发,某些篇、段当时的社会针对性及今日价值之审视,结合现实进行新的阐释等。许富宏同志经过前后四年多的深入钻研,在《鬼谷子》研究的时代、作者、成书等外部问题上提出了个人的见解,成果汇集在《〈鬼谷子〉研究》一书中,现在又成《鬼谷子集校集注》,就是希望给学界提供一个理想的文本。这些对于对《鬼谷子》进一步的深入研究,都有一定的价值。

　　在两千多年之后来确定成书的时代问题,各部分的作者问题,自然困难很大,但也不是毫无线索可寻。古人著作中虽然往往掺杂弟子后学的著作于其中,甚至后人整理时将无关的他人之作(如传、注、评语及内容相近之作,人物名称上有联系之作等)也误编其中,但古书的编辑、流传也有一定的规律,非完全杂乱不可理。一般说来,作者所亲著的是在最前面,后面附以弟子之作、后学之作;如后来又搜集到作者本人的著作,或要将本来单行另编的原作者之作编到一起,也是接着前面的编于其后,而不会打乱已定的次序重编。汤炳正先生的《〈楚辞〉成书之探索》一文分析《楚辞》成书的过程,已证明了这一点。《本经阴符七术》一篇从用韵习惯上看,与《捭阖》等六篇相近,可能是鬼谷子本人的作品。《战国策·秦策一》言苏秦"得《太公阴符》之谋,伏而诵之"。我以为这即是指《本经阴符》而言。这是纵横家最早的一部著作，所以托名"太公"（姜太公，战国时视为兵家的祖师，而兵家讲计谋、权变，所谓"兵不厌诈"，故初期纵横家也借以立宗）。史书言苏秦学于鬼谷子，大约同其读《太公阴符》为一回事。至于今本《鬼谷子》中的《本经阴符七术》是否即苏秦所见《太公阴符》，还可以再研究，但现在一些学者只从其中一些词语见于后来之道教著作而认为它产生很迟（柳宗元已有晚书之说），尚难以成立。为什么就不是道教学者由《本经阴符七术》吸收了一些名目，或双方都是由战国时流传的道家、神仙家论著中吸收了这些词语，而一定是《本经阴符七术》取之于道教著作呢？《鬼谷子》一书中有不少来自道家学者的词语、概念、范畴，这也是应该引起我们重视的。后人将它收入《道藏》也不是没有道理的。《中经》中说："《本经》纪事者，纪道数，其变要在《持枢》《中经》。"则不论怎样，《本经》《持枢》《中经》是一个整体，为同一人之作，应无可怀疑。

　　根据上面的分析，《鬼谷子》一书本来只有前面的《捭阖》等六篇，后来，其弟子将自己的著作附于其后一起流传，仍名为《鬼谷子》。当时并没有明确的个人著作权意识，而只有学派即"家"的意识。弟子的学说本之于师，是对师说的阐说和发扬，附于其后是正常的。后人按以后的著述通例，一定要确定一个作者，而研究者又同样用后代作品流传的情况来衡量，定其"真""伪"，也就难免龃龉而难合。《本经》等三篇应总名《太公阴符》（即使是拟托，也应作《太公阴符》），后人因其皆纵横家论权变阴谋策略之书，而附于其后，仍统名之为《鬼谷子》。这是这一部书体例不纯，思想上也不完全相统一的原因。

　　以上这些看法未必皆是，在新的材料发现之前，一切决定于书本身所反映的情况。好在富宏同志汇集此前各家校语与注说，读者自己可以判断。

　　富宏同志作《鬼谷子集校集注》成，要我写序，写出如上一些看法，与留意于此书者共商。

2005 年 12 月 18 日

　　许富宏：《鬼谷子集校集注》，中华书局 2008 年版。

论慎到的法治思想
——《慎子集校集注》序

慎子是先秦诸子中十分重要的一家，这不仅是由于他代表了当时新兴地主阶级的思想愿望，主张法治的观念在社会发展中具有进步性，还因他的立法理论特别重视广大人民群众的生活习惯，重视社会现实与事物的发展规律，对汉初无为而治、休养生息的政策产生了直接的影响。过去一些学术著作论述慎子，只提出他的思想特征为重"势"，是韩非法家思想"法、术、势"三个重要思想来源之一。笼统言之，这固然没有错，但就慎子思想言之，则忽略掉了一些很重要的因素。慎到所讲的"势"的理论是同他的整个法治理论体系联系在一起的，他对"势"的理解同韩非并不完全相同。将他的思想做简单化理解，从而忽略了他在秦汉社会发展史上的意义，不能看到他在学术史上的重要地位。有的影响很大的哲学史著作只在论述韩非的思想来源时才提到他（如20世纪60年代初人民出版社四卷本《中国哲学史》，20世纪80年代初出版的《中国哲学发展史》先秦卷）。中华书局于20世纪60年代初出版的《中国历代哲学文选》先秦部分都从《淮南子·氾论》和《韩非子·显学》中条摘出两小节关于杨朱的文字列入，但没有慎到。

当然，这当中还有一个重要原因，就是学界对《慎子》这部书的真伪尚存在争论。清姚际恒《古今伪书考》云：

> 《汉志》法家有《慎子》四十二篇，《唐志》十卷。《崇文总目》三十七篇，今止五篇，其伪可知。[1]

---

① （清）姚际恒：《古今伪书考》，中华书局1985年版，第16页。

　　姚氏仅从今存《慎子》一书卷数与《汉书·艺文志》和《旧唐书·经籍志》《新唐书·艺文志》及北宋国家藏书目《崇文总目》不一致这一点，便断定是伪书，过于轻率。当疑古风气之下，一人传虚，万人传实，《慎子》自然成不可靠之书。近人黄云眉先生《古今伪书考补证》以近千言补证之。但黄氏《补证》，也并未举出可信的论据。我们认为，传世《慎子》的篇章及佚文，并没有较可靠的材料能证明是后人所伪托；而且，《慎子》注重法和势而不重术，他所谓的"势"又包括当时所具备的各方面条件，并不是仅仅指王权之类，因而，从社会发展的理论指导上说，慎到比申、韩法家更重视社会实际，因而也更具科学性。

　　下面试对慎到的法治思想加以归纳，谈几点个人看法。

　　第一，慎到重视法、强调法的作用，是同他的进步的社会政治理论联系起来的。《慎子·威德篇》云：

　　　　法虽不善，犹愈于无法。……故著龟，所以立公识也；权衡，所以立公正也；书契，所以立公信也；度量，所以立公审也；法制礼籍，所以立公义也。凡立公，所以弃私也。

　　他认为立法是为了使作为社会生活中一份子的人在认识上、行为准则上一致起来，是为了"立公义"，以之与"立公识""立公正""立公信""立公审"并列，都是为了限制不合公共要求与愿望的个体行为（"私"）。可以看出，他在法治上有深刻、透彻的思考，已形成比较完整的思想体系。而且，他的法治理论不只是从维护君权考虑，而是建立在对广大老百姓社会权力认识的基础上。他所谓"公"，主要指广大人民；他所谓"私"，也包括天子、君王在内。他主张"明君动事分功必由慧，定赏分财必由法"。所以他说：

　　　　古者，立天子而贵之者，非以利一人也。曰：天下无一贵，则理无由通，通理以为天下也。故立天子以为天下，非立天下以为天子也；立国君以为国，非立国以为君也；立官长以为官，非立官以为官长也。

孟轲"民为贵，社稷次之，君为轻"的观点，说明了在制定政策和处理重大事件中应该首先考虑什么、重视什么的问题，慎到则从国家机制着眼说明天子、天下、诸侯王、诸侯国、官长、一般官吏、老百姓这几者之间的关系，更具体明确，更具有理论性。以往对孟轲的"民为贵"思想比较重视，评价也很高（也应该这样），但对慎到的社会政治思想少有人论及。实际上，慎到的法制思想在今天来说也是很有价值的思想资源。它是建立在上面所说的这种政治理论之上，因此，有利于社会的和谐发展，接近于现代的政治理念。

第二，慎到认为立法要上合于国家利益，下合于百姓习俗。这在《庄子·天下篇》所引述慎子的那段文字中也说得很明白，上文已做了论述。"弃知去己而缘不得已，泠汰万物以为道理"，即立法要避免主观武断，不以一己之意为天下法，要重客观实际，重社会现实。这当中具有一定的唯物史观成分，是应予注意的。《因循》篇说的"天道，因则大，化则细。因也者，因人之情也，人莫不自为也"、《民杂》篇说的"民杂处而各有所能，所能者不同，此民之情也"等，表现了同样的思想。

第三，在法律的推广实行上，慎到主张先进行引导，让人熟知，形成人们行为的准则，然后坚持以法办事。其"推而后行，曳而后往"等，正是讲此。显然，在慎到看来，法令公布之初，在人们不太熟悉的情况下，应有一个昭示期或过渡期，不主张一公布即雷厉风行，据以定罪，陷多人于法网之中。这虽为细微之处，也可以看出其法制思想的系统与成熟。

第四，他的法治观是彻底的、完善的法治观。他认为上至天子、下至庶民，都应依法行事、反对心治。他主张法治观念应体现在执政的各方面，严格执法。这样，君王的借"势"，也便有了较明确的范围，有了一定的限制，不是借势为所欲为，而更多的是指顺应时势，凭借其地位，根据大家认可的规程行事。因而法不仅对庶民起着一定的约束作用，也对天子王侯起着一定的约束作用。他说：

> 君人者，舍法而以身治，则诛赏予夺从君心出矣。然则受赏者虽当，望多无穷；受罚者虽当，望轻无已。君舍法而以心裁轻重，则同功殊赏、同罪殊罚矣。怨之所由生也。

　　　　是以分马者之用策，分田者之用钩，非以钩策为过于人智也，所以
　　去私塞怨也。故曰：大君任法而弗躬，则事断于法矣。法之所加，各以其
　　分，蒙其赏罚而无望于君也。是以怨不生而上下和矣。（《慎子·君人》）

　　文中说的"身治"，即自身设法治之，也即今所谓"心治"。不以身治，即
胡蕴玉《周秦诸子书目》所引第二段说的"任法而弗躬"。这段文字中的每一
层意思都可以写一篇论文。其论事之深刻，体会文意即知。
　　《慎子》中多次讲到严格守法的问题。如说："定赏分财必由法。""故欲不
得干时，爱不得犯法，贵不得逾亲，禄不得逾位。"（《慎子·威德》）又《君
臣》篇说："为人君者不多听，据法倚数，以观得失。无法之言，不听于耳；
无法之劳，不图于功；无劳之亲，不任于官。官不私亲，法不遗爱，上下无
事，唯法所在。"所谓"据法倚数，以观得失"，即依据法律和规律判断是非；
"无法之言，不听于耳"，言任何违反法律规定的话都不听从；"无法之劳，不
图于功"，即不合于法制的建筑、土功都不能兴；"无劳之亲，不任于官"，言
不能给没有功劳的亲人、亲近之人以官职。这些全是对执政任事者的要求，更
多的是针对君王的权力提出的。"官不私亲，法不遗爱"，言任官不能对亲近之
人有所偏私，执法不能因是亲爱者而置于法外。古代所谓"法"，也包含着制
度在内。慎到的法治思想实际包含着古代政治的各个方面。
　　慎到同商、韩法治学说的不同处在于他不主张严刑酷法，而特别强调严格
执法。《艺文类聚》卷五十四引佚文云：

　　　　法之功，莫大使私不行……今立法而行私，是与法争，其乱甚于无
　　法。……故有道之国，法立则私善不行。……民一于君，断于法，国之大
　　道也。[1]

　　事实证明，在此后的两千多年中严格执法一直是个大问题。可以这样说，
每一个朝代所立的法，除个别昏君、暴君的乱政峭法、曲法之外，大体上都是

---

[1]　（唐）欧阳询撰，汪绍楹校：《艺文类聚》，上海古籍出版社1982年版，第968页。

可行的，最大的问题在于执法，上自天子，下至小吏，差不多都是目无法纪，为所欲为，有法等于无法。慎到认为这种状况"其乱甚于无法"。为此，他甚至提出吏应"以死守法"。历史上多少正直刚毅的清官循吏为此四字置身家性命于不顾，演出了一幕幕可歌可泣的悲壮戏剧，让人们至今赞叹、怀念、敬仰。而我们很多研究政治思想史的人却对提出了这四字的人漠然置之，实在是不应该的。我们由这四字即可以看出慎到法治思想的深刻性。

第五，他认为法在执行过程中应根据社会现实的发展变化而有所调整变化，不能一成不变。《艺文类聚》卷五十四引《慎子》佚文云：

> 故治国无其法则乱，守法而不变则衰。有法而行私，谓之不法。以力役法者，百姓也。以死守法者，有司也。以道变法者，君长也。①

他的变法思想是同他认为法应该与社会现实相适应这种思想一致的。他认为社会在发展变化，不是一成不变的。这一点同商鞅、荀况、韩非等法家人物和具有法家思想的人物是一致的。联系慎到的其他法治思想，如主张制定法律要合于社会现实、要考虑到历史的原因和老百姓的生活习俗以及"以死守法"等思想来看，慎到在法治思想上有相对稳定和适时而变两个要点。似乎慎到已意识到社会发展中量变与质变的问题。

关于慎到的法治思想，谈了以上五点。当然，慎到思想中除法治理论之外，还有些哲学理论等也都值得深研，这里不再多说。主要是因为此前大部分研究政治思想史和哲学史的学者不太关注慎到，而且有的学者因此而疑及《慎子》其书的真伪，因而略抒己见。无论怎样，我以为慎到是先秦时代一位重要的法家人物，一位杰出的思想家。

关于慎到思想的渊源，《史记·孟荀列传》中称慎到"学黄老道德之术"，这恐怕是因为汉代重黄老之学，有《黄帝四书》与《老子》并行，故以黄附老言之。慎到受《老子》影响，《老子》为其思想来源之一，是没有问题的；它同《黄帝四书》的关系，则有待深入研究。就汉人所说的"黄老之术"言之，

---

① （唐）欧阳询撰，汪绍楹校：《艺文类聚》，上海古籍出版社1982年版，第968页。

我以为它不但不是慎到思想的上源，恐是由慎到思想而来，因为先秦之时并无"黄老"这个名称，也没有所谓"黄老之学"。所谓"黄老"，就是黄帝、老子。（《论衡·自然篇》："黄者，黄帝也；老者，老子也。"）黄老之学兴起于汉初，它同《老子》一书的思想有些关系，但同黄帝毫不相关，不过是当时人经过春秋战国长期纷争和强秦的暴政之后，选了传说中名声最大、威望最高的一位古帝，以体现大一统形势下的仁政思想，是借黄帝以立言。《淮南子·修务》中就说："世俗之人，多尊古而贱今，故为道者必托于神农、黄帝而后能入说。"因为在经历长期的诸侯并立、争雄称霸、强兵力征后，禹、汤、文、武都已失去感召力，夏桀、商纣、周幽王以及春秋战国时势力尚不及有些诸侯国的周天子，已使夏以来的帝王俱黯然失色，而且商之代夏、周之代商等本身就是以昏暴始而以征战终，只有黄帝可以成为天下共祖的圣君伟帝。因此，才将黄帝同老子联结起来，以体现一种社会政治理想同哲学思想的结合。所以，《史记》中多言"黄老"，将很多道家、法家人物都归"黄老之学"的体系之中。《老庄申韩列传》中除记慎到、田骈、接子、环渊"皆学黄老道德之术"以外，还说"申子之学，本于黄老"，韩非也是"喜刑名法术之学，而其归本于黄老"。实际上，申不害、韩非同汉初黄老之学虽有相同之处，但总的说来距离较大，而真正同汉初黄老之学相近的，是慎到的学说。今存《慎子》一书不全，所存篇章也多只是片断，看不到慎到论及黄帝或"黄德"的文字，而商鞅、申不害、韩非都曾论及之，如《商君书·画策》："黄帝作为君臣上下之仪，父子兄弟之礼，夫妇妃匹之合，内行刀锯，外用甲兵，故时变也。"《艺文类聚》卷五八引申不害语："黄德之沉天下，置法而不变，使民安乐其法也。"《韩非子·扬权》："黄帝有言曰：上下一日百战。下匿其私，用试其上；上操度量，以割其下。"就其思想实质来说，汉初的黄老之学与慎到最接近，研读全书可知。

慎子学说中，除法治思想之外，还有些其他内容，如关于天人关系的看法，关于国家政务与社会分工的论述，都很值得深入探讨。

所以我说，慎到的思想是法家各派中积极意义最大，且在历史上起到了很大作用的一派，应给予充分重视。

当然，以上只是个人看法，《慎子》一书，还有很多问题需要做深入的探讨，如其思想的来源与组成部分，其思想体系的完整状况及其与其他各家之异同，同黄老之学的关系，在后代的传播与被接受的情况，它的历史意义与在今天的现实意义，等等。

　　由于以上原因，知悉富宏同志作《慎子集校集注》，十分高兴。中华书局有关同志选定这个课题出版，反映了不凡的学术眼光。富宏以清钱熙祚守山阁本《慎子》为底本，又广为收集今存各种版本，做了集校；同时收集佚文，加以考订，附于其后，给学者们的研究提供了一个完整可靠的文本；又集古今各家之注，使对原文的解读与研究有一个基本依据，也给学人的思考、探研提供了全面的参考。书末的七个附录将古今关于《慎子》一书的重要文献皆纳入其中。我以为无论做一般阅读，还是做深入研究之用，都是具有参考价值的。富宏进行此项目的过程中，我们也通过一些电话。今即将出版，要我写序。写出以上看法，请学界朋友批评指正。

2012 年 9 月 7 日

　　许富宏：《慎子集校集注》，中华书局 2013 年版。

关于文子其人其书的探索

——《〈文子〉成书及其思想》序

《文子》一书，二十多年以前在道教经典中和在先秦诸子中的地位，可以说一在九天之上，一在九地之下。至 1973 年定州西汉墓出土了《文子》残本，它作为思想史的著作才得到人们的重视。《文子》从魏晋时代起，一直受到道教学者的重视。唐玄宗开元二十九年置崇玄学，规定"习《老子》《庄子》《文子》《列子》，亦曰道举"（《新唐书·选举志》），其学问成了选拔人才的科目。天宝元年诏封文子为通玄真人，改《文子》为《通玄真经》，名列《道德真经》《南华真经》之后，为道教的第三大经典，因而此后出现了不少注本。但是在道教之外，《文子》一书几乎没有任何地位。这同班固在《汉书·艺文志》的《文子》书目下注的"似依托者也"一句话不无关系，但也同今本《文子》一书的复杂情况有关。以往学者们一方面由于见到的资料有限，一方面由于思想方法方面的原因，对《文子》一书一些问题的处理显然是简单化了。

论及《文子》，不可避免地先要说到文子其人，事实上人们在对《文子》一书真伪的判断中，也都无形中将二者联系起来看。《汉书·艺文志·诸子略》道家类"《文子》九篇"下，班固自注：

老子弟子，与孔子并时，而称周平王问，似依托者也。[1]

在很多人看来，如《文子》是文子所著，文子又是老子弟子，或是周平王

---

① 张舜徽：《汉书艺文志通释》，湖北教育出版社 1990 年版，第 137 页。

时人，便可认为其书是"真"；如《文子》虽先秦时书，但非文子所著，则是"依托"，而过去等同于伪；如作者虽先秦时人但或非老子弟子，或非周平王时人，也算依托。所以，我们在论《文子》此书之前，先说说文子其人。

《文子》书中提到的"平王"，其前并无"周"字。班固注说是"称周平王问"，则他理解书中"平王"为周平王。按理，如周平王时无文子其人，则不可能有依托周平王之事，所以班固于《汉书·古今人表》的"中中"秦襄公之后列有"文子"，时代大体与周平王相应。不过班固也认为这个文子未必同《文子》一书有什么关系；他认为同《文子》一书有关的人为老子弟子，与孔子并时。所以他说"似依托者也"。学者们未能深思，以为班固在《汉书》中的表述自相矛盾。其实班固在没有更充分证据的情况下，采用了疑以传疑的办法，态度是谨慎的。

尽管大部分人误解班固的话，以人及书，多以《文子》为伪书，但也有学者对此进行了一些有益的探讨。马端临《文献通考》引《周氏涉笔》云："其称平王者，往往是楚平王。序者以周平王时人，非也。"楚平王（前528—前516年在位）同老子（前580—前500）大体同时，而较孔子（前551—前479）稍早，如以文子为老子弟子中年纪大者，则其说也不是没有成立之可能。故孙星衍便主张此说。孙星衍《文子序》一文就《汉书·艺文志》中的班固注做了解释，说："盖谓文子生不与周平王同时，而书中称之，乃托为问答，非谓其书由后人伪托。宋人误会其言，遂疑此书出于后世也。"又云："书称平王，并无'周'字，班固误读此书。此平王何知非楚平王？"[1] 上引前数语是解释班固注并说明后人对班固注的误解，完全正确。上引后数语是对班固以《文子》一书中的"平王"为"周平王"提出看法。自1973年河北省定州八角廊出土了《文子》残简，不少学者倾向于这个看法，以为书中平王为楚平王。但也有学者据蒙文通先生之说[2]，以为《文子》中表现的是北方道家思想，不同于楚国流行的南方道家思想，文子应为北方学者，不当在楚，不同意"楚平王"之说。我以为蒙文通先生所言是战国中期以后的情况，战国中期庄周一派更加

---

[1] （清）孙星衍：《问字堂集》卷四，中华书局1996年版。

[2] 蒙文通《略论黄老学》："北方的道家不反对仁义，南方的道家反对仁义。在这一根本差别下就处处有残异了。"《道家文化研究》第十四辑，生活·读书·新知三联书店1998年版。

突出了老子对社会和统治阶级文化的批判，否定仁义，而北方的道家则有不少地方同儒家思想表现出一定的一致性，但春秋战国之间尚无此种分化。今本《老子》第十九章的"绝仁弃义"，郭店楚简本"绝伪弃虑"，就说明这一点①。所以，以《文子》中"平王"为楚平王，同《汉书·艺文志》言文子为"老子弟子"之说，也并不矛盾。这里确实存在着探索文子其人的空间。

北魏李暹《文子注》解释说："姓辛氏，葵丘濮上人，号曰计然，范蠡师事之。本受业于老子，录其遗言为十二篇。"（晁公武《郡斋读书志》卷三引）此说在时代上同"老子弟子"之说完全符合。但据钱穆考证，"计然"乃范蠡所著书名（意思为谋事之然者，也即谋行事成功之书）。钱氏列十事以证之，确凿可信。这里还可以补充一条证据：《国语·吴语》中言"越王句践乃召其五大夫"，以下大夫舌庸、大夫苦成、大夫种、大夫蠡、大夫泉如皆有进言，独无所谓计然。学者们主计然为人名的最重要的证据是"昔者越王句践困于会稽之上，乃用范蠡计然"（《史记·货殖列传》）一句。而从上面的事实看，"计然"显然为书名。班固误读《史记》，以计然为人名，列于《古今人表》；《吴越春秋》也因而加以敷衍，其后韦昭、徐广及《史记集解》《史记索隐》陈陈相因，皆以计然为人名。若果真《史记》中"计然"为人名，越王句践召其大夫，首先应是计然，而事实上却没有。同时，《国语》《左传》中也不见"计然"之名，则"计然"本为书名，无可怀疑。李暹是依据了后人所编《范子》中的文字，其书在整理中掺杂进后来的材料，也属常见之事。《范子》中的"葵丘濮上人"及"其先晋亡公子也"之语，也应是牵附了其他的人事。而李

---

① 实际老子一生也生活在北方。老子为春秋时陈国相人。《老子铭》曰："春秋之后，相县虚荒，今属苦，放城犹在赖乡之东，涡水处其阳。"赖乡也即今本《史记》所说厉乡，其地在今河南省鹿邑县与安徽省亳州市之间。如就相《县邑》而言，春秋时属宋，如就具体之赖乡曲仁里而言，则春秋时属陈。但无论属宋、属陈，战国时都归入楚国，故今本《史记·老子列传》说是"楚苦县厉乡曲仁里人也"。又《老子列传》言老子曾为"周守藏室之史"。（《庄子·天道》言为"周之征藏史"，《礼记·曾子问》"吾闻诸老聃曰"下孔颖达《疏》云："为周柱下史，或为守藏史。"《史记·张苍传》司马贞《索隐》曰："周秦皆有柱下史，谓御史也。"上古之"史"，多指图籍，则"守藏史""守藏室之史""征藏史""柱下史"意思相同，指同一官职。则老子一生也只在洛邑的东周王朝任过此一职。又据《庄子》的《天道》《寓言》两篇，老子免官后居于沛。《左传·昭公二十年》："齐侯田于沛。"杜预注："沛，泽名。"《公羊传·僖公四年》载齐军"滨海而东，大陷于沛泽之中"。则其地近于齐。则老子一生生活于北方，不曾至楚，后来齐地之道家不排斥仁义，实同老子本来之思想一致。老子之时道家思想亦尚未形成分化。）

善竟信其说（《文选·曹子建〈求通亲亲表〉》注），孙星衍也以为"文子即计然无疑"，应该说是通人之蔽。

但所谓"范蠡之师"的说法也不是完全向壁虚造。我怀疑这个传说的形成同文种有关。《国语·越语下》载范蠡对越王句践语："四封之内，百姓之事，时节之乐，不乱民功，不逆天时，五谷睦熟，民乃蕃滋，君臣上下交得其志，蠡不如种也。"这里所谈文种的思想特征同司马谈《论六家要旨》中说的"以虚无为本，以因循为用""因时为业""因物与合"的道家思想颇为一致。《国语·越语上》又载文种谏越王的一段话，其中说："臣闻之贾人，夏则资皮，冬则资絺，旱则资舟，水则资车，以待乏也。"这同《论六家要旨》中说的"与时迁移，应物变化"的道家思想也一致。当夫差起师伐越之时越王句践将起兵迎战，而文种言"夫一人善射，百夫决拾，胜未可成也。夫谋必素见成事焉，而后履之，不可以授命"云云，劝越王先求行成，以柔弱下之，最后胜越，这也正是《老子》和简本《文子》所主张的虚静、柔后的思想。过去有的学者认为《老子》是一部兵书，早期道家并不是不言兵。所以，清人江瑔《读子卮言》提出文子即文种之说。以文子为文种，时代上同"与孔子并时"之说相合，姓氏相投，思想上也比较接近。

当然也还有一个问题，即简本《文子》中的两次说到"天王"。这是我们认为《文子》中的平王为周平王的证据。但吴王夫差也被越国使臣称之为"天王"，而这使臣正是文种同越王合计之后，越王听文种之言而派去的，如果说这使臣是受了文种的指教，亦无不可。陆机《豪士赋》云："文子怀忠敬而齿剑。"李善注引《史记》和《吴越春秋》文，以为即指文种，按之史事应该无误。《抱朴子外篇·知止》云"文子以九术霸越"，则"文子"指文种甚明。所以，我以为前人以《文子》作者为范蠡师，应是由文种误传而成。

以上只是要说明"《文子》中平王为楚平王说""文子即计然说""文子即文种说"之产生都有着文献上、传说上和有的人思想与《文子》相近等等原因。我们研讨古代文献，应对古人抱着一个理解的态度，不要认为古代有很多人专门作伪，造作谎言。我这样说并不等于稀泥抹光墙，不论正误，不分是非。我只是说：只有抱着这种理解古人的态度，才能对有些问题做出公正的客观的判断。比如"文子就是文种"说，由我上面所论可以看出，理由是比较充分的。但我觉得还是有问题。因为楚平王死的一年（前516）下距吴亡（前473）43年。吴亡之后句践尚不放心文种，令其自裁，则吴亡之时文种年岁不会超过六十五岁。那么，楚平王卒之年，文种年岁不会超过二十二岁。这同书中平王恭敬请问的身份不符。故虽然《越绝书》卷六言文种在楚为大夫，《史记正义》引《吴越春秋》佚文言"大夫种姓文，字子禽，荆平王时为宛令"，但我还是以为《文子》一书所记乃文种在入越之前同楚平王的对话，差不多没有可能；如真的是文种，则是入越之后借着同楚平王的对话，而写出了自己的一些政治见解，并非纪实之言。

今人李定生先生大约也是因为楚平王时代稍早之故，提出齐平公（前480—前456年在位）之说。王国维《古诸侯称王说》列大量证据说明"古诸侯于境内称王，与称君称公无异"①，则齐平公在其境内可以称王。唯齐平公之时姜齐政衰，田氏专权，"齐国之政皆归田常，田常于是尽诛鲍、晏、监止及公族之强者，而割齐自安平以东至琅邪，自为封邑。封邑大于平公之所食"（《史记·田敬仲完世家》）。在这样的情况下，齐平公是否还有可能同有的文人从容讨论有道无道、治国为政，谈什么"帝王之功成矣"（0929简），论什么"王若能得其道而勿废，传之后嗣"（0892简），"人民和陆（睦），长有其国"（2218简）。李定生先生举《韩非子·内储说上》"齐王问于文子曰：'治国何如？'对曰：'夫赏罚之为道，利器也，君固握之，不可以示人。若如臣者，犹兽鹿也，唯荐草而就。'"就其思想和反映出的身份来说，应同作为思想家的文子一致，而不符合田文（孟尝君）的口吻，此文子非田文，可以肯定。但那齐王是否是齐平公，就难说。当然，这仍然可以作为继续探索的一个线索。

又《史记·孟子荀卿列传》司马贞《索隐》引《别录》云："今案《墨子》书有文子。文子即子夏之弟子，问于墨子。"但《文子》一书的思想既不同于子夏一派注重《诗》《书》典籍，也没有墨家的思想特征，同时今本《墨子》中并无"文子"其人。我以为《别录》中这个"文子"乃是"禽子"字坏而误（"禽"字当中含有"文"字，字残损成"文"字）。墨子弟子禽滑又称"禽子"（见《墨子·所染》）。《史记·儒林列传》："田子方、段干木、吴起、禽滑之

---

① 王国维：《观堂别集》卷一，见《王国维遗书》第三册。李定生先生未列出这一点作为论据。

属，皆受业于子夏之伦。"正与《别录》佚文中所谓"文子"的情形相合。所以此条材料难以依据。

归结起来，我以为历史上的文子其人，是存在的，关于他的具体生平、身份等仍然需要从班固疑以传疑所提供的两条信息中去找：一为"老子弟子，与孔子并时"；二为周平王时代。

我猜想：文子应是周天子的同姓，以文为氏，因其疏远，而以文史典籍为务。《通志·氏族四》："文氏，姬姓。《风俗通》云：'文氏，周文王支孙，以谥为氏。越大夫文种。'"言文氏为文王之后，无线索可录，未必可靠①。但其为姬姓，应非虚造。晋为姬姓（武王子唐叔虞之后），故《范子》中言文子"其先晋亡公子也"，应非完全无据。那么文子以同姓贵族的身份同周平王对话，是有可能的②。

但话说回来，《文子》一书，却肯定既非周平王时人所著，也非春秋战国之间人所完成。因为简本《文子》中反应出的关于"道""仁""仁义"等哲学与伦理方面的概念都是春秋末年才形成的。

事实上，《文子》一书形成的过程十分复杂。就原本《文子》而言，其中应包含有一些春秋战国之间的材料，而且主要为战国晚期的东西。至魏晋之时由于长期战乱，典籍散佚，而道教又得到大的发展，道教学者出于道教经典建设的目的，在道家著作《文子》残本的基础上抄录《淮南子》等书加以补充，使之成为综合了汉代以前南北道家思想的一部重要道教经典。从北魏末年（约当南朝的齐梁时代）至唐贞观年间又进一步完成了形式上的改造和名称的变化，成为所谓《通玄真经》。我以为作为诸子之作的《文子》应以简本为主，参之以今本《文子》中除去与《淮南子》相重文字的部分；而作为道教的经典可以今本《文子》即《通玄真经》为主。不必因为前者而否定后者，也不必因为后者而贬低前者。

---

① 文王之子十人被封和后嗣延续情况，《绎史》卷二十一《周建诸侯》有考述，可以参看，且周代国君之子不能以国君之谥号为氏；其继位者皆以王族之氏为氏，另封者至下一代始以另封之始君之封地或谥号为氏。

② 魏启鹏《〈文子〉学术探微》一文认为"文子乃周平时太史辛甲之后，辛氏世为周史，辛有次子迁于晋，即为音之董史"。但无论以"辛"为氏还是以"董"为氏，其书都不当称为"文子"，故其说似难成立。

　　王利器先生的《文子疏义》已列入《新编诸子集成》之中。20世纪30年代世界书局出版的《诸子集成》将以前被判为伪书的《文子》《尉缭子》《六韬》《鬼谷子》《尸子》《冠子》等排除在外。由近二三十年出土的地下文献看，这些书并非伪书。将它们列入《新编诸子集成》，可以扩大先秦诸子研究的范围，增加中国哲学、政治、经济、美学等研究的思想资源。遗憾的是王先生在杜道坚"《文子》，《道德》之疏义"之说的基础上，提出"《淮南》，《文子》之疏义也"的观点，不仅不区分简本、今本的不同，也将从原本到今本很长时间中形成的种种复杂现象隐蔽起来。

　　李定生、徐慧君二位于1988年出版了《文子要诠》，很快销售告罄，反映了学者们希望以科学的态度重新看待、研究这部书的企盼与迫切心情。2004年又出版他们在前一书基础上修订完成的《文子校释》，书前有在此前发表论文基础上写的《论文子》作为代前言，且书末附了《定州西汉中山怀王墓竹简文子释文》，正文中间对体篇章中的人称，也据简本《文子》做了校改。应该说这是《文子》研究上的一个很大的进步。李定生先生在文子其人其书的研究上下了很大的功夫，提出了一些有价值或具有启发性的看法，对今本《文子》的思想也做了深入的探讨。但李定生先生同样忽视了《文子》这部书从魏晋至初唐三百多年中在内容上所经历的巨大变化，不分原本和今本，笼统地认为"《文子》是先于《淮南子》的先秦古籍"，将二书多所相同的现象归结为"是《淮南子》抄袭《文子》"。

　　另外，由于简本《文子》的发现，也有对今本《文子》的价值忽视和贬低的倾向。我们认为今本《文子》是道教早期理论建设中的重要论著。原本《文子》的散佚是诸子书的一大损失，但从道教的方面来说，经过增补，吸纳了《淮南子》的一些内容，大大地丰富和发展了《老子》一书的道论，所以成了地位仅次于《道德经》《南华经》的重要经典。前些年见到某出版社出版的《道学十三经》，包括《道德真经》《南华真经》《冲虚真经》《周易参同契》《抱朴子内篇》《老子想尔注》《老子中经》《黄庭经》《太平经》《玉皇经》《黄帝阴符经》《清净经》《悟真篇》。选至宋代，而不及《通玄真经》，令人不能理解。作为道教的元典，《通玄真经》是应该收入的。另外，《洞灵真经》（《庚桑子》）虽杂取《庄》《列》《老》《文》《商》及《吕氏春秋》《说苑》《新序》诸书，但颇有理致，亦不当废。而从道教文化的方面说，《老子中经》（《珠宫玉历》）、《玉皇经》绝不能同它们相比。北京出版社 1996 年出版《道学精华》选道学重要著作 28 种，也没有《文子》《庚桑子》（又作《亢仓子》），同样反映着认识上的偏颇。

有鉴于这些情况，我们认为《文子》这部书仍有必要再做深入细致的探讨。

葛刚岩同志在我处攻读博士学位，他研读了简本《文子》和今本《文子》后，对这部书也产生了浓厚的兴趣。我鼓励他就这个充满了问题的课题做一努力，于是确定为他的学位论文选题。他不但对这个选题充满了热情，而且确实下了很大的功夫。自《文物》杂志 1995 年 12 期公布了定州出土的汉简《文子》以来，不少学养深厚的学者都关注它，并发表了论文，各家都讲得有道理，但总体上又存在很多矛盾。从对这部书的价值的重视方面说，我们同王利器先生、李定生先生等很多学界的朋友们是一样的。我对葛刚岩同志说："不要希望彻底地解决问题，只要认真地分析简本、今本反映出的一些现象，实事求是，弄清一些基本事实，就是成绩。"葛刚岩同志为这个课题几个假期没有回家，研读有关文献和十年来学者们的论著，他采取多学科结合的办法，运用多种研究手段，常因此而废寝忘食。经过两年左右的努力，终于于 2004 年春完成了学位论文《文子成书及其思想》。论文对文子其人尤其是《文子》一书中一些争论较大的问题进行了深入的探讨，在前修时贤的基础上，宏观把握，清理材料，择善而从，合理推论，也提出了自己的一些看法。这无论从思想史还是从宗教学的角度看，都是有意义的。

综观葛刚岩同志这部书，我觉得有这么几个特点：

第一，对前修时贤之说，都给以广泛的关注并进行认真的研读，但其依违去取，概以简本《文子》和今本《文子》所反映出的事实为准。比如，究竟是《文子》抄了《淮南子》，还是《淮南子》抄了《文子》，这两种看法都有学问渊博、治学严谨、很有声望的学者支持。王应麟言《文子》之言"其见于《列》《庄》《淮南》者不可缕数"（《困学纪闻》卷十）；王念孙《读书杂志》举三例以明《淮南子》误读《文子》原文，或易字，或增字，皆失其本义；孙星衍举例以证《淮南子》"多引《文子》，增损其词，谬误迭出"（《问字堂集·文子序》）。今人王利器先生的煌煌大著《文子疏义》三十余万字，其目的即在"就

《淮南》之括、衍绎《文子》为言者，句疏字梏而比义之"（《文子疏义序》）；李定生、徐慧君二位《文子校释》之《代前言》又从几个方面来论证《淮南子》抄《文子》之事实。而主张《文子》抄《淮南子》者自柳宗元《辩文子》提出"驳书"说之后，有不少人实证以论《文子》抄《淮南子》。清钱熙祚以《文子》与《淮南子》互校，言"乃知此书之误，误于作伪者半，误于传写者亦半"。"《文子》出《淮南子》十之九，取它书十之一也"（《文子校勘记》。王重民《文子校记》、王叔岷《文子斠证》皆称作顾观光《札记》，或顾观光所代作）。章太炎也言"今之《文子》半袭《淮南》"（《菿汉三言》）。王叔岷《文子斠证》更是细心爬梳，以具体揭示《文子》是如何抄袭《淮南子》的。在这种情况下要做出一个判断是困难的。葛刚岩同志将简本《文子》与今本《文子》皆输入电脑，对两书相重的部分从词语、句式、篇章变化、思想等各个方面，逐句进行细致地比较、分析。对其中一些问题我们也一起认真地讨论过。

确实如有的学者所言，也有简本《文子》中的文字错而今本《文子》中正确，或简本中失其义而今本的表达更能体现全书思想的地方。但全面来看，综合分析，还是今本《文子》抄了《淮南子》，而不是相反。这在书中讲得很充分，这里不必举例。对于简本胜于今本和今本胜于简本的实例做具体分析，我们认为简本中的个别错误是传抄中形成的，因为简本在埋入地下之前也已经经历了较长一段时间；而文意和句式、用词方面今本较简本胜的地方，也有今本经过后人润饰、修改的因素在内，但今本《文子》中大段大段文字由《淮南子》删并、集约而成的迹象，则是不能反过来解释的。当然，确定是今本《文子》抄了《淮南子》，还因为简本《文子》竟没有一点与《淮南子》相重的部分，这也不是以"偶然"二字可以解释得了的。

从书中可以看出葛刚岩对于即使他并不赞成的观点，也予以注意。书中的个别结论也可能只是一种推论或假设，但其中并无任何先入为主的地方。

据我所知，葛刚岩同志在一些问题的看法上也有过转变，其原因也同样是出于对《文子》文本理解、认识的加深以及对简本、今本异同分析的深入。比如他开始时同意李定生先生的看法，认为春秋战国之间有一个文子，但后来他放弃了这个看法，主要由于简本中的"天王"问题在春秋战国这一段中很难解决。

第二，这本书虽然侧重于文献学的研究，大量的精力用于对一些具体材料的分析、对比和研究，但在很多问题的研究中总是考虑到春秋战国至唐代这个漫长时期学术思想、文化发展的大势。他在这段时间读了任继愈先生主编的《中国哲学发展史》《中国道教史》，卿希泰先生主编的《中国道教史》等哲学史、道教史著作和有关文献学方面的论著，也研读了其他一些道学方面的论著。我认为，这样可以避免一叶障目、不见泰山，可以避免提出的看法局部说来很有道理，而整体上或放到大的时代背景中难以成立的情况。

《文子》是一部涉及问题很多、历来学者们看法分歧很大的著作，葛刚岩同志在当代很多学养深厚的学者之后，面对很多矛盾，不畏困难，认真钻研，提出了一些看法，理清了一些问题，完成了这一部书，无论从哪个方面说都是有意义的。当然，书中的一些结论只是一家之言，也只是他目前阶段的认识，还需要经过以后研究的检验。但把它发表出来引起大家的进一步的讨论，总比个人孤立地摸索要好。该书经卿希泰先生阅正，川大宗教研究所和《儒道释博士论文丛书》编辑委员会评审，列入《儒道释博士论文丛书》，即将出版，刚岩同志要我写序，写出以上感想，望各位同仁指正。

2005 年 6 月 28 日

葛刚岩：《〈文子〉成书及其思想》，巴蜀书社 2005 年版。

葛刚岩，1971 年生，山东青岛人。2004 年毕业于西北师范大学，获文学博士学位。现为武汉大学文学院教授、硕士生导师，主要从事汉唐文学与文化研究。在《中华文史论丛》《武汉大学学报》等刊物发表论文十余篇。

先秦兵书研究与当代价值
——《先秦兵书研究》序

　　《左传·成公十三年》载刘康公云："国之大事，在祀与戎。"礼仪制度和战争，构成社会政治演变的主要环节。人类的历史，从时间和空间两方面言之，不是和平时期或稳定的环境，就是战争时期或战乱的环境。而由战争转变为和平，也总是通过了一定的礼仪方式（如和谈、结盟等）。在和平时期或和平的环境中，人们的生活、交际总是根据既定的礼俗习惯、伦理道德或礼仪制度进行的。所以说，礼仪制度、风俗，还有战争，这两者不仅显示了历史在时间进程中的色调和节奏，也构成了历史的主要内容。我们通过对礼仪制度、习俗的研究展示社会生活史，而通过对战争的研究展示社会在巨变阶段的具体状况及变化规律。

　　有关历史上一些战争的具体情况，各种史书，包括各种正史和野史都有所记载，而关于战争进行的一般规律和我国古代人们对于战争的认识，有关战争的理论，则主要见于古代的兵书。

　　我国先秦时代留至今日的史料不多，但比较起来，兵书和描写战争的作品倒不少。《左氏春秋》等以大量篇幅描写战争的作品这里不说，仅兵书而言，存留至今的完整的著作就有《孙子》《吴子》《司马法》《孙膑兵法》《六韬》《尉缭子》这六部。此外，《墨子》《商君书》《管子》《荀子》《鹖冠子》《韩非子》《吕氏春秋》等书中也有些篇章专论军事①，或阐述军事思想，或论用兵之

---

　　① 诸子著作中有关军事的篇章，如：《墨子》中的《非攻》三篇、《备城门》《备高临》《备梯》《备水》《备突》《备穴》《备峨傅》《迎敌祠》《旗帜》《号令》《杂守》；《商君书》中的《战法》《立本》《兵守》《境内》；《管子》中的《七法》《兵法》《地图》《参患》《制分》《势》《九变》及《玄宫》的后半篇；《荀子》的《议兵》；《鹖冠子》的《近迭》《世兵》《兵政》《世贤》《天权》《武灵王》；《吕氏春秋》的《荡兵》《禁塞》《论威》《简选》《决胜》等。《韩非子》的很多篇中有些关于军事兵学的片断，此不毕述。

道，对我们探讨先秦时代人们在这方面的认识，探讨古代军事理论的丰富内容与思想体系，有很大的作用。

但从今日文献学的角度看，关于先秦兵书，还有很多问题有待做深入的研究。最主要的，一是对其作者多有怀疑（如《吴子》《六韬》《尉缭子》《孙子》《司马法》等）；二是产生时代多不确定（如《司马法》的产生时代，各家看法就分歧很大①，《吴子》《六韬》《尉缭子》的产生时代也有分歧）；三是长期以来人们对其真伪有所怀疑（如《吴子》《尉缭子》《司马法》，不仅产生时代看法有分歧，且清代以来一直有人疑为伪作②）。虽然由于 1972 年山东银雀山西汉墓出土了《孙子兵法》《孙膑兵法》，还有《尉缭子》《六韬》的残简，1973 年河北定县西汉墓又出土了《太公竹简》，对先秦兵书持普遍怀疑态度的状况有所改变，但有些问题并未能很好地解决，因而，有些人仍持保留态度。所以，有必要对前人的各种说法进行归纳、分析，辨其正误，对一些问题进行全面的清理和深入的探索、研究。

当然，在先秦兵书研究上的有些问题，如果按今天文献学的观念去考察，恐怕永远得不出可靠的答案。比如有几部书的作者问题、时代问题。《孙子兵法》《孙膑兵法》《吴子》的作者，虽然曾经有人提出过怀疑，但现在普遍认为是清楚的；《尉缭子》的作者也可以肯定是尉缭子，只是尉缭子为何时之人，史料不全，学者们的看法有分歧；至于《司马法》《六韬》，其作者就很难确定。

何以先秦兵书的时代和作者问题如此复杂？我以为这和兵书的性质、兵书内容的积累、兵书的编撰过程及兵书的实用性、运用场合有关。

---

①　如有的学者认为"它孕育于黄帝至殷商，草创于西周，发展于春秋，成书于战国之初"（钮国平《司马法笺正》）。而康有为《新学伪经考》以为刘歆所伪撰。姚鼐则认为东晋以后人所伪撰，其《读〈司马法〉〈六韬〉》云："世所传者，泛论用兵之意，其辞庸甚，不足以言《礼经》，亦不足以言权谋也。盖古书亡失，多在汉献、晋惠、愍间，而好伪者东晋以后人也。"而《六韬》一书，自宋代罗泌《路史·论太公》、章如愚《群书考索》、王应麟《汉艺文志考证》以来，疑者更多。

②　姚际恒《古今伪书考》云：《吴子》六篇"其论肤浅，自是伪托"。姚鼐《读〈司马法〉〈六韬〉》云："今《吴子》仅三篇，《尉缭子》二十四篇，魏晋以后乃以箛笛为军乐，彼吴起安得云'夜以金鼓箛笛为节'乎？苏明允言'起功过于孙武，而著书颇草略不逮武'，不悟其伪也。"关于《司马法》，姚际恒《古今伪书考》云："今此书仅五篇，为后人伪造无疑。"张心澂《伪书通考》、黄云眉《古今伪书考补证》、顾实《重订古今伪书考》并袭二姚之说。

大家都知道，先秦兵书在形式上有三个特点。

一是多押韵。如《孙子兵法·始计第一》："法令孰行？兵众孰强？士卒孰练？赏罚孰明？"清姚文田有《孙子古韵》，江有诰有《孙武子韵读》，当代钮国平教授有《孙子释义附韵读》（甘肃人民出版社 1991 年版）、《司马法笺注附韵读》（甘肃人民出版社 1998 年版）俱可参考，此处不详论。

二是多以数为纪。如《孙子兵法·始计第一》的"五事"："一曰道，二曰天，三曰地，四曰将，五曰法。"《军形第四》："兵法：一曰度，二曰量，三曰数，四曰称，五曰胜。"《火攻第十二》："凡火攻有五，一曰火人，二曰火积，三曰火辎，四曰火库，五曰火队。"以下则一一陈述之。其他如《谋攻第三》："军之所以患于军者三"，"知胜有五"；《九变第八》的"五危"；《用间》所谓"用间有五"等；皆属此类。《吴子·国图第一》："凡兵之所起者有五：一曰争名，二曰争利，三曰积恶，四曰内乱，五曰因饥。其名又有五：一曰义兵，二曰强兵，三曰刚兵，四曰暴兵，五曰逆兵。"《料敌第二》谓"凡料敌有不卜，而与之战者八"，"有不战而避之者六"，同此。《治兵第三》的开头即言"先明四轻、二重、一信"。《论将第四》："故将之所胜者五：一曰理，二曰备，三曰果，四曰戒，五曰约。""凡兵有四机：一曰气机，二曰地机，三曰事机，四曰力机。"不具述。

三是排比句多。在以数为纪列出纲目之后，以下即以排比句依次加以阐述。一般行文中，也多用排比。如："夫用兵之法，全国为上，破国次之；全军为上，破军次之；全旅为上，破旅次之；全卒为上，破卒次之；全伍为上，破伍次之。""用兵之法，十则围之，五则攻之，倍则分之，敌则能战，少则能逃，不若则能避之。"等等。

这三点是由先秦兵书的性质和它的实用性及应用场合决定的。

兵书是用来指挥打仗的，指挥打仗虽然在后来也有"运筹帷幄，决胜于千里之外"的情况，但在早期基本上都是主帅临阵决策的。而且，指挥作战也不像其他事，可以翻一大堆书，从容研究，仔细斟酌。这要在对战争的各方面规律、各种战争的特征、战争各个环节上的变化规律都了然于心的情况下，根据情况，综合考虑，当机立断。所以，兵书要求便于记诵，且便于在头脑中检索其内容。所以，把一些内容提炼出要点，加以编次，句子凝练整齐，又押韵，如格言谚语，比较上口，既便于记忆，也便于回忆和检索。

可以想见，在军事理论被著之竹帛之前，人们也是将一些指挥作战的经验，以及长期以来所总结、归纳的战争理论，编成凝练的格言、谚语而流传的。

人类社会，至迟从父系氏族社会开始，便常常为了夺取生活资源、生产资料而发动战争，先是氏族之间、部落之间，后来是部落联盟之间，征战不已。我国史前时代著名的炎黄阪泉之战，黄帝伐蚩尤的涿鹿之战，尧、舜、禹伐三苗等，今天只存下了简单的记述和神话的梗概，但当时肯定都经历了较长的时间，规模也是比较大的。《史记·五帝本纪》中说阪泉之战，黄帝"教熊、罴、貔、貅、貙、虎，以与炎帝战于阪泉之野，三战然后得其志"。这是说黄帝统领了以熊、罴、貔、貅、貙、虎为图腾的部族与炎帝族作战。这些不同部族的军队联合作战，总有一个协调、配合的问题，这就牵涉布阵和策略的问题，也会对地形、天气等因素有所考虑。大战三次，在第一次、第二次之后，总会有一个对对方军事力量的分析、重新估计问题，甚至也会想到派人刺探对方虚实和作战计划的问题，这样就产生了料敌、用间的经验与理论。所以说我国古代军事理论的积累，开始很早，应该说从传说的五帝时代就开始了，当时虽然没有留下书面的东西，但一些格言、谚语流传了下来，却是完全可能的。

从这个角度说，我国最早的兵书中是包含有自五帝时代传下来的有关部族战争的经验的。我们不能根据书编成在什么时候，就断定书中的内容产生在什么时候。

《史记·太史公自序》云："非兵不强，非德不昌，黄帝、汤、武以兴，桀、纣、二世以崩，可不慎欤？《司马法》所从来尚矣，太公、孙、吴、王子能绍而明之。"（按《集解》引徐广曰"王子成甫"）又云："自古王者而有《司马法》，穰苴能申明之。"说《司马法》作为一部书，其内容从黄帝时即开始孕育，西周时期为草创阶段，恐怕很多人难以接受；但如果说《司马法》中包含有黄帝以来的一些作战经验和古人对于战争性质的某些认识，我以为还是可以成立的。[1]

---

[1]　当然，《司马法》这部书的整体构思编写成书，时代较迟。伏俊琏《〈司马法〉的作者、性质及篇数》（《河西学院学报》2003 年第 4 期）一文认为是太公以来主兵者所论，而编者为齐威王时大夫，是齐威王时诸大夫所追论的军礼。

我们由上面所说先秦兵书的这三个特点可以想到，在兵书产生之后，后人著述中，也会吸收此前兵书中的一些内容，或照搬，或根据自己的实践经验、理论概括能力加以改动。因此，在先秦兵书中就难免会产生个别内容相近，甚至表述文字也相近的情况。这样，我们就不能因此而确定先出现之一书为伪书，也不能认为后出现的一种为杂凑而成。它们的"同"反映了这些军事理论家在思想上、理论上的继承关系；它们的"异"反映了这些军事理论家根据自己所处时代、环境和面对的问题，在实践上、理论上的发展与创新。

所以，我认为每部先秦兵书总会有一个最后编定的时间，或者初具规模、形成最初传本的时间。但要求书中所反映的从内容到语言完全同这个时代的情况相合，是不符合实际的。

解文超同志在内蒙古大学攻读先秦两汉文学，取得硕士学位，之后在军事院校讲授中国古代文学和军事文献。2001 年到河北大学作访问学者，次年考为我的博士研究生，研究方向为先秦两汉文学与文化。我根据她的专业基础和工作的特点，建议她以先秦兵书为研究选题。根据我的设想，不仅要研究兵书文献学方面的问题，还要从文体、结构特征、语言风格、文学性的方面进行观察，也就是说，还要关照每部书在文学方面的意义和影响，所以，当时限定只以六部完整的军事著作为研讨的对象，其他诸子著作中有关军事的篇章只作为旁证、参照和参考。我开列了一些书目，包括古代的重要注本、有代表性的研究著作和今人的重要著作及有关出土文献资料让她去读。研读中，对其中一些问题我们也多有所讨论。经过两年时间，她完成了学位论文《先秦兵书研究》，这便是呈现在读者面前的这部著作。两年中解文超同志克服了不少家庭方面的困难。而且在她即将毕业之时，原单位又改制，她面临新的工作单位的选择问题。这些都未能影响她论文的完成。论文答辩中，得到一些专家的好评。我从她的身上看到了学者的作风，也看到了军人的作风。她是很坚强的。

解文超同志的这部书分为三编：

上编为《先秦兵书的文献学研究》，对先秦六部兵书的真伪、产生时代、写定与作者、著录、流传等问题的研究做了全面的回顾、清理，斟酌各家之说，谈了自己的看法，反映了作者对这些问题在整体关照下的思考，有的地方也反映出了作者的钻研与探索。书中广泛利用了目录学、版本学、校勘学的成果，并把这些兵书与同时代的文献进行比较，寻找线索，追根溯源，又利用地下出土的文献资料和相关研究成果，以解决疑难。

中编为《先秦兵书思想研究》，对这几部兵书中反映的哲学思想、政治思想、心理学思想、管理学思想做了深入的探索。

兵书是用于指导战前的布置与准备、战争中的具体指挥和处理相关突发事件的，关乎国家之兴废存亡、个人与民众之生死。所以，兵书中突出地体现了实事求是的精神和具体问题具体分析的原则，也特别注意总结规律性的东西，关注事件的变化，因而，体现出明显的唯物主义思想与辩证的思想。所以，从哲学方面说，我国的先秦兵书是一笔宝贵的遗产。

战争是流血的政治，政治是不流血的战争，两者是互相转化的。如何看待战争的作用，如何对待战争，这是十分重要的，不仅关系到国家社稷的存亡，最主要的是关系到广大人民的生死及是否能正常生活。是维护和保护了广大人民的正常生活环境，有利于社会的进步与发展，还是破坏了广大人民正常的生活环境，不利于社会的进步与发展？在这方面，我国先秦兵书提出了十分成熟、深刻的见解，如《孙子·谋攻》云：

> 是故百战百胜，非善之善者也；不战而屈人之兵，善之善者也。
> 故上兵伐谋，其次伐交，其次伐兵，其下攻城。攻城之法，为不得已。[1]

这种思想基本上贯穿了先秦兵书。《吴子·国图第一》云：

> 昔之图国家者，必先教百姓以亲万民。[2]

《司马法·仁本第一》：

---

[1] （春秋）孙武撰，（三国）曹操等注：《十一家注孙子校理》，中华书局1999年版，第45—48页。
[2] （战国）吴起：《吴子（及其他一种）》，中华书局1985年版，第1页。

古者以仁为本，以义治之之谓正。正不获意则权；……是故杀人安人，杀之可也；攻其国，爱其民，攻之可也；以战止战，虽战可也。

战道：不违时，不历民病，所以爱吾民也；不加丧，不因凶（按，言不趁敌国遭遇饥馑而攻打），所以爱夫其民也；冬夏不兴师，所以兼爱民也（按，指爱敌我双方的民众）。故国虽大，好战必亡；天下虽安，亡（忘）战必危。天下既平，天下大恺，春蒐秋狝，诸侯春振旅，秋治兵，所以不忘战也。[①]

《六韬·文韬·文师第一》云：

天下非一人之天下，乃天下［人］之天下也。同天下之利者则得天下，擅天下之利者则失天下。天有时，地有财，能与人共之者，仁也；仁之所在，天下归之。免人之死，解人之难，救人之患，济人之急者，德也；德之所在，天下归之。与人同忧同乐、同好同恶者，义也；义之所在，天下赴之。凡人恶死而乐生，好德而归利，能生利者，道也。道之所在，天下归之。[②]

人类社会走过了两三千年，到今天，这些思想的光辉不但没有减弱，而且更显得耀眼夺目，显示出其价值。人类要建立和谐的社会，必须有大家都能接受的约定，同时，又要对不顾大多数人、大多数民族、大多数国家的利益而放任一己私欲无限度地膨胀，甚至不考虑整个社会的稳定安全而歇斯底里发作的危险分子有所防范和制裁。我觉得先秦军事著作中的很多思想在今天仍有指导和借鉴意义。

兵书是讲如何对待战争，如何指挥作战的道理的。作战就要分析对方主帅、士卒的心理，也要掌握自己周围将士的心理。所以，其中也有不少从人的

---

① （周）司马穰苴：《司马法》，《四部备要》，中华书局1936年版，第1—2页。
② （周）姜太公：《姜太公六韬兵法》，台湾联亚出版社1981年版，第2—3页。

心理方面论述问题的地方。这对于我们了解先秦时代心理学的发展状况及军事心理学的发展水平，都是有意义的。

先秦兵书中一些管理学和策略学理论，近代以来引起东西方学者的关注。日本最先把《孙子兵法》的理论用于商业领域。日本松下电器集团、精密工业株式会社、索尼电器集团和汽车制造业的本田、日产、丰田等公司都用《孙子兵法》培训管理人员。哈佛大学商业管理学院给学生讲授《孙子兵法》课程。实际上《吴子》《孙膑兵法》等其他几部先秦兵书中，也有不少讲战略和管理的理论。所以，在这方面进行研究，是对先秦兵书现代意义上的开掘，是对先秦兵书的理论根据当前的需要做新的阐释。

先秦兵书确实是我们的宝贵的思想资源。解文超同志在这方面所做的探索，是很有意义的。

本书的下编是《先秦兵书的文学研究》。兵书本来是一种学术著作，但很多内容是在长时间中提炼而成的，简洁明快，又含意深刻，多警策之语，颇类格言，所以往往发人深思，给人以启迪，叫人感到余味无穷。又因其多用韵语，句式整齐，且多采用顶真、排比、对偶、比喻等修辞手法，所以也是好的散文作品。后代的一些散文选本也常常选到。有的学者认为欧阳修的《醉翁亭记》等散文句子较短，又好以"也"字煞尾，是学了《孙子兵法》的语言风格，不是没有道理。本书在这方面做了些有益的探索。对先秦兵书的文体和文学特征做全面探索，应该说本书是第一部。

从全书这三编的安排可以看出，本书是对先秦六部完整兵书的全面研究，从研究范围上已显示出开拓的意义，显示出作者在今天新的社会环境之中，对这些兵书的价值的新思考。

解文超同志的这部《先秦兵书研究》在先秦六部兵学专著的研究方面，既总结继承了前人的成果，也对前人所提出的各种问题进行了梳理，每个问题都力争选择最佳解决方案，对不少问题进行了新的探索。今此书即将出版，应她作序之请，写出以上心得。相信本书的出版会对先秦兵书、先秦军事思想及先秦政治思想、哲学思想以及古代散文的研究起到一定的推动作用。对如何在今天继承这份宝贵的遗产，如何在国际对话、国际争端解决中，在部队、企业的管理中，在市场经济竞争中正确地运用兵书中的一些思想，本书也会带来新的启迪。

2006 年 6 月 25 日

解文超：《先秦兵书研究》，上海古籍出版社 2007 年版。

解文超，女，1974 年生，内蒙古赤峰人。2005 年毕业于西北师范大学，获文学博士学位。现任教于中国劳动关系学院，主要从事先秦两汉文学与文化的教学、研究工作。

应用而生的思想家

——《〈韩非子〉的成书及其文学研究》序

    春秋战国时代百家争鸣，其著者当推儒、道、墨、法、兵、农、名、纵横、阴阳九家，而天文、历谱、五行、蓍龟、杂占、形法（相九州地理及山川形势，并及人及六畜的骨法度数），《汉书·艺文志》归于"数术"，医、房中、神仙归于方技，考工（或曰"百工"）尚不在其中。认真研究起来，这些都对后代产生了深远的影响，有的早已蔚为大国，有的直至近代，其远流末裔形迹尚存。其中唯纵横家似在西汉中期以后即消失。但是其消失者只是出于政治目的或士人为争取进入统治阶层而采取的活动方式，纵横家的理论著作《鬼谷子》中的心理学、交际学理论，则为封建专制社会一些有志于在政治上有所作为的人提供了极为有用的策略。先秦诸子，有的侧重于思想观念的宣传及社会制度的设计，有的侧重于技能方术的探研。后一类人不可能成为统治集团的成员。前一类中，对后代影响最大的是儒、道、法三家，而真正曾经进入统治集团，通过最高统治者掌握了政治权力的是法家和具有法家思想的人（管仲、李悝、吴起、商鞅、申不害、韩非）与纵横家（苏秦、张仪、范雎等）。影响最大的儒、墨、道三家，儒家当中，虽然孔子弟子中有几位曾仕于诸侯或卿大夫，荀况也曾为兰陵令，但除子贡外，均乏突出的业绩可述；墨家有个别人曾在诸侯或卿大夫家任小官吏；道家与统治者采取不合作态度（六国之末及汉初持黄老之术者例外），不待言。而无论是抱着纵横家思想、策略以求用世的士人（如苏秦、张仪），还是从事有用于人主的策略研究的人（如鬼谷子），其实都没有形成一致的政治理想及与之相应的政治、法律、伦理、道法等思想体系。他们留给后代的有价值的只是心理学、交际学方面探索的成就，带有纯方法论的性质。名家的性质与纵横家相近（公孙龙也只是在平原君家做过客卿）。

相比较而言，作为法家集大成人物的韩非不仅有政治主张，而且同儒、道两家不一样，他认真地研究了社会心理学，研究了士人要走向政坛发挥政治作用应采取的方略。他不仅从法家各先驱人物思想中汲取了有用的方面，而且对儒家、道家也有所吸收，还从纵横家的理论著作中吸收了关于交际心理方面的理论。

法家之所以取得国君之信任掌大权而实现其政治理想，主要因为其思想合于六国中普遍存在的"一天下"的政治主张。西周亡后诸侯争霸七雄竞起，天下分裂五百年之久，对社会发展造成极大妨碍。人心、天心都希望统一，所谓"五百年必有王者兴"。法家着眼于富国强兵，而且有些具体可行的政治主张。这不但在列国争强的形势下有利于统一政令、积力自强，在统一王朝的形势下，也利于避免各地拥兵自重、互相争夺以致威胁朝廷、造成内乱。考察韩非之前法家人物的思想主张，虽侧重点各不相同，而其学说的实质，莫不如此。战国中期的杰出法家人物李悝重农，吴起推行法治，废除贵族世袭制度，选贤任能，禁私门请托。其后商鞅着重讲"法"，申不害着重讲"术"，慎到着重讲"势"。至韩非而集前代法家之大成，提出一系列加强君主集权制封建国家的方略。在当时形势下，韩非思想可谓应运而生，从先秦诸子形成之初，儒法两家就有些关联，有认识上一致的地方（如都重视君君臣臣的一套伦理制度），而到韩非之时，法家同儒家可谓壁垒分明，但最高统治者却如同手执双刃剑，运用自如，表面上大讲儒家仁、义、礼、智一套，骨子里是相信法家一套，交错为用，以利其事。

韩非作为法家思想的集大成者，其思想确实具有两面性。但在历史上多受文人的非议，言其刻薄寡恩，与仁义相背，而少有言其法治之说在稳定社会、严格吏治、抑制豪强方面所起的积极作用的。因为古代统治者中确实有些只喜欢韩非思想中专制驭下、严刑酷法、刻薄寡恩的一面；同时，历代统治者都以仁义为标榜，以法为用而以儒为名，儒表法里或曰阳儒阴法，在口头上则谤损韩非。所以历来学者对韩非的评价及韩非思想在中国历史上产生影响的情况，至为复杂。但总的来说，他的法制思想不仅为秦始皇统一中国、建立封建中央集权专政提供了政治理论的根据，也为后代的国家法制建设奠定了基础，提供了理论资源。可以说，每一个稳定的社会，都要有法律作为保障；每一时期社会发展的状况，也总同当时的政策及法治程度有关。而韩非提出的"法不阿贵"的严明执法精神，更为后代具有法治思想的政治家与循吏所继承。

从哲学思想层面说，韩非汲取法家、道家、墨家中有利于建立封建专制国家的学说，将它们统一起来；他虽然极力地批判儒家的仁义学说，但也吸收了儒家荀学中"性恶论"与"法后王"的成分。这些都统一于建立强大的专制国家这一点上。韩非认为"道"为各种规律体现的唯物主义自然观，注重参验的唯物主义认识论和朴素的辩证法思想，在中国哲学史上都具有重要的地位。

关于韩非的文学思想或曰文艺观，前人大多只是看到他将儒家所提倡的文学列为"五蠹"之一，认为他排斥文艺，很多论古代文学思想的著作不提韩非，有提及的，也作否定论述，认为韩非"从功利的观点出发，对文艺采取了一种简单的排斥态度"。能从韩非的整个法制思想方面看待其文学思想者少见。

我们要全面了解韩非的文学思想，首先得明白这两点：

第一，韩非著作中说的"文学"，乃是指学术文化，主要指儒家学说。《五蠹》中说："儒以文乱法。"又说："文学者非所用，用之则乱法。"则"文学"指儒家学说甚明。所以，他提出"息文学而明法度"，乃是主要指废弃儒家的仁义学说，而彰明法度。

第二，韩非当时面对的是学术上的各家各派竞驰其说，而地域与方国方面，客卿游士立足于本身各言其事，也往往站在本国立场曲言设辩，故韩非对法家之外各说都持排斥态度。他的政治理想是建立一个统一的大帝国，所以他的历史任务是张扬建立统一的强大封建帝国的政治理论，并为此创造一种良好的社会舆论环境和尽可能协调的社会心理环境。他排斥儒家、道家、纵横家的学说，也包括他们的文艺观。所以说，韩非著作中的文学理论是一种特殊时期的文艺理论，并不能反映他的整个文艺观。这可以由下面两个方面看出：

一、韩非不是排斥所有的文学艺术。根据他的政治主张与主导思想，他排斥不合于法度的文艺作品，而合于法度的文艺作品，是允许存在的。《十过》中写师旷为晋平公奏清徵之乐，言"古之听清徵者，皆有德义之君也。今吾君德薄，不足以听"。平公强之，师旷乃"援琴而鼓，一奏之，有玄鹤二八，道南方来，集于郎门之垝；再奏之，而列；三奏之，延颈而鸣，舒翼而舞。音中宫商之声，声闻于天。平公大说，坐者皆喜"。可见，韩非是承认音乐的感染作用的，而且认为音乐的欣赏应同人的修养相应。

二、面对长期的诸侯割据、互相攻战的列国形势，为了尽快建立一个强大、富裕的国家，本着节俭、有效、利于事的原则，他反对无益于生存和国家的政令、无益于富国强兵大方略的一切文艺形式、语言形式及设备、物件上的多余增饰。《外储说左上·说一》讲了一个故事：

> 宋王与齐仇也，筑武宫。讴癸倡，行者止观，筑者不倦。王闻，召而赐之，对曰："臣师射稽之讴，又贤于癸。"王召射稽使之讴，行者不止，筑者知倦。王曰："行者不止，筑者知倦，其讴不胜如癸美，何也？"对曰："王试度其功。"癸四板，射稽八板；擿其坚，癸五寸，射稽二寸。①

这里的评判标准只是看其影响及劳动效率的情况，并不是一味地反对歌唱。从上面所举《十过》中的例子看，韩非认为国君欣赏艺术美是应该的，只是要适当，并不一概而论加以禁止或否定。除了国君为维护君权的威力而具备各种艺术享受的权利之外，其他人都应从推行国家法令、积聚财物、富国强兵的方面考虑，不能有无益的虚耗。

可以说，整部韩非的著作，是应运而生的；韩非的思想，就是为建立统一、强大的封建帝国提供理论根据与思想方法的。不能把韩非的思想、韩非的一些具体理论原封不动地用在以后其他社会条件下。韩非的思想既不是放之四海而皆准的真理，也不是万世不变的金科玉律。它能在六国之末为建立一个统一的专制封建国家做出贡献已经很了不起了。韩非思想中重法制、执法一丝不苟、不阿权贵的精神，才是后代应该继承的宝贵遗产。古代一些暴君、酷吏在太平时期用韩非的一套整老百姓，是未能从特殊的历史时代上认识韩非及其思想。我以为后来之任何一个时代照搬韩非的思想来治世，都是错误的；不加分析地批判韩非及其思想，也都是错误的。任何思想的产生都有一个社会条件、社会针对性问题，即使是正确的思想，在不同的社会环境、社会条件下，也不

---

① （清）王先谦：《韩非子集解》，中华书局1998年版，第267页。

能将其作法看作万世不变的真理。

既然韩非论著中所说有关文学的话都是针对当时的具体社会环境和他要完成的历史使命而言，那么，韩非对文学的完整看法，从何得知呢？我们可以从他的文章所体现的与文学有关的方方面面，去了解他对文学的真正看法。

这同我们认识道家对文学的态度的方法一样。道家讲"无为"。《老子》中讲"行不言之教"（第二章），"大音希声，大象无形"（四十章），《庄子》更是提出"绝圣弃知"，说什么"塞师旷之耳，而天下始人含其聪矣；灭文章、散五采，胶离朱之目，而天下始人含其明矣"（《胠箧》），似乎是完全否定一切方面的着意训练、提高。但《达生》篇写一痀偻者承蜩，"犹掇之也"。孔子因而问："子巧乎？有道邪？"痀偻者便言其长期坚持苦练以达到承蜩时手不颤抖的基本功的过程。可见，道家所谓"无为"，不是什么事也不干，什么也不经心，而是反对有悖人的天性的礼仪说教，反对干扰人们正常生活生产的各种政令法律。由《养生主》中所写疱丁解牛的故事可知，道家最崇尚的是人的行为应合于自然与社会发展变化的规律，人的生存环境应合于人的天性；那些强迫性的过度的行为，既出于自私的目的，又披着虚伪的外衣，有损于人的真诚的本性，是社会混乱的根源。他看当时的音乐、舞蹈，大约就像现在一些中老年人看声音刺耳、灯光迷离、舞姿古怪的流行音乐、流行舞蹈。韩非在文学上所持的态度，与上述道家思想是相通的，是继承了道家，而与他的政治思想、法制思想结合成为其思想体系的有机部分。我们要认识韩非文学思想的全貌，也可以同认识道家文学主张一样，由其文本本身所体现而观之（至今一些学者认为道家的文艺思想是"无为"，否定各种文艺的形式。这其实是脱离了道家存在的社会实际及其学说的针对性，是误解，是一种形而上学的观点）。

马世年同志对先秦诸子之学深有兴趣，2002 年考为中国古代文学专业博士生，学位论文确定为"《韩非子》研究"。韩非其人其书较儒道两家代表人物与经典，虽然研究者少，但两千多年以来尤其是 20 世纪初期以来，还是产生了不少深入研究之作，在各种校注本以外，专门研究之作也有十多部。故我们经过多次交谈确定以以往学者不够关注或尚有进一步研究必要的几个问题为重点。他经近三年的努力而完成。在通讯评议和答辩中，专家们对其中一些观点给予充分肯定。毕业后他又进入复旦大学博士后流动站，在章培恒先生指导下完成出站报告《汉代各类诗体的流变》，后来又承担了内容相近的国家社科基金项目。2008 年我们决定出版《先秦文学与文化研究丛书》，他始回过头来将博士论文加以修改，定名为《〈韩非子〉的成书及其文学研究》，拟收入丛书出版。他请我作序。结合专家们的看法，我以为该书在几个方面有所创获：

一、《史记·韩非列传》中载韩非使秦仅一次。本书根据《史记》《战国策》及《韩非子》一书中有关材料，考定韩非生平中曾两次出使秦国，第一次在秦始皇十年，第二次在秦始皇十四年，《史记》所载为第二次，他的目的也是为了保存韩国。这对于理解和评价韩非的思想与人格精神有着重要的意义。书中还就韩非的身世与生卒年代、求学经历、死因等问题做了补证。

二、关于《韩非子》的成书，本书认为，韩非去世之后其门徒整理师说，汇为一编，这是《韩非子》编集的第一阶段。汉初，研习韩非学说的人较多，其中能见到宫廷内府藏书（中秘书）者，有人将《初见秦》《存韩》等档案文书编入韩非著作集中，其时间应在武帝建元元年罢黜申、商、韩非诸学说之前，这是《韩非子》编集的第二阶段。司马迁所见就是这个本子，其面貌已与今本很接近。司马迁之后，始有"《韩子》"之书名。至刘向为《韩非子》作《书录》，此后便再无大的变化。

三、本书在充分吸纳以前学者研究成果的基础上，对《韩非子》各篇重做考察，确定《初见秦》《有度》《十过》《问田》《人主》《饬令》以及《存韩》之"李斯上秦王政书""李斯上韩王安书"不是韩非所作；《忠孝》《心度》《制分》疑为后学之作；其他篇目则都是韩非的著述。

四、本书从两个方面对《韩非子》的文学思想做了有益的探索：第一方面，关于韩非有关文学的主张；第二方面，韩非散文所见之文学思想，譬如文体分类，体、用关系与文体的创新，"想象"与文学的形象思维，"矛盾""二难推理"与文学的逻辑思维，"博喻"理论，"郢书燕说"与文学接受中的误解和多元阐释等。本书认为，韩非的文学思想既体现了对此前文学观念的继承与总结，也有着他个人的理解与创造，因而在文学理论史上有着重要的意义，而他将文学的功能完全界定为实用，从而片面强调其政治教化功能，则又导致了狭隘的功利主义，其负面作用也很明显。

五、关于《韩非子》的文体分类研究，是此前的研究者未曾系统做过的。

本书认为《韩非子》的编集者在各篇的编排、整理中是考虑到了它们的文体特征的。因此，对《韩非子》做文体的分类，不能忽视早期编集者关于这五十五篇文章的文体类别的基本看法。可以推断：《韩非列传》所谓"《孤愤》《五蠹》《内外储》《说林》《难》"的著录，并不是余嘉锡先生《古书通例》所说司马迁的"随举数篇，以见其大凡"，而是对《韩非子》中不同类别、不同性质的文章的概括与举例。根据《韩非列传》的著录，比较《道藏》本与乾道本的异同，结合传统的文体分类学，本书将《韩非子》分为书表体、政论体、"难"体、"说"体（包括《储说》与《说林》两种形式）、解释体、对问体以及韵文。本书对《韩非子》中几类特殊文体的性质与文体学意义也做了论述。要之，就《韩非子》的文学性而言，我们既可以从中看到它文章体式的多样性，又可以将其作为战国末期文体分类的一个总结。

六、关于《韩非子》寓言，以前多是对其艺术成就的考察，本书则着重探讨其中的理论问题。具体说，《韩非子》中体现出的寓言理论涉及寓言的本质、形态、功用等方面：《说林》《储说》的"说"与《喻老》的"喻"就揭示了寓言情节性与寄寓性的本质；"博喻"是对寓言表现形态的总结；而"储以待用"则反映了韩非关于寓言功用的认识。

《韩非子》一书经过两千多年中帝王、政治家、权术家的阴用阳弃，又经过 20 世纪 70 年代中期被捧入九天之上和 70 年代末之后一个阶段中被一些人置于九地之下，其遭际甚为复杂，而且是十分离奇的。但无论怎样，否定不了它是法家集大成之作，它同儒家、道家经典一样影响中国政治、历史、文化两千多年。西周王朝虽然不同于秦以后中央集权的封建王朝，但北至燕，东至齐、鲁，南至江汉流域小国，东南至吴，西至秦，都是同它有血缘关系的诸侯国或它所封的诸侯国①。所以，西周王朝从文化和政治上说，是一个统一的王朝。春秋列国，天子等于诸侯，列国纷争，长期战乱，社会不得安定。以孔子为代表的儒家是希望恢复西周的社会秩序，这是儒家认为"一天下"的方式之一，是所谓的"王道"。道家则面对分裂状况下诸侯们为了自保、为了战

---

① 秦自很早就同夏商王朝有联系，西周初年秦人远祖孟增幸于周成王，造父幸于周穆王，受封于赵城；其后非子又为周孝王主马于汧渭之间，使邑之秦，号曰秦嬴，与周王朝属国等同。

争、为了满足个人享乐而一再加大压榨、剥削，采取回避、退让的态度，又看到统治者借仁义礼智的假话而行巧取豪夺之事，主张回到原始社会去。法家则是主张以切实的办法统一全国。比较起来，在当时只有法家的主张是可行的。当然，法家的很多东西后代不能照搬，但确实有值得继承的地方。关于《韩非子》的研究还要进行下去。马世年同志在前修时贤大量成果的基础上进行研究，提出了自己的一些看法，至少可以引起学术界对有关问题的讨论，使我们能正确认识、对待这部影响中国文化两千多年的法家著作。

2010 年 3 月 1 日

马世年：《〈韩非子〉的成书及其文学研究》，上海古籍出版社 2011 年版。

马世年，1975 年生，甘肃静宁人。2005 年毕业于西北师范大学，获文学博士学位。现为西北师范大学文学院院长、教授、博士生导师，先秦文学与文化研究中心副主任，甘肃省《四库全书》研究会副秘书长，中国法家学会副会长，中国古代散文学会理事。主要从事先秦两汉文学与文化的教学与研究工作。在中华书局出版《新序》《潜夫论》，列入《全本全注全译丛书》。

《庄子校注评汇考》序

　　《庄子》是先秦子书中影响最大的一部。《史记》中言庄周"学无所不窥，而其要本归于老子之言"。《庄子》一书联系社会生活与自然现象的方方面面，将《老子》"人法地，地法天，天法道，道法自然"（《老子》第二十五章）的思想加以充分发挥，也同《老子》一样借以对春秋战国几百年中诸侯之间以种种名目巧取豪夺及打着正义的旗号而你争我夺、相互攻伐的罪恶行径加以揭露，而且在很多方面丰富、推进了《老子》的思想，实为道家集大成的著作。蔡尚思先生在其《庄子思想》简评中说："在道家思想史上，庄子地位的重要实高于老子。儒家或可只述孔子而不必述孟、荀二子，道家就不可以只述老子而不述庄子了。"（《道家文化研究》第二辑）熊铁基、刘固盛、刘韶军著《中国庄学史》在第一章第一节"关于庄子的历史地位"中也引了这一段话。我以为《庄子》一书除了思想方面论述得充分、细密，对老子思想又有发展之外，其文章精采，汪洋恣肆，又多寓言，先秦诸子中无可比拟，好文者都喜读《庄子》，也是它在文化史上的影响超过诸子中其他各家的原因之一。

　　由于《庄子》书中对封建统治阶级的抨击，对儒家"仁、义、礼、智"之类被各国王侯贵族利用以愚弄人民、争权夺利现象的揭露，故在当时及以后的很长时期中，并未引起知识阶层的广泛关注。汉初虽然统治阶级鉴于长期战乱，尤其暴秦严刑酷法造成对社会经济的严重破坏和对广大人民的深切伤害，因而采取了休养生息的政策，大力标榜"黄老"思想，但不提"老庄"。至汉武帝"独尊儒术"之后，攻击、嘲笑儒家的《庄子》更被冷淡。直至东汉才"老庄"并提，反映出知识分子层面对《庄子》一书的重视与对老子、庄周关系的认可。《庄子》一书从战国末年经历秦火，直至汉武帝之时，刘安居淮南，才有收集编定的可能，然而经过民间不断的传抄、补缀、分合、重编等，难免会产生错讹与混乱。产生大体完整的"定本"应在刘向之时，东汉时始有人为之作注，而权威的全注本的产生则在魏晋之时。

由于上面说的这个原因，《庄子》一书从西汉至魏晋这期间的传播中产生了不少错误。大体说来有下面三种情形。

一、将非庄周及后学之作误收其中。苏轼以来很多学者谈过这个问题，虽不一定全对，但有这种现象则毫无疑问。最明显的例子便是《说剑》一篇。我在二十九年前写过一篇文章[①]，从三个方面证明该篇为庄辛之作而非《庄子》之文：

> 首先，从政治主张和哲学思想来看，庄周主张人们回到无君、无臣、无所谓政治、法律、上下尊卑之别的社会中去，对于统治阶级的各种统治举措，都持坚决反对的态度。但《说剑》中庄子却以"包以四夷，裹以四时""论以刑德""匡诸侯，服天下"的天子之志，以及"四封之内，莫不宾服而听命"的治国之策来激励赵惠文王。

具体证明可看原文，此处述略而不论。

> 其次，从史实方面来看，这个庄子，也不会是庄周。《说剑》中写赵惠文王沉溺于观剑士的争斗，其太子请庄子劝止之。按赵惠文王初立时年不过十一，即使其三十岁之时初立太子，时当赵惠文王十九年左右，庄周已年届八旬。即使庄周在行将就木之年突然改弦更张，也已无力远至赵国以求名逐利了。
>
> 再次，从这篇文章的风格来说，也不是庄周或其后学所写，其中"庄子"，不是指庄周。马叙伦《庄子义证》在"昔赵惠文王喜剑"一句之下按云："本书记庄子事，无加昔字者。"此篇记"庄子"事，而开头加

---

① 赵逵夫：《庄辛——屈原之后楚国杰出的散文作家》，《西北民院学报》1990年第4期。其第三部分专论《说剑》的作者。

"昔",说明本非庄周一派人所写,所写"庄子"也不是庄周。

则《说剑》为庄辛之作无疑。当时"庄子"尚未成为对庄周的专称,庄辛有思想、怀正气,又富于文才,称之为"庄子",并非非分僭越之事。两年后我又写《庄辛〈说剑〉考校》[①],可参看。

二、也有些佚文未能收入。我在上面所说两文的前一文中也谈到。

三、文字有窜乱。即如首篇《逍遥游》开头一段而言,二十多年前我为研究生讲《庄子》研究,即指出从篇首至"是鸟也,海运则将徙于南冥"是正文,此下45字是注。这段注文是:

> 南冥者,天池也。《齐谐》者,志怪者也。《谐》之言曰:"鹏之徙于南冥也,水击三千里,抟扶摇而上者九万里,去以六月息者也。"[②]

前6字是注"南冥"之义,后39字是引志怪之书《齐谐》中与《庄子》之文相近文字以明其关系。按古书抄写规则,这45字应写得小一些,但在传抄中却被看作正文抄入。正文"海运则将徙于南冥"以下,应接"野马也,尘埃也,生物之以息相吹也。天之苍苍,其正色邪,其远而无所至极邪?其视下也,亦若是则已矣",是设想大鹏在高空所见景致,为下面论"水之积也不厚,则其负大舟也无力"张本。庄子这里是论主客观条件的关系,并非专论神话,不会论述中又引他书以说大鹏而使文字支离。又,据先师郭晋稀先生《读〈庄〉杂记》,下文的"穷发之北有冥海者,天池也,有鱼焉,其广数千里"直至"斥鴳笑之曰'彼且奚适也?……而彼且奚适也?'""乃读《庄》者附载异文,今本误入正文,故与上文重复。"而"汤之问棘也是已"和"此小大之辨也"二句则明是注文,传抄误为正文。[③]如此看来,仅《逍遥游》一篇中由注文和傍增附录文字窜入正文的,就不止一处。

---

　　① 赵逵夫:《庄辛〈说剑〉考校》,《山西师大学报》1992年第4期。与上文并收入拙著《屈原与他的时代》,人民文学出版社1996年版。

　　② 曹础基:《庄子浅注》,中华书局2000年版,第2页。

　　③ 赵逵夫编选:《陇上学人文存·郭晋稀卷》,甘肃人民出版社2012年版,第105页。

《庄子》一书中字句是正和文字理解方面的问题更多。即如《齐物论》中第一段中"天籁""地籁""人籁"中的"天籁"究竟应该如何理解,各家之解说不同。我以为"天籁"是指人自由、自然地表达的情感,也即人因遭遇、身体的感受而自然发出的声音,如叹气、长嘘、声唤、大笑、啼哭等,有别于人籁(用乐器所吹奏的音乐)和地籁(山川、林木、洞穴等因风、水的吹拂流动所发出的声音),原文中正与"南郭子綦隐机而坐,仰天而嘘"相照应①。去年十月在四川大学举办的一次古典文献学的会议上,清华大学的丁四新教授提供的《〈庄子·齐物论〉札记三则》,对学界看法纷纭、争论不休的"齐物论"篇名的含义,通过电子文献检索,发现先秦、秦汉文献中并无"物论"连读之例,而"齐物"连读之例则多见,确定以"齐物——论"为读。第二、三则从古文字的写法入手,认为"一受其成形,不亡以待尽。与物相刃相靡,其行尽如驰,而莫之能止,不亦悲乎"一段中,"亡"为"匕(化)"之误;"景曰:'吾有待而然者邪?吾所待又有待而然者邪?吾待蛇蚹蜩翼邪?恶识所以然!恶识所以不然!'"中的"蛇蚹蜩翼"为"蛇蜕蜩甲"之误。均理由充分,令人信服。而这些句子前人也都牵强作解,后人含糊接受,实际上是似信非信。

魏代富同志是山东人,曾在山东师大王琳先生门下攻读硕士学位,后由王先生推荐到我处问学,2013年取得博士学位,又到山东大学郑杰文先生处做博士后,出站后到山东师大工作。在西北师大攻读博士学位期间学习认真刻苦,也发表了几篇有份量的论文,获得国家奖学金。工作以来,出版《殷芸小说补证》,与王琳先生合作完成《先唐杂传地记辑校》(三册),现他又完成了《庄子校注评汇考》,要我作序。我觉得魏代富在读博之时就能重视文献而不说空话,脚踏实地,认真探索,也时有新见,做学问是很认真的。学者都说:学术研究要有创新,不能陈陈相因。这是对的。但创新的前提是守正。人文社会科学研究上有些规则同物理、化学、数学中的定义、公理、定理一样,也必须遵守;前人研究的成果如没有证据说明其不能成立,也应给予重视,不能对这些都视而不见,只是自己一味地造新说。社会科学、人文学科的研究一样,要在前人的基础上推进,一要遵循有关规则,二要重视研究方法,三要重视文献。

---

① 赵逵夫:《本乎天籁,出于性情——〈庄子〉美学内涵再议》,《文艺研究》2006年第3期。

学风要严谨，方法要正确，文献要可靠。当然，每一项研究也都有一个论证角度、论证过程与逻辑思维的问题，这又同学养有关。魏代富同志在近几年的研究实践中，在这些方面都有大的提高。

魏代富的这本书不仅是移录前人的观点，在很多地方也提出了自己的看法。在我看来，很多结论是有价值的，如《天地》篇："方且与物化，而未始有恒。"郭象、成玄英、林疑独、林希逸等皆将"恒"解作"常"，朱青长解作"诚"，马叙伦、徐仁甫解作"竟"，魏代富指出：

> "恒"读作"极"。《大宗师》："若人之形者，万化之未始有极也。"《田子方》："且万化而未始有极也。"《史记·贾谊〈鹏鸟赋〉》："千变万化兮，未始有极。"《淮南子·道应》："故形有摩而神未尝化者，以不化应化，千变万抮，而未始有极。"与此句法、文义皆同。"极"误作"恒"者，"极"盖旧书作"亟"，读为"极"。郭店楚简《唐虞之道》："亟惫（仁）之至，利天下而弗利也。""亟"读作"极"，书作""，《说文》篆体作""。清华简《摄命》："汝乃敢整极。""极"字从亟从心，"亟"书作""。恒，《说文》古文作""。二字形近而讹也。

魏代富从《庄子》本书《大宗师》《田子方》两篇及《史记》《淮南子》中多云"未始有极"推断此篇"恒"当作"极"，又从字形方面进一步说明两字致误的原因。这个观点是正确的，《庄子》一书宣扬世间万物处于不断的变化之中，不存在一成不变的事物。从《庄子》注文中也可窥见一斑，如《至乐》篇司马彪注："草化为虫，虫化为草，未始有极。"成玄英疏："千万变化，未始有极也。"《山木》篇郭象注："日夜相代，未始有极。"《则阳》篇郭象注："物情之变，未始有极。"皆可见。但"未始有恒"也是说无有恒常不变之道理，所以作"恒"并不会影响对《庄子》一书的理解。有些内容，往往因一字之误，对整章内容的解读就会出现很大的偏差。例如《天运》篇首章：

> "天其运乎？地其处乎？日月其争于所乎？孰主张是？孰维纲是？孰居无事推而行是？意者其有机缄而不得已邪？意者其运转而不能自止邪？

云者为雨乎？雨者为云乎？孰隆施是？孰居无事淫乐而劝是？风起北方，一西一东，有上彷徨。孰嘘吸是？孰居无事而披拂是？敢问何故？"巫咸祒曰："来，吾语女。天有六极五常，帝王顺之则治，逆之则凶。九洛之事，治成德备，监照下土，天下戴之，此谓上皇。"[①]

这段文字历来被评《庄子》者所称扬，认为和屈原《天问》有异曲同工之妙。开篇横空劈来，连发十四问，已是一奇；后面忽然插入巫咸祒的答语，无问者有答者，又是一奇；巫咸祒的答语同上面所问毫无关联，复又一奇。由于奇奇环生，历来注家解释也不一致，可谓众说纷纭。魏代富从"巫咸祒"三字入手，认为"咸"当作"成"，巫成祒就是务成昭，他说：

　　"咸"当作"成"。马王堆汉墓帛书《十问》云："巫成招□□不死。巫成招以四时为辅，天地为经，巫成招与阴阳皆生。阴阳不死，巫成招兴相视，有道之士亦如此。"巫成招即务成昭，"巫"读作"务"，（二字并明母，韵亦相转。）"祒""招""昭"并从召声，"咸"乃"成"之形讹。（二字形近，古多互讹。清华简《祭公》："成厥功。"今《逸周书·祭公》作"咸茂厥功。""咸"即"成"之形讹。《鹖冠子·度万》："万类成全，名尸气皇。"陆佃云："成，一作'咸'。"《水经注·谷水》："坐者成伏。"朱谋㙔注："孙云：旧本作'咸伏'。"并其证。）

并进而就此章论述说：

　　《汉书·艺文志》载《务成子》十一篇，云："称尧问，非古语。"典籍或称为尧师，或称为舜师，（《荀子·大略》："尧学于君畴，舜学于务成昭。"《白虎通·致仕》："帝尧师务成子，帝舜师尹寿。"两者记载不同，盖传闻异辞。）其书今不存，片言只语可窥者，《荀子·大略》篇杨注引《尸子》："务成昭之教舜曰：'避天下之逆，从天下之顺，天下不足取也。

[①]　曹础基：《庄子浅注》，中华书局 2000 年版，第 202 页。

避天下之顺，从天下之逆，天下不足失也。'"观其文辞，"避天下之逆，从天下之顺，天下不足取也"与"帝王顺之则治"义近，"避天下之顺，从天下之逆，天下不足失也"与"帝王逆之则凶"义近，当即一语之变。则此文篇首或脱"舜问于巫成祒"一类语。《汉志》五行家又有《务成子灾异应》十四卷，房中家又有《务成子阴道》三十六卷，又合马王堆汉墓帛书《十问》片言观之，务成子盖仿天道以治人事者，故有此问此答也。

他认为篇首应该可能缺了"舜问于巫咸祒"一类语；又从传世典籍、出土文献只言词组的记载，推测整篇讨论的是仿天道和治人事的关系。这个结论是有道理的。以往的有些说法就像有些鉴赏文章一样，见米说米，见面说面，什么都好，说不通、不合常理的便是"奇"。我以为还是应联系书内其他部分及书外有关文献多思考。上面这段文字经魏代富同志校理，内容的阐释要顺当得多。

以上仅简单列举两点，接着从《庄子》整本书上谈谈。《庄子》内篇七篇，历来认为是庄子自作，我以前就对这种说法产生过疑问。首先，《庄子》七篇皆三字命名，高度抽象地概括篇章主题，这种命名方式在先秦时候是不存在的。其次，《庄子》内七篇确实比较哲理化、抽象化，但总觉着诸家的解释不尽人意，段落与段落之间缺乏必然的逻辑关系。看来《庄子》内篇也已经过后人整理。比如《逍遥游》篇惠子、庄子论大樗一段，日本人冈松辰《庄子考》一书中说：

> 此一节意与前章重复，而其辞亦觉稍拙于前章，且前章"犹有蓬之心也夫"一句，意义已竭，铮然而止，岂可复继以呕哑嘈杂之音哉？是知"吾有大树"以下百五十余字，为后人窜入，不待辩而明矣。（见本书第206页）

魏代富引冈松辰之说，并云：

> 《逍遥游》一篇，本敖荡不羁之语，流衍散漫，不着边际，而此篇文法井然，殊为不类。且纯用韵文写成，（"樗""矩""涂""顾""去""者""下"

"罟""鼠""野""下""斧""者""苦"并鱼部。）与其它段落不协，疑非庄子之文，或后人见其义与上近而置此也。

从通篇用韵角度推测这一段不是庄子自作，是可信的。《庄子》书内七篇偶有用韵，像这种一韵到底的现象，与其他篇章不类。其他上下语义重复的篇章，可能也存在这种现象。

又如《齐物论》一篇，历来被认为是哲理化最浓的一篇，读起来辞奥语涩。但在"夫道未始有封"释文引崔譔注说："《齐物》章，此连上章，而班固说在外篇。"说明班固所见《庄子》，从此句下都在外篇。又如隋释吉藏《百论疏》云："《庄子》外篇，十二年不见全牛。"说明旧本别有一本论庖丁解牛的篇章，是在外篇，后来因与内篇《养生主》庖丁解牛相复，被删除了。我们进而可以推论，如果将内篇一段删除，那么庖丁解牛，即是外篇的文章了。为了便于论说，我们将"夫道未始有封"一章赘列于下：

> 夫道未始有封，言未始有常，为是而有畛也。请言其畛：有左有右，有伦有义，有分有辩，有竟有争，此之谓八德。六合之外，圣人存而不论；六合之内，圣人论而不议；春秋经世先王之志，圣人议而不辩。故分也者，有不分也；辩也者，有不辩也。曰："何也？""圣人怀之，众人辩之以相示也。故曰：辩也者，有不见也。"[1]

其中"有左有右"一句，崔本作"宥在宥也"；"有伦有义"一句，崔本作"有论有议"。崔本虽语句多不通，但不轻改文字，对不通的强行解释；也正因如此，所以保留了《庄子》原本的面貌。魏代富在崔本基础上进而校正此章，说：

> 此及以下八句当作"有在，有存，有论，有议，有分，有辩，有竟，有争"，"左"即"在"字形讹，（清华简《皇门》："公格在库门。"今《逸周书·皇门》"在"作"左"，即二字相讹之证。）"右"及崔本"也"

---

[1] 曹础基：《庄子浅注》，中华书局 2000 年版，第 31 页。

字皆"存"字形讹，崔本两"宥"字皆"有"之形讹（亦或音假），下文"圣人存而不论"之"存"字即承此处而来。在、存义近，论、议义近，分、辩义近，争、竞义近。其下文字则就此八德展开论说，然非完本，当有阙文。

这个看法是正确的。当然，原文所阙文字究竟如何，还可以研究。我的想法是，无论增、删、调整，变动越小越好。

可以进而考虑的是，为什么此章班固本在外篇，现在却属内篇？恐怕是后来整理《庄子》者并不认为《庄子》文本难以读通是因为文字有错讹，而是认为庄子是一个进行深入哲学思考、具有大智慧的人，其行文本就如此，钩深致远，哲理深奥。所以越读不通，反而越认为更符合《庄子》一书本来面貌。其他诸子是越传文句越容易读通，《庄子》则越往后越变得难以读通。以此反向推测：《庄子》一书中很多难解之处是否多为错讹所致？当然，《庄子》一书形成于两千多年以前，也会有一些今天难以理解的地方，所以我们还应做很多工作来研究、解读它，但在原文的校改上一定要持慎重态度。

魏代富同志此书做了大量工作，摘录前人之说，加以斟酌比较，有些地方也提出自己的看法，对《庄子》文本的校理、释读是有意义的。当然其中有的看法只是提出来同学界贤达共商，未必妥当，希望能得到批评指正。

2019 年 4 月 28 日
于西北师范大学滋兰斋

魏代富：《庄子校注评汇考》，山东人民出版社 2020 年版。

魏代富，1985 年生，山东莒县人。2013 年毕业于西北师范大学，获文学博士学位。现为山东师范大学讲师，主要从事先秦两汉文学文献研究。出版《汉魏南北朝杂传辑校甲编》（三册）、《殷芸小说补证》《尸子疏证》等专著，在《周易研究》等刊物上发表论文 20 余篇。

《诸子百家人生智慧》序

　　八十六年以前，伟大的革命先行者孙中山先生曾说："对应世界诸民族，务保持吾民族之独立地位，发扬吾固有之文化，并吸收世界之文化而光大之，以期与诸民族并驱于世界，以驯致于大同。"[①]江泽民同志多次强调要弘扬和培育民族精神。他说："一个民族、一个国家，如果没有自己的精神支柱，就等于没有灵魂，就会失去凝聚力和生命力。有没有高昂的民族精神，是衡量一个国家综合国力强弱的一种重要尺度。综合国力，主要是经济实力，技术实力，这种物质力量是基础，但也离不开民族精神、民族凝聚力，精神力量也是综合国力的重要组成部分。"[②]胡锦涛同志也多次强调弘扬民族优秀文化遗产的问题。所以，近十来年人们对传统文化很重视，"百家讲坛"应运而生，各种传统书籍的新注本、译注本、影印本、排印本、豪华本、普及本层出不穷。这确实是一个令人振奋的现象。但冷静一想，其中问题也不少。专家学者们自然大部分是找各种有价值的影印本或校注精良的整理本、笺注本，作为研究的资料，但一些对此了解较少的读者，就难于选择，往往买去不能读。比如一个出版社所印成套古籍普及本，却全是白文，既没有新注，也没有旧注。买书的人以为花钱不多，又买到了人们常说的重要经典，兴致勃勃地拿回家去。及至临窗开卷，却难以读下去，因而只能自认学浅，与圣人经典无缘，将它们放在书架上，算是点缀着"弘扬传统文化"的气象。至于一些身处一线忙于具体工作的领导干部、工作人员，还有些年龄大已退下来的老干部，想读一点重要典籍，

---

　　① 孙中山：《中国革命史》，1923年1月29日，见《孙中山全集》第七卷，中华书局1981年版，第6页。

　　② 江泽民：《江泽民论社会主义精神文明建设》，中央文献出版社1999年版，第145页。

了解传统文化中的精要，但得到的往往却是大部头的成套的书，封面、装帧、印刷都十分精美，但翻开从头看上几页，觉得并非什么精要，兴趣大减，加之也并无太多的精力沉潜于此，因而也只有束之高阁，象征着知识的拥有。至于一些地方针对中小学生组织什么"国学班"，甚至在幼儿园中让背《百家姓》《弟子规》，我以为完全是误人子弟，毒害青少年与幼儿。因为无论如何，那些产生于几百年前甚至一两千年前的东西，渗透着种种封建思想的毒素。小孩子缺乏判别力，如从小受其影响，必然对将来新的东西的接受形成扰乱。六七年前，在我院上本科的我的一个老乡陈斐来找我，说市上一家国学班请他在假期给孩子们讲"四书"，来问我应该怎么教。我告诉他只能选一些在今天有意义的段落讲解，先释语义，然后联系当今现实加以发挥；如果其中有不正确的思想意识，应特别提出来说一说，以免产生负面影响。陈斐同老板谈了打算，老板不同意，要求必须挨章挨次讲，要"原汁原味"，结果只好作罢。这说明，在所谓"国学热"中，有些人是想借机出名，有些人是想借机赚钱，当然也不排除个别人想借此捞一点什么资本的可能。总之，在这十来年的国学热中，研究工作和普及工作都取得很大成绩，但从普及的方面说，似乎有效的措施尚较缺乏。"百家讲坛"是起了很大作用的，但毕竟人们得跟着它的安排走，有些人忙了顾不上看，便误过了时机；再者，听其阐发的道理多，而对原文接触不多。书籍方面出版的虽多，但对一般读者来说既难于抉择，也没有很多的时间逐部、逐页研读。

湖州师范学院蒋瑞是湖南沅湘一带人，而沅湘一直是我十分向往之地。据我的考证，屈原于顷襄王元年当秦人出武关攻楚，"大败楚军，斩首五万，取析十五城而去"（《史记·楚世家》）时，因楚朝廷内部亲秦、抗秦两派斗争激化，亲秦派的令尹子兰等企图趁襄王由齐归来不久，不了解朝廷中斗争的实质所在，而翦除异己，因而屈原被放江南之野（指与楚郢都一带相对应的长江以南之地，非指汉代以后大一统观念上的江南）。因当时秦军进军凶猛，先让其至陵阳①。屈原在陵阳停留约半年，待形势稍安定后，当年秋末即起身往沅湘

---

① 《汉书·地理志上》庐江郡："庐江出陵阳东南，北入江。"则陵阳其地当今江西省西部、宜春市以南，东南去庐陵不远。参拙文《庄蹻事迹与屈原晚期的经历·九·庄蹻入滇路线与屈原的辰阳、沅湘之行》，《屈原与他的时代》，人民文学出版社2002年版，第388—392页。

一带。他的行动路线同庄蹻入滇的路线完全一致，看来是想了解一下这位主张合纵抗秦而受到打击，在不得已之下发动兵变的将军的行踪。但他到了溆浦之后，再未能南行，因为再南行便越出楚国直接控制的范围，会给时时想置之于死地的亲秦派提供口实。屈原在溆浦住了下来。《涉江》一诗中写的"深林杳以冥冥兮，猿狖之所居。山峻高以蔽日兮，下幽晦以多雨。霰雪纷其无垠兮，云霏霏而承宇"，正是写诗人在溆浦所居周围的环境[①]。我从半个多世纪以前开始读《楚辞》，《涉江》的这几句给我的印象极深，但知道它是写溆浦一带的景象，则是近二十多年中的事。但无论怎样，沅湘这些地方在我的头脑中贮存五十多年从来没有丢失过。十多年以前，蒋瑞因为读了我的书，开始与我通信，并且到兰州来拜访我一次。其后他在武汉、上海、扬州等地攻读硕士、博士学位，毕业后到湖州师范学院工作，也时有音问。去年他来信告知他编著《诸子百家人生哲理斟评》（现改名为《诸子百家人生智慧》——编者按）的事，并请我作序。我很赞成他的这一工作，但写序的事情难以承担，郑重地写了回信坚辞之。但后来他还是寄来了书稿，坚持让我来作。因此，用几天的时间翻阅了书稿，写了一点自己的看法。

一、我认为这本书在今天无论是对一般干部、职员、学生，还是对工农群众中热心于传统文化的读者，都是适宜的；它可以让我们明白我国古人有哪一些益人心智、给人以启迪，可以使我们的生活更为和谐、愉快的教诲；应该怎样对待人生，应该怎样承担社会责任，应该怎样对待他人，应该怎样对待困难和荣誉，应该怎样处理人与自然的关系等。我们可以由此汲取古人的智慧，继承传统的美德。本书对于从事教育工作或选编青少年教材的人来说，也有参考价值；对一般从事宣传教育礼仪乃至于秘书、文书工作的同志，就更是一部十分有用的参考书。至于退休人员用以作为了解传统文化、深研古代典籍的阶梯，也十分适宜。

二、从先秦儒、墨、道、法、纵横等各家著作，至六朝有影响的诸子之书中精彩有启发性的段落，可以说都网罗其中。作者还关注到了近若干年出土的

---

① 赵逵夫：《屈原在江南的行踪与卒年》，《屈原与他的时代》，人民文学出版社2002年版，第436—455页。

文献，可以说选材十分广泛。这就可以节省一般读者的大量时间，又可以开阔眼界，了解更多的东西。我这里特别要说一下的是，书中也录有《国语》《战国策》《史记》《楚辞》中的段落。《国语》《战国策》旧看作是史书，其实《国语》中的《周语》《鲁语》《楚语》主要是记言，记载往哲先贤之语，同诸子书差不多，可以看作是儒、道、法等思想之上源；其他部分也有记言的内容。《战国策》实际上是纵横家策文、书信、上书及说辞追记稿的汇编，看作史书是有问题的，故其中时有与史实不合者，今人因而疑某些篇章为拟托，未必是。如看作先秦诸子中纵横家的著作，则不但于体例相合，其中存在的一些问题，也便得到了合理的解释。《史记》中也载有一些人的重要言论，不当舍之不顾。《离骚》《天问》等屈原之作表现了诗人思想，有些诗句的哲理性也引人深思、发人深省。所以选录了这些并不违于体例。

三、全书将从诸子百家中所录精要分为尊道、崇德、敬人、识礼、审视、修身、贵柔、尚和、止足、爱国、保民、亲亲、立诚、知变、克勤、致善、怡情、归真十八类，基本上是据诸子各家中思想的实际，综合考虑加以划分。各家思想有同有异，过去多注意于"异"，而对其"同"的方面注意不够（这一点我在《先秦文论全编要诠·前言》中有所论述，该书 2009 年由人民文学出版社出版）。本书即是既关注到"异"，也关注到"同"；同时，编者在分类时也考虑到了今天意识形态的状况及人们的称说习惯。我以为这个分类大体是合适的。

四、在注释、翻译、讲评方面下了很大功夫，能抓住重点，解难释疑，要而不繁。讲评能画龙点睛，恰到好处。因为此是普及读物，点评则突出读者应该注意的方面，强化了其中的积极因素，对一般读者来说这是很有必要的。

总之，从传统文化的普及工作方面说，这是一部有价值的书，所以我乐于向读者推荐。关于学术研究，一般学者注意某些专门的问题，对普及工作不屑一顾，认为是"小儿科"，显不了水平。其实，所谓专门的研究中，有不少属重复劳动，甚至只在标新立异，炒作个人，结果增加了学术传播的困难，搅浑了水，究竟有多大贡献，也很难说。而认真的普及性的东西要做好，也十分不易，因为它有一个对前人研究的总结、抉择、消化和根据当前状况与读者的需要重述的问题。蒋瑞同志此书我以为是普及读物中做得好的一部,相信它会受到读者的欢迎。

2009 年 1 月 5 日

蒋瑞:《诸子百家人生智慧》,武汉出版社 2010 年版。

蒋瑞,1963 年生,湖南辰溪人,博士。湖州师范学院文学院副教授,主要从事先秦两汉文学与文化研究。

第四辑　先秦两汉文学与文化

《先秦文学发生研究》序

　　大半个世纪的文学研究队伍，从事古代文学研究的最多；如果从专书方面说，最多的是集中在《诗经》《楚辞》的研究上，这只要看看有关古代文献的书目就可以知道。至今，诗经学会、楚辞学会，仅全国性或国际性会议就各两年一次，每次总有百人上下甚至更多，还有会议圈子之外从事这方面研究的人。每年发表的论文、出版的书有多少就可想而知了。但《诗经》总共 305 篇，《楚辞》一书共收作品 17 篇，我们将《九歌》看作 11 篇，《九章》看作 9 篇，也只 35 篇，而实际上学者们的研究主要在屈原、宋玉等战国末年楚国作家的作品上。而对这数量不多的作品，很多的《诗经》学家、《楚辞》学家每年都要出一些成果，其结果大部分也不外两种情况：一为大量重复劳动；二为猎奇求怪，以求出新。本来也是，要在这两个领域的研究中做到真正的创新，太难了。所以此前我带了二十几届硕士生，十多届博士生，只有一个以《楚辞》为选题的，以《诗经》为选题的一个也没有。我以为要在这两个领域的研究中有所创新，必须有相当的学术积累。

　　所以，我以为在先秦文学研究方面，还是视野开阔一些为好，如果要具体研究问题，也可以在前人关注不够的地方下些功夫。这样，既有利于开拓研究领域，也有利于了解先秦文学的全貌。但即使这样，也不是随便可以取得成绩的。前代学者已经指出：学术的发展一是有赖于新材料的发现，二是有赖于新方法的运用。近几十年出土的大量简帛文书，为先秦文学研究的向前推进创造了一定的条件，也产生了大量研究成果。但新的材料毕竟有限，人们在这方面的文章也做得差不多了。所以，从总体方面看，我们还有待于从新的视角用新的方法来审视先秦文学。在这方面，更有待于理论上的创新。

　　赵辉教授的《先秦文学发生研究》正是一部从宏观上以新的观察方法和新的研究手段重新认识先秦文学，探讨先秦文学的发生与特质以及对后代文学影响的一部力作。

　　几十年来对中国古代文学的研究基本上都是套西方理论的框框，与中国古代文学的实际情况很不相符。按照西方文学理论，不仅先秦时代的文学是"杂文学"，整个中国的文学都是"杂文学"。事实上，中国古代文学中作为主流的，并非小说、戏剧。诗、词、曲、赋之外，便要数"文"——即一般所说的"古文"，包括议论文、游记，以及史、传、书、序等各种应用文字。现代各种文学史将散文列入其中，似乎是照顾了中国古代文学的实际而格外开恩、破例列入。关于中国诗歌、赋颂、传记等形成的状况及其特质，也并未说清。

　　赵辉教授多年来一直从事中国古代文学前一段的研究，学术视野开阔，对一些问题能进行深入思考，其论文《原始宗教与楚辞》《简论楚辞特质形成的原因》受到楚辞学者的关注，专著《楚辞文化背景研究》受到学者们的好评。联系他的《从〈诗经〉的"兴"看"兴"的起源》《唯有文采不成文——先秦"文"的三维建构》《易象思维的特征及文化表达》等论文和专著《心旅第一驿——中国古代社会文化心态之源》等来看，他在近几年中一直在研究思考中国文学的特征及其同文化、同中国人思维特征的关系。他所承担完成的国家社科基金项目《先秦神坛、政坛言说与先秦诗赋史论言说惯例的生成》（即《先秦文学发生研究》）正是在以往研究思考基础上的进一步深化、开拓和进一步系统化。

　　在这部创新性很强的论著中，作者从宗教形态的礼乐言说来寻找先秦文学主要文学体式的原点，从政治形态的礼乐言说来阐述先秦时代主要文学体式、言说惯例的生成，从先秦神坛、政坛、文坛一体化的方面来探究先秦文学表面特征的形成。全书侧重于宏观研究，但以微观上的观察、分析为基础，其中有些地方的论述甚为精彩。如第四章《礼乐政治形态言说与诗赋》对文体"互体"的论述，对歌与诗的起源与原始功能的论述，对礼与赠送酬答诗的论述，对赋的发生历程的论述等，都细致、深刻而饶有新意。他指出，歌的本质是音乐，具有"非限定言说时空"和口语的性质，诗则不同。他在"诗"字的分析中引述杨树达、闻一多和叶舒宪、刘士林等人之说，指出"诗"字的声旁

"寺"原本指祭祀场所，即神坛，并引《楚辞·远游》"集重阳入帝宫兮"王逸注"得升五帝之寺会也"，《九怀》"河伯兮开门"王逸注"水君侍望，开府寺也"等材料，从古代宫室建筑方面论证之，俱言而有据。于是得出结论："诗作为在国家中央政治机构之'寺'的活动产物，显然一开始就是作为一种'限定时空言说'而存在，很少带有歌作为'非限定时空言说'的特征。"[1] 论文指出："战国以前的人将诗看作是礼乐的一部分，诗所承载的应是礼乐伦理道德的价值取向。"[2] 然而，作者并不是静止地看问题，简单地将先秦诗与歌加以划分，也指出了后来歌与诗观念的合流，同时也指出："但由政坛这一'限定时空'言说所产生的原始功能却一直在很大程度上制约着中国诗歌的发展。"[3] 分析透彻、全面，也体现出辩证的观念。

可以说，"限定时空言说"理论是在以上探索基础上提出来的，是对我国先秦文学生成演变规律的一种概括，在理论上表现出很大的创新性。根据这个理论，可以明白地将一些难以说清的问题说清，使一些看起来毫不相关的现象联系起来，揭示先秦文学形成中一些内在的原因。赵辉教授在完成这个项目过程中发表的几篇论文，作为这个项目的中期成果，已经产生了一定的影响。

赵辉教授请我作序，我推辞而不得，他似乎也看出我一直在思考先秦文学的本源及体式、特质形成等问题。比如关于"登高而赋，可以为大夫"的理解，我在《左徒·征尹·行人·辞赋》一文中也曾有所论述[4]，但至今还是有人只以汉代以后的观念来理解这句话。赵辉教授在书中详细论述了这句话的含义理解上的变化。我指导的几个博士生也一直在先秦文学的本源及体式、特征的形成等方面进行探索。2001 届博士生韩高年的学位论文是《颂诗的起源与流变——三代诗歌的实证与逻辑推演》，后来拓展为《礼俗仪式与先秦诗歌演变研究》，作为复旦大学博士后流动站的出站报告，2004 年由中华书局出版；2004 年他还出版了一本《诗赋问题源流新探》。2002 届博士生罗家湘的题目是《〈逸周书〉研究》，后来他也以《先秦文学制度研究》申报了国家社科基金项

① 赵辉：《先秦文学发生研究》，人民出版社 2012 年版，第 147 页。
② 赵辉：《先秦文学发生研究》，人民出版社 2012 年版，第 149 页。
③ 赵辉：《先秦文学发生研究》，人民出版社 2012 年版，第 152 页。
④ 赵逵夫：《屈原与他的时代》，人民文学出版社 2002 年版。

目，两书均由上海古籍出版社出版。在一些以先秦典籍专书研究为选题的学位论文中，也都注意到了先秦文学各体式的形成、特质、对后来之影响等问题。所以，我同赵辉教授也算知音。但近二十年来我侧重于先秦文学基础文献和基本事实的清理，因为 20 世纪大部分学者本着大胆疑古的思想宗旨，虽然推倒了一些虚妄观念，否定了一些被盲目看作经典的东西，但造成的冤案也不少，这些东西不加甄别，也不能反映出先秦文学的基本面貌。事实上，从古代的经学，到理学，到疑古思潮的兴起，学术史上有的问题也一直未能真正解决，陈陈相因的情况差不多存在于古代典籍的各个方面：有因盲目信古之说者，有因轻率疑古之说者。因此，我更多地在材料和基本事实的清理方面做些工作。这除了利用新的出土的文献之外，也有一个旧材料的重新发现问题。一本书、一篇文章或一首诗、一篇赋，以往将作者或时代认定错了，在判定其他相关问题时它肯定会起着误导的作用，扰乱视听。而当对它的作者或时代性做了正确的判断，就有益于不少相关问题的解决。这些工作带有微观性、具体性，似乎是属于"形而下"的范围。但事实上，如前所说，我也一起在思考先秦文学研究中的一些理论问题。可以说，我同赵辉教授的工作是"异路同归"，而且也不是"两不相关"的。

我同赵辉教授都是属马，但我已是未能识途的老马，于学问仍在探索之中，而赵辉同志当凌风骄腾之时，正所谓"所向无空阔"。他寄书稿来之后，我虽有些杂事不能一口气读完，但也断断续续，大体读完了全书。我觉得，全书材料充分，论证严密，思辨性强，充满新意。我以为这是一部有学术价值的论著，因而写以上感想。或有未当，请赵辉教授与读者朋友正之。

2011 年 6 月 5 日

赵辉：《先秦文学发生研究》，人民出版社 2012 年版。

赵辉，1954 年生，湖北崇阳人。毕业于华中师范大学，文学硕士。现为中南民族大学文学与新闻传播学院二级教授，古典文学研究所所长，湖北省政府津贴专家。

文学观念的产生与文学的自觉
——《中国古代文学与西北地域文化》代序

中国文学观念的产生和文学的自觉从何时开始，近三十多年来一般认为在魏晋时代。郭绍虞先生的《中国古典文学理论批评史》上册《绪论》中曾说，魏晋南北朝"更使文学走上形式主义道路"，"因此，有提倡形式主义的理论，也有与之作斗争的理论。这是自觉的文学批评开始的时期"。[①] 但这只是说"自觉的文学批评开始的时期"，并未说是文学自觉的开始时期。李泽厚先生《美的历程·魏晋风度》中专门有一节"文的自觉"论述这个问题。其中说：

> 鲁迅说："曹丕的一个时代可以说是文学的自觉时代，或如近代所说，是为艺术而艺术的一派。"（《而已集·魏晋风度及文章与药及酒之关系》）"为艺术而艺术"是相对于西汉文艺"助人伦，成教化"的功利艺术而言。如果说，人的主题是封建前期的文艺新内容，那么，文的自觉则是它的新形式。两者的密切适应和结合，形成这一历史时期各种艺术形式的准则。以曹丕为最早标志，它们确乎是魏晋新风。[②]

于是他得出结论：

> 在两汉，文学与经术没有分家。《盐铁论》里的"文学"指的是儒生，

---

① 郭绍虞：《中国古典文学理论批评史》上册，人民文学出版社1959年版，第10页。
② 李泽厚：《美的历程》，中国社会科学出版社1984年版，第118页。

贾谊、司马迁、班固、张衡等人也不是作为文学家而是作为政治家、大臣、史官等等身份而有其地位和名声的。文的自觉（形式）和人的主题（内容）同是魏晋的产物。①

李泽厚先生所讲，不是毫无根据，而且这个观点在 20 世纪 80 年代初被提出②，有其积极的现实意义。但作为中国文学发展史上一个十分重要的问题，认真研究起来，这个说法尚值得进一步讨论。

魏晋时代确实形成一种追求文学形式美的风气，如追溯根源，当以曹丕为开端。曹丕的《典论·论文》也被认为是较早的文学理论专著。但是不是从曹丕开始，中国才开始了文的自觉，还需认真考虑。曹丕写《典论》的时候，魏之代汉，已成定局，只是曹操不愿落篡汉之名，让他的儿子去取罢了。那时曹丕已被立为太子。鲁迅先生在《魏晋风度及文章与药及酒之关系》一文中说：

> 魏晋，是以孝治天下的，……为什么要以孝治天下呢？因为天位从禅让，即巧取豪夺而来，若主张以忠治天下，他们的立脚点便不稳，办事便棘手，立论也难了，所以一定要以孝治天下。③

此话讲得透彻之极。其实曹丕在此时强调"文章者，经国之大业，不朽之盛事"，也同样是为了淡化文人的志节观念，让这些文人围绕在他周围为他的篡夺工作去做铺垫。他一改乃父清峻通脱的文风而追求华丽，题材上也转向咏物、同题共作的游戏文字以至于描写女性心理，也都出于这种心态。所以从某种程度上说，文学在这个时期应该说是走向堕落，而不是觉醒。

李泽厚先生的观点很快被学术界所接受，还有一个原因，是其中引了鲁迅先生的一段话，而在"文革"的十多年中，在极左思潮的影响下，现代文学史上的作家、理论家基本上被否定完了，只有鲁迅被说成"文化革命的旗手"，

---

① 李泽厚：《美的历程》，中国社会科学出版社 1984 年版，第 119—120 页。
② 《美的历程》一书 1981 年 3 月由文物出版社出版第 1 版。
③ 鲁迅：《魏晋风度及文章与药及酒之关系》，《鲁迅全集》第 3 卷，人民文学出版社 1981 年版，第 512 页。

置于高度仅次于毛泽东位置的神坛。鲁迅的话就是真理。李泽厚先生巧妙地利用僵化的思想所一致认可的神灵，去打破当时文学领域尚处于僵化的状态。这在当时确实是有意义的。其实，上引那段话并不能代表鲁迅对中国文学自觉问题的看法。鲁迅先生实际上是引了日本著名汉学家铃木虎雄的话，来说明这一时期文风的转变而已。20 世纪初叶，日本汉学家铃木虎雄提出魏晋时代是中国文学的觉醒时代。1920 年他在日本刊物《艺文》上发表的《魏晋南北朝时代的文学论》一文，首先提出此说，此文后又收入他的《支那诗论史》一书，该书1925 年由日本弘文堂书房出版。鲁迅 1927 年 9 月在广州夏期学术讲演会讲的《魏晋风度及文章与药及酒之关系》中引述了铃木虎雄的话，只是文中未提到是谁说的（鲁迅此文是他人所记录，是否记录遗漏，也未可知）。但李泽厚先生引述时删去了比较重要的一句话，同时去掉了"文学的自觉时代"的引号，就更容易引起人的误解。鲁迅先生原文是：

> 用近代的文学眼光看来，曹丕的一个时代可以说是"文学的自觉时代"。或如近代所说是为了艺术而艺术的一派。[1]

一个月之后鲁迅先生在上海劳动大学以"关于知识阶级"为题的学术讲演中说：

> 现在比较安全一点的，还有一条路，是不做时评而做艺术家。要为艺术而艺术。住在"象牙之塔"里，目下自然要比别处平安。[2]

1932 年他在北京大学第二院讲的"帮忙文学与帮闲文学"中又说：

> 今日文学最巧妙地有所谓为艺术而艺术派。这一派在五四运动时代，确实是革命的，因为当时是向"文以载道"说进攻的，但现在却连反抗性

---

[1]　鲁迅：《魏晋风度及文章与药及酒之关系》，《鲁迅全集》第 3 卷，人民文学出版社 1981 年版，第 512 页。

[2]　鲁迅：《集外集拾遗补编》，《鲁迅全集》第 8 卷，人民文学出版社 1981 年版，第 192 页。

都没有了。不但没有反抗性，而且压制新文学的发生。对社会不敢批评，也不能反抗，若反抗，便说对不起艺术。①

他在 1933 年发表的《我怎样做起小说来》一文中说，他"将'为艺术的艺术'，看作不过是'消闲'的新式的别号"②。在这篇文章里鲁迅也明确地说："我仍然抱十年前的'启蒙主义'，以为必须是'为人生'，而且要改良这人生。"由 1933 年向前推十年，为 1923 年，在鲁迅作《魏晋风度及文章与药及酒之关系》报告之前四年。这十年当中，鲁迅的文学观念并没有变。可见，他说那段话时开头说"用近代的文学眼光看来"，并将"文学的自觉时代"加了引号，同时又进一步加以解释："或如近代所说，是为艺术而艺术的一派。"则鲁迅并不认为这种转变是文学史上有多大意义的变化，充其量不过是说明文风的转变而已；如果联系对曹丕以后"以孝治天下"的评论，似乎多少还反映了对这种文风不以为然的看法。

李泽厚先生认为"在汉代，文学与经术没有分家"，也并不合乎事实。辞赋、乐府诗、五言诗都是纯文学作品，《毛诗序》、刘向《离骚传》及《淮南子》《论衡》中不少篇章，从刘向至王逸完成的《楚辞章句》，也都是文学研究的论著。文学与经学是否分家，同"文学"这个词在汉代的含义是什么是两回事，本文第二部分已经说过。至于说贾谊、司马迁、班固、张衡"不是作为文学家而是作为政治家、大臣、史官等等身份而有其地位和名声的"这一点，其实中国古代有成就的诗人、作家差不多都是首先希望实现政治理想，理想达不到，才将心思放在文学创作上，曹植、陶渊明、李白、杜甫、韩愈、柳宗元、苏轼等莫不如此。即如曹雪芹，虽然看来没有做什么官，但也自己觉得"无材可去补苍天"，才写出"亲自经历一段陈迹故事"（《红楼梦》第一回）。但是，我国从先秦至汉代，也不是没有专业的文艺人才。《国语·周语》载"天子听政，使公卿至于列士献诗，瞽献曲"及"瞍赋、矇诵"之事。司马迁在《报任安书》中说："左丘失明，厥有《国语》。"先秦时代瞽史就是依据史书的线索

---

① 鲁迅：《集外集拾遗》，《鲁迅全集》第 7 卷，人民文学出版社 1981 年版，第 338 页。
② 鲁迅：《南腔北调集》，《鲁迅全集》第 4 卷，人民文学出版社 1981 年版，第 512 页。

讲历史故事，吸收一些民间传说，又经过合理想象，讲得绘声绘色，人物形象生动。就故事梗概来说是历史，就其细节描写和生动的语言表现来说是文学作品，《左氏春秋》同后来之讲史性质相近，只是在人物、事件、时间、地点这些叙事要素方面依据历史的记载，不凭空编造而已。瞍矇搜集古代议对、辞令中的嘉言善语，加以适当剪裁而诵读给国君、卿大夫，他们也是专门的文艺人才。还有俳优，他们收集民间流传的笑话、寓言和传说故事，加以改编，成为情节生动的故事和可以诵说的俗赋，而讲诵给人主和贵族们听，也同样是专门的文艺人才。他们搜集素材，在进行选择、裁剪和语言方面的必要加工中，实际上已进行了文学作品的改编或曰创作的工作。至于屈原被放逐之后，离开朝廷中的职务，也就同陶渊明、李白、杜甫失去职务时的情形一样，成了"专业"的诗人了。他根据朝廷祭祀歌舞词而创作的《九歌》中的《东皇太一》《云中君》《大司命》《少司命》《东君》等，搜集沅湘一带的民间歌舞词而创作的《湘君》《湘夫人》等[①]，以及被放逐之时所创作的大量作品，无论如何可以算得上所谓"专业作家"了。宋玉在朝时所作的《高唐赋》《神女赋》《风赋》《钓赋》《对楚王问》，在受谗去职之后所作的《九辩》《悲回风》，也都有很高的文学价值[②]。他同汉代的枚乘、司马相如、枚皋等，基本上都是文学侍臣，把他们看作作家，应没有多大的问题。

李泽厚先生为了使"魏晋为文的自觉"之说有更大的支撑力，主张中国封建社会是由魏晋时代开始的[③]。他在《美的历程·魏晋风度》部分有"人的主

① 《楚辞·九歌》大部分是屈原在兰台供职时所作，故风格比较轻快，同被放时所作忧愁忧思的作品情调迥异。但距近几十年在湖北江陵、荆门出土楚简中所反映楚人祭祀的神灵，有的与《九歌》中神灵可以对应，但名称稍异，还有些如后土及楚先王等都不见于《楚辞·九歌》，而屈原在青年时所写祭祀歌舞词，不可能不歌颂楚先王。所以，可以肯定今存《九歌》是不全的。

② 收入《楚辞·九章》的《悲回风》，其末一段说："浮江淮而入海兮，从子胥而自适。望大河之洲诸兮，悲申徒之抗迹。骤谏君之不听兮，重任石之何益？"由"浮江淮"之句看出是楚都迁于淮河流域的郢陈之后的作品，而其末二句显然不可能是屈原所说，前人以此二句为屈原夫子自道，大误。明许学夷《诗源辩体》卷二以疑非屈原作。看其内容与所表现的思想情绪，与宋玉《九辩》同，应是宋玉所作。

③ 中国封建社会的开始，大部分学者同意郭沫若的观点，主张开始于战国时代。因为春秋时代礼崩乐坏，诸侯争霸，周天子失去至高无上的权力，等同诸侯，社会变化十分剧烈，战国之时各国进行变法，卿大夫专权，士人走上政治舞台，自耕农大大增加。翦伯赞、范文澜、杨向奎、王玉哲、徐仲舒等主张中国封建社会开始于西周时代，认为西周一般已不用人殉葬和祭祀，已存在封建土地所有制，农夫有生产资料。李亚农、唐兰均主张开始于春秋时代，认为周宣王的"不籍千亩"就是解放奴隶，废止奴隶生产。另外金景芳认为始于秦统一以后，侯外庐主张始于秦汉之际，周谷城认为始于东汉，尚钺、王仲荦主张始于魏晋，均提出一些理由。然而以为始于魏晋，估计过迟，且也根据不足。

题”一节，其中说：

> 从东汉末年到魏晋，这种意识形态领域内的新思潮即所谓新的世界观
> 人生观，和反映在文艺 —— 美学上的同一思潮的基本特征，是甚么呢？
> 简单说来，这就是人的觉醒。它恰好成为从奴隶社会逐渐脱身出来的
> 一种历史前进的音响。①

文中列举了《古诗十九首》《苏李诗》及曹操、曹丕、曹植、阮籍一直至
陶渊明等人诗中忧生叹老的诗句，来说明他们“对人生、生命、命运、生活
的强烈的欲求和留恋”，“而它们正是在对原来占据统治地位的奴隶制意识形
态 —— 从经术到宿命、从鬼神迷信到道德节操的怀疑和否定基础上产生出来
的”。“又由于它不再停留在东汉时代的道德、操守、儒学、气节的品评，于是
人的才情、气质、格调、风貌、性分、能力便成了重点所在。”②

李泽厚先生所列举这些确实反映了这个时代社会风气的变化，鲁迅先生在
他的《魏晋风度及文章与药及酒之关系》一文对这些也有详细的论述。但似乎
鲁迅先生对有关现象的分析更为透彻，而不是就皮毛发议论。如鲁迅先生谈到
阮籍时说：

> 然而他还有一个原因，就是他的饮酒不独于他的思想，大半倒在环
> 境。其时司马氏已想篡权，而阮籍名声很大，所以他讲话就极难，只好多
> 饮酒，少讲话，而且即使讲话讲错了，也可以借酒得到人的原谅。③

并说孔融、嵇康等反对礼教，“但其实不过是态度，至于他们的本心，恐怕倒
是相信礼教，当作宝贝，比曹操、司马懿们要迂执得多”。这样看来，东汉末
年的忧生叹老，因为生于乱世；魏晋之际文人士大夫种种思想、作风变化，是
同当时的形势有关，掌权者或准备篡位者在努力淡化人们的忠贞、节操观念，

---

① 李泽厚：《美的历程》，中国社会科学出版社 1984 年版，第 107—108 页。
② 李泽厚：《美的历程》，中国社会科学出版社 1984 年版，第 110—114 页。
③ 鲁迅：《鲁迅全集》第 3 卷，人民文学出版社 1981 年版，第 511 页。

士大夫动不动就获罪，所以有些人愤激而反常，正话反说，有些人则一醉而不问是非，有些又高谈玄理，不关世事。我以为这不是人性的觉醒，而是人性的消沉，有的甚至由消沉而堕落。所以，以此为"人的觉醒"，以支持魏晋为"文的觉醒"的观点，是不能成立的。至于说到迷信，从东汉时佛教传入，魏晋大盛；道教形成，魏晋时开始也在上层社会流行。虽然佛教经典的传入对中国古代哲学、语言、艺术以至思维方式都有相当大的影响，但朝野上下热衷于佛、道，至于佞佛、佞道，恐怕也要算是宿命论泛滥的迷信时代了。

其实李泽厚先生所举那些忧生叹老的思想，在西汉以前也不是没有。《诗经·唐风·蟋蟀》中说：

蟋蟀在堂，岁聿其莫（暮）。今我不乐，日月其除。无已大康，职思其居。①

第二章言"岁聿其逝""日月其迈"，第三章言"日月其慆""职思其忧。"《唐风·山有枢》中说：

子有衣裳，弗曳弗娄。子有车马，弗驰弗驱。宛其死矣，他人是愉。②

第二、三章说廷内、钟鼓、酒食之乐。又《秦风·车邻》说：

今者不乐，逝者其耋。③

也都表现了惜时叹老、人生苦短的思想情绪。至于如曹操这类英雄人物或政治

---

① （宋）朱熹：《诗集传·唐风·蟋蟀》注："除，去也。大康，过于乐也。职，主也。"其解释诗义云："而今言蟋蟀在堂，而岁忽已晚矣。当此之时而不为乐，则日月将舍我而去矣。"上海古籍出版社1980年版，第68页。

② （宋）朱熹：《诗集传·唐风·山有枢》注："此诗盖以答前篇之意而解其忧。……盖言不可不及时为乐、然其忧愈深而意愈蹙矣。"上海古籍出版社1980年版，第69页。

③ （宋）朱熹：《诗集传·秦风·车邻》注："八十曰耋。……既见君子、则并坐鼓瑟矣。失今不乐、则逝者其耋矣。"上海古籍出版社1980年版，第74页。

家因壮志难酬而叹时光易逝的思想，也同样在春秋时代作品中可以看到。《尚书·秦誓》中说：

> 我心之忧，日月逾迈，若弗云来。①

屈原的《离骚》中也说：

> 日月忽其不淹兮，春与秋其代序。惟草木之零落兮，恐美人之迟暮！
> 忽驰骛以追逐兮，非余心之所急。老冉冉其将至兮，恐修名之不立！②

一般文人也会因一事无成而产生这种感慨。如宋玉的《九辩》中说：

> 岁忽忽而遒尽兮，恐余寿之弗将。悼余生之不时兮，逢此世之俇攘。③

又《悲回风》中说：

> 岁曶曶其若颓兮，时亦冉冉而将至。薠蘅槁而节离兮，芳以歇而不比。④

看来这种"人的觉醒"在先秦时代已经发生了。

也有些学者主张文学的自觉时代在汉代，或确定在汉武帝时代。这自然是有一定道理的。因为事物的发展总是曲折的、复杂的，并不是各方面按比例齐头并进。这一方面前进了，也可能在另外一方面又后退了；另外方面发展了、前进了，说不定在这方面又因某些原因而后退了。汉代文士的兴起，经生的文士化，汉赋创作上取得的成绩等，都表明汉代文学在观念上确实在某些方面有较大的发展。但是，汉代在中央集权和"独尊儒术"思想的统治下，西汉赋基

---

① （春秋）孔子著，黄怀信注：《尚书注训》，齐鲁书社 2002 年版，第 411 页。
② （汉）王逸撰，黄灵庚点校：《楚辞章句》，上海古籍出版社 2017 年版，第 2 页。
③ （汉）王逸撰，黄灵庚点校：《楚辞章句》，上海古籍出版社 2017 年版，第 191 页。
④ （汉）王逸撰，黄灵庚点校：《楚辞章句》，上海古籍出版社 2017 年版，第 138 页。

本上成了为统治阶级歌功颂德的东西，作为汉赋代表的骋辞大赋主要以宫苑、田猎、巡幸为题材。当然，这些赋反映了大汉帝国的统一强盛，体现了一种积极向上的精神，但它对社会的反映不够全面。也有些文人抒怀之作，但多用骚赋的形式，继承了楚辞的传统，而且在西汉时代，这个声音是很微弱的。从这个角度说，正是在西汉时代文学方向有些迷失。可以说，汉代文学在东西汉之间才有所清醒，到建安时代才完全振作起来。而且像司马相如那样的作品，先秦时代宋玉的《高唐赋》《神女赋》《风赋》《钓赋》是绝对可与之相比的。

就衡量文学是否自觉的一些关键因素说，先秦时代已经具备，有的地方似乎比汉代还强一些。

首先，从创作观念上说，屈原继承和发展了传统的"诗言志"的理论，提到"发愤抒情"说，明确摆脱一切思想的桎梏，以抒发个人情感为目的。这比起汉代依附于王侯，尤其以帝王生活、朝廷活动为中心，"劝百讽一"或歌功颂德的创作主流，显得清醒得多。

其次，西周末年诗人尹吉甫、召穆公、张仲、南仲等人有大体一致的创作主题和创作风格，有时在宴饮中赋诗，也有互相赠诗的情况，实际已形成了作家群①。至战国之末，屈原及宋玉、唐勒、景瑳（一作景差）、庄辛等，也形成了一个创作流派和作家群。宣王功臣之间的互相赠诗，景瑳等通过作品表示对屈原的怀念，表现了同时代作家创作上的交流和对前辈作家精神与作风的继承。这些都反映出文学创作上的自觉。

最后，先秦时代产生了大量的文学作品。《诗经》《楚辞》《左氏春秋》和《国语》中的《晋语》《吴语》《越语》这些生动的讲史，屈原、宋玉的辞赋，《韩非子》中的《储说》《说林》所收录的大量寓言作品，不仅说明了当时文学创作的成就，也反映了文学体裁意识的增强。前面已经谈到，《诗经》一书用了二级分类的方法，《国语》中也只收两类作品：一类为古代相传的嘉言善语，一类为讲史的故事。这些都是瞽史讲诵的内容，诗歌和其他纯粹历史文献不在其中，《韩非子》中的《储说》因其篇幅太大，分为内外、左右、上下，其实是一部书，所收全为寓言故事。其开头将各篇以提要形式编目，以便记忆检

---

① 赵逵夫：《周宣王中兴功臣诗考论》，《中华文史论丛》第 55 辑，上海古籍出版社 1996 年版。

索，是后代目录学之始。这当中也没有诗歌、散文、讲史之类，则其体裁观念十分明确。从这些方面来说，先秦时代的文学是自觉了的。尤其屈原的《离骚》，李泽厚先生在《美的历程》一书中说：

> 《离骚》把最为生动鲜艳、只有在原始神话中才能出现的那种无羁而多义的浪漫想象，与最为炽热深沉、只有在理性觉醒时刻才能有的个体人格和情操，最完满地溶化成了有机整体。由是，它开创了中国抒情诗的真正光辉的起点和无可比拟的典范。①

这样的作品如果说是在文学尚未自觉的情况下完成的，无论如何是说不过去的。李泽厚先生也说，诗中表现的个人人格与情操，是"只有在理性觉醒时刻才有的"。

先秦时代也产生了一些有关文学尤其是关于诗学创作、批评、接受的理论。有的学者说先秦之时没有文学理论方面的著作。对于这种现象形成的原因，上文已经说过。有的学者说先秦之时也不是完全没有关于文学的著作。《诗大序》过去被认为完全是汉人的观念。上博简中的《孔子论诗》，则无论如何总是春秋末年所传。由之想到《礼记·乐记》，原二十三篇，今存十一篇，看来本是一部篇幅不小的论乐的专著，其中有些问题同诗歌的创作、欣赏、批评等有关。中国古代认为诗同音乐关系最大，这是中国古代诗歌的抒情性质所决定的。

由于以上的原因，认为屈原的时代中国文学尚未自觉，是说不过去的。

我们这样说并不是主张中国文学的自觉就在战国之末。文学的自觉并不像某一种政治行为，宣布从某年某月"已进入某某新时代"，在权力范围之内大家便都承认进入到这个"新时代"。文学的发展是由很多作家在相当长时间中持续的创作活动及很多理论家、思想家的持续探索和理论建树体现出来的，这些都有一个在前人的基础上不断发展、推进的问题。所以，这个由不自觉到自觉的时间较长，我们认为是从西周末年至战国末年这段时间完成的。

---

① 李泽厚：《美的历程》，中国社会科学出版社 1984 年版，第 84 页。

　　由于中国文学从西周末年开始逐渐走向自觉，所以在这个阶段中文学尤其是诗学的方面出现了不少十分深刻的见解。两千多年来中国文学发展的历史证明，这些见解虽然不是通过长篇大论的论证提出的，却接触到一些基本的理论问题，其观点十分深刻，也产生了深刻的影响。

　　我们只有在全面整理先秦时代有关文学思想、文学理论、文学批评资料的基础上，认识先秦时代文论的体系。我们认为先秦各家的文学思想各有特色，在某些方面看来有时是两家针锋相对，但其实在基本体系上是有共同性的。

　　关于先秦时代文论材料的钩稽，自陈钟凡先生以来，郭绍虞、方孝岳、罗根泽、朱东润、傅庚生等先生都做过一些工作，只是未编著成书，而只体现在他们的著作中。罗根泽先生在其《中国文学批评史·序》中说，他是"先辑《文学批评论集》，再作文学批评史"。其他学者也应一样。不从经、史、子、集各种书中钩稽有关论述，史的工作便无法进行。虽然后继者对此前学者所辑有所承袭，但也必然有自己的发掘与阐释，不然就不会有新的拓展和推进。第一次系统辑录并出版的先秦文论，是郭绍虞先生主编的《中国历代文论选》（三册，上册中华书局 1962 年版）。后郭先生又同王文生先生一起增订为四册（第一册为先秦至南北朝部分，上海古籍出版社 1978 年版）。张少康、卢永麟先生编选的《先秦两汉文论选》（人民文学出版社 1996 年版）则总结数十年来先秦文论、文学批评研究的成果，在辑录的数量上大大超过了前者。这部书继顾易生、蒋凡先生《先秦两汉文学批评史》（上海古籍出版社 1990 年版）一书问世，进一步推动了先秦文论、文学思想、文学批评的研究。

　　先秦时代是中华民族精神的形成时期，也是中国文学理论的奠基时期。我国传统文论的基本特征和一些基本范畴、基本概念，有的是先秦时期形成的，有的则是从先秦艺术、哲学、军事学等有关理论、概念发展演变而来。我们要建设中国自己的文学理论体系，必须弄清我国古代文学批评、文学理论、文学思想的状况及其根源流变；而要做到这些，就得对先秦有关文学批评、文学理论、文学思想的状况有全面的了解。因此，我们决定编一部先秦文论全编，并对所收材料全部加以注解，尤其对牵扯到文艺问题的词语、概念详加辨析，所以，名之为《先秦文论全编要诠》。在我们的书编成之后见到福建师大郭丹先生主编的《先秦两汉文论全编》（江苏教育出版社 2001 年版），其所收范围同张少康、卢永麟先生的《先秦两汉文论选》基本一致，而篇幅较之略小。我们觉得还是有必要将我们的东西奉献出来，供学界朋友参考。

关于文论材料的辑录，看起来是抄现成的东西，其实也反映着辑录者的思想、看法。除了那些明显论述文学理论、文学阐释、批评及反映文学思想的文字之外，有些材料因为辑录者的观察角度不同、理解不同，取舍上也会有所不同。所以，尽管本书力求搜罗齐全，无所遗漏，但也有他书录而本书不录、他书全录而本书加以删节者。在主观上，我们一方面力求齐全，另一方面希望它更为精粹。

虽然我们在体例、选文、说明、注释等方面都尽了努力，但肯定还有错误和不足之处，希望得到学界同仁的批评指正。

刘洁、延娟芹主编：《中国古代文学与西北地域文化》，为甘肃省古代文学学会第三届年会暨西北地域文化与古代少数民族文学学术研讨会论文集，中国社会科学出版社 2015 年版。

刘洁，女，1963 年生，辽宁黑山人。大学本科学历，文学学士，教育硕士。现为西北民族大学文学院院长、教授、硕士生导师。中国少数民族文学学会理事、甘肃省古代文学学会常务理事。

延展对先秦散文体的认识
——《春秋辞令文体研究》序

一部中国文学史，秦汉以后二千二百多年中作家的情况、作品的时代及整体的发展状况，都比较清楚，而先秦一段，大部分的文学史著作不以时代先后为序来叙述，而是以"历史散文"、《诗经》、"诸子散文"、《楚辞》为单位来叙述，有的在前面加上"神话与原始歌谣"。学者们的研究一般也是按以上四个方面，少有划成若干时间单元而论述者。所以，可以说先秦文学的研究基本上是用了一种"囫囵研究法"，文学史的论述也大体处于一种混沌状况。而战国以前的先秦文学即使只算到夏代，也有一千八百多年历史，现在很多文学史的描述，未能较清晰地反映出先秦文学在这一千八百多年中的发展进程。

不仅如此，因为对先秦文学的发展不清楚，故对一些文体形成时代的认识，也便模糊不清。我国古代各种文体中产生最早的是诗歌[1]，这是没有问题的。但对散文各种文体的形成，看法就有较大分歧。如谈到论辩之文，姚鼐《古文辞类纂·序目》云："论辩者，盖原于古之诸子，各以所学著书昭后世。"后代学者多从之。但诸子之书，最早为春秋末年的《老子》和《孙子》。至于《论语》一书，虽为孔子的言论，但从文体学的角度来说，为弟子、门人所记述，还不能说形成于春秋时。就《老子》一书来说，前人以为老子所亲著[2]，而马王堆帛书《老子》和郭店楚简《老子》先后证明《老子》一书在流传中曾经战国时人的修改，因之，一些学者主张将《老子》也置于战国时代。《左传》

---

[1] 诗歌之中产生最早的音乐歌词是与舞蹈结合在一起的形式，如《葛天氏之歌》，稍后有祠神仪式中用的诵词，如见于《山海经·大荒北经》的"神北行！先除水道，后决沟渎"。

[2] 《史记·老子韩非列传》：言老子至关（散关）"乃著书上下篇，言道德之意五千余言而去"。

《国语》二书学者们是看作"历史散文"的，归于叙事一类。因此，把古代散文中的议论文的形成同先秦诸子捆绑在一起，其上限便只能到战国初年。

这当中有两个问题应该弄清。第一个问题，包括儒、墨、道、法、兵、名、农、杂、阴阳、纵横等在内的先秦诸子是怎么产生的？是在春秋末年凭空产生出来的，还是在此前有各种思想倾向的思想家，留下了他们的一些著作、言论，老聃、孔丘、墨翟、孙武等在继承了他们学说的基础上，当春秋战国之时，王室衰微，天下大乱，礼崩乐坏之际，提出了自己治理天下的理论？关于此，班固在《汉书·艺文志·诸子略》中提出了自己的看法，以为各有所出。班固之说反映了一定的事实，但并不准确，如他以为儒家出于司徒之官，道家出于史官，便有问题。自然，从儒者最早的职业来说，近于掌礼之官，但其发展为一个影响了中国文化两千多年的思想学派，显然是继承了周公旦以来主张以礼乐治天下的各种学说而形成的。就周公来说，留下的论著有的传至今日（《尚书》中的《无逸》等可以证明）。道家出于守藏之史，因为老子本为守藏史，所以班固之说也反映了一定的事实。但文献中记载老子学于容成，根据饶宗颐先生的看法，马王堆汉墓出土帛书《十问》有黄帝问于容成，可能即《容成子》中的一章[1]，《庄子·则阳》中也有《容成子》遗文。恩格斯曾科学地指出了马克思主义的三个来源，而并未说只是出于某一家，因为任何思想创新总是在对前代留下的思想资源做新的综合、归纳的基础上完成的，有创必有因。正如王国维论古代文学所说："最工之文学，非徒善创，亦且善因。"[2] 那么，我们要弄清先秦诸子发展的过程，也就必须要考察它以前有关思想家的论述；要弄清先秦议论文的形成、发展的状况，也就不必以先秦诸子为限。

第二个问题，学者们认为《左传》《国语》都成书于战国时代。但其所记一些思想家、政治家的大段论述究竟是《左传》《国语》的编者根据自己对这些人物的理解认识悬想而写成，还是属于这些思想家、政治家的论述？也就是说它们是编者的创作，还是史官依据有关文献，根据需要剪裁而编入？历代评点《左传》《国语》者，多为文章家，好用启承转合等评时文的一套去评点其

---

① 饶宗颐讲演：《中国宗教思想史新页》，北京大学出版社 2000 年版，第 3 页。
② 王国维原著，佛雏校辑：《新订〈人间词话〉 广〈人间词话〉》，华东师范大学出版社 1990 年版，第 100 页。

中的一些段落，或概括论述全书，因之，无形中将它们看作两书编者的手笔（后人多将编者与作者混为一谈）。这其实也是一个误解。《左传》一书乃是鲁国瞽史左丘明根据鲁史所编述的春秋时历史故事，通过讲述历代成败兴亡，反映了他的崇礼尚德和有道而兴、无道而亡的思想，作为国君治国的借鉴。司马光纂《资治通鉴》而上继《左氏春秋》，乃是其卓识：二书体例上稍有区别，而编纂目的和历史作用完全一样。其不同处，是因为《左氏春秋》脱胎于鲁史《春秋》，故于春秋时诸侯间聘问、赴告、结盟等记载较多，显示着时间的框架，再者在当时书写工具不太方便的情况下，它主要由瞽史向君主、卿大夫讲述，故对某些情节的描述十分细致生动；《资治通鉴》一书则因为产生于纸张和印刷术产生之后，又是在各种史料的基础上综合而成，故历史概括性强，对于事件的叙述在于充分体现编者的学术主张，故显得较为均衡。二者的差异主要是由于社会历史方面的原因。所以说，《左氏春秋》是以历史记载为框架，而用文学的手法丰富了一些细节，它所反映的人物、事件、时间、地点和所引述的一些历史文献及重要论述是有历史依据的。以往的一些历史学家将《左传》中所写细节也作为论史的依据，是错误的；现在一些文学史家以为其中所写人物、事件、时间、地点及各种辞令全是虚构，也是错误的。我们不能在做历史研究与做文学研究时拿不同的两条标准来对待《左传》这一部书。

　　《国语》一书情形与《左氏春秋》相近，而其中的《周语》《鲁语》《楚语》皆为记言的文字，所录存往哲前贤之"语"。"语"是当时一种特殊的文体。《说文》："语，论也。"正说明了这种文体的性质。《国语·楚语上》载，申叔时论王太子教育中的九种教材说："教之语，使明其德，而知先王之务用明德于民也。"《春秋事语》和《国语》中记言的部分皆属此类。《国语》之名为"语"正是就这一部分而言的。这些议论文字一部分是谏说人主或大臣的，一部分是外交辞令，还有一部分是借生活中某些事阐发自己做人、持事、行事及处理个人同国家、他人的关系，以至天人关系的态度及理论依据，或者正面讲述自己在某些事情上的观点。西周自周公开始将天命与个人修养、德行联系起来，又重礼，强调人与人的关系，也引夏商事例以阐发，形成联系古代引经据典以论事的文风，贵族总讲究在个人行事中不断维护和完善这种社会伦理与思想体系，此即所谓"立言"。而《国语》中的《齐语》《晋语》《郑语》《吴语》

《越语》则是瞽史讲述历史事件的记录稿，其形式与《左氏春秋》一样，而其中的一些辞令也同样是流传有自，非编者凭空想象写成。就与《左传》中共同记载的辞令而言，有的某一方面是摘录，或两书所载都是摘录，各有删节，但都应是来自原文，应反映着原文的思想和语言的基本风格，其完整者，也反映着原文的结构。

自然，在《左传》和《国语》的《齐语》《晋语》《郑语》《吴语》《越语》中，有瞽史根据事件的梗概与人物的思想虚构的对话，但这些就每个人的发言说，都比较短，少有长篇大论。而本来为独立的辞令应用文被录入书中者，一般有以下几个特征：（一）篇幅较长；（二）结构较完整；（三）书面语言的特征突出，多引经据典的情况。

这些论谏文字本为独立篇章，从《左传》《国语》叙述文字中也可以看出一些迹象。如《国语·楚语上》载，楚灵王城陈、蔡、不羹，"使仆大夫子晰问于申无宇"，下面接"对曰……"云云，以下有三百余字的议论，然后说"子晰复命，王曰"云云。则申无宇戍于申，不在都城，因而王命仆大夫子晰专程去征询意见，申无宇以书面呈辞上告于君，绝不敢随便以口信的方式复命。

《周礼·天官》云：

> 宰夫之职，掌治朝之法，……掌其禁令，叙群吏之治，以待宾客之令，诸臣之复，万民之逆。郑玄注："复之言报也，反也，反报于王，谓于朝廷奏事。自下而上曰逆，逆谓上书。"[①]

从书中与上下文的关系上来说，有两类情况：

一类是独立录入书中，与上下文没有关系。这一类有的还比较短，也不一定有上面所说的三个特征。这当中又有两种：一种如《左传》中的"君子曰"，全是摘录有关文献中的文字。第二种，引录其他嘉言善语，如《左传·闵公元年》录士蒍的话，以"士蒍曰"引卜偃的话，以"卜偃曰"引起，上下无所承。瞽史或编者为了情节连贯，往往将这些本来是独立成篇的文章，也处理得

---

① 《十三经注疏》，上海古籍出版社 1997 年版，第 655 页。

同于当面的对话。这样一来，故事情节更为紧凑，也增加了矛盾冲突性与戏剧性。比如《国语·周语上》载《邵公谏厉王弭谤》开头说：

> 厉王虐，国人谤王。邵公告王曰："民不堪命矣。"王怒，得卫巫，使监谤者，以告，则杀之。国人莫敢言，道路以目。王喜，告邵公曰："吾能弭谤矣，乃不敢言。"①

　　然后是"邵公曰：'是障之也。'"这"是障之也"四字，今天都是作为正文的组成部分标点，与下文连在一起的，当然，事实上也只能这样标点。但细心研究全文，这四字乃是瞽史或编者概括讲述者原文之意，以领起所引述原文。如果剥离了瞽史或编者所加概括其大意的"是障之也"四字，则所引述乃是一篇完整的上书。灵王无道，国人侧目，应非一日之事，突然发生。邵穆公欲谏，也非突然想起，无所准备。邵公一定是经过了长时间的深思熟虑，在谏说方式以至语言方面都有所斟酌，他不会不写成书面东西，而去临时措辞；他是要考虑后果的。所以，这是一篇上书应毫无问题。这种情况在《左传》《国语》中不少。这一类所引录文字在开头都有类似于"是障之也"之类概括辞令大意或作者基本态度之语以衔接上文的简短文字，其特征是只表明要论说事情的基本态度，语言极简短。大体可分两类：一类即如上文所举邵公谏弭谤前面的"是障之也"，根据下面引录的辞令的内容概括其基本内容或基本态度，既考虑到叙事中的衔接，也考虑到辞令的内容；一类是只根据辞令中表现的态度用"可矣""是也""唯唯"之类，或"不可"，来承接上文，以下便是所引录的辞令。因为所录以谏阻文字较多，故最常见的衔接词语为"不可"。

　　《周礼·夏官》中又言"太仆掌诸侯之复逆"，小臣"掌三公及孤卿之复逆，御仆掌群吏之逆，及庶民之复，与其吊劳"。看来周代有专门负责掌管三公以下卿大夫上书的人，周代史官制度又健全，其中那些影响及朝政和对以后有主要借鉴意义的文献，也不会不予记载，不会不予保存。

　　为了叙述的方便，史官们将一些书面讨论的意见以对话的形式写出的情

---

① 徐元诰撰，王树民、沈长云点校：《国语集解》，中华书局 2002 年版，第 10—11 页。

形，不仅先秦时在瞽史讲述记录稿基础上形成的《国语》《左氏春秋》如此，后世史官也往往用此办法。严可均校辑《全上古三代秦汉三国六朝文》，要对前代史书中所载一些人物和议论文字有所判别，不能不进行细致的研究，因而，于此深有体会。该书《凡例》第四条中说：

> 史家语例，颇未画一。如《魏志》张既、王基千里陈事，不云书启。①

这就说得十分清楚。只是先秦时代瞽史讲述历史事件其目的主要在于供君主借鉴，在有益于世，重在明道崇德，辨别是非，对保留文献的完整性及独立著作的地位没有考虑，所以，以上情况会更多、更普遍一些。刘知幾《史通·申左》中说：

> 《左氏》述臧哀伯谏桓纳鼎，周内史美其谠言；王子朝告于诸侯，闵马父嘉其辨说。凡如此类，其数实多。斯盖当时发言，形于翰墨，立名不朽，播于他邦，而丘明仍其本语，就加编次，亦犹近代《史记》载乐毅、李斯之文，《汉书》录晁错、贾生之笔，寻其实也，岂是子长稿削、孟坚雌黄所构者哉？②

他真不愧为杰出的史学理论家，可谓一语破的，其价值超过很多陈陈相因的皇皇巨著。应该说，《左传》《国语》《春秋事语》中所录的一些文字，也有史官所记或论者事后追记的情况。古之"左史记言，右史记事"，非仅记国君之言、国君之事，卿大夫之言关乎国事、朝政者，虽简短言语，系主张所在，亦当书之。估计史官所书者文不会过长。而其事后补记者则同事先形诸简牍者情形差别不大。

多年来，我一直在思考先秦文献，尤其文学文献形成与流传中的一些问题。固然，旧的史学家以传说为信史，对传世文献缺乏科学分析，以后世文

---

① （清）严可均校辑：《全上古三代秦汉三国六朝文》，中华书局 1958 年版，第 3 页。
② （唐）刘知幾撰，（清）浦起龙释：《史通通释》，上海古籍出版社 1978 年版，第 419 页。

献的形成方式来理解上古文献，造成很多虚而不实、完全谬误的结论，问题很大。但 20 世纪 20 年代以来，学者们用实验主义的一套来研究人文科学，也是有问题的。这有点像"文革"当中打"反党""反革命分子"，一是只做有罪推论，二是株连。如果我们认真研究在疑古风弥漫情况下学术界的状况，也是：（一）只做"有罪推论"，不做"无罪推论"。只找疑点，忽略可以证明为先秦时文献的理由与证据。（二）株连。一篇中之一句、一段有问题，则全篇有问题；一部书中一篇有问题，则全书伪。因为用了这样的指导思想，判定了不少伪书，也使很多论著的时间被大大移后，甚至排除在先秦文献之外，不考虑先秦文献流传的具体情况，只从语言风格、词汇等判定时代，不可能不出现错误。

所以，对先秦时代一些篇章形成、一些著作成书情况的具体分析，还其历史的真实面貌，十分必要。我感到，这方面一些问题的解决对先秦文学、历史、哲学等的研究，都具有很大意义。只从文体学的方面来说，可能使我们的认识有一个大的转变。

董芬芬同志是我二十年前的学生，后来又在本校攻读硕士学位，在我的指导下完成学位论文。以后有一段时间赴埃及开罗大学访学，回来后又考为我的博士生。她到埃及一趟，思想上很受启发，看问题思路更为开阔。在中埃文化的比较中，她受到多方面的启迪。她对中国古代神话也有浓厚的兴趣。因为我在讲课中也提到一些先秦散文产生与文体形成方面的问题，她也感到很值得探索，她的学位论文选题便为"春秋辞令文体研究"。

我以为人类在步入文明的前夜便产生了文体，它的形成同所讲说的内容、对象有关，也同作者（讲话者）的身份有关。自人类社会形成，语言的交际逐渐趋于复杂化，便开始了文体的孕育。在氏族社会中，部落首领、部落联盟首领向部落成员讲话，便是谕告的滥觞，因为面对很多人，讲的又是对整个部落、部族有关的大事，而语气上或动员，或晓谕，或命令，同一般交际中的言语的表述无论在开头、结尾、层次还是语言风格上，都会有所不同。而氏族成员或氏族首领向部落首领或部落联盟首领的报告，总是关于局部的事情，或出于个人自身角度的观察，是否合于大局，不敢自信，只是以建议或提请考虑的语气提出，或者只是某种要求，因而其导入的话语，结尾的总括性及语气，也就有较大的差别。甚至于，在篇幅上，也会因表述者与接受者身份的不同和所表述内容的不同，有所差别。这样，事实上文体的区别已经形成，同我们今日之所谓文体的区别，只在于一为口头表达，一为书面语言而已。那么，可以肯定，在文字产生之后，我们今日所谓之文体便开始形成。在殷墟发现的甲骨文，已经是比较复杂的文字。台湾学者李孝定和大陆学者郭沫若、于省吾等先后提出，中国在 6000 年前已产生了文字。我们即使以较成熟的文字产生于公元前 30 世纪，则同今日文体相近的一些文体在尧舜时代即已产生。今日我们只看到刻在甲骨上的很简短的文字，但当时未必没有其他的书写工具，只是这些易朽坏的东西未能保存下来而已。甲骨上只刻有占卜文字，而《尚书》中却存有《盘庚》（上、中、下）那样长篇大论的东西。

当然，文体有一个逐步完善的过程，这个过程是同社会礼仪、风俗和语言的发展联系在一起的。而且，随着社会的发展，有的文体会消失、转变或合并，而有的则随着新的事物、新的社会活动的产生分化，同时也会有新的文体产生。我国成熟的戏剧创作至南宋以后才出现，较诗歌的产生迟三千多年，说明各个民族中不同文体的形成与发展是不一样的，并非平衡发展。我们也不能以各种重要文体是否都已产生为文体形成或成熟的起点。

但以上这些问题要通过细致的研究来做说明，而其中比较关键的是对春秋时代各种散文文体状况的认识。因为西周以前所留文献不多。《尚书》中的一些篇章，前代学者已有论述，《逸周书》中西周时代文献也可以例之以《尚书》加以确定；春秋时代的散文作品，按传统说法见于《国语》《左传》，而按今人的普遍看法，认为是战国时代产物，同时皆属"历史散文"，不可能再做分析。董芬芬同志的学位论文选取了春秋时代各种辞令来研究，原因即在此。其着眼点在"辞令"，而不是什么"历史散文"。那就是说，《国语》《左传》中包含有一些本是独立成篇的议论文、应用文等文体，论文就是要从这些具有文体意义的独立的篇章中，来考察当时文体的状况。关于当时的叙事作品，论文有涉及，因为就《左传》和《国语》中《晋语》《吴语》《越语》等来说，本是叙事的，是讲史类作品甚明，不必多言。

董芬芬同志用两年多的时间，于 2006 年初完成了论文。我觉得这部书无论内容上还是从方法上，都有不少创获。

第一，将春秋辞令分为盟、誓、诔、祝、国书、书牍、命令、论谏、议论、外交辞令十种文体，可以说是对散文文体中叙事文体之外主要文体的一个全面的分类。这自然主要是考虑到汉时散文文体存在的实际，但同时也上窥其源而下探其流。书中有几种文体联系到《尚书》甚至甲骨文、金文中的篇章，向下联系及战国甚至汉代的作品。作者以春秋时代辞令的几种文体作为古代文体发展的一环，而不是作为一种孤立的现象来考察；兼顾先秦时代文体形成发展的历史，对全面了解春秋时代文体的状况是有意义的。

第二，全面清理、钩稽春秋时代有关散文文体的材料，包括严可均以后地下出土的文字资料，并吸收学者们的有关研究成果，加以排比分析，既澄清了在春秋时代文体认识上模模糊糊甚至似是而非的观念，也开拓了先秦散文，尤其是春秋时代辞令研究的范围，加深了对春秋时代各种应用文体和议论文体的认识。比如过去人们读《左传》《国语》等，关于其中的盟辞，因为原文中往往随文叙出，多误为只是当时口头说说。本书引了侯马盟书、温县载书，说明了当时的盟书、誓词也是书之简册的。又引孙诒让《周礼正义》中所说："盖凡盟书，皆为数本，一本埋于坎，盟者各以一本归，而盟官复书其书而藏之。其正本藏天府及司盟之府，副本又别授六官，以防遗失，备检勘，慎重之至也。"按说《周礼正义》并非罕见之书，但近代以来以为经学著作中的一些说法不可靠，不予相信，而研究文学史者只看原文在人名后以"曰"字领起，以为只是口说而已。今将前人之说与考古材料相联系便一目了然。

第三，先从盟书、誓辞、诔文、祝祷辞、国书、书牍、命令这些特征明显，文献记载得较清楚及地下出土材料有所印证的文体入手论述，证明了春秋之时具有文体意义的独立篇章存在于"历史散文"中的事实，并广泛联系论证了它们的文体特征，为进一步论证《左传》《国语》等"历史散文"中存在一些具有独立文体意义的议论文字铺平了道路。

第四，由《文心雕龙》及其前、其后的古代文论著作和有关论述中钩稽有关先秦时代文体的论述，以与有关文本相对照，按古人的意识来认识、考察、清理这些文体，然后以今日之眼光加以阐释，做到既不强加于古人，又具有科学性。

我以为该书的意义不仅在文学史的方面，也关系到对春秋时代礼仪、制度、教育及各类人之间相互关系的认识，关系到对春秋时代一些历史事件、政治活动的理解。中国五千年光辉灿烂的文化不是一句空话，不能以后两千多年为实，前两千多年为虚。近几十年大量的考古为我们认识从我们的祖先敲开文明社会的大门到建立国家，提供了依据。根据李学勤等先生的研究，我国古代文明的形成大体经过了三个阶段：

（一）农耕聚落期（前7100—前5000年的彭头山、磁山、裴李岗、老官台、河姆渡等文化所反映，和前5000—前4000年的半坡、姜寨文化所反映）。

（二）中心聚落期（前3500年—前3000年间的仰韶后期、红山后期、大汶口后期、崧泽文化和良渚早期文化所反映）。

（三）早期国家文明和确立时期（前3000—前2000年夏王朝之前的方国崛起时期，大体上相当于考古学的龙山时代和古史传说中的颛顼、尧、舜、禹时期）。这个阶段，即都邑国家时期。[①]

从2004年开始，陕西省考古研究所对交陵县杨官寨的一处遗址进行发掘，发现了一个巨大的聚落遗址，最值得注意的是发现了聚落环壕，其作用与后代的城壕（古曰"池"，故通称城为"城池"）一样，为了防御敌人之入侵，便于防守。这环壕的周长约1945米，近四华里。孟子曰："三里之城，七里之郭，环而攻之而不胜。"（《孟子·公孙丑上》）则杨官寨城壕已与战国的城邑的规模相仿。此环壕宽6到9米，最宽处约13米，深2至3米。环壕西部发现一处门址，宽约2.7米。[②]就此形制而言，除没有城墙之外，其他同后代城池没有多大区别，即壕之深、宽而言，至明清时代一些县城的城壕也大体如此。专家们在门道两侧的壕沟堆积中出土了大量陶、骨、石器，器物大多成层分布。由这可以看出，这个聚落延续时间很久，可以说是一座具有悠久历史的古聚落。另外，我想到：挖这么深、这么宽、这么长的壕，挖出的土到哪去了？会不会堆在壕内形成了一道墙？因为壕内的圆比壕要小，如照原来土的密度堆，则其高度、宽度应大于壕的深度、宽度，而如通过夯筑，密度加大，则大体相等。而如城墙是减少了宽度而增了高度，那么，这已同后代城墙相近了。而这个聚落的时间属仰韶文化中期，距今6000到5000年，属于李学勤先生所说的中心

---

①　李学勤：《中国古代文明与国家形成研究》，云南人民出版社1997年版，第14—15页。

②　杨永林：《杨官寨：中国文明形成中的重要节点》，《光明日报》2009年1月12日。

聚落期。根据中国传说古史，应相当于炎黄时期。

　　我说这一些的目的，是要说明我们对中国古代文化发展的认识，要有一个转变，应更清晰地去认识它的形成发展过程。与之相应，关于中国古代文学、文体的形成、发展，也应做些细致深入、全面的研究，而不能用"囫囵叙述法"，使它永远处于混沌状态。因此，我认为董芬芬同志此书，会引起学者们的兴趣。我更希望学者们对其中一些问题进行讨论，即使是提出否定性意见，也有益于我们在认识上的推进。学术只有在讨论中可以发展。是为序。

己丑年正月初一

于珠海暨南花园

　　董芬芬：《春秋辞令文体研究》，上海古籍出版社 2012 年版。

　　董芬芬，女，1968 年生，甘肃庄浪人。2006 年毕业于西北师范大学，获文学博士学位。现为西北师范大学文学院教授、博士生导师，甘肃省先秦文学与文化研究中心《先秦文学与文化》责任编辑。在《文学遗产》等刊物发表论文数十篇。

《礼记》的当代价值与文献研究
——《〈礼记〉成书考》序

　　《礼记》一书，自唐代初年李世民命孔颖达撰《五经正义》列入经书之中，取代了《仪礼》自战国以来在儒家经典中不祧之祖的地位，虽然不久所定科举考试的明经科增加了《仪礼》《周礼》，且以后的学者仍以《仪礼》《周礼》为"经"，而以《礼记》为"记"，地位同于"传"，但《礼记》在儒家经书中再未被排除过①。至清康熙皇帝的《御纂七经》（包括《易》《诗》《书》《春秋》《周礼》《仪礼》《礼记》），连东汉时通行的"七经"中已经列入的《论语》《孝经》，以及唐代明经科"九经"以来的"十一经""十二经""十三经"皆包括在内的"《春秋》三传"都删去了，却保留了《礼记》。我以为唐太宗和康熙皇帝这两位皇帝都看重《礼记》这部书，实在表现了他们既具雄才大略又重文教的不凡眼光。但另一方面，也因为《礼记》被列入"十三经"，很多人

_____

　　① 先秦时称儒家经典为"六经"，指《诗》《书》《礼》《乐》《易》《春秋》（见《庄子》的《天运》《天下》。《徐无鬼》中也提到《诗》《书》《礼》《乐》）。但《乐经》失传，故西汉自武帝始只列五经博士。东汉时增《论语》《公羊传》（见东汉《一字石经》。或曰增《孝经》），成"七经"，故谢承《后汉记》曰："典学孔子七经。"（范晔《后汉书·赵典传》注引）初唐颁布《五经正义》，以《礼记》为经；不久所制定科举考试科，明经科有《易》《诗》《书》《仪礼》《周礼》《礼记》《春秋左传》《春秋公羊传》《春秋谷梁传》，称为"九经"。《春秋》扩充为"三经"（经文在其中），而《仪礼》《周礼》恢复了经书的地位。由于唐朝李世民认老子李耳为始祖，尊崇道教，故冷落了《论语》《孝经》，将其排除在经书之外。唐玄宗亲注《孝经》，唐文宗开成二年（837）刻十二经，在原九经之外，增入《论语》《孝经》《尔雅》（以《尔雅》中广释诸经中词语，为最早的训诂书，可以统一诸经的训释）。五代后蜀孟昶之相毋昭裔据唐开成石经镌刻九经，至宋代，将以前曾列入经书之各书全部纳入，增加《孟子》成"十三经"。大抵各时代之去取，均有政治上、社会风气上的原因，此处不多说。而《礼记》自初唐入"五经"之后，虽时间不长，《仪礼》《周礼》补入，学者们一直视《仪礼》《周礼》为经，而以《礼记》为"记"，但再未被排除在儒家经书之外。

便把它看得很神秘、很艰深，认为这部书所讲理论距现实生活、距自己很远。尤其，经学之中，礼学又被一些人说为"绝学"，强调从事礼学研究一定得有"师承"，无师承者不得其门而入，入之也不得其道而出。以此之故，多不敢涉足此领域。我以为，今天我们应该扭转对《礼记》这部书的看法，把它从"经书"的神位上请下来，让它同一般的文化典籍一样，让人们随意去接近它、了解它，批判其中所包含的封建思想、宗法观念，而继承、吸收我们的祖先在千百年中形成的伦理道德、人生经验，丰富我们的思想，和谐人与人的关系，纯洁和美化我们的行为、言语，建设与 21 世纪世界潮流相合又体现中华民族优秀文化传统的社会风尚。

儒家从孔子而成为先秦时代一个重要的学派，以其思想的博大精深和关心现实、重视民生、重视伦理、重视教育、重视实践，统治中国意识形态领域两千多年。但孔子以前，最早的儒生主要是从事祭祀、婚丧等的相礼活动（其后之儒生仍有只停留在这个职业范围之中者，孔子称之为"小人儒"）。孔子远承周初大思想家周公旦的"敬德""保民""明法慎罚""作稽中德""孝养父母""以德辅天"等思想，形成儒家学派，周公制礼作乐的重大政治举措也深深地印入当宗周陵夷之际希望挽回颓势的儒家理论之中。孔子年轻时曾适周向老子问礼①，但后来未接受老子的思想而远承了周公的思想，这一点他是进行了深入考虑和认真选择的。周公是中国历史上第一个伟大的思想家，孔子纵观三代的兴亡盛衰，认识到天命靡常，唯有德者能保，故继承周公的思想，而加以弘扬、丰富和发展。至孔子之时儒者才有了自己的学说，成为有思想的士人，从而也才形成了一个学派。但一则儒者并不能马上都进入统治阶层，参与国家的管理以实现政治主张，有些人还得从事原来儒者的工作；二则制礼作乐是儒家维护社会秩序、企图恢复西周盛世的重要手段，所以，孔子之后儒者仍然一

---

① 《史记·孔子世家》："鲁南宫敬叔言鲁君曰：'请与孔子适周。'鲁君与之一乘车，两马，一竖子俱，适周问礼，盖见老子云。辞去，而老子送之曰：'吾闻富贵者送人以财，仁人者送人以言。吾不能富贵，窃仁人之号，送子以言。'曰：'聪明深察而近于死者，好议人者也。博辩广大危其身者，发人之恶者也。为人子者毋以有己，为人臣者毋以有己。'"又《老子韩非列传》："孔子适周，将问礼于老子，老子曰：'子所言者，其人与骨皆已朽矣，独其言在耳，且君子得其时则驾，不得其时则蓬累而行。'"云云。《礼记·曾子问》中也有"孔子曰：'昔者吾从聃助葬于巷党……'"云云。《孔子家语·观周》述之更详。

直很重视礼。可以说，重视礼、礼仪，是儒家的传统。《史记·孔子世家》中说，孔子小时"为儿嬉戏，常设俎豆，设礼容"。这正是说他从小就以当儒者为理想。"子入太庙，每事问"（《论语·八佾》），他对太庙中的很多陈设和设置表现了极大的兴趣和热情，因为这都同礼有关。他适周问礼访乐，历郊庙，考明堂，察庙朝，"于是喟然曰：'吾乃今知周公之圣与周之所以王也。'"（胡仔《孔子编年》卷一）所以，孔子以《礼》为儒者必读的书，礼为必习之业，其后的儒家论著中，涉及礼的内容很多。孔子说："不学《诗》，无以言。""不学礼，无以立。"（《论语·季氏》）"孔子击磬"，"孔子学鼓琴师襄子"（《史记·孔子世家》），他仍然保持着儒者本来的职业特征，只是他已将这些行为变为对儒者素质修养上的要求，而不再是糊口之术。

总的说来，儒者从根子上就是从事有关礼仪职业的，因此对礼仪一直十分重视。在孔子以前，他们对《诗》《乐》，完全是作为操业的素质而学习的，对《书》《春秋》也是出于掌握一些礼仪的依据而学习的，至孔子才继承周公的思想构建了儒家的理论框架。礼成为孔子挽回走向颓夷的社会风气的理论和手段之一。

《仪礼》主要讲儒者所传西周的各种礼节仪式，难免被理想化和完备化，其中有的地方也吸收了春秋时代一些诸侯国的仪节。它是孔子传授弟子的课程之一，也是儒家传习最早的一部书。《礼记》大部分是孔子的弟子、门人和儒家后学传习《仪礼》的"记"的汇集，即对《礼经》（包括汉以前已佚者）进行解说、补充和发挥的一些文献的汇集，包括孔子弟子所记孔子有关礼的言论和孔门相关的论文。这些论文原来多附于《仪礼》之后或单独流传。《汉书·艺文志》云："《礼古经》五十六卷，《经》七十篇，《记》百三十一篇，七十子后学所记也。"钱大昭《汉书辨疑》言，"经七十篇"系"经十七篇"之误。由此可以看出，汉代所流传关于《礼经》之《记》，几乎是《礼经》篇幅的八倍。而《经典释文》引晋代陈邵《周礼论序》曰："戴德删古《礼》二百四篇为八十五篇，谓之《大戴礼》；圣删《大戴礼》为四十九篇，是为《小戴礼》。后汉马融、卢植诸家考诸家同异，附戴圣篇章，去其繁重及所叙略而行于世，即今之《礼记》是也。"[①] 据此，则西汉时所存关于礼的"记"篇幅

---

① （唐）陆德明：《经典释文》，中华书局 1983 年版，第 11 页。

更大,在当时所存《士礼》(即《仪礼》)的十四倍以上。

这些关于《礼》的"记"都是汉代形成的吗?不是。以今存《礼记》内容视之,有的问题在汉代已失去探讨的意义,那么多关于礼的问题在汉初的不长时间中也产生不出来;而且,其中一些篇章显然是先秦时代的,有的也有文献记载的依据。同时,汉初曾几次出土先秦时典籍,其中就有《礼》《礼记》之类,应包括汉初的"《记》百三十一篇"。那么,今存《礼记》中的篇章应大多产生于先秦时代。但因为它们毕竟是"记",不是"经",历代传习之人,尤其是其中有较高学养,有一定声誉的学者,可能结合当时的情势,根据自己对古礼的理解进行新的解释和阐发,或对其中某些文字进行修改,或加进部分后代的东西,以适合于当时的情势。当然,今本《礼记》的情况更复杂一些,前引陈邵《周礼论序》中那段话已反映出了大体的情况。因为人们在不同时代对所传书中一些具体内容的理解有同有异,所以马融等整理去其繁重之时,难免会因个人的看法而芟除一些他们认为出格的东西。虽然他们都是严谨的学者,但作为一代经学大师,其所以能够成为一家,也同他们能顺应时势、因时立说有关。他们的整理说解、选择去取,总会体现着自己的思想。

今本《礼记》还将孔子弟子和孔门后学有关礼的一些论著编入其中。因为儒学至东汉时不仅经历了长达百余年的统治地位,而且已经成为理论体系相当完备的学术流派,所以郑玄、卢植等人对关于礼的各种记的汇编,除整齐内容之外,也就有补充缺佚的目的。他们希望尽可能全面地、完善地展示儒家关于"礼"的理论,所以,孔门弟子后学的一些相近著作皆被编入其中。章学诚《文史通义·经解上》云:"逮夫子既殁,微言绝而大义将乖,于是弟子门人,各以所见、所闻、所传闻者,或取简毕,或授口耳,录其文而起义。左氏《春秋》、子夏《丧服》诸篇,皆名为'传',而前代逸文,不出于六艺者,称述皆谓之'传'。"[①]"记""传"之义基本相同,只是"记"更侧重于对以后所出现有关礼的问题的探讨与记述。从这点上说,专门研究有关礼的问题的论著与"记"的性质相近。因此,曾子、子思、公孙尼子的著作也编入其中,不为违例。

所以说,今本《礼记》中的篇章不是由一个人完成的,也不是完成于同一

---

① (清)章学诚著,叶瑛校注:《文史通义校注》(上),中华书局1985年版,第93页。

个时期、同一个社会环境之中，它是春秋末年至秦汉之际关于"礼"的解说、补充文字和有关论文的汇编；虽然今本《礼记》是汉初所存这类著作中的一部分，但它仍然是一部积累起来的学术史。

不仅这样，《礼记》也是我国秦汉以前的一部社会生活史。因为《礼记》中记述的礼总是同人们的衣食住行、生老病死相关，同人与人之间的交际交流相关，所记很多礼俗活动和日常起居、饮食存问中不同社会地位、不同亲疏关系、不同辈分、不同年龄的人的表现，祭礼、聘礼、燕礼、射礼、冠礼、婚礼、葬礼等各种典礼、仪式中的不同仪程，都为我们提供了生动的社会生活画面。同时，书中对《仪礼》的解释、发挥，总是结合当时的社会现实，反映出一些新的现象、新的问题。如《曾子问》一篇，其中问到一些十分特殊的情况下丧礼的仪节问题，就明显是从战国初至战国末，甚至到秦汉交际的礼学家就丧礼中遇到的各种问题及解决办法的记录，很像今天的司法解释。当然它不是由国家有关部门所作，而是一般礼生求教于礼学大师或有较高水平、较高声誉的礼学家的讨论结果。这些东西长期流传，不断积累，成为篇章。从篇名看，有可能开头有几条是曾子问孔子所记，其部分篇章的作者和记述者应为曾子一派礼学家，而不可能全是曾子问孔子的记录。如果曾子真是这样挖空心思去想问题问孔子，那就真有些钻牛角尖，甚至如坏学生刁难老师一样，有些故意捣蛋了。所以说，就《礼记》全书而言，不具有共时性，而是历时性的，是在流动不居的过程中不断补充完成的。因此可以说，它是一部先秦时代的社会生活史。

章学诚在其《文史通义》的《易教》《经解》等篇中提出"六经皆史"之说，认为《易》《诗》《书》《礼》《乐》《春秋》原为三代史官记录"先王之政典"，其事包括"典章法制""政教刑事""人伦日用"，是圣人"因时而制"。这个说法对于明清时代以六经为训后世之圣典、万世不变的观念，是一个有力的冲击。虽然章氏的有些话说得太绝对，但他这个论题，道出了部分的真理，却是以往的经学家、史学家所未能想到的①。《尚书》《春秋》不用说，《诗经》反映了长达千年左右的社会生活，《周易》反映了商周时代意识形态的状况，

---

① 王守仁《传习录》曰："以事言谓之经，事即道，道即事，《春秋》亦经，五经亦史。"其说已发"六经皆史"说之端，而章学诚则于此做了系统论述。

而《易》的产生发展更包含了我国从史前阶段到奴隶社会中期形而上方面的发展状况。《仪礼》则更是具体地展示了西周、春秋时代的政治生活，各种典礼、仪节的一般规程及国家之间、卿大夫之间、一般士人之间的关系的处理过程。记具体历史事件的"史"，只记其大概，而《尚书》则保留了同一些重大事件有关的文献，均如人之骨架。《诗经》《仪礼》展示了生动的社会生活状况（前者展示个体的人对一些事情的感受与看法，后者则展示了社会活动进行的程序和当时的习俗、社会风气），就像人体的肌肉与血脉。如《祭义》篇云："昔者有虞氏贵德而尚齿，夏后氏贵爵而尚齿，殷人贵富而尚齿，周人贵亲而尚齿。"只三十二字，对我国上古时代社会伦理和仪节的变化做了高度概括。

讲历史自然离不开重大的政治事件，但过去的所谓"正史"大部分是帝王的家族史和帝王将相的作为史，人民只作为与之有关的方面被涉及。所以，几千年来人们的生活状况、衣食住行、生老病死及在社会中的活动，很少得到集中的、较完整的展现。司马迁的《史记》在"本纪""世家""表"和人物"列传"之外，还写了《货殖列传》，在"八书"中，也颇涉及与人的生活有关的问题，班固《汉书》在"纪""传""表"及人物、民族、属国"列传"之外列了《食货志》《刑法志》等，都是他们高于一般史学家的地方。但总体上说，中国古代史著作是政治史、军事史的结合。从马克思主义历史学家开始，加入经济的部分，有的还加进了文化方面的内容（如文学、艺术、哲学、宗教等的发展状况）。但总的来说，直至今天，作为构成社会主体的广大人民是怎样生活的，不同阶层、不同类型和不同关系之间的人是怎样交往的，则一概看不到。作为社会生活主体的人民的历史，却看不到人是怎样生存的；人们看到的仍然是英雄创造历史的过程。从统治阶层来说，《左传·成公十三年》刘康公云："国之大事，在祀与戎。"要了解中国古代社会却只看到"戎"而完全忘却了"祀"及与之相关的礼仪，也是不全面的。

20世纪70年代中期，在德国和意大利史学界兴起了一门新的历史学科，被称为"微观史学"，实即日常生活史。这个新兴的学科很快受到西欧史学界的重视，有的学者认为这是"标识性"的事件。我以为，中国古代的一些礼学著作，尤其是秦汉以前的关于礼学的"记"，都是十分宝贵的古代日常生活史文献，它弥补着所谓正史和准正史（无论是纪传体、编年体还是本末体）的不足。这是中国文化的宝贵遗产。我们读《礼记》，可以知道古代有些什么礼俗，我们的祖先在漫长的历史阶段中积累了哪一些关于亲属关系、代际关系、朋友关系、师生关系等人际交往方面的经验；他们是怎样协调各种复杂关系而达到家庭、亲属、社会的和谐的；他们是怎样从声音语言、体态语言、行事仪式上体现个人修养和社会文明的。读《资治通鉴》可以明政治、军事之大端，但很多大事有时也由细节引起，或决定于细节。《左传·宣公十七年》载晋郤克会于齐，齐顷公帷妇人使观之，郤克腿跛，妇人笑之，郤克怒，出而誓曰："所不此报，无能涉河！"结果晋齐鞌之战中齐顷公几乎丧命。郤克有胆有识，德才兼备，一怒而雪个人之耻，张国家之威。但他的儿子郤锜和侄子郤犨却见利忘义，自以为是，郤犨聘鲁时求妇于声伯（成公十一年），送孙林父于卫而傲（成公十八年），取货于宣伯，诉季孙于晋侯（成公十六年），与长鱼矫争田（成公十七年）；郤锜如鲁乞师而不敬（成公十三年），与夷阳五争田，临难而郤攻晋侯（成公十七年）。这些都不是大事，结果却造成郤氏的灭族之灾。可见无论于国、于家，一些礼节上的小事和平时的为人处事，都可能成为大事变的根源或导火线。

《礼记》在今天的价值，不仅可以使我们了解古人是如何生活的，秦汉以前国家之间、个人之间的交际以怎样的一种方式进行的，而且反映出一种文化特征，具有一定的借鉴意义。一些人看韩国影片，为其中所反映的对长辈的尊敬、爱戴和几代人之间亲密而和谐的关系，朋友交际中的讲究诚信与礼节等等，深为感佩，殊不知这些本来就是儒家的文化传统，只是韩国仍然继承着这一些，而我们则在经过若干政治运动之后将它们抛弃殆尽而已。读《礼记》一书就可以明白，中华民族不仅以吃苦耐劳、热爱自由、坚决反抗侵略而闻名于世，而且确实是一个具有古老文明的礼仪之邦。比如《礼记·曲礼》中讲对待父母、长者应注意：

> 夫为人子者，出必告，反必面，所游必有常，所习必有业，恒言不称老。（《曲礼上》）[1]

---

[1]　王文锦：《礼记译解》，中华书局 2001 年版，第 6 页。

> 童子不衣裘、裳。(《曲礼上》)①
>
> 从长者而上丘陵，则必乡（向）长者所视。(《曲礼上》)②

《内则》一篇集中讲事父母姑舅应该注意的事项，有些至今仍有参考价值。《礼记》中也说到拜访亲友时应注意：

> 将上堂，声必扬。户外有二屦，言闻则入，言不闻则不入。(《曲礼上》)③

现在有些青年不敲门即推门而入或先在窗外探头探脑，这不仅显得不尊重别人，也显得不大方，有损于自己的形象，有时还会出现很尴尬的场面。如果"未上堂，声先扬"，主人既有机会使自己的衣着整齐一些，也对室内做最简单的清理，来郑重地接待你。书中还说：

> 毋侧听，毋噭应，毋淫视，毋怠荒。游毋倨，立毋跛，坐毋箕，寝毋伏。(《曲礼上》)④

这是说注意举止，因为一个人的举止是一种体态语言，既表示着对于他人的态度，也反映着自己的修养。又说：

> 侍坐于君子，君子更问端，则起而对（郑玄注：离席对，敬异事也。君子必令复坐）。(《曲礼上》)⑤
>
> 侍坐于先生，先生问焉，终则对。请业则起，请益则起。(《曲礼上》)⑥

---

① 王文锦：《礼记译解》，中华书局 2001 年版，第 8 页。
② 王文锦：《礼记译解》，中华书局 2001 年版，第 9 页。
③ 王文锦：《礼记译解》，中华书局 2001 年版，第 9 页。
④ 王文锦：《礼记译解》，中华书局 2001 年版，第 14 页。
⑤ 王文锦：《礼记译解》，中华书局 2001 年版，第 14 页。
⑥ 王文锦：《礼记译解》，中华书局 2001 年版，第 13 页。

在老师、长辈、首长面前，回答问题之时应该站起来；不要对方问话还没有说完就抢着回答；向先生请教，也应该站起来说，以示尊重。又说："君子式（轼）黄发（按：指老人）。""入国（指都城）不驰，入里必式（轼）。"这既有尊老、尊重邻里的意思在内，也有安全方面的原因。这同目下有些人开上小车横冲直撞，故意炫耀邻里的做法，大异其趣。又说：

> 侍坐于君子，君子欠伸，撰杖，屦，视日蚤莫（暮），侍坐者请出矣。（《曲礼上》）
>
> 侍坐于君子，若有告者曰："少间，愿有复也。"则左右屏而待。（郑玄注：复，白也。言欲少顷空间，有所白也。屏犹退也，隐也）（《曲礼上》）[1]

现在有些人拜访人，一坐几个小时不走，主人已表现出困倦之意，也似乎看不出，尽说些不相干的闲话；主人问几点了，意欲让其知时久而离开，他竟一点不懂。人家家中有事，进来给主人说："有人找。"客人也毫不理会，照样谈自己的。这都是失礼的表现。又说：

> 离坐离立，毋往参焉。离立者，不出中间。（郑玄注：为干人私也。离，两也。按：通"俪"。孔颖达《疏》：若见有二人并立当己行路，则避之，不得过出其中间也）（《曲礼上》）[2]
>
> 将适舍，求毋固。（黄幹云：谓凡求物于主人，毋固，毋必，随其有无）（《曲礼上》）[3]

这些都是小事，但不能不知。《曲礼上》说到"侍食于长者时毋咤食"（咤食，谓以舌口中作声，似嫌主人之食），"毋反鱼肉"（不要把自己已经用筷子夹起的又放回盘中），"毋固获"（不要用筷子在盘中翻来翻去找自己想吃的东西），

---

① 王文锦：《礼记译解》，中华书局2001年版，第14页。
② 王文锦：《礼记译解》，中华书局2001年版，第15页。
③ 王文锦：《礼记译解》，中华书局2001年版，第9页。

"毋刺齿"。今天西方社会及日本、韩国等，都讲这一套。文中又说："尊客之前不叱狗，让食不唾。"为什么呢？因为当着客人的面喊："狗，出去！"这可能让客人觉得是在指桑骂槐，不欢迎自己。给别人让食而唾，或出鼻涕，对着餐桌咳嗽，都会让人感到恶心。《少仪》论事长者应注意之事，也有不少今天仍有借鉴意义。

前几天看到报上有则消息，一位外国人在上海开了一个礼仪培训的学校，短期培训一些大企业的经理、董事长等。说中国一些老板同外国商人谈生意，吃饭张口大嚼，喝汤扑腾扑腾作响，筷子在菜盘子中随意拨过来拨过去，骨头餐巾纸随手往地上一摔，踩着骨头、垃圾走来走去，不以为意；交谈时也是披襟抒袖，侧首喷烟，缺乏起码的礼仪习惯，使外国商人大为吃惊。文明行为不是国家法令、制度所规定，违反了它，也不会受到司法部门的追究，最多也就是受一点罚，如随地吐痰、乱停车等。重要的是影响到个人和单位，甚至国家的形象，也可能只是由于一些言谈举止的不文明，使对方产生不好的看法而坏了大事。我们在影视上看到，向长官禀报事情或是递文书，事完后要退几步才转身；一些大公司的秘书向总经理、董事长之类递材料也是如此。古代的、国外的不说了，当今商界的白领怎么懂得这一套呢？自然，后面的是向前面的学习、取经的，但前面的又是怎么知道的？我想，一是听懂礼仪的人讲述一些传统礼仪或国外的礼仪，一是自己从生活中、工作中悟出来的。《礼记》中常常说到"君子""长者"。"君子"就是有地位的人，《礼记》中自然是指地位比较高的人，在社会实践中实际上也是相对而言，这里只能做灵活理解，而不能认为《礼记》中的道理只是讲给"小人"和青少年的。有些干脆没有接触过古代礼仪制度之类的青年、农民，在首长、大领导问到自己时，也会不自觉地站起来。所以，礼节方面的很多规程，并非哪些个圣贤所设计、规定，而是基于各种社会关系和人的心理变化自然形成的。《曲礼上》说："赐人者不曰来取，与人者不问其所欲。"赠人东西而让对方来取，就有居高临下施舍的意思，即《檀弓下》所说的"嗟来之食"，是不尊重对方的人格。要赠人以物而问对方喜欢什么，这样做或使对方感到为难，不好说，或助长贪婪、勒索、贿赂之风。故宋代吕大临曰："与人者问所欲，人之所难言也。"王安石曰："为人养廉也。"① 《曲礼上》又说："君子不尽人之欢，不竭人之忠，以全交也。"吕大临曰："责人厚而莫之应，此交之所以难全也。欢，谓好于我。忠，谓尽心于我。好于我者，望之不深，则不至于倦而难继也。……尽心于我者，不要其必力致，则不至于不能勉而绝也。""尽人之欢，竭人之忠，则应之者难而交道苦矣，故君子戒之。"② 其中又说："入竟（境）而问禁，入国而问俗，入门而问讳。"③ 提出了人们在社会交际中的三条普遍原则，上至于官员使节，下至于经商、旅游者，都不应不知。还有些是属于生活常识的，如果不知，也会显得大模大样，对人不敬。如："受珠玉者以掬，受弓剑者以袂。"因为受珠玉不以掬则有可能掉在地上，弄得双方大惊失色，如所损坏，则更会出现尴尬场面，甚至伤害感情。

《礼记》除了体现人们的心理状态和情感反应之外，民族的伦理道德，国家的法律制度，也得到反映。比如《曲礼上》：

> 凡为君使者，已受命，君言不宿于家。④

这实际上是春秋战国各国的常法。《管子·立政》中也说："宪未布，使者未发，不敢就舍。就舍谓之留令，罪死不舍。"《曲礼上》又说：

> 四郊多垒，此卿大夫之辱也；地广大，荒而不治，此亦士之辱也。⑤

卿大夫犹今之政府官员，士犹今之公务员。这当中实际上也提出了作为统治者和国家工作人员应有的荣辱观。《表记》云：

> 是故君子耻服其服而无其容，耻有其容而无其辞，耻有其辞而无其

---

① （清）孙希旦撰，沈啸寰、王星贤点校：《礼记集解》，中华书局 1989 年版，第 78 页。
② （清）孙希旦撰，沈啸寰、王星贤点校：《礼记集解》，中华书局 1989 年版，第 71、72 页。
③ （清）孙希旦撰，沈啸寰、王星贤点校：《礼记集解》，中华书局 1989 年版，第 91 页。
④ 王文锦：《礼记译解》，中华书局 2001 年版，第 24 页。
⑤ 王文锦：《礼记译解》，中华书局 2001 年版，第 29 页。

德，耻有其德而无其行。①

　　我们的政府官员、公务员、教师、医生、律师等等，如果都能确立这种意识，我们的社会会更加美好。《礼器》中还提出："尚有德，尊有道，任有能，举贤而置之，聚众而誓之。"《大传》还提出治天下应先者五事："一曰治亲，二曰报功，三曰举贤，四曰使能，五曰存爱。"这些对于我们建设和谐的社会，也很有参考价值。

　　《礼记》中有些文字看似平常，但反映了深刻的思想。如《杂记下》云：

　　　　子贡观于蜡。孔子曰："赐也乐乎？"对曰："一国之人皆若狂，赐未知其乐也。"子曰："百日之蜡，一日之泽，非尔所知也。张而不弛，文、武弗能也。弛而不张，文、武弗为也。一张一弛，文、武之道也。"②

　　蜡祭是夏历十二月农闲之时民间祭农神的一种活动，乡人聚餐会饮，其热烈情况同近代农村中元宵节或唱会戏相似。子贡饱读诗书，对这种民间的活动看不出有什么意思，也不能理解何以老百姓都那样狂热、感兴趣。孔子告诉他，老百姓长年劳苦，行蜡礼以表示对明年良好收成的愿望，且有一日之燕乐，又感君之恩泽，才能保持长久劳作的热情。一直让人处于紧张的劳动中，连文王、武王这样的圣君也办不到；而一直让人们悠闲怠懈，无所事事，圣贤之君也不会这样做。近半个世纪中，我国工农业生产建设正反两方面的经验也都证明了孔子这段话的深刻、透彻。

　　又《王制》云："草木零落，然后入山林。昆虫未蛰，不以火田。不麛，不卵，不杀胎，不殀夭，不覆巢。"又云："木不中伐（按：言小而未成材），不鬻于市；禽兽鱼鳖不中杀（言小而不足食），不鬻于市。"如果我们今天也坚持这么做，对于保护良好的生态环境，实行可持续发展建设规划，会很有益处。

---

① 王文锦：《礼记译解》，中华书局 2001 年版，第 808 页。
② 王文锦：《礼记译解》，中华书局 2001 年版，第 621 页。

《曲礼上》还谈到遇邻居亲友有丧事时如何对待的问题。其中说：

> 邻有丧，舂不相；里有殡，不巷歌。适墓不歌，哭日不歌。临丧则必有哀色。执绋不笑。[①]

这实际上表现了对他人的关心和同情，在无言之中表现出情感、心理的相通。这样做，任何一家经过一件大事，都会使其同周围邻居的关系进一步加深，绝不会引起心理的芥蒂和怨怒，更不会因为未考虑到邻里、亲朋的情绪而引起争吵与打架。

关于丧事，《礼记》中主张有事之家和吊唁者都应有一种真诚的哀悼之情，同现在一些人为了显示权势或钱财而大办丧事、大摆酒席、吆五喝六、大吵大闹的做法完全相反。《杂记下》云：

> 子贡问丧。子曰："敬为上，哀次之，瘠为下。颜色称其情，戚容称其服。"[②]

《礼记》一书虽然特别重视丧礼，但其基本精神是不忘亲恩，并不如汉以后特别是宋以后把守孝之礼弄得不近人情，使得虚伪做作的做法也滋长起来。《杂记》还记有孔子的一段话："毁瘠为病，君子弗为也。毁而死，君子谓之无子。"可见孔子在丧礼上是比较通达的。

至于《礼记》中所论如何做人的道理，更是我们民族优秀品质的总结。如《曲礼上》云：

> 临财毋苟得，临难毋苟免，很毋求胜，分毋求多。[③]
> 贫者不以财货为礼，老者不以筋力为礼。[④]

---

① 王文锦：《礼记译解》，中华书局 2001 年版，第 27 页。
② 王文锦：《礼记译解》，中华书局 2001 年版，第 599 页。
③ 王文锦：《礼记译解》，中华书局 2001 年版，第 1 页。
④ 王文锦：《礼记译解》，中华书局 2001 年版，第 16 页。

　　敖（傲）不可长，欲不可从（纵），志不可满，乐不可极。①

　　孙希旦注后一条云："敖者德之凶，欲者情之私，志满则招损，乐极则必淫。四者皆害于性情学问之大者，克己者之所当力戒也。"②上面这两条对于政府官员、各级公务员、企业及其部门的领导，都有很大的教育意义。

　　《表记》引孔子之语云：

　　是故君子不以其所能者病人，不以人之所不能者愧人。③

　　这是属于礼的范畴的事，但也关系到人的修养、胸怀和人生志向的问题。《表记》又云：

　　君子不以辞尽人。故天下有道，则行有枝叶；天下无道，则辞有枝叶。是故君子于有丧者之侧，不能赙焉，则不问其所费；于有病者之侧，不能馈焉，则不问其所欲；有客，不能馆，则不问其所舍。故君子之接如水，小人之接如醴。君子淡以成，小人甘以坏。④

　　又云：

　　口惠而实不至，怨菑（灾）及其身。⑤

　　都可谓千古名言。是不是今天我们讲这些封建社会甚至奴隶社会流传下来的东西，会使交往仪节变得繁复陈腐而不近人情，形成思想道德、社会风气的复古倒退，使封建主义的渣滓重新泛起？我以为，我们是以历史唯物主义的观

---

① 王文锦：《礼记译解》，中华书局 2001 年版，第 1 页。
② （清）孙希旦撰，沈啸寰、王星贤点校：《礼记集解》，中华书局 1989 年版，第 4 页。
③ 王文锦：《礼记译解》，中华书局 2001 年版，第 808 页。
④ 王文锦：《礼记译解》，中华书局 2001 年版，第 819 页。
⑤ 王文锦：《礼记译解》，中华书局 2001 年版，第 820 页。

点，以马克思主义的观点来分析看待过去的东西，批判地继承古代文化遗产，是继承和弘扬优秀的东西，并非全盘接受。对外国文化，我们也只是吸收其于我们有益的，而摒弃资产阶级的腐朽文化和不合于我们民族传统的成分，道理是一样的。

事实上，《礼记》中对如何看待"礼"有一些带有原则性的论述，说明先秦、秦汉时代儒者讲说的礼并不如东汉以后那样越来越刻板而不近人情，尊重他人人格、维护人的利益，而体现着人本主义思想。比如其中说："礼从宜，使以俗。""礼不妄说（悦）人，不辞费。""礼不逾节，不侵侮，不好狎。""夫礼者，自卑而尊人，虽负贩者，必有尊也。""富贵而知好礼，则不骄不淫；贫贱而知好礼，则志不慑。"（并《曲礼上》）《礼器》的篇末记子路主持季氏祭事一段文字，反映了作者反对奢侈铺张而不严肃的礼仪活动，认为礼仪应当严肃，应合于人们的生活规律。

上面主要是从社会学、伦理学的方面说明《礼记》一书的社会价值及现实意义。实际上，《礼记》在中国哲学史上也具有重要的地位，如"允执厥中"的中庸思想，"诚者，天之道也；诚之者，人之道也"的"至诚如神"思想等（《中庸》）。

在社会政治方面提出的"天下为公"的"大同"政治理想（《礼运》），曾激发了很多思想家的思维，康有为的《大同书》，孙中山提出的"天下为公"，皆出于此。邓小平同志则借用其中"小康"一词，而赋予了全新的含义。教育理论方面的论述，《礼记》中更丰富，《学记》是我国教育史上第一篇讨论学习与教学理论的著作。从文艺方面说，《檀弓》是杰出的笔记文集，叙事简洁隽永，意在言外，韵味无穷，对后来之《世说新语》等笔记文、志人小说以很大影响。《乐记》则是我国先秦时代有关音乐的一部专著（原二十三篇，今存前十一篇），在我国美学史和艺术理论构成上都具有里程碑的意义。

以往学者从政治、哲学、文学、艺术和社会学、伦理学等方面对《礼记》做过很多研究。但由于旧的经学思想的影响和对礼学狭窄而僵化的理解，对它的研究无论从角度上、范围上、方法上都受到较大的制约。我认为今天更应从日常生活史的方面和礼俗经验的方面去关照它，从长久以来被经学家、礼学家说解为僵死礼制规定的文字中，去发掘充满着生活情趣、情感意义的鲜活的人生经验。我们要建设有中国特色的社会主义的文化，建设社会主义精神文明，必须继承我们民族的优秀品质，弘扬我们民族的优秀文化遗产，以铸造我们伟大的民族精神。民族精神是一个民族赖以生存的精神支撑。一个民族，没有振奋的精神和高尚的品格，不可能有效地吸收世界其他民族优秀的文化而提高自身，因为它没有吸收、消化的机能。现在，国家提倡"爱国守法，明礼诚信，团结友善，勤俭自强，敬业奉献"的公民基本道德规范；今年3月4日胡锦涛同志在看望出席全国政协十届四次会议的委员时又提出要牢固树立"八荣八耻"的社会主义荣辱观。这些都是在总结提炼了我国几千年积累形成的传统美德和近百年在反对侵略瓜分、争取自立自强的斗争中表现出的民族精神中而提出的。所以，我们今天换一个角度，换一种态度，换一种研究方法，来重新研究《礼记》这部书，不仅具有学术意义，也具有重要的现实意义。

　　但是作为对《礼记》这部书进行新的关照、新的研究的基础，首先要对它在文献方面重新加以研究，因为《礼记》一书尚未从长期的经学阴影的笼罩下走出，便又遇到了疑古思潮的冲刷，人们对它的评判产生了种种的误差。我们要利用这一部书，首先要确定它的价值；要确定它的价值，首先要弄清它成书的情况，确定各个篇章产生的大体年代，以便明确对今本《礼记》中存在的一些问题应如何看待。

　　今本《礼记》中的篇章，绝大部分形成于先秦时代，是由孔子的弟子、门人、后学传下来的，但流传中有所修改和增补。其修改有的牵扯到内容，有的则在传习中以当时之语述之，只字句有所变化而已。不能因为这部书中个别篇章产生于秦汉以后，即以全书为秦汉以后的著作。20世纪20年代以来的一些疑古学者，相对于古代盲目信古的经学家，当时确是用现代科学的眼光来研究中国古代典籍的，问题在于他们把一些汉代人裒集先秦文献编成的书视为由某一作者独立完成的，具有整体结构、系统思想的完整著作。因此在发现了某一词语产生于秦汉以后，便断定全书产生于秦汉以后，犹如在一个表面为金质的器物上发现了镀金层下面的铜质，便确定该器物为镀金而非金质一样。他们在主观上运用了当时最科学的方法，但用的是自然科学的研究方法。当时这些现代科学的研究方法被引进不久，还不可能根据人文社会科学一些学科的特征，创造出一种成熟的、切合该学科特点的研究方法，形成成熟的、真正科学的学术思想。我们在今天不能只是批评疑古派学者，而应谅解理解他们，认识到这是现代科学方法引入我国人文社会科学必经的一个阶段。但我们必须看到，疑古派学者完全忽略了先秦时学术著作形成的进程和流传、编制、增补的过程，完全没有想到，先秦时很多学者著书立说、传道授业的动机，同 20 世纪的学者有很大的不同。

前面我们说过，《礼记》中的各篇是在相当长的时间中先后完成的，具有历史性。我们讨论《礼记》一书的时代，不能将它作为一部完整的著作看，而要一篇一篇加以考辨，有些甚至要打破篇的结构，将一篇分为几部分来分别确定其产生的时代；还有一些，可能一方面确定其基本内容产生的时代，另一方面指出后人更改加工过的痕迹，由附注、旁批窜入的文字。由一部分或几部分而否定全书的"连坐法"，不问具体情况与情节轻重一律问斩的简单决断，应该在先秦文献的真伪判别中彻底废除；断代工作，也不要统统以"作于哪一年"这样简单的方式来表述。

当然，在《礼记》文献研究方面，要做的工作还很多，困难也仍然很大。比如缺礼很多，为了全面了解我国秦汉以前的礼俗状况，应从相关书去探求、考知缺礼的内容，不然便不能透彻地读懂《礼记》。《礼记》一书的缺文也很多，虽然要恢复西汉初年的规模已完全不可能，但也应尽可能钩稽佚文，以窥全豹。而目前最重要的是应对现存《礼记》各篇的时代，对《礼记》的成书过程进行深入的研究。

王锷同志长期从事文献学的教学研究工作，在西北地方文献和礼学文献方面下过很大功夫，2001 年考为我的博士生，研讨礼学，于礼学文献方面用力最勤。他的《三礼研究论著提要》一书出版后，引起学术界的很大关注。此书于2002 年获第十三届中国图书奖，2000—2002 年度甘肃省高等学校社科成果一等奖，第七届中国西部地区教育图书评奖中获"汉文教育图书"二等奖，2003年获甘肃省优秀图书一等奖。由于王锷同志在攻读博士学位期间的刻苦精神和取得的成绩，2004 年荣获全国高校古委会"古文献学"二等奖学金。在确定学位论文选题时，他根据我的建议，选定"《礼记》成书考"这样一个题目。经过近两年时间的努力，终于完成了这篇论文。

首先，王锷同志这部书是在新的研究条件下，对《礼记》原书重新进行认真研读的基础上完成的。虽然前代不少学养很深的大家、专家研究过此书，发表过一些很有价值的见解，但由于当时思想认识上的局限及学术研究的条件，还不可能对一些问题进行更深入的思考和探究，无论是主张真还是伪，无论是主张产生于战国还是秦汉以后，都有理由不充分的缺陷。今天，在近几十年出土大量先秦时代金文、简帛文献的基础上，有可能对某些参照坐标和论据进行调整修改，从而在整体认识上发生变化。

其次，这部书是在对前人研究成果进行全面了解、认真研究的基础上完成的。对前人的看法，无论是同意还是不同意，都应先了解，弄清其提出结论的根据，从而吸收其有价值的看法，而否定其不能成立的观点，做到立论有理有据。比如《王制》一文，因《史记·封禅书》中说汉文帝"使博士诸生刺《六经》中作《王制》"，东汉卢植以来，多主张《王制》是汉文帝时作，虽然后来廖平主张是"孔子改制之作"，皮锡瑞、康有为大加发挥论证，但学者们以其为今文经学家宣传自己政治观点张目之说，无人重视。任铭善《礼记目录后案》断为作于战国末际，并对卢植、孔颖达等人之说加以辩驳，认为汉文帝令博士所作《王制》非《礼记》之《王制》，今本《礼记》"古者以周尺"以下，为汉人的注释文字。王锷同志论文列出五个方面的证据，证其产生于战国时期，论据充分，论证严实可信。以往研究战国一段历史，只凭《战国策》一书；看当时的学术风气，于《墨子》《孟子》《庄子》《荀子》《韩非子》等诸子之书外，也只注意于策士奔波于诸侯之间纵横捭阖，进行翻手为云、覆手为雨的勾当，以及稷下学者聚而议论的情况。殊不知儒家有几派的学术作为当时意识形态领域的潜流，师徒相传，尽管恢复西周时代的天子、诸侯、卿大夫间的关系已不可能，但他们仍然讲说着一统王朝的理想，从而为大汉王朝和以后的各统一王朝提供了一个国家机构的参考模式和社会发展的理想目标。王锷同志这部论著对《礼记》中很多篇的时代重加研究，或提出新见，或在前人各种歧说中肯定某一说而加以补证，尽管有些问题还需进一步探索，但它为《礼记》的进一步深入研究提供了新的平台，提供了一个比较可靠的依据，是显而易见的。王锷同志关于各篇的断代除力求立论坚实之外，同时力求确切，但不强为确定。如《春秋末至战国前期的文献》一章，三节所论写作时间、作者都比较确定；《战国中期的文献》《战国中晚期和晚期的文献》两章所论，则只确定一个大体的范围，能确定为战国中期的则确定为战国中期，只能确定为战国中晚期的，则只确定在战国中晚期这个时段中。还有一些篇章只能确定是在战国晚期编成，写成时间不能确定，故另为一组，列于战国晚期文献之前。在这方面，王锷同志很费了一些思考，也体现了他的严谨的治学态度。

最后，这部书除论述断代问题之外，还有一章专门论述《礼记》的成书及其在东汉的流传。《礼记》中所收篇章先秦时大部分是单篇流传的，它们被编为一书，是汉代之事，而其内容、篇目及今文、古文之间，存在很多复杂的问题。弄清这方面的基本情况，则对《礼记》这部书各篇的时代问题等，会有一个更为全面的了解。

王锷同志这部书对古代各家之说做了认真的清理，广泛吸收了现代学者研究的新成果，而且特别注意联系近几十年的出土文献，在集成古今研究成果方面，对前人正确结论进行补充论证方面和利用新的材料推进研究结论方面，都表现出了学术的创新。他的这部书将会对我国古代伦理学、社会学、文艺学、哲学和日常生活史的研究，起到大的推进作用。

2006 年 5 月 4 日

王锷：《〈礼记〉成书考》，中华书局 2007 年版。

王锷，1965 年生，甘肃甘谷人。2004 年毕业于西北师范大学，获文学博士学位。现为南京师范大学文学院教授、古典文献学博士生导师。主要从事古文献的整理、研究和教学工作。出版《三礼研究论著提要》《〈礼记〉成书考》等，整理《藏书纪事诗》《守雅堂稿辑存》等文献。在《国学研究》等刊物发表论文 80 余篇。

《经学子学与文学论》序

李小成同志硕士毕业之后在新疆大学从事中国古代文学教学与研究工作，2002 年考入西北师范大学攻读中国古代文学博士学位，其间与我一起讨论从先秦至汉唐的一些学术问题，我觉得他在学术上能够下功夫。毕业将近十年中，也时有电话联系，谈一些学术问题。今年他将近些年关于经学、子学和古代文学的研究加以总结，汇为一集，寄来请我作序，我看了一下。

全书涉及范围较广，但精神贯一，总体的指导思想是实事求是，故倚重于文献而展开经学、子学与文学三方面的讨论。中国古代文学，尤其是先秦一段，很难同经学、子学完全划清界线，如在经学、子学方面缺乏一定的学术积累，也很难在文学研究方面有所创获。所以我以为他在经学、子学方面用力是正确的。

本书"经学编"中五篇易学方面的文章，有理论的探究，也有对文本的考释。马融为郑玄的老师，东汉经学大家，注《孝经》《论语》《诗》《尚书》《老子》《离骚》《淮南子》等，名重一时，在古文经学中有着不可磨灭的地位，今天我们讲的训诂之学的汉学，也与马融有着不解之缘，但由于其注经著作多散佚不存，人们对他关注不多。马融是扶风茂陵（今陕西兴平东北）人，所以小成同志以"马融经学论著整理研究"为研究课题。本书"经学编"中所论问题，甚至"子学编""文学编"中一些问题，也都与此有关。《关朗易学考论》对易学史上存在争议的关朗易学做了考释。在从两汉到唐宋时期的易学发展中，尤其是在河图洛书方面，关朗是一个比较重要的学者。但由于资料的匮乏，人们对其人其书缺乏了解和认识。首先应立足于原始资料，稽考其人之存否，后辨正其易著《关氏易传》之真伪，再来研判《洞极真经》的著作权问题。研读关朗易学亦应考究其易学传承脉络。在事实考证的基础上，确立关朗在易学发展史上的地位。这也对文中子王通的研究有着至为重要的作用。

《投壶考》考察了大、小戴《礼记》所载投壶礼之差异，以及后代文献中所记投壶礼与《礼记》所记之差异。这种礼在历史的发展过程中，作为一种文化积淀，被后人所秉承传续，但其中也有增损变迁，礼的成分减少，游戏娱乐的成分在逐渐增加，应用范围也在扩大，投壶的规则及用具也有变化。作为上古重要的礼乐活动的投壶，上至天子下至士大夫燕饮中都会用到。君子为什么要设行投壶之礼？主要是恶其燕饮中的亵慢之举，避免酒祸，设投壶之礼以全其欢。文章还从出土的实物投壶，证明各个历史时期的投壶活动的普遍性、娱乐性。比如在河南南阳市汉画馆中，有汉代投壶画像石。画面的正中立一壶，参与投壶者为宾主各一人，他们一手抱一把箭，另一只手执一支箭，做出向一个高圈足壶投箭的姿势，壶中已投入两支箭，壶左置一个三足酒樽，中置一勺，投者跪坐于壶两侧，两人之后还分别坐有观看者。从南阳画像石投壶画面中不难看出，投壶者和观众随意而坐，有走动者，亦有笑者。说明汉代投壶作为一种游戏更为广泛，礼的成分减少了，玩乐的成分增多了。

《〈汉书〉引经勘此》属于文本文献的考释，重点考释《汉书》所引经书文字与今本之异同，亦可见出汉代流行经书与后代版本的差异。如《纪》对经书的征引，文中写到：

> 《汉书》卷六《武帝纪》第六：《诗》云："九变复贯，知言之选。"
> 颜师古《汉书注》曰："应劭曰：逸诗也。"这里为《汉书》引逸诗，体裁为四古。原文为："四牡翼翼。以征不服。亲省边陲。用事所极。九变复贯。知言之选。"①

作者主要通过班固《汉书》所引的文本与宋代朱熹《诗集传》的比较，以见出东汉流传的《诗经》文本，与南宋流行文本的差异，有一定的文献学价值。

---

① 清代郝懿行《郝氏遗书》中有《诗经拾遗》一卷，辑录较为完备。今人则有逯钦立辑校的《先秦汉魏晋南北朝诗》卷六《先秦诗》为逸诗，收录亦为详备。张西堂、张启成有专文考辨，见《西北大学学报》1958 年第 1 期，《贵州文史丛刊》1984 年第 1、3 期。

　　"子学编"中讨论的几个问题，与现实关系比较密切。他读博士期间，我同他多次讨论过《文中子》一书。我以为王通之所以在当时很受重视，因为他的思想为大一统社会的建立提供了一个思想基础。社会摆脱了数百年的战乱，应重视教化，故其书以仁义为教化之本；因为经过了南北很多民族的交融和思想的融会，社会习俗的相互影响，新的大一统不同于西周和西汉、东汉、魏晋，所以提出"时易世变""通变之谓道""通其变天下无弊法"等思想；又因为新的大一统也包含有各宗教思想的同安共处问题，所以又提出"三教于是乎可一矣"的主张。当时我建议他以《文中子》作为学位论文题目。本书中也有三篇是关于《文中子》的，也都有他自己的看法。《庄子的开放性心态及其相关影响》主要论述了庄子的开放性心态、哲学思想与美学观念，以及这种思想对文学的影响。研究庄子虽然是要做扎实的整理，但更应具时代性，本文就是从时代性出发，努力使自己的学术研究充满强烈的时代感和旺盛的理论活力。心态是一种精神流动体，似乎是抽象的、不可捉摸的，而它正是一个人内心最重要的。我们只能从《庄子》文本中去分析，以求了解庄子总体的生命状态和心灵轨迹。文中说："我们在解读《庄子》的过程中，从庄子的心灵哲学入手，把他放在战国时期那个自由开放的社会氛围中考察其心态，紧紧围绕《庄子》书中的言论，尽量客观地论述庄子心态的开放性，以求解开庄子无穷魅力的深层根源（哲学）。这种开放性心灵与开放的社会相一致，他对理想境界的追求，扩大了人们的思维空间。王尔德自从接触庄子之后，其文章风格和观点均发生了很大变化，简直判若两人，他之所以能导致西方批评观的大转折，确实得益于庄子。"[①] 作者认为，面对今天物欲横流的社会，人们为欲望的不能满足而焦虑、迷茫，庄子豁达超然的处世态度，对于培养我们健康的心理素质有着积极的意义。我认为作者的这个看法是有益于社会的。

　　"文学编"中，《〈诗经〉中的天文星象》和《杜诗中的天文星象》两篇值得注意。我国是世界上天文学发展最早的国家之一。远在三千年前，我们的祖先就面对浩瀚无边的天空、闪烁的星辰，联想翩翩，涌现出牛郎与织女等神话传说。在《诗经》中写到天文星象的地方很多。顾炎武在《日知录》卷三十中

---

　　① 李小成：《经学子学与文学论》，中国社会科学出版社 2015 年版，第 215 页。

说:"三代以上,人人皆知天文。'七月流火',农夫之辞也。'三星在天',妇人之语也。'月离于毕',戍卒之作也。'龙尾伏辰',儿童之谣也。后世文人学士,有问之而茫然不知者。"确实如此,在农耕时期古人认为属常识性的知识,是诗文描写的对象,但在今天离我们却那么遥远,似为绝学了。这两文章以此为切入点论诗,不乏新意。

总的来说,全书立足于文献,实事求是,不发空论,是作者进行细致研究所得,是作者就有关问题同学界朋友的对话。当然,有的地方也还可以进一步论述,但不至于令读者茫然不知所云。作者的态度是认真的。我想,关心有关问题的朋友,也一定会关注这本书。

2014 年 3 月 31 日

李小成:《经学子学与文学论》,中国社会科学出版社 2015 年版。

李小成,1963 年生,陕西华县人。2005 年毕业于西北师范大学,获文学博士学位。现为西安文理学院国学研究所所长、副教授。中国古代文学省级重点学科学术带头人,中国诗经学会会员,陕西省孔子研究会会员。出版《文中子考论》等专著,发表学术论文 40 余篇。

《先秦两汉文学流变研究》序

　　前人论治学，多主张"厚积薄发"。此虽只四字，做起来实难。"厚积厚发"固然好，但传统学科的古代典籍浩如烟海，有的人一生手不释卷，还说不少书未读。所以要做到"厚积"并非易事。如果学识方面积累并不多，而抱着只要读了书就要写东西，不然就好像吃了亏那样的想法，总是不太合适的。尤其高校教师，一面教课一面进行学术研究，要写很多东西，无论如何是困难的。所以我主张从事传统文化研究的青年同志，先应下功夫读书，思考、研究一些问题，使自己不断走向学术前沿，然后再着力完成对有关问题深入研究的论文与专著。当然，现在高校的评价机制也是问题，工资、津贴、住房等都同职称挂钩，而职称又同发表的论文、出版的专著挂钩，所以大家都不能不"快出成果"，多发论文，多编书。于是乎，在学术界普遍形成"薄积厚发"的状况，书还没有读完，甚至有的字也不认识，有关论文已一篇篇发表。前人早就解决了的问题，有的人还在那里喋喋不休，以为新见而反复申说之；前人已有很完善的解答，有的人还在边缘摸索，却以为找到了揭开奥秘的门道。这样做的结果，不仅做了大量的重复劳动，还产生了大量的文化垃圾，让这些文化垃圾堵塞了信息交流的通道，也造成人们认识上的混乱。事实上，一个人在学术上的贡献不在于所写东西的多少，而在于其成果是不是有学术价值。先师郭君重（晋稀）先生曾经说，他的老师曾星笠（运乾）先生生前发表的论文很少，没有出版过书，但讲音韵学的没有不提到他的。因郭师此语，我曾专门查找曾先生论文读之。他生前共发表论文 11 篇，最早的为刊于《东北大学周刊》1926 年第 9 期上的《声学五书叙》，一篇三千多字的论文，全用古双声之字写成，由此即可看出星笠先生当时对古声已熟悉到何种程度。然而此前，他竟未发表过一篇有关古声、古韵的论文。第二篇《切韵五声五十一纽考》、第三篇《喻母古读考》（分别刊于《东北大学周刊》1927 年第 1 期、第 2 期），是在古声纽和先秦古韵方面开创性的研究，是声韵学研究上的重要贡献①。他的《尚书正读》是 20 世纪 60 年代初由杨伯峻先生同徐淇先生整理出版的，已在他逝世十多年之后；其《音韵学讲义》是由郭师在 20 世纪 60 年代初整理，至 1996 年才出版（中华书局）。又《毛诗说》一书是他逝世后由学生据其在书上的眉批和讲课笔记所整理，后由周秉钧先生校理予以出版（岳麓书社 1990 年版）。这些著作都是学者们十分看重的。郭师的另一位恩师杨遇夫（树达）先生一生著作宏富，涉及面也很宽，但像这样的国学大师那是极少见的，而且是由各种条件聚合的结果，差不多可以作为例外。君重先生在 20 世纪五六十年代政治运动不断、教学任务繁重的情况下，也一直恪守"厚积薄发"的原则，发表论文总共十多篇。有的还是受命而作。但如《〈诗·鹊巢〉今说》（《争鸣》1957 年第 1 期）联系《诗经》有关篇阐释诗意，论证严密，一扫两千多年来的迷雾，使诗旨大明，从中已看出他后来所提出"组诗说"的思想；《邪母古读考》（《甘肃师范大学学报》1964 年第 4 期）以大量例证证明邪母古读定母，使成定谳，在古声学研究上是一个贡献。其《论杜甫〈秦州杂诗二十首〉》（1961 年 12 月 1 日）、《再论杜甫〈秦州杂诗二十首〉》（《甘肃日报》1962 年 4 月 7 日）为甘肃古代文学研究开拓了新领域；其《试探"文骨"和"树骨"在〈文心雕龙〉中的重要意义》（《光明日报》1962 年 3 月 25 日）对《文心雕龙》一书中两个重要的概念进行了深入的探讨，是古代文论范畴研究的成功范例。他的《文心雕龙译注十八篇》1963 年 8 月由甘肃人民出版社出版后，香港建文书局、中流出版公司先后翻印，流播至港台及日本、东南亚。郭师的绝大部分论著都是在 65 岁以后发表、出版的。他关于《文心雕龙》研究的系列论文之第一篇《〈文心雕龙〉的卷数和篇次》于《甘肃师范大学学报》1979 年第 1 期

---

① 曾运乾先生的另外 8 篇论文是：《六书释例》，《东北大学周刊》1929 年第 71、72 期；《说文转注释例》，《中山大学文学院专刊》第 2 期；《论双声叠韵与文学》，《文学杂志》（广州）1933 年第 1 期；《客方言跋》，《文学杂志》（广州）1933 年第 2 期；同朱希祖的《审查客方言报告书》，《中山大学文史学研究所目刊》第 1 卷 1933 年第 4 期；《读敖士英关于研究古音的一个商榷》，《学衡》1932 年第 77 期；《广韵部目原本陆法言切韵证》，《语言文学专刊》第 1 卷 1936 年第 1 期；《等韵门法驳议》，《语言文学专刊》第 1 卷 1936 年第 2 期。

刊出后，在海内外产生了很大影响，台湾师范大学李曰刚教授的《文心雕龙斠诠》（1982 年中华丛书编审委员会出版）在台湾影响甚大，而据山东大学牟世金先生研究、对照，该书关于《文心雕龙》篇次的调整，主要是依据郭师之说增益而成，而其所增益部分，尚难成立。牟书并对此列表加以对照①。由此可以看出郭师在学术上的创新精神。因为此前的《文心雕龙》研究者如黄侃、范文澜、刘永济、王利器等大家都未提出过篇次问题。郭师关于《诗经》研究系列论文之第一篇《风诗蠡测》在《甘肃师范大学学报》1981 年第 4 期刊出后，赵沛霖先生的《诗经研究反思》举 20 世纪初以来《诗经》研究的重要论文四十余篇，即收入此篇，摘要加以评介。他 1982 年出版《文心雕龙注译》，1993 年出版《剪韭轩述学》《诗经蠡测》（皆甘肃人民出版社）、《声类疏证》（上海古籍出版社），1997 年出版《白话文心雕龙》《白话二十四诗品》（皆岳麓书社）。可以说，65 岁以后他才进入收获的季节。屈原的《抽思》一诗中说："孰无施而有报兮，孰不实而有获？"先生几十年中牺牲了人生的乐趣，在好几个领域的探索上付出了大量的时间与精力，这便是"施"；他在古代文论、古代文学、古音韵研究上取得的卓越成就，便是对他的回报。他几十年中手不释卷，伏案读书、思考、研究，使自己在不少方面超过前人，便是他在学术上的开花结实；他那些沉甸甸的论著，便是他的收获。所以，我觉得君重先生是"厚积薄发"的典型，是我们后起学者应该学习的，不仅要了解他在一些学术问题上的看法，还要学习他的治学方法和严谨的学风，也尽量做到厚积薄发，力争在学术上有所贡献。不用说，这当中最重要的是"厚积"，"薄发"主要体现着一种严谨的治学态度。

郭师的公子令原 1982 年毕业于西北师院（今西北师范大学）中文系。由于家学的原因，本科阶段成绩就很优秀。我到郭师处去请教问题，常看到他在读书。有一次我看到他读的是朱熹的《诗集传》。似乎现在的大学本科生阅读古书，很少有读清代以前旧注者，而且读完整部原典的也很少。令原毕业后留校任教，一直从事中国古代文学的教学与研究工作，至今已 26 年时间，古代文学的课程，从先秦到明清他都教过，专业方面知识之宽，可以想见。一方面

①　牟世金：《台湾文心雕龙研究鸟瞰》，山东大学出版社 1985 年版，第 100—102 页。

由于教学任务繁重，另一方面他也恪守"厚积薄发"的治学准则，二十多年来读书多，而发表东西较少。但就其所发表者言之，都言之有物，实事求是，总有自己的心得，不是做重复劳动或故弄玄虚，将别人的看法换一种说法，贴上另外的标签，作为新说哗众取宠。他还参加了我主持的三个大的科研项目：一个是教育部项目"唐前诗赋关系探微"，他承担了东汉部分诗赋关系研究，先后写出五节。对其中一些问题我们曾多次一起讨论，我觉得他在汉代文学方面掌握很扎实，其中一些论述也深入而有新意。第二个是我从1992年即开始组织本校教师编著的《历代赋评注》，他参加了汉代卷的评注工作。第三个是他参加了"西北师大科技创新工程项目"《先秦文论全篇要诠》的工作，承担《周礼》《仪礼》《晏子春秋》等书中有关文论、文学思想材料的辑录、注释，后又协助我做了一些统稿工作。另外，在我联系《历代赋评注》的当中接触到三秦出版社淡懿诚先生，《历代赋评注》的出版最后因故未能成功，但他约我为该社出版的《名家评注古典文学丛书》编选一本《汉魏六朝赋评注》。令原与刘志伟在我们十多年前一起编的《汉魏六朝赋选粹》（本为约稿，因故未出版）的基础上修改完成之。以上这四部书大体都可能在一两年内出版。只从这些方面来说，令原在科研方面所做的工作也是不少的。

令原在郭师影响下勤奋读书，有很好的基础。20世纪90年代从我论学，取得硕士学位。2000年，他又考为我的博士生，同池万兴、徐正英、黄伟龙一起入学，研究方向为先秦文学与文论。我认为要深刻理解古代文学思想的内涵、体系与它的形成过程，要认识古代文学的框架及其与其他学科理论的关系，要准确把握古代文学批评的含义和针对性，必须弄清古代文学理论的一些基本范畴，弄清它的内涵、外延与它作为文学理论范畴的形成过程。这样，我们才可以看出中国古代文学思想的民族特征，而不是牵强地将一些词语同西方的文学理论概念对应，或以今日对一些文学理论概念的解释去理解古代的文学思想，也不至于按我们今日之理解去设想古代文学理论的体系，去阐发古代文学批评的动机与含义。因为范畴是人的思想对客观事物本质的概括的反映，从古代文学理论来说，它既是古人关于文学载体的认识，也是建成当时文学理论的基本构件，是进行文学批评的工具和标尺；它们之间的关系，反映着当时文学理论的体系。而后代文学理论中很多范畴也是由先秦时代的范畴发展演变而来的。要真正准确把握中国古代文论的基本范畴及人们在理解运用中的歧异，不能不追溯至先秦，弄清它初始时的意义，然后根据社会环境的变化，哲学、美学思想和与文学相关学科的发展，去认识它演变的轨迹。当时王运熙先生、黄霖先生主编的《中国古代文学理论体系》出版（复旦大学出版社2000年版），赠我一部，第一卷《原人论》论中国文论的原理，第二卷《范畴论》，第三卷《方法论》。第二卷由汪涌豪先生著，汪先生又另外寄赠我一本《范畴论》。汪涌豪先生这部书全面考察了文学范畴的构成范式、主要特征、基本类型、逻辑体系及其与创作风尚、文学体制的关系等问题。这部书为各个时代一些具体范畴的研究奠定了理论基础。所以我建议令原以先秦时代的文论范畴研究为学位论文的选题。其间我曾同他就其中一些问题多次交换看法，也向他提出过一些应该认真研究的文论范畴。2003年他完成了博士学位论文《先秦时代几个重要文论范畴的研究》。时当"非典"肆虐，答辩未请外地专家，但请省外有关专家评审，专家们给予了充分的肯定，有的专家给予了较高的评价。当然，要达到对先秦文论中的范畴有一个全面而确定的看法不是一件简单的事。首先，哪一些算文论范畴，哪一些不算，要根据整个先秦时代这些范畴、概念的运用场合、使用范围、各家的理解等的全面研究来确定，而要搞清楚这些，仅仅读了有关典籍不成，还有一个融会贯通及相互比较的问题。至于联系以后的使用情况，以之为参考上溯其意义的起点，也有一个对整个古代文学思想、文学理论基本概念的了解与熟悉的问题。所以，几年来令原将其中几部分认为意见比较成熟的修改后发表，以向学界同仁请教，还有一些想继续进行研究。本来，他如果愿意，这部论文在他毕业一两年后即可出版，我几次征询他的意见，他都说还想再做些研究。由这里也可以看出令原对学术研究的严谨，这也正是我在前面所说的"厚积薄发"的精神。

去年年底，令原因为考虑到家庭生活的方便，调兰州交通大学中文系工作，也主动提出将他招的硕士生调给其他同志。他将博士论文中认为比较成熟的几篇，同其他有关论著汇为一集，名曰《先秦两汉文学流变研究》，交付出版。因为书中绝大部分内容我都看过，有的不止看过一遍，有些内容甚至同他商讨过，故请我作序，因而由二十多年来对他所了解的种种，联想到先师君重的治学精神写出以上的感想。

　　本书是从文学现象和文学思想两个方面探讨先秦两汉文学的发展情况。全书分为三编。

　　上编是"先秦文学思想论"。书中有的论文从文字训诂的角度考察了一些范畴的形成情况，如《论"象"的含义及其在先秦文学思想中的意义》一文探讨了"象"字本义与南越大兽，后由象舞演变为模仿、效法之义，较前人之说更为合理。论文注意相同理论范畴在不同时代、不同创作背景下的不同内涵，如《论钟嵘〈诗品〉对兴、比、赋的阐释》，特别指出钟嵘把原用于《诗经》的"赋比兴"理论范畴用到了五言诗的诗艺方面，对赋、比、兴的内涵的发展有着特别的贡献。这部分中的有些论述应该是属于开创性的研究，不乏作者的创见。

　　中编"《诗》《骚》论"，主要是他在读《诗经》《楚辞》中产生的一些看法，分析细致，有其独到之处。如《〈鲁颂〉，颂僖公图复周公之业，争伯诸侯也》一文通过对史料的分析和对作品的考察，认为《鲁颂》的内容体现了鲁僖公争伯的历史情况，既指出《鲁颂》的文学价值，也补充了传世文献记载的不足。《论战国说辞与屈原赋》讨论了屈原作品在诗赋之间起到了重要的枢纽作用，涉及文学史上的一系列问题。诸子散文的文体变化并不如传统教科书中所说的进化观点，而是和百家争鸣的社会风气相一致，寓言、比喻等在战国诸子散文中的大量出现，也同游说之风有关，实际上是一种语言策略。

　　下编"汉代诗赋流别论"是参加我所主持"唐前诗赋关系研究"项目所完成的部分，该项目是 1993 年 1 月教育部批准的，已完成十来年，但因为近些年我又在进行《全先秦诗》《汉诗辑考》《历代赋评注》的工作，打算在这些从作品入手、侧重于文献研究的工作结束之后，对这一部集中反映我们对唐前诗赋关系及其流变研究的著作再做一些修改，庶几不留下遗憾，因而未及时出版（早已同人民文学出版社签订出版合同）。这也是我力争在学术研究上做到深入、扎实的缘故。现在回头一想，恐怕过于拘谨。今令原将此部分内容发表问世，听听学界的意见，也有利于我们进一步修改。本书中所收只是东汉时期诗赋关系的部分，但从中可以看出在相关问题上研究的深度（《唐前诗赋关系探微》也力争在今年后半年交稿）。

　　总的说来，本书的三部分都是深入研究之作。其中有的问题虽然比较具体，但关系到对先秦时代文学理论体系与先秦两汉文学发展规律的认识，从中可以看出作者开阔的思路，可以说是"以小见大"。令原在学术上积累了二十多年，《先秦两汉文学流变研究》是他的第一本书，是他厚积薄发的首出之作。他参加的《历代赋评注》（共七卷，令原参加"汉代卷"工作）今年将由巴蜀书社出版；《先秦文论全编要诠》今年由人民文学出版社出版，《唐前诗赋关系探微》，2009 年之前出版。只这些，也可以说他的丰收的季节已经开始了。

我因为从 1992 年 5 月开始任中文系主任，2000 年开始任文学院院长，直到 2004 年卸任，共 12 年时间；从 1993 年 1 月起任省人大常委，连任三届，共 15 年时间。加上其他方面会议等，占去了不少时间。尽管我将所有的假期、双休日、节假日、夜晚的时间都拿来弥补在这些方面失去的时间，但还是使很多事情不能集中精力、集中时间一气呵成，差不多很多研究工作都在进行中，却总是未能最后完结。2004 年夏天以来，除非一些十分重要的会议之外，我很少外出。每年收到十多个全国的、国际的学术会议邀请函，有的明确说来去机票及所有花费由会议承担，包括在国外召开的，及会议期间组织到朝鲜、韩国、越南等地考察的，我全婉言谢绝了。现总算是将几个大项目最后完成了，有的已交出版社。由于种种原因而使参加项目的同志未能及时看到自己成果的问世，使我感到十分抱歉。这也是我这四年来下决心不外出、不参加其他活动的一个原因。

我在科研的经历上，很多方面与令原有同感。高兴的是看到令原的一些成果将由此书为开头而陆续问世。根据他二十多年勤奋学习、努力钻研的情况，相信他一定会有更多的成果陆续问世。

2008 年 4 月 13 日

郭令原：《先秦两汉文学流变研究》，中国社会科学出版社 2009 年版。

郭令原，1959 年生，湖南株洲人。2003 年毕业于西北师范大学，获文学博士学位。现为兰州交通大学教授，主要从事先秦两汉魏晋南北朝文学的教学和研究工作。主编《中国古代文论讲疏》《大学语文》。

转型时期的中国古代文学研究

——《先秦两汉文学与文化》序

关于我国古代文学与文化的研究，回顾过去，展望未来，从研究方法的变革和对民族文学特色的认识这两个方面说，可以划分为三个阶段：

第一阶段，以中国传统的研究手段，以自己固有的民族心理和审美意识，就中国文学论中国文学。

第二阶段，是接触到了大量的西方文学作品和文艺理论著作之后，不仅文学研究的理论大大丰富，手段上有所更新，而且无形中时以西方文学为参照。这个阶段中可能有一部分学者认为中国文学理论缺乏系统性，理论框架不完善，理论范畴不清楚、不确定，而完全用西方的一套办法；而另外一些学者则仍然坚持只用传统的方法来研究。也有些学者努力希望将二者结合起来，并且在这方面也确实取得了一些成绩，但具有自己民族特色的文学理论体系尚未建立起来。

第三个阶段，在继承中国古代文学理论、美学理论的优秀传统和有效的研究方法的基础上，吸收外国有关的现代科学理论和研究方法，建立起中国自己的文学研究的理论体系；根据中国古代文学的创作实际，总结出中国文学自己的发展规律和中国文学的民族特色，形成中国文学自己的评价标尺。

大体说来，从先秦之时有文学的研究开始，至1898年戊戌变法时期，为第一个阶段。鸦片战争前的两千多年中，中国士人在传统文化的氛围中生活，如鱼在水中，鸟行天上，万物处于空气之中，不觉其有，不觉其无，以为一切自然如此。即使接触到周边部族以至国外的文化，也皆视为蛮夷戎狄之风，非华夏之正（实际上华夏文化也吸收、融合了周边部族的文化，但总是以中原文化为中心，因而也不觉其吸收、融合的过程）。古人以中国为"海内"，统称中国为"天下"，便反映出了这种文化心态（当然古代"天下"的含义有宽、严之分，其概念总体上来说也有所扩展，并非一成不变）。东汉时佛教的传入，对中国宗教、文学、思维方式产生了大的影响，但佛教作为一种宗教比较单一，传入后又很快适应中国文化的特征，有所变化，所以未能达到可以取代中国传统思维方式、传统话语的程度，尚未对中国传统文化形成震撼性威胁，倒逐渐变为中国传统文化的一部分。佛教的传入对中国宗教思想和哲学的影响最大，文学方面也受到影响，比如唐代变文主要是在佛经宣讲形式的基础上产生（中国南北朝以前也有与之相近的讲唱文学，因此才可以在民间很快被接受），后来之神魔小说如《西游记》，也显然受到印度文化的影响，孙悟空同印度史诗《罗摩衍那》中的哈奴曼有诸多方面的共同点，妖魔变化之类也显然带有印度文学想象的特征，但人们已完全意识不到这一点。这里是中国文化对印度文化的吸收，中国文学对印度文学表现手法、艺术思维方式的接受，体现着中国文化的开放性特征和很强的融合力与凝聚力，从一般的学术研究方法来说，影响并不大。一直到晚清时代，中国文学的研究在理论上、方法上虽有发展，但基本上是在原来理论框架下的延伸或精细化，基本上是原来传统思维方式的继续。

鸦片战争之后，中国人首先感到了西方洋枪洋炮的厉害，进而认识到其科学技术的发达。甲午战争以后，一些学者留洋学习或考察，学习研读西方政治、经济、哲学、逻辑等等方面的著作，看到了西方政治与社会科学理论上的长处。这种思想转变在国内引起的最大的事件便是 1898 年的戊戌变法。严复译《天演论》也是在这一年出版。梁启超在其《进化论革命者颉德之学说》一文中说："自达尔文种源说出世以来，全球思想界忽开一新天地，不徒有形科学为之一变而已，乃至史学、政治学、生计学、人群学、宗教学、伦理道德学，一切无不受其影响。"[①] 进化论传入中国后的影响正是如此。接着，以英国弗兰西斯·培根、洛克等为代表人物的唯物主义经验论，穆勒的逻辑学著作被介绍进来，西方多种理论著作和文学作品被陆续翻译出版，使中国知识分子耳目一新，观念大为转变。梁启超、王国维、鲁迅等不仅介绍外国的文学作品、

---

① 梁启超：《饮冰室文集全编》（卷二），广义书局 1948 年版，第 51 页。

文学家、美学思想，也以西方的美学、文艺理论来评述、研究中国的古代文学。学者们开始以一种新的视角、新的方法来观察和研究中国文学。中国人自己编的第一部中国文学史也在此时问世。到了五四运动后，新文学及新的文学观念、新的研究方法便真正得到确立。

五四运动以来，我国在古代文学研究方面的成绩是十分突出的。很多作品得到科学的整理和研究，很多作家的生平和创作活动、创作思想得以弄清，历史上的一些文学团体、文学流派、文学现象得到科学的分析与评价，各种文学史著作（通史、断代的、分体的或不同侧面的）、文学思想、文学批评、文学理论著作及关于一些重点作品、重要作家或重要文学团体流派的论著不可胜数。同"五四"以前比较起来，中国文学的研究状况大为改观。

近些年，有些学者看到五四运动对传统文化基本上全部否定，看到 20 世纪 80 年代以来的文学研究，包括古代文学研究完全是外国的一套理论，中国传统的文学理论完全失去了话语权，同时对中国古代文学的成就持否定态度，因而认为五四运动否定传统文化过头，甚至有的学者认为五四运动以后我国学术发展、意识形态的变化是做了一种错误的选择。我以为这不是历史唯物主义的观点，是脱离了时代，脱离了当时实际的空谈。在势力强大的封建卫道士拿"四书五经"，甚至拿《昭明文选》，拿旧体诗、文言文作为维护封建文化的屏障的时候，首先要对它们进行批判，作为摧毁封建文化堡垒的突破口，打破几千年封建文化的坚牢的体制。在当时提出"打倒孔家店"是必走的一步。但是到今天，我们无论研究哲学、历史、文学、艺术，还是语言、政治、伦理、文化，如果仍然以西方的标尺为准的，不但没有建立起自己的文学理论体系、哲学理论体系、美学理论体系等等，也不以自己民族文化的特征来确定自己的标尺，就成问题了。

当然，虽然五四运动以后的三十年中，一些学者致力于西方各种现代科学理论的引进和用这些理论来研究中国的文学和历史、哲学等，取得了成绩，但到 1949 年以后中国大陆基本上是以苏联的一套代替了中国传统的理论，也扫除了所有西方的东西。尽管马克思主义理论得到大的普及，但其间也有曲解，走了不少弯路。到 1978 年十一届三中全会之后，改革开放，西方的很多理论著作被翻译进来，人们才从僵化的思想环境中苏醒过来。但 20 世纪 80 年代以来有些人看到很多新的理论，接触到很多新的观念以后，又产生了一种对西方的东西全盘接受的心理。实际上，其他人身上或其他生物身上的肉贴在自己身上，是变不成自己的体重的。不管我们有多瘦，也只有通过自己的消化系统的咀嚼、吸收，才能使自己健壮起来，均匀地增加各部分的肌肉。现在我们所接触到的有些理论在西方也已过时。我们对西方的各种理论也应有所分析、选择，不能一一照搬。

改革开放以来，中国社会安定，经济腾飞，国际地位日益提高。近年来学者们强烈地意识到应该在哲学社会科学的各个领域建立我们自己的具有民族特色的理论体系。从文学方面说，我们应该建立我们自己的社会主义的文学理论体系。我们应该这样做，但这不是一蹴而就的。一则我们还应对我国古代文学思想、文学理论、文学批评的方法和文学鉴赏的特点，中国传统美学理论及中国的审美习惯等做更为深入的挖掘、清理和研究，不仅从古代留下来的各种理论著作、序跋、笔记、书信中去钩稽寻绎，还应从古代文学作品中去总结，去进行理论概括。因为我国从先秦时代起就形成一个重实践、重体悟，而不重视理论探讨的作风。儒家重德行而忌空言，《论语·阳货》："子曰：'予欲无言。'子贡曰：'子如不言，则小子何述焉？'子曰：'天何言哉？四时行焉，百物生焉。天何言哉？'"《论语》中多处表现出这种思想。《里仁》："君子欲讷于言而敏于行。""古者言之不出，耻躬之不逮也。""君子耻其言而过其行。"《宪问》："其言之不怍，则为之也难。"孔子教学生设有言语科；其弟子记其师之语成《论语》，都简洁生动，意味深长，有的地方写孔子及弟子的音容笑貌，甚能传神，却没有留下一篇有关文学或语言表现方法的论文。道家也主张"处无为之事，行无言之教"（《老子》第二章），"信言不美，美言不信"（第八十一章），认为"多言数穷，不如守中"（第五章），"不言之教，无为之益，天下希及之"（第四十三章）。墨家同样强调实践，《墨子·耕柱》云："言足以复行者，常之；不足以举行者，勿常。不足以举行而常之，是荡口也"。墨子《贵义》说"古之圣王欲传其道于后世，是故书之竹帛，镂之金石，传遗后世子孙欲后进子孙法之也"，这是同他主张的检验言论是否正确的"三表法"中"上本之于古者圣王之事"的思想一致的，主张将古者圣王之言论体现之于"行"，将自己的经验体现之于"行"，立足点在"行"上。法家主张法、术、势的治国御下之术，君御臣，臣牧民，民以吏为师，禁止士人谈论学术，更不利于思想的活跃和理论的发展。所以，中国从先秦之时起，在这些思想的影响下，便形成重视实践、体悟，讲究在学习和实践中不断提高技能，而不重视理论上的分析、归纳、推演、探索的风气。就文学来说，古人并不是没有体会、没有看法、没有理论，只是没有将它们写出来，缺乏系统的排比、分析、整理、归纳。这一些都有待于我们从古代留下的著作中去总结、归纳和提炼。在这个基础上，在弄清了我们自己的遗产，也对国外先进的文学理论有全面而深透的了解之后，我们才可能建立起我们新时代的文学理论体系，总结出我们民族文学创作的经验，展示我国古代文学的辉煌成就。这便是我所说的中国古代文学研究的第三阶段。这是我们文学史研究者、文学理论研究者、古代文学研究者共同努力的目标。

近十多年来，钱中文先生一直致力于中国古代文论现代转换的研究与倡导工作。自钱锺书先生的《管锥编》出版以来，学者们将外国文学理论与中国古代文论结合起来研究中国古代文学，寻找二者思想上的契合点，取得了显著的成绩。可以说，目前我国的文学研究正处在由第二个阶段向第三个阶段转变的过程之中。

杨兴华同志的《先秦两汉文学与文化》是其十多年来认真思考和探索，不断努力所取得的成果。作者认识到"先秦两汉是中国文化和中国文学的根基所在"①，为了弄清中国文学和文化发展中一些比较关键的问题，他选择了几个侧面进行研究。该书既运用了传统的研究方法，也运用了西方一些行之有效的新方法，对有些以往人们讨论过的具体问题如"云雨""郑声""以玉比德""儒家尚实"精神，小说中的"大团圆"模式，《楚辞》中的悲秋情感等，谈了自己的看法。但作者均能将它们置于大的文化背景下来讨论，通过它们揭示先秦两汉文学与文化发展中一些应该注意的现象，而非就事论事地讨论其含义。可以看出，作者更多地是从宏观上观察先秦两汉时代漫长历史阶段中文学发展同文化其他方面的关系，以期揭示某些事实、某些现象产生的深刻的根源。作者在探索中国文学与文化发展的规律，中国文学发展的特征同中国宗教、政治及

---

① 杨兴华：《先秦两汉文学与文化》，当代中国出版社 2004 年版，第 1 页。

占统治地位的文化思想的关系方面所做的努力，也正体现着我国古代文学研究由第二阶段向第三阶段转变的总体趋向。文学发展不但同一个时代中占统治地位的文化思想息息相关，也同政治、同政治文明的程度有关。

书中有些地方是在同西方文学的比较中进行的。通过比较可以更好地认识自己的特征，可以寻找出两种文化、两种理论体系的契合点。杨兴华同志的这本书没有"贴标签"的嫌疑，也不是生吞活剥地套用西方理论，而是用现代科学的理论认真地分析中国古代文学与文化，提出自己的看法，能将这种理论同传统的方法有机地结合起来，我觉得他的思想方法是正确的、态度是严肃的。

全书共分四编，第一编第一节"原始宗教与先秦文学"提出原始宗教同文学发展的关系。劳动是人类生存的手段，是人与生俱来的本能，而宗教则是属于精神生产，是人类最早的意识形态方面的创造。文学同生产、生活有关，而从其反映思想方面说，同原始社会的其他精神生产有更直接的关系。作者认为，从形式上说，诗歌起源于劳动节奏；从内容上看，原始宗教给节奏意义上的诗歌灌注了思想和灵魂。我以为，这对于我们进一步探索我国夏代以前的文学状况是很有价值的见解。在第一编中，作者还阐述了宗教仪式同神话发生的关系，也很具启发意义。

第二编《儒学与文学》、第三编《南楚文化与文学》、第四编《政治本位文化与汉代文学》也都抓住了我国先秦两汉时期文学发展中比较重要、比较关键的问题；从文学发展的角度说，体现着一种更深入的思考。作者希望通过对几个关键问题的剖析，弄清先秦时代至汉代文学与文化发展的实际状况。因为他认识到"先秦是中国文化的奠定时期"，"而两汉则是中国文化的初步整合和基本定型时期"。[1]

本书内容上的一个重要特征是，将文学和文化放到一起来考察。作者说："古典文学研究作为一种'通古今之变'的精神传承活动，其文化视野的建立，既是学术研究本身的客观需要，也是传承和发扬民族文化这一学术活动的终极目的所规定的。"[2] 这是完全正确的。也正由于作者本着这种基本的认识来进行

---

① 杨兴华：《先秦两汉文学与文化》，当代中国出版社 2004 年版，第 1 页。
② 杨兴华：《先秦两汉文学与文化》，当代中国出版社 2004 年版，第 1 页。

自己的研究，所以书中有一些很有参考价值的见解。

　　杨兴华同志于 1990 年至 1993 年在我处攻读中国古代文学专业硕士学位，毕业后返衡阳师院从教有年。他在教学任务很重的情况下，不放弃对有关问题的继续钻研，其中有的内容是当时硕士学位论文中的（第一编），而十多年来又进行拓展性研究，多有收获。今其书出版，要我作序，写出如上一些心得。湖南在近代以来学术上大家层出。近几十年中也有很多我十分敬重的学者在那里辛勤耕耘。就我所了解的几个学校而言，都学风很好。兴华同志在这样的学术环境中，自然会大有进益。先师郭晋稀先生也是湖南人。1988 年 4 月下旬我侍先生赴南岳参加首届全国赋学研讨会，拜谒周示行先生，顺便参观了衡阳师院，印象至深。愿兴华同志凭自己的努力，借南岳之灵秀，在教学与科研两方面都不断进取，有所贡献，我也得藉之了却回报老师的心愿。

2004 年 12 月 20 日

　　杨兴华：《先秦两汉文学与文化》，当代中国出版社 2004 年版。

　　杨兴华，1965 年生，湖南洞口人。1993 年毕业于西北师范大学，获文学硕士学位。现为衡阳师范学院中文系教授、重点学科带头人、教学名师，主要从事古代文学与传统文化的教学研究工作，发表学术论文四十余篇。

《中国古代文学结构论》序

文学是语言的艺术。它以语言文字为中介而把握世界，反映世界，创造艺术，也以此而与其他的艺术门类相区别；同时，读者接受作品所蕴含的各种信息，进行以文学为对象的审美活动，也必须通过语言文字的中介而实现。当然，我们可以从文学的外部诸因素（经济、政治、文化、哲学、其他艺术门类、社会思潮等）去认识某个时期、某个种类文学的特征和一些形态产生、发展、演变的过程，但从文学自身的特质出发，揭示造成文学发展演变的内在的动因，以及外在因素如何通过内在因素而反映在作品之中，揭示文学如何凭借语言文字而取得各方面的审美价值，应该是文学研究的主要任务。

结构主义本是发轫于语言学的，后来扩展到社会科学、人文科学的其他领域。20 世纪 20 年代，功能语言学派文艺理论形成，文学研究领域又开出一条新路。此后不少学者在这条道路上辛勤探索，丰富了它的内容，开拓了它的范围。结构主义文学理论确定了文学语言本质的概念，根据文学语言功能和修辞层次的多样性，分类整理出文学语言本身的语言手段，提出文学语言"自主"特性的问题，创作过程中语言陌生化的问题，等等。我以为这在韵文研究方面意义更大。诗歌由于形式美（建筑美）、音乐美、色彩美方面的要求，其语言与一般的文学语言相比，又有自己的一些应用规则，如句子的紧缩、词序的颠倒等，从而形成了所谓"诗的语言"（其特征不仅在音节、韵律上）。以结构主义文艺理论研究文学，可以深入到文学作品的细胞 —— 句子、词汇的结构当中去。

结构主义虽然开始于语言的研究，但其理论尤其重视研究对象的整体性。为了认识总体，需将它分为若干部分或单位（要素）。结构主义理论认为这些部分和单位在各自存在时并无意义，只有在形成总体结构时才体现出它的性质和意义。任何艺术品都是一个整体。一个佳句是在一首完整的诗中体现出来的，如果换到另外一首诗中去，可能就会变得平庸无味，甚至一点也不协调。所以，用结构主义的方法来分析整部的文学作品，也更能展示出某些作品的特质和作者的艺术匠心。

一个民族的语言和文学作品的结构方式，都毫无例外地带有自己的民族特色。汉语是单音缀的孤立语，汉字又是单音节的方块字。同时，由于中华民族的漫长历史，汉语汉字中也都积淀着丰富的文化信息。中国的先秦诗歌、唐诗、宋词是世界文化宝库的珍奇；赋为中国所独有的文体。即使小说、戏曲，也都带有突出的民族特色。所以，用结构主义的方法来研究我国古代文学，必然会揭示一些有意义的现象，解释清楚一些以前人们说不清楚的事情。

西方结构主义文艺理论自然也存在着谬误，各家著作也会有抵牾之处。但这并不影响我们对其合理的、科学的成分的吸收和运用。孙绿江同志的《中国古代文学结构论》便是运用结构主义文艺理论来研究古典文学的成功之作。

孙绿江同志 1982 年毕业于西北师大中文系，此后一直从事中国古代文学的教学与研究，十多年来发表了一系列见解独到的学术论文，以其见解的新颖、视野的开阔、论述的深刻精到而受到学术界的关注。他在古代文学方面根底扎实，又涉猎广泛；在理论修养方面，既掌握了马列主义文艺理论的基本原理，对中国传统文论有较全面的了解，又认真研读了不少西方文艺理论和心理学方面的著作。所以说，他的这部《中国古代文学结构论》是他对结构主义文艺理论、格式塔心理学等理论融汇贯通之后，经过独立思考撰写出来的。

从结构的角度对中国古代文学进行研究，并通过对结构的研究来阐释中国古代文学的基本特质，是这本书的出发点和归宿。作者认为，中国文学各种文体的形成、发展以及它们各自在中国古代文学总体格局中的地位与贡献，都是在中国文化的土壤中培养出来的。这种总体格局正可视为中国文学的总体结构形态，而对这个总体结构的分析又正可看出中国文学的基本特征。所以书中从对中国古代文学的总体格局的分析入手，较为详细地论述了各种文体形成、发展的文化背景以及它们本身所蕴含的文化意义。正是在对中国古代文学总体格局分析的基础上，书中又进一步对各种文体的结构进行了分析。作者认为在文体结构中不仅积淀着各种文体独有的功能，而且也积淀着中国古人对各种文体的理解与认同，因而也可以通过对文体结构的分析来解释中国古人文化艺术心理以及中国古代文学的特质。本书还专门用了整整一章的篇幅对中国古代诗歌语言的深层结构进行了分析，因为作者认为中国古代诗歌语言的变化与发展直接影响到了诗歌的变化与发展。

书的第二卷在第一卷理论阐释的基础上对《史记》的整体结构进行了深入的分析，对《诗经》和陶渊明的组诗《饮酒二十首》的编排体例提出了自己的见解，并通过对《离骚》和《洛神赋》深层结构的分析揭示出掩盖在美丽文本之下的文化意义。它们与第一卷第五章对《三国演义》等五部长篇小说结构的分析一起构成了关于我国古代各体文学的作品论。

孙绿江同志的这本书是体现了一种探索精神的富于新意的专著，由之也可以看出他钻研的深度和他的悟性。这些，读者从书中自可以看出。

孙绿江同志书成，请我作序，写出以上的话。不妥者读者正之。

1997 年 3 月 1 日

孙绿江：《中国古代文学结构论》，甘肃教育出版社 1997 年版。

孙绿江，1951 年生，河南安阳人。1982 年春毕业于西北师范大学中文系。现为兰州文理学院人文学院教授，《兰州文理学院学报》（社科版）主编。出版《中国古代诗歌结构演进史》（与孙婷合著）等。

《中国文章分类学研究》序

8月间在合肥参加了安徽大学主办的第三届中国古代散文学术研讨会，会上听了一些专家的高论，会后参观时在车上曾同孙以昭、周中明等先生谈到先秦散文研究的一些问题。回来之后，有些问题还在我头脑中回旋。先秦散文历来为学者们所重视，对后代文章影响甚大。从研究方面说，将专从哲学、政治、历史等社会科学方面研究的论著抛开不说，只解读、评析方面的论著也是汗牛充栋。可以说，历来有关先秦诸子、先秦史传方面的论著都是有关先秦散文的。但先秦散文的研究还有待拓宽领域和进一步深化。我认为应从五个方面入手：一、文献学方面的研究（包括地下出土先秦文献及由之引起的对先秦散文著作真伪的重新审视、篇章的分合、作者的归属、文献学的处理等）；二、断代的研究（如对夏、商、西周、春秋、战国散文的状况分别加以研究）；三、文体研究；四、地域特征的研究（如中原、齐鲁、南楚、秦地等地文章的文风特征等）；五、流派研究（先秦诸子的文风表现出各自独特的风格，故儒、道、墨、法等不仅是思想的流派，也是散文的流派）。孙以昭先生很同意我的看法，怂恿我赶快写出来。刚回校，朱广贤同志带来他的书稿《中国文章分类学研究》，求我作序。对文章分类学我没有专门研究，只是在考虑先秦散文文体分类问题时涉猎过一些材料，产生过一些想法。

一个民族的各种文章（包括应用文和文学作品），不仅其内容反映了该民族的历史、文化，其形式也带有民族的特征。文体是随社会的发展而发展的，反映着一个社会的文化状况。但每一个时代的文体都是由过去的文体发展演变而来的，有变革，也有继承。固然，建立科学的文体学，提出能反映我国文体实际而又具有现代科学性的文体分类办法，既要对当前的文体发展情况有全面、深入的了解，也要对国外文章分类方面的研究有比较全面的了解，同时还得弄清我国古代文章分类的发展过程和有关理论。这些工作不走在前面，就很难有实质性的突破与建树。

关于古代文体分类，近十多年已有研究的论著问世，如褚斌杰先生的《中国古代文体概论》，读者同志们可以参看。

文章不同形式、不同体裁的形成是很早的。文字产生以前已有祭祀，有氏族、部落的首领常常发布命令，或就某些事情作训告。于是祷辞和训告、命令等语言形式便产生。与此同时，神话故事、传说、歌谣，以及作为早期自然科学知识结晶和社会礼俗成规的谚语也都产生了。这些言辞因为使用场合与使用对象的不同，从形式到语言风格上都会有所不同，这便形成了不同的"文体"，只是，因为它们不是用文字固定下来的，还不能算是文章，其形式也只能说是约定俗成的表述方式，还不能说是"文体"。这些歌、谣、谚以及韵文形式的祭祷之辞（如传为伊耆氏的《蜡辞》），有的长期口耳相传，至文字产生之后被著之竹帛；有些便淹没或慢慢变形，甚至加进了后代的东西（属于后一种情况的如《尚书·尧典》）。由口头到最早的书面语，被删除的必然很多，但后来所谓的"文章"便从这里产生。随着人们创造的文字数目的增多，文字对语言的记录功能的增强，各种文章便产生了，各种文体也随之产生。

我国古代关于文体的认识也是很早的。《尚书》中不少文章的篇名，实际上是在文体名前面加了作者的名号（也有的只以作者名号为题，个别的取篇中几字为题，乃后人所拟）。这同《尚书》这部书取名的情形是一致的。《尚书》中的文体名称有"典""谟""誓""诰""训""命"①。又《国语·鲁语》云："昔正考父校商之名'颂'十二篇于周太师，以《那》为首。""颂"是相对于民歌（"风"）和贵族、文人的一般抒情、讽刺之作（"雅"）而言的，不仅在内容上，而且在形式上也有其特征。由《国语》中这一段话可以看出，在商代已将这些体裁相同的作品集结起来被名之为"颂"。《逸周书》《左氏春秋》《国语》《战国策》等书中，也存有不少先秦时不同体裁的文章，宋代陈骙的《文

---

① 按唐代孔颖达之说，《尚书》中的文体有十种。《尚书正义》云："致言有本，名随其事，检其此体，为例有十：一曰典，二曰谟，三曰贡，四曰歌，五曰誓，六曰诰，七曰训，八曰命，九曰征，十曰范。"孔颖达对一些以人之名号为篇名者一一加以说明，亦分别归于以上十类之中。

则》总结《左氏春秋》中的文体有八种：

> 考诸《左氏》，摘其英华，别为八体，各系本文：一曰"命"，婉而当（《尚书》有命十八篇）。二曰"誓"，谨而严（《尚书》有誓八篇）。三曰"盟"，约而信。四曰"祷"，切而急（《尚书·武成》有武王伐纣祷辞，自"惟有道曾孙周王发"至"无作神羞"，是其文也）。五曰"谏"，和而直。六曰"让"，辩而正。七曰"书"，达而法。八曰"对"，美而敏。[①]

下面又一一举出见于《左氏春秋》的例子。实际上还可以补出一些，诗、歌、谣、诵这些文学体裁不算，任昉（460—508）《文章缘起序》中指出的鲁哀公《孔子诔》（哀公十六年），属于前人常常说到的《文心雕龙》中专篇论述的诔体；《虞人箴》（襄公四年）和见于昭公七年的正考父《鼎铭》属于"箴铭体"；《文心雕龙·檄移》指出，管仲之对楚人（僖公四年），吕相的绝秦书（成公十三年）属檄移体。根据褚斌杰先生的意见，晏子之论"和同"（昭公二十二年）、穆叔之论"三不朽"（襄公二十七年）属于论辩体；王子朝告诸侯（昭公二十六年），属于诏令体。[②]则见于《左氏春秋》者至少有十多种文体。明人吴讷《文章辨体》在论及谕告、论谏、书、序、铭、颂各文体时，徐师曾《文体明辨》在论述"命""盟""书记""论""序""文""杂著""箴""铭""祝文"时，也多录有先秦文章为例。清人姚鼐编《古文辞类纂》，按照他自己作文的"义法"，先秦散文中"奏议类"选《战国策》6篇、李斯文2篇，"书说类"选《战国策》38篇，"诏令类"选秦始皇1篇，"碑传类"选李斯刻石文6篇，"辞赋类"屈宋之作外，并录入《战国策》中的《楚人以弋说顷襄王》《庄辛说襄王》，只是不及《尚书》《左氏春秋》《国语》和诸子之书。与上面所说到的诸书合而观之，可大略看出先秦时代文体发展的情况。

我国古代关于文体的认识和归纳概括也是比较早的。《周礼·春官·大祝》

---

① （宋）陈骙：《文则》，中华书局1985年版，第27—28页。
② 褚斌杰：《中国古代文体概论》，北京大学出版社1990年版。

中说：

> 作六辞以通上下、亲属、远近。一曰祠，二曰命，三曰诰，四曰会，五曰祷，六曰诔。[①]

这"六辞"的作用既是为了"通上下、亲属、远近"，则显然只是包括应用文，其他文体如诗歌、春秋（史书）、卜辞等不在其内。而且按照东汉郑玄的解释，"六辞皆为生人作辞，无为死者之事"。也就是说，大祝所掌此"六辞"，都是用于现实政治生活中上下远近的诸多关系之间，至于祭神鬼、人祇的文字，则在"六祈"的范围。《大祝》篇在上引此段文字前云："掌六祝之辞以事鬼神示。""掌六祈以同鬼神示。"《周礼》原文对"六祝""六祈"的具体名目也有说明。《文心雕龙·祝盟》云：

> 及周之大祝，掌六祝之辞，是以"庶物咸生"，陈于天地之郊；"旁作穆穆"，唱于迎日之拜；"夙兴夜处"，言于祔庙之祝；"多福无疆"，布于少牢之馈；宜社类祃，莫不有文。[②]

刘勰则以"六祝"为六种文体。三代以前，事鬼神，重祭祀，故有关祭祀的仪式、文体分得很细。我们将此"六祝""六祈"都归并为一，分别只看作为一种文体，则《周礼·大祝》也应是归纳出了八种文体。这八种文体是大祝所掌，只是周代朝廷应用文的一部分。应该说，这种概括还是比较全面的。

《左氏春秋·襄公十九年》载，鲁国同齐国作战所获兵器铸为无射之钟，上面刻了铭文，臧武仲（臧纥）因此有一段论"铭"的文字，可以说是"铭"这种文体的最早的专论：

> 夫铭，天子令德，诸侯言时计功，大夫称伐。今称伐，则下等也；计

---

① 《十三经注疏》，上海古籍出版社 1997 年版，第 809 页。
② 郭晋稀：《文心雕龙注译》，甘肃人民出版社 1982 年版，第 111 页。

功，则借人也；言时，则妨民多矣。何以为铭？且夫大伐小，取其所得以作彝器，铭其功烈，以示子孙，昭明法而惩无礼也。[①]

这里对铭的内容、功用做了阐述，认为铭在天子只能是"令德"（"令"为动词，意即表彰），在诸侯只能是"言时计功"，不能将不义的行为、事件也作为铭的内容。自然，臧武仲这段论述中体现了一定的阶级立场，但也提出来文章内容的真实性和社会教育作用的问题。

如果说臧武仲这段文字尚嫌简略，那么，《礼记·祭统》中有一大段论铭的文字，则不仅论及内容的问题，也论及形式方面的问题：

> 铭者，自名也。自名以称扬其先祖之美，而明著之后世者也。……铭者，论譔其先祖之有德善、功烈、勋劳、庆赏、声名，列于天下，而酌之祭器，自成其名焉，以祀其先祖者也。……身比焉，顺也。明示后世，教也。夫铭者，壹称而上下皆得焉耳矣。是故君子观于铭也。既美其所称，又美其所为。为之者，明足以见之，仁足以与之，知足以利之，可谓贤矣。贤而勿伐，可谓恭矣。[②]

下面录了春秋时卫国孔悝的《鼎铭》全文，又加以评论。文中所说"铭者，自名也"几句，即刘勰在《文心雕龙·序志》所提出文体划分四原则中的"释名以章义"；举出孔悝的《鼎铭》，即刘勰提出的四原则中的"选文以定篇"；范文之前、之后的议论，即"敷理以举统"。刘勰还提出一个"原始以表末"（原始以表时，元作"末"），这里没有体现，因为这段文字本来就已是论铭这种文体内容、体例的早期文献；后人论铭，则当溯于此，溯于孔悝《鼎铭》等早期作品，以体现"原始以表末"的原则。文中所说的"身比焉"，谓"自著名于下"（郑玄注），即属于格式方面的内容。

以上所引述还不是完全从文体的角度来看问题的。它们只能说是文体学的

---

①　杨伯峻：《春秋左传注》（修订本），中华书局 2016 年版，第 1152 页。
②　王文锦：《礼记译解》，中华书局 2001 年版，第 723 页。

滥觞。涓涓之流，千折百合，至东汉蔡邕《独断》将天子下于群臣之文分为四类：策书、制书、诏书、戒书；将群臣上于天子者也分为四类：章、奏、表、驳议。共八种朝廷应用文体（另有"宗庙乐歌"一类，此处未计在内）。还有他的《铭论》，可以说是我国最早的文体论。曹丕《典论·论文》、桓范《世要论》、陆机《文赋》、挚虞《文章流别论》、李充《翰林论》，又各有所发展。至任昉《文章缘起》[①]、刘勰《文心雕龙》，则对以前文体学研究进行了全面的总结与新的推进。萧统的《文选》则是当时文体分类理论的一种实践。

上面主要是说，在我国古代很早就形成了一些文体，古人对文体特征的认识与概括也比较早，而且在魏晋时代已形成文体学专著，到南北朝时代在文体研究方面已产生很有理论水平的著作，并且提出了文体划分的原则。

但是，一个时代的文体，同该时代的政治、社会生活有密切的关系。不仅同一文体在不同时代其形式、语言风格上会有所不同，而且各种文体所占的主次地位也有变化，甚于有的文体慢慢会没有人使用，而又产生出新的文体。但消失了的文体，也不是完全消失了，它的某些特征也可能体现在新文体之中；新生的文体，也非完全是新的，大多是吸收了旧有文体的部分特征，其因革流变的关系十分复杂。由于一些作者写作中的创造性，也有用此法写彼、以彼法写此以及以彼为此、以此为彼的情况。可以说，文体时时处于变化之中，各种文体间的关系也是时时处于变化之中。

由于这些原因，文章的分类总是见仁见智，看法不一。文章学的发展也十分缓慢，而且划分一直繁杂琐细，缺乏比较科学的归纳。如明代我国文体学上的两部著作，吴讷的《文章辨体》和徐师曾的《文体明辨》，前者分文体为58类，后者分为120类。

看来，我国古代很长时间内在文体划分中对文章的用途、使用场合、使用对象考虑较多，即孔颖达所谓"致言有本，名随其事"，而对文体本身的特征考虑较少，缺乏对文体特征的概括性认识。

---

① 任昉之作，本名《文章始》，《隋书·经籍志》称有录无书，则唐代已佚。唯《唐书·艺文志》载任昉《文章始》一卷，注曰"张绩补"。则北宋以后所传，乃是张绩"补亡"之作。唯今存《文章缘起序》、严可均《全梁文》、姚振宗《隋书经籍志考证》俱以为任昉所作，是也。今看《序》所言与今存之正文多有不合，可知《序》非张绩补作。

对古今所有的文体一一列出，是不可能的。文体具有时代性，已死的和现存的并列一起，也不利于对文体发展的认识，而且古今文体之间还存在着同体异名、同名异体等等复杂的情况。

那么，有没有一个办法将古今文体一并加以划分，以显示其类别的特征，而又可以避免繁琐与混乱的情况？这里自然就提出一个问题：把文体类别划分得大一些成不成？但另一方面又得考虑：如将古今的文体归为几个大类，这大类是不是还可以看作是文体？它能不能说明一种文体的特征及其流变？

从上面两个方面考虑，对文体做分级划分，是一种可取的办法。

事实上，古代一些学者的论著中，已经无意识地表现出这样的一种认识。如曹丕《典论·论文》中说：

> 夫文本同而末异。盖奏议宜雅，书论宜理，铭诔尚实，诗赋欲丽。此四科不同，故能之者偏也。唯通才能备其体。①

举出八种文体，而每两体联称，归为四科，各用一个字来概括其文体方面的特征。此似可以看成作是二分法的滥觞（前两科四体为无韵之文，后两科四体为有韵之文，似其中也隐含有文笔之辨）。如果将它同稍后的陆机的《文赋》结合起来看，就更清楚了。《文赋》中说：

> 诗缘情而绮靡，赋体物而浏亮；碑披文以相质，诔缠绵而凄怆；铭博约而温润，箴顿挫而清壮；颂优游以彬蔚，论精微而朗畅；奏平彻以闲雅，说炜烨而谲诳。②

分别论述了十种文体的特征，也是两句为一组，成"诗赋""碑诔""铭箴""颂论""奏说"，与曹丕所说有所异同，但同样朦胧地体现出对文体相近者加以归类的思想。

---

① （明）张溥辑评，宋校勇校点：《三曹集》，岳麓书社 1992 年版，第 178 页。
② （晋）陆机著，杨明校笺：《陆机集校笺》，上海古籍出版社 2016 年版，第 17 页。

在作品编集中采用二分法的，如果追本溯源，最早应是《诗经》一书。《诗经》中将所有作品按"风"（民歌，也包括一些上层人士的歌词）、"雅"（用雅言所写，基本上为严整的四言诗，极少有重章叠句的情况）、"颂"（宗庙乐歌，因其配合歌舞，因此一般比较短，有一些不大讲究句式的整饬）分类。但"风"之中又按地域不同（唱的声调自然也不同）分为十五国风；"雅"又分为"小雅""大雅"；"颂"又分为"周颂""鲁颂""商颂"。其较细的一级划分不完全是从形式上来考虑，而主要是以作品产生的地域、朝代、收集的先后为原则划分的①。所以，这还不能说是文体上的二分法。不过，如果我们将"诗"同"赋""诰"等文体并列起来看，"诗"已经是一种独立的文体，也就是说，它已经经过分类。那么，它下面的"风""雅""颂"则应看作是二级分类。乐府（民歌）、四言诗、颂，这在南北朝以后也一直被作为文体看待，而这里都归入"诗"一类，反映了编《诗》者在这一点上比后来很多文体专家还高明一些。只是由于《诗经》是一部书，人们忽略了它在文体分类上的启示意义。

萧统《文选》是二级分类，但它在各文体之下又是按内容、题材来划分的。北宋姚铉（968—1020）编的《唐文粹》也采取这种办法，但其"表奏书疏类"分表、书、奏、疏四目，则是文体二分法。该书分文体为23类，其中22类是《文选》的老办法，唯"表奏书疏"类大概因为按内容题材无法分，故如此处理，没想到歪打正着，倒表现出了文体分类上的一种新的方向。

真正在文体分类上采取了二分法，而且做得比较好的是南宋时代的真德秀（1178—1235）。他的《文章正宗》将文体分为"辞命""议论""叙事""诗赋"四目，每一目下再分体。其自序云：

> 正宗云者，以后世文词之多变，欲学者识其源流之正也。自昔集录文章者众矣，若杜预、挚虞诸家，往往湮没弗传。今行于世者，惟梁《昭明文选》、姚铉《文粹》而已。由今观之，二书所录殆得源流之正乎？……故今所辑，以明义理、切世用为主。其体本乎古，而指近乎经者，然后取焉。

---

① 赵逵夫：《论〈诗经〉的编集与〈雅〉诗的分为"小""大"两部分》，《河北师院学报》1996年1期；《第二次诗经国际学术讨论会论文集》，语文出版社1996年版。

否则，辞虽工亦不录。其目凡四：日辞命，日议论，日叙事，日诗赋。[①]

这是我国文体分类上的一个很大的进步，具有开创的意义。他立为四目，也可能受到曹丕《典论·论文》的启发，但主要应是他个人创造性思维的结果，因为像"议论""叙事"这样的完全从形式和反映生活的方式上高度概括的划分，此前确实还没有过。当然，真德秀的道学思想太重，他认为后世文章有脱离正统的情况，才要标举"正宗"。但我们不重其选文，只从文体学方面说，确是一个贡献。与真德秀大体同时而稍迟的严羽在其《沧浪诗话·诗体》中对诗歌各体按不同标准，从各个方面进行分类。诗歌分类，从理论上说对散文的分类也有借鉴作用。但该书有的在同一类中的划分不够严密，有任意罗列的毛病。明末清初的冯班在《严氏纠谬》中说："沧浪一生学问最得意处，是分诸体制。观其《诗体》一篇，于诸家体制浑然不知。"[②] 批评是很厉害的。由这也可以看出，古人对文章体制问题很重视。比较而言，真德秀的成绩是突出的。

清代储欣《唐宋十大家类选》分文章为六大类：奏疏类、论著类、书状类、序记类、传志类、词章类。每类又分为若干目。比较起来，这种分类法对以前的文体分类法考虑较多，是传统文体分类基础上的进一步概括。

此后姚鼐的《古文辞类纂》分文章为十三类：论辩类、序跋类、奏议类、书说类、赠序类、诏令类、传状类、碑志类、杂记类、箴铭类、颂赞类、辞赋类、哀祭类。比储欣分得稍细一点，但比《文章辨体》《文体明辨》二书要概括得多。虽然仍是在传统分类基础上的归并，但却反映出了一级分类在一些学者的二级分类的影响下向二级分类类别靠拢的情况；清末吴曾祺编《涵芬楼古今文钞》，便采取了姚鼐的十三分类方法，又在每一类下面分为若干文体。

从二级分类的方面探索走出了新路的，是作为桐城派支脉与后翼的李兆洛、曾国藩。阳湖派作家李兆洛的《骈体文钞》只就骈文而言分为三大类，32 种：

一、庙堂之制、进奏之篇（包括铭刻、颂等 19 类）；

---

① （南宋）真德秀：《文章正宗·纲目》，影印文渊阁《四库全书》，第 1355 册，台湾商务印书馆 1986 年版，第 5 页。

② （宋）严羽著，郭绍虞校释：《沧浪诗话校释》，人民文学出版社 1961 年版，第 285 页。

二、指示述意之作（包括书、论、序等 8 类）；

三、缘情托兴之作（包括设辞、连珠等 5 类）。

曾国藩的《经史百家杂钞》也分为三大类，称作"门"，每一门中再分类：

一、著述门，包括三类：

1. 论著类（论著之无韵者）；

2. 词赋类（著作之有韵者）；

3. 序跋类（他人之著作，序述其意者）。

二、告语门，包括四类：

1. 诏令类（上告下者）；

2. 奏议类（下告上者）；

3. 书牍类（同辈相告者）；

4. 哀祭类（人告于鬼神者）。

三、记载门，包括四类：

1. 传志（所以记人者）；

2. 叙记（所以记事者）；

3. 典志（所以记政典者）；

4. 杂记（所以记杂事者）。

这个划分比以前各种分类方法都清楚，逻辑上也比较严密。不仅所划分三大门十一类自成体系，而且如果按他以前、以后有关著作分体的情况，他所标的类之下，还可以注出一些"体"来。因而，他实际上是提出了一个"三级分类"的方案。曾国藩这种划分的一个突出特点是注重文章使用传播中的人我关系，体现出很强的伦理性。

清代的文体分类比起明代来，有很大的进步，但除曾国藩之外，其他各家同真德秀的"四目"比起来，也仍然注重于文章的功用和使用者、接受者的身份，格式、语气的因素较多，而考虑表现方式、写作手法、结构特征方面的因素较少，也就是说，仍然缺乏从文章内在因素、本质特征上的分析概括。

曹丕《典论·论文》在谈四类文体的特征时说"文本同而末异"。所谓"本"，指文章的共同规律；所谓"末"，指各体文章的特征。以此思想而用于文章的类、体特征的认识，便是每一类中都有其共同的特征，同一类中不同的文体之间又有其差异。但是以什么为标准来划分，这可以有很多答案。另外，《文心雕龙·通变》中说："夫设文之体有常，变文之数无方。"不但文体的关系是相对的，任何一种文体的特征也只是相对稳定。这就给文体的划分带来了一定的困难。

在西方一些学者文章分类理论的影响下，我国有不少学者致力于文章分类新的探索与研究，提出一些很有价值的见解，如陈望道、叶圣陶、夏丐尊、蒋伯潜、张寿康等，一方面，一定程度上继承了我国文体分类的传统；另一方面，吸收西方理论，做出了突出的贡献。他们也对自己的分类不断修改使之越来越完善。但是，人们至今仍在探索文章的分类问题。这一方面自然因为社会在发展，人们的认识也在发展，另一方面也反映了文体分类确实是一件复杂的事。

不过，经过了多年的探索，学术界对一些问题的看法也慢慢趋于一致。我觉得除了分类学的一般原则之外，应考虑到以下几个方面：

第一，应将功用与表现方式结合起来考虑。用单一的标准来划分，总会遇到一些不好解决的问题。

第二，应采用多级分类的办法。

第三，要考虑到我国的文化传统，同时也必须要有现代性，为建立现代中国文章学体系和帮助人们认识各体文章的特点和规律服务。

第四，不能层次太多，分类太繁，不易掌握。

朱广贤同志在他多年研究的基础上，写出了《中国文章分类学研究》，在他以前提出的"两门八类多体"的理论的基础上，做了进一步探索，并且努力同中国传统的哲学、文学批评学理论结合起来，希望能比较彻底地解决文体分类中一直未能解决的一些问题。我以前读过广贤同志的论文，觉得见解新颖，多有创说。也见到有的专家写的推荐书，言其"两门八类多体的分类新理论使文章的分类理论化和科学化"，"对筑构写作理论体系具有建设性意义"。他的一组系列研究论文曾获甘肃省高等学校哲学社会科学优秀成果奖和甘肃省教学成果奖。他提出的"道、学、术"三位一体的教研方法，对写作理论的建立和文体学的发展都有一定的意义。《中国文章分类学研究》我未能详细阅读，但粗加浏览，知该书是他在原来研究基础上的进一步探索，使他的一些看法更系统化。无论怎样，这是一部具有独立见解的文体学论著，它的出版一定会引起写作界、文章学界的关注。

广贤同志求序，仓猝不能细致阅读全书，做出全面、准确的归纳与评介，想到与之相关的一些看法，在此写出，以为序。

朱广贤：《中国文章分类学研究》，民族出版社 2000 年版。

朱广贤，1953 年生，甘肃文县人。北京大学中文系毕业，曾在鲁迅文学院进修。现为西北民族大学教授、硕士生导师，甘肃省文史馆研究员。出版《文艺想象论》《写作学概论》《文艺创造三位一体论》等著作。

第五辑 诗赋研究

《〈诗经〉分类辨体》序

　　四年前我写过一篇《〈诗经〉研究的过去、现在与将来》，认为《诗经》的研究在新时期取得了很大的成就，但也存在着一些问题。首先，到目前为止，一些研究仍未能摆脱旧的经学理论的束缚，例如还在讨论什么"四始"问题，孔子删诗问题，正、变问题，大、小《雅》的区别问题等。因为这些问题并不是《诗经》本身存在的，而是汉代以后经学家凭空造出来的，认真说来，是一些伪问题。《诗经》是文学作品，不同于《周易》，《周易》反映了周代以前人们认识客观世界的方法，历代学者对《周易》的诠释，实际上反映了中国古代哲学的发展变化，同时也丰富了《易》学的内涵。《诗经》研究却不同。我们要从《诗经》中认识当时的社会、风俗，体会当时各类人在种种社会环境下的情感。虽然我们从历代学者对《诗经》研究的看法中了解到各个时代意识形态、思想风气方面的变化，但未必于我们正确地体会和理解《诗经》中的作品，认识《诗经》这部书有益。有些伪问题不是引导人们做更深的思考，使人们的认识走向真理，而是设置了障碍，扩散了迷雾。其次，疑古思潮对《诗经》研究的负面影响未能完全消除。当然，对古人的有些说法提出怀疑，进行研究，并清除古代文献中各种非科学的说法对人们的影响，是完全正确的。但有的问题应该做深入细致的研究，不可因为当时不能理解，而轻易否定之。如二《南》部分有的《诗序》中有"化自北而南也""文王之化行乎汝坟之国""召南之国化文王之政""召南之国，被文王之化"之类的话，学者们多以为是儒生无根据地拔高了周初政治教化的影响，不可信。其实从西周初年开始在江、汉、汝水流域先后分封了不少姬姓诸侯国，确实是由这些姬姓小国将周文化带到了这一带。再次，庸俗社会学影响仍然存在，简单地以后世社会现象进行比附，甚至套某些理论框框的情况也存在。最后，我以为《诗经》研究中还应进一步讲求学术规范，倡导创新与守正相结合，以守正为创新的基础。不能只要是新说，便以为是创新，都应给予高的评价，加以介绍。前两年在中国人民大学报刊资料复印中心举办的一次《中国古代、近代文学研究》学术委员会上我也谈了这个观点，得到不少同行的赞同。

事实上，上面所谈四个方面的问题，说起来都是研究不深入的表现。如果能够下功夫，对《诗经》中的一些问题进行深入的研究，在此基础上追求创新，上面所说几个方面，是可以克服的。不注重学术规范，也不能集中精力将《诗经》中很多问题联系起来，做全面的、系统的考察，而是随机性地想到什么写什么，难免站不住脚，或与当时实际不合，自然也难以做到合于学术规范。

当然，与研究的深入程度相联系，也有一个研究角度、研究方法的问题，只在一些大家常谈的问题上"讨生活"，根据现成材料斟酌去取，加以敷衍，又引述各家，加以评判，似乎水平更高，其实对很多问题并无深入了解。这种"钻空子"的研究方法的盛行，正是研究范围没有拓展、没有真正突破的原因。所以，我在前面所说那篇文章中针对以往《诗经》研究的薄弱环节，提出五点建议：第一是进一步对《诗经》中的不同体式进行分别的研究；第二是做断代的研究；第三是按地域将《诗经》中作品分为几大地域范围来研究；第四是对作者、作者类型、作家群进行研究；第五是进行比较研究，无论是横向的、纵向的，也无论是思想内容方面、艺术表现手段方面，还是文体形式方面、语言修辞方面，是与中国的、还是与外国的，都可以进行比较。关于第二条，是我与几位青年同志从 1999 年开始进行《先秦文学编年史》的编写，2000 年又承担学校的科技创新工程项目《全先秦诗》中而想到的，这些工作都同《诗经》的断代密切相关，也同对其中一些具体作品的作者和作者类型（贵族、农夫、役人，男子还是妇女等）的研究有关，我在首届《诗经》国际学术研讨会上交流的论文《周宣王中兴功臣诗考论》（《中华文史论丛》第 55 辑）就是关于《诗经》中反映的西周末年作家群的研究。我认为以召伯虎、尹吉甫为代表的西周末年作家群，不但比学界常常说的"屈宋"早 500 来年，而且更具作家群体的特征。而屈原、宋玉的作品不仅思想和风格都有较大差距，二人也并不是生活在同一时间，其创作基本不同时。从西周到春秋再有没有作家群？其具体情况如何？都还可以继续探索。

　　尤其，我觉得对《诗经》中305首诗的不同体式进行深入的研究，不仅仅是文学体裁、体式问题，也同古代的文学观念、古代文化的很多问题有关。首先，作品的形式同作品的功能有关。民歌中即兴发泄感情的，多为杂言，因为它同曲调有关；因为是即兴之歌咏，又受到当地民歌构思规则、比兴习惯及当时所流行民歌语言类型的影响，体现出突出的民间色彩与地域特色；又由于民歌中有农夫的、樵夫的、征戍役夫的，有下层官吏的，有贵族妇女的，等等不同年龄、不同社会经历的男女作者的作品。所以，作品的题材、内容、主题的类型方面会受到不同的影响，体现出结构、语言、风格方面的差异。而贵族阶层的作品除了同民歌体式、风格等方面的差异之外，其中用于歌颂的作品同忧时感乱及讽刺、揭露之作，在继承的类型上，又有所不同，因而在体式、风格等方面，又表现出不同的特征。至于史官、乐官所作用于祭祀等礼仪场合之作，则受着既定仪式和统治者意图的影响，又完全另为一套。比如，用于大型庆典仪式的歌诗多为组诗（虽然今日已乱了次序，但文献有载，其间相互关系尚可寻觅）。再如，因为用于各种礼仪活动的诗作是用来配乐的，故有些作品无韵，反映因为乐曲的存在而对歌诗本身音乐性的忽视。这两个特征在《诗经》的其他类型的作品中是不存在的。郭晋稀先生曾提出《诗经·国风》中有组诗，举《陈风》中《衡门》《东门之池》《东门之杨》三篇，《宛丘》《东门之枌》两篇，《郑风》中的《山有扶苏》《狡童》《褰裳》《溱洧》四篇，《东门之墠》《出其东门》二篇。[①] 但郭先生是就其内容上的联系言之，是说这几组诗所写为同一事，从同一方面加以表现，并不是说各组形成一个系列。所以，它们同史官、乐师根据音乐、舞蹈的结构创作的组诗不同。当然，郭先生所指出的现象也是以往研究《诗经》者所未曾言的，对于我们探讨《诗经》中民歌在不同题材范围中体式、结构上的不同特征，有很大意义。

　　总的说来，《诗经》中各体多类作品在其形式之后还隐藏有很多东西，需要加以揭示。关于《诗经》中作品的句式、韵式、音乐结构类型、诗体形式类型，以往有不少人做过研究。1928年上海群学社出版之许啸天《分类诗经》中

---

① 郭晋稀：《诗经蠡测》（修订本），巴蜀书社2006年版，第37—41页。

就附有唐圭璋《三百篇修词之研究》，徐家齐《三百篇用韵之研究》；当代学者中，向熹先生的《诗经语言研究》（四川人民出版社 1987 年版），滕志贤先生的《诗经引论》（江苏教育出版社 1996 年版），在这方面进行了十分深入的研究。而关于《诗经》中作品的思想内容、主题的类型题材的类别，更是在很多论著中被反复论述过。李山先生的《诗经的文化精神》一书对《诗经》中的农事诗、宴饮诗、战争诗、婚恋诗等同周初"制礼作乐"所建立的各种制度联系起来，不是像以往很多学者由《诗经》中的作品看它们反映了什么样的历史，而是看当时的历史怎样地影响了它们，决定了它们的思想与形式。书中对《雅》《颂》也做了较深入的研究，在不少方面是具有启发性的。

　　不过，对各类作品从其最早的功用探索其形成、发展的过程，从而揭示其体式、风格上的特征之必然性，似尚有进一步探研之必要。《诗经》中涉及的社会生活十分广泛。人们对它的类型的划分总会有些不同，便说明了它的复杂性。另外，《诗经》中的作品深受周代礼仪制度、社会风俗的影响，但其中有的作品如果再向上追溯思考，还会看出一些问题，它们虽然绝大多数产生在周代，但总是在继承此前诗歌作品和文化传统的基础上完成的。如果把《诗经》中各类作品同诗体问题联系起来考虑，可能会看到一些我们以往未能注意到的方面。

　　韩高年同志在完成了《诗赋文体源流新探》（巴蜀书社 2004 年版）、《礼俗礼仪与先秦诗歌演变》（中华书局 2006 年版）两书之后，即着力于《〈诗经〉分类辨体》的撰写。可以看出，前两书的成绩为本书的撰写奠定了一个良好的基础。本书《前言》中说："在这漫长的数百年中，语言演变、世事变迁所造成的结果会使诗歌产生时代性的差异。其次，从空间地域来说，《诗经》所收作品涉及当时周人统治的大部分地区，方言土风和地区性文化差异会导致诗歌在诗体上的差别。"[1] 本书是从历史文化的各个方面着眼，而聚焦于诗体问题。

　　本书的主要创新之处在于对《诗经》进行分类研究，在每类之下又注重从诗体角度对有关类型诗篇的起源、体式特征的形成演变规律予以归纳，对《诗经》时代诗体的类型的丰富性予以展示，以期打破以往《诗经》研究的格局。

---

　　① 韩高年：《〈诗经〉分类辨体》，上海古籍出版社 2011 年版，第 1 页。

具体说有以下两个方面。

首先，分类分体研究是对以往《诗经》研究的深入和细化。《诗经》所收诗歌，从时限上说，上起商代，下至春秋中叶。保守一点说，其时限范围从公元前 11 世纪—前 6 世纪，也有 5 个世纪之久。在这漫长的 5 个世纪中，语言演变、世事变迁会使诗歌产生时代性的差异，《诗经》中所收诗篇亦不例外。从产生地域来说，《诗经》所收作品涉及当时周人统治的大部分地区，方言土风和地区性文化差异也会导致诗歌在诗体上的差别。基于这些因素，对《诗经》进行分类分体研究就显得十分必要。这一课题，前人虽有涉及，但多局限于对一组诗或单首诗的研究，缺乏整体性，尚未出现对《诗经》进行综合的、多维视角的分类研究成果。

其次，分类分体研究从新的视角展现了《诗经》时代诗歌发展的成就和水平。一种研究的思路和视角是否有效，首先取决于它是否与研究对象的内在结构相契合。对《诗经》进行分类分体研究，是从其所收诗歌体式类型丰富的特点出发的，具有很强的针对性和适用性。同时也体现出作者对目前学术界文体研究、地域文学研究学术构想的回应。

《诗经》中的诗歌，包括不同题材类型。按照不同的标准，亦可以划分出不同的诗体类型。循此思路，本书研究的主要内容如下：

一、分题材研究。对《诗经》305 篇作品最早进行分类编排、注释和研究的，是许啸天的《分类诗经》，分作"家庭""宫廷""政治""军事""风俗""杂类"这六类。后来之文学史著作或研究《诗经》的专著，论《诗经》一书的内容，多以战争诗、农事诗、婚恋诗等为类，更能体现出《诗经》内容上的特色。本书在此前学者基础上分为六类：婚恋诗、农事诗、战争诗、祭祀诗、宴饮诗、民族史诗。书中对每一类题材的形成、演变及影响规律加以归纳。

二、分地域研究。两周文化已经形成显明的地域性特征。按照诗篇所属地域，将《诗经》中的诗分为王畿地区诗、三晋地区诗、秦地诗、郑卫陈诗、齐鲁诗等，并在比较中揭示其地域特色及其成因。

三、分诗体研究。诗体研究是本书的一个创新点。诗体划分的标准不同，诗体分类的状况亦不同。《诗经》中的诗体划分及研究包括以下内容：1. 按章法结构，可以分为单章体诗、多章体诗。其中后者又可分为二章体、三章体、四章体、五章体等不同类型。2. 如以句式结构为准，可以分为四言体、三言体和杂言体等。3. 按照诗体功能，可以分为颂扬诗和讽刺诗。4. 按照其作者类型，可以分为巫祝之诗、贵族之诗和庶民之诗。

总之，因为《诗经》所收作品的文体来源颇为广泛，所以通过相互平行的多种分类，以及不同层级的层次分类，可以揭示出其潜在的诗体的丰富性。

《诗经》作为中国一部重要的文化元典，两千多年来，无论在思想方面、历史文化方面，还是文学素养方面，影响了一代又一代的学人，对中华民族精神的形成和我国文学传统尤其是诗歌传统的形成，产生了长久的深刻的影响。其中有些问题还要做继续的研究。韩高年同志此书的一些看法，至少拓展了这一领域研究的范围，可以引起一些新的思考。希望能引起学术界的讨论。

2010 年 3 月 2 日

韩高年：《〈诗经〉分类辨体》，上海古籍出版社 2011 年版。

韩高年，1971 年生，甘肃金昌人。2001 年毕业于西北师范大学，获文学博士学位。2003 年复旦大学博士后出站。现为西北师范大学副校长，文学院教授、博士生导师，中文一级学科带头人，国家教育部新世纪优秀人才，甘肃省领军人才，甘肃省首届飞天学者特聘教授。主要从事先秦两汉魏晋南北朝文学与文化研究。学术兼职有中国先秦两汉文学研究会副会长、中国骈文学会副会长、甘肃省乞巧文化研究会会长、甘肃古代文学学会副会长等。在《文学评论》《文学遗产》等刊物发表学术论文 100 余篇，出版《先秦文学编年史》（合著）、《礼俗仪式与先秦诗歌演变》《一本书读懂中国文学史》《先秦文学与文献论考》等专著十余部。

《诗经斠诠评译》序

　　蔡文锦先生 1961 年由江苏省扬州中学考入北京师范大学中文系。因在中学时得扬州印坛盟主蔡巨川先生的殷切关怀与赏识，蔡巨川先生的夫人又引荐其妹丈、中国科学院文学研究所余冠英先生。1962 年 10 月，余老曾当面批改他的旧体诗词册，并题词云："文锦同志学诗甚勤，就余讨论。"并题诗二首。又赠予《诗经选》《乐府诗选》、三卷本《中国文学史》，这对一个大学中文系的二年级学生无疑是极大的鼓励与鞭策。

　　文锦先生的《诗经斠诠评译》凡 120 万字，体例为先将原文与译文对照列出；次论诗旨；三为校勘；四为诠释和韶部；五评论。附有关于《商颂》的长篇论文及参考书目。

　　文锦先生五十年来能屏除一切杂念、俗务，谈而能拙，孜孜矻矻，故能完成此大著，并多亮点。首先，作者在校勘方面用力甚勤，与前儒相比，则以《战国楚竹书》《阜阳汉诗》、荆门楚简和贾谊、陆贾、刘向等汉儒之说及《汉石经》、汉魏碑刻、《景刊唐开成石经》《敦煌文献》《毛诗王肃注》《文选》等进行校勘，颇有发现，釐正经文。如《陈风·衡门》"可以乐饥"之"乐"，《汉石经》《唐石经》《说文》《五经文字》作"㦿"。"㦿""疗"古今字，"樂"当读如"㦿""疗"（liáo）。《小雅·车攻》"有闻无声"，《法藏敦煌》14/376 "闻"作"问"，"闻"读如"问"。《正月》"忧心愈愈"，上海博物馆藏《汉石经》残碑字乙，"愈"作"瘐"，"瘐瘐"（yúyú），郭璞注："贤人失志怀忧病也。"《小旻》，《唐石经》"是用不集"，据《鲁》《汉石经》《韩诗外传》《集注》"集"作"就"，"集"读如"就"。《大雅·云汉》"耗斁下土"，据《荀子·修身》《淮南·精神》高诱注引，《笺》《汉简》《诗经小学》等校"耗斁"为"秏殬"。《皇矣》"维此王季",《毛诗正义》《单疏》《左传》《正义》则取"维此王季""维此文王"两说并存,而校勘者则据《左传·昭公二十八年》《鲁诗》《中论·务本》《齐传》、《乐记》郑注、《疏》引《韩诗》、《春秋正义》王肃注、杜预注、刘炫《毛诗述义》、《单疏》本、《通介堂经说》《目耕帖》《十三经注疏附校勘记》及据文例文义分析,校定为"惟此文王"。《周颂·载芟》,据沈重、《释文》《白帖》《文选注》《张表碑》《唐石经》校出"椒"当为"淑"。虽然有的前人已指出其本义,但作者增列版本上的依据,总是一种学术上的推进。

其次,注释方面由于作者运用《本草纲目》《中华药海》、多种辞书,在训释方面常有前人略而此处为详,细为辨析的情况。作者又运用上古音韵知识,分析双声、叠韵、连语与一词多义,也多有新解。如《召南·甘棠》"蔽芾甘棠",《毛诗》:"蔽芾,卜貌。"郑《笺》注为"始生",也即"小貌"之义。陈奂《诗毛氏传疏》又引《尔雅》《韩诗外传》等有关文字以证之。马瑞辰《毛诗传笺通释》引朱熹《集传》:"蔽芾,盛貌。"并言:"甘棠为召伯所舍,则不得为小。"引《风俗通》引《传》:"依草木之蔽茂。"《说文》:"朮,草本盛朮朮然。"《广雅》:"芾芾,茂也。"且举《韩诗外传》作"蔽芾",《张迁碑》作"蔽沛",以为"并声近而义同"。方玉润《诗经原始》承其说。本书注"蔽芾",叠韵词,茂密貌。甚是。《大雅·韩奕》"维笋及蒲",《说文》"笋"作"苇",《诗考补遗》引《三家》作"苇",训为:"苇为菜,花柴笋,又名柴笋、芦笋,诗人记录了中国菜的范围,民间流传芦笋是野菜滩八珍之一,有多种氨基酸,微量元素,纤维素,脆嫩可口,排除油腻,清胃通肠,瘦身美容,徐锴云:'苇初生,其笋可食。'"联系当今饮食及科学知识言之,亲切有味。

再次,有选择地引用先秦以降评论,同时,也有作者自己的心得。如《小雅·正月》的评论则用结构分析法,"此诗出自血泪之笔,一、五、六、十一等章,引类譬喻,八章抒禾黍之痛,末章善用对比,斐邰其文,开屈原《离骚》引类譬喻的先河。晋·傅玄《美女篇》胚芽于此篇第八章"[①]。于《小雅·蓼莪》云:"此开汉·蔡文姬《悲愤诗》的先河。此诗擅长用动词,用对

[①] 蔡文锦:《诗经斠诠评译》,台湾花木兰出版社 2017 年版,第 588 页。

比技法，用深情抒写，比《凯风》则文辞赡蔚而灵动多变，颂美中国传统的孝亲精神、母爱精神、父爱精神，抒发了诗人对父母怙恃的感恩之情，对不能赡养奉侍的歉疚之情，千古以来感人至深，晋·潘岳《寡妇赋》云：'览《寒泉》之遗叹兮，咏《蓼莪》之余音。情长感以永慕兮，思弥远而逾深。'固然谣、谚、民歌是文学的乳娘，然而文人在大量吸收民间文学的乳汁后，似又高于民歌，在艺术技法、艺术语言与艺术魅力方面都胜于《凯风》，诵《蓼莪》而怆然泪下。"① 于《思文》云："如果说《清庙》至《执竞》主要颂扬明德，'秉文之德'，汲取商代灭亡的历史教训，歌颂开国元勋的丰功伟业，那么，《执竞》又多一思想亮点，高举务农立民的旗帜，宣传敬德保民的政治思想，《泰誓》云：'天予于民，民之所欲，天必从之'，'惟天惠民'，'天视自我民视，天听自我民听'，《康诰》：'裕（教导）民'，'宁民'，《执竞》：'立我烝民，莫非尔极。'"② 此皆为中国古代的重要思想。

最后，今译。文锦先生从上初中时开始博览古代诗歌与现代一些著名诗人作品及一些外国著名诗人作品，开始写诗，所以其所作今译具有节奏感和诗味。他又广泛参考时贤的译本，故能准确反映原文之志。1981年1期《文史知识》发表夏承焘《我的学词经历》，夏老、余老是相知甚深的老朋友，夏老有自警诗云："落笔长鲸跋浪开，生无豪意岂高才。作诗也似人修道，第一工夫养气来。"译诗其实也是如此。作者不仅要理解了原作才能准确译出其内容，表现其情感，而且有一定的译才，才能译出其中的韵味。在目前众多的《诗经》今译文本中，这应是有特色的一种。

我从二十多年前为研究生讲《诗经》研究，觉得1949年以来《诗经》的各种选注本、大多教材都选《国风》多，而于《雅》《颂》都选得很少，似乎已形成了一种固定的看法：《雅》《颂》部分的作品，无论内容上还是艺术上都赶不上《国风》。学者写论文、做研究，也多集中于《国风》部分。所以，我开始准备写一部《雅诗评注》，并打算在这后边再写一部《颂诗评注》。因为工作只做了一些，本打算很快完成，故在我所主编的《诗赋研究丛书》、1997年

---

① 蔡文锦：《诗经斠诠评译》，台湾花木兰出版社2017年版，第646页。
② 蔡文锦：《诗经斠诠评译》，台湾花木兰出版社2017年版，第996页。

1月出版的《张祜诗集校注》，直至 1999 年出版《唐前诗禅关系探赜》《曹植诗探》的勒口上都预告此书"即出"，但后来感到有些问题还需要进一步下功夫再研究，因而放了下来。只是 2010 年受凤凰出版社之约，做了一个《诗经》的评注本，于次年 1 月出版。虽然早已将《诗经》全部注定，但有不少地方自己觉得还不是很满意，和我在 70 年代译注过的《天问》一样，放在那里在发酵 —— 不是让那些已写成的文字发酵，而是让那些问题和材料在我头脑中发酵，希望有一天产生出新的想法、新的解决办法。这当然主要依赖于新的材料的发现和对有些材料的新的认识。所以我也很希望蔡先生的书早日问世。

我与蔡先生趣味极投，故他要我为其大作作序，写出以上的话。无论如何，《诗经斠诠评译》的出版为《诗经》研究领域增加了一朵鲜艳的花。而且这部书既关注到专家研究层面，在校勘上下了功夫，又兼顾到一般读者，有译文。我相信它会受到广泛关注的。

是为序。

2014 年 4 月 21 日

蔡文锦：《诗经斠诠评译》，台湾花木兰出版社 2017 年版。

蔡文锦，1937 年生，江苏泰兴人。曾任扬州职业大学中文系副教授、教授。

《俗赋研究》序

在敦煌遗书中发现《燕子赋》《晏子赋》《韩朋赋》之后，人们才知道唐代有这样的一种通俗的民间小赋，用对话的形式，有一定的情节，语言通俗，对话部分句子整齐，基本押韵，多为四言，风格诙谐。学者们或称为"小品赋"，或称为"白话赋"，或称为"民间赋"，或称作"俗赋"，或称作"故事赋"。各有所见，而称其一端。游国恩等先生主编的《中国文学史》采用"俗赋"这个名称。"俗赋"的叫法相对于传统赋的各种体式而言，大体可以体现这种赋的特点，遂被学术界所接受。容肇祖先生在其《敦煌本〈韩朋赋〉考》一文中提到"汉宣帝时王褒的《僮约》，便是类似这种体裁"[①]。《僮约》虽不以"赋"为名，但形式上确与此类作品十分相似。此外曹植的《鹞雀赋》、左思的《白发赋》名称既作"赋"，形式上又与敦煌俗赋完全相同，则唐前俗赋存在的迹象，也依稀可寻。1993 年，在东海县尹湾西汉晚期墓出土了《神乌傅（赋）》，俗赋的上限正式提前到西汉末年，已去王褒之时甚近。王褒的《僮约》用了当时存在的俗赋的形式，是完全可能的事了。

1979 年，甘肃省文物工作队在敦煌西北的马圈湾汉代烽燧遗址发现了一批散残木简，大约同于今人的废纸堆，其中一枚残简上的文字为：

书，而召鞞𠆾问之。鞞𠆾对曰：臣取妇二日三夜，去之来游，三年不归，妇

[①] 容肇祖：《敦煌本〈韩朋赋〉考》，《庆祝蔡元培先生六十五岁论文集》下册，《中研院历史语言研究所集刊》外编第一种，1935 年；后收入周绍良、白化文编：《敦煌变文论文录》，上海古籍出版社1982 年版。

原整理者尚未弄清其书本事，释"輆偝"为"輆備"，释"来游"为"乐游"。裘锡圭先生将其与敦煌发现的《韩朋赋》联系起来，释"輆偝"为"韩朋"，情节上做了补充阐释，看来竟是《韩朋赋》的早期传本！敦煌莫高窟发现的《韩朋赋》中说，韩朋婚后出游，"期去三年，六秋不归"，"其妻念之，内自发心，忽自执笔，逐（遂）自造书"，"韩朋得书，解读其言"，"韩朋意欲还家，事无因缘，怀书不谨，遗失殿前。宋王得之，甚爱其言"。简文开头的那个"书"，即相当于《韩朋赋》中"宋王得之"的那个"之"，指韩朋妻寄韩朋的书信，韩朋遗之，为宋王所得。简文中说"三年不归"，而《韩朋赋》中说"期去三年，六秋不归"，只不过是流传中形成的差异，最多只能说是情节的发展，然而总未离开"三年"之说。特别值得注意的是，简文中反映的也是对话体，而且同样是四言。流传七八百年时间而仍然保持如此相似的状态，令人惊异！由此，可以知道，不仅汉代有很多具有故事情节，用对话体、语言整饬、大体押韵的俗赋作品，而且唐代有的俗赋也是由汉代流传而来的。

当然，各种口诵文学在流传过程中总会有所变化，区别只在变化程度之大小而已；尤其民间口耳相传的作品，人们总会根据自己所处的社会环境及讲述者的阅历，对它进行加工，丰富它的情节。而口耳相传中的误听、误识，也成了民间文学演变、分化的一个重要原因。与《韩朋赋》类似的有1931年张凤编《汉晋西陲木简汇编》中所公布斯坦因在第二次中亚考察中所得一条汉简的简文。这条简上的文字同敦煌发现《晏子赋》中晏子回答梁王的话基本一样，只是作者不作"晏子"而作"田章"。我们由此可以看到古今一些看起来关系不大的作品实际上却存在着渊源关系。这对我们研究民间文学或曰口传文学有很大的启发意义。

地下出土的文献材料一再地提醒我们，对这种长期被淹没的文学形式应该进行认真研究，而不能守株待兔式地只是等地下再出土文献。

俗赋因敦煌发现的《燕子赋》等而得名，如果严格以《燕子赋》等地下出土的汉唐四篇俗赋为样本来按图索骥的话，汉以后除了前面提到的《鹞雀赋》《白发赋》《僮约》，也就只有扬雄的《逐贫赋》《都酒赋》（残）、傅玄的《鹰兔赋》（残）等有限的几篇。但如果按"俗赋"这一概念去寻找，则可以划入其范围的作品似乎还不少，如王褒的《责须髯奴辞》、蔡邕的《短人赋》、束皙的

《饼赋》等。谭家健先生的《束皙的俗赋》一文，则是将束皙的《劝农赋》《贫家赋》《读书赋》《近游赋》同《饼赋》一并看作俗赋的。①

要揭示俗赋的形成与发展状况，首先要挖掘、认定一批作品，包括各个时代的，尤其是唐代以前的。因为五代以后时间稍近，可供考察的材料较多，也可以通过田野调查获得一些资料，以填补空白；只是一些形式因为社会生活的变化等因素，使这种形式的流传中断了。而唐以前的则关系到这种文体的产生时代，它同汉魏六朝文赋、诗体赋等的关系，关系到同早期小说、寓言、民间传说的关系等问题，所以对揭示并解决古代文学发展中一些重要问题都有很大的意义。

确定哪些可以算作俗赋，哪些不算，是依据敦煌发现的那些故事赋为参照呢？还是从"俗赋"的概念出发，只要符合"俗赋"概念的都归入？我以为一种文学形式在发展过程中必有演变、分化，准会影响到其他的文学形式，或向其他的文学形式吸收某些成分，从而扩大自己的题材范围，丰富自己的表现手段。当然，它自身也必然保持着基本的特征，或仍然具有自己独特要素中的大部分成分。所以，我以为俗赋自然应以敦煌发现的《晏子赋》《韩朋赋》、两种《燕子赋》和尹湾出土的《神乌赋》为标本，把它们看作俗赋的基本形式、俗赋的主流；但研究中不妨把界线放得宽一些，广泛探索，将它的变体及在它的影响下产生的一些不完全具备俗赋特征的作品也纳入考察的范围。只有这样才能弄清俗赋早期存在的情况，弄清它形成、发展的过程。

值得注意的是，敦煌遗书中发现的三个俗赋作品有两个便是以先秦时人物为题材的，而且已由另外的出土文献证明它们在汉代即已形成。那么，它究竟产生在什么时代？先秦时代有没有俗赋？这是一个很诱惑人的课题。

具体分析可以确定为典型俗赋的作品，它们虽然同传统的文人辞赋如骚赋、文赋（包括战国和汉代的散体赋、汉代的骋辞大赋、南北朝时的骈体赋和唐代的律赋等）、诗体赋有较大差异，但同赋的这些体式之间都有一些共同点：

（一）用对话体，同文赋的以对话为基本结构方式是相同的，而与《七发》

① 参谭家健：《六朝文章新论》，北京燕山出版社2002年版。谭先生此文中还提到《玄居释》。我以为此属东方朔《答客难》、扬雄《解嘲》、班固《答宾戏》一类，即《文选》中称之为"设论"，今人也多视为赋。但此类作品全是文人或受到讥笑的人自解的文字，似不当看作俗赋。

体的连续对问，共同点更多一些。

（二）对话部分语言整饬，一般为四言，押相近的韵，有的全篇为四言，押韵。这就与诗体赋相近。即使只有对话是四言韵语，因为每一段对话也都有完整的意思，所以通篇就像诗体赋的联缀。

（三）多借着故事表现痛苦或不平，多困苦之音和批判揭露、抗争之意，带有一种情感发泄或明辨事理的意思。这又同骚赋以抒情为主的创作动机、创作倾向相近。

因此，古人将这种文学式样称之为赋，是有道理的。

当然，更重要的原因是，它们都是用来诵的。

骚赋是屈原在楚歌的基础上，吸收西周末年以来诵诗的创作经验而成，经宋玉突出了铺排的特征，由诗赋两栖的《离骚》《抽思》《惜诵》等，而完成了骚赋体式的确立；诗体赋是在先秦诵诗的基础上由屈原的《橘颂》、荀况的《礼》《知》《云》《蚕》《箴》五首䜩形成形式上四言、题材上以咏物为主的特征；文赋则主要来自行人辞令和议对。行人辞令是用于国与国之间的，议对则是国内的，包括臣子向君主的讽谏和游士向投奔国的陈说，其中既有事先准备好的书面的陈辞，也有陈辞后追记的文字，也有上书、书信。骚赋主要是作家个人抒发怨愤（如司马相如《长门赋》那样抒别人之情者较少。但共同特征是用第一人称手法）；诗体赋以咏赞为主，即使表现个人情况，也以写他物来体现；文赋以描写场面、展示风貌为主，"卒章显其志"，多"劝百而讽一"。前两种体式的创作与传播在很大程度上是作家个人的行为，社会影响较慢、较小，故可以不论。就文赋而言，由行人辞令和议对到赋，会有一个转变的过程。是什么人，基于怎么样的社会基础，出于什么动机，而将这种应用文体转变为一种文学形式？这是以往的学者忽略了的一个问题。至于俗赋产生的时代，孕育、形成的过程，则更是模模糊糊。

过去探讨赋的起源，只由"赋者，古诗之流也""不歌而诵谓之赋""赋者，铺也，铺采摛文，体物写志也"这些定义中去推衍，甚至从"赋"字的本义方面去探索。这些都未能真正揭示出赋形成的原因。

我认为先秦时代以赋诵为职能的瞍矇，和以表演逗笑为职业的俳优，在赋的形成过程中起了决定性的作用。

先说瞍矇。《说文》："瞍，无目也。"段注："无目与无牟子别，无牟子者，黑白不分；无目者，其中空洞无物。故《字林》云：'瞍，目有朕无珠子也。'瞽者才有朕而中有珠子，瞍者才有朕而中无珠子，此又瞽与瞍之别。"朕（段氏以为本字作"朕"）即目缝，无朕即无眼缝。今天说来，都是盲人。以往论赋的起源者，有的也引用到《国语·周语》中邵穆公所说"故天子听政，使公卿至于列士献诗，瞽献曲，史献书，师箴，瞍赋，矇诵"和《楚语上》左史倚相所说"临事有瞽史之导，宴居有师工之诵，史不失书，矇不失诵"等语，但都是一般地提到，以证明"诵""赋"这两种行为确实存在，多用以解释诗由歌诗向诵诗的转变。其实，瞍矇的赋诵，主要是古代的嘉言善语，可以作为给人君、贵族、卿大夫增长历史知识、提高听政水平的材料，是由他们从各种历史文献中选出来，又经过了适当剪裁甚至润饰。关于这个看法，可以从下面两个方面证明：

一、古代医药不发达，人有生理缺陷者多，加之专制政治下对人民群众刑法残酷，也常人为地造成一些人的生理缺陷。这些人在社会上只能根据自己的身体状况选择力所能及的事情以为生计。如刖者多为阍人，目盲者多从事弹奏音乐或讲诵之事，侏儒做任何体力活都只及一个小孩子，故多陪同君王、贵族、卿大夫说笑解闷、插科打诨，做种种表演。瞍矇以其有很强的记忆力和很好的听觉能力，或为乐师，或以讽诵嘉言善语为能。因而，本来只是古代留下的文献，他们却讲得有声有色，活灵活现，悦耳动听。应该说，他们讲诵的辞令或议对，其内容和基本框架是有所依据的，但语句变得那样整饬而有很好的节奏感，是他们进行了适当的调整、加工、润饰的。这样，行人辞令和议对，其性质、社会功能也便发生了变化，由古代文献变成了具有愉悦心情、陶冶性情作用的文学形式。

二、司马迁在《史记·太史公自序》中说："左丘失明，厥有《国语》，孙子膑脚，而论兵法。"左丘作为瞽史留下了一部《左氏春秋》。春秋时代还有一位著名的盲人师旷，不少文献中记载了他在音乐上的造诣。但《汉书·艺文志·诸子略》"小说家"著录有《师旷》六篇："见春秋。其言浅薄，本与此同。似因托之。"顾实《汉书艺文志讲疏》云："亡。兵阴阳家《师旷》八篇，盖非同书。《师旷》曰：'南方有鸟，名曰羌鹭。黄头赤目，五色皆备。'

（《说文》鸟部引）或在此书。师旷事详《周书》（《太子晋解》）、《左传》（襄十四年、昭八年）、《国语》（《晋语》八）、《韩非》（《十过篇》）、《吕览》（《长见篇》）、《说苑》（《建本篇》）诸书。"①鲁迅《中国古代小说史略》说《逸周书·太子晋》"其说颇似小说家"。

中国古代"小说"的概念同今日"小说"之概念有所不同，但仍以叙述故事和奇异为主，多出于街谈巷议，较为通俗，或近诙谐，而有别于史官与诸子雅训之言。《汉书·艺文志》说"其言浅薄"，正与俗赋的特点一致。

由于以上两点，我们可以通过对《师旷》这部书的钩沉与研究，来揭开这个被掩埋两千多年的谜底。

归于小说家的《师旷》其书已亡佚，但根据鲁迅先生和顾实先生之说，可以辑录一些可能本属于该书的文字。辽宁师大卢文晖先生辑成《师旷》一书，1985 年由上海古籍出版社出版。唯该书只辑有文献中注明出于《师旷》一书及以师旷为人物的文字。我以为《师旷》原书中也有些不以师旷为人物的故事或论说文字，比如有关乐师的文字。但这些今日难以判断，只好阙如。卢文晖先生所辑《师旷》的第一篇是《师旷见太子晋》。这篇作品无论从哪个方面说，都是一篇典型的俗赋作品：对话的形式，有一定的故事性，对话语句整齐，有几小节为整齐的四言句，多排比句，对话部分通篇押韵，语言通俗，行文不避重复，带有民间传说故事的特征，有的地方显得诙谐幽默。如其中写师旷听了太子晋的精彩对答以后，"师旷束躬其足曰：'善哉！善哉！'王子曰：'太师何举足骤？'师旷曰：'天寒足跔，是以数也'"。王子的问和师旷的答，都带有一种天真、质朴的民间色彩，也显得有些滑稽和诙谐。因此它是一篇典型的俗赋作品。据本篇押韵看，为先秦古韵。其中真文相韵，在《诗经》中即有，而鱼侯合韵，冬东合韵，均为战国晚期既有的语言现象。《太子晋》原见于《逸周书》，则应为先秦时代的俗赋作品，只是当时这种体式未用"赋"这个名称。人们所谓"循名责实"乃是就一般状况言之，在"实至名归"之前，"有实无名"的情形都是有的。先秦之时，这类东西只能归入小说一类。所以鲁迅说它是"小说家言"，顾实则以为即《师旷》中佚文。

---

① （汉）班固编撰，顾实讲疏：《汉书艺文志讲疏》，上海古籍出版社 1987 年版，第 162 页。

　　卢文晖辑《师旷》中所收《师旷论卫侯》（录自《左传·襄公十四年》）、《论天下五墨墨》（录自《新序·杂事》一）、《炳烛》（即卢题作《师旷论学》），录自《说苑·建本》也是同类作品。另外，《说苑·正谏》所收《五指之隐》一篇，与上几篇相近，唯作咎犯对晋平公。向宗鲁《说苑校证》已指出，《后汉书·宦者传》吕强上疏中引其文，作师旷，则"咎犯"为"师旷"之误，卢文晖辑本失收。

　　由这些看来，《国语·周语》中说的"瞍赋，矇诵"，《楚语上》说的"矇不失诵"等，并非虚语。师旷字子野，晋乐师，当晋悼公至晋平公时人（见《左传》襄公十四年、十八年、二十六年、三十年，昭公八年）。但《师旷》一书，必非春秋时师旷所著，应是师旷以后的瞍矇收集有关师旷的材料与传说，又根据自己讲诵的材料编辑而成，当成书于战国时代。这应是一部小说与赋的集子，是春秋末年以来以赋诵为职业的瞍矇搜集、选编而成的。他们所搜集、讲诵的材料，有些也属于俗赋，或近于俗赋。因为瞍矇的讲诵很大程度上也是为了娱悦人君、主人。

　　瞍矇是我国先秦时代在赋的形成发展中起了重要作用的专业文艺人才，这是以前大多数学者们未认识到，或未予以充分注意的。我们认识到这一点，就真正弄清了一些外交辞令、议对和传说故事是如何通过"不歌而诵"变为了一种文学式样的。

　　在赋的形成与发展中起了重要作用的，还有一类人，这便是俳优。俳优的贡献，主要在俗赋方面。

　　中国古代有很多寓言，墨翟、庄周、韩非都在收集、改编、创作寓言方面做出了历史性的贡献①。他们收集、改编、创作寓言是为了游说和劝谏执政者时取得更好效果。寓言既有哲理性，有助于谈说，也有故事性和诙谐、幽默的特征，闻之可以令人解颐。而俳优的职能就在于使主人（国君、贵族、卿大夫等）高兴，因而俳优的诵说带有一定的表演性，其赋诵的材料有情节性。所以，多取材于寓言故事，只求生动而不论有无历史依据，可是其中也常有些拟人化的寓言故事。有时候也借着自己亲近主人、同主人可以开玩笑的特殊身份

_____

　　① 赵逵夫：《论先秦寓言的成就》，《陕西师范大学学报》（哲学社会科学版）2006年第4期。

进行劝谏，他们的办法也是借用寓言类的小故事，旁敲侧击，使其自悟。主人由之而明白了事理，改正了错误最好，即使不愿改正，也只对俳优的讲说、表演一笑置之，不至变脸而治罪。因为长期形成的这种关系，人主、权臣在俳优面前也严肃不起来；俳优即使有出格之语，也看作玩笑而已。俳优虽然是给别人提供娱乐调笑的人，但作为人都有自己的人格，都有体现自己人生价值的愿望。晋国的优施参与了杀太子申生而立奚齐的阴谋，便是证明。当然，这是一个反面的典型。楚国的优孟谏止以大夫礼葬马，通过戏剧性的表演劝谏楚庄王照顾孙叔敖之子，齐国的淳于髡劝齐威王罢长夜之饮，秦优谏止始皇令陛楯者于雨天分为两队轮流值勤，谏止始皇扩大苑囿、谏止二世漆城之举，并见于《史记·滑稽列传》，都是止人君之妄行，而言人之所不敢言。史书记载是他们有益于国家、人民的典型事迹，而平时的职责，还是以讲诵、表演、娱悦人君为主。可以说，墨翟、庄周、韩非运用寓言侧重于其喻事明理的一面，俳优们运用寓言则侧重于其故事性和诙谐、幽默的一面。俳优们也常用寓言故事来表达劝谏的意思。典型的一例是，《史记·滑稽列传》载，齐王使淳于髡到赵国去请兵，以金百斤，车马十驷为礼品。淳于髡仰天大笑，冠缨索绝。齐王问：你是不是觉得礼物太少？淳于髡没有正面回答，却说：

> 今者臣从东方来，见道傍有禳田者，操一豚蹄，酒一盂，祝曰："瓯窭满篝，污邪满车，五谷蕃熟，穰穰满家。"臣见其所持者狭而所欲者奢，故笑之。[①]

可见他们也善于用寓言说事。

中国古代寓言和传说故事的片断有的有一定的戏剧冲突，同俗赋之间没有多大区别，其区别主要在语言风格和结构方式上。我以为，俳优们为了使寓言故事在讲诵之时更具表演性和声音效果，将一些叙述体的寓言和传说故事改编为对话的形式，并且使人物对话的语言成为整齐的韵语。关于这方面的证据，只要读一读《晏子春秋》就可以明了。《晏子春秋》一书，旧列入《诸子

---

① （汉）司马迁：《史记》，中华书局 2014 年版，第 3886 页。

集成》。其实它并非诸子之论政治、论哲理的著作，而是一部小说、故事、民间传说和俗赋的集子。近代湖南学者罗焌在其 1935 年出版的《诸子学述》一书中就指出，《晏子春秋》"当属俳优小说一流"。它的编者，并非晏婴，而是前面已提到，见之于《史记·滑稽列传》的齐人淳于髡 [1]。

《晏子春秋》一书全为对话体的形式，语言通俗又多排比句，大多篇章风格诙谐滑稽，民间文学的气息很浓。该书中与俗赋相近的篇章很多。如《谏上》的《景公不恤天灾》，《谏下》的《景公猎逢蛇虎》，《外篇》的《景公有疾》等，既以对话开始，也有收尾，结构完整，同一般"对问"有别，又多四言句，完全可以与俗赋视为同类。

我们说《晏子春秋》是淳于髡所编，而不说是淳于髡所著，因为书中所收材料有的来自古代文献（如《左氏春秋》），有的来自民间传说。因此，同一情节，往往有两个以上传本。据吴则虞先生《晏子春秋集释》所附《晏子春秋重言重意篇目表》统计，相近的内容有两个以上传本者 48 个，其中有三个传本者 9 个，四个传本者 9 个，五个传本者 1 个。可见非一人所著，而是收集各种传本而成。

值得注意的是，不同传本有在语言上被逐渐加工、趋于整齐的倾向。如收入《外篇上》的《景公坐路寝》同《谏下》的《景公登路台望国而叹》内容大体相同，但收于《外篇》四言排比句多，显然更接近于赋体。而一般说来，收入《内篇》的是收集得早些，内容上也被认为纯正一些的，收在《外篇》的或者时间上迟一些，或者认为不够雅驯。《谏上》的《景公所爱马死》《景公欲诛驳鸟野人》与收于《外篇上》的《景公使烛邹主鸟而死亡之》基本相同，但同第一篇比起来，《外篇》所收情节更合情理。因为国君所爱之马必为骏马、千里马之类，十分名贵，因其有时关系到事情的成败甚至性命。其无故暴死，罪及养马人，不算十分过分；而因作为玩物的鸟亡之而杀人，则过于残暴。故改"马死"为"鸟亡"。又后者更为简洁，同第二篇比起来，语言整饬；晏子劝谏方式显得诙谐幽默，更具逗笑的特征。这个故事也被收入《说苑·正谏》，可见这个版本的流传，不限于《晏子春秋》一书。

---

[1]　赵逵夫：《〈晏子春秋〉为齐人淳于髡编成考》，《光明日报》2005 年 1 月 26 日。

特别值得注意的是，到了汉代，东方朔也用大体相同的文字劝谏汉武帝。明代凌澄初刻《晏子春秋》于《景公所爱马死》篇上方识语云：

> 武帝时有杀上林鹿者，下有司杀之。东方朔在旁曰："是因当死者三：使陛下以鹿杀人，一当死；天下闻陛下重鹿杀人，二当死；匈奴有急，以鹿触之，三当死。"帝默然舍之。[1]

我们看《晏子春秋》中的《景公使烛邹主鸟而亡之》中晏子所说：

> 汝为吾君主鸟而亡之，是罪一也；使吾君以鸟之故杀人，是罪二也；使诸侯闻之，以吾君重鸟而轻士，是罪三也。[2]

《景公所爱马死》中晏子责养马者语，也大体一样。可以看出，《晏子春秋》中的一些故事和铺排之辞，为从先秦至汉代的俳优类人物所袭用。《汉书·东方朔传》所载东方朔上书中自言"臣朔年二十二，长九尺三寸，目若悬珠，齿若编贝，勇若孟贲，捷若庆忌，廉若鲍叔，信若尾生"云云，已近俳优之言，故"绍绐侏儒"，其待遇与侏儒相等。《汉书》本传言"朔虽诙笑，然时观察颜色，直言切谏，上常用之"，然最终仍然"与枚乘、郭舍人俱在左右，诙啁而已"。其所著《七谏》为骚赋，所著《答客难》《非有先生论》皆设论类文赋，体近俳谐。溯其风格之上源，则大体来自俳优语，也有取于宋玉的《登徒子好色赋》。而宋玉此赋同其《大言赋》《小言赋》一样，是学习当时俳优之赋和民间俗赋的结果。由东方朔对《晏子春秋》中所载俳谐赋类作品的袭用及其创作，可以看出俳优在赋的收集、传播、创作、改编上所起的作用。

当然，俗赋本身是民间的东西，那些君主、贵族、卿大夫想消遣娱乐的时候，让俳优们把那些属于"下里巴人"层次的东西拿来解闷。因此，应该说俗赋的更多的创作与传播者在民间。然而，民间艺人的创作如无文人记录，便同

---

① （春秋）晏婴撰，凌稚隆评校：《晏子春秋》，凌澄初朱墨套印本，第28页。
② （春秋）晏婴撰：《晏子春秋》，中华书局1985年版，第68页。

山间野花，自生自灭。从文化史的方面说，以一种潜流的状态存在与流传着，它们的作者的命运也是一样。《史记·龟策列传》褚先生所录《宋元王得神龟》一篇，应来自民间。这篇文字不但故事性强，而且对话押韵，为典型的俗赋，比起俳优们为了劝谏而临时所编更为精彩。

七十多年以前，冯沅君曾谈到赋同戏剧的关系[①]。后来的美国学者、日本学者也注意到这个问题。他们都道出了部分的真理，却不够确切。因为俳优就是以戏剧、表演、赋诵为能事的，但就文人所作文赋而言，同戏剧的关系不大，因为这些作品只是以对话引起议论，"对问"只是一种手段，所谓"述客主以首引"，而其目的则是"极声貌以穷文"，是铺排堆砌式描写建筑、形胜、场面景致，不主叙事，没有什么情节。只有俗赋有故事性，而且基本上用代言体（其中也有叙述的成分，但这种情形在元刻剧本中也有）。所以，俗赋同戏剧的关系是十分密切的，其间的转变，只是由一个人诵读变为三个人分别说，再加上表演而已；如果要更完善一些，再加上装扮。清水茂先生的论文证明辞赋同戏剧有关，所举人物，也是淳于髡、东方朔、郭舍人这几个见之于《史记·滑稽列传》的人物。但清水茂先生笼统提"辞赋"，而未及俗赋，似乎过于宽泛。[②]

总的说来，俗赋不仅唐代有，南北朝以前至魏晋、汉代以至先秦时代都有。我们可以借助于对俗赋形成、传播、收集、整理、编辑的探讨，揭示出其他体式的赋，尤其是文赋形成与发展的状况，从而弄清很多以往的研究中未能弄清的问题。比如弄清了瞍矇和俳优在赋的形成和发展当中的作用，使我们对赋由一般寓言故事、行人辞令、议对转变为俗赋和文赋有了明确的认识，也可以弄清《师旷》《晏子春秋》及刘向据以编《说苑》的那些书籍，是怎样汇集起来的。瞍矇、俳优和乐师一样，是我国先秦时代就有的"专业文艺工作者"，是诵读赋的专门人才。

1988年伏俊琏同志从我论学，攻读博士学位，他在硕士学习阶段攻读的是先秦两汉文学，基础扎实，先秦两汉一段的重要典籍都认真研读过，也很有心得。其后又在敦煌文学方面下功夫，写过一些论文，他的《敦煌赋校注》出

---

① 冯沅君：《古剧说汇》，商务印书馆1947年版。
② 〔日〕清水茂：《辞赋与戏剧》，《辞赋文学论集》，江苏教育出版社1999年版。

版之后获专家们的好评。我建议他研究俗赋，重点放在唐代以前，尤其对俗赋在先秦时的孕育、生成做一番考察。因为唐代、汉代的情况已比较清楚，至少不会有人怀疑其存在，而其上限到什么时间，就很不好说。另外，我建议其关于俗赋的认定可以《神乌赋》和敦煌所发现的《晏子赋》《燕子赋》等为标准，但不妨放宽一些，因为典型的俗赋有几个要素，这些要素不会是一下子就集中起来的，开始它可能分散地存在于其他文学形式上，后来经过不断完善，才使这些集中起来的四五个特征要素中，具备两三个，就应该纳入考察的范围。这是一个事情的两个方面：一方面它总有一个中心，另一方面它总会有外围。因此，研究中总应有一个主线，同时也应看到它也必然会影响到一定的面。2001年，他完成了博士学位论文《俗赋研究》，在通信评议和答辩中，专家们给予了较高的评价。

我觉得这部书有下面几个方面是有所开拓与突破的：

一、从目录的方面对汉以前俗赋存在的状况做了很有意义的探索。台湾著名赋学家简宗梧先生论《汉书·艺文志》中"杂赋"云："其篇章如今已不得而见，但我们从其中的《成相杂辞》十一篇和《隐书》十八篇，大体可知这类应该是指近于俗赋的作品。《汉书·艺文志》存录其数量，算是为俗赋的存在做了见证。"[①] 这是很有启发性的见解。但是，《汉书·艺文志》"杂赋"中所列是否都是俗赋作品，俗赋中究竟应该包括哪一些，也还是一个十分复杂的问题。伏俊琏同志在学术界有关研究的基础上经过认真分析，得出结论：《杂赋》"来自下层，篇幅纤小，作者无证，多诙谐调侃之意，《诗》人之讽谏之意微乎其微"，"基本上是口诵文学"。[②] 那就是说，《艺文志》所列"杂赋"并非全为俗赋，但包括俗赋，其非俗赋的作品，也有与俗赋接近的地方，如上面所提出几点。其作者无证，则正是来自下层社会作者的明证：或来之民间，或来之没有地位的俳优。书中还通过《七略》"别裁法"在杂赋分类上的体现，使我们看到汉代人对包括俗赋在内的杂赋的认识。其中对《七略》中"杂赋"与"小说家"的对应的分析，对认识俗赋的形态、传播也很有意义，这当中他也

———————————

① 简宗梧：《俗赋与讲经变文关系之考察》，《第三届国际辞赋学学术研讨会论文集》，台湾政治大学中国文化研究所，1996 年 12 月。

② 伏俊琏：《俗赋研究》，中华书局 2008 年版，第 24 页。

提出来一些较大胆的阐释或曰推想，比如《周礼·夏官》中"诵四方之传道"的"传道"，据郑玄注"故书'传'为'傅'"的记载，认为"'傅道'之'傅（赋）'即'瞍赋'之'赋'"。因为出土的汉代"神乌赋"，原简上"赋"正作"傅"，这是很值得深研的。可以说，在这方面作者做了开拓性的研究。

二、根据俗赋特征的几个要素及《汉书·艺文志》中"杂赋"的内容和汉代人关于赋的论述，大大拓展了研究的范围。书中将俗赋分为故事俗赋、客主论辩俗赋、歌诀体俗赋三大类和近于俗赋的应用文体等。这些作品的共同特征是"俗"，语言通俗，题材情节侧重于民间所关注的生活内容，又具有部分的赋的特征。本书在这几个方面都做了穷尽性探索，能纳入其中的，都纳入其中。在我们对俗赋的存在状况缺乏了解的情况下，只有从各个方面来进行考察，生长于民间和在俳优中口耳相传的东西，只有被文人著录，才能传于后世；只有文人仿作，才可以使我们看到它的形式与风格。我们是在文人们留下的文字中去寻找其存在的蛛丝马迹，去观察它在相近文体上的投影，这样就不能不把范围放得宽一点。敦煌发现的《燕子赋》等三篇俗赋和东海县发现的《神乌赋》是意外的收获，提示我们古代民间曾有过这种文学形式，但不能把认识其全貌的希望寄托在再出土一些文献上面。不能守株待兔，而必须从各个方面看它存在的迹象，看它的影响，由之而推断其大体状况。我觉得这是很有意义的工作。这实际上已经影响到关于赋这种文体体式和题材的分类。另外，书中也对以上所说几个类型的作品都做了些追本溯源的工作，也有利于我们对赋这种文体形成中复杂状况的认识。

三、对敦煌遗书中的俗赋和近于俗赋的作品进行考论。作者关于敦煌遗书俗赋范围的划分同前几部分的一致。这里倒反映出同早期俗赋与戏剧关系相同的现象：敦煌发现《茶酒论》，我以为本是文人的游戏文字，但敦煌发现的一个本子上标出了两个人物台词的次序，似曾付之于演出实践①。这也正好证明了俗赋确实是可以作为戏剧脚本被移植到剧场的。伏俊琏同志在敦煌赋方面做过很多工作，这一部分包含着他的不少创新成果。

---

① 赵逵夫：《我国唐代的一个俳优戏脚本 —— 敦煌石窟发现〈茶酒论〉考述》，《中国文化》总第 3 期，香港中华书局 1990 年版。

　　我初读敦煌变文是在 35 年以前，因为这是属于民间的东西，而读民间文学在当时的形势下不至被看成思想问题。20 世纪 80 年代初为了进一步探讨戏剧史上的一些问题，又重读，并整理发表过几篇校勘记。以后主要精力放在诗赋方面，但对俗赋的问题还是保持着很大的兴趣。在俊琏同志撰写论文的过程当中，我们曾就一些问题进行讨论。他的《俗赋研究》完成之后的几年时间中，我一面从事教学与科研工作，同时也仍然关注有关材料，一直在思考有关的问题。今其书即将出版，要我写序，写出以上心得，与关心这个问题的同志共商。我以为这部书的出版无论对赋学研究、俗文学研究，还是对敦煌文学研究，都会起到推动的作用。其中有些看法，可能还有不同意见，会引起争论，但这是好事，可以进一步推动这方面的深入研究。

2008 年 3 月 16 日

　　伏俊琏：《俗赋研究》，中华书局 2008 年版。

　　伏俊琏，1960 年生，甘肃会宁人。2001 年毕业于西北师范大学，获文学博士学位。现为西华师范大学国学院院长、教授，上海大学中国古代文学专业博士生导师，四川省人文社会科学高水平研究团队"古代文学特色文献研究团队"负责人，四川省"千人计划"特聘教授，四川省"嘉陵江英才工程"入选专家，国家社科基金重大项目首席专家。在《中华文史论丛》《文学遗产》等刊物发表学术论文 170 余篇。出版《先秦文学与文献考论》《敦煌文学文献丛稿》《敦煌赋校注》《人物志注译》《人物志研究》《敦煌文学总论》等专著十余部。

论讲史传统的流变与诗赋的正宗地位
——《诗赋文体源流新探》序

  中国文学历来有两个传统：一个是抒情的传统，一个是讲史的传统。讲史传统的形成同中国古代从西周开始即重视史的记载有关。但先秦时几种优秀的讲史作品历来仅仅被看作史书，以为完全是"左史记言，右史记事"的产物，把瞽史们生动的细节描述、心理刻画等文学上的创造完全归为史官的功劳，故先秦时讲史的传统为学者所"视而不见"；汉代初年国家政策宽松，又达于统一，文坛稍为活跃，自汉武帝独尊儒术，加强了思想钳制，经营四方及中央集权制的确立，歌功颂德的骈辞大赋成了最受重视的文学形式；小说、戏剧这些不登大雅之堂的东西在民间传播，但不为文人所齿。讲史之类也变得严肃规整起来，加以收敛。汉代兴盛的《公羊传》《谷梁传》，其中生动的历史故事只存留一些片断，大部分为讲稿一样解释《春秋》，揭示所谓微言大义的东西。《吴越春秋》《越绝书》之类的材料只在民间流传，被文人整理写定之后，既不被看作文学书，也不被视作史书，而归入伪书或杂史一类。此后从《史记》《汉书》开始，中国成系列的史书逐朝修纂，成所谓"正史"，又有《资治通鉴》之类编年史书，以上接《左传》。讲说历史完成了民间的文艺形式，即所谓"讲史"，及后来的"演义"。唐宋传奇（往往带有纪实的形式，是受讲论历史的故事的影响）及笔记小说之类文言小说虽为文人所喜好，但也不占正宗的地位。大体说来，从战国末年开始，至西汉中期确定，中国正宗的文学是以抒情见长的诗和以言志见长的赋，笼统说来，都属于抒情的范围（赋是通过铺排、夸张表现作者的某种看法与情绪，故多描写，但终归是"卒章言其志"）。

  诗赋成为中国文学的主流，不是没有原因的。上面所说讲说历史的"春秋"之类先是被误解而排除在文学之外，后又完全让位于史书而流传于民间，这是对比上的原因，是外因，尚非根本性原因。其实质上的原因是诗赋最能体现汉语的特点，显示汉语在艺术表现上的独特优点，同时，也能充分体现出汉字在艺术表现上的特点。因为民间作品主要是口传，而文人创作必须借助于文字。古汉语一词一音，书之竹帛则一词一字，无词尾变化，以词序体现句中各成分的关系，而又灵活变化，奇正相生。这对于做到诗歌句子的整齐匀称、相互对应，比其他的语言有更多的方便；汉语又有声调，声调体现着音的高低、长短、强弱、快慢、轻重，因此，按不同声调安排词汇，会使句子具有音乐性。汉字又是由象形、指事发展而来，也多会意、形声字，所以字形结构本身便带有类别性和一定的情感色彩，给人以想象与感情变化上的启发与暗示。中国的很多叙事文学作品翻译为外文，艺术本色上的减损并不大。甚至有些原作语言并不很高明的，而译文更为简捷或更具表现力，则其艺术性反而会有所提高。如明代的木鱼书《花笺记》、明末清初的小说《好逑传》，语言都实在不怎么样，但译为英、德、法等文字，在欧洲影响颇大，曾得到德国大文豪歌德的赞赏。因为叙事文学主要看情节、人物和所反映的思想，这些方面不能译为别的语言的成分并不多。但诗词的翻译，尽管经过国内外不少卓越的文学家、诗人的努力，但效果仍然很有限。

文学是语言的艺术。任何一个民族的伟大作家都在自己民族语言的丰富、发展和完善上做出过贡献，因为杰出的作家总是在千方百计发掘本民族语言中潜在的艺术表现力。汉语既有上面所说的长处，所以诗人、作家们在几千年的探索、努力中，将它在诗歌创作各方面的艺术表现力发挥得淋漓尽致。诗歌在艺术上所追求的无非是两点：一是对意境、情感、感受的极强的表现力，尽可能缩小言意之间的隔阂，克服"言不尽意"的法则对作家笔墨的局限；二是使作品更具音乐性，使作品的语言自然地具有音乐的美感。为了达到第一个目标，诗人、作家运用了各种修辞手段，如摹状、比喻、比拟（拟人、拟物）、通感、夸张、象征、暗示、拈连、移就、对照等，而且进行"炼字"，企图以选字之准确、字词搭配之恰到好处而做到传神、传情。为了达到第二个目标，诗人从句式、词语的安排布置等方面极尽变化之能事，以求达到音韵的谐调及字词声音的变化同内容的一致。比如屈原的《离骚》，除继承《诗经》中《雅》

诗的艺术经验和楚民歌的用韵特征，用固定的偶句韵，增强了诗的音韵节奏之外，还采用四句为一节的形式，并且用单句之末以"兮"收尾贯穿全篇，以与灵活变化的偶句韵相结合，有变有不变，实质上是一种特殊的交韵的形式。泛声的语助词"兮"主要表示着吟诵中句末声音的拖长，又有变换着的偶句韵脚与之相间，并不觉其单调，也不觉其转韵频繁。尤其令人惊叹的是，诗人在偶句韵脚常常邻近韵部相转，形成音韵上的渐变，回环往复，如流水之曲折变化。不仅此也，《离骚》六言句（不计"兮"）句式上采用第四字用虚词或意义较虚之字的方式，使一句之内，形成吟诵中轻重缓急变化的节奏，又往往利用一句之中这种若断若连的结构形式，在单句的第三字（虚字之前一字）也往往押韵，形成句中韵。如：

惟党人之偷乐兮，路幽昧以险隘。
　△●　　○　　　　●　△

岂余身之殚殃兮，恐皇舆之败绩。
　△●　　○　　　　●　△

启《九辩》与《九歌》兮，夏康娱以自纵。
　　　●　　　　○　　　　●　△

不顾难以图后兮，五子用夫家巷。
　△●　　○　　　　●　△

羿淫游以佚畋兮，又好射夫封狐。
　△●　　○　　　　●　△

固乱流其鲜终兮，浞又贪夫厥家。
　△●　　○　　　　△

曾歔欷余郁邑兮，哀朕时之不当。
　△●　　○　　　　●　△

揽茹蕙以掩涕兮，沾余襟之浪浪。
　△●　　○　　　　●△△

及年岁之未晏兮，时亦犹其未央。
　△●　　○　　　　　△

　　恐鹈鴂之先鸣兮，使百草为之不芳。
　　　△●　　　　○　　　　　　　△

　　（△表示韵脚字，○表示虚字韵脚。●表句中固定位置上的虚字或意
义较虚之字。下同）

　　还有单句句中同字相押，及多例旁转、对转相押的，不再一一抄录。这种
句中韵脚，有的随句子的变化，也产生个别变例：如句子在虚字前增加了一两
个字，这个韵脚字可能就在第四字或第五字上。如：

　　余固知謇謇之为患兮，忍而不能舍也。
　　　△△●　　　○　　　　　　●△○
　　指九天以为正兮，夫唯灵修之故也。
　　　△●　　○　　　　　　●△○

　　如果虚字前少了一个字，就落到了第二字上，如：

　　皇览揆余初度兮，肇锡余以嘉名。
　　　　△　　　　　　　●　　△
　　名余曰正则兮，字余曰灵均。
　　　△●　　　　●　　△

　　屈原在语言艺术上如此进行自觉的追求并且达到如此的高度，真令人惊
叹！过去学者们认为屈原之时中国文学的意识尚未觉醒，艺术上的一些表现是
自发的，而不是自觉的追求，这实在是违背了文学史的实际。南北朝之后诗歌
由诵诗转向案牍诗发展，虽然仍有歌诗产生、流传，但不占主流。但是无论是
耳治的诵诗、歌诗，还是目治的案牍诗，都极其注意语言的表现。歌诗因为有
乐曲相配，对于平仄及押韵的规律不甚在意，但在炼字、布置（如对偶）等方
面，仍然是着意经营，有着很强的感染力。
　　赋是由诗演变而来的，由诵诗吟诵的特征结合了问对散文及设论的结构

特征而形成。因为它是用诵的方式传播的，不依靠音乐，所以也特别注重对语言本身，以至于对汉字各种表现功能的利用。赋从战国末期产生，至汉蔚为大观，成一代之文学，体现出大汉王朝积极上进的时代精神。至汉末抒情小赋兴盛，多有名篇；魏晋以后又趋向诗化、骈化，可以说是对汉语特质的最全面、最充分的发掘与试验，为唐代律赋、律诗的形成提供了艺术经验。人们都知道唐代以诗称盛，其实就其数量而言，赋不亚于诗，其艺术水平较之汉魏六朝也有所发展。赋在中国文学史上实际的成绩和地位，比今天一般人知道的要大得多、高得多。直至清代，诗体赋、骚体赋、骈辞大赋及散体赋也都仍有人创作，而且清代赋作绝大多数为律赋。

正由于这个原因，我打算对诗赋关系做一深入的探索，申报了一个教育部项目"唐前诗赋关系探微"。原来有几位本系的教师参加，但后来几位同志觉得按我的要求做，太花气力，见效慢，可资参考的东西太少，再未进行，倒是有几位青年同志参加进来，进行认真地研究。韩高年同志便是其中的一位，他承担了课题中西汉和南北朝这两部分初稿的撰写工作。我的要求是要深入到句子，通过对句式、句子结构的发展变化、相互吸收，来揭示诗赋的关系。因为既然文学作品是语言的艺术，中国诗和赋最突出地体现着汉语的特色，如果脱离对语言的深入细致的分析，而去谈其他，总不能揭示出其发展演变中细微的深层的东西。当然，要做到这一点，也要对文本、对体裁和作家作品有关情况都有所了解，甚至做新的探讨。韩高年同志近几年中在这方面花了相当大的精力，读了大量的作品，包括逯钦立先生辑《先秦汉魏晋南北朝诗》和严可均校辑《全上古三代秦汉三国六朝文》，也读了古今一些学者的研究论著。他在完成"唐前诗赋关系探微"西汉部分、南北朝部分初稿撰写的基础上，也写了些相关的研究论文。有的论文发表后在学界引起很好的反响。有一篇论文在《文学评论》上发表。2002 年，《文学评论》副主编胡明先生在首届《文学遗产》论坛大会发言中回顾近年的古代文学研究，特别提到韩高年同志的论文，认为很有分量，并说他研究的问题"是属于前沿性的"。

韩高年同志在撰写《唐前诗赋关系探微》初稿中，曾同我多次就有关问题进行讨论，有些文稿也曾几次商议修改。我觉得他读书扎实，考虑问题深入细致，思辨性强，论文的撰写也踏踏实实，以求真求实为原则，不作空论。他攻读博士学位结束后，又进入复旦大学博士后流动站，得杨明先生指导，进一步研读先秦两汉诗赋及有关研究论著，并受到章培恒、骆玉明、黄霖等先生的指点，在理论上、文献上有更大提高。今将其近年来所发表的有关诗赋文体源流探索的论文汇为一集，拟作为《诗赋研究丛书》之一出版。书中收论文22篇，大体分两类：一类侧重于对诗赋文体结构的横向分析、比较、归纳，对诗赋的文体特征及代表性作家的文体做共时、水平的描述；一类侧重于纵向的分析、比较与归纳，对诗赋的起源、因革、兴替做历时的、动态的描述。均特别着眼于构成文体的"支配性语言规范"的转化所形成的各种特殊现象。各篇论文，作者都从先秦至南北朝时期的创作实际出发，由对文本的具体分析与归纳揭示奥秘、总结规律，不作空论，做到微观探索与宏观把握的很好结合。当然，学术研究是无止境的。尽管学者们十分努力，也不可能一下把问题彻底解决。但我想，本书的出版一定会引起学术界的关注。高年同志要我作序，今写出如上一些想法，同高年同志及学界朋友共商。

2003 年 9 月 23 日

韩高年：《诗赋文体源流新探》，巴蜀书社 2004 年版。

《中华诗祖 —— 屈原》序

　　吴继路教授的《中华诗祖 —— 屈原》是一部内容充实、言而有据，又文情并茂、十分吸引人的文学传记。

　　关于屈原的传记类书籍，自 1923 年陆侃如先生出版《屈原评传》以来，已有十多种。大体可分两类：一类是从历史或者说是从文学史的角度写的，因为《史记·屈原列传》所记极为简略，所以这一类除简单介绍其生平外，多为其作品的论述。而且，由于屈原生平方面以前缺乏深入的研究，不少问题不清楚，各家论述范围都差不多，而在一些关键问题上又有较大分歧。另一类是用了写小说的手法写的，这是新时期才出现的。郭沫若先生的剧本《屈原》虽然也是文艺的手法，有必要的想象与细节上的增添，但作为剧本，追求戏剧冲突，不得不如此。它写于 20 世纪 40 年代抗日战争时期，在当时是起到了积极作用的。改革开放以后出现的几种长篇小说规模的《屈原》，全用了想象的办法，凭空增加了一些毫无文献根据，甚至从社会历史的角度分析有欠合理的情节、人物、事件、情节完全凭空编造。这样，就失去了意义，也造成误导。但即使这样，后一类书中有的也一印再印，印数在万册以上。这说明，广大读者对屈原的热爱之情与了解诗人屈原的愿望还是很强烈的。

　　屈原出身于战国末期楚国贵族，受到过良好的教育。又由于家族的历史和特殊的经历，他对中国传统文化有深入的了解，又抱有富国强兵的愿望。屈原大半生为了实现美政理想和全国的统一而努力奋斗且为之忧伤。他的作品是在这种状况下心理历程的记录，感情真挚而强烈。郭沫若《屈原研究》的结尾说："屈原是一位深刻的悲剧人物，但这悲剧的深刻性也正玉成了他，成为伟大的民族诗人。"1953 年，世界和平理事会确定屈原为当年在全世界纪念的四大世界文化名人之一。《文艺报》为此发表社论《屈原和我们》，其中说：

> 屈原是世界性的伟大诗人，是登上了世界文学史上最高峰的人物之一。[①]

所以，我们确实应该了解屈原。不仅应该读他的作品，还应对他的生平有一个尽可能全面而正确的认识。

20 世纪 60 年代正当中国进行"文化大革命"之时，日本有的学者鼓吹一种"屈原否定论"，其中一个重要的原因便是关于屈原的生平我们了解的很少，学者们的叙述又多互相矛盾。我有感于此，下决心研究屈原，将战国秦汉所有史料都细心地过了一遍。又从各种地下出土文献中搜求有关楚国及战国后期的资料，联系《史记》有关记载及屈原作品，以观察屈原生存、活动的空间，考求屈原同战国末期一些重大历史事件的关系，以至对屈原的家世、同屈原有关的人物的生平活动、政治态度等也加以考索，从 20 世纪 80 年代初至 90 年代中期，发表了一些论文，引起国内外一些学者的重视。80 年代召开的几次全国性屈原学术研讨会上，对日本学者的"否定论"进行驳斥的火力十分猛烈，我没有这样做。我觉得我们的研究并没有将一些重要问题彻底解决，屈原生平研究中留下巨大的空白，存在着很多不确定的说法，我们先应该解决这些问题，才好同日本学者讨论。1994 年我将我的论文汇集起来，题曰《屈原与他的时代》，由人民文学出版社出版，2002 年又增订再版。书出版之后，引起了海内外学者的重视。日本老一辈汉学家、楚辞研究专家竹治贞夫先生在读到我的有关论文时来信说：

> 我很希望先生以后也继续这样的考证，能积小为大，累微成显，以写作最翔实的大屈原传！[②]

书出之后，十年来我一直想写一本《屈原传》，但因忙于一些研究工作，

---

① 见于 1953 年 6 月 15 日《文艺报》。
② 摘自日本汉学家、楚辞研究专家竹治贞夫先生 1992 年 6 月 24 日给赵逵夫先生的来信。

未能动手。

去年首都师大的吴继路教授来电话，说他正准备写一部《屈原传》，读了我的《屈原与他的时代》，觉得解决了不少以前从来没解决的问题，也填补了屈原研究中的一些空白，对认识屈原有很大意义，在有关屈原一些重要事迹的叙述上，将以此书为依据。此前写信或打电话谈这种看法的吴先生不是第一人，但准备主要依据它写一部新的《屈原传》的吴先生是第一人，所以我特别高兴。我说，学术乃天下之公器，我们都是为了弘扬祖国的优秀文化遗产，先生尽管采用。事情过去不到一年，吴先生书已写成，发来全书，命我作序。我有幸成为第一个读者。本书篇幅不大，但却是关于屈原生平的介绍最具体、充实、全面的文学传记。说它具体，因为关于屈原生平的各个阶段主要经历的介绍都清楚而确定，不是虚笔带过或完全回避；说它充实，因为它不是以分析屈原的作品和屈原思想代替对屈原生平的介绍，全书都是谈他的经历，他的成长和政治经历、创作经历；说它全面，因为它对屈原生平各个阶段，尤其对其生活时代楚国一些大的事件中的态度、作为也都有介绍，而不是空白。

尤其，本书文笔生动，绘声绘色，可以将读者带到屈原的那时代，感觉到那个时代的脉搏。这是一本文学传记，在细节上有些合理想象，虽未必合于生活的真实，却合于历史的真实，不同于一些凭空编造的小说。本书所写屈原，可谓有骨有肉："骨"就是所依据科学的研究成果，"肉"便是作者生动的描写。这正是《左氏春秋》的手法与特色。

吴继路先生为宣传屈原的事迹做了一件大好事。以本书精巧的构思，灵动的笔触，生动的刻画，也一定能赢得广大青少年读者、老年同志和工、农、兵、学、商各个领域中希望对屈原有更多了解的读者的喜爱，所以我向广大读者郑重推荐此书。

2008 年 5 月 7 日

吴继路：《中华诗祖 —— 屈原》，首都师范大学出版社 2010 年版。

吴继路，1935 年生，北京顺义人。首都师范大学中文系教授，中国写作学会会员，北京作家协会会员。

《楚辞的艺术形态及其传播研究》序

楚辞是屈原在楚地传统文学、民间文学的基础上又吸收北方诗歌创作经验创造的，在文体、语言、意象等方面都具有突出特色的文学形式。王国维曾说："故最工之文学，非徒善创，亦且善因。"[①] 因为屈原的善于继承与创造，而在中国诗歌发展史上树起了一座后人无法超越的丰碑。在以后两千多年中，以屈原、宋玉作品为主的《楚辞》一书对中国古代诗歌创作以至文艺美学等产生了重大的影响。汉代以来，稍有文学素养的文人没有不读《楚辞》的；稍带宏观性的诗论、文论著作，也都会提到《楚辞》。另一方面，《楚辞》在后世的传播中也在不断地发展自己，因为所有的读者都是在自己所处的环境中理解、接受和传播《楚辞》，突显其中与现实生活、与人们的普遍经历切近的内容、思想与情感，以自己的情感体验加以发挥性解读。所以说，《楚辞》在中国文学史以至思想史上的影响，应该分两个方面来考察：一是《楚辞》各篇原始文本及其作者要表现的思想、内容，它在当时达到的艺术成就；一是《楚辞》在传播、接受中被读者、研究者引申、生发、开掘出的文化信息与种种体会、感受。以往的楚辞研究主要是注意于前者，对后者的关注不够，论述后代有关著作的在有的论著及不多的楚辞学史著作中会涉及，但多是从作者自己的角度去论定是非，而不是从传播与接受的角度进行考察与研究，所以这方面的研究还有很多工作可做。眼前熊良智教授的这部《楚辞的艺术形态及其传播研究》就正是这一研究领域的拓展。

[①] 王国维原著，佛雏校辑：《新订〈人间词话〉 广〈人间词话〉》，华东师范大学出版社 1990 年版，第 100 页。

屈原作品中，有反映出北方诗歌传统的《橘颂》《天问》。前一首是屈原青年时代所作，是早期之作；后一首是屈原于楚怀王时被放汉北时所作，可以说是屈原人生经历与创作的中期之作。它们都反映了屈原诗歌创作的北方文学的基础。在楚地祭祀歌舞词基础上创作的《九歌》，据近几十年学者根据湖北地下出土有关文献的研究，认为大多完成于屈原供职兰台的青年时代，只有《湘君》《湘夫人》这两篇表现男女情爱内容，且有较强故事性、情节性与表演性的作品，是被放江南之野时根据民间歌舞所作。这些都反映了屈原诗歌创作的南方文学的基础。这就是说，屈原早期、中期的创作中既反映出作为中华文化主流的北方文学与文化的传统，也突出地反映出南方文学与文化的传统。《离骚》和后人编入《九章》中的《惜诵》《抽丝》《思美人》《涉江》《哀郢》《怀沙》这些创作于怀王时被放汉北及楚襄王时被放江南之野，即中期和晚期的作品中，体现着他在诗歌创作上融合二者的创造。看来怀王时被放汉北这段时间是屈原创作上吸纳南北、融会古今、自铸伟词的关键时期，是屈原的创作与中国诗歌发展中产生巨变的时期。

可以想见，屈原在真正参与国家政治活动之后，忙于内政、外交，如司马迁在《屈原列传》中所说："入则与王图议国事，以出号令；出则接遇宾客，应对诸侯。"尚无闲情致力于创作。放之汉北之后则回首往事，忧思目前，牵心国事，悲感自身，开始创作了大量作品，用以抒发忧愤，寄托情感，或希望能有机会呈之国君，借以表白心迹。他中年以前的社会经历和文学才能的储备为他奠定了完成诗歌创作巨变的基础。这个过程是很清楚的。只是以往学者在屈原一些作品时代的确定上囿于旧说，且对屈原作品的研究多着眼于具体篇目中一些具体问题的研究，缺乏宏观的历时性的考察，也很少从继承、创造的角度来分析有关问题，影响了对屈原创作上发展变化的认识。有的日本学者大概是看到了屈原作品形式上的多样性，尤其注意到作品中民歌素质的存在，却未认识到《离骚》结构的严密、语言形式的前后统一和风格上的特点，竟然说："很可能不是一篇由屈原这个特定人物为表达个人心情而创作的作品，倒不如说是经过多数人之手，一点一点地加工流传下来的一种民族歌谣。"[1] 这真是差

①　〔日〕三泽玲尔：《屈原问题考辨》，韩基国译，载黄中模主编：《中日学者问题争论集》，山东教育出版社1990年版，第327页。

之毫厘，谬以千里！看来，尽管研究《楚辞》的著作汗牛充栋，但有些根本性问题仍尚待深入探讨。

关于《楚辞》这部书的形成，汤炳正先生在细致的文献分析的基础上，提出了十分精辟的见解。汤先生的《〈楚辞〉成书之探索》一文据宋代晁公武《郡斋读书志》、陈振孙《直斋书录解题》和洪兴祖《楚辞补注》所引《楚辞释文》篇次（三者皆相同），及王逸《楚辞章句》注文中所流露出的信息，断定《楚辞章句》原始篇次也是以《九辩》居第二。汤先生据宋玉《九辩》、淮南小山《招隐士》、刘向《九叹》均插于中间的情形，断定这正反映了《楚辞》文本几次编集的情形：首先是有人将《离骚》与《九辩》这两篇长诗纂辑在一起，时间可能在先秦之时，这个人可能是宋玉。这两篇分别是屈原与宋玉的代表作，它们不仅都是典型的"楚辞"作品，在诗歌创作的不同方面也都有开拓与突破，而且是传世楚辞之作中篇幅最长、字数最多的两篇。楚辞之作最早将这两篇结集到一起，不是没有原因的。可以说从屈宋之作最早的结集起，就已经体现出了"楚辞"这种文体的特征。其后淮南王刘安和他的门客们所增辑《惜诵》等收在《九章》中的作品，除《橘颂》外，形式都与之一致。唯《九歌》《天问》《卜居》《渔父》形式上稍有差异，但都是屈原作品，故也一并收入。其末附淮南小山《招隐士》。"楚辞"之书名，应为此时所定。淮南王所居寿春为战国末年楚国最后一个国都，楚国朝廷一些文献藏于此，战国末年楚国文人也大多聚于此。《史记·酷吏列传》言朱买臣"以楚辞与助（按即庄助）俱幸"，朱买臣、庄助俱为会稽人，战国之末属楚国，则"楚辞"之名在刘安编定该书之前应已存在。《史记·屈原列传》中说："屈原既死之后，楚有宋玉、唐勒、景差之徒，皆好辞而以赋见称。"可见屈宋当时即称以"楚辞"为代表的这种诗歌体式为"辞"（也应同屈原作品中多次说到"陈辞""致辞"及"敖朕辞而不听""不毕辞而赴渊"等语有关，但意义已由一般之词语而转变为对相关文体之专指）。那么大汉王朝统一之后，被封为淮南王的刘安收集封国内所得战国时楚国独特诗体而名之为"楚辞"，应是有所依据。可能刘安也有借此以显示封国内具有独特文化传统这种心态。至此，"楚辞"的代表作除《招魂》之外，都已收入其中了。关于《招魂》，司马迁在《屈原列传》中已提到，刘安未将其收入《楚辞》一书的原因，当因其体式与《离骚》《九辩》及

《惜诵》等作相去太远，而不是未曾见到。

西汉末年，刘向重新编订《楚辞》一书，不仅将《招魂》收入，又收入汉代王褒的《九怀》、东方朔的《九叹》这两篇汉人摹拟之作，末尾附上自己所作《九叹》。这样，便从两个方面扩展了"楚辞"的文体概念：一方面是沿刘安收《卜居》《渔父》之例子，收入《招魂》，使"楚辞"由一种文体名变为一种文学类型，其中既含有文体的因素，也含有语言、文化的地域特色。因为刘安所收《卜居》《渔父》具有记录屈原生平这个因素，而且这两篇都篇幅短小，多有韵之句，而《招魂》中看不出同屈原生平的直接联系，篇幅较大，且散文的特征明显。第二个方面是将汉代人的同类作品也收入其中。刘安虽也在编定之后附了《招隐士》，但一则他可能认为《离骚》《九辩》合为一书就是宋玉所为，是宋玉在屈作之后附以己作，他只是援其例。二则《招隐士》的主题可以说是刘安搜集、编订屈宋之作的延伸；其意不仅要在楚地网罗逸文，还要网罗逸士，表现着一种崇文惜才的意思。淮南小山是代刘安立言。三则刘安只在书末附己作以为结尾，并不收其他汉人之作。刘向收入汉代人摹拟之作，"楚辞"这种文学类型的含义就由战国时屈、宋等人之作扩展为一种通用的诗歌形式。

这只是就《楚辞》在西汉以前传播与编订情况言之。东汉以后的一千多年，在《楚辞》的传播接受过程中，还有更多的问题产生。《楚辞》在传播中发展了自己，也在不同的历史条件下对社会、对文学产生了不同的作用。

熊良智教授是楚辞学界引人注目的中年学者。他师从著名的楚辞学家、尊敬的前辈学者汤炳正先生，主要从事楚辞学的研究，在相关学术领域也有深入的探讨，二十多年来已出版《楚辞文化研究》《辞赋研究》等多部著作。近日他寄来他的书稿《楚辞的艺术形态及其传播研究》，请我作序。我用几天时间读了书稿，觉得这确是一部有价值的楚辞学研究著作，所以写了一点个人的感受，以与读者共商。

熊良智教授这本书的《绪论》部分开头引了宋人黄伯思"盖屈宋诸骚，皆书楚语，作楚声，纪楚地，名楚物，故可谓之楚辞"（《翼骚序》）这一段著名的论断语之外，还引了德国学者 H. R. 姚斯与美国学者霍拉勃著《接受美学与接受理论》中的两句话——"体裁本身不能构成类型"，"构成文学类型独一无二的结构或'族类相似性'的东西，首先在形式整体以及主题特征中表现出来"。[1] 可以看出，熊良智教授正是在汤先生研究的基础上对一些问题从另外的角度进行深一层思考和探讨。我以为，汤炳正先生留给楚辞学界的《屈赋新探》是不朽的。其中所收论文，不仅提出了以往一些学人没有接触到的或没有能够解决的问题，也给后人以很多启发，给后代学者提供了很好的研究基础。熊良智教授不仅秉承师说，还对有的问题从另外的角度进行补充证明。如第八章第二节《早期传本时代的推测》，联系 1972 年山东银雀山出土汉简中"唐勒宋玉论御赋"[2] 将宋玉《九辩》与屈原《离骚》《哀郢》《惜诵》《涉江》《思美人》等造语相近的语句加以对照，说明了宋玉对屈原辞作的传习，也证明屈原的这些作品在战国时代已经流传。而且能在此基础上看到新的问题，发现新的研究角度。他从传播的角度来研究《楚辞》，从《楚辞》文本中的一些现象，对一些较复杂的问题加以解释，我觉得这在楚辞研究方面是有开拓性的。

《楚辞的艺术形态及其传播研究》分为上下两编。上编论楚辞的艺术形态、文体问题、叙述视角、重著方式、意象构成、语言形式、作品主题特征和结构的"族类相似性"等问题，也论述了屈原作品由音乐艺术向语言艺术的演进、口传文学向作家文学的演变、作家文学的诞生与文学思想的形成等问题。他认为，楚辞的叙述视角是楚辞诗歌特有的叙述方式，过去学术界注意到了楚辞使用的第一人称，或者代屈原立言的方式，但没有从叙述视角进行过专门研究。而楚辞的第一人称叙述方式呈现了多样的视角，不仅有作者，也有叙述者，还有作品中的抒情主人公，有时甚至几种声音在同一作品中转换、交织。而这些叙述方式的设计，都是作品表达的需要。其中代屈原立言第一人称，在形式上就表现出了一种主题似的特征，甚至结构的"族类相似性"。楚辞"重著"的言说方式，是楚辞中屈原诗歌中留存的民歌时代的一种表现方式，又由拟骚作品代屈原立言形成楚辞的艺术传统。作者对楚辞中存在的一些语句相同的情形概括为"重著"，是对这一表达现象的有意义的概括。当然，《楚辞》中也确实

---

[1] 〔德〕H. R. 姚斯、〔美〕霍拉勃：《接受美学与接受理论》，金元浦译，辽宁人民出版社 1987 年版，第 103、104 页。

[2] 按此即唐勒《论义御》，其中第 3561 简上只"论义御"三字，并在"论"字前有一圆点，表示为篇名，而首简上"唐革（勒）"二字乃是书名。参拙文《唐勒〈论义御〉校补》，《西北师范大学学报》1995 年第 1 期。

存在着整节的重复，以及同篇中对同一句子重复两三次的情形，应该也是有串乱及流传中误增的情况的，但这些从上下文意等方面入手也易于剥离，与认识"重著"现象并不矛盾。这些作为"族类相似性"探讨《楚辞》诗歌的艺术形态正是本书新的视点。

这部分论述中常有些学术亮点。如阐释"荃""荪"喻君的原始意象，认为它们是源于楚人远祖颛顼的原始记忆。《史记·五帝本纪》记载："嫘祖为黄帝正妃，生二子……其二曰昌意，降居若水。昌意娶蜀山氏女，曰昌仆，生高阳。"《大戴礼记·帝系》中也有相同记载："昌意娶于蜀山氏之子谓之昌濮氏，产颛顼。"《山海经》郭璞注又引《世本》："颛顼母，浊山氏之子名昌仆。"颛顼是昌仆之子。书中还引了汉代纬书佚文中的一些文字，证明在古代神话传说中，菖蒲又与北斗星有一种神秘关系。如《春秋纬运斗枢》云"玉衡星散为菖蒲"等。"菖蒲""菖仆""菖濮"音同。同音互借为先秦典籍中常见现象。菖蒲在《楚辞》中称作"荪"或"荃"，多用以代指君王，而《九歌·少司命》中云："竦长剑兮拥幼艾，荪独宜兮为民正。"从少司命主子嗣这一点说，应是女性神，这一点也与颛顼之母这个传说原型一致。作者论证一个观点总是举出了一系列文献上的证据，不是凭空言之，也不是据一点而加以牵附，所以他的这个看法令人眼前一亮，心悦诚服，至少可成一家之言。无论如何，这个看法总开拓了人们的研究思路。我觉得这一点与汤先生的很多论文极为相似。我二十多年中给学生上课，尤其给硕士生、博士生上课，及同一些博士后同志谈研究方法问题，一直推荐汤先生的《屈赋新探》一书。汤先生论述任何一个问题都要有很有力的支撑点，推理也很严密。当然，在两千多年后论断一些缺乏直接证据的问题，其结论要做到与事实完全相符是任何人都不能担保的。但我们持这种态度，用这种方法来研究问题，总会越来越接近于真理，而不至于越扯越乱。我认为认真读汤先生的一些文章，在研究方法上会得到很大的启发教育。熊良智教授可以说得先生学术真髓。

这部书的下编研究了对《楚辞》发展具有重要学术意义的传播现象。包括《楚辞》成书、楚辞作家文学进入史官记录、《楚辞》经典文本的形成、楚辞在汉代的兴起和生存、骚体的正式产生、楚辞建立书目、宋人重编楚辞代表的楚辞新变化等，都能深入挖掘材料，别具慧眼加以鉴别论定，有不少值得重视的地方，这里不一一述说。

汤先生的高足中，以前我同李大明、李诚两位多次在会上见面，后来与毕庶春教授及汤先生嫡孙汤序波同志多有交流联络。前年我接受上海辞书出版社委托主编《历代赋鉴赏辞典》，与熊良智教授多所联系。我觉得熊良智教授是很勤奋也很严谨的学者，因此也时时会想起在楚辞研究上做出了重要贡献并创建了中国屈原学会的汤炳正老先生。看到熊良智教授能继承并弘扬师说，我感到很高兴。我想，熊良智教授这部书的出版，一定会引起学术界的关注。

2014 年 7 月 26 日

熊良智：《楚辞的艺术形态及其传播研究》，商务印书馆 2016 年版。

熊良智，1953 年生，四川金堂人。1991 年毕业于四川师范大学中国古代文学研究所，获文学硕士学位。现为四川师范大学文学院教授、博士生导师，主要从事先秦两汉文学研究。出版《楚辞文化研究》等著作 10 余部，在《文学评论》《文学遗产》《文史》等刊发表学术论文 40 余篇。

《历代赋评注》序

一

　　赋是中国特有的文体。过去有的学者总是将中国传统文化中一些东西用西方现成的理论框架来套。有的把赋说成是古代的散文诗。但散文诗也以抒情为主，正由于它"散"，形式上突破了句子大体整齐和押韵的要求，故更突出诗的抒情特质。但作为赋的主体的文赋却以描写场面为主，诗体赋、骚体赋是可以看作诗的，但汉代以后的诗体赋、骚赋同文赋一样，都以善于铺排为能事，"铺采摛文"成了赋创作风格上的主要特征，而它同诗含蓄、凝练的要求正好相反。也有学者说赋是史诗。但史诗以叙述历史事件和故事为主，以故事贯穿其他，而赋基本上没有什么情节，文赋只是"述客主以首引"（《文心雕龙·诠赋》），引出要讲说的内容，问对只是一种手段，是结构的需要而已。至于骚体赋、诗体赋就同史诗差得更远。俗赋是在从敦煌佚书中发现《燕子赋》《晏子赋》《韩朋赋》之后才引起人们注意的，学者才知道唐五代还有这样一种民间的文学样式，因而向前追溯；后来又在连云港发现了汉代的《神乌赋》，但到今天可以肯定为俗赋的东西也不多。同时，俗赋多以民间传说和寓言故事为题材，篇幅短小，同"史诗"的概念也相差较远。还有人提出赋是戏剧。我们说，赋，尤其是俗赋同中国古代戏剧有密切的关系，但就文赋来说，关系不大，因为文赋虽然大体以对话为框架，但主要由一个人讲说，另一个只不过是作为引出话头的人物，有时还有第三个人物评判二者的是非，而在读诵之时，似乎这些都是由一个人来完成的。至于诗体赋、骚体赋，则同戏剧毫无关系。当然，更多的学者将赋归入"散文"一类，有不少散文选本中，也选入了文赋。这样做不是没有道理，但从中国古代文体发展的状况来说，这就等于将赋这种文体抹杀掉了：文赋归入散文，骚赋、诗体赋归入诗，俗赋或归于散文，或归于寓言，赋也就不存在了。

我们为什么一定要拿西方文体的概念来衡量我国古代的文体，削足适履地去套西方文体的框框？西方没有的，我们便不能有？

我们认为赋就是赋，不是其他，不必以"差不多"这句中国人历来爱用的口头禅为由，将它视为别种文体的附庸，使它在文学史上消失，在古代文学研究中被边缘化。赋不但产生得早，而且在古代，其作品的数量不下于词、曲、剧本、小说，大约也仅次于诗。就创作时间来说，赋的创作从先秦一直延续到近代乃至当代，作为旧学殿军和新学开辟者的章太炎也有赋作。20世纪以来，继杨朔《茶花赋》、峻青《秋色赋》、颜其麟《威海赋》之后，《光明日报》上又陆续刊载《百城赋》。文言小说是小说，白话小说是小说，"五四"以来吸收了西方技法的新小说也是小说。诗也有古体、近体、新诗之别，也都称之为"诗"。不能说用现代汉语写的赋就不是赋。这当中只有一个应该如何认识赋的文体特色，做到既有创新，也有继承，不失其基本特色与基本风格的问题。

我们说赋是中国特有的文体，不仅仅因为中国古代有这种文体，别国没有，还因为它的形成与发展同汉语汉字、同中国历史文化有着密切的关系。

首先，赋的体制与表现手法同汉语的特征有密切的关系。

（一）汉语是孤立语，没有词的内部变化；它的语法意义是由词序和虚词来完成的，所以，词在句中次序的调整比较灵活，便于布置，便于使词语在千变万化的组合中表现各种复杂的意思，表现不同的感情色彩和引起不同的想象与联想。

（二）反过来说，为了表现不同的意思或强调不同的重点，差不多词在句中可以任意变化。这种变化一般得有一句说明其条件，这便自然形成一个"上句"。这便是汉语（尤其古汉语）骈俪句多的原因。这当中有的是一般对句，有的则是必须要有的条件句。启功先生曾举了王维诗中的"长河落日圆"一句，说这一句可以变成若干形式：

河长日落圆

圆日落长河

长河圆日落 ①

　　这三种句式语意上并无差别，句法上也无不通之处，这是"常式"，所以其上句"大漠孤烟直"是完全与之无关的一个对句。至于"长日落圆河""河圆日落长""河日落长圆""河日长圆落""圆河长日落""河长日圆落"这六种句式，如果没有条件，就不是通顺的句子。启功先生说："从前有人作了一句'柳絮飞来片片红'，成了笑柄。另一人给它配了一个上句'夕阳返照桃花坞'，于是下句也成了好句。"启功先生按照这个办法给上举六句也各配一个上句，便都成了构思新颖的佳句：

巨潭悬古瀑，长日落圆河。

甕牖窥斜照，河圆日落长。

瀑边观夕照，河日落长圆。

夕照瀑边观，河日长圆落。

潭瀑不曾枯，圆河长日落。

西无远山遮，河长日圆落。 ②

　　五个字，可以排出十种不同的句子。只是很多情况下是以上下两句中的上句所设定条件为前提的。这样看来，汉语词序的灵活变化、修辞上的词序灵活变化同上下两句相连是相互依存的。

　　（三）就古代汉语而言，除个别从少数民族语中吸收的词汇及形容词性联绵词之外，基本上是一个音节一个词或一个词素，也就是说，从声音延续上说，每个词的长度大体上是相等的，无论怎样调整，都可以做到相邻两句或几句的音节的对应。

　　（四）汉语有声调，声调又有平、上、去、入之别（此四声就古汉语言

---

① 启功：《古代诗歌、骈文的语法问题》，《汉语现象论丛》，中华书局 1997 年版，第 16 页。

② 启功：《古代诗歌、骈文的语法问题》，《汉语现象论丛》，中华书局 1997 年版，第 16、17 页。

之），平声同上、去、入（这三种统称为"仄"声）的巧妙搭配，可以显示出声音的协调及句组间抑扬顿挫的安排。

以上就是在中国古代的文学作品中除诗之外，产生以口诵为传播特征、介于诗与文之间的文体——赋的根本的原因。

其次，赋的形成也同中国传统的哲学、美学思想，同中国古代的文化精神有关。中国古代哲学最根本的范畴是阴阳学说和对立统一的辩证观点。《周易·泰卦》云："无平不陂，无往不复。"《周易·系辞上》云："天尊地卑，乾坤定矣。卑高以陈，贵贱位矣。动静有常，刚柔断矣。"又云："刚柔相推而生变化。""一阴一阳之谓道。""易有太极，是生两仪。""一阖一辟谓之变，往来不穷谓之通。"这种思想是基于对整个大自然现象及其运动规律的认识而形成的。一年中的寒暑变化，一日中的昼夜之别，以及人在任何可视环境中对事物向阳、背阴、阴晴明暗的感觉，形成了"阴阳"的概念，阴阳学说因而产生。任何事物都有一个大小、高低、远近、明暗、强弱、深浅的比较，其运动都有一个上下、来去、起落、出进、开闭、起止的过程。从音乐与诗歌美学方面说，先秦道家认为最高境界的音乐与诗歌是"天籁"。天籁是什么？乃是指出自于人的情感，出自于人的生理、心理反映自然而然发出的声音。古代社会中几乎所有的劳动都可抽象为一组相对的动作，如砍、挖，是石斧、石锄一起一落；割、锯，是石刀之类一来一去；采、摘，是手一伸一屈；等等。而且，人一生最主要的动作走路，也是左脚跨一步，右脚跨一步；与生命相随相伴的人的生理活动呼吸和心脏跳动，也是二节拍的。胎儿在母体中，随着知觉的产生，对母亲心脏"扑腾""扑腾"的跳动已有感觉；初生的婴儿，对抱着他的大人走路时的节拍，也有感受。中国最早的诗歌是二节拍的，这由传说黄帝时产生的《弹歌》及《周易》中的古歌谣已经证明（两句二言诗的连接，又形成四言诗）。这说明，中国古代的韵文体现了人类与生俱来的最基本的节奏感。而且，《周易·系辞》中的有关论述也与之完全一致。[①] 所以说，我们的先民对事物互相对立又互相依存的关系很早就有透彻的理解与认识，从而形成中国古代哲学中对立统一的观念和中国古代美学思想中阴阳、刚柔的理论范畴与

---

① 赵逵夫：《本乎天籁，出于性情——〈庄子〉美学内涵再议》，《文艺研究》2006 年第 3 期。

对称美的理论。古人的行文中，便也体现出这一精神。《文心雕龙·丽辞》对偶俪有专门论述："造化赋形，支体必双；神理为用，事不孤立。"我们读古代文献，发现古人的文章也往往表现出上下句相连、相应的情况。如《周易·乾卦》开头，各卦爻的卦辞、爻辞：

（乾）元、亨、利、贞。

（九二）见龙在田，利见大人。

（九三）君子终日乾乾，夕惕若，厉无咎。

（九四）或跃在渊，无咎。

（九五）飞龙在天，利见大人。

（上九）亢龙，有悔。[①]

这当中只有"九三""九四"两爻稍显特殊。但"九三"也可以看作是"君子终日乾乾"为上句，"夕惕若，厉无咎"为下句。"九四"上下句字数不相侔，但也算是上下句。这就是说，复句多，复句中上下相连、相应者多，大体成并列或递进关系，从属结构者少。再如《尚书·虞书》第一篇《尧典》的开头，除去"曰若稽古帝尧，曰放勋"之后为：

钦明文思安安，允恭克让。光被四表，格于上下。克明俊德，以亲九族。九族既睦，平章百姓。百姓昭明，协和万邦。[②]

然后以"黎民于变时雍"一句来收束上文。上面五个句组即使不分别提行，也能看出各句组上下两分句在内容上的连带关系。《论语》所记全为平时所说的话，但也可以看出这种特征。如《学而》第一节：

学而时习之，

---

① 《十三经注疏》，上海古籍出版社 1997 年版，第 13—14 页。

② 《十三经注疏》，上海古籍出版社 1997 年版，第 118—119 页。

> 不亦说乎?
> 有朋自远方来,
> 不亦乐乎?
> 人不知而不愠,
> 不亦君子乎? ①

关于这种现象,启功先生有几篇文章论及,可以参看②。所以,从语言上分析先秦时的文献,无论是《尚书》《逸周书》《国语》《左氏春秋》等史书,还是《老子》《荀子》《韩非子》等诸子著作,上面所谈的现象都大量存在。这种现象可能受平时简短对话的影响,但也受汉语词序的变化总要根据一定的条件安排词序,以及汉语没有词的重音,而讲究句子的抑扬语势有关。

中国古代的哲学观念、美学观念、文学理论,都同人的生存本能、生活实践,同人对自然的感受有密切的关系。《周易·系辞上》云:"与天地相似,故不违。""圣人有以见天下之赜,而拟诸其形容,象其物宜是故谓之象。"《周易·系辞下》对一些对立事物、现象有所论述,如:

> 日往则月来,月往则日来,日月相推而明生焉。寒往则暑来,暑往则寒来,寒暑相推而岁成焉。往者屈也,来者信(伸)也,屈信相感而利生焉。尺蠖之屈,以求信也。龙蛇之蛰,以存身也……③

《周易·系辞下》总结归纳各种自然现象与八卦起源的关系云:

> 古者包牺氏之王天下也,仰则观象于天,俯则观法于地;观鸟兽之文与地之宜,近取诸身,远取诸物,于是始画八卦……④

---

① 《十三经注疏》,上海古籍出版社 1997 年版,第 2457 页。
② 启功:《古代诗歌骈文的句法结构》《有关文言文中的一些现象、困难和设想》《文言文中句词的一些现象》,《北京师范大学学报》1980 年第 1 期、1985 年第 2 期、1987 年第 4 期。以上一并收入启功:《汉语现象论丛》,中华书局 1997 年版。
③ 《十三经注疏》,上海古籍出版社 1997 年版,第 87 页。
④ 《十三经注疏》,上海古籍出版社 1997 年版,第 86 页。

　　我们以往看这些论述，以为都是古人非科学的迷信观念的表现，是神化圣人的胡说。伏羲（也写作"包牺"）氏的有无及远古一些发明是否由伏羲氏所完成，暂且不说，先民们认识世界从自己的身边开始，从与自己有切身关系的事物开始，应是没有问题的。值得重视的是，中国古代竟将这种对世界的基本认识体现在各个方面，至汉代则被总结为"天人合一"①。这种思想在最早的诰、誓、命、辞、祭、颂、谏、铭等文中自然地流露出来，与汉语的特征相结合，从而形成中国语文的一个传统，即偶俪之句多。

　　汉语是借助于汉字来记载、书写、流通的。就古汉语而言，记载语言的汉字是一字一音，一音一义，可以适应词语根据修辞的需要灵活变化词序的特征。又汉字以形声结构和象形、指事、会意为主，形声字使意思上同类的字具有相同的形旁，给人以直观的暗示，容易调动人的联想与想象，如写山峰岭岫则嵯峨峻峭一类词，描写江河湖海则汹涌澎湃一类词，写草则如见芊蔚，写花则如闻芬芳，土石、金玉、树木、谷果、鸟兽、虫鱼，字形已显出其意义，使读者的阅读在不经意间转换为语音的过程而直接调动生活经验，进入作品欣赏的再创造阶段。象形、指事、会意字也同样是目见其字、意入于心，大大地增强了文字在铺排描写上的表现功能。

　　正由于这些原因，古代散文在描写中不是完全追求语言描摹的细致，而是可以在描摹中在一定程度上借助于汉字字形的直观表现功能，同时注意到句子结构的整齐、声音的协调响亮，或具有同文情适应的节奏。

　　因此，在日常语言和应用文字基础上产生的诗和赋这两种中国美文，在相邻句子的对称、相应方面，越来越精细，形成了上下两句中相应部分的词语在词类、词义及意思类别上的对比或互衬，进而形成比较严格的对偶。诗赋中的对偶在唐代近体诗和律赋中达极致，而事实上在先秦文献中对偶情况就已经出现。这就是前面所说的，它同汉语、汉字的特征有关。所以，尽管作者们不是有意识地追求，这种特点还是自然地呈现出来。产生在春秋中期以前的《诗经》中，就有不少对偶的句子。如：

————————

　　① 董仲舒《春秋繁露·深察名号》："天人之际，合而为一。"同书《阴阳义》："以类合之，天人一也。"

喓喓草虫，趯趯阜螽。(《召南·草虫》)[①]

喧喧其阴，虺虺其雷。(《邶风·终风》)[②]

鴥彼晨风，郁彼北林。(《秦风·晨风》)[③]

麀鹿濯濯，白鸟翯翯。(《大雅·灵台》)[④]

昔我往矣，杨柳依依。今我来思，雨雪霏霏。(《小雅·采薇》)[⑤]

屈原作品中也有不少严整的对偶句，如《离骚》中：

朝搴阰之木兰（兮），夕揽洲之宿莽。

惟草木之零落（兮），恐美人之迟暮。

岂余身之惮殃（兮），恐皇舆之败绩。

畦留夷与揭车（兮），杂杜蘅与芳芷。

朝饮木兰之坠露（兮），夕餐秋菊之落英。

擥木根以结茝（兮），贯薜荔之落蕊。

既替余以蕙纕（兮），又申之以揽茝。

固时俗之工巧（兮），偭规矩而改错。

回朕车以复路（兮），及行迷之未远。

依前圣之节中（兮），喟凭心而历兹。

及荣华之未落（兮），相下女之可诒。

夕归次于穷石（兮），朝濯发乎洧盘。

苏粪壤以充帏（兮），谓申椒其不芳。

惟兹佩之可贵（兮），委厥美而历兹。

扬云霓之晻蔼（兮），鸣玉鸾之啾啾。[⑥]

---

① 《十三经注疏》，上海古籍出版社 1997 年版，第 286 页。
② 《十三经注疏》，上海古籍出版社 1997 年版，第 299 页。
③ 《十三经注疏》，上海古籍出版社 1997 年版，第 373 页。
④ 《十三经注疏》，上海古籍出版社 1997 年版，第 525 页。
⑤ 《十三经注疏》，上海古籍出版社 1997 年版，第 413 页。
⑥ (汉) 王逸撰，黄灵庚点校：《楚辞章句》，上海古籍出版社 2017 年版，第 1—41 页。

《离骚》中的对偶句，还能摘出相当于上面的数量。可见对偶句比例之高。其中有的对句，如上引例子中的倒数二、三、四对，除去"兮"字，不仅词性，甚至词义相对，而且做到了上下避重，在今日看来，也是极工整的对句。

由此可以说，作为赋体语言最基本特征的偶俪排比，是由汉语的特征衍生而来，同时又受到中国传统哲学的潜意识的影响。赋与其相近文体如骈文、对联等的产生，是中国语文发展之必然；反过来说，中国赋的一些特征，是从"娘胎"里带来的，这种特定的文化基因体现在血液（语言）之中。在我国古代所谓纯文学中，赋的产生仅迟于诗歌和寓言，而其创作一直延续至今天，不是没有原因的。

二

王国维说："凡一代有一代之文学。楚之骚，汉之赋，六代之骈语，唐之诗，宋之词，元之曲，皆所谓'一代之文学'，而后世莫能继焉者也。"[①]这是说一代有一代文学的特色。以往很多的人都认为赋只有汉代的好，甚至误认为赋是汉代才有的，或以为后代虽然也有人写，但数量不多，水平不高。然而事实并非如此。可以说，从先秦至近代，每一个历史阶段中都产生大量赋作，而且名家辈出，代有名作，每个时代有每个时代的特色。

先秦是赋的孕育与形成期，而至战国之末，已各体皆备。赋有骚赋、文赋、诗体赋与俗赋四种体式。大体说来，骚赋起于《离骚》和《九章》中《橘颂》外的八篇，从宋玉、唐勒、景瑳《九辩》《远游》《惜誓》，铺排的特征更突出，所以更远于诗而近于赋。诗体赋起于屈原《橘颂》，荀况的《赋篇》五邋和《遗春申君赋》。文赋起于行人辞令和议对，而从事讽诵工作的瞍矇在文赋的发展中起了相当的作用，这从《师旷》中的一些篇章即可看出。屈原、宋

---

① 王国维：《宋元戏曲史·序》。他引文中的"所谓"，乃指清焦循而言。王国维在《宋元戏曲史》第十二章中引了焦循《易余龠录》卷十五的一段话："一代有一代之所胜。"欲自楚辞以下，撰为一集，"汉则专取其赋，魏晋六朝至隋则专录五言诗，唐则专录其律诗，宋专录其词，元专录其曲，明录其八股，一代还其一代之所胜"。王国维对焦循的看法有所修正，但基本继承了焦氏的观点。

玉的创作则使之基本定型。俗赋则同俳优的活动有很大关系。齐国淳于髡搜集有关晏婴的文献与传说故事而编成的《晏子春秋》一书中，就有些类似于俗赋的东西，虽然不像西汉时的《神乌赋》、敦煌考古发现的《晏子赋》那样有生动的情节，但语言通俗，多四言句，风格诙谐，用对话体，已具俗赋的基本特征。所以，可以说赋的四种体式在先秦时代都已产生。

汉代是赋独霸文坛的时代，这不仅由于赋在汉代各体文学作品中数量最多，传世作品中远远多于诗、乐府、小说，而且还在于其名篇多、名家多，对后世影响大。这同大汉王朝在秦亡之后统一全国，国势强盛，抚四夷，通西域，削平诸侯，成为有史以来统一而持久的强大帝国有关。《七发》《子虚赋》《上林赋》等骋辞大赋实际上表现出来的那种开阔的胸襟与眼界，那种自信而积极向上的时代精神，后代罕有其匹。《西都赋》《东都赋》虽然是因东汉迁都与否的争论而作，但仍然反映了两汉的强盛与当时政治稳定的局势。当然，每一个国家总会有它的方方面面，有积极的一面，也难免有消极的一面，董仲舒的《士不遇赋》、司马迁的《悲士不遇赋》、东方朔的《答客难》就反映了这个强大帝国的另一面，这也是汉赋的内容之一。这方面主题的赋作就汉朝而言，也没有中断，汉末赵壹的《刺世嫉邪赋》更对此前近千年的社会制度予以批判。所以说，汉赋既体现了大汉王朝的社会风貌与时代精神，也反映了当时的社会矛盾，其题材还是比较全面的。而汉代骋辞大赋展现出来的统一、繁荣、强大的帝国风貌，则成了汉以后历代王朝统治者所向往的社会景象，在维系共同的民族心理、增进国内各族人民的认同感上，起到了积极的作用。

但作为汉赋主体的文赋中，骋辞大赋多，而且铺排浮夸，以巨丽为美，如东汉王充所说："文丽而务巨，言眇而趋深。""然而不能处定是非，辨然否之实。"（《论衡·定贤》）更有人认为其"多虚辞滥说"（《史记·司马相如列传》太史公曰），颇有失实之处。司马相如云："合綦组以成文，列锦绣而为质。一经一纬，一宫一商，此赋之迹也。赋家之心，苞括宇宙，总览人物。"（《西京杂记》卷二）这可以说是对汉赋特色的一个理论总结，唯其只以为美，而不知其非。扬雄以为"靡丽之赋，劝百讽一，犹驰郑卫之声，曲终而奏雅"[1]。因此，

---

[1]　见《史记·司马相如列传》论赞，当是东汉人旁批文字窜入。

要将汉赋的这些特征结合起来看，才能对汉赋做出比较客观的评价。

由于汉王朝的分崩离析，终至灭亡，汉武帝时"一统天下"的局势和东汉"明章之治"也早已成为历史，魏晋南北朝时期在意识形态领域也打破了独尊儒术的局面，各种思想十分活跃；而魏代汉、晋代魏不断"禅让"的丑剧也让人们从心底看清了帝王将相的内心深处，使帝王将相们失去了高高在上的耀眼的光环。所以，魏晋南北朝时赋作中歌功颂德的部分大大减少，抒发个人情感的作品大大增加，而且作品更侧重于心理、情感的表现，而少铺排浮夸的作风。这个阶段的赋作，有一些反映重大历史事件和深刻社会矛盾的作品，如鲍照《芜城赋》、庾信《哀江南赋》、李谐《述身赋》、颜之推《观我生赋》等，抒发个人情怀方面也产生了很多脍炙人口的名篇。汉代的诗体赋实近于颂和铭，而魏晋南北朝时的骚赋、文赋也多诗意盎然，饱含情感，至有的赋直与诗无别，唯其名作"赋"而不作"诗"。这是赋吸收了诗的抒情手法，克服了汉赋"于辞则易为藻饰，于义则虚而无征""侈言无验"（左思《三都赋序》）的虚夸性铺排，而向诗的表现方法方面靠拢的结果。所以这个阶段的赋作留下了大量脍炙人口的名篇。由于魏晋南北朝时作家在语言方面更讲究辞藻的华丽和句子组织的齐整，讲究偶俪，于是逐渐形成了骈赋，在齐梁之时风行一时，对初唐赋作也有极大影响。如果说汉赋如巨大的石雕，多用图案化的夸张的手法，魏晋南北朝的赋作则显得越来越细致而生动，如精致的壁画。所以有的学者认为赋发展的高峰在魏晋南北朝时代。从赋在艺术上更为成熟这一点来看，这个看法是有道理的。

唐诗在沈约《四声谱》等声韵学著作的指导下，在南朝"永明体"作家的实践基础上慢慢形成近体诗，像大汉帝国为赋提供了适宜的题材一样，大唐盛世为各体的发展与繁荣提供了很好的条件，所以当时诗的成就掩盖了赋的成就。唐代的散文也由于韩、柳古文运动一反南朝浮艳僵化的风气，别开生面地提倡古文而引起后来文人的广泛重视，同样形成驾凌于赋体之上的局势；小说方面，经过魏晋南北朝的发展和艺术积累，在大唐社会稳定、城市繁荣、文化教育空前发展的情况下，因"市人小说"的流行和士人的"温卷"风习，也走向繁荣，"传奇"成了小说史上辉煌的一页。相比之下，赋的成就被掩盖了。自明代前七子为反对台阁体末流的冗弱平庸，倡导"文必秦汉"，李梦阳又明确提出"唐无赋"之说(《潜虬山人记》),其后王世贞、胡应麟亦有类似论调。清程廷祚不明此背景,于其《骚赋论·中》也说:"唐以后无赋。……君子于赋,祖楚而宗汉,尽变于东京,沿流于魏、晋,六朝以下,无讥焉。"[1] 实非通人之论。20世纪以来在各种文学史著作中,唐赋基本上消失了。实际上,王国维所说"一代有一代之文学",是说一代有一代文学之特色,不是说这种文体在这个时代一定是最好的,更不是说其他时代便没有这种文体。

认真说起来,今存唐赋的数量超过以前各代所存赋作的总和;从赋的发展上来说,它也有自己的特色。首先,文赋中的一部分摆脱了齐梁以来堆砌华丽辞藻的风习,随着古文运动的兴起,语言趋于平易明畅,形式上也富于变化,一定程度上突破了旧的程式而有所创新。另一部分,沿着骈体赋的路子,形成更讲究偶俪、藻饰,形式上限制更严而且限韵的律赋,使文人在充分发挥汉语修辞上的布置之美、色彩之美、建筑之美上,可以进行穷尽性探索。律赋虽因科举而兴起,但其创作并非全出于科举的目的,也有一些抒发作者真实思想感情与反映社会现实的作品,并且其中所反映出的作者驾驭语言的高超能力和汉语表现功能上的正奇相生、千变万化,也令人叹为观止。

总的来说,唐赋可以说是在南北朝以后骈散分道发展时期。与此前赋作比起来可谓风格迥异,各有千秋。很多卓越的诗人同时也是赋坛高手。即便是唐代古文运动的领袖韩愈、柳宗元,也在赋作方面取得了杰出的成就。清代学者王芑孙《读赋卮言》中说:

> 诗莫盛于唐,赋亦莫盛于唐。总魏、晋、宋、齐、梁、周、陈、隋之众轨,启宋、元、明三代之支流。踵武姬、汉,蔚然翔跃,百体争开,昌其盈矣。[2]

这才是符合实际的评价。

---

① 孙福轩、韩泉欣编辑校点:《历代赋论汇编》(下),人民文学出版社2016年版,第512页。
② 孙福轩、韩泉欣编辑校点:《历代赋论汇编》(上),人民文学出版社2016年版,第210页。

宋、金时代，除北宋时中原地区相对处于统一、稳定的形势下之外，南北王朝的对峙与战争长期存在。所以，这是一个各种矛盾尖锐复杂的时期，也是南北朝以来又一次民族大融合时期。总体说来，这一时期赋的创作成就不能同唐代相比。但宋、金赋也有它的特色，反映了赋在不同历史条件、不同文化背景下的新变。这为赋在不同历史时期的创新、在当代的生存与发展提供了经验。

诗在盛唐凭借魏晋南北朝和初唐在语言、表现手法、意境创造等方面积累的经验，达到了一个后人难以逾越的高峰，中唐白居易从通俗平易方向试图超越李杜，韩愈从雄奇险异方面试图超越李杜，虽未能至，然而也大大地丰富了唐诗的品类，开拓了唐代诗歌苑囿的境地，贡献是很大的。宋代诗歌一方面向说理、议论的路子上去探索，一方面向体现学力和文化底蕴的路子上去探索，形成宋诗的特色，此后直到清末，"宗唐""宗宋"仍然是诗人们争论的焦点。可以看出，宋诗并不是在唐代辉煌成绩的比较之下毫无成就的。宋代赋的发展，情形与此近似。明代徐师曾《文体明辨序说·赋》云：

> 三国两晋以及六朝，再变而为俳；唐人又再变而为律；宋人又再变而为文。[1]

所谓"俳"，即讲究对偶的骈体赋；所谓"律"，指进一步偶俪化并讲究音韵的律赋；所谓"文"，指文赋中的散体，其特征是一反不断向齐整、偶俪方面发展愈来愈精、愈来愈严的路子，向自由轻松的方面发展，很有些向先秦时代文赋形成阶段的作品回归的意思。这主要表现在两点：（一）以文为赋，语言自由，不事雕凿，追求平易晓畅的风格；（二）好发议论，往往在写景叙物之中说理论事，表现出一定的哲理性。元代祝尧《古赋辩体》评欧阳修《秋声赋》云：

---

[1]　（明）吴讷著，于北山校点；（明）徐师曾著，罗根泽校点：《文章辨体序说　文体明辨序说》，人民文学出版社 1962 年版，第 21—22 页。

此等赋实自《卜居》《渔父》篇来，迫宋玉赋《风》与《大言》《小言》等，其体遂盛。然赋之本体犹存。及子云《长杨》，纯用议论说理，遂失赋本真。欧公专以此为宗，其赋全是文体，以扫积代俳律之弊，然于《三百五篇》吟咏性情之流风远矣。《后山谈丛》云："欧阳永叔不能赋。其谓不能者，不能进士律赋尔，抑不能风所谓赋耶！"[1]

其《论宋体》部分云：

至于赋，若以文体为之，则专尚于理，而遂略于辞、昧于情矣。……今观《秋声》《赤壁》等赋，以文视之，诚非古今所及，若以赋论之，恐（教）坊雷大使舞剑，终非本色[2]。

虽然其评价拘泥于对赋的僵化的认识，但第一，看到宋赋以散文体为之；第二，注意到宋赋以议论为特色；第三，认为它来自先秦时屈原的《卜居》《渔父》。祝尧的眼光是相当敏锐的。有的学者称宋代的赋为"新文赋"，其实称作"散体赋"更明白，更可以看出同先秦文赋的关系。"散体赋"也就是文赋中不同于律赋、骈赋和骋辞大赋的一种文赋，同先秦时的《渔父》《卜居》和见于《师旷》《说苑》的一些赋体之作无多大区别，它的特点一在于善于摹物写景，二在于作者的思想意识和所反映的社会风貌，三在于语言的时代特色。因而，从艺术方面看它显得更自然、明畅，抒情性更强。从魏晋至唐，在挖掘汉语外在美的表现功能上，许多文人都做了尝试。但正如《老子》第十六章所说："万物并作，吾以观复。""夫物芸芸，各复归其根。"《鹖冠子·环流》也说："物极必反。"事物发展到了尽头，违背了它存在的本旨，便要回到最初特别强调本旨的那个出发点上去。宋代的文赋回归到了先秦时文赋的形成阶段上。但是，这又不是简单的重复，不是平面上的"环流"，而是螺旋式地上升。因为有了汉魏至唐辞赋创作在语言运用上积累的经验，宋

---

① 孙福轩、韩泉欣编辑校点：《历代赋论汇编》（上），人民文学出版社 2016 年版，第 62—63 页。

② 孙福轩、韩泉欣编辑校点：《历代赋论汇编》（上），人民文学出版社 2016 年版，第 61 页。

代的文赋已不同于先秦时代的重视铺排和一般论理，而追求摹物中抓住特征的艺术点染和在物我关系、人生际遇方面哲理的感悟。所以说，宋代赋是另辟蹊径，别样风光。

金代赋的创作主要在后期，也受到北宋欧阳修、黄庭坚等人的影响，易排为散，以适意自然、朴素冲淡、近于物情为尚；也同样以描绘见哲理，由抒情发议论。赵秉文、李俊民、元好问等皆因此而有所建树。

元代赋的创作基本上沿着宋、金自然冲淡的风格发展，却不再大发议论，而上承唐代，主于抒情，张扬个性。这有社会现实方面的原因。首先，元朝统治者对唐宋时代以为科举晋身之阶的诗赋之类采取斥废态度，而在传统文化方面学养较深的汉族文人又得不到任用，其潦倒落拓者入于教坊剧院，其有庄园资财者则借诗赋以娱性。其次，在当时尖锐的民族矛盾下，发议论也会招致危险，故学习魏晋士人的随性任气。再次，从文学自身的发展规律来说，宋、金赋在议论方面已发挥得淋漓尽致，元代作家难以出其右，所以不得不反省此前之失而另寻"柳暗花明"之路。与之相应，元赋在形式上出现了骚化现象，因骚赋具有抒情的传统。

明代前期，由于实行八股取士等对知识分子思想进行钳制的政策，赋的内容消解了元末明初愤激慷慨的气息，风格上也趋于平淡，部分作品学习汉赋的歌功颂德，体现了专制文化下文学的特色；而大部分作品仍沿着元赋抒情的路子，形式上也仍然表现出骚化与诗化的特征。明代中期以后文艺思想活跃，前、后七子反台阁体而倡导复古，否认唐代以后赋的成绩。李梦阳甚至提出"唐无赋"的观点。历史地来看，李梦阳的这个说法针对的是宋代以来赋作讲格法理义及明代前期出现的工艺化倾向的弊端，是为了使赋的创作更具有活力，这同初唐之时陈子昂慨叹"文章道弊五百年矣，汉魏风骨，晋宋莫传"（《修竹篇序》）的用意一样。《文心雕龙·诠赋》论齐梁以前赋云：

> 丽词雅义，符采相胜，如组织之品朱紫，画绘之著玄黄，文虽新而有质，色虽糅而有本，此立赋之大体也。然逐末之俦，蔑弃其本，虽读千赋，愈惑体要，遂使繁华损枝，膏腴害骨，无贵风轨，莫益劝戒，此扬子

所以追悔于雕虫，贻诮于雾縠者也。①

　　事物的发展往往是一种倾向掩盖另一种倾向。当其不利于本身发展的因素积累到了一定的程度，变革的时期也就到来了。明代的赋在其后期或宗楚骚，或尊汉，或尊唐，各开路径，万马并驰，成就是突出的。在元末明初刘基揭露时弊、抒写忧患的赋作之后，赋家代有高手，即使是身为复古派的李梦阳也留下了赋作四十余篇，且其愤世嫉俗、悯民报国之情溢于字里行间；何景明、徐祯卿等也都有佳作传世。前七子复古派之外，无论此前以李东阳为代表的茶陵派，还是此后以唐顺之为代表的唐宋派，以王守仁为代表的心性学派，以王世贞、谢榛为代表的后七子，也都重视赋的创作，成绩斐然。至明代后期，资本主义萌芽产生，朝廷对士人的禁锢也已无力，文人思想之活跃，有似汉末，而其摆脱传统思想束缚的程度则显得更为大胆而放荡。明代末年，民族矛盾尖锐，赋作也出现了一些可歌可泣的篇章。至于小品赋的出现，则是受明代小品文的影响，其产生的社会根源也与小品文略同，这里就不多说了。

　　如果说明代后期赋的创作呈现出此起彼伏、各派争流的局面，则清代在经过清初社会与意识形态的稳定过程之后，慢慢形成了赋复兴的趋势。清初王夫之、黄宗羲的"志士之赋"（刘熙载《艺概·赋概》），陈维崧、吴兆骞、尤侗、蒲松龄等紧承其后；至乾嘉之世，很多著名的学者、古文家，也同时都表现出对赋的兴趣。文赋、骚赋、诗体赋以至文赋中的骈体、律体、骋辞大赋等各种体式全面复兴，百花竞艳，各种流派同时并存，自由发挥。在清人入主中原的形势下，似乎赋这种传统的文体成了光大华夏文化、显示空前盛世的手段。清代赋的数量又一次超过此前各代的总和。

　　晚清之时民族矛盾、阶级矛盾十分尖锐，尤其是人们认识到了西洋现代自然科学与社会科学方面的成就之后，一些志士仁人首先从与国计民生联系密切的方面入手，文学创作也受西方文学的影响，产生了新文体、新诗体，并越来越重视小说的功用，而只在知识分子中流行的赋（这里主要指文赋、骚体赋与诗体赋，因为俗赋被发现并引起关注的时间很迟）自然只能暂时置

---

① 郭晋稀：《文心雕龙注译》，甘肃人民出版社 1982 年版，第 95 页。

之脑后。1840 年以后，直至戊戌变法、辛亥革命，虽然也有个别学者创作了反映时代风云、爱国精神的赋作，但就整个赋的变革、发展来说，已不可能产生奇峰突起的状况。然而，如要研究赋将来之存在与发展，却不能不由清末的赋开始加以审视。

三

　　赋虽有四种体式，但以文赋为主体，所以论赋之发展，主要是论文赋在结构方式、语言风格上的变化，兼及其同骚赋、诗体赋之间的相互吸收与消长。骚赋、诗体赋本身不是没有变化，但二者在汉代以后大部分时间中被边缘化，不占主流，所以影响也较小。从整个的语言风格变化方面说，骚赋、诗体赋同文体的发展变化大体一致。另外，文赋经过了由"散"到"骈"、到"律"、又到"散"的过程，但并不是说新的一种式样产生后，旧的便消失了，这种归纳只能是就发展风格的主流而言，事实上，先前已有的各种形式也同样并存，并仍然是以后发展的凭借与参考。比如文赋在先秦时为散体，然而除《风赋》《钓赋》之类篇幅不大的赋作之外，已产生《高唐赋》《神女赋》这样的骈辞大赋。到汉代骈辞大赋占了主流，但一般散体赋仍流行。魏晋至南北朝骈体赋盛行，而散体包括抒情小赋、骈辞大赋也仍有作品产生。唐代一变而为律赋，而作散体者也大有人在，至宋代又风行散体，但骈体、律赋之作也并未绝迹。我们应立体地看文体的发展，而不能受"简单进化论"的影响，以为一个时代风行什么，别的便不再有。因为那样看待文学的发展状况，很多问题便无法解释。实际上科学的进化论也是讲由于环境的变化，一些物种进化了，而另一些则由于环境未变，仍然保持着原来的生理特征与生存状态。

　　上面简要回顾了赋的发展历史，主要着眼于各个历史阶段的特色，未能论述其不足。任何事物都有两面性，即使是特色，如果过了头，也就会显出弊端。以上我们在对赋发展流变过程的回顾中，主要介绍每一个历史时期的成就和特色，但每一阶段至于末流，也就到了必须要变革的地步。《周易·系辞下》云："通其变，使民不倦，神而化之，使民宜之。《易》穷则变，变则通，通则久。"将此用于赋的发展史的观察与对发展中一些问题的解释，再合适不过。可以说每一个时代都有其特色，但后一个历史阶段的赋坛高手或卓越理论家却总是针对其不利的一面，尤其抓住其末流之严重弊端而攻击之，以开辟新路。这是我们应该知道的。

从内容上说，大体在每一朝代的初期，赋多慷慨激昂之作。前朝之遗民尚有不平，后朝之功臣自诩伟业，作家的文风则因经历乱世，一般视野开阔，也较切近现实；待王朝鼎盛之时，则多歌功颂德之作，而题材也较广泛；至其末世，揭露黑暗、反映民瘼、愤世嫉俗之作多，统治集团中一些有远见而受排挤的人更以赋为歌哭，写衰世、乱世的变故，读之令人扼腕切齿。这些都是一般规律，故在此对各个时期赋的题材、内容、思想方面种种未多提及。但本套丛书各册之前都有一概述，可以便读者了解该时期赋在题材、内容、思想以及艺术上发展变化的具体情况。

《历代赋评注》共七卷，收入从先秦至清末两千多年间的赋作。各卷主编或主笔人如下：

先秦卷：赵逵夫　马世年（评注）

汉代卷：赵逵夫　韩高年（主编）

魏晋卷：赵逵夫　杨晓斌（主编）

南北朝卷：赵逵夫　汤斌（主编）

唐五代卷：尹占华　杨晓蔼（评注）

宋金元卷：霍旭东　李占鹏（主编）

明清卷：龚喜平（主编）

全书由我主编，负责确定选文原则，同各卷负责同志选定篇目，提出编注体例和评析要求，在工作进行中抽查各卷注评的情况，解决疑难问题，进行最后的统稿工作。

此书从1992年起步，至1993年、1994年已编成三部，当时计划列入丛书分册出。在1993年出版的《诗经蠡测》和1994年出版的《汉诗研究》等四本书，以及1995年出版的《诗赋论集》等书的勒口上已预告《汉赋评注》《魏晋南北朝赋评注》《唐五代赋评注》即出。故十多年来很多朋友关心这套书的出版，在每次赋学会上都有人问及。在这里我也表示衷心的感谢！此套丛书由 20 世纪之末开始，一直到 21 世纪初才出版，成了真正的"跨世纪"的项目，其原因我在全书"后记"中稍有交代（见［明清卷］之末）。2006 年启动修订工程，原计划在 2007 年 8 月兰州召开第七届国际辞赋学学术研讨会前印出，但由于工程太大，拖到现在才全部完成。因篇幅大，在篇目选定上也有反复，其中错误难免。希学界同仁给以批评指正，以便有机会在再版时加以改正。

2007 年 12 月 18 日

赵逵夫主编：《历代赋评注》（先秦卷），巴蜀书社 2010 年版。

《〈史记〉与小赋论丛》序

万兴同志近日将他有关《史记》与魏晋南北朝小赋研究的论文汇成一集，要我作序。我刚完成我的《读赋献芹》一书校样，两书内容有接近处，故趁热锅打饼，大体看了一下，写出一点浅见，作为小引。

万兴同志的这本《〈史记〉与小赋论丛》分上、下两编。上编中收录有关司马迁与《史记》方面的论文十三篇。司马迁是中国古代伟大的史学家、文学家、思想家。《史记》不仅是我国第一部纪传体通史，也是我国第一部传记文学的典范，鲁迅先生在《汉文学史纲要》中称《史记》为"史家之绝唱，无韵之离骚"，十分精确地概括了《史记》在史学与文学两方面的杰出成就。万兴同志认为应在鲁迅先生的评语之后加上"文化之大成"一句。的确，《史记》不仅是史学与文学的名著，也是文化的集大成者。司马迁曾自述创作《史记》的动机说："网罗天下放失旧闻，考之行事，稽其成败兴坏之理。""亦欲以究天人之际，通古今之变，成一家之言。"（《报任少卿书》）由此可见，司马迁是要通过"厥协六经异传，整齐百家杂语"，融会贯通百家学说以建立自己大一统的新的思想体系。他是要通过《史记》"原始察终，见盛观衰"，"论考之行事"，"承敝通变"，完成自己的"一家之言"（《史记·太史公自序》）。所以，《史记》的成就不只限于史学与文学两个方面，更重要的是，它是中国文化的宝库和集大成者，对后世的政治、经济、文化、军事、农业、民族、民俗、天文、地理、水利等方方面面都产生了深远而巨大的影响。这种影响已超越了时代，超越了国界，两千多年来越来越多的人认识了司马迁与《史记》的价值，从中获取研究古代社会各个方面的信息与资料。今天，司马迁与《史记》的影响已经扩展到世界很多国家和地区。

　　上编的前五篇主要论述《史记》与民族精神的生成及其影响。《浅谈司马迁对汉武帝伐大宛的认识》《试论司马迁对汉匈和战关系的认识》《史记的体制结构反映了司马迁的民族大一统思想》和《试论司马迁的民族大一统思想对后世史学的影响》主要研究司马迁的民族思想及其影响。还有一组研究管仲对司马迁的影响以及司马迁的人才观。这十三篇文章都是从文化学的角度研究司马迁与《史记》。既有宏观论述，又有微观分析，角度较新，具有现实性，是有学术价值的论著。

　　《〈史记〉与小赋论丛》下编收录了魏晋南北朝十五篇赋学研究论文。王国维在《宋元戏曲史·序》中曾说过："凡一代有一代之文学，楚之骚，汉之赋，六代之骈语，唐之诗，宋之词，元之曲，皆所谓一代之文学，而后世莫能继焉者也。"赋在汉代确实是重要的文学形式，无论在当时的影响还是对后代的影响，都超过乐府诗。至于五言诗，是到汉末才形成气候，所以在当时的地位更不能同赋相比。更重要的是汉赋表现出大汉王朝统一寰宇、强大无比的气概和高亢的时代精神，成为后代长期分裂和战乱中人们向往的社会环境。实际上赋作为一种文学体裁，在艺术上达于至美之境是在魏晋南北朝时代。魏晋南北朝的抒情小赋在东汉抒情赋的基础上进一步向贴近情感、贴近现实的方面发展，题材更为广泛，艺术上也有了更大的发展。它打破了汉大赋长期圃于帝王、宫廷的狭小生活范围，使其题材内容进一步拓展，表现面更为宽广，所反映的社会生活内容更为丰富多彩：举凡述行、登临、悼亡、怀人、哀伤、思旧、凭吊、感时、伤别、游仙、谈玄、隐逸、恋情、婚姻、怀才不遇、奇花异草、飞禽走兽、修竹游鱼、昆虫落叶、云雨雪月等等，无不可以入赋，无不可以寄意。随着题材内容的开拓，出现了诸如玄言赋、游仙赋、山水赋、讽刺赋、宫体赋等风格流派。尤其值得注意的是，这一时期的不少咏物小赋并非纯客观地咏物，而是借咏物以抒情，或表达作者的思想感情，或表达作者对社会现实的讽刺与批判，或表达作者的借物言志，无不具有寄托与比兴象征的意义。当然，不可否认，魏晋南北朝抒情小赋的思想内容有着明显的缺陷，它们反映的现实生活往往较为曲折隐晦，很少反映现实生活中的重大事件和有关国计民生的重大问题。但是，魏晋南北朝抒情小赋题材内容的开拓与艺术技巧提升，毕竟比汉大赋进了一步，也为唐代文学的繁荣准备了充分的条件。

　　下编第一篇探讨汉大赋向抒情小赋的转变原因；从《论魏晋南北朝抒情小赋的意境创造》到《魏晋南北朝咏物抒情小赋的移情现象初探》的七篇，主要探讨这一时期抒情小赋创作的艺术成就；从《魏晋南北朝隐逸赋初探》到《论魏晋南北朝俗赋》的六篇，主要探讨这一时期赋作题材内容的开拓与创新；最后一篇是对文学史上很少提及的作家束皙赋的评论。这十五篇文章形成了一个体系。文章思维缜密，论述深刻，颇富新意，从中足以看出万兴同志在赋学方面长时期的研读与思考，在赋学研究方面是值得重视的成果。

　　汉代四百多年统一的历史中，夹有十多年的王莽新朝与战乱，分为前汉、后汉，或曰西汉、东汉；而魏晋南北朝时代除西晋有二十来年的统一时期，其余三百五十年（如算上实已形成军阀混战的建安、延康二十多年，为三百七十多年）都处于分裂状态。所以，在魏晋南北朝时代，明显的或含蓄隐晦的企盼统一的情绪存在于很多文人的作品中。司马迁《史记》中有关民族精神、民族间和战关系的思想及民族大一统的思想，也是魏晋南北朝时期有思想、有社会责任感的文人所思考、不断回味的问题。而这一时期很多赋作题材的狭小，也只有在同司马迁有关论述的比较中可以看出。所以，我觉得万兴这本书将上面所说两组论文放到一起，也很能引起人们的深思。

　　我想这本书的出版，会引起学者们的关注。

2014 年 7 月 28 日

池万兴：《〈史记〉与小赋论丛》，上海古籍出版社 2015 年版。

《汉赋系年考证》序

诗、赋是我国古代文学的主流，而赋又是中国文学中特有的文体。

从上古至近代我国各种文学体裁中，赋这种体裁的形成与成熟，仅迟于诗歌，从战国之时至近代二千多年中长盛不衰，也一直有杰出的作家与名作产生。但提到"赋"，人们总会联想到汉代。因为虽然战国末年楚国的宋玉留下了不少以"赋"名篇的赋作，而且骚体赋的形式在屈原时已完全形成，文赋的形式在战国之时实际上也已形成，但作为赋的主体的文赋，尤其最典型地体现着文赋的特色，也体现着整个赋的"铺张扬厉"的特色的骈辞大赋，在汉代达到鼎盛，与大汉王朝开疆拓土、统一宇内的积极向上的时代精神相一致。所以，汉赋成了与楚辞、六朝骈语、唐诗、宋词、元曲并列的"一代之文学"。

但是，汉赋保存到今天的作品很有限。班固《两都赋序》中说到武宣之后辞赋创作的盛况，言"孝成之世，论而录之，盖奏御者千有余篇"。我们由《汉书·艺文志·诗赋略》中可以看到些主要作者及所谓"杂赋"中的主要题材。中云："凡诗赋百六家，千三百一十八篇。"《艺文志序》中也说："成帝时，以书颇散亡，使谒者陈农求遗书于天下。诏光禄大夫刘向校经、传、诸子、诗赋。"这其中也可能包括少量先秦之作（从《艺文志·诗赋略》所列看，先秦之作不会超过 70 篇）。但这尚不包括成帝末年和哀帝、平帝、孺子婴、新莽时这三十多年中的创作，也不包括民间创作的俗赋（如 1993 年连云港发现的《神乌赋》不见此前任何文献提及，而且西汉时同类俗赋也不见有一篇有所著录），还可能不包括董仲舒《士不遇赋》、司马迁《悲士不遇赋》这类因个人遭遇而泄愤的作品。如考虑到以上这些情况，仅西汉赋的数量，应在 2000篇左右。东汉之时赋的题材大大开拓，作者更多，更普及，那么作品应不会比西汉少。两汉赋作总数应在 4000 篇上下。今据费振刚、胡双宝、宋明华辑校《全汉赋》，收录西汉东汉之赋共 83 家、293 篇，包括残篇、残句，还包括存目，完整者只 60 余篇，大体完整者 30 余篇（其中有的难以确定是否为完篇）。《全汉赋》出版之后程章灿等先生有所辑补，虽多残章断句，但对于尽可能全面地了解汉代辞赋的创作提供了更多的线索。

彭春艳同志 2009 年至我处问学，我刚刚忙完看《历代赋评注》前几卷校样的工作，同她谈到汉赋研究中文献方面的问题，觉得新时期三十年中研究汉赋之专著、论文很多，但由于文本、作者方面存在的疑问太多，空缺处太大，影响到研究面的开拓和一些结论的确定，自然也影响着研究工作整体上的深入。所以，她决定从研读全部汉赋文本入手，及于有关作家的传记资料、一些作品的创作背景，对相关研究著作加以泛览，希望对汉赋作者文本、作时等方面的一些问题做出较完满的陈述。2012 年完成博士学位论文《汉赋系年考证》，得匿名评审专家和答辩委员会先生们的肯定与好评。毕业三年多来，她对论文做了进一步修改、充实。彭春艳同志勤于钻研，善于思考，在前修时贤探索搜求的基础上，不懈努力，各方面又有所得，又有推进。

全书分五部分。第一部分为作者与篇目考定，除对有争议的赋作的归属等问题进行考定，同时在辑录佚文和缀合残段、恢复原文规模、确定作品散佚的赋作者方面也颇有收获。本书从有关文献考定此前学者未曾关注到的赋作者有薛方、王隆、夏恭、夏牙、卫宏、刘睦、琅琊孝王刘京、东平王刘苍、李胜、胡广、韩说、刘陶、服虔、高彪等。佚文方面共辑得前人未关注到的佚文、存目 68 条。如从《分门集注杜工部诗》《补注杜诗》辑得羊胜《月赋》中残句，可以使我们对梁孝王门客赋的创作情况有更多的了解（《西京杂记》卷四上载有公孙乘《月赋》，羊胜所作为《屏风赋》）；由《佩文韵府》辑得刘协的《嘉瑞赋序》五句，并依据汉末朝臣上书、各类诏册及同时碑文，推断其作于曹丕受禅之前，可以对东汉最后一个皇帝汉献帝刘协及曹魏代汉中的一些仪程操作有更多的认识。考缀合残篇方面，如东汉末年刘琬的《神龙赋》，《全汉赋》于《艺文类聚》辑得一段文字，其中几句作"惟天神上帝之马，含胎春夏，房心所作。轩照形，角尾规矩"。本书据《历代赋汇》，"轩照形"作"轩辕照形"，增"辕"字；又校"天"字为"夫"字，作"惟夫神龙，上帝之马。含胎春夏，房心所作。轩辕照形，角尾规矩"，为整齐的四言句，句意也明白顺畅。校班彪《冀州赋》、曹植《宝刀赋》等，也都有理有据，部分地恢复了原作的规模。这些都可以使我们对汉代赋创作的状况有一个更接近实际的认识。

第二部分为西汉赋系年，第三部分为东汉赋系年。这两部分在整理文本的基础上对两汉 94 家赋作进行考订，确定其作年。这方面，彭春艳除广泛吸收前人的成果之外，也采用了多种方面法加以考订，故对旧说颇有订正。

首先，据赋作所涉历史事件重新考定作年。如司马相如《难蜀父老》，学界多据赋中"汉兴七十有八载"推其作年，因推算方法相异致有元光五年（前130）、元光六年（前129）、元朔元年（前128）三说，另加熊伟业建元六年（前135）之说，四说并置。本书首先确定《史记》《汉书》之"汉兴××年"乃周年计算法，而非年头推算法，确定"汉兴七十有八载"为汉兴七十八周年之元朔元年。继而考证元朔元年并非作赋时间。因《难蜀父老》乃司马相如出使西南夷时所作，故从考汉武帝时两次通西南夷之时间、所到地域及司马相如在二次征西南夷中的角色、其他出使人员，考定作《难蜀父老》所涉及的通西南夷实际为元狩元年（前122）至元狩三年（前120）第二次通西南夷，而非第一次唐蒙通西南夷，从而考定《难蜀父老》作于元狩三年还至蜀都时，推翻四种旧说，使其作时得以确定。

其次，据赋作所牵扯的人、物考定作年。如学界多认为刘彻《悼李夫人赋》悼念对象为李延年之妹李夫人，然《史记》记载为王夫人，《汉书》为李夫人。从辨析李少翁见武帝、为帝设帐、被杀时间，王、李二夫人亡故时间，考证应为《悼王夫人赋》，为元狩四年（前119）所作。再如组赋《车渠椀赋》，在前贤系年之基础上，全观组赋各篇，从中提取作该组赋所需条件：所用车渠为西国方物、是贡品、六人会聚于庭，推定作赋区间为建安十四年（209）至二十一年（216）九月。继而考察其间西域贡献之历史记载、当时六人所在之时地，论证该组赋作于建安二十一年七至九月。

再次，据作者之生平、行程、赋作所言节令信息，考定作年。如赵岐《蓝赋》，前贤据本传之"年三十余，有重疾，卧褥七年"，而系于其三十余岁时，即永和六年（141）左右。然考赵岐三十余岁重疾时仕州郡，在长陵，此时往偃师就医，行程由西向东，断不会经过偃师东面之陈留，且"卧褥七年"是否方便外出求医也成问题。考赵岐生平，除三十余岁有重疾外，其初平三年（192）八月至四年（193）持节慰抚天下时南到陈留，得笃疾，时赵岐在东北面，由北至南，然后由东往西之洛阳行进，先需至陈留，再偃师，再洛阳，与赋序"余就医偃师，道经陈留"相合。再据蓝之生长习性及赋中景物描写所反映的节令信息，考定《蓝赋》作于初平四年。

另外，有的赋据重新缀合后之文本考定作年。如张衡《舞赋》，首先缀合文本，梳理前贤之系年五说，根据缀合后文本所描写之乐舞规格、张衡生平经历、当时乐舞政策，论证《舞赋》作于和帝永元十五年（103）十月至十六年（104）六月。

第四部分为汉赋系年总表，末附《系年取旧说与新考年代对照表》，以便学者了解与进一步探索。

总的说来，本书是有创获的，在汉赋的研究上，有所推进，为进一步从各方面进行观察与评价，提供了一个较好的基础。自然，有些只能说是作者一家之言。学术是无止境的，学界高明与后来者都会在此基础上做进一步探索，彭春艳同志也会继续就有些问题做进一步思考。但无论如何，这总是汉赋研究方面的一个可喜的成果。

2016 年 3 月 23 日

彭春艳：《汉赋系年考证》，上海古籍出版社 2017 年版。

彭春艳，女，1978 年生，湖南常德人。2012 年毕业于西北师范大学，获文学博士学位。现为贵州师范大学文学院副教授，主要从事先秦两汉文学的教学研究工作。发表学术论文十余篇。

南朝社会与"四萧"评价问题

——《兰陵萧氏家族及其文学研究》序

历史的长河有平稳向前的时候，有迂回曲折的时候，也有波涛翻滚、激湍震荡、逆水回旋的时候。这种情形下的流向就显得十分混乱复杂。在我国历史上，南北朝时代就是这样的一个历史阶段。

由于人们观察的角度不同，着眼点不同，对南北朝时代一些问题的看法存在较多的分歧。只从文学发展的方面说，在对这个时代一些文学现象、一些作家、一些作品的评价上，也有不少分歧。

过去的大半个世纪中，在社会科学和人文学科的研究上总是强调"总结规律"，研究文学史，就是为了总结文学发展的规律，好像总结规律是研究工作的唯一目的。其实，总结和认识事物发展的规律只是研究工作的一个方面，还有一个方面，就是要弄清哪些在历史上起到进步作用，哪些在历史上起了不利的作用；总结历史的经验和教训，以为今天的借鉴：哪些作为人类文化的遗产在今天仍然一定有意义，应该继承；哪些是阻碍社会发展的东西，应该摒弃。有的与今天的时代已完全不合，但在历史上产生过积极影响，也应适当加以肯定，因为这样可以使人们树立一种观念：人作为社会的组成部分，说话、做事应该考虑社会影响，应该为自己的言论和行为负责。肯定在当时起到了积极作用的言行，实际上是继承一种社会公德，让人树立正确的人生观。

从文学史的角度来研究南朝的一些文学现象，我以为也并不只是为了总结文学发展的规律。我们必然要从文学本身的方面肯定应该肯定的东西，但在对一些作家、一些文学现象的评价上，不能不考虑到与之相关的一些方面。因为世界上的事情总是有连带关系的，不是孤立的。

　　关于兰陵萧氏在文学创作与理论上的成就得失及相关问题，曹道衡先生的《兰陵萧氏与南朝文学》（中华书局 2004 年版）一书，已有相当深入的研究，对当时有关一些历史事件的论述发微阐幽，揭示实质，论述十分精彩；对兰陵萧氏中几个在文学上取得成就的人物的评价，也中肯确当。另外有胡德怀的《齐梁文学与四萧研究》（南京大学出版社 1997 年版），林大志的《四萧研究——以文学为中心》（中华书局 2007 年版），在一些具体分析上，也均有独到之处。与之相关的还有詹福瑞先生的《南朝诗歌思潮》（百花文艺出版社 1995 年版），刘跃进先生的《门阀士族与永明文学》（生活·读书·新知三联书店 1996 年版），胡大雷先生的《中古文学集团》（广西师范大学出版社 1996 年版）等，都是精审之作。之所以有不少学者致力于这一时期文学、文学思想的研究，是因为在这个阶段的南朝尤其在齐梁时代，文学和文学理论上确实取得了突出的成绩，而其中很多问题又十分复杂，大家的看法并不完全一致。

　　萧衍、萧纲、萧绎，他们都是掌握国家权力的人物，都终至帝王。孤立地谈他们在文学创作上的成就、贡献及有关文学的主张，比较容易，但如要联系其思想、人格和对社会的影响来评价，就比较复杂。自然，同他们情形相似的有"三曹"，但曹操当东汉末年天下大乱之时戎马倥偬，扫平北方诸侯，使北方形成较稳定的政治局面；其作品深刻反映了社会现实与自己壮志难酬的雄心，反映了当时很多人的思想与愿望，感情是真实的。曹植无论其前期还是后期（自曹丕称帝以后），其作品虽内容有广狭、深浅之异，情调有悲欢与愁畅之别，但情感也是真实的，所反映的也完全是自己生活心理所经历。曹丕之诗、赋作品，可以肯定作于称帝之后的不多。自然，曹丕将相当的心思放在拉拢臣僚、收买人心、集中权力和提防可能威胁到他的帝位的几个兄弟身上，但其《禁淫祀诏》《议轻刑诏》，及免灾区赋税，开仓赈济，遣使巡行各地"问民所疾苦，贫者赈贷之"（《三国志·魏书·文帝纪》），及举孝廉、立太学等举措，也都是有益于社会的，至于其《毁高陵祭殿诏》及遗诏遣后宫淑媛、昭仪以下归其本家，非很多帝王所能做到。但曹丕在篡汉前后即引导文人倾心辞章，雕凿字句，以"立言"而淡化传统道德观念，又写男女情爱、离愁别怨，尤倾心于揣摩思女怨妇的心情而著为诗章，在中国古代历史上（不是说在文学史上）立了一个十分不好的榜样。一般诗人、作家以第一人称的方式写男女之情，并不是什么问题，而南北朝的萧纲、萧绎等在装扮自己世家子弟身份时也专以此为嗜好，虽然说同当时南朝世族腐朽糜烂的生活有关，但也不能说没有受曹丕的影响。然而无论如何，"三曹"按中国传统的"修辞而立其诚"的原则说，作为当时作家的领袖人物看，也还是当之无愧的；把他们作为一个作家群体来看，也是可以的。曹操既是政治家、军事家，又是诗人。曹植和屈原一样，是时代玉成了他，使他成为一位杰出的诗人。曹丕称帝前的作品，尽管受民歌的影响，好写儿女之情，但总体说题材还是比较宽的。萧纲、萧绎却从理论上将文学创作完全同思想分开来。萧纲的名言"立身先须谨重，文章且须放荡"。一般说来这个道理没错；从创作的心理方面说，确实包含部分的真理。但这却给虚伪阴险的王侯贵族造了一个玩弄女性、倾心声色的理论根据，结果"立身先须谨重"一句便完全成了空话。萧衍善于权谋，心狠手辣，萧绎残暴狠毒又嫉妒文才之高于己者，史书记载及不少学者的论著中都有论述，此处不说。即萧纲而言，至梁武帝后期实际权力已集中在他手中，由他主事①，但他并未致力于整肃朝政，消除社会矛盾，而将主要精力放在对付诸弟侄方面。林大志的书中特别对萧纲在台城陷落前后的行为有所考述，看来他同侯景是达成了一种默契，甚至有所承诺②，他在人格方面也都是有很大问题的。

　　至于后来之陈叔宝、李璟、李煜、宋徽宗之流，虽然也留下了一些艺术上很有可道之处的诗词或书画作品，而造成政治腐败、百姓流离，人民死于沟壑者无数，社会生产力遭到极大破坏，终至国家败亡，则所付出的代价实在太大。

---

①　对此，林大志《四萧研究——以文学为中心》从《南史·侯景传》中举出三条证据：一、太清二年十月侯景兵至建康，萧纲"入面启武帝曰：'请以事垂付，愿不劳圣心。'帝曰：'此自汝事，何便问为？'"二、侯景攻建康多日，不克，其部将范桃棒欲降，萧衍父子意见不一，"简文以启上，上大悦"。又说到简文恐其诈，犹豫不决，萧衍怒，但最后仍由萧纲主之，"简文迟疑，累日不决"。终至"外事泄"，其事遂败。三、太清三年二月侯景诈降，萧衍父子意又不一，萧衍说："吾有死而已，宁有是议。"而萧纲倾向于和。"萧衍迟回久之曰：'尔自图之，无令取笑千载。'"则以往学界认为，萧纲对萧衍各种昏聩之行无能为力，事实并非如此。

②　林大志的《四萧研究——以文学为中心》一书指出《梁书》《南史》俱载台城陷落，萧纲见侯景"无惧容"，并举出五点说明其与侯景的关系和晚年的心情。如：一、侯景破城，几次欲要安插亲信，萧衍愤而拒绝。"简文重入奏，帝怒曰：'谁令汝来！'"则萧纲已倒向侯景一面。二、大宝元年四月幸西州，萧纲与侯景欢乐融洽，"酒阑坐散，上抱景于床曰：'我念丞相。'景曰：'陛下如不念臣，臣何至此。'……上大笑，夜乃罢"。三、侯景初立萧纲为帝，二人为盟，曰："臣固不负陛下，陛下亦不得负臣。"

所以，我以为萧衍、萧纲、萧绎这些人，他们在文学创作上所取得的成就，从文学史的角度应予以充分肯定，但就其人而言，不应该由于文学上的成就而予以谅解和拔高。从这一点说，他们同北宋末期的蔡京、明末的阮大铖并无什么区别（蔡京的字也是一时之冠）。尤其对他们登上帝王宝座之后一些作品的评价，应同其真实的思想联系起来考察。应该承认，萧衍、萧纲、萧绎和萧统周围都曾团结了一批文人，其中有些有成就的诗人作家；他们也曾提出过一些有价值的文学主张。萧衍的中期和萧统都真正团结文人，在继承文化传统，引导士风方面做过一些有益的事。萧统不但编了一部《文选》，所提出"事出于沉思，义归乎翰藻"的选文标准，对以后的文学创作与批评产生了较大的影响。萧纲也团结了一批诗人，创作活跃，这一派的作品由他们编的《玉台新咏》而流传了下来。由于最高统治者的偏爱，后来上层文人的创作题材也变得狭窄起来。当然，整个梁朝应还是有不少作品的，但其他题材的作品、其他作家的创作不同程度地被抛弃了。

诗赋不同于美术作品。中外历史上很多有名的美术作品，包括绘画、雕塑等都出自朝廷或国王、贵族的陵墓，他们在美术史上往往占有重要的地位或很大的比重。这些美术作品虽然出于宫廷或帝王、大臣的陵墓，但却是当时画家、雕塑家的作品。南北朝宫体诗却只是国君与皇族贵胄同周围一批文人的作品，是自己创作，自己欣赏。齐梁两朝的文学是在被扭曲的情况下发展的。如果再放眼于整个民间的作品，萧纲等人的宫体诗并不能代表当时文学创作的整体情况。可惜的是由于同样的原因，当时反映现实生活的作品未能留下来，因而历史被完全掩盖了。事实上，像萧绎这样有才但又有嫉妒之心的人，即使有良知的文人不但难出其右，也不敢出其主张的藩篱。

对于萧衍、萧纲、萧绎在诗赋创作上取得的成绩，应该研究，也应该给以充分的评价。客观地来说，他们留下的诗赋作品对隋代以后诗赋的发展在艺术上是提供了成功的经验的。我的意思是不能把他们作为一般的文人作家来看，因为当时在一定程度上国家的命运、很多人的命运就掌握在他们的手里。中国古代历来讲"知人论世"，不能把在他们的履历上占有很大比例的部分抛开不说，而只论他们的诗、赋；也不能不看他们实际上是怎么做的、怎么想的，而只看他们论著中说的那些冠冕堂皇的话。

　　今天无论评价哪一个历史人物，都不能以封建正统观念为准则。战国时燕王哙的让国，由于齐国的干预，继任的子之被燕太子打败。而齐国很快被田氏用大斗出、小斗入又自行节俭的办法取得民心，终究代替了姜齐。应该是谁对老百姓有好处，谁对社会的安定发展更有利，就由谁来掌国家大事的决策权。中国几千年封建社会中很多功业卓著的人由于"功高盖主"而被杀，这恐怕也是一些在乱世之中平定了天下，或当国家危亡之际独撑危局、使之转危为安的大功臣最终都走上"篡位"之路的原因。这也就是《红楼梦》中林黛玉说的："不是东风压了西风，就是西风压了东风。"（第八十二回）这是封建专制的性质所决定的。正由于这样，我们看曹丕、司马炎、刘裕、萧道成、萧衍、陈霸先、高欢（其子受禅）、宇文泰（其子受禅）、隋文帝等人，也不必以篡逆视之，只看其受禅之后是否政治清明，社会安定，国家在经济、文化等方面比以前好了。《魏书·序纪》之末魏收论曰："帝王之兴也，必有积德、累功、博利，道协幽显。"（《魏书》卷一）所谓"积德"与"累功"意思甚为明显，其所谓"博利"，也是指更多的人得到好处。这里不因拓跋氏出于鲜卑族而以为非华夏正统，而提出"积德、累功、博利"，以德相承的观点，是观念上一个很大的进步。实际上北魏道武帝拓跋珪、明元帝拓跋嗣、文成帝拓跋濬、献文帝拓跋弘，尤其孝文帝元宏，其在稳定北方社会、促进民族交融、发展生产、建立制度、推动北方文化建设方面的种种举措，东晋南朝诸帝少有及之者，只可惜宣武帝元恪以后政治腐败，内乱外患频仍，终至走向陵替与分裂。在这里并无正统与否可言。即使同姓中的继承，我们也不用管它嫡出、庶出、长子、诸子、直系、旁系，甚至也不必看用何手段取得继承权，因为在封建社会中如果不使手段，那也就只有按封建宗法制度的规定，或无论上一代的国君如何昏聩，也就只有按他的安排办。这就是以前所谓逆取还是顺取的问题，这些都可以不论。一朝同一朝之间或一帝同一帝之间的转移交接（禅让也罢，继位也罢，武力取得也罢），自然是对社会的生产、生活的不良影响越小越好。从这一点说，通过战争来夺取使很多人征战死于疆场，使无数老百姓流离失所，在血与剑中完成替转，代价太大。那么，禅让的办法应该说是一种进步。像魏篡汉之后奉汉献帝为山阳公，位在诸侯王之上，逊位十五年而卒，魏明帝曹叡变服率群臣哭祭，谥曰"孝献皇帝"。景元元年（261）山阳夫人卒，魏帝临于华林园，使使追谥为"献穆皇后"。五年后，魏禅位于司马氏。则汉之皇、后经曹魏五世君，虽受监视不能自由，然而性命可保。晋代魏，奉魏元帝曹奂为陈留王，邑万户，居于邺，三十八年以后卒，谥"元皇帝"（以上并见《三国志·魏书·少帝纪》及裴注引《魏世谱》）。这确实就是史书上常说的前朝的气数已尽，再无法维持下去，不能不改朝换代了。但改朝换代也不一定要死很多人。从这一点说，魏晋南北朝时代实在是我国古代政治史上很了不起的一个时代，从魏代汉开始，以下的晋代魏，宋代晋，齐代宋，梁代齐，陈代梁，以及北朝的北齐代东魏，周代西魏，隋代周，全是禅让的办法。毕竟少一些生灵涂炭，京都官宦文人也少一些灾难。受禅之后封逊位的国君以王侯之爵，也走出了"你死我活"或"成者为王，败者为贼"的模式。虽然自刘裕开始，逾年即杀之，已不如魏、晋的开明，不过总算在改朝换代上多少体现了一种比较和平的方式。唐太宗之天下是"逆取"的，但就灭隋而言是除暴君救民于水火，至于其逼父杀兄，不如此不能实现其政治理想。就其即位以后采取的一系列措施而言，真是一代明君，其贞观之治在后来千余年中成了理想的社会。可惜的是那些受禅让的国君除了曹丕、刘裕、萧衍的前期及隋文帝杨坚之外，有所作为者不多。如高欢之子高洋，简直是野蛮狂悖的禽兽。萧纲、萧绎之流，也只是想过皇帝的瘾，热衷于帝王的生活和留名后世而已，把国家和老百姓的事完全置之脑后。

兰陵萧氏家族崛起于军旅之中，建立了两个王朝，却都是短命的，总共不足八十年。自然，这和执政者本身的素质、思想、能力有直接的关系，但也同当时社会风气以及萧氏主要执政者都未能摆脱世族文化的影响有关。当时世家大族多以博学能文为尚，如琅玡王氏、陈郡谢氏、彭城刘氏、吴郡陆氏、新野庾氏、东海徐氏等，皆有家学可以炫世。梁初沈约上书梁武帝云："凡粗有衣食者，莫不互相因依，竞行奸货，落除卑注，更出新籍，通官荣爵，随意高下。以新换故，不过用一万许钱。"（《南史·王僧孺传》）萧衍在萧齐末年也曾上书说："且夫牒谱讹误，诈伪多绪，人物雅俗，莫肯留心。"（《梁书·武帝本纪》）可见萧衍对门第、家族之地位也十分重视。因此他便努力向"雅"的方面发展，以弥补其武人出身的缺陷。兰陵萧氏既热衷政治，又希望借此以粉饰门第，抬高家族地位，所以，他们不是考虑如何治理国家，而潜心于诗赋著述，其所交结及其几个儿子所相与，也多世族大家子弟，热心于讲经论学、吟诗作赋或编纂书籍。于是就造成了他们与整个家族在南北朝时期的重大失误与悲剧，社会也为之付出了沉重的代价。萧氏的这些风云人物虽都死于非命，不过在身后留下了一些诗赋文章。直到他们的子孙在唐代较安定的社会条件下，借着在南朝形成的家族地位，而对旧的家族传统加以扬弃，于是才有不少人在人格、思想和才能方面显出其优异的素质，而有所建树。如果说是历史玉成了屈原、曹植，使他们成为诗人，则萧衍、萧纲、萧绎是因为自己的政治素养和过于热衷于文名，而未能成为卓越的政治家和彪炳史册的作家、诗人。萧绎在读书方面表现出的非凡毅力及他对文人的强烈嫉妒心，也都出于狭隘的世族文化观念，出于世族贵胄的情结。江陵之变时他竟说："读书万卷，犹有今日，故焚之。"胡三省曰："帝之亡国，固不由读书也。"（《资治通鉴·梁纪》卷二十一）一般说来此言不错。但胡三省并未看出萧氏父子因学问和文才的情结太重，以至弃本求末、因小误大的实质。

　　以上关于萧衍、萧纲、萧绎在文学方面谈得很少，因为我觉得就他们一生的"功业"说，文学占的比例太小。但不论怎样，他们都在文学方面留下了作品，而且在艺术上确实取得了一定的成就，有其独到之处；要研究齐梁时代的作家，避不开他们。此外还有萧统、萧纶、萧纪，也都有文才，都程度不同地留下了一些可以传世的作品。比较而言，萧统较为拘谨，作品没有乃弟的放荡活泼和具有新鲜感，然而他提出了对后代文学发展很有影响的观点，并且编成了体现自己文学主张的《文选》。他在创作上缺乏创造性，我以为同他很早就被立为太子，同他的身份、经历有关。他是王储，又是诸多弟弟的表率，其母地位也不高，故潜心儒家经典，在看到当时文学发展的新变，承认这种新变的前提下强调继承，认为行为也不能过于放荡。乃父在代齐以前是齐武帝萧赜之子萧子良的坐上客，所谓"竟陵八友"之一，那时的诗歌创作自然可以放得开，但其登帝位之后的诗，则可称者少，与萧统相近。

　　关于梁代文论，周勋初先生提出"复古""通变""新变"三派说，影响很大。我认为这三种文学倾向之不同主要同被看作这三派领袖人物的萧衍、萧统、萧纲所面对的具体环境，尤其是他们所处的位置有关。萧绎在侯景之乱以后所作《和王僧辩从军诗》《藩篱未靖述怀诗》《遣武陵王诗》，一改此前风花雪月的题材与华丽、轻艳的风格，临死写出《幽逼诗》四首那样悲悽的作品便是证明。实际上他们之间有一定的共同性。所以也有的学者通过划分阶段的方式来说明这三种文学主张在梁代的起伏消长。但并不是在某一种思想起主导作用的时候，别的主张便完全不存在了，上有源而下有流，每一个阶段上的特征只是哪一个起主导作用的问题。从这个角度说，也是可以看作三派的。

实际上，裴之野、萧衍多从史的角度看文学。南朝修史之风盛，这自然也同世家大族以学问相尚有关，以为有家传之书，方使门户显赫。看《隋书·经籍志》，萧子显有《后汉书》一百卷、《晋史草》三十卷、《齐书》六十卷，萧子云有《晋书》十一卷、《东宫新纪》二十卷，沈约有《宋书》一百卷、《齐纪》二十卷、《新定官品》二十卷，裴子野有《宋略》二十卷，张缅有《晋书钞》三十卷，谢绰有《宋拾遗》十卷，萧绎也注《汉书》一百一十五卷，有《孝德传》三十卷、《忠臣传》三十卷，萧衍则有《通史》四百八十卷（系敕吴均编著。萧绎的恐也非亲著），此皆有梁一代的史学著作。萧衍一代的关注点更多在文化方面，学术上强调继承，以示梁为礼乐文化命脉之所在，其关注并不专在文学上，这同南北对峙中的局势有关。至萧统、刘勰才真正集全部精力于文学理论的总结和南朝文风变化下创作实践的总结。刘勰《文心雕龙》和萧统的《文选》之所以能在此后一千多年中一直受到重视，就在于这两部书都是此前一千多年中对文学理论与创作实践的认真总结，在相当长的时间中是空前绝后的著作。至于萧纲、萧绎的创作，则完全随着当时上层社会风气，一方面以歌舞声色为事，一方面又纠集文人为之撰述以求成名，创作上题材狭窄，风格绮丽，或轻巧，或奢华，都是王公世子"放荡"生活的反映，并未能体现刘勰、萧统所倡的在继承前人基础上不断发展的通变的路子，未达到文字美而主旨正的标准。从这个角度说，萧衍、裴子野尚处在认真总结以前文学理论的思想上的准备阶段，萧纲、萧绎则是背离和偏离下滑阶段。但毕竟他们留下来一些创作，显示了当时文学创作的成绩，我们自然不能连这些也抛弃掉。从这个角度说，萧衍、裴子野等及梁代末期的萧纲、萧绎、徐摛、庾肩吾等从文学理论的方面说实在算不上派，根本不能同刘勰、萧统相比。

南北朝时代是十分复杂的时代，这个时期的文化状况和文学创作、文学理论也有着十分复杂的背景，很多问题难以观察得透彻，清理得清楚。以上是我自己的一些看法，也只能是一孔之见，然而由于这个阶段上的复杂性，应该多角度去进行观察。

杜志强同志 2003 年从我读博士学位，以南北朝文学文献为研究方向。我以前由于这一段的复杂情况，作品读了不少，但未敢轻论。在他完成论文的当中，我们曾就不少问题交换意见，虽然有的地方看法不尽一致，但总体上我认为他的研究还是很有意义。只有讨论，才能使问题更为清楚。论文评审和答辩中，专家对其中一些问题的分析，对其中体现出的比较强的理论思辨色彩，及始终在广阔的时代背景上对萧氏家族及其文学创作进行分析，给予了充分的肯定，同时提出一些建设性意见。杜志强同志今对论文进行修改，即将出版，请我作序，因而写出以上有关南朝历史、文化、文学的一些看法。

曹道衡先生的《兰陵萧氏与南朝文学》是他几十年关于南朝文学进行深入研究的扛鼎之作，也是后来学者研究的典范。杜志强同志在完成论文中从这部书中受到很多教益，同时也尽可能避免同曹先生的著作相重。比如关于文学部分的论述，曹先生较多地分单元讨论，对萧统与《文选》的讨论中有些十分深入的研究；本书则力求从整体上进行论述概括，对于《文选》谈得很少，而对于同萧氏子弟创作关系密切的宫体诗、赋、骈文、文笔之辨讨论较多。曹先生在研究萧氏家族的同时，也以此为基点来研究南朝文学的部分特点，是将萧氏家族与南朝文学并重的；杜志强同志则力图在南朝文学背景上来讨论萧氏家族的文学创作与成就，因此侧重点在萧氏家族的文学创作与文学思想上。这样，本书的论述显然要窄一些，但对萧氏家族文学的论述又相对集中一些。对于侯景之乱前后萧氏家族创作风格的转变，本书也进行专章分析；对萧氏成员的著述，也进行了专章的考察与概括。在家族问题上，本书加强了纵向的史的考察，对萧氏成员的思想信仰，也结合文献记载从其为人及所处环境方面进行论述，有些自己的心得。本书对萧氏家族的命运，及在隋唐时的发展都进行了专门的分析；对萧绎这个南陵萧氏家族中最为复杂的人物，也进行了个案分析。

总体上说，本书的论述牵扯到六朝文学和历史的许多较敏感而评价纷纭的焦点问题，而能从比较平和的学术心态出发，通过排比材料，得出较为允当的结论。其中有的地方即使引起争论，这也是有益于学术发展的，因为作者还是抱着一个实事求是的精神，并非有意求为惊人之语。所以我认为本书作为一部南朝文学研究的专著，具有一定的学术价值。

如前所论，南北朝是一个复杂的时代，很多问题由于观察的范围和角度的不同，会有不同的看法。但只有从各个方面进行考察，才能有较全面的认识，希望本书的出版有利于对南朝文学的讨论。

杜志强：《兰陵萧氏家族及其文学研究》，巴蜀书社 2008 年版。

杜志强，1977 年生，甘肃静宁人。2006 年毕业于西北师范大学，获文学博士学位。现为西北师范大学文学院教授、博士生导师。主要从事汉魏六朝文学文献、陇右地方文献研究。出版《赵时春文集校笺》《赵时春诗词校注》《甘肃文献总目提要》（合著）等著作五部，在《文献》《文史哲》等刊物发表学术论文 30 余篇。

《李尤研究》序

　　西周、春秋时代是四言诗最繁荣的时期，《诗经》是四言诗发展的高峰。刘勰在《文心雕龙·辨骚》的开头说："自《风》《雅》寝声，莫或抽绪，奇文郁起，其《离骚》哉！"这是说战国时相对稳定的南方的楚地在此前诗歌创作经验的基础上吸收南方民歌的艺术营养，创造出骚体诗，达到上古诗歌创作的又一高峰。当时的北方则因为奴隶制社会结构方式和礼乐制度瓦解，思想家们对社会如何达到新的统一和重新统一以后如何运行表达各种看法，体现为诸子散文和史传文学的空前繁荣。到了政治中心仍建于北方的汉朝，文学创作上诗歌仍未成为主流，但受到楚辞、楚赋和几百年中散文创作语言经验的影响，在诗歌由四言和骚体向五言转变的过程当中，赋的创作达到繁荣的同时，介于诗、赋、文之间的一些文体也空前地活跃起来。《后汉书·桓谭传》末尾言桓谭"所著赋、诔、书、奏，凡二十六篇"。《冯衍传》末尾言冯衍"所著赋、诔、铭、说、《问交》《德诰》《慎情》、书记说、自序、官录说、策五十篇"。此下如崔骃、张衡、马融、蔡邕等人传后均列其所著诗、赋、铭、颂、诔、表等之篇数。《文苑列传》二十二人之传末也列出以各种文体所作文字之总篇数。可以看出，东汉之时不仅文体分类不少，介于诗、赋、文之间的体裁如颂、铭、祝、诔等也都很盛行。这似乎反映出诗歌由四言向五言过渡阶段的一种酝酿，反映出人们对句子单纯又缺乏变化的四言诗的不满和从各个方面的艺术探索。

　　从这个角度来看，东汉中期的李尤是这一段文学发展过程中比较典型的人物。《后汉书·文苑列传》言李尤"少以文章显。和帝时，侍中贾逵荐尤有相如、杨雄之风，召诣东观，受诏作赋，拜兰台令史"。则本是以文起家的。传末言"所著诗、赋、铭、诔、颂、《七叹》《哀典》凡二十八篇"（《后汉书》卷八十上），所涉及体裁也不少。特别值得注意的是，李尤在铭的创作上很突出：一是在汉代作家中他创作的铭传世数量最多，这一方面说明他创作的铭多，另一方面也说明了当时和后代对他所作铭在内容、思想、艺术等方面的认可。二是李尤在铭创作题材的开拓上，也是首屈一指，如关隘方面的《鸿池陂铭》《函谷关铭》，关于下层社会的日常劳作的箕、杵、臼等，将铭这种文体的运用范围由上层社会的礼仪习俗拓展到对下层社会劳动人民生活的反映。三是同一题材范围创作的系列化，如兵器铭、城门铭之类。四是有些赋、铭两种文体的同题共作，如《东观铭》《东观赋》《平乐馆铭》《平乐观赋》（平乐观亦作平乐馆，《文选旁证》卷三有辩证）、《德阳殿铭》《德阳殿赋》等。所以说，李尤是东汉作家中比较特别的一位，又是带有时代特色、具有代表性的作家。

　　然而对这样一位作家，以往关注的人并不多，研究李尤与李尤作品的论文极少，近一百多年中，大约也就是十多篇，研究他的专著更无一本。

　　彭春艳在出版了《汉赋系年考证》之后，又以两年多的时间完成了《李尤研究》。事实上，正是由于她在完成《汉赋系年考证》的数年当中，认识到了李尤及其创作值得关注，对有关李尤生平与创作的文献做了些搜集整理，所以在前一书完成之后即集中精力进行研究，并对有关材料做进一步的搜集整理，最后完成这部书。

　　《李尤研究》分上下两编。上编为李尤生平研究。作者就文献记载相关李尤生平事迹的七个分歧点（包括名、字、籍贯、诏作东观及作赋铭时间、拜谏议大夫时间、参与撰写《汉记》时间、出任乐安相时间）进行考辨，继而梳理李尤交游，最后以李尤年谱简编作结。

　　下编为李尤作品研究。古代文献中曾有八篇他人之作被误认为李尤之作，前人虽有所考订，但明清时人所编文集中仍有误列于李尤名下者，学者称引中常出现混乱。本书首先对李尤的作品进行认真考辨，误归于他名下的八篇他人之作先排除之。其次对传世文献中李尤之作因篇名之误一篇变为两篇和分归在两种文体中的情形加以考辨。如考定《安残铭》《安哉铭》《陶器铭》的篇名当作《瓾甒铭》，宋代任广撰《书叙指南》卷十六《涂抆颜色·方位》部分所言《景阳殿铭》当即《德阳殿赋》，有的文献所载李尤《阳德殿铭》文字，其实也是《德阳殿赋》中文字，等等。常有一些学者研究哪个作家，便把某些文献中误认为这个作家的作品，全往这个作家身上堆。彭春艳抱着科学的态度，尽可能还原历史上真实的李尤以及他的创作状况。这是很难得的。

本书在校勘的其他方面也做了不少有意义的工作。如考定《骇具错剑》的篇名实当作《骏具错剑铭》之类。同时对部分铭文的缀合，以便尽可能展示原作的内容。《明堂铭》《牖铭》《钲铭》《弧矢铭》《盾铭》《几铭》《笛铭》等均有缀合。另外，又共辑得佚文赋四篇、辞祝一篇、铭文存目十一条、散句一条。鉴于在文献转载和传抄中较多李尤作品名称不统一，作《李尤作品异名考辨表》。

本书对今日所能见到的可以肯定为李尤的作品做了校注。校勘上，首先梳理出李尤集各种版本的流变脉络。因为文本的复杂性，采取不同作品分别确定底本的原则，全书不局限于同一底本；在底本的选择上遵循从先、从全、从优的原则。

校勘中在对作品异文字的考订上也多有收获。如《平乐观赋》"南切洛滨，北陵仓山"中的"仓山"，明张溥《汉魏六朝百三名家集·李尤集》作"苍"。费振刚等《全汉赋校注》释为"仓山，青山"。龚克昌《全汉赋评注》亦释作："仓山，青山。'仓'通'苍'。"本书据《水经注·沭水注》："沭水自阳都县又南会武阳沟水，水东出仓山，山上有故城，世谓之监官城，非也。即古有利城矣。"又据谭其骧《中国历史地图集》第二册，利城在徐州，远离洛阳。而苍山则在云南境内，故确定平乐观不可能北邻苍山和仓山，应该是北邻芒山。上文为"南切洛滨"，其"洛滨"为实指，故下文不当是泛指性之青山，而是确指芒山。不作"苍""仓"，而应作"芒"。"苍"与"芒"形近而讹，"仓"与"苍"音同形近而讹。

本书之注也颇有纠前人之谬者。如《平乐观赋》"或以驰骋，覆车颠倒"，王飞鸿《中国历代名赋大观》（北京燕山出版社 2007 年版，第 193 页）、《全汉赋校注》（广东教育出版社 2005 年版，第 580 页）释为"有时表演驰骋状时，（因失误，致使）人仰车翻"。然结合此处描写乐舞百戏技艺高超，不当写其失误。故注释为：此处指技艺出神入化，在马车高速行进时能侧翻（一边车轮着地）、反向（车头车尾互换，倒退）驾驶。这样，与上文的"戏车高撞，驰骋百马；连翩九仞，离合上下"，下文的"乌获扛鼎，千钧若羽；吞刀吐火，燕跃鸟峙；陵高履索，踊跃旋舞"等描写相合。

　　书末有两个附录，一是列出历代评价李尤其人其文资料，以便能更清晰、全面地呈现传播与接受过程中的李尤；二是在考辨生平及校注作品的基础上，对李尤作品的题材内容、思想主旨、艺术特色及其文学史地位进行综合分析，揭示李尤在文学史上承前启后的作用。

　　《李尤研究》系基础文献研究，但也体现出彭春艳同志对于东汉文学发展状况的整体认识。本书对汉代作家研究具有参照作用，对细化认识东汉作家创作的特色和东汉文学发展的整体状况也是有意义的。

　　当然，作为对于以往很少有人关注的作家的研究，其中肯定有不足之处。如能因此书而引起学者们对有关问题的讨论，也是汉代文学研究的一件大好事。

2019 年 1 月 9 日

彭春艳：《李尤研究》，社会科学文献出版社 2019 年版。

《王士禛诗学研究》序

　　从明代中期以李梦阳为首的前七子揭起"复古"的大旗之后，直至清代前期叶燮（1627—1703）、王士禛（1634—1711）等人出现，在诗歌创作与诗论主张方面流派迭起，正如长江波涛，前后相推相连，显示出中国诗学史上最为波澜壮阔的景象。前七子之"复古说"本是针对明代台阁体末流冗弱平庸的流弊而发，但至其末流，又走上缺情感的模拟的路子。明清之际，以陈子龙为首的云间派虽把"忧时抚志"作为"主旨"，然而仍强调先辨形体之"雅俗"（《宣城蔡大美古诗序》，见《安雅堂稿》卷二），并追求体格之单纯，讲究学一种就专学一种，不能杂入其他体，实际上是对模拟做出了硬性规定，不许走样，自然也就不能革新与创造。当此之时，诗歌理论的新变，只等有力者振臂一呼。陈子龙已言国家政治的盛衰，决定着诗歌的风尚，说："夫鸟非鸣春，而春之声以和；虫非吟秋，而秋之响以悲。时为之，物不能自主也。……念乱，则其言切而多思；望治，故其辞深而不迫。"（《三子诗选序》，见《陈忠裕公全集》卷二十六）明末极衰之时，崇祯继位，陈子龙尚以为国家有望，即倡导温柔和平盛世之音。至叶燮、王士禛之时，清朝统治者和整个社会都已经不可能接受思明排满、刺乱愤俗之作。叶燮有《原诗》一书，其《内篇》上下两卷阐述"数千年诗之正变、盛衰之所以然"，对诗歌的发展规律、创作原则等问题做了深刻的论述，突出地显示出严密的理论性与系统性。《外篇》的两卷，进一步申明《内篇》的主张。全书宗旨，主张抒写性情，提倡革新创造，批判了明代前后七子的复古理论与主张，提出要从诗歌发展的实际出发，弄清"孰为沿为革？孰为创为因？孰为流弊而衰？孰为救衰而盛？"从中吸取经验教训。这是从理论上对过去的诗学发展做了全面系统的总结。学者们对叶燮的成就评价高，这是对的。但就叶、王二人在诗歌发展史上的影响而言，难作轩轾之论。

王士禛没有系统的诗学理论著作，但有《渔洋诗话》及与人论诗之作数种，在其笔记、序跋中也存有大量的论诗文字，后人编为诗话多种，影响极大。他论诗主"神韵"，然而其诗学思想非仅"神韵说"可包含。今人多因对"神韵说"的看法有分歧，评价时有偏颇。我以为评价一个作家、学者，应将其置于当时的时代中，联系作者所处环境、所面对的问题而加以观察。同时，论其主要观点、重要主张，也应看其整体，不能简单化。就王士禛诗学理论的整体结构而言，不能简化到只剩下"神韵说"。

首先，王士禛生活于康熙盛世，当时满清统治完全达于稳定，社会经济也空前发展，天下一片升平气象。如前所说，从社会现实决定文学的题材、思想、主题、风格方面说，明末清初一些诗人、学者所倡导"怨刺说"等，无论从上（统治者）、从下（一般读者）、从同道（一般文人作家）来说，已难以接受。尤其从统治者的一方来说，有极其严厉的惩罚制度，以防止文人对大清王朝的非议。当时的文网是很严密的。清朝初期，忌讳很多，文人动辄以诗文获罪。王士禛为诗坛盟主达五十年之久，他在此政治环境之中不可能不考虑当时诗歌发展应取之路径。这个路径得从两方面考虑：一是不易违反忌讳，形成互相牵连的文祸；二是从诗的表现方式、艺术趣味来说，有利于保持含蓄和有意境、有诗情、耐回味的特质，因为这是诗这种文体的基本特色。所以，他在前人有关论著的基础上，拈出"神韵"来，加以阐发张扬。

我们并不避讳，"神韵"这个词语的运用，并非起自王士禛。南齐谢赫论画首标"气韵生动"。其《古画品录》评顾骏之画云："神韵气力，不逮前贤；精微谨细，有过往哲。"[①] 以"神韵气力"与"精微谨细"对举，则其"神韵"指凭借笔墨、又似在笔墨之外给观者的艺术感觉，包括表现事物精神风貌、引起观者艺术想象的种种因素。唐张彦远《论画六法》云："至于鬼神人物，有生动之可状，须神韵而后全。"[②] "神韵"指由形状体态所表现出的真实生动的精神

---

① （南齐）谢赫：《古画品录》，于安澜编：《画品丛书》，上海人民美术出版社 1982 年版，第 7 页。
② （唐）张彦远：《历代名画记》，人民美术出版社 1963 年版，第 14 页。

风韵。清初一些画家（如王时敏、王鉴、王原祁、王翚）在其画论中也标举神韵。而明代胡应麟《诗薮》中已用"神韵"评盛唐诗歌。其《内编》卷二云："孟五言不甚拘偶者，自是六朝短古，加以声律，便觉神韵超然，此其占便宜处。"卷四言宋人学杜"亦皆得之百炼，而神韵遂无毫厘"。卷五言《早朝》和王、岑、杜诸作与初唐七言律"气象神韵，迥自不同"。又言岑参同李颀、王维比，"神韵不及二君"。卷五云："盛唐气象浑成，神韵轩举。"又云："故古人之作，往往神韵超然，绝去斧凿。"[①]明末陆时雍在其《诗镜总论》中也时用"神韵"以论诗，如云："诗之佳，拂拂如风，洋洋如水，一往神韵，行乎其间。"又云："五言古非神韵绵绵，定当捉衿露肘。"[②]清初毛先舒《诗辨坻》卷三论初唐四杰之诗，认为"自不乏神韵"。侯方域《陈其年诗序》也说："夫诗之为道，格调欲雄放，意思欲含蓄，神韵欲闲远，骨采欲苍坚，波澜欲顿挫，境界欲如深山大泽，章法欲清空一气。"（《侯方域全集校笺》卷二）翁方纲等似以"神韵"之说非自王士禛始，而贬其功。其实王士禛所标举"神韵说"内涵同此前一些画论家、诗论家所说"神韵"有些不同。王士禛是作为一个中心主张来加以阐发、充实和张扬的，他企图定出一个在相当长一个阶段中应遵循的诗歌主张。应该说，这既是他审时度势的结果，也是他对诗的特质了解透彻，对古代诗歌发展的历史，尤其对明代以来各家各派之说进行了深刻思考的结果。

其次，王士禛于顺治十二年（1655）中进士，由扬州司理累官至刑部尚书，直至谢世，政治地位较高。这同叶燮的登进士第五年后才任宝应县知县，次年即因触忤长官而被参落的情形不同。叶燮在相当程度上保持着一种个人精神，相当程度上其著述无关他人，在当时不一定有很多人关注，但王士禛则不能不考虑到各方面的影响。所以，叶燮在《原诗》中对儒家正统的所谓"温柔敦厚"也给以批评，表现出明显的民主精神，但王士禛以其地位和影响就不可能这样做。同时，王士禛面临当时诗坛很多具体问题，包括写序跋，回答一些人的问题，同一些学者讨论等。他是在他领导诗坛的具体实践中体现出了对诗

---

① （明）胡应麟：《诗薮》，上海古籍出版社 1979 年版，第 36、60、83、92、99 页。
② （明）陆时雍：《诗镜总论》，丁福保辑：《历代诗话续编》（下），中华书局 1983 年版，第 1403、1422 页。

歌发展的一系列看法。

再次，王士禛的诗学主张并不限于"神韵"。在诗学主张上故意与王士禛作对的赵执信曾引述吴乔"诗中须有人"（吴乔《围炉诗话》卷一）之说和苏轼"诗外尚有事在"（苏轼《东坡题跋·评子美诗》）之说，来驳王士禛。其实，王士禛的诗论并非排斥美刺之言论，而且对雄深、豪健、沉著、痛快的艺术风格也加以肯定，而不是把它们对立起来。他说："自昔称诗者，尚雄浑则鲜风调，擅神韵则乏豪健，二者交讥。"（《跋陈说岩太宰丁丑诗卷》，见《蚕尾续文》卷二十）可见他认为雄浑、豪健与"神韵"并不矛盾，而应与"风调"及前人所说"神韵"结合起来。也就是说，王士禛的"神韵说"是在理论上有所拓展发挥的诗学理论，差不多包含着有深远的意境等诗人艺术特质方面的基本要求，只是根据当时的政治环境，突出了含蓄、清远的风格导向。

所以，对于王士禛在诗学理论上的贡献，以及当时历史条件下他在诗歌发展中所做的贡献，应予认真研究。新时期以来，王士禛的一些诗论著作先后被重新出版，有的并加整理、点校、笺释，研究性的著作也出版了好几种，如伊丕聪的《王渔洋先生年谱》、蒋寅的《王渔洋事迹征略》《王渔洋与康熙诗坛》、裴世俊的《王士禛传论》、黄河的《王士禛与清初诗学思想》、王小舒的《王渔洋与神韵诗》《神韵诗学》，相关的著作有吴调公的《神韵论》、张健的《清代诗学研究》等。而海峡对岸学者的书则出版得更早：如黄景进的《王渔洋诗论研究》。面对这样多的功底深厚扎实、研究全面深入的论著，应该说很多问题都已经探讨得差不多了，对王士禛的评价，也逐渐地趋向了一致，在很大程度上纠正了新中国成立后三十年中一些较为偏颇的看法。但是，对于作为主持清朝鼎盛时期之诗坛五十年之久且留下大量诗学论著的诗论家，并不是存在的所有诗学问题都已解决了，也不是所有的问题都涉及了。有些问题，大家的看法并不完全一致。

2004 年孙纪文同志在福建师大获得博士学位，2006 年春进入西北师大博士后流动站，从我论学。纪文同志在宁夏大学中文系任教，专业是古代文学批评史，在福建师大，师从郭丹先生，硕士论文为《〈淮南子〉文艺思想论》，博士论文为在此基础上的拓展《淮南子研究》（学苑出版社 2005 年版）。《淮南子》是《吕氏春秋》之后又一部综合、总结先秦诸子百家学说的巨著，包含着哲学、史学、文学等方面的丰富的思想资源（山东银雀出土汉简唐勒《论义御》证明《淮南子》中有些文字是将先秦之书稍加改窜编入其中，其所据不少书今日已失传）。对此书的研究，可以进一步深入了解中国古代文学思想、传统文论形成与发展的状况，进一步了解中国传统思维方式与表现方式，对研究汉代以后的文学思想、文学批评与文学理论很有益处。我同他讨论后根据他的兴趣，确定以"王士禛诗学文献研究"为课题，进行研究。我以为，对王士禛这样一位论著很多、著作之版本也比较复杂的大学者，有些问题的解决，只从理论上还说不清楚，应从基础上做起。因为从文献上说，既存在是此、是彼的问题，也存在孰先、孰后的问题，甚至存在是有、是无的问题。无论怎样，换一个角度来观察、审视，总会有新的收获，得到新的启发、启示。

因纪文同志在单位还带着研究生，不能把全部精力用于研究，所以在流动站延长了半年时间。但为了完成这个课题，他到王士禛的家乡山东桓台县（清代新城）等地进行学术考察，拜访了不少当地熟悉地方文献、掌故的人，在山东、北京等地查阅了大量资料。2008 年春他完成了出站报告，我们讨论过几次，他又进行几次修改。在 2008 年底出站报告鉴定会上，专家们对此报告给予好评。

下面谈谈我个人对此书的几点看法。

首先，研究的视野比较开阔，全书在梳理王士禛诗学研究史的基础上展开，对王士禛诗学的重要文献进行了探究。下面依次从新的角度解读王士禛的诗学理论，分析可比性诗学问题、王士禛的诗歌选本与其诗学思想之间的关联，阐释王士禛诗学思想的构成要旨并做出当代评判。全文旨在表明：王士禛诗学是对明代诗学的一种超越，也是对清初诗学的一种新的建构。王士禛诗学与唐诗学、宋诗学的精髓息息相关，王士禛诗学是传统诗学中的理论典型形态，我们应秉持历史的、逻辑的态度去理解古代诗学理论，并深切体悟其中的文学意味。这些学理判断是颇具有现代学术眼光的。

其次，研究的内容不乏新意。一是关于王士禛诗学文献的考辨研究。书中刊出《渔洋诗话》的十多种重要版本，考定冠名为王士禛选编的《陈后山·戴石屏诗》是伪作。二是关于王士禛诗学理论学说的研究，认为"神韵"的审美实践意义是确证了审美距离的必要性，为文学批评提供了一个带有普遍性的审美批评范畴,使审美者获得艺术超越的空灵感;"神韵说"之外,王士禛诗学理论学说还有"声调说""辨体说"和"本色说"。三是关于可比性诗学论题的研究。作者认为,王士禛在继承严羽诗学思想的同时,在诗歌取法方面、文艺辩证关系的阐释方面对严羽诗学进行了超越。王士禛尊崇的唐诗学,是以唐代诗学精神为价值取向的。他为清初唐诗学的重新建设进行了理论与实践两方面的不懈努力。王士禛既推崇杜诗学,又对杜甫的诗歌进行了批评,他是清初著名的杜诗学家。四是关于王士禛的诗歌选本与其诗学思想之间的关联研究。作者认为,在"辨体论"的基础上,《古诗选》确立了唐代古诗的正宗地位,王士禛力图以兼容的态度取法历代古诗,他崇尚五言古诗的风骨之美和古澹之美,崇尚七言古诗的气格高妙之美和沉郁顿挫之美。《二家诗选》表明王士禛对于充满神韵色彩的徐祯卿、高叔嗣的诗歌格外推崇。王士禛关注的是唐诗的真面目、真精神。他寄寓唐诗选本之中的诗学思想是开放的和融通的。五是关于王士禛诗学的当代评判研究。作者认为,王士禛诗学既有兼容的性质,又表现出有所突破的新气象。这些观点无疑为清代的文学选本研究、诗歌批评史研究提供了一些新的思路。

再次,研究方法上有些探索。全书着眼于全面研究王士禛诗学的面目。研究的前提是诗学文献研究,并且将文献学本体研究、理论阐发和现代观照三者相结合,共同构建文献学研究和文艺学研究的叙述语境。既重视诗学文献的甄别辨析,又重视诗学思想的挖掘分析,还重视以现代知识结构和学术素养对王士禛诗学做出自己的阐释。因此,思辨性和逻辑性的统一是本书的重要特点。

总的说来,我以为孙纪文同志的这本书在王士禛诗学研究、在清代诗学研究的方面是有创获、有价值的,它的出版必将引起研究中国诗歌史、清代诗学的学者的关注与重视。

是为序。

2008 年 12 月

孙纪文:《王士禛诗学研究》,宁夏人民出版社 2008 年版。

孙纪文,1967 年生,山东泰安人。先后毕业于陕西师范大学、宁夏大学和福建师范大学，分别获文学学士、文学硕士和文学博士学位。2008 年西北师范大学博士后出站。曾任宁夏大学科技处副处长，宁夏大学人文学院教授、硕士生导师。现为西南民族大学文学与新闻传播学院教授。主要研究领域有中国古代文学、中国古典文献学、民族文学、文艺学。出版《淮南子研究》等专著，在《文学遗产》等刊物发表学术论文 40 余篇。

《〈西藏赋〉校注》序

听万兴来电话说《〈西藏赋〉校注》项目完成，我十分高兴。这无论从哪一个方面来说，都是很有意义的一件事。它大大拓展了赋研究在地域与题材上的关注范围，为广大读者在文学欣赏的同时了解西藏的山水原隰、文物古迹、宗教信仰、生活风俗等也提供了便利。而且，《西藏赋》作者和宁思想中一些卓越的见解，也突显到了广大读者面前。

在 1992 年我同有关同志商定《历代赋评注·明清卷》选目和 2006 年调整旧稿选目的时候，都曾考虑过是否选《西藏赋》的问题，终因篇幅太大，原注文字又多，而且有些地方注释确有些困难，而未能选入。而就在我们修订《历代赋评注》旧稿的当中，万兴同志联合严寅春同志向国家民委申报"《西藏赋》校注"的研究课题获得立项。可以说，万兴同志的这个项目弥补了我们的《历代赋评注·明清卷》的一个缺憾，为广大读者提供了一篇有特殊意义的赋作的今注本，也为赋学研究者提供了一个便于引用的文本。

和宁为蒙古镶黄旗人，完全接受中原传统文化的教育，深研经书，于《易》理探究尤深。然而在他的学问和思想方面最值得称赞的还不在这里。我以为在他身上可以看出明末清初顾炎武和乾道间思想家林则徐、魏源的一些思想特征。顾炎武参加抗清活动失败后离乡北游，往来于鲁、燕、晋、陕、豫诸省，遍历关塞，实地考察，搜集资料，访学问友，著之于书，以为后世守华夏故土之资。他一生强调学以经世，自一身以至天下国家之事，都应探究原委，提出"保天下者，匹夫之贱，与有责焉耳已"（《日知录·卷十三》）。顾炎武的思想虽起于明亡、满清入主中原，但无论其思想还是具体做法，都对嘉道间西方列强觊觎中国之际的思想家林则徐、魏源等以影响。可以说，林则徐、魏源等在新的爱国观念上继承和弘扬了顾炎武的思想精神。林则徐任湖广总督、两广总督期间厉行禁烟、整顿海防，而被诬陷革职、发配伊犁后，曾自费备斧资到南疆查勘垦田，遍历八城，写了《回疆竹枝词三十首》，其中不时嵌入维吾尔语，生动地描绘南疆的民族风情。魏源在两江总督幕中曾参与浙东抗英斗争，因中英《南京条约》的签订，感愤而著《圣武记》，并受林则徐的委托编《海国图志》。和宁生当乾嘉之际，却并不同于很多乾嘉派学者只注意传世文献的考订，而是留意于现实，关心民生，思考边疆防务、民族和睦等。他在西藏八年，曾多次赴前后藏巡防；刻印了《西藏志》，参与编撰了《卫藏通志》《回疆通志》《三卅辑略》《续水经》《藩疆览要》等①。他诗才甚高，而“诗述诸边风土，可补舆图之阙”（符葆森《国朝正雅集》）。可以说，他更早地将顾炎武的学术精神体现于新的边疆开发与防卫的思想之中，体现于学术研究与文学创作之中。而他的一篇《西藏赋》，更使他彪炳于文学史册。

《西藏赋》是用了汉大赋中最典型的体式“骈辞大赋”的形式。骈辞大赋成熟和兴盛于汉代，不是没有原因的，它是统一、强盛的大汉帝国积极上进时代精神的体现。和宁不是一时兴来，一般地表现某一景观或某一场面，或抒发某一个人感怀。从《西藏赋》的内容，可以看出作者体现在这一鸿篇巨制中的用心，他要内地的人更多地了解西藏、熟悉西藏，为内地人士到西藏提供了一个带有艺术感染力的“遍览”材料。全赋依次介绍了首府拉萨，介绍了西藏的山川河流，介绍了自西向东的重要程站及路途情况。而作者随文自注的方式，更体现着这一用心。

《西藏赋》在材料的选择及详略轻重的掌握上，也表现出一位卓越思想家的水平。如其中写到西藏佛教时说：

> 其寺则两昭建自唐朝，丰碑矗矗；万善兴于公主，古柳娟娟。②

佛教在西藏无论从政治、经济、文化、教育、民俗等的哪一个方面说，都

---

① 参《清史稿》卷三五三《和瑛传》。和宁因避宣宗讳改名和瑛，正史以“和瑛”入志。然其本名和宁，万兴校注《西藏赋》署其作者名作“和宁”，是也。

② （清）和宁原著，池万兴、严寅春校注：《〈西藏赋〉校注》，齐鲁书社 2013 年版，第 22 页。

起着主导的作用，渗透在西藏社会不同阶层的各个方面。如何写西藏的佛教，从何下笔，写哪些方面，一百人会有一百样写法，而和宁的这四句，可抵得住很多宏文丽辞。一般学者认为佛教传入西藏，自松赞干布（617？—650？）的曾祖父时期（相当于中原南北朝时期的梁代）便已开始。而在西藏的兴起，则在松赞干布之时。松赞干布平定内乱，兼并孙波、羊同等部，定都逻些（今拉萨），建立官制、军制，制定法律，划分行政区，统一度量衡和课税制度。他迎娶了文成公主和尺尊公主，两位公主各带了一尊佛像，因而修了大昭寺、小昭寺，派子弟入长安学习汉文化和生产知识。赋中点出"唐朝"，是特别指出文成公主在发展文化和导人向善方面的历史功绩。

关于赋的内容的分析，《〈西藏赋〉校注·前言》中有详细论述，这里不多说。我这里主要谈两点：

一、作者面对这个前人未曾涉猎过的题材，无现成的语料，缺乏能随意联系的意象关系可以利用，但仍然能自由奔放地驾驭语言，生动形象地为读者展现了一幅幅奇异美丽的画面。所谓"合纂组以成文，列锦绣而为质。一经一纬，一宫一商，此赋之迹也"（《西京杂记》卷二）。此赋完全地体现出了传统赋的风味，有不少段落行文轻巧灵动，充满了诗情画意。如：

> 若夫达赖之居于布达拉也，丰冠山之层碉，奥转螺之架阁。浩劫盘空，埤堄错落。路转千迷之道，心入摩提；人登百丈之梯，神栖般若。妙高峰顶，远著声闻；离垢幢前，近销魔恶。①

又如："填海架梁，西开梵宇；背山起阁，东望云天。""沙明远岸，雪冒连冈。智水环流，浪纡徐而练净；幻峰围野，形剟迤以绵长。"由这几节文字即可以看出《西藏赋》富丽的文采与宏达的气派。它无"假象过大""逸辞过壮""辩言过理""丽靡过美"之病②。正是刘勰所谓"铺采摛文，体物写志"

---

① （清）和宁原著，池万兴、严寅春校注：《〈西藏赋〉校注》，齐鲁书社2013年版，第68—71页。

② 挚虞《文章流别论》中说："夫假象过大，则与类相远；逸辞过壮，则与事相违；辩言过理，则与义相失；丽靡过美，则与情相悖。此四过者，所以背大体而害政教。是以司马迁割相如之浮说，杨雄疾辞人之赋丽以淫。"

（《文心雕龙·诠赋》），真正地写出了作者之"志"。

二、这篇赋在体制上学习谢灵运的《山居赋》，而且篇幅比《山居赋》更为宏大（《山居赋》并注约 8800 字）。但《山居赋》只是写了他的始宁庄园，及庄园中的田地山川、河流湖泊、虫鱼鸟兽之景、渔猎耕牧之乐等等，表达了因祖荫承受这份私产的快乐，抵消着由于辞官归隐造成的失意，多少体现着对重新被起用的愿望。作者对此祖业的留恋，反映着潜意识中对失去它的担心。而和宁的《西藏赋》却是真正的大胸怀、大手笔，是从国家的安定、和睦方面立意，体现着对多民族文化的认同、赞赏，以及对大清帝国广阔地域与奇异多彩文化的自豪。谢灵运为自己的《山居赋》作注，仅仅是为了对他这个广大庄园中的记载做得更加详细，就像有的人将自家马上要失去之物先照相留影以便将来缅怀回味或认领。而和宁为《西藏赋》作注，则一是因为内地到过西藏的人少，赋限于体制及语言特征不能详述；二是因为其中有些山名、水名等出于藏语的音译，不加注不明其本意，会显得干枯无味。可以说，和宁在这篇赋的体制选择和艺术构思上是很动了脑筋的。

这里我想特别说说专名词在文学作品的译文中如何处理的问题。专名词采取音译的办法，这是近代以来学者们的共识，也是当今世界的通例，这叫"名从主人"（个别已经约定俗成的传统译名，如日本、韩国部分地名的汉译名称等是例外）。和宁于西藏山水风物中的一些名称全用音译，这是符合现代科学思想的。但是，如果一篇赋中尽堆上一些"僧格""扎拉""色拉""调葛""脚孜""奔巴""冈底斯""阿耨达""淖尔济""陀罗尼""喀巴普""玛卜伽""聂拉木""沙伽吐巴""江来孜格""雅满达格"之类的词，会让人莫明其妙，无法读下去；有的又可能会望文生义，产生误会，如"根柏""聂党"（皆藏语山名）。《西藏赋》有时在赋正文中就中原人们熟悉的事物的译名也有些介绍，以显示出藏语的独特，也增加一点谐趣，如"达木珠而朗卜切兮，象与马之番语；僧格喀而玛卜伽兮，狮孔雀其译言"。但如全是这类句子，则会变成同清末民初张慎仪的《方言别录》一样的工具书①。所以，作者用了加注的办法。前

---

① 张慎仪《方言别录》所采大多为汉语，但也收有吐蕃语和僚语、壮语、苗语、瑶语、羌语、西夏语、南诏语、匈奴语、鲜卑语、突厥语、蒙语、满语、朝鲜语以至于阇婆语、梵语、波斯语、拂林语、拉丁语、英语，而不同于清杭世骏的《续方言》。

人也已经注意到和宁这种赋作体制的特殊作用，如清末姚莹《康輶纪行》卷九《中外四大水源》引述赋后半部分写山川的一段注：

> 冈底斯之东有泉流出，名达木珠喀巴普。达木珠者，马王也。喀者，口也。巴普者，盛糌粑木盒也。以山形似马口，故名。冈底斯之南有泉流出，名朗卜切喀巴普。朗卜切者，象也。以山形似象，故名。此东南二大水之源也。僧格喀而玛卜伽今，狮孔雀其译言。冈底斯之北有泉流出，名僧格喀巴普。僧格者，狮子也，以山形似狮名也。冈底斯之西有泉流出，名玛卜伽喀巴普。玛卜伽者，孔雀，以山形似孔雀名也。此西北二大水之源也。[①]

这一下便增加了赋文的意趣。闻一多先生说，诗有音乐美、色彩美、建筑美。此言是也，这个看法也大体上可用于对赋的考量。唯赋在音乐美、建筑美上不似诗那样要求严格，可押韵可不押韵，韵散结合；可以有整齐的排比句，但也时时以散文句提起或为收束，甚至有整段的散文句。但色彩美为赋之所必备，所谓"铺采摛文"，是赋最主要的特征。那些不熟悉西藏山川风物、不懂藏语的人看起来毫无意义的词语，经此一注，便具有了极美的蕴含，极富艳的色彩。我由此想到《红楼梦》的少数民族译本和外语译本，不知书中那些"春梅""秋菊""紫鹃""雪雁"之类的名字是怎么译的，想来都应用音译。但全书尽是些莫名其妙的译名，叫读者也很难分别，难免会混同。如果采用加注说明其原意或象征意，可能既利于不通汉文的读者记忆，也多少有利于显示特定的文化氛围。这自然是题外话。但我觉得由此也可以看出和宁创作《西藏赋》时在这个问题上的深入思考。

对《西藏赋》的评价不能完全照搬以往赋评的一套，只看其结构、语言、意境。虽然这些也应看，但同时还应看到作者开阔的胸怀和不凡的政治远见，看到他面对一个完全陌生的题材、较特殊的地域文化时在作品体制方面的细致

[①]　（清）姚莹著，施培毅、徐寿凯点校：《康輶纪行　东槎纪略》，黄山书社1990年版，第262页。

考虑，以及在反映这种新的题材上高超的艺术手腕。

2010 年 11 月 7 日

（清）和宁原著，池万兴、严寅春校注：《〈西藏赋〉校注》，齐鲁书社
2013 年版。

严寅春，1976 年生，山西洪洞人。1998 年 7 月毕业于西藏民族学院语文
系汉语言文学专业并留校工作，现为西藏民族学院文学院副教授、硕士生导
师，柳宗元研究会理事。

《吴镇诗词汇校集评》序

  吴镇，字信辰，号松崖，别号松花道人，狄道（甘肃临洮）人，是清代甘肃著名诗人之一。甘肃由明入清有两位有影响的诗人，一为郝璧，一为张晋。张晋即为临洮人。张晋因科场案的牵连死于南方，一百多年之后，吴镇主持编选并刻成《戒庵诗草》六卷。曾任甘肃伏羌（今甘谷）知县，后擢为灵州知府的江苏金匮（今无锡）人杨芳灿于此书后有识："松崖吴公，有意表彰之，当去其取快一时而不甚经意者，康侯之真面目出矣。"吴镇给袁枚的一封信中说："狄道先辈有张康侯、牧公及前安定县令许铁堂者，皆真正诗人也。仆为刻其遗稿，而贵门人杨君蓉裳皆加校订焉。为表彰前贤，此系吾曹之要事，不但如并世之衮衮者，尚可听其浮沉也。"①从小听先父子贤公讲到过临洮的张晋、吴镇两位诗人。我1980年夏应《甘肃农民报》约稿承担"陇上诗选注"栏目，1984年为省电台撰《甘肃古代作家作品》专稿，读了其《松花庵全集》中的几卷诗，为那些丰富精彩的内容与动人心弦的诗句所吸引，沉浸其中，反复玩味，不忍释卷。当时曾有编校其诗集的想法，但苦于其版本难以搜集齐全，未敢下手。然而我对吴镇的这种热心整理前辈学人著作的情怀深为钦敬。

  吴镇一生仕宦于陕西、山东、湖北、湖南，罢官之后又受陕甘总督福康安之聘为兰山书院山长，前后同国内学界、诗坛名家如王鸣盛、袁枚、牛运震、杨芳灿、刘绍攽、胡釴等俱有交往，多有赠答之作及讨论诗作之文字，故其诗题材广泛、内容丰富，无论是描写山川风光、名胜古迹、风土人情，还是吟咏

---

  ① （清）吴镇：《松崖文稿》，清嘉庆十八年刻本。按：本文所引吴镇大部分作品，均据清嘉庆十八年吴承禧刻《松花庵集》。

社会人事、友朋往来、升降荣辱，俱能笔底传情，动人心弦；能表现作者之所闻、所见、所想，而引人入其境界，给人以真切的感受。即如其吟咏古迹之作，也能充分展现作者的思想与情怀。如《屈原冈》云：

> 小径石盘陀，牢骚尚未磨。行吟兰茝远，侧望虎狼多。风雨连三户，丹青寄九歌。招魂何处是？山鬼翳寒萝。[1]

作者于题下注："内乡"则屈原冈，其地在河南省西南部，当丹水之东北，正在古所谓楚人发祥地古"丹阳"之地（当丹水北面）。楚人在迁于鄢郢上都之前是居于丹阳，且兴起于丹阳，故那里有楚"三户"之地。屈原被流放汉北（郢都以东汉水北面）时有可能北上至鄢郢及丹阳三户之地寻访楚人旧迹，祭祀祖先。吴镇于乾隆四十一年由山东陵县知县升迁赴湖北兴国州知州任，应过其地，作诗咏怀，表现出他对我国伟大爱国诗人的怀念与对于屈原当时政治形势的看法，其中自然也隐含着对自己所处时代政治的感慨。吴镇还写有《三闾祠》《宋玉宅》《读楚辞偶作》，都可以看出其深沉的诗骚情怀，可见其对屈宋之作的爱慕。至于其《令尹子文祠》《子产祠》《鲁子敬祠》《关圣庙》《赵子龙祠》《张翼德祠》《张茂先祠》《白太傅祠》（祀白居易）、《伯牙台》《齐王建故居》《张茂先宅》《杨再兴墓》等二十来首拜谒古人祠堂、故宅之作，以及《华不注》《二酉山》《黄鹤楼》等咏赞古迹之作，也都是发思古之幽情，见切时之真愫。由之也可以看出诗人的博学和对古代历史、有关典籍了然于心。如七律《黄鹤楼》中颈联二句："十洲花谢云空返，三户烟销水不知。"咏史与写景融为一体。有顾墨园评曰："三户句足敌崔诗人。今呼松崖为'三户太守'矣。"此诗与崔颢之同题作相比，实难说短长。李太白言"眼前有景道不得，崔颢题诗在上头"，登黄鹤楼而未能题诗。然而崔颢只说到与黄鹤楼有关的神仙传说，吴镇则想到了"楚虽三户，亡秦必楚"的"三户"，则别出机杼，也并非重复其诗材，只是变了一下说法。

吴镇宦游北达洙泗，南至沅湘，经历广，见识多，既博学好思，留意史

---

[1] （清）吴镇：《松花庵诗草》卷一，清嘉庆十八年刻本。

迹，又关切时政，究心民情，故诗作题材广泛，内容丰富，如《文心雕龙·神思》所谓"寂然凝虑，思接千载；悄焉动容，视通万里"，引读者上下数千年、南北数万里做精神、思想的遨游，受到人生哲理的启迪。

吴镇唱和题赠之作也一样充满真情，又显示出作者广泛的阅历与深刻的见识。如《赠王西和敬仪》五古六首，题下注："鸣珂，定州人。"其第一首前四句记其结交之原委：

> 仆本西陲士，雅怀燕赵风。廿年游京都，识子逆旅中。[1]

其二以自己的家乡开篇，写王鸣珂以旧相识身份拜访自己的情节：

> 吾州古岩邑，别驾实清要。骥足偶腾超，使君遂坐啸。谓言官长临，乃是故人到。相对问年华，升沉各一笑。洮水但冰珠，琼瑶何以报。[2]

"洮水但冰珠"是写"洮河流珠"之景象。洮河流经之地多山地，冬天气候冷，水浪溅起之后在空中便结成冰珠落下，飘于水面。王鸣珂，字敬仪，乾隆二十九年（1764）到西和任知县，有诗才，重视县上的文化建设。两宋之间著名道教人物萨守坚墓在西和城南岷郡山，荒芜而无人过问，王鸣珂亲题"萨真人之墓"，修墓园得以保护至今。又有《毓龙泉》刻石，上有王鸣珂等三人之诗，为保护西和一景尽心。他与吴镇是路途相识，而专道去访，也表现出对吴镇的钦佩。吴镇这一组诗的第五首也写到西和，由之说到王鸣珂的清平吏治，也写出自己对于从政的看法：

> 西和古祁山，汉相之所营。国小多暇日，弹琴讼狱平。君才如卓鲁，勿嗷世俗名。牧羊鞭其后，察鱼戒水清。廉吏亦可为，静虚乃生明。[3]

---

① （清）吴镇：《松花庵诗草》卷三，清嘉庆十八年刻本。
② （清）吴镇：《松花庵诗草》卷三，清嘉庆十八年刻本。
③ （清）吴镇：《松花庵诗草》卷三，清嘉庆十八年刻本。

　　诗中汉相指诸葛亮。"廉吏亦可为"一句是由《孙叔敖碑》中"廉吏而可为而不可为","廉吏而可为者,当时有清名;而不可为者,子孙困穷被褐而卖薪"而来(载《隶释·隶续》)。"卓鲁"指东汉的卓茂、鲁恭,为著名的循吏(见《后汉书·卓鲁魏刘列传》)。"察鱼戒水清"是承《大戴礼记·子张问入官》中"水至清则无鱼,人至察则无徒"之意,言一个人如过于苛求,就没有朋友,也难以与人共事。由这一组诗即可看出即使是偶然相遇结识的朋友,他赠诗也不是随便应付,而是真情实意,谆谆告诫。同时,我们也由其诗可以看出他的博学,运用典故既贴切,含义又深沉,可堪品味。

　　乾隆十二年,吴镇就学于兰州兰山书院,当时著名经学家、诗人牛运震主讲于兰山书院。牛运震论诗重汉魏盛唐,吴镇从其说,在这方面打下了较好的基础。他中年以后倾向于"性灵"派,并兼取"格调"派等诗说中合理成分,不专主一格,故其诗无论取意、格局、铸词用字都从容自然,而意境开阔,又甚堪玩味。吴仰贤《小匏庵诗话》卷五中说:

　　　　乾隆朝西陲能诗者,以狄道吴松厓镇为最。尝从牛真谷运震游。真谷诗得派于北地。北地为松厓乡先辈。然松厓转益多师,不拘一格。《公安杂咏》云:"勿薄公安派,三袁已到家。"谒《何大复祠》云:"藐姑冰雪在,尘秕愧侬诗。"读此,知其所取益广矣。①

说得很是。文中的"北地"指李梦阳,是明诗坛前七子的首领,倡导文学复古的重要人物。李梦阳当时高举复古的大旗,有振奋萎靡文风及对抗诗坛脱离现实、阿谀粉饰之诗风的目的,具有积极意义,而后人承其流又往往陷入模其形而忘其神的模拟斜道。吴镇转益多家,正见其思想之开阔,立意之高远。

　　这里还要指出的一点是,吴镇诗中表现出对于家乡的真切热爱之情。其古诗《故乡行》云:

　　　　故乡如故人,相别逾相亲。故人如故乡,相见还相忘。忆我出门已数

---

　　① 张寅彭主编,吴忱、杨焄点校:《清诗话三编》(全十册),上海古籍出版社 2014 年版,第 6533 页。

月，昔时柳绿今飞雪。拟跨白凤造天门，中道风摧羽毛折。归来却扫旧庐园，栽花种竹随所便。我虽不及苏季子，尚有城南二顷田。①

诗第四句"相见还相忘"，不是说互相忘记，而是说故人在一起，大家都安然相处，怡然自得，如鱼之在水。《庄子·大宗师》中说："泉涸，鱼相处于陆，相呴以湿，相濡以沫，不如相忘于江湖。"诗人以为人之在故乡，如鱼之在江湖之无忧无虑。其倒数第二句苏季子指战国时著名的纵横家人物苏秦。《战国策·秦策一》载，苏秦赴秦国游说，说秦王之书上了十次均不被采纳，所带黄金花尽，资用乏绝，离秦回洛阳之时脚着破履，担着行李，"形容枯槁，面目犁黑"。到家后妻子在织布，不理他，嫂子不给做饭，父母也不和他说话。后来游说赵王成功，封之为武安君，"受相印，革车百乘，绵绣千纯，白璧百双，黄金万镒"。诗的末两句是说自己虽然不及苏秦后来那样荣耀，但罢官回到故乡也没有象苏秦那样受到冷落，尚有二亩地可以生活。从自己罢官归田后的感受，说明了故乡、故人的亲密可靠，表现出深深的情感。

他的很多诗如《我忆临洮好》《题歌舒翰记功碑》《金城感怀》《李汇川雨中邀饮五泉二首》《初秋后游五泉》《水车园》《一丛花·五泉感旧》《栖云山》（题下注："本兴隆之西山，今仍其旧为栖云"）、《兴云山》（题下注："即兴隆也，今易兴云"）、《再题兴云山》等已脍炙人口。仕游在外之时，一些不相关的题材，也表现出他对家乡的思念。如《渡河》云：

客从江汉来，遥见大河喜。笑示舟中儿，此吾故乡水。②

充分表现出他时时思念着家乡及以此教育孩子的情形。

总之，吴镇是清代甘肃很有成就的诗人，不少著名诗人与他有文字往来，在当时诗坛有一定的影响，当时、后来之诗人学者也对他十分重视。袁枚《随园诗话》等多种诗话及况周颐《蕙风词话》不止一次地提到他，对他艺术上的

---

① （清）吴镇：《松花庵诗草》卷三，清嘉庆十八年刻本。
② （清）吴镇：《松花庵游草》卷二，清嘉庆十八年刻本。

成就予以评说。

20 世纪 80 年代我编校的《张康侯诗草》即将问世之时，定西教育学院（即后来之定西师专）中文系教师赵越先生赠我《松花庵诗余注释》；《张康侯诗草》出版三年后，赵越先生的《吴镇诗词选注》也出版。我曾鼓动赵越先生将吴镇诗文全部加以整理，但不想数年后赵越先生去世。虽然此前此后有关甘肃诗人作家的选集中都有吴镇的诗在其中，但范围有限，文字是正、注释方面也时有缺憾。因为吴镇之诗词版本较多，旧的刻印本有些讹误缺失。而对其作品的文字校勘工作做得不到家，难以做好其他的工作。

2001 年冉耀斌同志考为我校张兵教授的研究生，攻读明清文学。耀斌为宕昌人，与我算是陇南老乡，多有接触，张兵教授也是甘肃人，我们常谈到对本省重要作家的诗文集进行整理研究的问题。因为硕士研究生阶段读书有限，学位论文多集中在文学史上著名作家的研究上，形成全国研究生学位论文重复率很高的状况，再加上博士学位论文，对一些著名作家重复研究的情况大量存在。对本省、本地作家进行文献和有关史事背景的调查要方便得多，容易做到作家生平研究与文本搜集、解读等方面的推进、扩展与创新，而且和地方文化建设事业联系也比较密切。但以往对这方面的选题反倒关注较少。耀斌的学位论文后来确定为《吴镇诗词研究》，在张兵教授指导下做了些开拓性的工作，得到答辩委员会各评委的好评。

耀斌同志取得硕士学位后留校工作，然后到南京师大陈书录先生门下攻读博士学位。陈书录先生考虑学生此前的学术积累及兴趣所在，将耀斌的博士论文选题定为"清代三秦诗人群体研究"。在导师精心指导下，耀斌在这方面又做了不少挖掘、清理的工作，取得突出的成绩。冉耀斌于 2012 年取得博士学位，仍回校工作。他一面上课，一面修改博士学位论文，同时也不忘由硕士学位论文而引出的另一个课题：对吴镇诗词作品的全面整理。五年来，教学之外，科研上这两方面工作在同时进行。今年 4 月，他的博士学位论文《清初关中诗人群体研究》由中国社会科学出版社出版。现在，他的《吴镇诗词汇校集评》也已完成。耀斌同志和真正指导他完成了这个项目的张兵教授都让我给这本书写"序"。推辞不掉，谈一点自己的看法。

我大体读之，觉得这部书的价值在以下两个方面：

一、增辑了一些《松花庵诗草》《松花庵逸草》未收入的诗作。吴镇诗词流传较广，作者选择也比较严格，所以一些作品在刊刻的时候被淘汰了，但是在其《松花庵诗话》和一些地方志中还保留有一些集外诗词。冉耀斌同志通过大量阅读相关文献，从各种资料中搜集了相当数量的吴镇集外诗词。如《和黄昆圃先生》五首即是（辑自《松花庵诗话》）。黄叔琳，字昆圃，康熙辛未赐进士，官至吏部侍郎，有《文心雕龙辑注》，学者重之。沈德潜《清诗别裁集》选其诗并有评介；吴镇《松花庵诗话》卷二也说到他同黄叔琳之关系。《和黄昆圃先生》反映了他们之间的友谊和在诗歌创作上的相互影响。

又，吴镇诗集曾刊刻多次，其中最早的为乾隆十四年所刻《玉芝亭诗草》，此书中的一些作品《松花庵诗草》和《松花庵逸草》中没有收入，其中有的诗被李苞等人编选的《洮阳诗集》收录，而归于吴镇祖父和吴镇父亲的名下。如《孤燕》一首：

> 孤燕归何晚，空梁尘渐深。春秋游子况，来去故人心。掠影穿花径，衔泥度柳阴。乌衣门第改，漂泊到如今。①

此诗《松花庵诗草》《松花庵逸草》也均未收，而李苞《洮阳诗集》列于吴镇祖父吴伯裔名下。再如《雨中坐桃花庵闻笛》一首：

> 微雨昼蒙蒙，东园飞小红。一声何处笛，遥落万花中。余亦能高唱，阳关无与同。天边不可寄，惆怅满春风。②

此诗《松花庵诗草》《松花庵逸草》也均未收录。《洮阳诗集》列于吴镇父吴秉元名下，改为《雨中坐园闻笛》。耀斌同志均收入本书，并加说明，以恢复历史原貌，消除讹传。

此外，耀斌同志发现了吴镇早年诗集《玉芝亭诗草》一册。这是一个孤

---

① （清）吴镇：《玉芝亭诗草》卷五，清乾隆十四年刻本。
② （清）吴镇：《玉芝亭诗草》卷五，清乾隆十四年刻本。

本，许多文献都未见著录，在版本研究方面的价值自不用说。

二、在作者生平研究上弄清了一些此前不太明确的问题，对前人之失误有所订正。吴镇生前交游广泛，与友人往来赠答之作颇多。耀斌同志通过广泛阅读清人别集、总集，搜集整理了数量不菲的吴镇研究资料，在此基础上又对王文焕先生所作《吴松崖先生年谱》进行了修订补正，解决了一些较为重要的问题。如王文焕《吴松崖先生年谱》载吴镇任耀州学正在乾隆二十五年。但钟研斋《（乾隆）续耀州志》卷五《学正》载："吴镇，字信辰，号松华（崖）。狄道举人。乾隆二十七年至。"可见吴镇任耀州学正在乾隆二十七年，纠正了李华春《传略》和王文焕《吴松崖先生年谱》之误。

再如吴镇《送福中堂入觐》诗，王谱系于乾隆五十二年，但未能确定。本书据《清史列传》《清史稿》之《高宗本纪》《福康安传》等材料，查到福康安征台湾时并未入京。《清史稿·高宗本纪》："（乾隆五十六年）八月……己巳，命福康安来京祝其母生辰。"可知福康安征卫藏后才入京，并从甘肃出发，与此诗内容相合，故系于乾隆五十二年。

甘肃因为从五代以后地方偏僻，即使一些修养很高的诗人，也同外面交游少，在全国诗坛的影响有限。有些在中年以前宦游于外地，声名颇高，一回到甘肃，便销声匿迹。吴镇任沅州知府二年，因刚烈有忤上官，罢官归家，任教于兰山书院。虽然书院中也有些高手，但毕竟局面有限。尽管本省学人诗家先后几次印其诗词文集，但影响范围就与前大不相同。我以为今日将此书汇校集评出版，不仅对于研究甘肃文学史有意义，对于全面认识清代诗歌发展状况也是有很大意义的。

以上看法未必尽是，读者正之。

2017 年 10 月 25 日

冉耀斌：《吴镇诗词汇校集评》，人民文学出版社 2020 年版。

冉耀斌，1975 年生，甘肃宕昌人。2012 年毕业于南京师范大学，获文学博士学位。现为西北师范大学文学院教授、硕士生导师，主要从事元明清文学研究。出版《清初关中诗人群体研究》《寓陇诗人的悲喜记忆》等著作，在《文学遗产》等刊物发表学术论文 20 余篇。

卓哉邢明府，吊古资前闻
——《邢澍诗文笺疏及研究》序

邢澍、张澍是清代甘肃最著名的两位学者。邢澍生于乾隆二十四年农历六月二十八（1759 年 7 月 22 日），张澍生于乾隆四十一年农历十月初一日（1776 年 11 月 11 日），邢澍长张澍十七岁。张澍在嘉庆十年（1805）南游，曾在长兴拜访了邢澍，作《留长兴官署三日，将返吴门，录别邢佺山（澍）明府》五律二首。其第一首当中两联云："逢君天下士，数我眼中人。观象追甘德（佺山著有《十三经释天》），寻源说库钧（又著有《两汉希姓录》）。"可见对邢澍学术成就评价之高。张又有《题邢佺山（澍）明府桓上草堂图》五古一首，大约也是此次相会所作。时张澍三十岁。其后张澍勤于著述，在文献辑佚和金石学、姓氏学方面有突出的建树，与邢澍的影响不无关系。邢澍、张澍重文献，重考订，倡导实事求是的学风，又重视对金石等出土材料和正史之外原始文献的收辑和运用，治学中讲究融会贯通，由微知著，可以说奠定了陇右近代的学术传统。

邢澍字雨民，一字自轩，号佺山。阶州（今陇南市武都县）人，算是我们陇南的先贤。1952 年，我姐姐由西和调武都后，我二哥去看望，在地区干校一个房顶上同姐夫、姐姐有一个合影（当时我姐夫在地区干校任副校长）。照片上有两棵树从屋顶穿出，其中一棵主干斜出，我姐夫就坐在那个树干上 [①]。

[①] 武都的很多屋顶是平的，用一种软土铺成；捶打结实，可以在屋顶晒粮食、柴草，也可以放上凳子、躺椅坐着晒太阳，夏天可以在屋顶睡觉。甚至可以从这个院的屋顶走到另一个院的屋顶。1955 年我同父亲到武都，住西关（西城外）苗家店，我常在房上看书。有一次走过好几家院落，看到一院庙一样的房子，十多年后才知道那是"家佛殿"，即邢澍写过碑文的"罗氏家佛殿"。

1955 年我和父亲到武都去看我姐姐。我对那房顶上的树很感兴趣，和父亲一起到干校去看。武都城北面是山，干校在城外西北角大路边的山上，正当北山棱角处。由西向东沿台阶而上，高处有大门。干校里面有的房子飞檐如殿阁。我父亲说这里先前是龙山寺，也叫龙兴寺，清朝阶州一位很著名的大学者邢澍曾经在这里读过书，解放前武都中学就设在这里。还说到有关邢澍的学问著书之类，当时也不能理解。这算是我第一次听到武都有这么一位了不起的人物。

　　有的事确实是十分偶然。我于 1967 年大学毕业后，被分配到武都一中工作。当时我姐夫作为食品公司的领导被"揪出"，搬到西城外的"家佛殿"，正当原地区干校（此时已改为"工路总段"）的斜对面。家佛殿的正殿坐北向南，地基较高，大殿的正中、两头和两侧的堂屋都住着食品厂的干部、工人。我姐家住的是南房。正殿的西侧有一个巷道，可以通到大殿背后的园子里。就在这巷道里，靠墙倒着一块碑，半截埋在土中，而上部文字可以辨认，正是邢澍所写的《罗氏家佛殿记》。当时扫荡传统文化之风正劲，对文物古迹不声张，是最好的办法。我姐家住的屋里就有一尊佛像，她便用纸糊起来，人神共处。她倒不是希望得到神的保护，而是看到面临灭顶之灾的佛爷，觉得可怜，把它保护起来。

　　20 世纪 70 年代初的"评法批儒"中，我借机读了些诸子的书。读了唐晓文的《柳下跖痛骂孔老二》一书，很有些看法，想写文章反驳一下，因为孔子与跖时代并不相及。要找一部《庄子集释》，但一中图书馆、县图书馆都没有，便拜访了郭巨廷先生等，希望在老读书人家中借一部，结果都没有。我也趁此了解有关邢澍的著作、遗迹等。有几个人提到，邢澍从南方回乡时，有四十驮子书（有的说二十驮）。因路途困难，曾沿途赠人，到西安后，将不少书赠送朋友，其中向曾资助他参加乡试的一位商人赠了不少。在天水等地也赠出一些。到武都时有三十几驮（有的说十二驮）。驮回的东西也有他的书稿。武都地势低，比较潮湿，这些书籍文稿均藏于邢澍姊母娘家塞家的楼上[①]。民国十九年，川军邓锡侯部与马廷贤部回军作战，马希贤于五月攻占武都，城里人都逃

---

　　① 塞家在明清时代为武都大族，塞来亨为嘉靖甲子举人，先后在四川峨嵋、绵竹、渠县有政声，蜀民为之立牌坊。塞逢泰，善文辞，通天文、地理、医术，曾为汉南教授。

走，寨家院里驻入军队。因院内潮湿，马军将楼上的书从窗中甩下来垫院卧马，书箱作马槽。等军队撤走，书籍纸张与马粪、马溺和成了泥浆。寨家怕地方上人骂，便堆起来烧掉了。这样，不但邢澍所藏珍贵图书灰飞烟灭，他未曾刻印的书稿、文稿，也一并化为乌有。一中的老教师陈友新说，他小时曾跟着贾师傅到五凤山等处拓过碑，同邢澍的著作有关。安化好像有邢澍写的匾额对联，但具体便说不上了。1973 年，父亲到武都来，闲谈中说到"家佛殿"的那块碑，说到了佺山先生，也感慨系之。

"文革"结束后我考为母校的研究生，又回到兰州。我大学时古代文学课的老师李鼎文先生向我询及有关佺山先生的资料，并委托我回家时对其卒年和遗著情况作一了解，因为佺山先生的著作多未刻印，返乡之后是否还有著述，也不了解。当时已雨过天晴，一片艳阳，同三年前人们在惊恐中生活，无暇顾及古人、古籍的情形已完全不同。1980 年初，我寒假回家拜访了当地一些老先生，并多次拜访佺山先生七世孙邢子仪先生。当时了解到以下几件事：

一、邢子仪先生说，有一幅生前的画像，但是在安化同族人家里（佺山先生祖籍武都安化驮子湾，大约是从南方回乡之后，才搬至县城，居竹集巷，邢子仪所居即其故居）。

二、据邢子仪先生说，邢澍卒于道光三年八月八日。

三、樊执敬先生说，邢澍曾在安化驮子湾宗泽庙书匾额一幅，楷书"雨管长调"四字。对联书文天祥两句诗："人生自古谁无死，留取丹心照汗青。"安化的戏台也写有对联，具体内容记不清。

四、关振华先生说，邢澍赴西安参加乡试时，因家中穷困，没有路费，曾摆了一桌酒席，请了地方上一些有名望的绅士，希望资助，但结果吃完都嘴一抹走了。还是一位富商资助了他盘缠。

经我接洽，李鼎文先生同邢子仪先生也通过信。1985 年，我的家属调到兰州以后，只到武都去过一次，有关佺山先生的文献，也再未能进行了解。

兰州大学的赵俪生教授 1958 年曾到西和县参加"大炼钢铁"。那时我还在上中学，全校到青羊峡页水河炼铁。常有人指着赵俪生先生说："那是兰州大学历史系的教授。"我们都是第一次见到教授，自然从心底有一种崇敬之情（赵先生在青羊峡还写过一些诗，后来由我转到县上，在《仇池》杂志上刊出）。80 年代初我拜访赵先生时，赵先生也曾询及邢澍的有关事情。我觉得伫山先生真是甘肃人的骄傲。

1980 年李鼎文先生撰成《邢澍》一文，刊于《甘肃文艺》1980 年第 4 期，后收入《甘肃古代作家》一书（甘肃人民出版社 1982 年版）。赵俪生先生撰《邢澍的生平及其著述》（《甘肃社会科学》1982 年第 3 期），罗楚南先生撰《滚滚源流万斛才 —— 简介乾嘉国学大师邢澍》（《西北史地》1982 年第 3 期）。一时间邢澍作为甘肃古代杰出的学者与作家，引起更多人的关注。但因邢澍著作流传甚少，真正读其诗文者不多，所以对邢澍的关注热很快也就降下来了。

1990 年前后，漆子扬、王锷二同志着手点校冯国瑞先生编的《守雅堂稿辑存》，将其卷二《文集》、卷三《诗集》列为卷一、卷二，于《文集》部分增辑了《金石文字辨异序》和由《长兴县志》辑出之《重建丰乐桥记》等八篇记文，共增辑文九篇；将原卷一的《事迹考》《著述考》和卷四《杂俎》作为附录之一；又从《清史稿·文苑传》等辑录七条有关资料，作为附录二；对书中征引文字，也据校好的版本加以核对，改正了明显的错字和俗字，异体字也改为正体，避讳之字也改回为正字。该书经李鼎文先生审订后，列入西北师范大学古籍整理研究所主编的"陇右文献丛书"，由甘肃人民出版社于 1992 年 10 月出版。这部书的出版，使更多的人读到伫山先生的诗文作品，接触到有关他生平与学术活动的原始资料，为人们阅读和研究邢澍的作品提供了一个较好的文本，进一步扩大了邢澍的影响。

十多年来，漆子扬同志一直致力于邢澍有关资料的搜集工作。1994 至 1997 年间，他攻读硕士学位，即以《邢澍研究》为学位论文。新世纪开始，他一面进行邢澍著作的笺疏工作，一面继续搜集有关资料，至武都寻访其故居遗迹，专程到浙江嘉兴，访问市县志办公室和博物馆、档案馆等方面人士，真可说是不遗余力。虽然收获甚微，但也还是有所收获，而且也引起有关方面对邢澍有关资料的重视。今完成《笺疏》，对其《邢澍研究》也做了一些修改增订，合为一书出版。

就伫山先生诗文集而言，本书较冯国瑞先生《守雅堂稿辑存》原书及漆子扬、王锷点校本均有所不同。

第一，将《南旋诗草》七十首单独作一卷（卷一）。这更合作者原意。因为《南旋诗草》本为专集，不当与其他诗合为一卷。冯国瑞先生辑本于《南旋诗草》之后附"诗补"，录诗八首，而在其《杂俎》部分并他人的和诗一起，存佺山先生诗《谒谢文靖公墓》等三题八首。子扬同志将此八首从附录部分抽出，又从他处辑得二首，并"诗补"中八首，共十八首，合为一卷（卷二）。因佺山先生之诗除《南旋诗草》外均未刊印，应还有佚诗，设此一卷为将来增辑搭好框架。

第二，将文分为两卷。卷三为考订文字和序跋、书信，属论学术的文字。1992 年印本所收之外，又从吴文英编《清代名人手札》甲集辑得《与同年好友书》一篇。卷四为记传之文，也增辑四篇前书未收的文字。

佺山先生在南方二十多年，不仅为官清正，获得很多赞誉，而且在学术上取得相当突出的成就，得到钱大昕、章学诚这些国学大师的高度评价和当时很多一流学者的倾慕，然而回阶州之后默默无闻，后代很多人竟不知之，以至于连其藏书、遗稿也片纸无存。我想这主要由于以下四个方面的原因：

一、当时陇南文化相对落后，无人可与论学，"曲高和寡"，知之者少。佺山先生在《武阶备志序》中说："余尝谓学问之道，博与通相资，而固与陋相踳。吾乡人士患在沿习俗说而不遵信谠论。州城外万寿山有南宋人所撰碑，读之可知宋时城郭界址，及河渠迁徙情形。与众人言之，多疑而不信，信者为一二人。"[①] 由此可知当时阶州的文化环境。不然，即使藏在塞家的佺山先生的书稿、手稿烧完了，总还会有其遗著的抄本传世。

二、陇南之地交通不便，一回乡基本上与外地学人联系中断，他的著作难以流通，书也少有人借抄、借阅。

三、当时阶州刻印不便，而且因为缺少知音，大约佺山先生也缺乏刻印的热情，只是希望藏之高阁，以待盛世，以俟知者。

四、陇南当川甘交界处，是军阀、地方势力争夺之处，土匪也多，所以佺山先生的藏书遗稿等一并长期封存，未能流传。而不想竟被和于污泥溷水，最后又付之一炬，即使想从中洗认一字一句，也已完全没有可能。

佺山先生是杰出的考据学家、金石学家、方志学家。他知道，只要有文

---

① （清）邢澍著，漆子扬校释：《邢澍诗文校释》，甘肃文化出版社 2011 年版，第 129 页。

字传于后，后代总会有人剖璞见玉，使其光华重见于世。果然，在他去世后一百二十余年即出现了新中国，天下安定，完全消除了军阀和地方势力的混战，消除了匪患，大西北无论在交通还是经济、文化方面都开始发生了巨大变化。尤其在他去世一百五十来年之后的这三十年中，传统文化得到空前的重视。他的著作、他的藏书如留到这个时代，那就成了陇南、成了甘肃的瑰宝。其实，只要他的文稿能留下来，就是一笔宝贵的文化遗产，是甘肃学术研究的思想与精神的资源。但他没有料到竟被处理得那样干干净净，只字无存！这真是一个历史的悲剧。

好在佺山先生的东西我们还可以收集起一些来。仅这一些，已经可以看出他学术积累之深厚与眼界之敏锐。

关于佺山先生学术与文学创作上的成就，冯国瑞先生对有关问题进行了详尽的考证。张舜徽先生《清人文集别录》于邢澍《守雅堂稿辑存》云："澍之治学，博及四部。"并说：

> 其遗文一卷，而甚精要。若《两汉希姓录序》，发明考族辨氏之典，所关甚大，实开张澍《姓氏五书》之先；《跋资暇录》考定是书作者实为李匡文而非匡义；《复孙渊如论刘子书》，考定刘子为刘昼而非刘勰，皆足以订《四库提要》之误。《彤管解》一篇，论证古有毛笔，以申毛、郑旧义，而驳宋以来后起之说，皆义据谛当，足成定论。篇帙虽少，而要言不烦。文章之可传与否，本不以多取胜也。陇右乾嘉学者，允推二澍为人伦领袖。张氏少于邢氏二十二岁[1]，年辈较晚，所辑《二酉堂丛书》，及自编《养素堂诗文集》校刻精善，卷帙丰盈，故世人知之者为多。其实二澍并以博赡名于时，皆朴学有文之士，又未容妄为轩轾也。[2]

则可为定论。赵俪生先生和李鼎文先生也各有专文进行介绍与评价，全面而精

---

① 此是根据张澍乡试时循俗例所报年龄言之。张氏六世孙张随纯先生家藏介侯公之神主，上书"乾隆四十一年岁次丙申十月初一日亥时生"。则生于 1776 年 11 月 11 日。是张澍小邢澍 17 岁。参李鼎文：《清史稿张澍传笺证》，《甘肃师大学报》1964 年第 1 期。

② 张舜徽：《清人文集别录》，中华书局 1963 年版，第 259 页。

当，漆子扬同志的论文又有全面深入的研究，故这里关于佺山先生的著述、学术成就与创作不准备多说。我要说的是，我们应该从佺山先生留下来的东西里继承些什么。我以为有以下几点应该重视：

一、重视传统文化，重视古代典籍，尤其重视辑存已散佚的古代典籍和金石文字。佺山先生辑《尸子》《孙子》《司马法》《宋会要》等佚书，以期恢复这些古籍之旧，为古代文化的研究打好基础。为什么重视传统文献的整理呢？因为宋元两朝学风浮躁，文人或空谈性命，或以市井小说戏曲为娱，或以八股时文为能，评点之作也多陈词滥调，浮浅套语，缺乏真知灼见。做学问者，都只是以现存的材料为依据，无论说多少话，多少人撰为论著，都不出常见材料的范围，为学者缺乏深厚的根柢。学术的发展依靠两点：一为新材料的发现，二为研究手段的改进与更新。散佚的材料重新辑成，同地下发现新材料一样可以使人们重新认识历史。因当时还没有考古挖掘之说，地下出土文字资料完全是偶然事件。所以佺山先生一着眼于辑佚，二着眼于金石文字。碑版、古铜器铭文为零散存在的书籍，汇集起来，可以解决正史之类书籍不能解决的问题，有些比史书更真实可靠。因此，佺山先生重文献，重辑录散佚的重要文献及金石文字，金石证史，在今日看来有明显的局限性，但在当时实反映着一种比较进步的学术思想，同只在现存书中讨生活者不同。

二、关于山川道里、风物习俗，重视实地考察勘验。他在《桓水考》中说："求之目验而信，证之经文而合。"他将此作为验证学术结论是否能够成立的标准。在《武阶备志序》中又说："舆地之学，非多阅古今书不能也；阅书多矣，非身履其地，参互考验，仍不能也。"说吴云逷撰《武阶备志》在历时三年成稿若干之后，"迨归故里，又登涉山川，博寻故老，访钟楼于古寺，拓碑碣于荒祠"，对其作法加以充分肯定。今之民俗学与文化人类学家名此为"田野调查"，成为一种全新的研究方法。其实佺山先生继承顾炎武参验耳目闻见以求实证的精神，一直在倡导这种做法。所以，他并不同于只在书斋中做学问的学者。他同时也是一位方志学家，实际上也反映了这一点。

三、特别关注陕甘文献。钱大昕《十驾斋养新录》卷十四《湄水集》一条云："嘉庆壬戌重阳后三日，访佺山大令于雒城官署，住宿东斋，于架上得此集，披阅再三，叹其学有本源，非蹈空逞辩者可比。而《宋史》不为列传，其事迹遂无考。"冯国瑞先生《佺山先生事迹考》一文引此，并云："可知佺山所藏乡贤要籍不少。"此言是也。《武阶备志序》中言藏书三万卷，吴云遹借之以成《武阶备志》，可知其所藏地方文献之富。其《关右经籍考》《全秦艺文志》都是花很大精力汇辑的陕甘乡邦文献。一则他是甘肃人（清顺治以前兰州以东皆属陕西省），关心乡邦文献，自然是一个重要原因。但从他的一些论著看，并不仅仅因为这个原因。西北乃中国文化之根，周、秦皆发祥于西北而统一全国，则周秦文化之很多难解之谜，当追溯至陕甘一带远古之史方能明白。再向上溯，炎黄皆起于西北，伏羲其人之有无，学者的看法不一，但以历来出土、发现古器物证之，远古之时西北该有较发达之氏族生活，应无疑问。就其当时状况言之，属渔猎时代，则称此时代为伏（庖）羲（牺）时代；一个时代总以氏族为组织，称此氏族为伏羲氏，应无大错；而氏族总有首领，则后人称该氏族之杰出首领为伏羲，应该亦无大错。远古之史渺茫，时代、氏族、氏族首领皆因其特征而符号化乃一般规律。则西北为中国文化发祥之地，不容忽视。而自宋代以来中原及东南一带人文荟萃，都市繁华，西北渐行冷落，终变为荒僻落后之地。佺山先生作为一代杰出学者，也不会不想到这些。从其《跋晋书束皙传》即可看出，其巨笔一挥扫除古史研究中附会俗说的气魄。其《两汉希姓录》正是着眼于汉代以前稀见的姓氏，由之而考察从先秦时氏族血缘纽带体解以来姓氏的变化情况。其序中说：

> 古者族系掌于史官，故《周礼》小史定世系，辨昭穆。……《战国策》称"智果别族于太史，为辅氏"。是周末法犹未改欤？汉兴，不复行姓氏之典，公侯子孙失其本系。[①]

他列举了东汉应劭《风俗通》以来一些言姓氏者及有关姓氏专书牵强附会、任意攀援，以至于交错混乱、前后颠倒的事例。他批评汉代以后氏族、族姓记载混乱的论述，可谓入木三分。其读书之细、之广、之能融会贯通，令人钦佩！

---

① （清）邢澍著，漆子扬校释：《邢澍诗文校释》，甘肃文化出版社 2011 年版，第 124 页。

文中再三感叹："乃不胜其舛矣！""穿凿附会，时或失之，良可慨矣！""遗编散失，深可惜也！"他抱着正本清源的态度来看待过去的有关论著。

四、学问能融会贯通、以小见大。从佺山先生治学的路子来说，大体上属于浙西派。即张之洞《书目答问》谓"汉学专门经学家"的一派，同浙东派，即张之洞所谓"汉宋兼采经学家"有别。前者之末流往往至于抱残守缺，后者之末流往往至于疏空浅学。而其卓荦者，皆成一代大师。今所存文如《彤管解》《长兴谢文靖公墓考》《跋王昌龄诗》《跋晋书束晳传》《跋资暇录》《跋李翰蒙求》《又跋李翰蒙求》《跋古今苑》等皆不甚长。最长者《桓江考》一文，也不足 2000 字，然而解决历来史地家相沿之误，成不易之论。其他论学之书、序更短。然而广征博引、破疑解纷，力可千钧。如《复孙渊如观察论刘子书》，虽至新时期改革开放之后，尚有人著书以证《刘子》为刘勰著，而杨明照先生、郭晋稀师都以为刘昼所作不当疑（海上有人寄书请郭师评，郭师婉拒之，并同我述及其看法，此 20 世纪 80 年代初事也）。《彤管解》论先秦之时已有笔，举《鲁语》"臣以死奋笔"、《晋语》"进秉笔""臣以秉笔事君"、《曲礼》"史载笔"、《尔雅》"不律谓之笔"等例，又引《说文》："聿，所以书之器也。楚谓之聿，吴谓之不律，燕谓之弗，秦谓之笔。"此皆从文献证之；又说："《史记》曰：'孔子作《春秋》，笔则笔，削则削。'明笔与削为两事也。"又引《说文》"著与竹帛曰书"一句说："竹可刻，帛岂可刻乎？"此从情理方面言之。从而驳历来自蒙恬方有笔之说。而二十多年前出土先秦时毛笔，证明了佺山先生之说的正确。可见，佺山先生治学之严谨与学术结论之可靠。其在《两汉希姓录序》中曾批评前人"昧于古义声音假借之故"，"罔知古字之通"，举例甚多，可见其治学并不同于墨守旧籍强为之说的一流，则浙东学派代表人物之章学诚也对他表现出钦佩之意，不是没有原因的。

五、从《南旋诗草》来看，佺山先生是能诗的。这部诗集是他在嘉庆二十三年秋，自通县乘民船沿运河南归秀水时所作，水路无事，得诗 70 首。但今存之诗，此之外所见者寥寥。一个可能是忙于政务和著述，于此不甚用心；一个可能是随作随失，不甚措意，也未刻印，因而散失。无论哪一种可能，都可以说明佺山先生处世之态度。他一到长兴，即重修箬溪书院，又修缮文庙，建乡贤祠，以振士风，正民俗，推行教化。他几次捐俸做公益之事，建桥梁，浚渡津，制止伐木烧炭毁坏山林之风，亲撰碑文，立制度以保护环境。尤其建留婴堂收留无人抚养的孤儿、弃婴。又在同善堂（箬溪书院内）设医局与药局，以利百姓医疗。就其做法言之，已与近代一些思想家的设想一致。这些都非平常人可以做到，也非平常人可以想到。此应为伫山先生一生最看重之处。其次是研究学问，扫历史迷雾，且以端正学风。伫山先生所余东西虽不多，但确可以为做学问的典范。创作可能更在其次。虽然这样，他的诗的散佚，也是甘肃省文学史上的一大损失。还有他的《旧雨诗谭》，我以为这是一部论朋友之诗的诗话之作。杜甫《秋述》："常时车马之客，旧，雨来；今，雨不来（言过去遇雨也来，如今遇雨却不来了）。"故后人以"旧雨"代指老朋友。如宋代张炎《长亭怨》词："故何许？浑忘了江南旧雨。"范成大《题请息斋六言》之八："冷暖旧雨今雨，是非一波万波。"从《旧雨诗谭》应可以窥见伫山先生关于诗歌、关于文学创作的一些看法。可惜今无处可觅。

漆子扬同志在他同王锷同志合作的《守雅堂稿辑存》校点工作的基础上，又在十多年中尽力搜集有关遗作与有关伫山先生生平的资料，完成研究论文，又笺疏其诗文。他的《邢澍研究》，是第一篇以邢澍为研究对象的学位论文，对伫山先生的生平、交友、政绩等进行了全面的考述，对其学术成就、诗歌创作方面的成就，也做了深入的探讨。其中不少地方在前人研究的基础上又有所推进。今将诗、文的笺疏稿与其论文合为一书出版。这是目前伫山先生论著的一个最完善的辑校本，又有笺释，便于阅读。书末又附有目前所可搜集到的有关伫山先生生平与著述的资料，也便于进一步研究与了解。我以为此书的出版，对突显陇右学人品格，弘扬陇右精神，激励我省学人的钻研与创新精神，对推动甘肃古代作家的研究和精神文明建设，都会有一定的意义。

本文作为标题的两句取自阮元《谢太傅墓》。第二句我借用来说明漆子扬同志在寻访伫山先生遗迹、搜集其遗文与有关资料方面所做的贡献。

2008 年 3 月 25 日

漆子扬：《邢澍诗文笺疏及研究》，甘肃人民出版社 2008 年版。

漆子扬，1964 年生，甘肃武山人。2005 年毕业于西北师范大学，获文学博士学位。清华大学历史系访问学者。现为西北师范大学文学院教授、古籍整理研究所所长、硕士生导师，主要从事古代文学文献和陇右地方文献的教学研究工作。出版《邢澍诗文校释》《张澍诗集校注》《韩定山诗文校释》《滩歌镇志》《中国地域文化通览·甘肃卷》《甘肃古典文献论稿》《甘肃文献总目提要·经学卷》等著作十余部，发表学术论文90余篇。

《陇东历代诗文选注》序

　　3月25日刚从陇东的宁县参加一个地方文化建设的会议回来，第二天陇东学院中文系齐社祥同志来家中，拿出他刚完成的《陇东历代诗文选注》请我作序。我一看这书名，便十分高兴。甘肃虽靠近汉唐古都长安，处于丝绸之路中段、古代茶马古道北端贸易中心地带，但因五代以后王朝都城东移、南迁，逐渐变为偏僻之地，加之甘肃大河高山，交通不便，与东南一带都市繁华、才俊云集的情形差距很大。古代的陇右士人，其游宦于外地者多有诗文或学术著作存世，也往往受到学界高才与诗坛名家的称许，而终老当地者虽甚有才华，勤于研读，也多一生默默无闻。宋代以后全国各地各种诗文选本如雨后春笋，数不胜数，而陇右作者见收者聊聊无几。因古代陇右与中原及东南一带交通阻隔，文人间来往不多，本地的印刷业与书籍流通又不够发达，有的人即使有诗文存世，过几代也便淹没无闻。小时常听先父言及甘肃一些诗文名家，惜其有才而不名于世。及长，读各种诗文选集，深以为然。所以，我1980年曾作《陇上诗选注》在报上连载，1984年又应省电视台之约作《甘肃历代作家作品选讲》十余篇，连续播出，并收入省电视台铅印本中，又写有关清初甘肃诗人张晋生平与作品之论文，整理《张康侯诗草》于1989年出版，还动员人作胡缵宗、吴镇的诗选。以后由于系上学科建设等方面的原因，关于地方作家的东西我写得少，但心里总是念念不忘，任文学院院长兼古籍整理研究所所长之时，曾多次同一些老师讨论古代甘肃作家诗文集的整理、编选、研究之事。

　　去年听兰州文理学院中文系马晖教授言，他们在《中华诵·经典甘肃·历代咏颂甘肃诗词选》（中国言实出版社2013年版）的基础上，将编一部篇幅更大的甘肃古代诗词选集，以地区（市）为单位，各为一册，工作已在进行中。

这是一个令人感到十分高兴的消息。这并不影响各市县整理地方作家作品集及编选他们的作品，而是给各市县编更为完善的选本奠定了一个更好的基础，地方院校、地方人士在此基础上可进一步搜集、挖掘一些一般人见不到的文献，把一些突出的作家、优秀的作品推出来。人们的鉴赏角度、审美观念也不完全相同，在互相切磋、互相讨论中才能使这个工作不断提高、完善，使一些杰出作家、优秀作品为更多的人所关注。2009 年我的硕士生张世民去陇南师专工作，我特别叮嘱他，收集陇南各县有一定影响的作家的作品，编一部《陇南历代诗词选》、一部《陇南历代文选》，都是专选陇南籍作家的作品；再选一部《历代诗人咏陇南》，不论作者的籍贯，但题材只限于写陇南的山水、人物、历史名胜等等。这几年看到有的市县编出地方作家与有关地方风物的作品选集，如朱瑜章的《历代咏河西诗选》（中国文史出版社 2007 年版）。还有的如《历代河西诗选》《陇中历代诗选》为内部印行。《陇东诗文选注》为即将正式出版的又一部作品选注本。

陇东包括庆阳、平凉两市。庆阳为周人发祥之地，其地土壤肥沃，自然条件优越，先周文化、农耕文化底蕴深厚。平凉在庆阳、天水之间，北连宁夏，南靠陕西，交通便利，亦属我省文化最发达的地区之一，历史上人才辈出。汉代王符的《潜夫论》，为古代子书中的名著，我校彭铎先生"文革"中完成了《潜夫论笺校正》，中华书局列入《新编诸子集成》出版；胡大浚、李仲立、李德奇完成的《王符〈潜夫论〉译注》，由甘肃人民出版社 1991 年出版。就整个陇东而言，我校张兵教授与冉耀斌博士的《李梦阳诗选》，由人民文学出版社 2009 年出版，李梦阳文集也早有人整理，即将问世；杜志强博士完成的《赵时春文集校笺》《赵时春诗词校注》（上下册），2012 年分别由天津古籍出版社、巴蜀书社出版。李梦阳为庆阳人，赵时春为平凉人，均为明代诗坛大家。由此也可以看出陇东文气之盛。

齐社祥同志在陇东学院教古汉语，近年为地方文化建设做了很多工作。此前已出版《庆阳历史文化丛书·诗文荟萃》《庆阳民俗文化研究》，又主编过《范仲淹与庆阳》，参编《庆阳史话》，今又完成《陇东历代诗文选注》，实可喜可贺。

我大体翻看此书，觉得有以下长处：

第一，过去关于地方古代文学作品的选本，多只选诗词，关于文则很少关注，此书选了汉魏六朝皇甫规、王符、傅燮、皇甫谧、傅玄、傅咸、傅亮、傅隆、傅绰等的赋、论、疏、表、书、序等，直至清代韩观琦的《重修公刘庙记》，这对了解陇东文学、文化、学术有很大好处。即如上面所列傅氏几代人的文章，至少对了解东汉至南北朝时期北地泥阳傅氏家族的状况有很大好处。家族教育是传统文化承传的重要方面，对今天的社会教育活动、精神文明建设、国民素质的提高，有很大的借鉴作用。由于文章比诗歌在表现思想方面更为直接、明了、全面，在承传传统文化方面，作用更大，读之使人如闻其声、如见其人，有更突出的教育作用。

第二，收录了不少此前的几种有关甘肃古代近代文学的史论或选本未涉及的作者。就近代而言，路杰霄先生编《陇右近代诗钞》为收录甘肃近代诗作范围最广、包括作者最多的一部，但近代庆城四大家钟旭东、杨立程、张精义、胡廷奎和静宁名家王曜南等，均未收入，此书则收录之。

第三，体例比较完善，且适合于普及的目的。全书有作者介绍，有题解，有注释。题解之中也有简评，多能做到画龙点睛，有利读者理解。

第四，也收录了一些外地诗人作家、学者有关陇东山水人情之作或纪行作品，狄仁杰、范仲俺等人曾仕于陇东，不用说留下一些在作者和后代读者都难以忘却的文字，还有些是因事至陇东，也有吟唱之作。如王昌龄的《山行入泾州》、李商隐的《安定城楼》《瑶池》《回中牡丹为雨所败》、安维峻的《游崆峒题》、谭嗣同的《崆峒》《自平凉柳湖至泾州道中》《陇山道中》、康有为的《投山寺》等，都给地方大为增色。

无论如何，这是介绍陇东近代以前诗文作品的第一本篇幅较大的书。它的出版，不仅对弘扬陇东文化，对于弘扬整个甘肃文化、清理甘肃古代文学的文献，也是有意义的。

当然，陇东从古至今可以选录的作品很多，选录的标准仁者见仁，智者见智，还可以讨论，社祥同志也可以在此基础上做进一步的工作，但本书已开了一个很好的头，自不待言。

2016 年 3 月 28 日

齐社祥：《陇东历代诗文选注》，甘肃人民出版社 2016 年版。

齐社祥，1966 年生，甘肃庆阳西峰区人。1990 年毕业于西北师范大学中文系，2001 年陕西师范大学文学院硕士学位班结业。现为陇东学院文学院教授，汉语教研室主任，陇东文化研究所副所长，中国范仲淹研究会理事。出版《庆阳历史文化丛书·诗文荟萃》《庆阳民俗文化研究》《（乾隆）新修庆阳府志点注》等。

第六辑　汉魏六朝诗文与民俗文学

在形式和内容之间：思想与文化的全息反映
——《〈盐铁论〉研究》序

《盐铁论》一书记载了汉昭帝时由盐铁专卖问题而引发关乎国计民生、社会经济发展中一些重要问题的争论，反映了西汉中期思想领域一次激烈的斗争；同时，书中反映了桑弘羊同代表着霍光思想主张的贤良、文学的思想交锋，同倾向于霍光的丞相田千秋及其属下丞相史间的周旋，也折射出当时微妙的权力争夺和双方所代表的政治集团间的斗争。虽然书中所写似乎只是两次会议的情况，但实际上其中的交锋既有来龙，也有去脉，书中集中地反映了这段刀光剑影历史中双方斗争的性质及激烈程度的一个片段，因而《盐铁论》是中国古代经济史、政治思想史方面的名著。

武帝朝远征匈奴，连年征战，"竭民财力，奢泰无度，天下虚耗，百姓流离，物故者半。蝗虫大起，赤地数千里，或人民相食"（《汉书·夏侯胜传》）。昭帝继位，霍光受遗诏辅幼主，"知时务之要，轻徭薄赋，与民休息"（《汉书·昭帝纪赞》），其他大臣也有的看到"年岁比不登，流民未尽还，宜修孝文时政，示以俭约宽和"（《汉书·杜延年传》）。而桑弘羊从十三岁起为侍中，在武帝左右，掌握朝廷财经大权三十余年，深知汉初豪强经营盐铁聚财暴富之弊，及武帝收回盐铁专卖权之不易，武帝时的一些重大举措他是参与了的，也是认同的。霍光、桑弘羊都是武帝临终托孤的大臣，二人的政治主张不同，政治期望也不一致。桑弘羊一方面倾向于延续武帝时代的政策，另一方面也考虑到武帝时的一系列军事行动给国家财政留下的巨大漏洞和当时国家安全方面尚存在的隐患，因而主张国家盐铁专卖；霍光则更多地着眼于休养生息，安定社会，恢复国家的元气。受遗诏之初所创内外朝分权之制，霍光以大将军为内朝主政，桑弘羊以御史大夫为外朝主政，双方在一些事情上难以协调。尸位丞相的田千秋则尽量要避开斗争的锋芒，又不能不参与其中。大将军霍光是真正的实权派，他希望进一步削弱外朝以伸张自己的权力。不仅增强决策权，也增加执行权。在这次关于盐铁政策的辩论中，霍光本人并未出面，而是选出来自民间的一帮文人与桑弘羊抗衡。桑弘羊（书中的"大夫"）与其下属御史为一方，但主要是桑弘羊本人舌战群儒。关于双方的是非，即使在两千年后的今天评说，也很难绝对地说谁对谁错。如果抱着给古人以更多理解的态度说，关于桑弘羊，虽然他的主张不利于当时社会的发展，但也应该看到：一、他是一位有作为的人，善于理财，精明能干；二、他对于武帝时的一些政策，是亲自执行者，因而有一种维护的观念。这后面的一个原因，就使民间来的这些知识分子（贤良、文学），把因为武帝时好大喜功、与民争利，造成海内虚耗而产生的怨愤情绪都倾泻到他的身上。

霍光主张放开民间盐、铁等的工商业经营，或者也受到一些官僚、世家大商人的影响，但总的来说，在当时有利于休养生息，有利于调动民间推动经济发展的力量。但盐铁会议他为什么不直接出面呢？除了他是主内朝决策者，不便直接同外朝实施机构争议之外，还因为他是武帝临终托孤的顾命大臣，不便直接出面否定武帝的既定政策。所以，《盐铁论》中所载各方的表现，除了政治主张方面的原因外，也还有情感和心理方面的原因。这似乎是以往的研究者所忽略了的一个方面。

这次会议的结果是朝廷在盐铁政策上做了让步，废止了酒类专卖，而维持盐铁专卖。可见桑弘羊是一个很强硬的人物。而霍光讲究策略，深谙进退机变。实际上桑弘羊的这种强硬态度增加了霍光扳倒他的决心。当然，当时桑弘羊也想继续扩大自己的权力，包括决策权。所以盐铁会议后，霍光同桑弘羊在政治权力方面的斗争到了一决雄雌的地步。第二年，桑弘羊与上官桀、上官安皆被诛，"光威震海内"（《汉书·霍光传》），这应该是人们预料的结局，而且总体上也利于当时社会的发展。但十三年之后霍光家族遭到了与桑弘羊一样的下场，所犯罪行也一样。应该说他们都是有思想、有能力、能为国尽忠的人物，他们的悲剧主要是封建的专制制度造成的：既然不存在民主，也就只有你死我活的相斗。

　　在我国古代书籍中，全书表现两种思想交锋的，这是第一部；而从形式与内容统一，完全以突显语言上的辩驳、争论为目的，不及其他者，这在中国古代既是空前的，也是绝后的。

　　关于《盐铁论》一书体裁上的特殊性及其在文化史上的意义，郭沫若先生是第一个加以关注的，他对全书加以校点、分段，作《〈盐铁论〉读本》予以介绍。他将原书的卷数取消了，只在目录中标出，如他所说，"保留着它的痕迹"。他说："事实上分篇也是多余的，但我没有改动。"[1] 其实，全书除第六十篇以"客曰"引出的一大段文字可以看作序言之外，其余可以分为两大部分：第一篇《本议》至第四十一篇《取下》为第一大部分，第四十二篇《击之》至第五十九篇《大论》为第二大部分，分别记载了前后两次论战的情况。当然，第一大部分也可以分为几个段落，但与今本的分篇并不一致，因为在今本的篇与篇之间，有的是联系相当紧密的。比如第十一篇《论儒》末尾文学驳御史之说曰：

　　　　天下不平，庶国不宁，明王之忧也……[2]

下面说："御史默不对。"《论儒》篇即完。第十二篇《忧边》开头为：

　　　　大夫曰：文学言"天下不平，庶国不宁，明王之忧也。"故……[3]

加以引申之后，即予以反驳。可见是在御史未能反驳的情况下，御史大夫桑弘羊即接上去说。其他篇与篇之间也有类似情形。所以，如果消除了今本的分篇，更可以显示出论战本身的结构特征。

　　郭沫若先生说：

---

　　[1]　郭沫若：《〈盐铁论〉读本·序》，《郭沫若全集·历史编》第八卷，人民出版社1985年版，第471页。

　　[2]　（汉）桓宽：《盐铁论》，上海人民出版社1974年版，第26页。

　　[3]　（汉）桓宽：《盐铁论》，上海人民出版社1974年版，第26页。

　　这部《盐铁论》，在我认为是一部处理历史题材的对话体小说。它不仅保留了许多西汉中叶的经济思想史料和风俗习惯，在文体的创造上也是值得重视的。它虽然主要的是对话体，但也有一些描述文字。特别值得注意的是桓宽创造了人物的典型。他用了概括的手法把六十几位民间代表概括成为了"贤良"与"文学"两人，把丞相和御史大夫的僚属也只概括成了"丞相史"和"御史"两人。①

郭沫若先生又说：

　　本来汉赋就是对话体的文字，但一般只有两个人或顶多三个人，往往就像两扇大门一样，一开一合，《盐铁论》是把这种体裁发展了，书中有六种人物，而问答也相当生动，并不那么呆板。这可以说是走向戏剧文学的发展，但可惜这一发展在汉代没有得到继承。②

　　我认为郭先生的这后一段文字所谈看法更有意义。冯沅君先生曾有《汉赋与古优》一文，但认为"汉赋是'靐书'的支派"③，未论及汉赋与戏剧的关系。事实上，汉代散体赋虽然多以客主问答的形式出现，但实际正如刘勰《文心雕龙·诠赋》所说，"述客主以首引"只是作为一种构思的方式，在以客主问答形式引出题旨后，主要是以一个人的论说构成全文主体，在末尾又由一人说几句以为收束。而且，赋无论多长，看来是由一人诵读的，并不存在代言体表演的性质。日本学者清水茂先生在第四届国际辞赋学学术研讨会上发表了《辞赋与戏剧》的论文，认为汉赋在朗诵时可能是由数人分别承担的。他举了《汉书·东方朔传》中东方朔射覆，郭舍人再三难他的一段文字，作为这种猜想的依据。东方朔射覆描写守宫的一小段话是韵语，清水先生以为"可以说是小型

---

　　① 郭沫若：《〈盐铁论〉读本·序》，《郭沫若全集·历史编》第八卷，人民出版社 1985 年版，第474—475 页。
　　② 郭沫若：《〈盐铁论〉读本·序》，《郭沫若全集·历史编》第八卷，人民出版社 1985 年版，第477 页。
　　③ 冯沅君：《冯沅君古典文学论集》，山东人民出版社 1980 年版，第 91 页。

的赋"。在这一小段下面的文字是：

> 时有幸倡郭舍人……曰："朔狂，幸中耳，非至数也。臣愿令朔复射，朔中之，臣榜百，不能中，臣赐帛。"乃覆树上寄生，令朔射之，朔曰："是窭薮也。"舍人曰："果知朔不能中也。"朔曰："生肉为脍，干肉为脯；著树为寄生，盆下为窭薮。"上令倡监榜舍人，舍人不胜痛，呼謈。朔笑之曰："咄！口无毛，声嗷嗷，尻益高。"舍人恚曰："朔擅诋欺天子从官，当弃市。"上问朔："何故诋之？"对曰："臣非敢诋也，乃与为隐耳。"上问："隐云何？"朔曰："夫口无毛者，狗窦也；声嗷嗷者，鸟哺鷇也；尻益高者，鹤俯啄也。"舍人不服，因曰："臣愿复问朔隐语，不知，亦当榜。"即妄为谐语曰："令壶齟，老柏涂，伊优亚，狋吽牙。何谓也？"朔曰："令者，命也。壶者，所以盛也。齟者，齿不正也。老者，人所敬也。柏者，鬼之廷也，涂者，渐洳径也。伊优亚者，辞未定也。狋吽牙者，两犬争也。"舍人所问，朔应声辄对，变诈锋出，莫能穷者，左右大惊。①

清水先生说：

> 但如果东方朔和郭舍人预先秘密地通情合作的话，可以说是一幕喜剧。演员有两个，一个是生，一个是丑，互相问答，双方的对白都押韵，认为原始的戏剧。那么东方朔的"赋的变种"《答客难》，别人扮客问他也可以。问答体的赋，可以采用戏剧形式。②

下面清水先生又引《史记·滑稽列传》淳于髡同齐威王关于"国中大鸟"一谜对话的文字，以为也"有些戏剧性"。清水先生不愧为一位杰出的汉学家，他知道，欲了解中国汉代是否有较严格意义上的戏剧存在，关键看当时是否存在代言体的表演文字。清水先生所举东方朔同郭舍人的对话，确实很可能是东

---

① （汉）班固撰，（唐）颜师古注：《汉书》，中华书局 1962 年版，第 2844—2845 页。
② 〔日〕清水茂：《辞赋与戏剧》，选自第四届国际辞赋学学术研讨会论文集：《辞赋文学论集》，江苏教育出版社 1999 年版，第 54 页。

方朔、郭舍人事先串通了的，这应该是汉代戏剧表演形式的一个重要例证。但东方朔的《答客难》是否也是分两人来诵说，就很难说了。这样，汉代的戏剧仍然停留在临时编创的状态，缺乏定型的脚本。《宋书·乐志》所载"巾舞歌诗"《公莫舞》，杨公骥先生将其分为五小段，前四段没有分别人称，只有第五段将每句开头的"母"字、"子"字单独出来，在其后标上冒号，以为角色标示字。杨先生对前四段不能作代言体处理无任何说明。[①] 这样，这篇文字尚难以看作歌舞剧本。我通过对《公莫舞》歌舞的研究，认为它的角色标示字是全部被省略了的，杨先生在他所分第五段析出的角色标示字，其实是歌词的文字。我据其中对话的情节补出了角色标识字，对其中的歌词、声辞和表演舞蹈术语也重新加以考订，按《南齐书》所载，从音乐上将其分为二十解，而又根据情节结构分为三场，恢复为一个完全的三场歌舞剧脚本[②]。但《公莫舞》除了儿和母的几段唱词之外，说白极少，整体说来还不能反映代言体的表现形式在汉代成熟、发展的状况，因而仍然有人对汉代戏剧之存在与否有着疑问。王国维在其《宋元戏曲史》第一章论北齐"代面"之前说：

> 由是观之，则古之俳优，但以歌舞及戏谑为事。自汉以后，则兼演故事；而合歌舞以演一事者，实始于北齐。顾其事至简，与其谓之戏，不若谓之舞之为当也。[③]

其第七章之末尾又说：

> 综上所述者观之，则唐代仅有歌舞剧及滑稽剧，至宋金二代，始有纯粹故事之剧；故虽谓真正之戏剧，起于宋代，无不可也。然宋全演剧之结构，虽略如上，而其本则无一存。故当时已有代言体之戏剧否，已不可知。而论真正之戏曲，不能不从元杂剧始也。[④]

---

① 杨公骥：《西汉歌舞剧巾舞〈公莫舞〉的句读的研究》，《中华文史论丛》1986 年第 1 期。
② 赵逵夫：《我国最早的歌舞剧〈公莫舞〉演出脚本研究》，《中华文史论丛》1989 年第 1 期。
③ 王国维：《宋元戏曲史》，东方出版社 1996 年版，第 6 页。
④ 王国维：《宋元戏曲史》，东方出版社 1996 年版，第 65 页。

　　王国维很严谨地遵循着按事实说话的原则。他不否认自汉代始俳优有兼演故事的事实，但当时他根据自己所挖掘、整理的材料，认为合歌舞以演一事者始于北齐。我在杨公骥先生研究的基础上所做的工作，只是将这个时间提前到了西汉末年。因为没有留下结构完整、篇幅较长的剧本，所以王国维认为"真正之戏剧，起于宋代"。又同样由于宋代剧本"无一存"，所以他最后说"故当时己有代言体之戏剧否，已不可知"。至《永乐大典》中《张协状元》等四个剧本的发现，才使"真正之戏剧，起于宋代"的推测得到实证。由以上分析得知，唐五代以前直至汉代和汉以前，歌舞或对白表演中是否有代言体乃是认识、评价中国北宋以前戏曲之关键问题。

　　屈原根据沅湘一带流传的祭祀歌舞加工创作的《湘君》《湘夫人》，实际上也是代言的。《湘君》篇是女巫以湘夫人的口吻表现对湘君等待、追求的情节，《湘夫人》篇则说明了在湘夫人寻找湘君时，急切希望相会的心情。《湘君》篇中湘夫人说："夕弭节兮北渚。"《湘夫人》篇开头湘君说："帝子降兮北渚。"两篇在情节上也是联结在一起的。所以说，《九歌》的"二湘"同西汉时的《公莫舞》已说明了代言体戏剧表演从战国到秦汉时代的客观存在。既然这样，为什么直至今天，学者们仍认为唐代以前尚无代言体表演情节的戏剧呢？这里有一个认识方法上的失误：学者们只从作为文学艺术主流的传世文献中去寻找材料，虽然有个别反映了先秦汉魏时代民间戏剧情况的材料，但因为在相当长时间中再没有相关材料的印证，尤其在此后数百年中于文献记载中一片空白，因而不予相信。但联系中国奴隶社会和封建社会早期礼乐制度、伦理、习俗等来看，中国的戏剧是产生于民间的，由民间艺人在民间娱乐活动中模仿历史人物或现实故事中的人物表演而形成的，后来同样由民间艺人将这种艺术形式带到上层社会的娱乐活动中。东方朔同郭舍人的表演，同样是受了民间艺人的影响。那些为君王、公卿解闷的俳优，一般继承着春秋战国时代宫廷、贵族之家俳优讲俗赋、诵韵文、解谜语的传统；用代言体的方式来表演故事情节，算是一种新变。北宋以前文人，除屈原外，关注民歌者多，却没有人关注过民间戏剧。因为中国传统观念中认为民歌可以"观风俗，知薄厚"，了解民生疾苦，在创作技巧上也会受其启发，有所借鉴；而戏剧乃是纯粹玩乐的，会消磨人生志气（所谓"玩物丧志"），而且文人们认为这些东西格调低，以为鄙俗而持不屑一顾的态度，更不用说去记述它。俗赋和变文在清代以前的数百年中完全不为后人所知，便是一个证明。

由此我们可以说，《盐铁论》中用代言体的形式反映人物间思想的交锋，再一次展现盐铁会议上的激辩，乃是受到民间艺人代言体戏剧的影响。《盐铁论》以一部约七万字的著作，全文用代言体，只有 18 处插入一两句说明文字，除开头说明的一处文字外，其余都极短，如第十篇《刺复》中的"大夫缪然不言，盖贤良长叹息焉"，第十一篇《论儒》末尾的"大夫默不对"，第十三篇《园池》末尾的"大夫默然，视其丞相、御史"等，都近于古代剧本的科介文字。在传统戏曲中，双方开战，无论有几千、几万军队，照例双方各出四名兵、卒以象征之；君主上殿出行，无论其仪仗有多少人，也都只是左右各二，最多左右各四。《盐铁论》中将六十几个从民间来的知识分子概括地以"贤良""文学"两个人物代表之，丞相府属员、御史大夫属员各若干人，仅以"丞相史"与"御史"两个人物代表之，最突出地表现了它的戏剧特征。这些都至少反映了西汉时代用代言体的形式表现人物思想的交流和论辩并不是罕见的，在当时民间的戏剧艺术中可能已存在表演时间较长的演出本。

这里要说一说《盐铁论》这部书名中"论"字的意义。《荀子·解蔽》"道尽论矣"，杨倞注："论，辩说也。"《文选》司马相如《上林赋》"且二君之论"，吕延济注："论，辩论也。"又《吕氏春秋·应言》"不可不熟论也"，高诱注："论，辩也。""盐铁论"，即有关盐铁政策的论辩。这个题目同敦煌发现的《茶酒论》是一样的。《茶酒论》完全为代言体形式，本是晚唐人模仿俳优戏写成，而又被俳优用作演出脚本，因为在其二〇六卷抄本的前四段文字中还标出了舞台上讲说时的顺序号，作：

第一茶曰，茶乃出来言曰……

第二酒曰，酒乃出来言曰……

第三茶曰……

第四酒曰……

以下各段开头因卷文残缺，情况不明①。以此推测，《盐铁论》是受了自汉代即已形成的民间戏剧的影响的。

桓宽为什么会采取这种形式？我以为这同他的思想倾向性有关，也同编撰《盐铁论》的目的有关。何以言之？首先，在这两次大论辩中，贤良、文学六十多人都是来自民间的，桓宽认为这些人反映了广大人民群众的心声，这由篇末的序文《杂论》可以看出。《杂论》云："或上仁义，或务权利。异哉吾所闻。周、秦粲然，皆有天下而南面焉，然安危长久殊世。"又说："公卿知任武可以辟地，而不知德广可以附远；知权利可以广用，而不知稼穑可以富国也。近者亲附，远者悦德，则何为而不成，何求而不得？不出于斯路，而务畜利长威，岂不谬哉！"②他使用代言体的形式，除了希望能更逼真地表现当时思想交锋的实际情况外，是否也有表现了自己"民间立场"的因素在内？这是值得注意的一个问题。

其次，《杂论》篇在较含蓄地表明了作者的态度后说："然蔽于云雾，终废而不行，悲夫！"他是希望以后的帝王、公卿都能够明白他上面所说的那些道理，因而用俳优争辩代言体的形式写出，使他们在阅读自娱之中，或者让近于倡优的侍御文人分别承担不同角色而诵读于前，在领略当年争辩的激烈与机锋舌战的意趣之中，体味其深意。

再次，桓宽虽然赞同贤良、文学的观点而不同意桑弘羊，但对桑弘羊并不是持完全否定的态度。他说桑弘羊是"博物通士"，对他的作风是有所肯定的，他"据当世，合时变"，连巨儒宿学在他面前也不能自我辩解，所论不是没有一点道理。比起一些尸守禄位的大臣来，桑弘羊毕竟是有所作为的，所以他对丞相的"括囊不言，容身而去"十分地鄙视。这当中的很多微妙的道理难以明白论说，不如由各人以自己的语言态度表现之。这应是他用了对话体的又一个原因。

但不论怎样，我以为《盐铁论》在中国古代文学史和戏剧史上都是不能不提到的著作，尽管由它来看当时代言体戏剧之规模犹如水中看花，镜中观月，但毕竟它是花的投影，是月的反映，非同捕风捉影之言。

---

① 赵逵夫：《唐代的一个俳优戏脚本 ——敦煌石窟发现〈茶酒论〉考述》，《中国文化》第 3 期（1990 年秋季号）。收入拙著《古典文献论丛》，中华书局 2003 年版。

② （汉）桓宽：《盐铁论》，上海人民出版社 1974 年版，第 124—125 页。

按理说，《盐铁论》这样宏大篇幅的代言体著作的产生，会反过来对今后民间戏剧的发展产生影响，但很遗憾，这种结果并未出现。这是因为在汉代以至于此后数百年中，中国占正统地位的诗文创作同民间戏剧二者之间基本处于绝缘的状态。从先秦时代形成的由学在官府到学以"六经"为主而辅之以诸子之书，文化人的产生与民间技艺无关，而俳优在相当长的时间中也只是供君主、公卿玩乐的工具，并不致力于戏剧艺术，民间戏剧一直处于自生自灭的状态。从流传的显隐及二者同文字记载的关系言之，诗文创作是明流，而民间戏剧同近百年中才被发现的汉唐俗赋一样只是潜在地下的暗流。

由于以上的原因，所以从文学艺术的角度说，我认为《盐铁论》同戏剧的关系更大一些。郭沫若先生说它是"走向戏剧的发展"，遗憾"这一发展在汉代并没有得到继承"，是直接将它看作戏剧文学的一环来说的，稍欠确切，但这也是很了不起的，因为郭沫若先生第一个提出了这部书同汉代戏剧的关系。但可惜郭沫若先生在《〈盐铁论〉读本·序》的结尾时仍说："《盐铁论》是处理经济题材的对话体的历史小说。"实际在现代文学史上这种形式的小说也只有鲁迅有过一篇《起死》（收入《故事新编》），这是因小说重情节重描述的缘故。戏剧除了对话之外，有些要由演员来表演，小说则凡要展现的情节全部由作者的叙述语言来完成。因此，没有情节而只有几方论辩是非的文字很难称为小说。但中国戏剧却一直保持着传统的较宽泛的题材，除了通过对话、表演表现情节之外，也有纯粹以武打为表演内容的（如《十字坡》），也有以论说为主要表演内容的（如《伯牙抚琴》）。在前者，则对话的因素降到了最低的程度；在后者，则情节因素降到了最低的程度。至于表现双方论说激辩的，无论是用对唱的形式，或对白的方式，还是对白加对唱的形式，也都有。所以我说，《盐铁论》在形式上同戏剧更为接近。

但如上文所说，《盐铁论》并不是戏剧著作。确切地说，其中人物每一次发言，都是一篇精彩的论辩性散文，作者通过人物的对话，表现了这些散文的"原作者"的思想类型、精神风貌以至于独特的性格。这究竟是盐铁会议所留下的材料本身所表现的，还是桓宽在撰述这部书之时加工所形成的？这二者究竟各占有怎样的比例？以往的学者并未能认真加以探究。

王永同志从事中国古代文学的教学与研究工作有年，尤其先秦两汉和魏晋南北朝文学，他长期涵咏其间，多有心得。2005年他由银川来兰州，从我问学，相互间多有讨论。关于博士学位论文，我建议他研究一下《盐铁论》。因为，虽然明代以来致力于《盐铁论》者不少，但多属校勘注释之作和对其中所反映经济思想、当时历史状况的研究，从文学的角度进行研究的极少见。而且，对这样一部重要的著作，在中国内地尚无一部专著问世。在两年左右的时间中，王永同志不仅认真地研读了《盐铁论》一书，比较了几种重要的注本，搜集阅读了相关的研究论著和大量历史资料，希望在对这部著作的形式、散文成就、语言风格的关照后，对它的各方面再加以探索。因为作为一部反映重大历史事件和思想斗争的著作，在内容、形式、历史背景与现实背景之间都是有连带关系的，要对其中任何一方做准确、全面的把握，都不能不考虑到其他方面的因素。经过两年左右的努力，王永同志完成了学位论文《〈盐铁论〉研究》。

论文对《盐铁论》的创作模式进行了探讨，做了较明晰的表述。《汉书·公孙刘田王杨蔡陈郑传赞》中说，盐铁会议之时，"当时相诘难，颇有其议文"，也就是留下了争议双方发言的书面记录。桓宽"博通善属文，推衍盐铁之议，增广条目，极其论难，著数万言，亦欲以究治乱，成一家之法焉"。他治《公羊春秋》，在思想上对高度集权的专制制度有一定的批判，并希望在对文献的编纂与阐释中体现对现实政治的干预。《春秋公羊传》中言日食、星变等皆不言灾异，而董仲舒受《春秋公羊传》学之后创天人感应之说，虽然与古《公羊传》不合，但其希望积极干预现实，尽可能制约专制帝王行为的精神，是一致的。"托古改制"是公羊学者的拿手好戏。因为重点是"改制"，所以在"托古"的当中，也常常根据需要加以取舍，有时甚至对有关文献稍加笔削与点窜。因此，桓宽在《盐铁论》的编纂中，应该是充分地发挥了个人的思想能动性，是有他自己的思想与文才体现于其中的，并非只是据当时的会议记录加以整理。王永同志在文中对桓宽"推衍""增广"的情况做了些探索，提出来一些看法，并对《盐铁论》成书的时间做了一个推断，这对于我们认识书中人物的发言在怎样的程度上体现了桓宽的思想，桓宽采用代言体是如何组织"议文"而"极其论难"，属文著书而以究治乱，是有意义的。

同此前有关《盐铁论》的论著不同，王永同志这篇论文有两章是从文学的角度来进行研究的。第四章"文学视角下的《盐铁论》透视"分四节分别论述了这部书的文本结构与论辩特色、赋体化特征、戏剧化因素、小说化特色，每节又分别从若干方面加以论证，分析细致，论述精到，揭示了一些前人未能注意到的特征。如其论赋体化特征，指出两方论辩的结构方式和汉代散体赋中客主相问答的结构模式相似，铺陈排比的写作特色，铺采摛文的骈俪化倾向和韵散结合的语言特征，也正体现了赋的特色。其论戏剧化因素，指出《盐铁论》文本结构模式与戏剧的内在相似性、表现激烈矛盾冲突的戏剧内在特征、"科白中叙事"的潜在戏剧因素、人物设计上的戏剧化特征这四个方面。王永同志在论述中行述以大量实例进行论证，在这些方面确实是有所开拓，有所推进，有利于我们在文学的视角下评价《盐铁论》这部学术名著。

对于《盐铁论》中所载"大夫"同贤良、文学两方面的思想及他们对一些问题的看法、他们相互之间斗争的性质及评价、桓宽在编撰中所要体现的思想以及盐铁会议的历史背景等，前人都做过不少研究，有一些精到的论述，但不可否认，学者们对一些问题的看法也并不完全一致，有的地方甚至在评价上、认识上有很大差距。比如桑弘羊的思想是不是属于法家，在这场斗争中究竟哪一方面体现了社会的需要，代表了历史发展的方向等。

本书中的有些看法可能会引起争议，但学术研究只有在争议中才能发展。它的出版一定会引起研究汉代文学、中国戏剧史和研究汉代思想史、经济史的学者的关注，甚至会引起一些讨论。这是本书的作者所希望的，也是我所希望的。

是为序。

2009 年 6 月 29 日

王永：《〈盐铁论〉研究》，宁夏人民出版社 2009 年版。

王永，1963 年生，宁夏银川人。2008 年毕业于西北师范大学，获文学博士学位。现为宁夏大学人文学院教授、硕士生导师，主要从事先秦两汉文学与文化批评史的教学研究工作。发表学术论文十余篇。

英雄时代的社会风气与文学
——《魏晋文化与文学论考》序

　　王国维在《宋元戏曲史》之《自序》中说"凡一代有一代之文学"，举"楚之骚、汉之赋、六代之骈语、唐之诗、宋之词、元之曲"，谓"皆所谓'一代之文学'，而后世莫能继焉者也"。清代学者焦循也说过类似的话，但不及王氏的概括确当。所以学者们在评论汉赋或唐诗等的时候，常引到王氏这几句话。但是，如果进而思考为什么"一代有一代之文学"，则会发现，除了语言和文学自身发展的一般规律之外，还有当时意识形态、文化思潮、社会风气等方面因素的影响。当然，政治、经济、战争、内外文化交流等对文学创作的影响很大，但是，抛开作品的内容、题材不说，就作品的形式、语言风格、精神风貌方面说，这些因素大部分情况下不是直接影响作品，而是通过随之而起的文化思潮和社会风气影响作品。

　　春秋战国时代礼崩乐坏，百家争鸣，意识形态领域思想活跃，儒、墨、道、法、兵、名、农、医、阴阳等，各逞其说，俱放异彩，《老子》的深刻玄远，《论语》的简洁隽永，《庄子》的汪洋恣肆，《孟子》的议论风发，《荀子》的朴茂渊懿，《韩非子》的峻峭通脱，皆后世罕有其匹。这一阶段中集结成的《诗经》奠定了后代文学现实主义的基础；屈原为代表的楚辞作家，以浪漫主义的手法，留下了不朽的杰作。纵横家奔走于各国之间，以三寸之舌谋卿相之位，虽然没有留下重要的文化、思想的遗产，但他们冲破宗法制度，积极参与政治、参与国家事务的精神，对后来的士人以很大的影响。但后来四百来年的情况就大不相同。秦代采取思想钳制的办法，造成文化荒漠；汉初鉴于秦朝的苛暴，崇尚无为而治，除贾谊等个别人之外，学者多不见有什么深刻的思

想。至汉武帝罢黜百家、独尊儒术，思想领域几成一潭死水。东汉除承袭西汉
的重儒宗经，以证明是继前汉正统之外，特重谶纬，使意识形态又多了一层迷
信的色彩，儒学转化为神学经学。一直到汉末，汉王朝的统治力量大大减弱，
军阀们希望趁乱以取天下，儒学失去了统治地位，思想领域又一次出现了"礼
崩乐坏"的局面。士人们择主而仕，有纵横家之风，治诸子之学者，也各自寻
求理天下、致太平之良方。只是这一次不是先秦时代各种思想的复活，而是凭
借前代的思想资源，形成一些具有融合各家性质的新思想。如曹操，他不仅推
崇刑名，且崇尚墨家的俭德；桓范《世要论》取儒法两家之长，提出"治国之
本有二，刑也，德也，二者相须而行，相待而成"的思想；杜恕主张礼为万物
之体，以儒家思想为主导著成《体论》这部具有完整体系的著作，但同时又在
刑名学方面有深刻的见解（见《三国志·魏书·杜恕传》所录其上疏"世有乱
人而无乱法"一段）。王符的《潜夫论》、崔寔的《政论》、仲长统的《昌言》、
荀悦的《申鉴》及《周生子》，皆为这个阶段具有批判精神和理论深度的论著
（周生烈，字文逸，自号六敝鄙夫，敦煌人。《三国志·魏书·王朗传》中言其
"魏初征士"，"历注经传，颇传于世"。《抱朴子·审举》言其"学不为禄，味
道忘贫"，"学精而不仕"。《十六国春秋》载北凉永和五年向刘宋献书中有《周
生子》十三卷。张澍、马国翰俱有辑本）。另外一些人则凭一己之谋略才干，
试售于军阀门下，或献诗纳赋，草檄拟书，或随军参谋，亲临战阵。王粲诗
曰："被羽在先登，甘心除国疾。"（《文选》卷二七李注引）"楼船临洪波，寻
戈刺群虏。"（《太平御览》卷三五一）皆其生活写照。徐干《七喻》曰："战国
之际，秦仪之徒，智略兼人，辩利铦轨，倜傥挟义，观衅相时。图爵位则佩六
绂，谋货财则输海内。一怒而诸侯惧，安居而天下憩。"[①]也正反映了当时士人
的理想与追求。

汉末的文学创作领域，由于长期战乱，一方面残酷的现实使诗人作家不
能不去关心切身之事，另一方面又差不多给士人的进取提供了同等的机遇，
故"雅好慷慨"，多深沉激越的歌唱。曹操诗云："老骥伏枥，志在千里。烈
士暮年，壮心不已。"（《龟虽寿》）"对酒当歌，人生几何！譬如朝露，去日苦

---

① （唐）欧阳询撰：《艺文类聚》，中华书局1965年版，第1029页。

多。"(《短歌行》)其充满着事业未成、时不我待的悲慨，而藏在这悲慨后面的却是自信和积极上进的精神。建安至魏初很多作家的作品都渗透着这样的精神。如陈琳诗："骋哉日月逝，年命将西倾。建功不及时，钟鼎何所铭？"(《游览》之二)阮瑀诗："丁年难再遇，富贵不重来。良时忽一过，身体为土灰。"(《七哀》之一)曹丕诗："嗟我白发，生一何早。长吟永叹，怀我圣考。"(《短歌行》)曹植早期诗中直接表现建功立业思想的作品更多。应该说，这是当时时代精神的反映。史载诸葛亮"好为《梁甫吟》"。学者们对《梁甫吟》是否为诸葛亮所作，看法至今不一。我以为《梁甫吟》不一定是诸葛亮所作，但他既好之，总反映了他的思想。相当一些人是不能理解诸葛亮何以喜欢这样一首反映历史上一种阴谋事件（二桃杀三士）的作品。按魏刘邵《人物志·英雄》云："聪明秀出谓之英，胆力过人谓之雄，此其大体之别名也。若校其分数，则互相须。"[①] 又云："夫聪明者英之分也，不得雄之胆，则说不行；胆力者雄之分也，不得英之智，则事不立。是故英以其聪谋始，以其明见机，待雄之胆行之。雄以其力服众，以其勇排难，待英之智成之。"[②] 又云："故雄能得雄，不能得英。英能得英，不能得雄。故一人之身，兼有英雄，乃能役英与雄，故能成大业也。"[③] 以此而解诸葛亮"好为《梁甫吟》"之事，一切疑问可迎刃而解。诸葛亮"每自比于管仲、乐毅"，又"好为《梁甫吟》"，是赞许晏子之有智有胆，临事能断。他是仰慕那种能驾御众才的英雄人物。建安七子之一的王粲撰有《英雄记》一书（《黄氏逸书考》有辑本），历叙当时驰骋中原或扬名诸侯各类人的事迹。其中有一段说董卓欲任命一位司隶校尉，问于王允，王允荐盖勋。卓曰："此明智有余，不可假以雄职。"则连董卓这样不学无术的暴虐军阀也知道英与雄之分。《三国志·魏书·武帝纪》载刘备败于吕布，投奔曹操，有人劝曹操："观刘备有雄才而甚得众心，终不为人下，不如早图之。"曹操曰："方今收英雄时也，杀一人而失天下心，

① （魏）刘邵著，（西凉）刘昞注，杨新平、张锴生注译：《人物志》，中州古籍出版社 2007 年版，第 136 页。

② （魏）刘邵著，（西凉）刘昞注，杨新平、张锴生注译：《人物志》，中州古籍出版社 2007 年版，第 137 页。

③ （魏）刘邵著，（西凉）刘昞注，杨新平、张锴生注译：《人物志》，中州古籍出版社 2007 年版，第 141 页。

不可。"可见其对人才的重视。"三顾茅庐"的故事发生在三国时代,并不是偶然的。徐幹《中论·慎所从》云:"知则英雄归之。御万国、总英雄以临四海,其谁与争?"王粲《英雄记》正是各统治集团都重视网罗各类人才,而士人或出或处其理想,皆是建功立业、立言救世这种风气下的产物。因为各诸侯都希望能发现人才、吸引人才、用好人才,故当时论述有关英雄人才理论的著作比较多。吴国姚信有《士纬》十卷、《姚氏新书》二卷。传为诸葛亮的《便宜十六策》见于著录较迟,但其中至少包含诸葛亮的部分人才思想(其中有的文字为唐代杜佑《通典》卷一百五十六和宋初李昉《太平御览》卷二百九十六、三百十三所引,作诸葛亮《兵法》。郑樵《通志·校雠略》谓亡书有出于后世者,有出于民间者。《隋书·经籍志》言:"梁有《诸葛亮兵法》五卷,亡。"则实未亡也)。尤其魏国刘邵的《人物志》,实为人才学方面集大成之作。该书对识人、用人和人才的素质、能力、类型及成功与失败间的关系,以及能力的发挥、争取成功的途径等问题都做了深入的探索。其中《流业》篇将人才分为十二类,第十二类为"雄杰"。全书共十二篇,其中第八篇为《英雄》,专论各类人才中有胆有识的杰出者,不拘一格。尤其作者将帝王、君主看作"英"与"雄"素质兼具之最优者,纳入整个的人才序列中评说,反映了作者一种新的政治理想。作者一方面说"若一人之身,兼有英、雄,则能长世,高祖、项羽是也",同时又说君主应是"聪明平淡,总达众材,而不以事自任者"。则作者是吸收了道家无为思想、法家"乘势"思想、儒家"尊贤使能"思想和对君主的圣哲理想希求等方面合理的因素,体现了作者对几千年政治史的深刻思考和总结,反映着作者的政治理想。

汉末魏初数十年确实英雄辈出,使很多人充分表现了才能,整个社会风气为之一变。士人出重功业,处讲著述,言贵救世,文尚通脱。无论在文学上、哲学上、政治上,都出现了明显与前不同的色调。

还有一个重要因素促成了这个阶段文化思潮上的变化,这便是东汉后期佛教的传入。这不但在打破传统的儒家思想的主导地位方面增加了一股力量,而且佛教看待问题的方法,佛教经典的思辨性,也大大启发了文人学士。这对于魏晋时代文学理论、美学、人才学等方面一些具有较强理论概括性的著作的产生,起了催化的作用。

　　由魏晋开始，社会风气又为之一变。曹氏虽然篡汉，但确如曹操所说："设使国家无有孤，不知当几人称帝，几人称王。"在一定程度上可以说，曹氏的天下是曹氏自己打出来的。而晋之代魏，虽不能说司马氏于魏国没有功劳，但主要是靠阴谋的手段取得政权。晋初统治者为了保住自己的地位，采取了"诛夷名族，宠树同己"的手段，在知识分子心理上造成很大的压力。当汉魏之际各种思想都有机会被提出，都可以重作阐发之际，由于政治上的这种原因，当时文人们的思想便很自然地偏向了老庄和佛教的方面，因为这二者都可以使人放开想不开的事，从心灵的折磨中得到解脱，都可以遁世。文人、贵族皆避开现实，谈一些玄远的道理，于是，老庄思想和佛教思想结合，产生了玄学。思想上的突破，往往发生在人们思想受到剧烈冲击之时；新的思想，也往往是在几种思想交融的情况下形成。正当各种思想都表现得空前活跃的时候突然出现了警戒线，一阵震动之后，便出现了脱离旧有轨道的新思潮、新风气。它不但不同于汉末魏初，也不同于此前的任何一个朝代。这既是一个"离经叛道"的时代，也是在思想领域产生大的突破的时代。

　　玄学有脱离现实的一面，但也有在更高层次上对社会、自然发展中的一些问题进行宏观深入思考的一面。这种思考是在汉末以来政治、名法、人才学等较充分发展的基础上进行的，因而它并不完全是不切实际的空谈，而含有对现实高度概括和抽象的因素。这样看来，汉末魏初这个阶段思想上的空前活跃所引起的后果并不是思想上的倒退，而是一种提升。那么，在玄学流行的这段时间的文学和文化现象，也是值得进行深入研究的。

　　志伟同志一直对魏晋文学与文化有浓厚的兴趣，且注意理论的研究，我觉得他是看到了这段时间中文化的特出之点及其在中国文学史、思想史上的意义的。近年中他承担了我主持的"唐前诗赋关系探微"项目中"魏晋诗赋关系"部分的撰稿工作，博士学位论文是《"英雄"与魏晋文化研究》，去年又承担了全国高校古委会项目《陆机集校注》的任务，读了很多书。我一直提醒他多读原著，多读别集，多读有关这段时间前后的历史、哲学等著作，他也确实下了很大功夫。近来他根据新旧积累，写成《魏晋文化与文学论考》一书。书中有些内容（如上编的前两篇《中国古典"英雄"概念的生成》《曹操是汉末三国"英雄"典型》）因为在他的博士学位论文中也涉及，我曾同他多次讨论，也给他推荐过有关的书，其他内容，则由于最近忙于别的事，未能细看。但根据平时同志伟同志交谈，我觉得他在这方面的思考深入，有自己的心得。全书并未采取章节结构的办法，不是广采各家之说综合而成的高头讲章，而采用论文的形式，不求面面俱到。可以说，其中每一部分都闪耀着他思想的火花。

对于文学史的研究，20世纪50年代、60年代是要求必须同各个时代的政治、经济的状况相联系，80年代以来多强调从文学自身的发展规律进行研究，还有的是着重从审美或从揭示人性、人的心理特征、心理发展方面进行探讨。这些方法可以说都各有所长。关于魏晋文学的研究，鲁迅有《魏晋风度及文章与药及酒之关系》，联系当时的社会风气、文化现象来揭示这段时间中文学特质形成的原因，为我们从更广的视野来考察一个时代文学嬗变之机、文学特质风格形成之因由，留下了范本。这样做可能直接谈作品少，但可以使人看到潜藏在作品中的"活着的人"。志伟同志这本书，也是用这种方法进行研究的结果，所谓"虽未能至，而心向往之"。虽然几十年来研究魏晋文化与文学的论著不少，但就本书所涉及的范围来说，仍带有探索的性质，其中未妥之处，在所难免。但我相信会对魏晋文学与文化的研究产生积极的影响。

志伟同志要我作序，写出一些浅见，或有不当，读者正之。

2002 年 4 月 17 日

刘志伟：《魏晋文化与文学论考》，甘肃人民出版社 2002 年版。

刘志伟，1962 年生，甘肃通渭人。2002 年毕业于西北师范大学，获文学博士学位。现为郑州大学文学院教授、博士生导师，古籍整理研究所所长，古代文学学科带头人。在《文学遗产》等刊物发表学术论文 60 余篇。

论葛洪的思想、著述及其价值

——《葛洪论稿——以文学文献学考察为中心》序

一

对葛洪的研究，过去学者们更多的是关注他在道教和相关化学、医学上的贡献，对其在文学理论方面的成就也有所论述，但尚未能联系他的生平与全部著作来对他在传统文化、士人品格、民族精神方面的坚守与承传进行探究与评价。在中国大陆，过去由于单一的政治思想评价标准，有的学者甚至对他做了完全否定性评价。比较而言，1949 年以后的三十年中，海外和台湾学者的研究面要相对宽一些，也更深入一些①。改革开放以后，中国大陆在葛洪研究上有很大发展，除了多种道教史、道教思想的论著以外，王明先生的《抱朴子内篇校释》1980 年由中华书局出版，也有一些研究其哲学思想、政治思想、文学理论的论文发表，有几篇学位论文，对葛洪的美学思想和在逻辑学发展史上的贡献，也有专文论述之。王利器先生的《葛洪论》1997 年在台北五南图书出版公司出版；卢央的《葛洪评传》2006 年在南京大学出版社出版；而杨照明先生的《〈抱朴子内篇校释〉补正》洋洋七八万字的宏文，在王明先生《校释》的基础上对其文本、断句、词义做了细致入微的探讨，为《抱朴子内篇》的进一步研究在文本依据和解读方面奠定了更好的基础②。他的《抱朴子外篇校笺》同样为

---

① 1977 年台北出版梁荣茂的《抱朴子研究——葛洪的文学观及其思想》（牧童出版社）、尤信雄的《葛洪评传》（文津出版社），1980 年出版林丽雪的《抱朴子内外篇思想析论》（学生书局）、陈飞龙的《葛洪之文论及其生平》（文史哲出版社），1989 年又出版蓝秀隆的《抱朴子研究》（文津出版社）。

② 杨照明：《〈抱朴子内篇校释〉补正》，《文史》第十六辑、第十七辑，中华书局 1983 年版。

《外篇》的进一步深入研究奠定了很好的基础。此外，近年还出版了两种专著：武锋《葛洪〈抱朴子外篇〉研究》（光明日报出版社 2010 年版），郑全《葛洪研究》（宗教文化出版社 2010 年版）。这些都标志着葛洪研究大的进展与成就。

但是，在对葛洪思想的认识、评价方面，还是存在一些问题，主要是对其生平、思想各方面的研究，即使是一些综合论述的论著之中，也往往是论述某一个问题，专言这个问题，而不是从其生平、思想的各个方面看他提出一些看法、做一些事情的目的性，不是在对他的生平、思想做总体把握的基础上考虑其行为的现实根源与理论言说的针对性。研究一个生活在社会动荡、生活环境处于巨变中的学者、思想家，对其各个时期的著作、理论不能就理论谈理论。我以为学者们之所以在葛洪的著作中有些看似矛盾的理论，在他身上有些看似不一致的行为，是因为我们未能联系他的家族、联系当时的社会、联系他的人生理想去把握他思想上总的追求，未能考虑到各种主张、理论之间的联系与相互制约，弄清哪些话是为了避免政治上的忌讳而笼统言之，实际则有所主指，哪些是旁敲侧击，借此言彼。

我觉得对葛洪这样一位重家庭传统、重个人修养的思想家的研究，一定要把他放到当时的时代中，联系其家庭传统、人生目标去整体上认识他立说的思想根源、动机及其贡献。

葛洪生于名门世家，在《抱朴子外篇·自叙》（以下或简称为《自叙》）中开篇先叙其姓名籍贯，以下说："其先葛天氏，盖古之有天下者也，后降为列国，因以为姓焉。"[①] 以下从西汉远祖叙先世功业。然后说："洪祖父学无不涉，究测精微，文艺之高，一时莫伦，有经国之才。"介绍其仕于吴，官至大鸿胪、侍中、光禄勋、辅吴将军，封寿县侯等经历。又说："洪父以孝闻，行为士表，方册所载，罔不穷览。"介绍其先仕于吴，官至会稽太守，未赴任而晋军至，选拔人才，因荐任于晋，历任至邵陵太守的经历。并言其任肥乡令时"举州最治，德化尤异。恩洽刑清，野有颂声，路无奸迹。不佃公田，越界如市，秋毫之赠，不入于门；纸笔之用，皆出私财；刑厝而禁止，不言而化行"。后任郎

---

① 杨明照撰：《抱朴子外篇校笺》（下），中华书局 1991 年版，第 644—722 页。以下所引《抱朴子外篇·自叙》均出自此版本，不再标注页码。

中令，"正色弼违，进可替不，举善弹枉，军国肃雍"。然后自言十三岁丧父，家道败落，"饥寒困瘁，躬执耕穑。承星履草，密勿（黾勉）畴垄"。他讲这些，正同司马迁在《太史公自序》中从颛顼开始历数家世渊源，直至其父，然后叙自己游学经历的情形一样。在汉魏六朝子书中，如《太史公自序》之详叙其家世、生平与志向者，只葛洪的这一篇《自叙》（王充《论衡·自纪》稍相近，但叙家世文字不多）。由此就可以看出，葛洪认为自己肩负着怎样的历史使命；即不能立功于世，也当立言、立德，以益于人，著于史。

我以为正是葛洪所念念不忘的家庭传统对他的深刻影响，和他在青年时的困难遭遇，激励他形成以继承家学为己任、以做一个正直士人为目标的人生理想。他在《自叙》中说："累遭兵火，先人典籍荡尽，农隙之暇无所读，乃负笈徒步行借。""伐薪卖之，以给纸笔。"尤其谈到在战乱频仍、世风日下之时，他坚守作为正直士人的操守。为此，他不顾一切嘲讽、冷遇甚至打击，而坚持自己的处世之道，内心坦荡，毫不愧怍。在社会处于安定的情况下，士人们看起来都礼数周到，无可挑剔；而当战乱危急之际，世风日下之时，一些人的本性便暴露无遗，一些本质尚好但意志薄弱者也难免随波逐流、苟合求媚，以至于上下钻营、助纣为虐，这时才显出那些深固难徙、卓荦不群者的不凡品格。从葛洪的一生可以看出，他意在坚持、承传一个家族的传统作风，而实际上肩负起了承传民族文化、使不坠失的使命。所以我以为对葛洪各种著述的考察研究，一要联系当时的社会，二要同他的人生愿望联系起来，这样才能对他身上一些看似互相矛盾的理论、相互抵触的思想行为有一个合理的解释，对他的一生有一个正确的认识与评价。

二

十多年前读《晋书·葛洪传》，觉得传末对葛洪的四句赞语确实抓住了葛洪精神的实质，体现了对葛洪历史贡献的较准确的评价。这四句赞语是：

稚川优洽，贫而乐道。载范斯文，永传洪藻。①

所谓"优洽"，是言才思卓异而学问广博又融会贯通。②"载范斯文"应指其著《良吏传》《隐逸传》《神仙传》《郭文传》及所整理《西京杂记》等。《自叙》言其"又传俗所不列者为《神仙传》十卷。又撰高尚不仕者为《隐逸传》十卷"云云，则葛洪撰此类书，有保存佚史、标举高格的意思在内。"洪藻"是对其著述内容与文学价值的概括评价，认为它们都富于文采，能够永传于世。这几句同传中所说"洪博闻深洽，江左绝伦，著述篇章富于班、马，又精辩玄赜，析理入微"及"凡所著述，皆精覈是非，而才章富赡"是一致的。四句赞语大体上概括了葛洪作为学人的一生。

葛洪在《自叙》中言"年十六，始读《孝经》《论语》《诗》《易》"，又言"曾所披涉，自正经、诸史、百家之言，下至短杂文章，近万卷"，而作《自叙》之时"齿近不惑"，则其四十岁以前主要读儒家经典，也抱着儒家"穷则独善其身，达则兼善天下"（《孟子·尽心》）的人生准则。看其四十岁以前生平，虽然也曾受学于道士郑隐③，但据《抱朴子内篇·遐览》所说："郑君本大儒士，晚而好道，仍以《礼记》《尚书》教授不绝"，则当时授于葛洪者，正是儒家经典，只以道书付葛洪而已。故当石冰起义之后受义军大都督顾秘之召，将兵平乱。乱平之后他投戈释甲，后又接受嵇含任参军之请而募兵，因嵇含被人暗杀而罢。但建兴三年西晋王朝风雨飘摇之际，司马睿为丞相，他又受命任丞相掾之职，两年后西晋亡，晋愍帝已于先一年被刘曜所俘，于是司马睿即晋王位，葛洪被封为关内侯。至晋元帝司马睿因"下陵上辱，忧愤告谢"，葛洪

---

① （唐）房玄龄等撰：《晋书》，中华书局1974年版，第1914页。

② 南朝梁王筠《昭明太子哀册文》云："总贤时才，网罗英茂。学穷优洽，辞归繁富。"又《北齐书·杜弼传》："卿才思优洽，业尚通远，息栖儒门，驰骋玄肆。"则"优洽"之义可见。

③ 据《抱朴子内篇·遐览》言郑隐于"太安元年（302）""知季世之乱，江南将鼎沸，乃负笈持仙药之朴，将入室弟子，东投霍山，莫知所在"，则葛洪受学于郑隐的时间应在太安二年（时葛洪二十一）之前。钱穆《葛洪年谱》云："洪受学郑隐，当在二十以前十六以后之数年中。"胡孚琛《葛洪年谱略述》系于元康九年（299）。我以为当系于永康元年（300，洪年十八）。此年三月贾后矫诏废太子为庶人，后害死；旋即赵王伦等又矫诏废贾后为庶人，而司空张华、尚书仆射裴頠皆遇害，并被夷三族；隔数月，潘岳、欧阳建等被诬殒命，夷三族。葛洪正是受到这些惨烈事情的刺激，而始生出世之想。但当时并不坚定。故当朝中明选之人用事时，又曾出仕。

的姐夫许朝也因谋讨王敦未成自裁而死，他才死了从政立功之心。葛洪青年时着力于儒家经典，"期于守常，不随世变，言则率实，杜绝嘲戏。不得其人，终日默然"（《自叙》）。读书之外，开始著述。他作《良吏传》《隐逸传》等，同他"患弊俗舍本逐末、交游过差，故遂抚笔闲居、守静筚门，而无趋从之所；至于权豪之徒，虽在密迹，而莫或相识焉"的思想行为一致，都是为了保存传统士人的正气。除了自身的坚守之外，还将所知保持着这种疾俗守正风尚者的事迹记录下来，使后人知道，虽当世风颓败、渣滓浮泛之世，仍有忠于职守、系心百姓、廉洁公正、鞠躬尽瘁者；当世道颠覆、横波逆冲之际，仍有抛弃富贵、离世高蹈、洁身自守者。《战国策·楚策一》莫敖子华对楚威王中说，当吴楚柏举之战楚人战败、吴人入郢、昭王与卿大夫出逃、百姓离散之时，楚臣蒙谷"入太宫，负离次之典，以浮于江，逃于云梦之中"。吴军退去之后，昭王返郢，而典章法制不存，"五官失法，百姓昏乱"。当此之时，"蒙谷献典，五官得法，而百姓大治"。故莫敖子华以为论蒙谷功劳之大，"与存国相若"。我们看葛洪生当乱世、道德颓败之时，不但自己保持了一个正直士人的品格，而且将所可考知的那些良吏、隐逸者等人当中行为可为典范、可以唤起人良知的事迹记述下来，这不正是承传民族的精神、保留民族的灵魂吗？《晋书·葛洪传》赞语中的"载范斯文"也正是说此。

葛洪并不以此为限，他认真思考从汉末至西晋末年一百余年中社会动乱、朝臣专权、军阀争斗、朝代更替的历史，"草创子书"，"立一家之言"。《抱朴子外篇》以《嘉遁》《逸民》开篇，似乎是不关乎政治，其实此书全针对当时的社会现实。《嘉遁》篇云：

> 昔箕子睹象箸而流泣，尼父闻偶葬而永叹，盖寻微以知著，原始以见终。然而暗夫蹈机不觉，何前识之至难，而利欲之弥笃邪！……况能寤之主，不世而一有；不悦之谤，无时而暂乏。德不以激烈风而起毙禾，事不以载珪璧而称多才。①

---

① 杨明照：《抱朴子外篇校笺》（上），中华书局 1991 年版，第 36—37 页。

这才是在当时之世他称许"嘉遁"的原因。《逸民》篇云：

> 夫倾庶鸟之巢，则灵凤不集；漉鱼鳖之池，则神虬遐逝；刳凡兽之
> 胎，则麒麟不峙其郊；害一介之士，则英杰不践其境。①

这才是作者同情逸民的关键。

书中有《汉过》一篇，陈澧曰："此篇指斥当时之事，托言汉末耳。"王国维批曰："《汉过》《吴失》二篇，皆为晋而作。"则其他如《君道》《臣节》《良规》《时难》《官理》《务正》《贵贤》《任能》《钦士》《用刑》《审举》《擢才》《任命》《饥惑》《刺骄》《百里》（"百里"原由一县辖地衍为县令的代称）、《接疏》《仁明》等等，从题目即可看出其针对性；其他如《酒诫》《疾谬》《省烦》等虽未必专门针对当时的政治而发，但也是与当时社会风气相关。《抱朴子外篇》全书多用辩难的方式结构成篇，也正说明它们是与当时一些权臣、显宦、名士的不见面的思想交锋，且也时时将矛头指向昏君、乱臣，言语十分犀利。

葛洪有大量的医学著作，多为集抄前人成果而成。其《肘后备急方·序》中说，他以著述之暇，兼及张仲景等医家之书如《秘要金匮》等将近千卷，"患其混杂繁重，有求难得，故周流华夏九州之中，收拾奇异，捃拾遗逸，选而集之，使种类殊分缓急易简，凡为百卷，名曰《玉函》"②。他的目的很明确，是为了实用，为了更多的人使用方便。然而他又考虑到，即使这一套书，"既不能穷诸病状，兼多珍贵之药，岂贫家野居所能立办"？因而又编成《肘后救卒》三卷③：

> 率多易得之药，其不获已须买者，亦皆贱价草石，所在皆有。兼之
> 以灸；灸但言其分寸，不名孔穴，凡人览之可了。其所用或不出乎垣篱之

① 杨明照撰：《抱朴子外篇校笺》（上），中华书局 1991 年版，第 69 页。
② （晋）葛洪：《肘后备急方》，人民卫生出版社 1956 年版，第 3 页。
③ 今传《肘后备急方》八卷，而前代典籍《隋书·经籍志》等著录或曰六卷，或曰四卷，盖后人有所增益。《正统道藏》于《肘后备急方序》下注云："亦名《肘后救卒方》也。""卒"，古"猝"字。"救卒"即"救急"。

内，顾眄可具。苟能信之，庶免横祸焉。①

其良苦用心可见。他在当时百姓流离、死伤无数的情况下，提供、保存、传播救人之法，不仅在当时，而且在乱后休养生息、恢复正常生活过程中，甚至在以后一千多年的社会中，也都具有很大意义，因为任何社会中都会有一些贫困无钱治病者。与上面所述著《良吏传》等行为相比，前者是拯救灵魂，此则是拯救生命，都不是只关乎个人或一家一族的事。因此，他学医尤其在乱世民生凋敝之际收集医药之书，同饥荒之年有良知的士人编集《救荒本草》类书的目的是一样的，也同他恪守儒家道德，一直以"苏世独立，横而不流"（屈原《橘颂》）、"信心而行，毁誉皆置于不顾"（《自叙》）的志士自居的处世方法是一致的。

三

一千多年来，人们关注葛洪最多的是因为他是一位名道、高道，用今天的话来说是一位著名的道教学者、炼丹家、道教外丹派和道教神学的奠基人。他在历史上获得很高的声誉是由于此，得到完全否定性的评价也由此。

关于葛洪的从事道教理论的研习和著述，以至于晚期全身心的投入道教理论的建设，主要是因为所处时代和他的人生经历使他看到，他一直恪守的儒家以维系人心、安定天下为己任的那一套，要承传正直士人的品格、承传孔孟的道统已不可能，而且连保住性命也做不到。

葛洪父子两代经历了两次亡国：其父葛悌经历了孙吴的亡国，因而后来荐仕于晋；葛洪生于晋朝，其八岁之时晋武帝薨，贾后干预朝政，诛杀大臣，朝政混乱一片。王族权臣间互诬互杀，朝臣名士被夷三族者非一。朝野刀光剑影，时时血飞尸横，天下岂安！故几处造反之帜揭起，而宗族间互相攻伐，未曾间断，士人与无辜百姓时有飞来横祸。当葛洪年方弱冠时，尚抱着安天下的

---

① （晋）葛洪：《肘后备急方》，人民卫生出版社 1956 年版，第 3—4 页。

愿望参与平石冰之乱，如其《自叙》所言："既桑梓恐虏，祸深忧大，古人有急疾之义。"乱平之后，他将所奖布匹"分赐将士及施知故之贫者"，脱身北上洛阳，欲广求异书，只是因"正遇上国大乱，百道不通"而作罢。可见他即使看到朝廷政治斗争的激烈与从政从军的凶险之后只想走端直的士人之道，不求显宦，不求财富，只求保持正直文人的独立人格，也不可能。三十四岁之时刘曜攻陷长安，俘晋愍帝，西晋灭亡。次年宗室司马睿继位于建康，虽仅偏安，而内外仍不安宁。葛洪四十岁之时王敦以诛刘隗、刁协为名，举兵反叛，晋元帝忧愤而卒。葛洪的姐夫许朝谋讨王敦，事不成自杀，著名学者、作家郭璞也于上层斗争中遇害。真是国无宁日，而事事闻之触目惊心。在此情况下，任谁也难以坚持儒家"仁、义、礼、智、信""温、良、恭、俭、让"的一套。当时自上而下对社会道德、对人良心的摧毁粉碎，使人对他人的一切承诺都采取怀疑的态度，对外界的所有变化都采取警惕的态度与防御的手段。我以为这些是葛洪由以儒家思想为主导转向以道家思想为主导，又由道家而入于道教的根本原因。

葛洪之最终转向道教，自然也同他的老师郑隐的影响有关。郑隐本是大儒，晚而好道，又是葛洪叔祖葛玄的学生，对葛洪十分器重。不过，这只是一个诱因，主要还是因为当时的社会现实与他所受家庭的教育及自己的遭遇。大体说来，有两方面的原因：

一、他希望回避社会矛盾，离开官场的纷争，离开一些人为争权夺利而不断厮杀的环境。这在《自叙》中有明显的表现。他要担起承传诗礼世家的家庭传统，首先要能活下去，争取度过乱世，使子侄有可能继承下来。这应是他关注炼丹等长生不老之术的主要原因。他关注医学，也应同此有些关系。

二、道教从东汉末年太平道的黄巾大起义，到晋武帝咸宁三年（277）的天师道陈瑞的起义，晋惠帝永宁元年（310）的天师道李特、李雄起义等，道教成为社会动乱中一些人希望通过改朝换代或独霸一方改变命运的工具。另一方面，有些道徒如曾为赵王伦策划阴谋篡权的孙秀等，积极奔走，参与上层政治斗争。而一些世胄豪门也多信天师教。葛洪改造和完善道教理论，使道教长生理论同儒家所主张封建伦理结合起来，又突显、强调了《太平经》中要求君要明智、举贤才、知人善任，听取忠善诚信之谏，不闭塞言路；臣要忠、民要顺等思想。葛洪认识到很多人在乱世之中经历种种难以理解、难以接受的事情，在心理上难以越过眼前的鸿沟崖坎；很多人受到无尽的蹂躏，内心受到一次又一次的刺伤，从而变得野蛮、无理、没有同情心。儒家的一套道理无法拯救人们的善心，无法使无数受伤的心归于宁静平和，只有虚幻的宗教学说可以最大限度地使人回避对一切不公正现象的思考，用宿命的思想使他们放弃暴虐的手段。

对那些王侯将相、显宦豪门中以奢侈相竞、挥霍无度、不以下层人民的生死性命为事的人，只有宗教的轮回报应能使其有所畏惧，只有出于养生的原因在靡费财物上才会有所节制。《抱朴子内篇·对俗》篇说：

> 为道者以救人危使人免祸、护人疾病、令不枉死为上功也。欲求仙者，要当以忠、孝、和、顺、仁、信为本。若德行不修，而但务方术，皆不得长生也。行恶事大者，司命夺纪，小过夺算，随所犯轻重，故所夺有多少也。①

《道意》篇说：

> 心受制于奢玩，情浊乱于波荡，于是有倾越之灾，有不振之祸，而徒烹宰肥腯，沃酹醪醴，撞金伐革，讴歌踊跃，拜伏稽颡，守靖虚坐，求乞福愿，冀其必得，至死不悟，不亦哀哉？②

这些理论，对那些文化素养不高又想长寿的人来说，总会起到一点导之向善的作用的，这个作用是大儒高士的说教文章做不到的。这些对他来说不一定是有意的、自觉的，但在当时的社会条件下要从下层社会方面减少社会动乱和社会灾难的程度，只能如此。

以上两点是联系在一起的。他在《养生论》中说：

---

① 王明：《抱朴子内篇校释》，中华书局 1985 年版，第 53 页。
② 王明：《抱朴子内篇校释》，中华书局 1985 年版，第 171 页。

> 夫爱其民，所以安其国；爱其气，所以全其身。民弊国亡，气衰身谢，是以至人上士，乃施药于未病之前，不追修于既败之后。①

由此可以看出他养生目的性上至于民、国，下至其身，非仅出于一己之欲望。也因此，他的养生论和道教理论中也带有儒家的色彩，尤其在修身、伦理的方面。《养生论》中说：

> 且夫善养生者，先除六害，然后可以延驻于百年。何者是邪？一曰薄名利，二曰禁声色，三曰廉货财，四曰损滋味，五曰除佞妄，六曰去沮嫉。②

穷人只求勿病，具备基本的生存能力，进而能养家糊口；只有富贵者才有长生的愿望。但很多富贵者的生活方式与其愿望恰恰相反。葛洪反复强调这方面的道理，无论如何，能多少转变一些身居显位、家藏万金之人的观念，在穷奢极欲之中有所节制，在聚敛盘剥上知其所止，从而多少起到一点缓和阶级矛盾的作用。葛洪作为一个无职无位的士人，于道教理论中提出这种思想，在减缓当时大量存在的社会疾病、社会危机方面，应该说，是发挥了最大的能量，起到最大的作用了。我们也不能不佩服他思想的深刻和社会政治方面的高超才略。

从唯物主义立场说，所有的宗教都是欺骗，都是精神鸦片。但是，一个人一出世便受到各种教育，说话、行事要遵法度、讲道理、合人情，而现实生活中又处处存在贪赃枉法、蛮横无理、无情无义之事，常常看到好人而穷迫受罪，恶人而富贵尊荣的事，只有宗教可以使其心理平衡，得以生活下去，且情绪不失控。所以，在乱世中宗教是大量未受过文化教育的下层人所需要的，对一些受过教育的人来说也是需要的。西汉末年甘忠可作《天官历包元太平经》十二卷，借天帝、真人的权威以言救世之道，有争取登上政治舞台的倾向，由

---

① （清）严可均校辑：《全上古三代秦汉三国六朝文》，中华书局 1958 年版，第 2126 页。
② （清）严可均校辑：《全上古三代秦汉三国六朝文》，中华书局 1958 年版，第 2126 页。

于其理论与传统不合，甘忠可与其徒先后被下狱、处死或徙边。此后长期以"黄老"之学的形式在上层社会中流传。东汉末年，道教在民间一些地方形成较大的影响，但是，以黄巾起义为活动高峰的太平教代表下层人民利益，有明显的与社会不合作的造反精神。张鲁时的五斗米教则以政教合一的形式割据一方。葛洪将道教的教义系统化，加强了神仙理论和方术理论体系，又将儒家的纲常名教与道家的戒律融为一体，使之成为一般人作为精神寄托的信仰，既消除了反抗统治者的内容，也不追求与国家机器的结合，而更侧重于引人向善、心理调适、完善人格，侧重于进行社会伦理、修身养性方面的教育。可以说，他一方面在当时社会矛盾极端复杂剧烈的情况下，在利用宗教缓和阶级矛盾的方面起了很大作用；另外在道教作为宗教独立发展的方面，起了十分关键的作用。很多道教史研究者只注意到后一方面，从事自然科学史研究的学者则关注到其炼丹术在化学上的创获，而忽略了前一方面。

四

葛洪的转变不是突然的，它有一个过程。如果要分阶段，大体上可以分为两段：第一阶段是由以儒家思想为主导而转向以道家思想为主导，第二阶段是由道家思想为主导而转向道教的理论建设与活动为主。过去有的学者把葛洪身上、葛洪著作中同时存在儒、道两家的思想看作是矛盾的、互相抵触的，或者认为前期重儒贬道、后期重道贬儒，不稳定，或以为其转变是以某时期为界突然完成，这些看法都是欠确切的。

实际上葛洪从青年时起所尊奉的儒家思想，已与传统儒家思想有一定距离，而体现着一些道家的思想因素。如其《自叙》言："洪少有定志，决不出身，每览巢、许、子州、北人、石户、二姜、两袁、法真、子龙之传，尝废书前席，慕其为人。"但儒家却是主张积极入世的。可见其在少年时思想上已具部分道家的因素。又葛洪二十三岁之时被授以伏波将军之职，按儒家思想，这正是立功报国、光宗耀祖的机会，但他却辞去官职北上访书。因之，道家思想在他的青年时代已有，只是以后由于社会现实的原因不断向这边倾斜而已。

　　大多数学者认为《抱朴子外篇》成书在前，《内篇》成书在后，大都根据其《自叙》认为均编定于建武中。"建武"为东晋元帝即王位年号，仅一年，次年三月改元为太兴，杨明照先生说："是《抱朴子外篇》完稿之日，尚在太兴元年三月前，故云建武中乃定。"[①] 我以为这是有问题的。《自叙》为几次增补而成，可由其文本看出。其末有"洪既著《自叙》之篇，或人难曰"云云，以下又是一大段议论，即可知时有联缀。《自叙》中先说"今齿近不惑"，应是指三十八九岁，但后面又说"洪年二十余……乃草创子书，……不复役笔十余年，至建武中乃定"，而建武年间他才三十五岁。并且，在这段文字之后又说"晚又学七尺杖术"，"晚"则更在"不惑之年"以后，按理应该在"知天命"之年以后。所以，我以为其《外篇》初次编定于建武年间，后三四年中又有增补，而《内篇》之成在其后。其《自叙》中说："凡著《内篇》二十卷，《外篇》五十卷，碑、颂、诗、赋百卷，军书、檄移、章表、笺记三十卷，又抄五经、七史、百家之言，兵事、方技、短杂三百一十卷，别有《目录》。"共四百一十卷。这显然是对其一生著述的总结。他"年十六始读《论语》《诗》《易》"，且"贫乏无以远寻师友"，自言"孤陋寡闻，明浅思短，大义多所不通"，并且读"自正经、诸史、百家之言，下至短杂文章近万卷"，而又著书三百多卷，内容又如此广、杂，是不可能之事。如以这些都成于其三十五六岁以前，那么他在三十六七岁以后的二十多年中干了些什么？他对炼丹感兴趣应在四十多岁以后，《内篇》中列《金丹》《黄白》等，则显然成于四十多岁以后。

　　比较《内篇》与《外篇》，虽然《外篇》中也有论及道的地方，但含义并不一样；《内篇》也有言及"仁""德行"，说什么"忠、孝、和、顺、仁、信为本"（《对俗》），但侧重点不同。而总体上说来，《外篇》之时其思想侧重于儒家，有的地方明显贬低道家。如《用刑》云：

　　　　道家之言，高则高矣，用之则弊。[②]

---

　　① 杨明照撰：《抱朴子外篇校笺》（下），中华书局1997年版，第698页。

　　② 杨明照撰：《抱朴子外篇校笺》（上），中华书局1991年版，第361页。

又其《自叙》亦云：

> 念精治五经，著一部子书，令后世知其为文儒而已。[1]

则至当初编《外篇》以至《外篇》编定之时，均以"五经"为主脑，愿以"文儒"名于后世。

但《内篇》中的观点却正好相反。其《明本》云：

> 道者，儒之本也；儒者，道之末也。[2]

又云：

> 凡言道者，上自二仪，下逮万物，莫不由之。但黄老执其本，而儒墨治其末耳。[3]

可见这里他又是以道为本而儒为末，道之中又以黄老道为正。

葛洪所遵奉的"道家"非老庄之道，而是黄老道，这一点已成为学者们的共识。但是，对于葛洪自青年时期至完成《抱朴子外篇》这期间所遵奉的儒家思想的类型或曰派别，却尚缺乏深一层认识。

我以为葛洪所遵从的儒学，并非思孟一派的儒学，而是荀子一派的儒学。不少学者的论著中言及葛洪思想中除儒家、道家因素外也有法家思想，强调法制，甚至主张以刑法治奸臣乱民，其实这是荀子一派儒学固有。荀况主张以法制充实礼治，而不只讲礼。《荀子·礼论》中说：

> 人生而有欲，欲而不得，则不能无求，求而无度量分界，则不能不争，争则乱，乱则穷。先王恶其乱也，故制义以分之，以养人之欲，给人

---

① 杨明照撰：《抱朴子外篇校笺》（下），中华书局1997年版，第710页。
② 王明：《抱朴子内篇校释》，中华书局1985年版，第184页。
③ 王明：《抱朴子内篇校释》，中华书局1985年版，第185页。

之求。①

这是解说礼的起源，其实已含有对"法"的合理性的解释。《荀子·性恶》云：

> 今人之性，生而有好利焉，顺是，故争夺生而辞让亡焉；生而有疾恶
> 焉，顺是，故残贼生而忠信亡焉；生而有耳目之欲，有好声色焉，顺是，
> 故淫乱生而礼义文理亡焉……故必将有师法之化，礼义之道，然后出于辞
> 让，合于文理，而归于治。②

尊礼而不废法，正是《抱朴子外篇》的主导思想。在《抱朴子外篇》中，
表现了《荀子》中这种思想的地方很多。如《用刑》篇云：

> 仁之为政，非为不美也。然黎庶巧伪，趋利忘义，若不齐之以威，
> 纠之以刑，远羲、农之风，则乱不可振，其祸深大。以杀止杀，岂乐
> 之哉！③
> 德须威而久立，故作刑以肃之。班、倕不委规矩，故方圆不戾於物；
> 明君不释法度，故机诈不肆其巧。④

葛洪认为人有私欲，只靠礼、靠仁德教化不能完全解决问题。仁政与法制
并不是对立的。

《外篇》中也特别强调加强君权和知人善任、选拔贤才、预防贪贿等问题。
这也与荀况、王充、王符的思想一脉相承，更由于社会长期处于动乱之中，篡
谋、逆反之事不断，很多忠正的官宦士人无所适从甚至白白丢掉性命，给广大
人民带来无尽灾难的缘故。在不到百年之中，魏代汉，晋代魏，而西晋建国

---

① （清）王先谦撰，沈啸寰、王星贤点校：《荀子集解》，中华书局 1988 年版，第 346 页。
② （清）王先谦撰，沈啸寰、王星贤点校：《荀子集解》，中华书局 1988 年版，第 434—435 页。
③ 杨明照撰：《抱朴子外篇校笺》（上），中华书局 1991 年版，第 331 页。
④ 杨明照撰：《抱朴子外篇校笺》（上），中华书局 1991 年版，第 339 页。

十一年晋武帝一死，从朝廷到郡县就再没有太平过。所以书中明确地说：

> 然则危亡不可以怨天，微弱不可以尤人也。夫吉凶由己，汤武岂一战？（《君道》）[1]

也就是说，世代都会有商汤王、周武王这样能首倡革命之人，就看在位君王是否自省勤政，以国事为第一，并选用贤才、赏罚分明，又崇礼据法、御下有术，使臣下、亲近无可乘之机。书中又说：

> 若有奸佞翼成骄乱，若桀之干辛、推哆，纣之崇侯、恶来，厉之党也，改置忠良，不亦易乎？（《良规》）[2]

其针对权臣说：

> 除君侧之众恶，流凶族于四裔，拥兵持疆，直道守法，严操柯斧，正色拱绳，明赏必罚，有犯无赦，官贤任能，唯忠是与，事无专擅，请而后行，君有违谬，据理正谏。战战兢兢，不忘恭敬，使社稷永安于上，己身无患于下。（《良规》）[3]

因为从汉末到西晋之时，汉末的曹操专权，魏末的司马氏专权，及西晋时赵王伦的篡位（301）、东海王司马越的擅权（306）等，都以安社稷为言，开始时一样多被比为周公、伊尹，所以书中说：

> 周公摄王位，伊尹之黜太甲，霍光之废昌邑，孙綝之退少帝，谓之舍道用权，以安社稷。然周公之放逐狼跋，流言载路；伊尹终于受戮，大雾三日；霍光几于及身，家亦寻灭；孙綝桑荫未移，首足异所。皆笑音未

---

[1]　杨明照撰：《抱朴子外篇校笺》（上），中华书局1991年版，第238页。
[2]　杨明照撰：《抱朴子外篇校笺》（上），中华书局1991年版，第283页。
[3]　杨明照撰：《抱朴子外篇校笺》（上），中华书局1991年版，第283页。

绝，而号啕已及矣。（《良规》）①

这是正告那些破法规礼数而为异谋的人：这样做自己的下场也并不好。整个南北朝的历史也进一步证实了这一点。

我们联系《君道》篇所说"然则危亡，不可以怨天"及"汤武岂一哉"等语，可知葛洪并不是像有的学者所认为的只是强调君权，实在是当时不断的政变和为争夺君位而给社会带来巨大灾难的缘故。

日本学者大渊忍尔在《抱朴子研究序说》一文中，比较了《抱朴子外篇》与《潜夫论》《论衡》的异同以后，认为《抱朴子外篇》在对世道的批判上对后两书有所继承，连篇名也多有相似之处，这是事实。但我们如果以之与《荀子》比较，就会发现《抱朴子外篇》与《荀子》的篇名也有相似之处：两书都有《君道》篇，其他如《勖学》与《劝学》、《臣节》与《臣道》、《钦士》与《致士》、《清鉴》与《非相》等，都很相近。应该说，王充、王符的思想也是受荀子的影响，而葛洪所尊崇儒学为荀况一派，可以肯定。

本文第一部分指出《抱朴子外篇·自叙》明显是受了《史记·太史公自序》的影响，表现了他要继承先人遗志，立德、立言而益于世，这只是一个方面的原因。另一个原因是，司马迁的主导思想为黄老道家思想，而对荀况的思想也有着深入的了解。《史记·荀卿列传》中说：

> 荀卿嫉浊世之政，亡国乱君相属，不遂大道而营于巫祝，信機祥，鄙儒小拘，如庄周等又滑稽乱俗，于是推儒墨道德之行事兴坏，序列著数万言。②

司马迁著《史记》，"究天人之际，通古今之变，成一家之言"，是西汉时代对荀学有正确把握的少数学者之一。他在《史记·伯夷列传》中说："或曰：'天道无亲，常与善人。'……余甚惑焉。"对社会发展变化及一些社会现象的

---

① 杨明照撰：《抱朴子外篇校笺》（上），中华书局 1991 年版，第 277 页。
② （汉）司马迁：《史记》，中华书局 2014 年版，第 2852—2853 页。

思考突破当时很多学者的认识范围。所以，他的道家思想中，也含有儒家的成分。他给孔子以极高评价，便是明证。

葛洪所处时代比起荀况的时代来，更是混乱。他家族的变化，他个人的境遇，虽与司马迁不一样，但因事变而衰微，个人坠入无法摆脱的困境中，则是一致的。他们也都由于家族风气的影响，不低沉、不自弃，不忘应承担的社会责任。由荀况、司马迁、王充、王符，到葛洪，都是在居于政治核心之外（司马迁虽为史官，但为负罪之人，自比于被放逐的屈原、膑脚的孙膑、迁蜀的吕不韦、囚于秦的韩非，属于"意有所郁结，不得通其道，故述往事，思来者"的人）。我们很难将他们划为某一家，原因是他们既有广博的学问，对各家都有所了解，又纵观历史，对很多问题有着独立的思考，同时又特别地关注现实，很多看法都是针对现实提出。这样，就不可能不对有些知识和理论做新的整合，并且随着现实的变化，在理论倾向方面有变化调整。

总之，我认为葛洪一生的行为和著述虽然前后期有所不同，但从基本思想和精神动力上说是一致的，即要坚守士人之家讲究纲常名教和正道直行的传统，并为此风气与传统不至坠失而进行各种努力。他后期思想同前期思想之间也不是断裂性突然转变。由于社会现实的原因，前期思想中已包含有道家的成分，后期思想中也极力将儒家应坚守的原则贯穿到道教理论中去。应该说，他在当时也是作为民族的脊梁在维护民族优秀传统不至坠失的方面尽到了个人的努力。

对于葛洪在历史上的地位人们认识得不是很充分。新时期以来虽然产生了一些高质量论文和几部很有分量的论著，但也还有问题未能解决，有的问题还有待做进一步探索。所以丁宏武同志从我问学，我建议他对葛洪做进一步全面深入的研究。他花了两年多时间完成了《葛洪生平与著述考》。近年中他又进一步查阅有关资料包括出土文物，对论文进行补充修改。关于《抱朴子内篇》，胡孚琛先生的《魏晋神仙道教——〈抱朴子内篇〉研究》（人民出版社1989年版）等论著已研究得很多，也很深入，论文不做重复论述，此外其他几个方面，都有所创获。全书分为三编：

上编首先关于葛洪的生平与著述，以严密的论证澄清了一些混乱。关于其卒年，至今几种重要论著的说法并不一致，本书从有关文献间的相互关系和相关历史事实入手，经过细致的分析，确定葛洪卒于建元元年，享年六十一岁，从而否定了"八十一""不过六十""六十三至六十五"等说法。

关于《自叙》所载《庚寅诏书》封之为关内侯的事，从对《抱朴子外篇》记载可靠性的论证，对相关事件的钩稽，对司马睿颁发此诏书的目的性的揭示等论证，确定是司马睿于东晋建国之初颁发诏书所封，时间在建武元年三月初八，从而否定了"系庚辰之讹"说、"晋成帝咸和五年"说、"戊寅之误"说。

此外在葛洪的扶南之行等事迹上也有所补正。

其次，对葛洪著作的真伪及在有关著作形成中葛洪所起的作用做了实事求是的考述。如《道藏》洞神部所收署名"抱朴子"的《太清金液神丹经》卷下，在饶宗颐先生的基础上进行校勘，加以确定，这对葛洪生平研究与了解当时的南海地理、国家分布、出产等方面都有重要意义。《西京杂记》究竟是否葛洪所依托，至今看法不一。本书依据大量历史资料、出土文献证明其中所载皆西汉实有之事，又对《西京杂记》的编纂情况做了细心考索，肯定为西汉时文献，葛洪《西京杂记跋》所言是可信的。

还有《汉武帝内传》和逯钦立《先秦汉魏晋南北朝诗》辑录葛洪的五首诗，本文论证皆非葛洪所作，因而与之相关的一些纷争及由此而引起的对葛洪评价中的不确也便可以消除。

中编对《抱朴子外篇》的成书及思想倾向、书中所反映的文学思想、全书的文学特征做了全面分析。葛洪并没有想在文学方面留下自己的看法，也并不是着意写什么可以给人以语言美感的文章，但在行文中，在论及其他事理的当中自然地表现出一些对文学的看法，如重内容，重思想，同时也要求论述上详略得当，辞藻丰美，所谓"义深于玄渊，辞赡于波涛"，认为如此则可"近弭祸乱之阶，远垂长世之祉"（《尚博》），其《辞义》篇论当时属笔之家普遍存在的毛病及应达到的目标，都十分精到。再如他认为社会发展，文章相应也应有变化，总的说来，"今胜于古"。同时他对当时"诗纯虚誉，故有损而贱"的文风，也有批评，言其"不能拯风俗之流遁，世途之凌夷，通疑者之路，赈贫者之乏，何异春花不为肴粮之用，茝蕙不救冰寒之急"，言"古诗刺过失，故有益而贵"。可见与其主体思想相一致，是其思想的自然流露。再如论及文章的品评，认为"五味舛而并甘，众色乖而皆丽"，主张对不同式样、不同风格的作品，都能重视，而不要"爱同憎异，贵乎合己"。这些看法在今天也仍有意义。如此之类，本书都做了深入的分析。

这一编有一章专门论《抱朴子外篇》的文学特征。葛洪并不是想成为作家、文学家，他对于纯粹的文学作品评价并不高（如对诗的评价较各种反映思想、关乎政事、有益教化的文章评价低），但他的文章写得很好，他将写一手好文章看作一个士人应有的能力，看作体现人的素质的基本技能。他的文章不仅思想开阔，论理透彻，又体现着一种人文的关怀与情感，亲切而深刻。而且，从语言上说，多对仗与排比，有时也用典，但都自然贴切。他不是有意作骈俪铺排之句，以显示文墨之长，而是体现着随时代而变，能融入社会，便于交流的思想。这同他有关文学批评的看法也是一致的。

下编是论葛洪的思想、人生追求与学术成就。我以为由此一节可以全面看到作为杰出历史人物的葛洪，看到他的思想，他的精神，他一生的追求与贡献。

丁宏武同志很注意对前人研究成果的继承，尊重前人创获，在此基础上解决一些此前未能解决，或虽已解决但尚需补充证明的问题。我想，本书的出版会引起学界朋友的注意。

2012 年 9 月 10 日

丁宏武：《葛洪论稿——以文学文献学考察为中心》，中国社会科学出版社 2013 年版。

丁宏武，1971 年生，甘肃通渭人。2006 年毕业于西北师范大学，获文学博士学位。现为西北师范大学文学院教授、博士生导师，古籍整理研究所副所长。主要从事汉魏六朝文学文献研究。在《文献》《文史哲》等刊物发表学术论文 40 余篇。

《王嘉与〈拾遗记〉研究》序

　　王嘉为东晋陇西安阳（今甘肃秦安）人。他的《拾遗记》一书是搜集了当时流传的一些历史传说，按时代的先后为序编为九卷，末为国内名山一卷，共十卷。以前除个别读书札记和近代以来有关魏晋志怪小说的论著提到以外，少有人对王嘉及其《拾遗记》作专文论述。1941年《齐鲁学刊》第2期刊有左海的《拾遗记》一文，是近代以来第一篇专论；1961年5月27日《甘肃日报》刊有苏丰、江夏的《志怪小说作家王嘉》，也算是比较早的专文。20世纪80年代初李鼎文先生等领头所编《甘肃古代作家》（甘肃人民出版社1982年版），其中有颜廷亮同志写《王嘉》，对王嘉生平方面做了简单介绍，主要论述《拾遗记》一书内容与艺术上的成就，提出"《拾遗记》和与之同时的其他小说一起，构成了我国小说在唐代正式出现以前的最高发展形态"，"还为我们保存了很多神话传说"，认为"王嘉是甘肃小说界的开山鼻祖之一"。

　　因为中国古代并无今日小说之概念，其所谓"小说"，不是归入"杂史"，便是归入"子书"。《拾遗记》多载当时的古今传说故事，自唐代刘知幾《史通》至明杨慎《丹铅总录》、胡应麟《少室山房笔丛》，清《四库全书总目提要》等，都从杂史的角度观察之，评价不是很高。大部分学者仅仅肯定其文章辞藻和艺术描写上的长处。如胡应麟《少室山房笔丛·四部正讹》中说：

　　　《皇娥》等歌，浮艳浅薄，然词人往往用之，以境界相近故。（《少室山房笔丛》卷三十二）[1]

---

[1]　（明）胡应麟：《少室山房笔丛》，中华书局1958年版，第418页。

《四库全书总目·小说家类》说：

> 历代词人，取材不竭，亦刘勰所谓"事丰奇伟，辞富膏腴。无益经典而有助文章"者欤？①

鲁迅的《中国小说史略》将其归入"志怪小说"，是一个重大的转变。但该书在具体评论中仍承袭前人，从杂史的角度进行评价，言"其文笔颇靡丽，而事皆诞漫无实"。

20 世纪 50 年代以来，学者们从志怪小说的角度对《拾遗记》加以研究。具有代表性的有范宁的《论魏晋志怪小说传播和知识分子思想分化的关系》一文，认为王嘉"和嵇康、张华、干宝等人一样，将神异的现象作为题材，只是写作的态度改变了，不是信仰而是完赏"，并且说"王嘉《拾遗记》里面的人物表面是名士的，而实质是方士的"。虽然有些不着边际，但显然是从文学创作的角度考察作品与作者。至于他所说："至于内容方面，就题材说还是神异的，不过这些神异的东西不是超现实的，而是富有人间烟火气，有人情味。"②这对《拾遗记》研究明显是一个推进。但总的说来，还是缺乏较深入的研究。李剑国的《唐前志怪小说史》（南开大学出版社 1984 年第 1 版，天津教育出版社 2006 年修订本）和《唐前志怪小说辑释》（上海古籍出版社 1986 年第 1 版，2011 年修订本）对王嘉与《拾遗记》做了较深入的研究。李剑国先生对宋代晁载之《续谈助·洞冥记跋》引唐人张柬之"虞义造《王子年拾遗录》"的说法加以明确地否定，并指出"《拾遗记》前九卷全记历史遗闻逸事"③，在范宁先生的基础上，从另一方面加以科学界定。并肯定其"为六朝志怪上乘之作"④。

陈文新《六朝小说》（文化艺术出版社 1997 年版）虽只是在选文前加以简介，但评价很是到位。书中说："《拾遗记》在中国志怪小说发展史上是一部地

① （清）永瑢等撰：《四库全书总目》，中华书局 1965 年版，第 1207 页。
② 范宁：《论魏晋志怪小说的传播和知识分子思想分化的关系》，《北京大学学报》（哲学社会科学版）1957 年第 2 期。
③ 李剑国：《唐前志怪小说史》，天津教育出版社 2005 年版，第 344 页。
④ 李剑国辑释：《唐前志怪小说辑释》（修订本），上海古籍出版社 2011 年版，第 381 页。

位颇高的作品。"并在引述《四库全书总目提要》"历代词人取材不竭，亦刘勰所谓'事丰奇伟，辞富膏腴，无益经典而有助文章'者欤？"后说：

> 所谓"有助文章"，从表面看是用作词藻、典故或闲暇的话柄，而骨子里则是摆脱了实用性的奴役，从"经济"走向了审美，从历史走向了文学。其意义是重大的。

又说：

> 倘若单从对小说影响的角度来看《拾遗记》，那么，至少有两点不能忽略：一、《拾遗记》代表了"拾遗体"的最高成就，由于他的问世，"拾遗"体遂与"搜神"体、"博物"体鼎立而三。二、《拾遗记》对唐人传奇影响甚巨，王嘉有意虚构情节，"词条丰润"，与唐传奇作者的祈向已相当接近。①

我以为这比以前所有学者的评价都更为恰当，更为到位。

王嘉的生平方面留下的材料太少，很多问题不是很清楚。但关于王嘉生平的研究也一直在发展之中。

从李剑国先生两部书的前后两个版本，即可看出在王嘉研究方面的进展。如关于其籍贯，两书均未取略阳说，而说是"陇西安阳人"。但包括修订本《唐前志怪小说史》，在"陇西安阳"之后均注"今甘肃渭源县"，而修订本《唐前志怪小说辑释》则作"今甘肃秦安县东北"。李剑国先生在该书《修订后记》中说："修订参考《唐前志怪小说史》修订本，而其间乃又发现修订本疏谬之处，修订本亦将重新修改出版。"学术的发展就是这样一步一步向前的。为什么说注"陇西安阳"为"今甘肃渭源县"和"今甘肃秦安县东北"，都在甘肃，而注后者是学术的进步呢？因为在这个问题的背后还隐藏有一个大的学术问题：怎样才能消除王嘉为洛阳人的误说。

---

① 陈文新：《六朝小说》，文化艺术出版社 1997 年版，第 145 页。

但是，此前毕竟没有对王嘉及《拾遗记》做专门研究之作，未能对古代种种论述加以汇集、比较，考其得失是正，指出一些歧说产生的根源，以彻底消除疑虑，澄清迷误。

王兴芬同志为甘肃靖远县人，2007 年至 2010 年至我处问学，攻读博士学位，毕业后到西北师范大学古籍整理研究所工作，对陇右文献格外关心。2013 年她获得甘肃省哲学社会科学规划项目《王嘉与〈拾遗记〉研究》，时经三年，今完成，请我作序。我觉得她这本书下了很大功夫，在一些问题的研究上，对此前各说不仅证明哪个说法对，哪些说法不对，而且深入弄清一些误说产生的根由，使问题得以解决。关于王嘉的籍贯，梁代萧绮《拾遗记序》、马枢《道学传》《晋书·王嘉传》都言为"陇西安阳人"，但梁代释慧皎《高僧传》则作"洛阳人"。慧皎与萧绮、马枢大体同时代人，而说法不一。而且历代所置陇西郡均无安阳县，这就形成一些人表述上的歧异。王兴芬同志细致研究有关文献，指出"洛阳"乃是"略阳"之误，她举出文献中一系列将"略阳"误作"洛阳"的实例；其次，她指出此所谓"陇西"，非指陇西郡，而犹言陇右。王仲荦《北周地理志》卷二，说明北周时陇右有安阳郡、安阳县（在今甘肃秦安县北），并注明："后魏置。"史为乐主编《中国历史地名大辞典》也有"安阳郡"，并云：

> 安阳郡，北魏置，属秦州，治所在安阳县（今甘肃秦安县北安伏乡，辖境相当今甘肃秦安县北部地）。隋开皇三年（583）废。[1]

又有"安阳县"条云：

> 安阳县，北魏置，为安阳郡治。治所在今甘肃秦安县北安伏乡。隋开皇十年（598）改名长川县。[2]

改为长川县的原因应是县治在瓦亭川（今葫芦河）东岸。因西魏将北秦州

---

[1] 史为乐主编：《中国历史地名大辞典》，中国社会科学出版社 2005 年版，第 1114 页。

[2] 史为乐主编：《中国历史地名大辞典》，中国社会科学出版社 2005 年版，第 1115 页。

改为交州（见《北周地理考》卷二），故谭其骧主编《中国历史地图集·西魏》在原北秦州处又标"安阳郡"，在《北朝·魏·雍、秦、豳、夏等州》图中也标出在瓦亭川以东的陇城（今秦安县东北）建有略阳郡。西魏安阳县正当安阳郡郡治之地。古代郡、县的改名不一定同时进行，而且改过之后人们也常因习惯而称说旧名，文献对此的记载也不是很详细，所以，今日看来文献记载中就有一些难以衔接的环节。王兴芬同志联系前人研究成果对此加以论证，充分说明王嘉为陇西安阳县人这一说法的正确。但如将安阳解作甘肃渭源，便难以使一些事实契合无间。

　　王兴芬这本书对王嘉同梁谌、道安的交游及其意义，同苻坚、姚苌的关系的不同及造成的后果，也做了入情入理的分析，尤其前者，是被以往论王嘉事迹者所疏忽的。

　　书中对王嘉包含有儒、释、道、谶纬的思想，《拾遗记》的版本与著录情况，《拾遗记》的内容与文体方面的特征，也做了全面、细致的论述，既是对以前学者研究的一个全面总结，也是一个全面的探讨与系统化，体现着她个人的一些深入思考。

　　本书专设一章对《拾遗记》从文学的方面加以研究。这一章有五节：

　　第一节是《〈拾遗记〉女性命运的透视》，第二节是《〈拾遗记〉神话研究》，第三节是《〈拾遗记〉的语言特色》，第四节是《有意而为的志怪小说〈拾遗记〉》，第五节是《萧绮与〈拾遗记录〉》。这五节之中都有一些精彩的分析，在此不一一罗列。如第三节列出三个问题做了重点论述：

　　一、鲜明的赋体特征，举了卷三写宋晋公之世善星文者神异之术的一大段文字，卷十写岱舆山的一大段文字为例；又举卷一写伏羲对人类贡献的一段文字，卷三写西王母降临时一段文字与卷四写秦始皇起云明台的一段文字，说明《拾遗记》大量运用对句的语言特征。

　　二、诗文融合。对书中的七言体诗歌及六言、五言、四言、三言、杂言等诗歌加以论列，指出："上述诗歌、俚语的语言特色我们暂且不论，但这种诗文融合的语言承史而来，都比'史'的语言更为工整华丽却是显而易见的。"[1]

---

① 王兴芬：《王嘉与〈拾遗记〉研究》，中国社会科学出版社 2017 年版，第 115 页。

　　三、形象化的语言。其中举了穆王八骏和卷七写汉宣帝时背明之国所贡五谷一段文字为例。

　　可以看出，兴芬同志是认真研读了《拾遗记》的文本，并且对前人的研究成果加以认真研究，在吸收其长处的基础上，写成本书，其中也体现了她的思考与新见。本书细致深入，论证严密，是对《拾遗记》研究最为全面深入的一本书。

　　项目完成之际，她申报的国家社科基金项目"汉唐河陇地区的民间传说与文化研究"也获准立项。希望她能取得新的成果。

　　《王嘉与〈拾遗记〉研究》的出版，无论在揭示丝绸之路中段文学创作的成就，还是对于提示东晋十六国之时北方社会意识形态的状况，都是有益的。当然，学术研究是不断推进的。本书的出版能引起大家对有关问题的进一步讨论，是我和王兴芬同志的共同愿望。

2016 年 11 月 2 日

　　王兴芬：《王嘉与〈拾遗记〉研究》，中国社会科学出版社 2017 年版。

　　王兴芬，女，1973 年生，甘肃靖远人。2010 年毕业于西北师范大学，获文学博士学位。现为西北师范大学文学院古籍整理研究所副教授，主要从事汉魏六朝文学文献的教学与研究工作。出版《唐前传说的衍生和演变》等著作两部，发表学术论文 20 余篇。

《魏晋南北朝文学与书画的会通》序

　　《文赋》的作者陆机说过两句话："宣物莫大于言，存形莫善于画。"①讲的是诗文与绘画在表达功能上的不同。陆机是诗人、赋家，而能注意到这一点，也说明他对文艺有关问题考虑得深入。他应该是在思考如何才能更有效地发挥语言、文字的表达功能时想到这一点的。《文赋》序中说："恒患意不称物，文不逮意。盖非知之难，能之难也。"正文末尾更写道："虽兹物之在我，非余力之所戮。故时抚空怀而自惋，吾未识夫开塞之所由。"他已意识到语言表达的局限，这正是他"存形莫善于画"这一思想的来源。至于"宣物莫大于言"的意思，《文赋》中说："伊兹事之可乐，固圣贤之所钦，课虚无以责有，叩寂寞而求音。函绵邈于尺素，吐滂沛乎寸心。言恢之而弥广，思按之而逾深。播芳蕤之馥馥，发青条之森森。粲风飞而猋竖，郁云起乎翰林。"②已经描述得十分清楚，后代学者大体都是沿此以发议定论，少有从文学的角度想到前者的。

　　实际上，孔子的时代，学者们已意识到语言、文字表达上的局限。《周易·系辞传》说："书不尽言，言不尽意。""圣人立象以尽意。"第一条是说文字难以将要说的话全部反映出来，而有些意思也难以用语言加以表达。第二条则是说，正由于此而立象征之物来反映要表达的意思。上引陆机《文赋》中"存形莫善于画"那句话，也可能就是来于此。

　　可以说，中国古代文艺思想从发轫之初，便体现出语言与绘画会通的特征。只是由于传统教育内容与美学思想等方面的原因，有关画的论述少，学者们大

---

　　① 张彦远：《历代名画记》卷一《叙画之源流》引。
　　② （晋）陆机著，杨明校笺：《陆机集校笺》，上海古籍出版社 2016 年版，第 15 页。

体都是从诗文创作的角度来理解、阐发的。比如《易传》中的"观物取象"说：

> 古者包牺氏之王天下也，仰则观象于天，俯则观法于地，见鸟兽之文与地之宜，近取诸身，远取诸物，于是始作八卦，以通神明之法，以类万物之情。①

不用说，这是同书法有关的，是讲得最早的书的产生。同时，就其观察方式而言，又似乎全是关乎绘画的道理；可是实际上，这段文字讲出了艺术思维的过程。其中相关的另一段话表现得更为明白：

> 圣人有以见天下之赜，而拟诸其形容，象其物宜，是故谓之象。②

这就不能同文学、艺术无关。因为它正反映了文艺创作中的"想象""形象"产生的状况。

先秦之时一些卓越诗人的创作中，也体现出力图借用绘画的方法来增强文学的表现力的情况。如屈原《离骚》中说：

> 制芰荷以为衣兮，集芙蓉以为裳。不吾知其亦已兮，苟余情其信芳。高余冠之岌岌兮，长余佩之陆离。芳与泽其杂糅兮，惟昭质其犹未亏。③

诗人本来要表现自己的情藻、品质，但这个东西难以用言辞作生动的表达，因而用画肖像画的方式来表现。现在如果有一幅人物画，上面人物为上衣下裳（同后代之裙，男女皆着）、高冠、长剑的瘦削长者，连小学生一看也知道是屈原。画家要表现一个人物的内心世界，只能靠对其外貌的刻画。屈原这里是写诗，却是用了画家的办法。

所以可以这样说：诗文创作同绘画理论，从来就是相关联的。

---

① 《十三经注疏》，上海古籍出版社 1997 年版，第 86 页。
② 《十三经注疏》，上海古籍出版社 1997 年版，第 79 页。
③ （汉）王逸撰，黄灵庚点校：《楚辞章句》，上海古籍出版社 2017 年版，第 13 页。

　　中国艺术领域中，还有一枝奇葩，这便是书法。书法在先秦之时已有，一些剑上、铜器上镶嵌的铭文便是。有的将字的笔画加以变化，被特意美化，这应是汉字书法中最早的"美术字"，此说明了汉字书写作为一种艺术早就存在。

　　中国的书法同绘画一样能成为一种艺术，这首先同汉字本身的特征有关。汉字既由象形、指事变来，后来又产生了很多形声字，具象性和意义上的提示、暗示性较强，既与画有联系，其点画布局之中也可以反映出艺术美。其次，同汉字的书字工具有关。毛笔，《博物志》言是蒙恬所造，唐代《初学记》著者已由文献考知秦以前已有笔。前些年在原始社会遗址中发现了毛笔，可见它产生很早。它既用来画画，也用来写字。毛笔书写中笔锋粗细的变化同绘画一样可以显出一种线条美。而书写中作者的气质及当时的心境，也往往可以从中看出。所以扬雄在其《法言·问神篇》中说："言，心声也。书，心画也。"言和书都具有表达情感的作用。

　　中国古代关于文、画、书三者之间关系的认识早有，但由于画论、书论产生较迟，对此在理论上进行的探讨较迟。

　　东汉末年，蔡伦改进了造纸术，书写工具得到改善，绘画材料也较前有更大的选材余地，而不仅在木板上、墙壁上。而纸上作画，更能发挥毛笔的优势。西晋初年左思的《三都赋》出，文人竞相传抄，以至于"洛阳纸贵"。可见从魏晋时代纸已普遍用于书写。当然，也可以用于绘画。这是从魏晋开始，书法、绘画得到发展和普及，画论和书论也应运而生的物质基础方面的原因。另外，东汉末年佛教的传入，佛教人物画、故事画也推动了中国绘画的进一步发展。这也对中国画论的发展产生了影响。

　　但是，近百年来研究中国古代文论者，很少关注它同画论、书论的关系，研究画论、书论者也很少关注它们同文论的关系。最早对文论与画论之关系进行研究的是日本京都大学教授兴膳宏先生。1979年他作了《〈诗品〉与书画论》一文（见《六朝文学论稿》，岳麓书社1986年版），论述了书画中的"品第"法对钟嵘《诗品》的影响，及《诗品》对庾肩吾《书品》的影响。其后伍蠡甫《南朝画论与〈文心雕龙〉》（《伍蠡甫艺术美学文集》）、缪俊杰《中国古代乐论画论对〈文心雕龙〉的影响》（《〈文心雕龙〉美学》）等探讨了南北朝以前画论对《文心雕龙》的影响。蒋祖怡《〈画品〉与〈诗品〉》（《中国古代文论的双璧——〈文心雕龙〉〈诗品〉论文集》),探讨了六朝画论同《诗品》的关系。张少康《中国古代的诗论和画论》,则通论诗论和画论的关系,尤其画论对诗论的影响及二者的相通处。当然,叶朗、敏泽、童庆炳等先生的美学著作中也常将文论与书画论联系起来,指出二者的相通之处,揭示一些理论范畴的形成情况。还有些讨论中国古代文艺理论范畴的论著,在揭示其形成过程与确定其内涵、外延时也常常将文论与书画论联系起来,进行比较。学者们都觉得中国古代文学理论,特别是诗论同书画论之间有相当深的关系。第一部研究诗论和画论关系的著作是曹愉生的《唐代诗论和画论之关系》(台湾文史哲出版社1997年版)。这也是目前所见唯一研究诗论和画论关系的专著。

张克锋同志在高校从事中国古代文学的教学与研究工作,又由于从小喜欢书法,写得一手好字,也兼教书法选修课。因为涉及题跋、题画诗等,对古代绘画也颇为究心。他先在兰州大学张崇琛先生处攻读硕士学位,从事一段教学工作之后,2004年又到我处攻读博士学位。我虽然也买一些书法集、画集看一看,但大体只是消遣,当作一种休息,并无领悟。20世纪90年代到北京看望老师杨思仲先生,我看他架上有不少画集。我说:"杨先生也喜欢国画吗?"他说:"有时翻翻,考虑一些艺术问题。"这句话对我很有启发。杨先生是著名文艺理论家、鲁迅研究专家(笔名陈涌),他并未写过有关绘画的论文,但关注的视野则扩展到了绘画、书法。他赠我一部《四王画集》。我想,研究古代文学、文化,对古代艺术有关学科,尤其是同文学关系密切的音乐、美术也不能不知。因而也乐于同克锋同志交谈,讨论一些问题。克锋的博士学位论文确定为《魏晋南北朝文论与书画论的会通》,他在原来知识积累的基础上,又系统读了一些相关论著,于2007年完成论文。在论文评审和答辩中,论文得到中国社科院胡明等先生的好评。

现在,他将修改稿定名为《魏晋南北朝文学与书画的会通》,似更简洁明了。我以为无论怎样,首先,这是第一部系统探讨魏晋南北朝时期文论同书画论的专著。大家都知道中国古代文学理论一些重要范畴的确定,一些重要文艺理论的延伸性探索,潜在理论体系的彰显,专门的文学理论著作的产生,都是在魏晋南北朝时期。而画论、书论的产生,也是在这个时期。所以,本书的一些探索无论对于古代文论还是画论、书论中一些含混不清的问题的解决,都有意义。因为它毕竟是对这一时期文论、画论、书论的一次通盘研究的结果。

其次，本书不只着眼于文论、画论、书论，还将视野放到对当时诗人、画家、书法家艺术创作特征的考察和文学作品、书法、绘画创作中相互结合的情况的考察。作者发现，这一时期文人多兼擅书画，而且，书法绘画以文学作品为书写内容和文学以书法、绘画为描写对象的情况较多，几成风气。可以说，本书从当时的社会风气，文人的创作心理以及诗文、书法、绘画对社会生活表现的共同特征等方面，揭示了文论同书画论相通、相融合的深层的原因，从而消除了文论、画论、书论研究中一些令人迷惑不解的问题。

再次，本书选出"意""势""骨""形与神""自然""丽""奇"等范畴作为个案进行研究，追溯其来源，比较其在诗论、文论（这里是狭义的）、书论、画论中的异同，揭示出古代文论、画论、书论范畴形成演变中一些带有规律性的现象，是很有意义的。

最后，该书对魏南北朝时期文学和书画批评在方法上的会通也做了深入的探索，提出"推源溯流"批评、"品第"批评、"象喻"批评、"概括描述"批评这几种方法作为中国传统文艺批评的方法，对它们在文论、画论、书论中具体应用的情况进行比较，这是以往研究文论和画论、书论的学者所未能注意到的，从中可以看到作者在这几个领域中的学术积累和深刻领悟。

尽管有的问题此前学者也曾论及，或者有的地方尚未论及，或者有的地方还值得进一步商讨，但毕竟他第一次对这一重要时段中文论、画论、书论的会通问题进行了系统研究。相信本书的出版会引起文艺理论工作者及诗书画爱好者的广泛关注，会引起学界对有关问题更深入的讨论。

2010 年 6 月 19 日

张克锋：《魏晋南北朝文学与书画的会通》，中国社会科学出版社 2010 年版。

张克锋，1970 年生，甘肃通渭人。2007 年毕业于西北师范大学，获文学博士学位。现为集美大学文学院古代文学教研室教授、硕士生导师。在《文学评论》等刊物发表学术论文 50 余篇。

《唐前传说的衍生与演变 —— 基于汉魏六朝文献的文化阐释》序

　　传说是关于历史的叙事。它起于历史人物或历史事件，但不如历史文献是由历史学家写定之后一直保持着它第一次写定的形态，而是由一个群体分散地不断重述所形成。由于存留至今的唐前历史文献有限，中国五千多年的漫长历史中，有关这三千多年历史中各个阶段上历史事件、重要历史人物的记载有很多空缺，所以科学地研究这一阶段的传说很有认识的价值。而且，中国古代或将传说直接看作历史，或径视为小说，对它的特质、形成与流传情况都缺乏科学的认识，在对传说的研究中也承担着纠缪和补缺文献两方面的职责。同时，古代传说又对后代之文学创作有很大影响，由传说研究入手，也可以弄清文学史上一些含糊不清的问题。

　　唐前各类文献对传说材料的记录和保存有以下特点：第一，先秦史传中记录保存的传说材料往往与史实相混；第二，历史人物传说大多保存在史传、子书与汉画像砖、画像石中；第三，汉魏六朝笔记杂著是记录这一时期传说材料最重要的载体。纵观中国古代史家对传说文献材料的认识与运用，可以看到，唐前史家对传说文献材料的认识还不是很明确，不论是司马迁、班固还是裴松之，他们在写作史书的过程中，往往将史实与传说混杂，并将大量的传说材料写进了史书。从唐代开始，人们逐渐对传说材料与史实有了较为明确的认识。宋以后的史家在录入传说材料时，会对其中所具有的史料价值进行考证辨析。大体说来，宋以后正史中录入传说材料的情形较唐以前大大减少，一些原来认为是野史杂传的含有大量民间传说的笔记小说也被正式归入了小说类。这样，对部分传说材料的认识从一个极端走向了另一个极端。

　　应该说，绝大部分的传说中包含着历史的因素。只是在长期口头流传中，根据人们的理解，不断地进行修改、删除和增补，因而也带有故事的性质。从20世纪20年代起，顾颉刚、容肇祖、钟敬文等先生为中国古代传说的研究奠定了一个很好的基础。顾颉刚的《孟姜女故事的转变》《孟姜女故事研究》，容肇祖的《传说的分析》《迷信与传说》《西陲木简中所记的田章》《田章故事考补》，钟敬文的《中国的地方传说》《〈楚辞〉中的神话和传说》，黄忠琴的《史籍中的传说》，长官应的《传说与史实 —— 关于萧何韩信的传说》等为后来的学者打开了一扇扇认识古代传说的窗户，也为搜集、观赏、研究古代传说作出了示范。九十来年中，这方面的研究出现了大量成果。但是，传说真正成为独立的学科，从中国学界崛起，是20世纪80年代以来的事情。三十多年以来，传说综合性、专题性学术研讨会的召开，民间传说论文集的出版，传说研究专著与论文的大量出现等，都说明中国的传说研究进入了一个全新的历史时期。目前学术界对传说的分类可谓五花八门，其中较通行的方法是分为人物传说、历史事件传说、地方风物传说等。因为任何历史事件都是由历史人物的行为构成的，而且民间传说叙述历史事件，常常是突出某一历史人物，以一个主要人物为中心来叙述事件。所以，历史事件传说也可以归入人物传说之中。

　　2007年，王兴芬同志到我处攻读博士学位，学位论文确定为《唐前传说研究 —— 以汉魏六朝文献为考察对象》。毕业答辩中得到校外匿名专家和答辩委员会先生们的好评，并得到专家们中肯的修改意见。七年来，她又研读了一些理论著作和相关文献，进行认真的补充修改。在此期间，她先完成了《王嘉与〈拾遗记〉研究》，于今年由中国社会科学出版社出版。现在，她的博士学位论文也已修改完成，改名为《唐前传说的衍生与演变 —— 基于汉魏六朝文献的文化阐释》，请我作序，今谈一点粗浅的看法。

　　参照学术界对传说的分类，结合唐前传说的总体特点，王兴芬同志此书将唐前传说分为五大类，即帝王与后妃传说、英雄与杰出人物传说、神话与宗教人物传说、世俗人物传说、地方风物传说。对唐前传说人物的分类，主要是以人物一生的贡献及其社会影响作为标准的。当然，传说人物的归类并不是绝对的，如屈原既可归到名臣传说一类，也可归到文人传说一类；虽然他的一生主要奔走呼号于对楚国前程的担忧，但他的这一思想在后世主要通过其文学创作反映出来，故此书将他归入了文人传说。又如老子既是文化名人，就汉代以后大量文献中的记述，又可以说是宗教人物，因为在汉魏六朝的传说中，突显的是他作为道教教主的一面，故此书把他归到了宗教人物传说一类。

两汉时期的笔记小说以帝王后妃的逸闻轶事为主要内容，如《汉武故事》《汉武帝内传》《洞冥记》《十洲记》《西京杂记》等主要记载汉武帝及其后妃的传说故事。此外，汉魏六朝时期史书和杂史著作如《史记》、裴松之注《三国志》《十六国春秋》等，也记述了很多帝王后妃的传说故事。帝王传说就是有关帝王的出生和形貌，反映帝王的逸闻轶事，表现帝王求仙巡行等方面的传说；后妃传说主要反映后妃的后宫生活与不幸遭遇。此书设《帝王与后妃传说》一章，对秦始皇、汉武帝求仙传说和西施、王昭君悲剧的传说进行了分析，揭示出它们当中所体现的广大民众的看法与情感。

春秋战国时期各诸侯国之间的战乱与纷争，秦末农民起义、楚汉战争以及汉末魏晋时期长期动乱的社会现实，造就了形形色色的英雄和杰出人物，他们活跃在社会的各个阶层：将相名臣如晏子、韩信、张良、诸葛亮等；文人如孔子、屈原、司马迁、曹植等；巧匠名医如鲁班、扁鹊、华佗等；刺客如荆轲、专诸、豫让等。此书列《英雄与杰出人物传说》章，对以上人物传说做了分类梳理与探究，可以看出几千年中广大人民群众对于政治、社会的看法和生活愿望。

魏晋南北朝道教、佛教的兴盛使得民间产生了很多与佛教、道教相关的传说故事，由当时文人收集整理编撰的笔记小说也就成了这些传说的主要载体。除此之外，中国古代的很多神话故事到这一时期有很多也被历史化和宗教化成了传说故事。有关神话人物如西王母、形天、黄帝、伏羲、女娲、舜、禹等的传说，一方面有历史化的倾向，另一方面也出现了仙化、道教化的现象。王兴芬同志将黄帝、西王母等人物归到了"神话人物传说"之下。而那些反映世俗人物死而复生后，所述在阴间地狱的传说，以及通过世俗人物反映因果报应、生死轮回等佛教思想的传说归到了"佛教人物传说"之下。而仙化的历史人物传说和道士传说则归"道教人物传说"。我认为这样处理较为妥当。

处在中下层的世俗百姓才是社会的主流，也是民间传说承传的主要载体。汉末魏晋时期常年的战乱使得他们的生活濒临崩溃的边缘，道教、佛教的盛行给人们一种调解心理、自认命运、接受各种悲惨境遇的办法，也给他们一种虚幻的未来。当然，也使人们在各种战乱暴行普遍存在的社会环境中，能保持一种同情心，以互相慰抚度过种种苦难。于是，产生了许多与佛教道教相关的传说故事。曹魏时期九品中正制的实施隔断了广大庶民同上层士族的联系，引起了下层寒门士子的强烈不满，因而在民间传说中产生了一些寒门士子与女仙、女鬼、女妖的婚恋传说。这些传说中与凡男相恋的仙女、鬼女、妖女身上体现了一定历史时期广大民众的共同感受，也承载了特定历史时期世俗男女的美好愿望，反映了寒士对平等、自由婚姻生活的向往。魏晋时期统治者提倡以孝治天下，对父母的孝顺与否成了人们走上官场的主要途径，由此又产生了很多与孝有关的传说故事，表现了孝子的自我牺牲精神以及孝行感天的思想。除此之外，还有那些聪慧果敢的世俗人物如李冰、李寄等，表现了人们对自身价值的肯定。基于上面所说以人物为中心的传说，本书的《世俗人物传说》一章，对一些不上史书的有关中下层人物的传说也进行了认真的分析与探讨。

地方风物传说反映了华夏各族人民对他们生存之地周围的河流山川、动植物产、自然现象及民间风俗的想象和解释，在这些丰富的想象和解释中寄托了他们的思想愿望、情感倾向，以及对美好生活的向往，对黑暗政治的批判。

王兴芬同志从叙事学的角度对唐前传说进行了探究。传说的叙事模式、叙事立场以及叙事情节类型等是传说叙事研究的新课题，此书将唐前传说的叙事模式归纳为叙事时间、叙事角度、叙事结构三个方面。唐前传说的叙事时间纷繁复杂，呈现出不同的形态，主要有连贯的叙事时间、错乱的叙事时间、虚幻的叙事时间、夸张的叙事时间和淡化的叙事时间。对唐前传说叙事角度的探索，主要从全知叙事、限知叙事和纯客观叙事三方面入手；唐前传说的叙事结构主要分为表层结构和深层结构两方面。此书将唐前传说的叙事立场总结为民间话语立场、官方话语立场以及宗教话语立场；通过对叙事情节的分析，并借鉴学术界的不同观点，将唐前传说的叙事情节类型概括为神话型、宗教型、传奇型和世俗型。

传播学对我们来说，也是一门新兴的学科。将传播学理论运用于传说的研究，已有不少学者取得了突出的成绩。传说的传播方式经历了一个由口耳相传到文字记载、图画保存的发展历程。而对传说的接受，主要在民间和文人两个层面进行，其途径主要有正史记载、歌谣传唱、文人的搜集载录与题咏等方面；任何传说的传播和接受都使得它不断发展演变。同时，任何传说的流变从地域上说都具有由局部地区到全国范围，从情节内容上说有省略了一些历史细节而突出了一些故事情节的现象，这是传说形成的规律，当中既包含有历史真实，也包含有后代人叙述中的删减、增润。因为每个人都是以自己的知识积累和理解来接受，又带进自己的情感、愿望去叙述。所以，每个传播环节都要进行两次加工：接受中和叙述中。而每个传播主体又都生活在一个特定的历史环境与自然环境中。传说的演变与分化就是由此造成的。所以说，唐前传说具有重要的史料价值、民俗价值、思想价值以及文学价值。

本书选取了几个唐前传说个案进行了深入的研究，这就是介子推传说、西王母传说、老子传说、泰山传说、虹传说以及"桃花源"传说，也大体与该书对于传说的分类相应。书中分析了各个传说在唐前衍生与演变的历史轨迹，探究了隐藏在这些传说内部的深厚的文化意蕴。

本书分为上、中、下三编，上编是对各类传说的综合研究，中编是从叙事、传播、嬗变等角度对唐前传说的进一步解读，下编则是对唐前传说的个案研究。可以说，唐前传说反映了我国从远古至中古漫长的历史时期社会发展的状况和广大民众的生存状况，包含着这一时期人民的思想情感。在五千年的中华文明史上，由于唐前三千多年中留下来的历史文献毕竟有限，所以，不论是对这一段传说的文献梳理还是理论阐释，都会对认识唐前社会具有一定意义。同时，由于它本身所具有的文学性，也对这一时期群体性民间创作的认识具有很大意义。我想，本书的出版一定会引起学者们的关注。

2017 年 7 月 3 日

王兴芬：《唐前传说的衍生与演变 —— 基于汉魏六朝文献的文化阐释》，人民出版社 2018 年版。

《敦煌文学文献丛稿》序

　　从 1900 年敦煌藏经洞中大量经卷文书的显现于世，敦煌文献引起越来越多的学者的注意，在 20 世纪已成为国际显学。由于敦煌文献多用俗字书写，其中还有很多当时的俗语，又因抄录者普遍文化水平不高，加之书写潦草，错字及容易误识误解的地方很多。当学者们惊喜地从中挖掘关于文学、艺术、社会、历史、宗教等的资料之时，对它的文献学的研究也就同时开始了。敦煌文献的研究大大地开拓了中国古典文献学研究的范围，丰富了古典文献学的理论，同时也映证了古典文献学的某些结论。比如郑樵《通志·校雠略》有《亡书出于后世论》，百余年来疑古风气弥漫，故鲜有信之者。敦煌佚书的显现于世，最有力地证明了郑樵的论断。《校雠略》中又有《阙书备于后世论》《亡书出于民间论》。在相当长一段时期中谈古典文献者以时代之先后断真伪，一概以晚出为后人所附益，但敦煌遗书的发现证明了郑樵的论断并非虚言。据王重民先生在《敦煌变文集》校记所言及所附录，建国前北京打磨厂宝文堂同记书铺铅印有《新编小儿难孔子》。名曰"新编"，自应有原编。但谁也不会想到这个原编竟产生在唐代！明代刻《历朝故事统宗》中也有《小儿论》，如果不是敦煌石窟中发现唐代抄本，学者们一定认为最早只能追溯到明代。

　　上面所举是唐代的作品在民间长期流传，经一千多年，尚基本保持原貌之例。下面再举一个西汉时代的作品，在民间长期流传，至唐代尚基本保持其原貌的例子。斯坦因在中国西北所获得汉简中，有一枚开头为"为君子田章对曰"（甘肃省文物考古研究所编《敦煌汉简》编号为 2289），1931 年张凤在其《汉晋西陲木简汇编》中，劳榦在其《汉晋西陲木简新考》中，林梅村、李均明在其《疏勒河流域出土汉简》中均有考释。容肇祖先生的《冯梦龙生平及著作》一文指出田章的故事见于句道兴本《搜神记》，为汉魏六朝间传说，并同敦煌发现《晏子赋》联系起来。《晏子赋》甲卷王问晏子之语末句作"何者是小人，何者是君子？"与田章简问句的"为君子"正相合。汉简"田章对曰"以下为"臣闻之；天之高万万九千里，地之广亦与之等，风发緩（谿）谷，雨起江海、震……"[1]，这同《晏子赋》中的王问"天地相去几千万里"及"天地相去万万九千九百九十九里"基本相合。容肇祖先生认为"田章"可能是《晏子春秋》中"弦章"的讹传。这种俗赋类的体裁在西汉时已经产生，有尹湾出土的《神乌赋》可以作证。令人感到惊奇的是，从西汉到唐代，经过六七百年以上的时间，竟仍然保持着一些原始的面貌。所以，敦煌文书，尤其是敦煌大量民间文学作品的发现，使我们在古典文献学的研究中考虑到了社会传播的因素，注意到了民间口传同民间书传结合造成的意想不到的结果（我所谓"民间书传"包括抄本和民间刻本）。

在敦煌发现的文学作品中，还有不少文人的作品，知名作者的和不知名作者的，有传本存世的和早已散佚失传的，从先秦时代到唐代的都有，这些又远出于民间文学和唐代文学范围之外。

正由于敦煌民间文学作品并不是一个孤立的文学现象，只要认真探索，便可以使我们看到中国文学发展与传播的一个"潜流"，就像根据一两眼涌泉和地形及地表水的情况，可以判断出地下水的贮存及流向一样。我们要通过对敦煌民间文学作品的研究，揭示出在文字记载之外中国文学流传、发展、演变的途径，这是从传统的目录、版本之学所看不出来的。今天，我们应该着力研究这方面的问题，解决用旧的文献学方法不能解决的问题，来丰富我国古代文学史的内容，丰富和发展中国古典文献学的理论。由于这个原因，同时，也由于敦煌文学作品不限于民间的和唐代的，还包括不少唐以前有传本的和传本已佚的作品，就要求研究敦煌文学者有扎实的古代文学的知识积累，对唐以前的文学有深入的了解。

伏俊琏同志从事教学与研究工作近二十年。攻读硕士学位期间以先秦两汉

① 裘锡圭：《田章简补释》，中国社会科学院简帛研究中心编：《简帛研究》第三辑，广西教育出版社1998年版。

文学为研究方向，攻读博士学位期间以汉魏六朝与敦煌文学为研究方向，对唐代以前文学和敦煌文学都有较广泛的涉猎和深入的研究。从 1980 年李鼎文先生为学生开设"敦煌文学"课程，他初次接触敦煌文学，到 1991 年他写出收入本书的最早的一篇论文，再到 1994 年出版《敦煌赋校注》、2000 年出版《敦煌小说校注》和《敦煌赋评析》，他一直对敦煌文学保持着浓厚的兴趣。尤其，《敦煌赋校注》出版后得到很多专家的好评，张锡厚教授、刘瑞明教授、颜廷亮研究员等都有专文加以评介。张锡厚先生的文章肯定了其三个方面的成绩，特别指出其全面汇集了敦煌赋百年研究成果和由校句而归纳体例这两条优点。我觉得俊琏同志在敦煌文学的研究上既有不少创获，又能严格遵守学术规范，他的研究应该说是成功的。

伏俊琏同志的博士学位论文是《俗赋研究》。这个题目不完全是对敦煌赋的研究，最重要的是溯其源，其次是探其流，如我前面所说，由"敦煌俗赋"这一眼井，和其他几处偶然冒出来的细流而去探索流淌在地下的那汨汨洪流。我认为，敦煌文学的研究在人们做了一个世纪的校勘、解说工作之后，这方面还有很多工作可做。

收在这本《敦煌文学文献丛稿》中的论文是伏俊琏同志在 1991 年以来的十余年间所写成，同前面提到的他已经出版的几本敦煌文学方面的论著相比，这本书更多地体现了他自己的一些看法，自己研究的心得。应该指出的是，书中有几篇文章还涉及对他的《敦煌赋校注》一书中某些错误的纠正。人生有限，而学无止境。一个人不可能把某个方面的问题都解决完，或者说到了底，后人再不能讨论；也不能只要说过便不再改变，即使错误也坚持到底。学术本身就是在研究和讨论的基础上不断走向真理的。希望俊琏同志一直保持这种不断追求的作风。写出以上的话与俊琏同志及读者朋友共勉。

2003 年 7 月 25 日

伏俊琏：《敦煌文学文献丛稿》，中华书局 2004 年版。

《文化视角下的中国古代小说》序

　　这部书浸透了一位学者在中国古代文学研究的园地中几十年辛勤耕耘的汗水，凝结了他在传统文化的宝藏中不断探索、钻研的心血，反映了其在事业上追求的执着和思考的睿智与深刻。刘书成教授，这位在我省中国古代小说研究领域做出了突出成绩的中年学者，已经离我们而去，这部书便是他留给家人、朋友，留给学术界的礼物。

　　我之所以指出书成同志是一位"中年学者"，因为我觉得他走得太早了。他可能还有很多课题要完成，他的学问正做到炉火纯青的地步。而事实上，他的早早离去，也同他过于劳累有关。

　　我说书成是我省在中国古代小说研究上做出了突出贡献的学者，这从甘肃古代文学研究的历史，从书成教授本人的成绩，从他在推动古代小说研究上所做的贡献这三个方面可以看出。

　　近代以前，甘肃无论在小说的创作上还是出版、评论、研究上都很薄弱。创作上，隋代以前只有陇西安阳（今甘肃秦安县）人王嘉（字子年）根据故记编写成的一部短篇小说集《拾遗记》。唐代是我省小说创作最昌盛的时期，产生了著名的传奇小说家李朝威（有《柳毅传》《柳参军传》等传奇小说）、李复言（有《续玄怪录》）、牛僧孺（有《玄怪录》）。还有署有李公佐之名的传奇小说《南柯太守传》《古〈岳渎经〉》《庐江冯媪传》，都是名作。还有一篇《燕女坟记》，见梅鼎祚《青泥莲花记》卷四姚玉京条，也是李公佐作。但我以为李公佐同李朝威是一人，姓李，名朝威，字公佐，号颛蒙，唐陇西人，大约生活于唐德宗至武宗期间（此问题将另为文考论之）。此为甘肃文学史上小说创作的辉煌时期，此后便再无继者。历数甘肃古代大大小小的作家，基本上都以诗文名世。辛亥革命以后，一些学者认识到小说的启蒙作用，随着报刊的增多和印刷业的逐渐发达，有写小说者。范振绪的《东雪草堂小说》，慕少堂的《醒世戏言》，署名鉴空的通俗长篇《国魂》，署名扶霜的中篇《陇上新舞台》等，便是这时期产生的。但总的说来，西北，特别是甘、宁、青、新几省区，20世纪60年代以前写小说的人还是不多。自20世纪70年代末期以来，情形大为改观，西北地区出了几位全国很有影响的小说作家，也产生了一批优秀的小说；与之相应，当代小说的批评也比较活跃。我认为，近代以前小说是同城市、商业联系在一起的。交通发达、人口密集、流动人口多，印刷、发行、流通都便利的地方，创作小说的人多，甚至会产生一些职业作家（如明代万历以前的方汝浩、余邵鱼、余象斗等，万历中期以后的冯梦龙、陆云龙、凌濛初等。他们有的是书坊主，也写序、作评）。唐代都城在长安，距甘肃较近，唐王朝又着意经营西北，平凉、秦州一带又是通西域和入川的要道，文人商贾到甘肃的多，加上唐代士子有"温卷"的习俗，故有的文人受风气的影响而创作小说。其他朝代则甘肃属于边塞之地，文化方面影响大的是经学和传统的诗文，民间流传书籍，也主要是这一类，所以从事小说创作者几乎没有，评点、研究的人更是不见。就通俗小说而言，明前期福建为创作、刻印的中心，万历中期以后江浙为中心。至近代随着经济的繁荣，中心转移到了上海。所以，西北，特别是甘肃，近代以前一直对小说的创作与批评抱着极为淡漠的态度。

也可能就是由于这个文化传统的原因，到了20世纪五六十年代，从事中国古代小说研究的人仍然很少，兰州大学和西北师院（甘肃师大）从事中国古代文学教学工作的老师研究诗文者多，研究戏曲者也有（如郭晋稀先生），但古代小说研究方面，几乎荒芜一片（据我所知，"文革"前的十六年中，总共发表过两篇论文）。改革开放以后，先是有几位学者在《红楼梦》的研究方面倾注了极大的热情，取得了一些成绩，如乔先之、夏荷、王人恩等。以研究元明清戏曲在国内获得颇高声誉的宁希元先生也曾在宋元话本等的研究上提供了很有分量的论文。真正在中国古代小说的研究上形成气候，在省内外形成一定影响，是在刘书成任兰州师专中文系主任后，推动了中国古代小说的研究。由于书成教授曾担任《甘肃高师学报》的主编，他也以此为阵地，扶持了一些青年学者。更值得一提的是，在21世纪之初，他筹建了兰州师专中国古代小说戏剧研究所。凝聚了省内的研究力量，加强了同全国学术界的联系。

书成教授除担任中国古代文学专业基础课的教学工作之外，还为学生开设了选修课"中国古代小说宏观研究"。他发表学术论文近六十篇，有十多篇是刊在该学科的核心期刊《明清小说研究》上的，被人大复印资料《中国古代近代文学研究》全文复印的有十七篇之多，还有多篇论文被《新华文摘》《高等学校文科学报文摘》等加以摘要介绍。他两次获甘肃省社科优秀成果奖；五次获甘肃省高校哲学社会科学优秀成果二等奖，两次获三等奖；五次获校级一等奖。1997 年出版的专著《中国古代小说宏观论》获西部文化研究院特等奖，获北京大学社会学系和团结出版社"优秀著作"证书。应该说，他是我省在古代文学研究领域尤其在小说研究领域取得了突出成就的学者。

书成教授中国古代小说研究的一个特色是着眼于宏观的研究。在古代小说文化的理论认识、古代小说与宗教、古代小说的文化内涵等的研究方面，都表现出他开阔的学术视野和深刻的理论思考。在明清艳情小说原型结构、创作动机、创作心态的分析上，也表现出他的洞察力。关于小说文化的理论认识，他提出核心与外围、雅正与通俗、主要与从属这几个相互对立又互相依存的观察层面；认为小说研究应以中国大文化视角为切入点，从上位层次文化与下位层次文化、史官文化与大众文化、高雅文化与世俗文化这三个观察角度进行分析。他说，在上层次文化与下层次文化中，"小说属于后者，又仰前者之鼻息，依前者而发展……被定位于具'可观之辞'的'街谈巷议''琐语'"；在史官文化与民间文化中，"小说属于后者，又向前者靠拢，……被定位于'稗史''小史''野史'"；在雅文化与俗文化中，小说归于后者，而仰攀前者，依前者标准改造自己，"被定位于不登大雅而'其言俗薄'的'人间小书'"。这个分析深刻地揭示了中国古代小说的生存发展环境及在其中所处的地位。中国传统文学一直以诗文为正宗，历来被认为很有文学素养和理论水平的人很少有从事小说创作与研究者，原因即在此。

再如中国古代小说批评中常以"信实如史""羽翼信史""能与正史参行"等作为褒奖语，李开先《词谑》评《水浒》便说："委曲详尽，血脉贯通，《史记》而下，便是此书。"金圣叹评《水浒》"胜似《史记》"，言"《水浒传》方法，都从《史记》中来"，毛宗岗评《三国志演义》谓"《三国》叙事之佳，真与《史记》仿佛，而其叙事之难则有倍于《史记》者"。这是中国特有的一种"拟史批评"。而何彤在《注聊斋志异序》中说"《聊斋》胎息《史记》，浸淫魏晋六朝"。书成教授将这种现象概括为"脱胎模拟"说。对这种现象的形成原因，他做了深入细致的分析，指出"中国人重宗脉的习惯导致的'征实'思维定势，是脱胎模拟说的直接导因"；"古代小说创作本身的承传因袭导致的非创作性，是'脱胎模拟说'产生的物质基础"。[①] 我认为书成教授从小说创作自身和文化背景两方面来分析"脱胎模拟"批评理论产生的根源，很有见地。这当中既有小说创作中存在的缺陷，也反映了中国古代小说创作的特征。如小说间的承袭，显然是他说的"非创作性"（作者在其《中国古代小说宏观论》中归纳为蹈袭模拟型、因袭移植型、抄袭摘辑型、改写增饰型四种类型），而续衍又是小说进入商业文化领域后利用名作效应和"追踪文化热点"的一种手段，是文人借题发挥的一种创作方法；对话本的因袭则同中国早期长篇小说是在民间长期流传基础上形成的实际状况有关。至于对史传的承袭，则同中国小说的孕育与形成过程有关。

总的说来，我觉得书成教授这部书中集中了他二十多年中对中国古代小说进行深入思考与研究的成果，是值得重视的。

书成教授毕业于甘肃师大（西北师大）中文系，近十多年在有关会议上我与他也多有接触。我又担任《甘肃高师学报》的顾问，有时候也在一起讨论一些学术问题，了解较深。他为人正直，又潜心学问，心无旁骛，虽承担行政职务而从来不放松研究工作。如今他的《文化视角下的中国古代小说》即将出版，写如上的感想，以表达对这位老校友和朋友的怀念之情，也与学术界朋友共商。

2004 年 12 月 17 日

刘书成：《文化视角下的中国古代小说》，甘肃文化出版社 2005 年版。

刘书成，1948 年生，山西武乡人。1982 年春毕业于西北师范大学中文系。曾任兰州师范专科学校教授、中文系主任，《甘肃高师学报》主编，中国古代小说戏剧研究所所长。出版专著《中国古代小说宏观论》，主要从事中国古代文学的教学与研究。

---

① 刘书成：《文化视角下的中国古代小说》，甘肃文化出版社 2005 年版，第 30、33 页。

后　记

　　编选《滋兰斋序跋》，是滋兰斋受业同门多年来的共同心愿。2017年11月，我们正式启动此项工作，至2019年2月，编选校录基本完成。按常理论，编选受业恩师的学术序跋，一般由同门之中年纪较长、名望较高的师兄具体负责，但由于诸位师兄工作繁忙，所以这项工作最终由我负责完成。在编选过程中，我诚惶诚恐，唯恐因为自己的疏误辜负了恩师和各位同门的期望，但同时也深感欣慰，因为借此机会我又认真学习了赵先生的六十余篇学术序跋，对先生的学术理念和治学方法有了更深入的理解和体会。

　　遵照赵先生和各位同门的意见，本次编选的《滋兰斋序跋》为"古代文学与文献卷"，根据每篇序跋的内容及其涉及的学术领域，分为六辑，共66篇。第一辑"守正、创新与学风"共12篇，第二辑"神话、古史与古文献"共11篇，第三辑"先秦诸子"共10篇，第四辑"先秦两汉文学与文化"共9篇，第五辑"诗赋研究"共16篇，第六辑"汉魏六朝诗文与民俗文学"共8篇。入选的66篇序跋虽然并非一时之作，但汇编成集，不仅体现出赵先生高屋建瓴、淹博古今的学术视野和融会贯通、阐幽发微的治学特色，而且也体现出20世纪以来陇右学术的传承与创新、开拓与发展。

　　客观地讲，因为本人资质驽钝，对于《滋兰斋序跋》所蕴含的学术理念和治学方法，难以有全面深入的体悟，但经过此次编选，也难免有一些心得体会。今略述如下，祈请方家晒正。

　　首先，立足河陇，传承学术。

　　河陇地区历史悠久，不仅是华夏文明的重要发祥地，而且也是"丝绸之路"的咽喉枢纽。自汉武帝开拓河西四郡以来，河陇学术快速发展，至五凉时期达到自身的"轴心"时代，河陇地区也成为当时北中国的学术中心之一。史载"永嘉之后，寇窃竞兴，因河据洛，跨秦带赵。论其建国立家，虽传名号；宪章礼乐，寂灭无闻"（《隋书》卷四九《牛弘传》）。但在这样的历史背景下，僻处西北边隅的河陇地区，因为政局相对稳定，加之五凉政权"文教兼设"，所以例外地出现了文教昌明的景象。陈寅恪先生在《隋唐制度渊源略论稿》中对魏晋以降河陇地区在文化学术史上的特殊贡献及其成因进行过深入的探讨，认为"惟此偏隅之地，保存汉代中原之文化学术，经历东汉末、西晋之大乱及北朝扰攘之长期，能不失坠，卒得辗转灌输，加入隋唐统一混合之文化，蔚然为独立之一源，继前启后，实吾国文化史之一大业"①。事实上，除了前凉以来历代政权重教立学的风尚和世家大族的家学传承之外，十六国时期河陇地区学术文化的传承，还与一个影响较大的文士群体——郭刘学派有密切关联。这个群体中的成员师徒相承，自前凉张轨之世（301—314）至北魏孝文帝太和时期（477—499），绵延近两个世纪，其主要传承谱系为：郭荷—郭瑀—刘昞—索敞、程骏。其中刘昞著述等身，弟子众多，影响甚大，堪称一代儒宗，奠定了该学派的学术史地位。宋文帝元嘉十六年（439），北魏平定凉州，河陇士民大批东迁，河陇地区自前凉以来文化繁荣的局面戛然而止，河陇文化的传承遭遇了前所未有的破坏和挑战。刘昞也于次年（440）发愤而卒，但无论如何，刘昞"河右硕儒"的学术史地位，已然确立。史载北魏太和十四年（490）、正光三年（522），李冲、崔光等人先后上奏，请求朝廷旌善继绝，甄免刘昞子孙的杂役，北魏王朝也于正光四年（523）六月正式下诏，称赞刘昞"德冠前世，蔚为儒宗"，河陇士人以此为荣。唐代安史之乱后，由于吐蕃入侵以及国家政治文化中心的东移等多方面因素的影响，河陇本土学术水平整体下滑，五凉时期的繁荣难以再现。但尽管如此，历代河陇士人仍然自强不息，河陇文化也薪火相传，绵延不绝。明清以来，以李梦阳、胡缵宗、邢澍、张澍、吴镇、王权、任其昌、李铭汉、李于锴、安维峻、刘尔炘、冯国瑞、慕寿祺、王烜、张维等为代表的一批河陇学人，前后相承，使河陇本土学术有了新的发展和内涵。20世纪以来，随着敦煌遗书、汉晋简牍的大量出土，河陇文

① 陈寅恪：《隋唐制度渊源略论稿》，中华书局1963年版，第41页。

化曾经的繁荣和辉煌得到了充分的展现，也吸引了一批学术精英支援西北，扎根陇原，为继承和弘扬河陇文化奉献了毕生精力。曾长期执教于西北师范大学的郭晋稀、彭铎、郑文、李鼎文等先生就是其中的优秀代表。作为土生土长的河陇学人，赵逵夫先生继承了郭晋稀等先生的治学精神和学术传统，数十年如一日，孜孜不倦，不仅为研究和弘扬先秦以来的河陇文化做出了重要贡献，而且立足陇原，滋兰树蕙，为河陇学术的繁荣发展培养了大批人才。尽管河陇地区"地居下国，路绝上京"（《史通·杂说下》），但从古至今，河陇士人"穷且益坚"的精神从未断绝，这在赵先生身上也得到了充分体现。时至今日，赵先生和他的团队在先秦文学与文化、诗赋研究、陇右地方文献整理与研究等学术领域成果丰硕，实力雄厚，遂使区区河陇，已然成为当代西部学术重镇。赵先生曾为《甘肃高师学报》和《西北成人教育学报》题词云："推动教育研究，弘扬陇右学术"；"常将雨露滋桃李，唯望林柯尽栋梁"。这些朴实的话语，正是他立足河陇、以传承陇右学术为己任的真实写照。今天，在国家实施"一带一路"发展倡议及建设"华夏文明传承创新区"的历史背景下，古老的丝绸之路又一次焕发了勃勃生机，也为默默无闻坚守陇原的河陇学人提供了新的历史机遇。赵先生四十余载的坚守和传承，也必然得到越来越多的关注和认同。

其次，视野宏阔，高屋建瓴。

赵先生治学，虽然以先秦文学与文化、诗赋研究为重点，但也体现出淹博古今、融会贯通的学术视野和治学特色。正因为这样，他的研究实际上涉及了中国古代文学研究的各个领域。本次编选的66篇序跋，虽然不是一时之作，涉及的领域也相当宽泛，但汇编成集，明显体现出赵先生在学术研究方面的宏观思考和宏伟架构。如关于先秦文学与文化的研究，赵先生和学生们不仅对各个领域深耕细作，而且也有整体的规划和全面的思考。在《展开五千年文学与文化史的前半段——〈先秦文学与文化研究丛书〉序》中，赵先生立足于当今的社会环境和学术条件，认为"要展现中华民族五千年的文明史，必须对先秦时代的文学与文化各方面有一个科学、明晰的认识，既消除种种盲目信古的谬说，也克服一味疑古的心理与思想，从而对它们作科学的、更为细致的研究"；"在上下贯通、溯源辨流、打破旧有的藩篱、更准确地恢复历史真相方面，还有些工作可做；在消除经学、旧史学的束缚，同时又打通学科的界线，对先秦一些文学、文化现象作新的审视方面，也有些工作可做"，正是在对先秦文学与文化的研究有全面深入的了解和宏观思考的基础上，赵先生对未来的研究设计了蓝图，指明了方向。在《被不断阐释与重写的先秦文献 ——〈逸周书研究〉序》中，赵先生根据自己多年来对先秦文献尤其是文学文献形成与流传问题的思考，将我国从远古至于近代数千年中文献传播的历史，分为四个阶段：一是传说时期或口传历史时期；二是口传与记事符号相结合的时代；三是文字记载、随时训说的时代；四是不但保持文献的内容与基本规模、大体结构、文体特征，而且注意保存文献叙述语言的原始面貌的时代。在此基础上，对先秦元典的形成与流传过程进行深入探讨和具体分析，得出更为科学合理的结论。近十几年来，赵先生不仅组织完成了《先秦文学编年史》《先秦文论全编要诠》《先秦诗编年考校》《先秦汉魏晋南北朝文》等皇皇巨著，而且主编推出了《先秦文学与文化研究丛书》《先秦文学与文化》等一系列研究论著和辑刊。如果没有高瞻远瞩的学术视野和深思熟虑的学术建构，如此全面、系统、深入的研究，短期内实在难以完成。俗语说："站得高，看得远。"赵先生的序跋基本上都是论证严密的学术论文，他总是站在更高的层面思考问题，得出结论。如在《论葛洪的思想、著述及其价值 ——〈葛洪论稿〉序》中，他突破以往的研究视阈，从葛洪在传统文化、士人品格、民族精神方面的坚守与承传入手进行探究与评价，认为葛洪"意在坚持、承传一个家族的传统作风，而实际上肩负起了承传民族文化使不坠失的使命"，"葛洪一生的行为和著述虽然前后期有所不同，但从基本思想和精神动力上说是一致的，即要坚守士人之家讲究纲常名教和正道直行的传统，并为此风气与传统不至坠失而进行各种努力。他后期思想同前期思想之间也不是断裂性突然转变。由于社会现实的原因，前期思想中已包含有道家的成分，后期思想中也极力将儒家应坚守的原则贯穿到道教理论中去。应该说，他在当时也是作为民族的脊梁在维护民族优秀传统不至坠失的方面尽到了个人的努力"。对葛洪所尊崇的儒学思想，赵先生也追根溯源，认为"并非思孟一派的儒学，而是荀子一派的儒学"。这些见解，不仅拙作《葛洪论稿 —— 以文学文献学考察为中心》未曾论及，即便是专门研究葛洪学术思想的论著，也鲜见揭橥。值得说明的是，本次编选的很多序跋都具有这种特点，说明这不是偶然的、孤立的特殊现象，而是决定于高度、视野的普遍现象。

再次，治学严谨，一丝不苟。

如前所述，赵先生的序跋基本上都是论证严密的学术论文，但作为序跋，难免要对所序所跋之作进行介绍和评价。赵先生在写作过程中总是尽量突显学术性，淡化应酬性。其中的评价基本上都相当客观中肯，鲜见不切实际的溢美不实之词。赵先生序跋体现出的这种特点，是他长期以来精益求精、一丝不苟的治学态度的必然体现。十余年前我师从先生攻读博士学位，先生反复告诫治学要严谨，不论任何问题，首先要全面收集相关材料，经深思熟虑方可得出结论。在学术规范方面，赵先生要求尤其严格：收集材料必须一网打尽，引用材料必须核查原文，繁简字体的转换必须准确无误，行文表述必须反复推敲……记得第一次提交学术论文，从标点断句、引用材料到谋篇布局，先生都一一指正，任何一个细节都不放过。正是先生的悉心指导和严格要求，使才疏学浅的我顺利通过了论文答辩，获取了博士学位。留校任教以来，因为在先生身边工作，有幸参与先生主持的国家社科基金重大招标项目，所以能够时时亲聆教诲，对先生严谨的治学风格感受至深。先生在学界德高望重，但是在治学方面，总是精益求精，一丝不苟，从不懈怠。他的很多文稿都要经过反复修改，反复校对，有时甚至经过十余次校改，才最终定稿。对于学生治学的粗疏，先生从不迁就。学识方面的问题，先生耐心指导；态度方面的问题，则严厉训诫，甚至拍案怒目。正是通过年复一年、日复一日的言传身教、潜移默化，先生的受业弟子普遍治学严谨，很多人因此获得较高的学术声誉。本次编选的序跋，尤其是滋兰斋受业弟子的书序，赵先生基本杜绝了不符实际的虚美，而是通过更高的立意、更深的挖掘，激励、引导学生继续前行。一般认为，为自己的弟子作序，就要不遗余力地提携奖掖，甚至可以没有原则，没有底线，但赵先生认为，学术研究首先必须严谨务实，绝对不可助长虚浮之风。正因为这样，赵先生的书序似乎不合常规，甚至有些不近人情。

《滋兰斋序跋》（古代文学与文献卷）编选成书之际，适值赵先生被评为"感动甘肃2017十大陇人骄子"。主办方的"颁奖辞"说："作为一名老师，四十年坚持教学第一线，教书育人，桃李天下，成就无数精彩人生。作为一名学者，笔耕不辍，著作等身，让甘肃古典文学研究，达到全国一流水准。您上下求索，饱含深情，只为让优秀文化像花朵一样，盛开在云水之间，绽放在人们心里。"这不仅是对扎根陇原的一名老师、一名学者的理想人生的精彩诠释，也是对赵先生四十余载的执着坚守和无私奉献的经典总结。

　　本书的编选和出版，得到文学院领导和古籍所负责同志的大力支持。硕士研究生单晓芳、罗佩轩、石婷、刘烨枞、王萍、刘佩锋、赵永娥等同学在收集材料、文字校录等方面做了大量的工作。在此谨表谢忱。

受业丁宏武

2019 年 3 月 2 日于西北师范大学